KB193898

모든 연령층을 위한 이 시대의 진솔한 자기계발서

Ⅰ권, Ⅱ권에서 다 말하지 못한

생활 속 지혜 Ⅲ

모든 연령층을 위한 이 시대의 진솔한 자기계발서

Ⅰ권, Ⅱ권에서 다 말하지 못한

생활 속 지혜 Ⅲ

문재익 지음

이담북스

지은이의 근영(近影)

★**최종 학력:** 원광대학교 대학원 영어영문학과 박사과정 졸업(문학박사)

　(미국 뉴저지주 Rowan Uni. 어학연수. Rutgers Uni. 영어교수법 수학)

★**현재:** 강남대학교 인문대학 영문학과 정교수(2018년 8월 정년퇴임)

　동교 한영 문화콘텐츠학과 특별교수/일간신문 칼럼니스트/명사 특강

★**대학 교육 경력(2001년~2018)**

　*외래교수 –원광대학교, 단국대학교 영어영문학과, 세종사이버대학교 겸임교수

　*강남대학교 보직 –대외협력위원장(경영 부총장직), 중앙도서관장,

　　　　　　　　　　　–미래인재개발대학장, 입학처장, 글로벌센터장

　　　　　　　　　　　–평생교육원장, 보육교사교육원장, 국제어학교육원장,

　*위원회 활동 –경기도 대학국제교류처장협의회 공동의장, 한국평생교육위원회 위원

　　　　　　　　–위즈덤교육포럼 국제협력위원장, 법무부 이민통합위원회 위원

　*학회 활동(정회원) –21세기영어영문학회, 영상영어교육학회, 영어교육평가학회

　　　　　　　　　　　–동서비교문학학회, 대한영어영문학회, 한국번역학회, 동화와 번역

★**사회교육 경력(1976년~2000년 초)**

　*단과(성문종합영어), 대입종합반강의: 전주–제일학원, 상아탑학원, 영재학원(부원장)

　　　　　　　　　　　　　　　　　　서울–한샘학원, 교연학원, 청솔학원(부원장)

　*대학 특강 영어강의: 전북대학교, 전주대학교 TOEFL 및 사법 고시 영어

*인터넷강의: 공부하자닷컴, E—mbc 인터넷, 세종사이버대학 실용 영어

*학원 운영(원장/이사장): 문재익입시학원(초 · 중 · 고 전 과목),

KIS외국어학원(미국 교과서 수업)

★저서 및 논문

*대학영어교재: 대학영작문 · 영어번역 · 실용영문법 · 영어산문 · 취업영어 ·

실무영어 · 야무진 토익 등

*중 · 고교영어교재: 순기초영어 · 영문법 · 영어어휘 · 영어독해연습 ·

영어실용필수어휘 · 구문총정리 등

*한글논문: 영어조기교육평가, 영어독해지도방안, 문법교육의 새 방향, 영어작문 지도

방안 등

영어화법에대한연구, 영어독해력향상지도를 위한 사례연구, 영어교육과 학

습 등

*영어논문: Rhyme and Cultural Context in Proverb, Introspection into English

Listening Training, Detoxified Protocols Reading Comprehension,

Evidences of Communal Fallacies in Conventional Interpreting 등

지은이의 말 •━━━━━━━━━━━━━━━━

27세에 전주의 입시학원에서 성문종합영어(송성문 著) 강의를 시작으로 66세 강남대학교 영문과 정교수(테뉴어)로 정년퇴임 때까지 40여 년을 강단에서 수십만 명의 학생들을 가르쳤고 그중 많은 학생들의(때로는 그들의 부모님들과 자녀들의) 생활, 진로, 배치 및 인생 상담도 했다. 그리고 분당에서 입시학원(초·중·고)과 외국어학원(미국 교과서 수업)을 운영하기도 했고, 양대 방학 중에는 영어 캠프도 주재(主宰)했다. 초·중·고 재학생뿐만 아니라 대입 재수생, 그리고 대학에서는 학부 학생, 대학원 석·박사과정 학생들에 이르기까지 사교육부터 공교육에 이르기까지 각계각층의 학생들과 함께해 온 경험을 통해서 얻고, 느꼈던 것, 특히 강의 중 인성교육 내용들을 토대로「생활 속 지혜」라는 이 글을 쓰게 되었다. 그런데 이 책 60여 개, 각 제목의 내용들은 저자의 얘기(스토리)이며, 여러분 개개인의 얘기일 뿐만 아니라 우리 모두의 얘기일 수도 있다. 지은이는 평소 강단에서 영어교육뿐만 아니라 인성교육에도 주안점을 두었다. 이를 위해 강의 준비 시 수업교재 연구뿐만 아니라 인성에 관련된 서적은 물론이고, 매일 아침 새벽잠에서 깨면 맨 먼저 석유 냄새 나는 주요 일간지 세 곳에 나오는 오피니언 란의 사설과 칼럼을 읽는 일로 하루를 시작했다. 이때 좋은 글귀나 명문장들을 강의 자료로 일일이 스크랩하거나 메모해 두었다가 강의 시 적재적소에 활용하였다. 그것은 어학을 전공하고 가르치는 교육자로서 당연한 일이지만 무엇보다도 수강생인 피교육자들에게는 부모님 다음으로 선생님인 교육자가 학생들의 인성에 미치는 영향이 크고 중요하다는 믿음이 확고했기 때문이다. 대표적인 예(例)로, 가장 강조한 것 중 생활의 자세는 '성실, 정직, 그리고 지혜로운 삶'이었고, 성공을 위한 자세는 '아이디어를 떠 올리고, 정보를 수집하고, 그리고 그것을 실행에 옮기는 것'이었다. 이것들만은 반드시 종강 시간에라도 수강생들에게 주지시키며 그 강좌의 대미(大尾)를 장식하곤 했다. 지은이는 2018년 8월 정년퇴임 직전부터 글을 써 이미 Ⅰ권을 출간해 시판 중이고, Ⅰ권에서 다 말하지 못한 것들을 2023년 Ⅱ권도 출간해 시판 중이며, 연 이어 Ⅲ권을 출간하게 되었다. 지은이는 어린 시절, 청년 시절, 중년 시절을 보냈고, 그리고 지금은 노년으로 귀촌하여 전원생활을 하며 정원, 텃밭 가꾸기, 짐승 기르기, 운동, 그리고 글쓰기로 마지막 인생을 정리하고 있다. 연륜과 경륜의 결정체인 이 책이 남녀노소, 연령에 구분 없이 읽는 이들에게 귀감이 되고 삶의 지혜로 활용되어 인생의 길라잡이가 될 수 있기를 간곡히 바라는 바이다.

2024년 晚夏(늦여름) 즈음(무렵)
경북 문경 산양 靑驥山房(청기산방)에서

목차 ●━━━━━━━━━━━━━━━━━━━━━━━━

제2장 중년들을 위한 생활 속 지혜

제3장 장년들을 위한 생활 속 지혜

제1장

젊은이들을 위한 생활 속 지혜

1. 고통(苦痛)과 고난(苦難)의 역설(逆說)

우리가 살아가면서 고통과 고난을 달가워할 사람은 아무도 없다. 그러나 이 것들은 빈부귀천을 떠나 피할 수 없는 것들로, 때로는 우리의 성장 동력이 되기도 하므로 '좌절하거나 포기하지 말고 꿋꿋하게 살아가자'라는 취지의 글로, 특히 오늘날 의지력 약한 젊은이들에게 이 글이 삶의 길잡이가 되기를 바란다.

역설(paradox)에 대한 문학 용어사전에서, "겉으로 보기에는 모순 (矛盾:앞뒤가 서로 맞지 않음)되고 부조리(不條理)하지만, 표면적 진술을 떠나 자세히 생각해 보면 근거가 확실하든지, '깊은 진실을 담고 있는 표현'을 의미한다. 역설은 한 문장 안에서 상반(相反)된 두 가지의 말이 공존(共存)한다. '찬란한 슬픔'에서 슬픔은 '우울하고 음침(陰沈:분위기가 어두컴컴하고 스산함)'한 의미를 지니는데, 이것을 '찬란하다'라고 표현한 것은 '모순'이라 할 수 있다. 그러나 이 말을 새겨보면, 슬프기는 하지만 절망적인 슬픔이 아니라 그것을 초월하는 '아름다운 슬픔'이라는 의미를 지니게 된다. 이처럼 역설은 일반적으로 반대개념을 가진, 혹은 적어도 한 문맥(文脈) 안에서 함께 사용될 수 없는 말들을 결합시키는 '모순 어법'을 나타나는 경우가 많다." 라고 정의한다.

고통(Pain, 복수형 Pains는 '수고')의 역설: 고통의 사전적 정의는 '몸이나 마음의 괴로움과 아픔'으로 유의어는 고(苦), 고초(苦楚), 괴로움이다. 고통은 보통 신체가 다치거나 아파서 느끼는 육체적 고통과 불쾌감과 우울감 등의 부정적 감정으로 '괴롭다'라고 여기는 정신적 고통으로 나뉘는데, 신체적 고통은 감각 중 통증 감각, 즉 통각(痛覺:촉각)을 통해서 느끼는 것으로, 이 글에서는 의식 현상으로서 감각 질에 대해 논의될 때 언급되는 정신적 고통을 말하려 한다. 그리스도교에서는 고통을 하나님의 성도를 성숙하게 이끄는 훈련에 필요한 도구의 하나로 보고, 불교에서는 삶은 본래 고통이며, 지속적인 수행과 궁극적인 해탈[解脫:번뇌(煩惱:마음이 시달려 괴로움), 속박에서 벗어나 근심이 없는 편안한 심경에 이름, 열반(涅槃:모든 번뇌에서 벗어난, 영원한 진리를 깨달은 경지)]을 통해서 극복된다고 보며, 1916년 창시된 원불교는 당시 사회적·정치적 혼란 속에서 사람들이 겪고 있는 고통을 해결하기 위한 방법으로 불교의 기본 가르침으로 돌아가자는 것으로, 불교와 원불교 두 종교는 불교의 근본적인 가르침, 즉 '고통의 원인을 깨닫고 이를 극복하는 방법을 공유하자'라는 것이다. 얼마 전 우리나라 싱어 송 라이터 가황(歌皇) 나훈아 님의 노래 '테스 형' 노랫말 가사 중에 '아! 테스 형 세상이 왜 이래, 왜 이렇게 힘들어'에서 2500여 년 전 그리스의 철학자 소크라테스가 소환(召喚)되어 나온다. 노랫말처럼 '세상살이 힘들고, 고통의 연속'이다. 간신히 버티고 버텨, 잊을 만하고 살만하면 또 닥쳐온다. 사공 정규 정신의학과 교수님의 말 '인생의 기본값(default value:맨 처음 상태, 지정하지 않은 그 값)은 고통이다.'처럼 인간이 살아가는데 고통은 숙명(宿命:날 때부터 타고난 운명, 피할 수 없는 운명)으로, 어느 누구도 결코 예외는 없는 법이다. 아예(전적으로, 순전하게) 불가(佛家)에서는 '인생은 고해(苦海)다(Life is the sea of trouble.)'라고까지 말한다. 그런데 '고통의 역설'로 고통은 감내(堪耐:참고 견딤)하고 극복하는 자(者)에 따라 '선물'이 되기도 한다. 코스타리카를 대표하는 작가 Garcia-Monge는 '고통은 신체의 일부이다. 그러므로 본질적으로 본인이 고통보다 더 큰 사람임을 알아라.'라는 말에서 '고통보다 더 큰 사람이 된다.'라는 것은 우리가 '고통을 이겨내야만 한다.'라는 말로 들린다. 고통이 성장 동력이 되어 성공한 세계적 유명인(有名人)들로는, 러시아의 대문호(大文豪) 도스토옙스키를 위대하게 만든 것은 간질병과 사형수의 고통이었는데, 그가 쓴 '죄와 벌'에서 '어둠이 깊을수록 별이 더 찬란하다.'라는 말과 '밤이 깊을수록 길거리의 가로등이 더 환하게 보인다. 마찬가지로 내 삶이 고통이 클수록 진리라는 빛에 더 가까이 다가가게 된다. 인간은 시련과 위기 절망을 통해 살아가며 슬픔이나 고통 같은 부정적인 감정들은 피할 수 없는 것이라는 사실을 깨닫는다. 그리고 슬픔과 고통을 통해 성장하고 더 행복한 삶을 누릴 수 있게 된다.'라는 말을 남겼는데, 이는 한마디로 '슬픔과 고통이 우리의 삶에 성장 동력이 된다.'라는 말인 것 같다. 프랑스 화가, 석판화가 로트레크를 위대하게 만든 것은 경멸 덩어리인 난쟁이, 하반신 마비라는 불행한 신체적 장애라는 고통이었고, 네덜란드의 후기 인상주의 화가 빈센트 반 고흐는 가족들의 정신 병력에 대한 극도의 고통을 딛고 일어선 예술혼 인간성의 승리를, 작품들을 통해 보여주기도 했으며, 독일의 작곡가, 피아니스트 베토벤을 위대하게 만든 것도 끊임없는 여인들과의 실연(失戀)과 청신경 마비라는 음악가 최대의 고통이었고, 대체로 사람들이 많이 알고 있는 19세기 미국의 영웅으로 추앙받는 문필가, 사회사업가 헬렌 켈러 여사를 위대하게 만든 것도 볼 수도, 들을 수도, 말할 수도 없는 삼중고(三重苦) 장애의 고통이었다.

'고통 뒤의 즐거움은 달콤하다.' 영국 시인, 극작가, 비평가 존 드라이든의 말이고, '고통과 고뇌는 위대한 지각과 깊은 심정의 소유자에게 있어서는 항상 필연적인 것이다.' 러시아의 대문호(大文豪) 도스토엡스키의 말이며, '고통, 게으름, 빈곤, 그리고 끝없는 권태일지라도 당신이 훌륭한 인간이라면 그것들을 통해 큰 것을 배울 것이다.' 미국의 사상가 에머슨의 말이다. 또한 '고통에서 도피하지 마라. 고통의 밑바닥이 얼마나 감미로운가를 맛보라.' 독일계 스위스인 시인, 소설가 헤르만 헤세의 말이고, '고통은 사람을 강하게 만든다. 그러나 고통으로 강해지지 못한 사람은 죽고 만다. 행복할 때는 고통과 고난을 어떻게 견딜 수 있는지 알지 못한다. 고통과 고난 속에서 비로소 자기 자신을 안다.' 스위스 사상가, 법률가 카를 힐티의 말이며, '고통은 사람을 생각하게 만든다. 사고는 사람을 현명하게 만든다. 지혜는 삶의 인내를 만든다.' 미국의 극작가, 각본가, 영화감독 존 패트릭의 말이다. '고통은 불행이나 불운이 결코, 아니다. 고통이란 도리어 행복과 은총을 위한 가장 아름다운 번제물(燔祭物:어떤 일을 위하여 희생

되는 물건을 비유적으로 말함)이다. 당신이 지금 지나치게 행복하다면 그것은 곧 불행이다. 당신이 지금 지나치게 불행하다면 그것은 행복이다. 인간은 고통을 통해서 비로소 자아(自我)를 불사를 용광로에 들어갈 자격을 얻게 되며, 용광로 속에서 신(神)의 손에 의해 아름다운 은(銀)으로 새롭게 빚어지는 것이다.' 독일 라이프치히대학 독일문학연구소 강유일 교수가 쓴 '아아, 날이 새면 집 지으리라'에 있는 말이다.

고난(Suffering)의 역설: 고난의 사전적 정의는 '괴로움과 어려움을 아울러 이르는 말'로 유의어에 가시밭길, 고생(苦生:어렵고 괴로운 일을 겪음), 고초(苦楚)가 있다. 고난은 우리네 인생행로에서 '수고와 고통, 어려움'을 통틀어 일컫는 말로, 경제적으로 가난하고 궁핍하고, 육체적으로 피로하고 질병으로 고통스럽고 곤고(困苦:형편이나 처지가 딱하고 어려움)하고, 사회적으로는 온갖 역경과 시련을 겪고 있으며, 그리고 때로는 인격적으로 비천(卑賤)한 상태에 빠지기도 하는 것이다. 그렇다면 고통과 고난의 차이는 무엇인가? 앞에서 말했듯이 고통은 '괴롭고 아픈 것'이고, 고난은 '괴롭고 어려운 것'으로 고난은 괴롭지만 아프지는 않은 것이다. 구체적으로 고통이 몸과 마음에서 느껴지는 아픔이라면 고난은 아픔을 유발하는 원인이나 상황에 연관된 것으로, 고난 중에 있는 사람은 대체로 고통을 겪지만, 고통을 겪는다고 해서 고난 중에 있는 것은 아니다. 한마디로 고통은 '물리적, 신체적 아픔과 정신적·감정적 아픔'에도 모두 쓰이며, 고난과도 의미가 통해 광범위하게 쓰이는 것이고, 고난은 고생과 일맥상통(一

脈相通)하는 것으로 자연재해, 전쟁, 사고, 가난 등 '상황이나 주변 환경, 외부의 힘에 의한 어려움'을 의미하는 경우에 쓰인다. 무엇보다도 고난은 사람의 의지와는 상관없이 겪게 되는 어려움이기 때문에 벗어나기 어렵고 고통이 따르는 법이다. 그러나 고통이 '그냥 아프고 힘든 것'이라면 때로는 고난은 '나중에 좋을 수도 있는 것'이다. 예(例)로, '암으로 고통받고, 고생하고 있다.' '가난으로 고통스럽고 고난을 겪다'로 표현할 수 있다.

'하나님은 우리에게 즐거움을 통해 속삭이시고 우리의 양심을 통해서 말씀 하시지만, 우리의 고통에 대해서는 외치신다.'는 영국의 소설가, 기독교 호교론자(護敎論者), 케임브리지 대학교수 C. S. 루이스는 '고통'에 대해서, 덧붙여 '고난'에 대해서는 "하나님은 인간에게 고난 속에서 낙심을 허락하고, 그 낙심 속에서도 더욱 하나님을 의지하며 성장케 하시는지에 대해 하나님이 인간을 '자유로운 연인'으로 대하고 싶기 때문이다."라고 말했다. 교회용어사전에서는 '고난은 일차적으로 죄에 대한 하나님의 형벌이지만(창세기, 새뮤얼 상), 공중권세 잡은 사탄이 지배하는 이 세상을 사는 성도에게 고난을 피할 수 없는 현실을 직시하며(디모데후서, 히브리서), 고난받을 때 우리를 위해 고난 겪으신 예수를 생각하며(히브리서), 하나님께 위로받고(사도행전, 고린도후서), 장차 얻을 복(福)을 생각하며(욥기), 도우심을 사모하고(디모데후서), 하나님께 감사하며 영광을 돌릴 수 있어야 한다(베드로전서)'라고 한다.

'고난이 없으면 성공도 없다.' 고대 그리스 비극 시인 소포클레스의 말이고, '고난과 눈물이 나를 높은 예지(叡智:뛰어난 지혜)로 이끌어 올렸다. 보석과 즐거움은 이것을 이루어주지 못했을 것이다.' 스위스 사상가, 교육학자 페스탈로치의 말이며, '고난이 있을 때마다 그것이 참된 인간이 되어가는 과정임을 기억해야만 한다.'와 '고통이 남기고 간 뒤를 보아라. 고난이 지나면 반드시 기쁨이 스며들어 감미롭다'는 독일 철학자, 작가 괴테의 말이다. 그런데 고통과 고난에 대한 가장 큰 울림을 주는 말은 미국의 정치가 벤저민 프랭클린의 말로, '나무에 가위질하는 것은 나무를 사랑하기 때문이다. 부모에게 야단맞지 않고 자란 아이가 훌륭하게 될 수가 없다. 겨울의 추위가 심할수록 이듬해 봄의 나뭇잎은 한층 더 푸르다. 사람도 고통과 고난으로 단련되지 않고서는 큰 인물이 될 수 없다. 사랑하는 자녀일수록 매가 필요하다. 큰 인물로 세우고자 할수록 고통과 고난으로 단련이 필요하다.'가 있다. 고통과 고난은 '참된 인간'이 되어가는 과정임은 틀림없다. 한마디로 삶을 살아가며 고통과 고난은 우리를 시시(時時)때때로(때때로의 강조 표현) 흔들어 댄다. 그럴 때일수록 '참된 인간이 되어가는 과정이라고 되뇌며 버티어야 한다'라는 것이다.

끝으로 맹자 님의 말씀을 인용하는 것으로 이 글을 맺는다. '하늘이 어떤 사람에게 큰 임무를 맡기려 할 때, 반드시 그 심지(心志:마음에 품은 의지)를 괴롭히고 그 근골(筋骨:근육과 뼈대)을 고생시키고, 그 몸을 굶주리게 하고 그 육체를 궁핍하게 하고, 그의 하는 일을 다 어지럽게끔 한다.' 그렇다. 자연 이치로 따져 볼 때 '동트기 전이 가장 어두운 법'이다. 비록 '고통스럽고 고난에 빠져 헤어 나올 수 없을 것 같다' 해서 좌절하거나 포기하지 말고, 무엇보다도 희망을 잃지 않고 잘될 거라는 확신과 자신감으로 노력하는 삶의 지혜를 발휘(發揮)한다면 '고통과 고난이 성장 동력이 되어 역설의 의미, 축복의 견인차 역할을 하게 될 것'이다. 금(金)과 은(銀)이 불 속에서 정련(精鍊)되어야 빛이 나듯, 고통과 고난을 이겨낸 나는 비로소 세상에 빛을 발산(發散)하게 될 것이다.

2. 나태(게으름)와 근면(부지런함)

'나태와 근면'은 인간세계에서 오랜 인류 역사와 함께해 온 것들로, '나태는 경계'하고 '근면은 독려'하는 명구(名句)들을 중심으로 전개(展開)한다.

나태(懶怠:laziness)란 '행동이나 성격 따위가 느리고 게으름' 의미이며 유의어는 게으름, 태만(怠慢:게으르고 느림), 태타(怠惰:몹시 게으름), 과태(過怠:게으르고 느림)이고, 결(結)이 좀 다른 무기력(無氣力:어떤 일을 감당할 힘과 기운이 없음), 귀찮음(마음에 들지 않고 괴롭거나 성가심), 미룸(시간을 끎), 그리고 타성(惰性)은 오래되어 '굳어진 좋지 않은 버릇', 또는 오랫동안 변화나 새로움을 꾀하지 않아 '나태하게 굳어진 습성'의 의미이다. 근면(勤勉:industry)이란 '부지런히 일하며 힘씀'의 의미이며 유의어에 바지런(놀지 아니하고 하는 일에 꾸준함), 부지런, 정근(正勤:부지런히 닦는 수행법)이 있다. 근면과 함께 따라다니는 단어에는 각근면려(恪勤勉勵:정성을 다하여 부지런히 힘씀), 근면성실(勤勉誠實:부지런히 힘써 일하며 정성스럽고 참됨), 근면검소(勤勉儉素:부지런히 일하며 사치하지 않고 꾸밈없이 수수함), 근검절약(勤儉節約:부지런하고 알뜰하게 재물을 아낌)이 있는데, 이들 중에서 한 사람이 갖추어야 할 가장 기본적인 덕목(德目) 중에서 으뜸 중 으뜸은 '근면성실과 근검절약' 정신일 것이다. 한시(漢詩)에 있는 근백선지장(勤百善之長), 태백악지장(怠百惡之長)이란 '근면은 모든 선행의 으뜸이고, 게으름은 모든 악행의 으뜸이다.'의 미이다.

'나태'의 사자성어에는 화생우해타(禍生于懈惰:화는 게으르고 나태한 것에서 생김)와 반래개구(飯來開口:'밥이 오면 입을 벌린다.'라는 '심한 게으름'을 비유함), 우리가 흔히 말하는 무위도식(無爲徒食:'하는 일이 없이 먹기만 한다.'라는 '게으른 사람이나 능력 없는 사람')이 있다. 그리고 '근면'의 사자성어에는 가장 흔하게 말해지는 우공이산(愚어리석을 우, 公존칭 공, 移옮길 이, 山뫼 산:우공이 산을 옮긴다는 의미로 '어떤 일이라도 근면성실 노력하면 이루어짐'), 일념통천(一念通天:어떤 어려운 일이라도 한마음으로 정성을 다해 근면성실 노력하면 하늘에 통해 성취됨), 유지경성(有있을 유, 志뜻 지, 竟마침내 경, 成이룰 성:근면하고 끈기 있게 노력하면 이룰 수 있음)이 있다.

성경에서는 '나태와 근면'에 관한 구절(句節)이 주로 잠언에 나오는데, 게으른 사람을 '게으르고 게으르거나 책임을 게을리하는 사람'이라고 정의한다. '게으른 자는 사냥한 것을 굽지 아니하니 부지런함은 사람의 보배니라.' '손이 게으른 자는 가난하게 되고 손이 부지런한 사람은 부자가 되느니라. 게으른 자에게 가난이 배회하는 자와 같이 임(臨)하고, 궁핍이 무장(武裝)같이 임할 것이다. 빈둥거리는 자의 삶은 무너지고 게으름뱅이는 배를 곯는다.' '게으른 자여, 개미에게 가서 그가 하는 것을 보고, 지혜를 얻어라. 개미는 두령도 감독자도 통치자도 없지만 먹을 것을 여름 동안에 예비하며 추수 때 양식을 모으느니라.'라고 솔로몬의 잠언(세상을 바르게 살아가는 지혜를 가르치고 훈계함)에 나와 있다. 천주교에서 말하는 칠극(七克:탐욕, 오만, 음탕, 나태, 질투, 분노, 색)에서 책태(策怠)는 '게으름을 채찍질하다' 의미이고 이를 이길 수 있는 일곱 가지 덕행(德行)을 '은혜, 겸손, 절제, 정절, 근면, 관용, 인내'라고 한다. 진리의 말씀인 법구경(法句經: 불교의 경전)에는 '항상 힘써 게으르지 않고 스스로를 자제할 줄 아는 지혜 있는 사람은 홍수로도 밀어낼 수 없는 섬을 쌓는 것과 같다.' '부지런함은 생명의 길이요, 게으름은 죽음의 길이다. 부지런한 사람은 죽지 않지만, 게으른 사람은 죽은 것과 같다.'와 특히 수행자들에게는 '부지런함을 즐기고 게으름을 두려워하는 수행자는 어느새 대자유의 경지에 이르러 결코 물러나는 일이 없다.'라고 가르침을 준다. 원불교 경전(經典)인 대종경(大宗經) 요훈품(要訓品:짤막한 교훈들)에 '사치와 허영과 나태는 빈곤을 낳고, 근면과 검소는 부를 낳게 된다.'라고 나온다. 나태가 가장 위험한 경우가 한 인간을 '육체적, 정신적으로 영향'을 미쳐 '도덕적 타락을 가져오게도 한다.'라는 것이다.

그렇다면 '나태와 근면'에 대한 명언(名言:이치에 들어맞는 훌륭한 말)들은 무엇이 있는가? 명사들의 명언이나 나라마다의 속담, 격언은 다음과 같다.

먼저 '나태'에 대한 명언들로는 '태만한 자는 긴 침도, 짧은 침도 없는 시계이다. 설령 움직이기 시작했다 해도 멎어 있을 때와 마찬가지로 아무런 도움이 되지 않는다.' 영국 시인 W. 쿠퍼의 말이고, '태만은 어머니이다. 태만은 도적이라는 아들과 기아(飢餓:굶주림)라는 딸이 있다.' 프랑스의 작가, 정치가로 '레미제라블'을 쓴 빅토르 위고의 말이며, '고기가 썩으면 구더기가 생기고 생선이 마르면 벌레가 생긴다. 태만함으로 자신을 잊는다면 재앙이 곧 닥칠 것이다.' 중국 전국시대 후기 철학자 순자(荀子)의 말이다.

다음으로 '근면'에 대한 명언들로는 '근면은 행운의 어머니이며, 신은 근면한 자에게 모든 것을 주신다. 그러므로 나태한 자가 잠을 자는 동안 깊이 밭갈이하라. 그러면 팔고 또 저장할 수 있는 곡식을 얻으리라.' 미국 건국의 아버지 벤저민 프랭클린의 말이고, '검소한 자만이 다스릴 것이요, 애써 일하는 자만이 가질 것이다.' 미국의 작가, 사상가 랠프 왈도 에머슨의 말이며, '근면과 노력으로 해결될 수 없을 만큼 어려운 일은 이 세상에 아무것도 없다.' 로마시인 마르쿠스 테렌티우스 바로의 말이다. 근면에 대한 명언으로 우리 삶의 '좌우명(座右銘)'으로 삼을 만한 것으로 '잘 보낸 하루가 행복한 잠을 가져오듯이, 잘 쓰인, 근면, 성실 그리고 노력으로 한평생을 보낸 인생은 행복한 죽음을 가져온다.' 르네상스 시절 이탈리아의 화가 레오나르도 다빈치의 말이고, '근면은 사업의 정수(精髓)이며, 번영의 열쇠이다.' 소설 '위대한 유산'을 쓴 영국 소설가 찰스 디킨스의 말이며, '큰 부자는 하늘에 달려있고, 작은 부자는 부지런함에 달려있다.' 중국 명나라 고전서(古典書) '명심보감'에 나오는 말이다.

마지막으로 나라마다의 '속담, 격언'들로는, 영어속담에 중학교 영어 시간에 문법 '관사' 편 예문으로 배운 '일찍 일어나는 새가 벌레를 잡는다(The early bird catches the worm.)'와 '뜻이 있는 곳에 길이 있다(Where there is a will, there is a way.)'가 있고 '근면과 굳은 결심은 우리가 성공하는 데 도움이 된다(Hard work and firm determination can help us to achieve success)'가 있다. '프랑스 속담에 '한가한(게으른) 인간은 고인 물이 썩는 것과 같다.'가 있고, 영국속담에 '게으른 두뇌는 악마의 공장이다.'가 있으며, 튀르키예(터키)의 속담에 '계단을 밟아야 계단 위에 오를 수 있다.'가 있다. 또한 네덜란드 속담에 '게으른 자는 악마의 베개이다.'가 있고, 아이슬란드의 속담에 '움직이지 않는 까마귀는 굶어 죽는다.'가 있으며, 독일 속담에 '부지런한 사람에게는 1주일에 7번이 오늘이 있고, 게으른 사람은 7번의 내일이 있다.'가 있다. 그리고 아라비아 속담에는 '무엇인가 하고 싶은(부지런한) 사람은 방법을 찾아내고 아무것도 하기 싫은(게으른) 사람은 구실을 찾아낸다.'가 있다. 서양의 대표적 격언으로 '휴식과 행복은 근면에 의해서만 얻어진다.' '근면은 행복의 어머니이다.'가 있고, 덴마크의 속담에 '젊었을 때 태만한 자는 늙어서 도적이 된다.'가 있고, 일본 속담에는 '하루가 늦으면 열흘이 손해'가 있으며, 우리나라 속담에는 '부지런한 물방아(물레방아)는 얼 새도 없다.'가 있다.

나태는 근면과 반대개념으로 뭔가를 그냥 '하기 싫어하다'보다는 적극적으로 '해야 할 일을 안 하는 것'이다. 영국 작가 도로시 세이어즈는 '나태는 배우거나 성장할 이유도 없고, 인생의 목적도 없고, 살아갈 이유도 없고, 죽을 이유도 없어, 그냥 살아가는 것'이라고 말했다. 다른 일은 열심히 해도 마땅히 해야 할 일에 열심을 내지 않는 것이 '게으름'인데, 사람은 '자신의 사명(使命:맡은 바 임무)감이 무뎌지면서 게을러지는 것'이다. 다시 말해 나태는 '삶의 의미나 사명과 관련 있는 것'으로, 자신의 할 일과 의미를 발견하지 못할 때 나태해지고, 그렇게 되면 영혼도 죽게 되는 것이다. 그러나 우리는 한세상 살면서 '삶의 계획과 목적, 목표 의식, 도전정신과 용기, 희망을 불러일으키는 삶'을 살아야 하겠다. '부지런한 사람이 성공할 수 있다'라는 사실은 시공(時空)을 초월한 '진리'이다. 바쁘다고 부지런한 사람이 아닌, '가치 있는 목표'에 집중하여 노력하는 것, 그리고 자신의 역할, 사명을 다해야 하는 것, 그것을 위해서는 때로는 '절제'도 필요하다. 다분히 선천적인 영향도 있지만 교육(배움)을 통해서, 스스로 느끼고 다짐하며 살아가는 '삶의 지혜'가 우리 모두에게 필요하다.

3. 독서(讀書)와 여행(旅行)

'생활 속 지혜' 한 편의 글은, 맨 먼저 제목 선정, 그다음 자료수집, 다음으로 글쓰기, 마지막 여러 번의 검토를 거쳐 나온다. 글을 '설득력 있게 잘 쓴다.'라 는 것은 '남의 글을 적절하게 인용하는 것'이라고 한다. 영국 작가 J. 보즈웰의 말 '한 권의 책을 쓰기 위해서 도서관을 절반 이상 뒤진다.'라는 말처럼 자료 수집은 글쓰기의 가장 중요한 한 과정이다. 지금까지 글을 써오면서 명사들 의 명언들을 유독(惟獨) 많이 인용해 왔으며, 앞으로도 그리할 것이다. 왜냐 하면 명사들의 명언들은 시공(時空)을 초월(超越)해서 그들 나름의 삶의 내공 이 깃든 진리와도 같은 말들이기 때문이다. 그러므로 글을 읽고 명사들의 명 언들만이라도 오랫동안 마음속에 간직하기를 바라는 바이다.

독서는 자기 인생의 폭을 넓히고 자신의 체험을 예리(銳利:관찰이 나 판단이 정확하고 날카로움)하고 정확하게 만들어 주는 것이다. 결 국 '바람직한 인격 형성을 하는 데 독서의 목적이 있는 것'이다. 인간 은 생각하기 위한 지식을 독서에서 구하고, 생각하는 방법 또한 독서 에서 배우며, 독서와 더불어 생각하게 될 때 비로소 사물에 대한 이 해와 판단이 빠르고 폭넓은 인간으로 성장하게 되며, 나아가 '새로운 것을 창조해 낼 수 있는 창의력을 가질 수 있게 되는 것'이다. 무엇보 다도 세상을 살아가면서 가난과 무지에서 벗어나는 방법은 공부밖에 없듯이, '미련(매우 어리석고 둔함)과 착각(錯覺:실제와 다르게 느끼거나 생각함)에서 벗어나는 유일한 방법은 독서밖에는 없는 것'이다. '가난한 사람은 책으로 인해 부자가 되고, 부자는 책으로 존귀(尊貴)하게 된다.' 중국의 한시(漢詩) 고문진보(古文眞寶)에 나오는 말이다. 또한 한 사람에게 가장 중요한 것이 건강인데, 한 사람의 온전한 건강에는 육체적 · 정신적 · 사회적 건강으로, 육체적 건강은 '운동'으로, 정신적 건강은 '독서'로, 그리고 사회적 건강은 '올바른 인성을 바탕으로 처세, 원만한 대인관계'에서 기인(起因)하는 것이다. '사람은 음식물과 운동으로 체력을 배양하고, 독서로 정신력을 배양한다.' 독일 철학자 쇼펜하우어의 말이고, '책이란 감정과 정신, 그리고 사상의 의복이고 주택이며, 인공(人工)으로 된 모든 문화물 가운데 꽃이요, 천사이며, 제왕이다.'라고 단편 문학의 대가(大家), 소설가 이태준이 독서에 대한 예찬론(禮讚論)을 펼쳤다.

독서는 '독서함'으로 모르는 사실을 새롭게 깨닫게 되고, 독서를 통해 새로운 것들을 가르쳐주는 정다운 친구도 되고, 스승도 되는 것으로, 책을 통해서 '지식과 학문을 닦기 위함'이 그 무엇보다도 첫째이다. 다음으로, 나무를 땅에 심고 물과 거름을 주면 건강히 자라 더 푸르고 더 나은 결실을 보듯, 말과 행동이 깊이 있는 사람이 되게 하는 교양과 수양(修養:몸과 마음을 닦아 품성 · 지식 · 도덕심 따위를 높은 경지로 끌어 올림)이 되어 인성이 다듬어져 남과 다른 가치관과 인생관을 형성하게 되는 것이다. 다음으로, 우리의 삶을 즐겁고 보람 있게 하는 여가선용의 일환(一環)으로 그 수단과 방법으로 이용될 수도 있다. 마지막으로 공부하는 학생들에게는 문제 해석을 올바르고 효율적으로 하게 할 수 있는 어휘력, 이해력, 분석력, 추리력, 판단력이 길러져, 시험을 잘 치르게 되어 고득점을 얻을 수 있게 되며, 일반인들에게는 교양, 연구, 생활정보 수단뿐만 아니라 마음의 위안(慰安)과 고민을 해결시켜 주기도 하고, 그리고 사고능력과 원활한 의사소통 능력을 기르는 데 큰 역할을 한다. 특히 사회생활에서 성공에 필요한 요건(要件)들이 여럿 있지만 표현력, 언변술(言辯術:말의 꾀, 재주)이 중요하다. 한마디로 '말 잘해야 한다.'라는 것이다. 그러려면 표현하는 데 적재적소(適材適所)에 맞는 어휘력이 필요하다. 그 어휘력은 바로 독서에서 나오는 것이다. 총체적으로 독서는 인류가 창조해 낼 수 있는 모든 문화의 원천적인 지혜를 제공하는 것으로, 자신이 직접 경험하지 못한 것들을 타인의 경험을 통해 전수(傳受) 받아 자신의 지식과 경험으로 숙지(熟知)시키는 간접경험의 수단으로서, 폭넓은 지식을 흡수하여 수학학습(修學學習)에 임(臨)하기 위해, 전문가로 권위를 유지하기 위해, 정서 순화와 깊은 사고의 지름길을 찾기 위해, 그리고 교양인으로의 덕성(德性)과 품위(品位)를 유지하기 위해 중요할 뿐만 아니라 절대적으로 필요한 것이다.

큰 울림을 주며 '독서의 지혜'로 삼을 만한 것들로, '책은 청년에게는 음식이 되고, 노인에게는 오락이 된다. 부유할 때는 지식이 되고, 고통스러울 때는 위안이 된다.' 키케로의 말이고, '책은 위대한 천재가 인류에게 남긴 유산이다.' J. 에디슨의 말이며, '독서는 일종의 탐험이어서 신대륙을 탐험하고 미개지를 개척하는 것과 같다.' J. 듀이의 말이다. 또한 '책을 읽는다는 것은 자신의 미래를 만드는 것과 같다.' 에 머슨의 말이고, '약으로 병을 고치듯이 독서로 마음을 다스린다.' 카이 사르의 말이며, '책은 인류의 진보를 위한 사다리다.' 막심 고리키의 말이다. 그런데 무엇보다도 명심해야 할 명언으로, '악서(惡書)는 지 적(知的)인 독약으로서 정신을 독살(毒殺)한다.'와 '나쁜 독서는 나쁜 교제보다 더 위험하다.' 칼 힐티의 말과 '나쁜 책을 읽지 않는 것은 좋 은 책을 읽기 위한 조건이다.'라는 쇼펜하우어의 말처럼, 반드시 '독서 는 양서(良書:좋은 책, 유익한 책)를 읽어야 한다.'라는 말이고, 그리고 '어떤 책은 맛보고(잡지 책처럼 대충 읽음), 어떤 책은 삼키고(읽고 이해함), 그리고 일부의 책들은 씹어서 소화(읽고 지식으로 삼음)해 야 한다'라는 F. 베이컨의 말은 '독서의 방법'에 대한 명언이며, '무릇 책을 읽을 때는 책상을 잘 정돈하고, 마음가짐을 깨끗하게 하고, 단정 하게 하고, 책을 가져다가 가지런히 놓고는 몸은 바른 자세로 책을 대 하고, 자세히 글자를 보며, 자세하고 분명하게 읽을 것이다'는 중국 유 학자 주자(朱子)가 말한 '독서하는 올바른 자세'의 가르침이다.

그렇다면 어떤 책을 읽어야 하나? 첫 번째는 위인전(偉人傳)으 로, 주인공(위인)들의 어려움과 도전, 성공과 실패를 다루어, 영감과 교훈을 제공해 주는 것으로, 성장기의 아이들에게 꿈과 희망, 목표 를 줄 수 있다. 두 번째는 역사와 문화서(書)로, 우리에게 과거의 사 건과 인물들을 느끼게 하고 구체적으로 풍부한 정보도 제공하게 되 어, 그 시대의 분위기와 문화 체험을 할 수 있는 기회를 제공해 준다. 세 번째는 픽션(fiction:허구 소설)과 판타지(fantasy:공상 소설)로, 작가들의 상상력을 빌려 독자들을 상상의 세계로 끌어들여 가상의 세계를 체험하게 한다. 네 번째는 수필과 에세이로, 인간의 삶과 문화를 이해하고 인간의 감정과 생각을 공감하는 장르로 '작가의 생각이 가장 잘 담겨있는 것'이다. 이 둘은 지적 수준의 차이 없이 누구나 부담감 없이 읽어 나갈 수 있어 독서 중 주(主)를 이루어야 한다. 다섯 번째는 지리와 자연, 그리고 여행서(書)로, 우리에게 다양한 관광 명소와 자연환경을 소개해 주고 지리적 정보와 함께 각 지역의 문화와 역사 동·식물에 대한 지식도 제공해 준다. 여섯 번째는 현대문학과 시(詩)로, 현대사회와 문화를 깊이 이해할 수 있도록 도와주며, 현대사회의 이슈들을 다양한 시각으로 바라볼 수 있는 기회를 제공해 준다. 그리고 시집(詩集)은 '다양한 감정과 경험을 집약된 언어와 절제된 표현'으로 전달해 주게 되고, 무엇보다도 시를 읽는 동안 외부와의 차단으로 일상에서 겪는 스트레스, 무엇보다도 '고뇌(苦惱:괴로움과 번뇌)'를 잊게 해준다. 일곱 번째는 과학 서적이나 고전(古典)으로, 영국 작가 리턴은 '과학 서적은 최신(最新) 작품이나 연구서를 읽고, 문학에서는 최고(最古:가장 오래됨)의 책을 읽어라. 고전은 항상 새로운 것이다.'라는 충고의 말을 남겼다. 마지막으로 실제(實) 생활에서 가장 접하기 쉬운 독서 방법일 뿐만 아니라, 결코 어느 것에도 뒤지지 않는 독서의 양(量)을 채울 방법이 있다. 그것은 '일간신문을 읽는 것'이다. 매일 일간신문 3개(중앙지와 지방지 포함) 정도의 '오피니언란의 사설과 칼럼'을 읽는 것이다. 그런데 '평생을 하루도 빠짐없이 읽는다.'라는 각오여야 한다.

여행은 '일이나 유람(遊覽:여기저기 돌아다니며 구경함)을 목적으로 다른 고장이나 외국에 가는 것'을 말하며 객려(客旅)나 정행(征行)이라는 말로 대신하기도 한다. 비슷한 듯 조금은 다른 관광(觀光)은 '다른 지방이나 다른 나라의 경치·명소(名所:경치나 고적 등으로 이름난 곳) 따위를 구경함'으로 '여행 가서 관광하다'로 여행의 '구체적 행위이자 목적'인 셈이다. '여행은 만남이고 발견이며, 낯선 고장이나 나라, 낯선 문화 그 만남의 궁극(窮極)은 결국 나 자신과의 만남이다.'라고 여행 전문가들은 말한다. 여행을 통해 발견하는 새로운 자아(自我), 그것이 바로 진정한 여행의 매력이다. 동행과 함께라면 더욱 즐겁고 행복하겠지만, 혼자만이라도 여행을 할 수 있는 여유로움을 만드는 것도 자기 변화와 발전을 위해 유의미(有意味)한 일이라고 생각해 본다. '여행은 그대에게 세 가지의 이익을 줄 것이다. 하나는 고향에 대한 애착(愛着)이고, 다른 하나는 다른 곳에 대한 지식이며, 마지막으로 자기 자신에 대한 발견이다.' 인도 철학자 브와그만의 말이고, '여행은 다른 문화, 다른 사람을 만나고 결국에는 자기 자신을 만나는 것이다.' 우리나라 탐험가, 저술가 한비야의 말로, '여행은 결국 자기 자신을 발견하는 여정(旅程:여행의 과정이나 일정)이다.' 미국 소설가 로렌스 블록의 말과 결(結)을 같이한다. 여행은 나와의 시간을 갖고, 다른 사람들을 받아들일 수 있는 열린 마음과 여유를 누리게 되며, 무엇보다도 '기다림과 느림의 미학(美學:미의 본질과 구조를 해명하는 학문)'인 '기다림과 느림을 배울 수 있다.'라는 것이다. 흔히 여행은 인생에 비유(比喩)되곤 하는데, 사람들이 여행을 갈망

(渴望)하는 것은 여행 과정이 '인생에 대한 축약본'이기 때문이 아닐까? 생각해 본다. 여행 과정에 언제 어떠한 돌발(突發)상황에 맞닥뜨리게 될지 예측 불가능하다는 점에서 여행과 삶은, 일견(一見) 닮은 꼴인 것 같다. 대도시나 선진국을 여행하게 되면 자신의 시야를 넓혀주고 꿈과 이상을 넓혀줄 것이고, 도서 벽지나 오지 여행은 자연의 아름다움과 안분지족(安分知足)하는 삶, 그리고 무엇보다도 자신이 얼마나 편한 문명의 이기(利器)를 누리고 살아가고 있는지를 깨닫게 되어 '감사한 마음'을 느끼게 될 것이다.

여행은 목적지에 닿아야 행복해지는 것이 아니라 과정에서 행복을 느끼게 되며 '새로운 풍경을 보는 것이 아니라 새로운 눈'을 가지는 데 있다. 약상자에 없는 치료제가 여행이다. '여행은 모든 세대를 통틀어 가장 잘 알려진 예방약이자 치료제이며, 동시에 회복제이기도 하다.' 대니얼 드레이크의 말이다. 여행할 목적지가 있다는 것은 무엇보다도 중요한 일이지만 더 중요한 것은 여행 그 자체이며 정신을 다시 젊게 할 수 있는 샘(井)이다. '여행은 목적지에 닿아야 행복해지는 것이 아니라, 여행하는 과정에서 행복을 느낀다.' 세계적 베스트셀러 작가 앤드류 메튜스의 말이다. 여행은 '경치를 보는 것' 이상으로 깊고 변함없이 흘러가는 생활에 대한 '생각의 변화'이며, 여행을 통해 변화할 줄 아는 사람만이, 곧 '생명력'이 있는 것이다. 여행, 그 단어 자체만으로도 설레는 마음이 충만하다. 지치고, 힘들고, 지겨울 때, 그리고 기분 전환이 필요할 때, 새로운 세계를 발견하고 직접 체험과 경험을 통한 깨달음을 얻고 삶의 목적을 찾기 위한 삶의 지혜로의 여행은 동행이 있으면 좋지만, 그럴 여건이 안 되면 혼자라도 좋다. 무엇보다도 혼자만의 여행은 자신의 발전을 위해 혼자서 결정하고 행동하는 방식으로 성숙해질 수 있는 것이다. 한 번 다녀올 때, 열번 다녀올 때 그 차이는 크다. 여행을 통해 '뜻밖의 사실'을 알게 되고, 자신과 세계에 대한 '놀라운 깨달음'을 얻을 수도 있다. 그런 '마법적 순간을 경험하는 것'이 바로 여행이다. 강물이 흐르지 않는다면 물이 고여 썩게 되어, 어떤 용도로도 사용하지 못하는 법이다. 사람에게 있어서도 같은 이치이다. 흔히 하는 말로 '우물 안 개구리'라는 말처럼, 사람도 '항상 제자리에만 있고 바뀌지 않는다면 물이 고여 있는 것'과 마찬가지이다.

'여행의 지혜'로 삼을 만한 명사들의 명언들로, '세계는 한 권의 책이다. 여행하지 않는 자는 그 책의 단지 한 페이지만 읽을 뿐이다.' 성 아우구스티누스의 말이고, '바보는 방황하고 현명한 사람은 여행한다.' 토머스 풀러의 말이며, '여행이란 우리가 사는 장소를 바꿔주는 것이 아니라, 우리의 생각과 편견을 바꾸어 주는 것이다.' 아나톨 프랑스의 말이다. 또한 '여행과 장소의 변화는 우리 마음에 활력을 선사한다.' 세네카의 말이고, '청춘은 여행이다. 찢어진 주머니에 두 손을 내리꽂은 채 그저 길을 떠나도 좋은 것이다.' 체 게바라의 말이며, '사람을 젊게 만드는 것이 둘 있다. 하나는 사랑이요, 다른 하나는 여행이다. 젊어지기를 원하는가? 그렇다면 여행을 많이 하라.' 미상(未詳)의 말이다.

서양 속담에 '독서는 앉아서 하는 여행이고, 여행은 서서 하는 독서'라고 하고, 여행 작가 김남희는 '독서는 마음으로 하는 여행이고, 여행은 몸으로 하는 독서'라고 말한다. 독서와 여행은 환상의 조합이다. 독서가 여행할 길의 지도와 안내(거리와 경로)를 담은 노정기(路程記)라면, 여행은 낯선 공간과 사람에게서 깨달음과 내가 알지 못했던 것을 알려주어 내 생각과 시야를 넓혀주게 되는 것이다. 손에서 책을 놓지 않고, 읽고 행동에 옮겨 실천하고, 일상을 여행처럼, 여행을 일상으로 살아가는 삶이야말로, 가장 이상적이고, 바람직한 '생활의 지혜'이며, '삶의 자세'이기도 하는 것으로, 내가 살아있음을 느끼게 하는 '유일한 생명의 단서(端緒)'가 되어야만 하겠다. 그런데 보통 사람들은 '독서와 여행을 병행하는 삶을 살아간다.'라고 말할 수는 있지만, '달걀이 먼저냐, 닭이 먼저냐?'라는 물음이나 의문처럼, '독서가 먼저냐, 여행이 먼저냐?'라고 묻는다면 어떤 대답을 하게 될까? 단언컨대 '독서가 먼저다.'라고 답해야 한다. 왜냐하면 충분한 지식과 식견(識見:학식과 견문)이 있어야 비로소 훨씬 더 나은 여행이 될 수 있기 때문이다. 그러므로 젊어서 충분한 독서, 다독(多讀)을 해야만 노년의 여행이 더욱 알찬 결실을 보게 되는 것이다. 구체적 한마디로 지식이 없는, 머릿속에 든 것이 없는 사람의 여행은, 그저 '파노라마(panorama)식, 스쳐 지나가기'일 뿐이라는 것이다. '여행에서 지식을 얻어 돌아오고 싶다면 떠날 때 지식을 몸에 지니고 가야 한다.' 새뮤얼 존슨의 말과, '여행이란 젊은이들에게는 교육의 일부이며, 나이 든 이들에게는 경험의 일부이다.' 프랜시스 베이컨의 말을 인용하는 것으로, 이 글의 대미(大尾)를 장식한다.

4. 두려움(공포)과 아픔(고통)

　두려움이란 '두려운 느낌이나 표정'으로 유의어에 공포(恐怖:무서움과 두려움), 겁(怯), 무서움, 공황(恐慌:급변한 사태에 놀랍고 두렵고 어찌할 바를 모르는 상태), 위구(危懼:염려하고 두려워함), 공구(恐懼:몹시 두려움), 위름(危懍:몹시 두려워함)이 있다. 그리고 반의어가 용기이다. 우리가 글이나 말의 표현 중 '감(敢:감히 감)히'라는 말을 쓰는데, 이는 '두려움이나 송구(悚懼:두려워서 마음이 거북스러운')함을 무릅쓰고', '말이나 행동이 주제넘게(건방져 분수에 지나친)'라는 의미이다. "용기는 미래의 일을 미리 예측하지 않는다. 그렇기에 용기는 '두려움'과 '무모함'의 중용(中庸)이다." 고대 그리스의 철학자 아리스토텔레스의 말이고, '두려움이 없는 것은 용기가 아니다. 그 두려움을 이기는 것이 용기이다.' 미국 소설가 마크 트웨인의 말이며, '사람은 누구나 옳은 일이 무엇인지를 안다. 진정 어려운 것은 그 옳은 일을 실천하는 일이다. 용기란 두려운 와중(渦中)에서도 먼저 나서서 의무를 다 하는 것이다.' 미국의 육군 장군으로 걸프전을 지휘한, 걸프전의 영웅, 노먼 슈워츠코프의 말이다.

　또한 두려움, 공포란 '무엇인가를 무서워하고, 거부하며, 피하려는 감정'으로, 생명이 느끼는 감정 중 가장 원초적(原初的)인 것으로, 생존에 유리하기 때문에 일어나는 것이다. 인류의 가장 오래된 감정은 공포, 두려움이며, 가장 강력한 공포는 미지(未知)의 것에 대한 공포이다.' 미국의 공상과학 소설가 H. P. 러브 크래프트의 말이다. 그리고 전 세계 최고의 기독교 베스트셀러 '목적이 이끄는 삶'을 쓴 목사, 저술가이며 뉴스위크지(誌)의 미국을 대표하는 15인 중 한 명인 릭 워렌은 '두려움이란 매우 충격적인 경험, 비현실적인 기대, 그리고 엄격한 가정환경으로 인해 생길 수도 있고, 또는 유전적인 요인으로 생길 수도 있다. 그 원인에 상관없이 두려움에 이끌려서 사는 사람들은 종종 좋은 기회를 놓치게 된다. 이는 그들이 모험을 두려워하기 때문이다. 대신 그들은 안전한 방향으로, 위험을 피하고 현재 상태를 유지하려고만 한다.'라고 말하며, 덧붙여 말하기를 '두려움이란 스스로를 가두는 감옥이다.'와 '목적이 있고 초점이 맞춰진 삶만큼 강력한 것은 없다'라고 말한다. 한마디로 '모험을 두려워하는 현실 안주(安住:현실의 상황이나 처지에 만족함)형의 사람들은 더 이상의 발전을 기대하기 어렵다는 것'이며, '자기 삶의 목적을 깨닫고 과거가 붙잡는 두려움에 허우적거리기를 멈춰 미래를 향해 초점을 맞추라'라는 메시지이다.

아픔은 '육체적으로나 정신적으로 괴로운 느낌'의 의미이며 유의어는 고(苦), 고통(苦痛), 괴로움이고 아픈 증세(症勢)가 통증(痛症)인데. 신체적 고통은 감각 중 통증 감각, 즉 통각(痛覺)을 통해 느끼는 것이다. 그리고 반의어가 기쁨이나 행복이다. 고통은 지극히 개인적 감정으로, 감정적인 고통의 예(例)는 불안, 슬픔, 미움(증오), 지루함(권태) 등이 있으며, 신체적 고통이나 정신적 고통 모두 강도(強度:센 정도) 면에서 온화한 강도에서부터 인내하기 불가능한 정도까지 있다. 보통 사람들은 육체적으로나 정신적으로 조금만 고통을 느껴도 쉽게 좌절하고 포기해 버린다. 고통을 견디지 못해 포기하게 되면 남는 것은 무엇이 있겠는가? 그것은 바로 '후회'이다. 더 우려스러운 것은 평생을 두고두고 후회 속에 살 수도 있다는 것이다. 이 얼마나 안타까운 일인가! 우리 인간은 육체적 고통보다 정신적 고통이 더 큰 법이다. '고통은 착각에서 온다.' 정목 스님의 말씀은 '착각에서 벗어나는 것이 정신적 고통을 덜 받는 것이다.'로, 한마디로 '자신을 되돌아보는 주제 파악이 고통을 벗어나는 길이기도 하다.'라는 것이다.

그러나 성공한 사람들, 특히 위인(偉人:뛰어나고 훌륭한 사람)이라고 하는 사람들은 모두 다 쉽게 그 자리에 오른 것이 아니다. 세상사 쉽게 되는 일은 결코 아무것도 없다. 고통과 역경(逆境:일이 뜻대로 되지 않는 불행한 처지나 환경)을 딛고 일어선 것이다. 다음 명사(名士:세상에 알려진 사람)들의 명언(名言:이치에 들어맞는 훌륭한 말)들을 귀감(龜鑑:거울로 삼아 본받음)으로 삶의 지혜로 삼아라. '아! 이런 세상을 두려워하지 말라. 그러면 곧 알게 되리라. 고통을 겪은 다음 강(強)해지는 것이 얼마나 장엄(莊嚴:웅장하며 위엄 있고 엄숙함)한가를' 미국의 시인이자 '현대 언어'의 교과서를 집필한 헨리 워즈 롱펠로의 말이고, "지금이 '최악의 사태다'라고 말할 수 있을 동안은 아직도 최악의 사태는 아니다." 영국의 세계적 대문호(文豪:크게 뛰어난 문학가) 셰익스피어의 말이며, '참고 버텨라. 그 고통은 차즘 너에게 좋은 것으로 변할 것이다.' 고대 로마시인 오비디우스의 말이다. 그런데 고대 그리스 사람으로 이솝우화를 쓴 이솝(아이소포스의 영어식 발음)은 '자기 자신의 불행보다는 타인의 불행을 통해 인생의 지혜를 터득하는 것이 현명하다'라는 말을 남겼는데 일리(一理)가 있는 말로 '남의 고통, 불행을 보고 타산지석(他山之石)으로 삼아라.'라는 것이다.

영어속담에 'No pain no gain.'이라는 말은 '고통 없이는 얻는 것도 없다'라는 의미로 우리가 인생을 살아가면서 '무엇인가를 얻고자, 이루고자' 할 때는 어려움이 따르기 마련이며, '매사 순탄하게 얻거나 이루어질 수 없다.'라는 말로 어떤 일을 해 나가는 과정에서 고통을 극복하기 위해 최선의 노력을 다하는 것이 중요하다는 것을 일깨워주는 말이다. 자신의 목표를 향해 노력하고 어려움을 극복해 나가는 과정에서 더욱 강해지고 성공한 사람으로 성장하게 되는 것이다. '하늘이 어떤 사람에게 대임(大任:아주 중대한 임무)을 맡기려고 할 때에는 반드시 먼저 괴롭힌다.' 맹자 님의 말씀이고, '풍파(風波:세찬 바람과 험한 물결)가 없는 항해, 얼마나 단조로운가! 고난과 역경이 심할수록 내 가슴이 뛴다.' 독일의 철학자 프리드리히 니체의 말이며, '조급하게 굴지 마라. 행운이나 명성도 일순간에 사라지는 법이다. 그대 앞에 놓인 장애물이나 고통을 달게 받아라. 견디거나 싸워나가는 데서 기쁨을 느껴라.' 프랑스의 평론가, 전기 작가, 역사가 앙드레 모루아의 말이다.

'인간과 동물이 소유하고 있는 가장 유용한 것'들 중 두 가지는 '공포, 두려움(fear)과 고통(pain)'이다. 불이 탈 때 상처를 주지 않는다면 어린아이들은 자기 손이 다 탈 때까지 불을 가지고 놀 것이며, 마찬가지로 고통만 존재하고 두려움이 없다면 계속해 불을 가지고 놀며 그 불에 데고 상처 입을 것이다. 왜냐하면 두려움은 전에 데거나 상처 입었던 불을 멀리하도록 경고하지 않기 때문이다. 진정으로 두려움이 없는 군인-그런데 그런 군인들이 있기도 하다- 쓸모없는 군인이다. 왜냐하면 곧 죽게 될 그런 군인은 군대에서 무용지물(無用之物:쓸모없는 물건이나 사람)이기 때문이다. 그러므로 두려움과 고통은 인간과 동물이 곧 사멸(死滅:die out:죽어 없어짐)되지 않고 존속(存續)할 수 있는 두 개의 '경계병'이다. 그러나 오늘날 그 두려움이 부정적으로 작용하는 것들이 있다. 첫째 50대 이후의 직장 '퇴직'에 대한 불안과 두려움, 둘째 젊은이들의 '취업'에 대한 불안과 두려움, 셋째 학생들이나 학부모들의 '입시' 불안과 두려움, 넷째 일자리를 잃게 될 '인공지능(AI: artificial intelligence)'에 대한 불안과 두려움, 다섯째 코로나 같은 팬데믹(pandemic:세계적 전염병 대유행)이나 노년 질병, 황혼이혼에 대한 불안과 두려움, 여섯째, 남녀노소 누구나 느끼는 '묻지마 범죄'에 대한 불안과 두려움, 일곱째, 지구 온난화로 말미암은 기상재해나 자연재해 등에 대한 불안과 두려움, 여덟째 서민들에게 가장 두려운 고(高)물가나 인플레이션에 대한 불안과 두려움, 아홉째, 국민의 이분화(二分化)에 대한 우려와 정치 불안감, 마지막으로 우리 모두에게 위협적인 북핵의 위협과 전쟁에 대한 불안감과 두려움 등이다.

끝으로 두 권의 책을 추천한다. 한 권은 미국의 나폴레옹 힐이 쓴 '두려움을 이기는 습관(原題:Freedom from Your Fears)'이고, 다른 한 권은 미국의 베스트셀러 작가이자 정신과 의사, 심리치료사 러스 해리스가 쓴 '인생에 거친 파도가 몰아칠 때(고통의 한복판에서 행복을 선택하는 법)(原題:When Life Hits Hard)'이다. 전자는 '성공 철학'의 거장(巨匠:그 방면의 기능에 뛰어난 사람)으로 자신의 사상을 압축한 '두려움 극복 공식 가이드북'이며, 후자는 '슬픔, 상실, 역경'에 대처(對處)하는 '지혜'를 줄 뿐만 아니라 마음을 달래는 데서 그치지 않고 현재를 살아가도록 '인내하고 성장을 돕는 책'으로 저항하지도 도망가지도 않고, 기꺼이 경험하며 지금 '여기 살아가기 위한 방법을 제시해 줄 것'이다. 두 권 모두 우리말 번역본도 나와 있다.

5. 사랑과 집착

사랑의 사전적 정의는 '사람이나 존재를 아끼기 위해서 정성과 힘을 다하고 귀중히 여기는 마음'이다. 사랑은 긍정적 감정뿐만 아니라 '그리움이나 안타까움'과 같은 부정적인 감정까지도 포함한다. 사랑의 삼각형 이론에서 '친밀감, 열정 및 개입(介入:어떤 일에 끼어듦)이 충만하게 균형을 이룬 상태'가 완전한 사랑이다. 사랑이란 '이성 간의 사랑'만을 보통은 생각하지만 여러 가지 종류가 있는데, 첫째는 이성 간의 사랑, 열정적인 사랑인 에로스(eros), 둘째는 종교적인 무조건 사랑이나 일방적 사랑, 자신을 희생함으로 실현되는 이타적(利他的) 사랑인 아가페(agape), 셋째는 상대방이 잘되기를 바라는 순수한, 친구나 동료의 사랑인 필리아(philia), 넷째는 오랜 우정이나 부모 자식 간, 혈육 간의 사랑인 스트로게(storge), 다섯째, 카사노바처럼 유희(遊戲)하듯 즐기고, 만남 자체만을 즐기는 루두스(ludus), 여섯째 이성의 조건을 나열해 두고 해당 조건에 맞는 사람을 사랑하는 프래그마(pragma), 일곱째 격정(激情:격렬한 감정)적이며 소유적인 사랑으로 집착과 광(狂)적인 사랑 매니아(mania), 마지막으로 순수하고 정신적인, 비성적(非性的) 사랑인 플라토닉(platonic) 사랑이 있다. '사랑이 있는 곳에 삶이 있다(Where there is love, there is life)' 인도의 독립운동지도자, 평화주의자 마하트마 간디의 말로, 더 이상 사랑에 대해 말할 것은 없을 것 같다. 한마디로 '삶에는 반드시 사랑이 필요하다.'라는 말이다. 그런데 프랑스 작가 앙드레 모로아의 말 '방치된 정원에 잡초가 자라듯 노력하지 않는 사랑은 어느새 다른 감정들에 의해 가려진다.'에 귀 기울여야 하겠다. 한마디로 '사랑도 적절한 관리가 필요하다.'라는 것으로, 요샛말로 '어장관리'이다.

　이 세상에서 가장 고결(高潔:고상하고 순결함)하고도 숭고(崇高:존엄하고 고상함)한 사랑에 버금가는(맞먹는) 것을 찾기가 그렇게 쉽지는 않을 것이다. 그런데 그런 사랑도 가슴 아프고 슬픈 사랑으로 두 가지가 있는데, 하나는 '짝사랑'으로 사전적 의미로는 '한쪽이 보통 자신을 사랑한다는 것을 상대가 모르거나 거부한 채 혼자만 상대방을 사랑하는 것'으로 가슴 아픈 일이지만 10대나 20대에 주로 흔하게 있는 일로, 대중가요 주제의 한 축(軸)을 이루고 있다. 작가 이영도가 쓴 판타지 소설 '드래곤 라자'의 내용 일부를 인용한다. "인간 세상에서 가장 슬픈 사랑이 뭔지 아십니까? '짝사랑'이지요. 그럼, 인간 세상에서 가장 무서운 병이 무엇인지 아십니까? '상사병(相思病:이성을 몹시 그리워하는 마음에 사로잡혀 생기는 병)'이올시다. 왜 그런 줄 압니까? 짝사랑과 상사병은 상대방을 변화시키지 못하기 때문입니다. 그래서 슬프고 아프지요. 짝사랑을 하면 그냥 '그 사람을 소중히 여기면 될 문제'인데 말입니다." 그리고 영국 시인, 문학 평론가 새뮤얼 테일러 콜리지의 말 '진정한 짝사랑은 상대방을 향한 순수한 마음과 말할 수 없는 그리움이 결합한 것이다.'가 있고, 미국의 문필가, 자선사업가 헬렌 켈러 여사의 말 '때로는 짝사랑이 미소를 짓게 하지만, 때로는 아픔을 안겨 줄 수도 있다. 그래도 짝사랑은 용기와 감동을 주는 순간들로 가득한 아름다운 상상의 나래(날개보다 부드러운 어감)이다.'도 있다. 또 다른 하나는 '첫사랑'으로, 이 경우도 두 가지로 나뉘는데, 이루기 어렵다는 첫사랑과 결실을 보고 결혼해 가정을 이루었지만, 세월이 지나 이런저런 삶의 무게로 사랑이 퇴색되어 결국은 별거, 졸혼, 파국으로 끝이 나는 경우가 있고, 독일의 대문호 괴테의 '첫사랑'이라는 시(詩)에서 '아! 누가 그 아름다운 날을 가져다줄 것이냐, 저 첫사랑의 날을. 아! 누가 그 아름다울 때를 돌려줄 것이냐, 저 사랑스러울 때를'이라는 구절(句節)처럼, 첫사랑을 이루지 못해 평생을 아쉬워하고 그리워하며 살아가는 경우로, 이 모두 가슴 아프고 슬픈 사랑들이다.

애정(愛情)이란 '사랑하는 마음'이고, 같으면서도 조금은 다른 연정(戀情)은 '이성을 사랑하고 그리워함'의 의미이다. 그렇다면 사랑과 애정의 차이는? 사랑은 애정에 비해 '로맨틱(romantic:연애 감정)한 감정'이 개입되어 있고, 좀 더 깊고, 장기적이며 복잡한 감정 상태인 반면, 애정은 좀 더 부드럽고 로맨틱한 감정과는 관계가 없는 감정 상태이다. 특히 가정은 '애정으로 결합한 가장 기본적인 사회'로 자라나는 아이들이 가정 내(內)의 따뜻한 분위기로 인하여 어떤 단체나 사회보다도 많은 것을 '긍정적으로 수용'할 수 있는 곳이다. 왜냐하면 부모는 자녀가 태어난 이후 수많은 시간 동안 그 자녀와 래포(rapport:심리학 용어로, 상호신뢰하며 감정적으로 친밀한 관계)가 지속해서 형성되어져 왔기 때문에 어느 누구보다도 아이들에게 느껴지는 영향이 크기 때문이다.

우정(友情)이란 '친구 사이의 가깝고 친한 정(情:느끼어 일어나는 마음의 작용)'의 의미로 '건전한 사랑(가족적 의미)'을 말한다. '친구, 벗은 마음이 서로 통하여 친하게 사귄 사람, 뜻을 같이한 사람, 내 짐을 등에 지고 가는 자(者)'로 수용, 신뢰, 존중의 바탕 위에서 '인생의 즐거움을 공유(共有)하고, 도움을 동반하는 동반자'이다. 그렇다면 사랑과 우정의 차이는? 우정의 요소에 돌봄이 포함될 때 사랑이 되는데, 우정이 사랑으로(친구 관계에서 연인 사이로) 바뀔 수는 있어도, 사랑이 우정으로 바뀌는 경우는 사랑에 문제가 생겼을 때, 남이 듣기 좋게 '친구 사이로 지내기로 했다.'라고 말하는 것 같다. 구체적 차이로는, 사랑은 느낌이고, 우정은 이해이다. 사랑은 주는 것이지만, 우정은 주고받는 것이다. 사랑은 한 사람과 같이 만들어 가지만, 우정은 여러 사람과 같이할 수 있다. 사랑은 오랜 기간 동안 어렵게 이루어져도 위태롭지만, 우정은 쉽게 빨리 이루어져도 오래간다. 사랑은 언제 떠날지 불안하지만, 우정은 항상 곁에 있다. 사랑은 술을 찾게 하지만, 우정은 함께 마시는 것이다. 사랑은 꾸미면서 보여주고 싶고, 우정은 솔직한 모습을 보여주는 것이다. 무엇보다도 극명한 차이는 사랑은 얼굴 한번 보기 위해 몇 시간씩 기다리기도 하지만, 우정은 서로 만나고 싶을 때 언제라도 불러내 만날 수 있는 것이다. 독일 시인 헤르만 헤세는 '인간이 육체를 가진 이상 사랑은 필요하다. 그러나 영혼을 깨끗하게 하고 성장케 하는 것은 우정이 필요하다.'라고 우리네 삶에서 우정을 강조했다. 세상에 절대 '가라앉지 않는 배(ship)'는 바로 '우정(friendship)'인 것이다.

집착(執着)이란 '어떤 것에 늘 마음이 쏠려 잊지 못하고 매달림'의 의미이고, 유의어에는 고착(固着:굳게 들러붙음), 애착(愛着:사랑하고 아껴서 단념할 수가 없음)이 있다. '유상집착(有相執着)'이란 불가(佛家)에서 '모습이나 형태가 있는 것에 집착하는 일'의 의미이고, '연연(戀戀)하다'는 '집착하여 미련(未練:잊지 못하고 끌리는 데가 남아 있는 마음)을 가지다'라는 의미이며, '은애(恩愛)하다'는 '어버이와 자식, 또는 부부의 은정(恩情:은혜로 사랑하는 마음, 인정 어린 마음)에 집착하다'라는 의미이다. 먼저 사랑과 집착의 차이는? 차이점이 명확하게 구분되는 백과사전을 인용하면, 단적(端的:곧바르고 명백한)으로 말해 '사랑은 배려심이 포함'되어 있고, 집착은 '이기심으로, 자기중심적 감정'이다. 사랑은 '상대가 어떻게 해야 할까?'라고, '끝없이 고민하고, 상대의 행복을 위해 늘 희생하고 노력하는 것'이라 하면, 집착은 상대방이 고통스럽든, 슬퍼하든 간에 자기 자신이 행복하면 그것으로 끝으로, "상대방을 소유함으로써 '자신이 행복하다'면 만족한다."라는 의미이다." 한마디로 요약하자면, '내가 수단이고, 상대가 목적이라면 사랑'이고, '상대가 수단이고, 내가 목적이라면 집착'인 것이다. 소설가 공지영이 쓴 '딸에게 주는 레시피'에서 사랑과 집착의 구별법을 '그가 어떻게 하든 그가 너를 나쁘게 대해도, 그가 다른 사람과 가버린다 해도, 심지어 그가 죽는다 해도 변하지 않는 것이 사랑이고, 그것으로부터 고통이 따르는 것으로 그가 이렇게 하면 네가 기쁘고, 그가 저렇게 하면 네가 슬픔과 고통의 나락으로 떨어진다면 집착이야'라고 쓰여 있다.

다음으로 애착(愛着)과 집착의 차이는? 원래 둘 다는 착(着:붙을 착-주로 접미사로 쓰임)이라는 뿌리에서 시작되는 것으로, 사전적 의미로는 '몹시 사랑하거나 끌리어서 떨어지지 아니함, 또는 그런 마음'이며, 불가(佛家)에서는 '좋아하여 집착함', 애집(愛執:애정에 대한 집착)이라고도 한다. 주로 '양육(養育:아이를 기름)자(者)'나 특별한 사회적 대상과 형성하는 '친밀한 정서적 관계'에서 일어나는 것으로 대상은 주로 사람이나 사물, 특정한 일에 해당하기도 한다. 애착은 밝고 긍정적 에너지가 강한 반면에, 집착은 부정적이고 어두운 느낌이 강하고, 심리학에서는 집착을 사랑과 관심을 받지 못한 '손상(損傷)된 애착'으로 본다. 보통 반대개념으로 무관심(無關心:관심이나 흥미가 없음), 초연(超然:남에게 관계 않는 모양), 단념(斷念:미련 없이 잊어버림)이나 체념(諦念)이 있다.

'사랑이 있으므로 세상은 항상 신선하다. 사랑은 인생의 영원한 음악으로 젊은이에게는 빛을 주고, 노인에게는 후광(後光:더욱 빛나게 하는 배경)을 준다.' 영국의 저술가 새뮤얼 스마일스의 말과, '사랑은 나이 들어 생기 없는 사람들을 젊게 만들고, 젊음을 찾는 사람들에게는 언제까지나 젊게 만든다.' 영국의 발명가 카트라이트의 말처럼, 한 사람의 인생에서 가장 소중한 것이 사랑이다. 사랑은 인생의 꽃밭 향기이며, 봄날의 따사로운 햇볕이다. 사랑은 인생의 가치와 의미를 부여해 주고, 인생에 희망과 용기를 갖고 살아갈 수 있게 해줄 뿐만 아니라 힘을 북돋아 주기도 한다. 인간은 사랑의 정(情)이 주는 따스함과 편안함, 그리고 행복감이 있어 괴롭고 힘든 삶을 이겨낼 수 있는 것이다. 그런데 이런 인간의 삶에 유익하고, 없어서는 안 되는 사랑도 그 '정도가 지나치게 되면 해악(害惡:해가 되는 나쁜 일)이 될 수도 있다'라는 것이다. '사랑, 애정, 애착'까지는 별 탈[:뜻밖에 일어난 걱정할 만한 변고(變故)나 사고]이 없지만, 사랑, 애정, 애착이라는 이름의 미명(美名:그럴듯하게 내세운 명목이나 명칭)하에 '집착'이 되면, 하는 쪽이나, 당하는 쪽, 쌍방 모두에게 불행의 시작이 되어 엇갈린(모순적인 여러 가지 것이 서로 겹치거나 스치는) 관계나 파국을 맞이할 수도 있다. 대표적인 사례가 부모 중 특히 '엄마가 자식에 대한 집착', 연인 사이, 특히 '남자가 여자에 대한 집착', 부부 사이, 이 경우는 양쪽 모두 '배우자에 대한 집착'이다. 이 경우들의 집착은 사랑의 대상이나 인격체가 아닌 바로 자신의 '소유물'로 보기 때문이다. 그래서 무조건 자기 뜻에 따라야 하고, 일거수일투족(一擧手一投足: 크고 작은 동작 하나하나)을 확인하고 통제하며, 지속해서 사생활에 간섭하고, 의심이 가는 일은 뒷조사하고, 극단적인 말과 행동을 자주 하기도 하며, 본인의 마음에 들지 않으면 불같이 화(火)를 내기도 한다. 부모의 집착은 자칫 반항심을 불러일으킬 수도 있고, 삐뚤어지기도 하며, 그 자식이 나중에 제 자식에게도 똑같은 행태(行態)를 하는 대물림을 할 수도 있다. 연인 사이에는 한쪽이 집착이 강하면 무엇보다도 장래를 약속하고 가정을 이루게 되면 결코 원만한 부부생활을 할 수 없게 된다. 그리고 부부 사이 배우자에 대한 집착은 결국 의처증(疑妻症)이나 의부증(疑夫症)으로 발전되어 종국(終局)에는 파국(破局)으로 끝이 나게 되어 있다. '과유불급(過猶不及:지나치면 모자람만 못함)'이라는 말이 있듯이, 사랑, 애정, 애착에서도 해당이 되므로, '중용(中庸:어느 쪽으로 치우침 없이 올바르며 변함이 없는 상태)의 도(道)를 지키는 삶의 지혜'가 절실(切實)하다. 왜냐하면 한번 집착이 시작되면 그칠 줄 모르고 계속되게 되어, 인간관계에 위태롭고 위험하기 때문이다.

6. 사회교육과 평생교육
– 사교육(私敎育)을 중심으로

우리나라 교육의 종류에는 학교 교육과 사회교육 그리고 평생교육으로 크게 나뉜다. 학교 교육은 초등 · 중등(중 · 고) · 고등[대학(학부) · 대학원]교육으로 나뉘며, 형식교육(학교 교육)과 준 형식교육(산업체 부설 고등학교, 방송 통신 중 · 고 · 대학교, 산업대학, 사이버대학, 사내대학, 기능대학, 특수대학원 등) 그리고 비형식교육(학력이나 학위 인증을 받지 않는 사회교육)과 무형식교육(학습자가 주도적이고 자발적으로 학습하는 것, 대표적으로 가정교육)으로 나뉘기도 한다.

사회교육이란, 민중(民衆:일반 국민)에게 필요한 교육을 시행하는 조직적 활동으로 가정과 학교 이외의 도서관, 동물원, 강연회 및 신문, 잡지 따위를 통하여 이루어지며, 특히 시간적 개념에서 학교 교육의 이전이나 다음에 오는 교육, 사교육으로 사설학원, 개인과외도 포함하는데 오늘날은 방송 통신에 의한 교육. 특히 인터넷에 의한 교육까지 그 범위가 확대되고 있으며, 학교 교육 이전의 유아교육도 사회교육의 범주(範疇:같은 성질을 가진 부류나 범위)에 속한다.

평생교육이란, 인간의 교육은 가정, 학교, 사회에서 전 생애에 걸처 이루어져야 한다는 교육관으로 인간은, 사회문물(文物:문화의 산물)이 크게 변화함에 따라 그에 적응하기 위하여 끊임없이 교육받아야 한다는 취지(趣旨:어떤 일의 근본이 되는 목적)로 학교의 정규 교육과정을 제외한, 학력을 보완(補完:모자란 것을 보충해서 완전하게함)하거나 지식을 습득할 수 있는 교육기관이기도 하다. 특히 대학(부설) 평생교육원에는 학점은행제 과정이 개설되어 있어, 일정 기준의 학점을 이수하면 교육부 장관이나 대학 총장 명의의 졸업장을 받을 수도 있고, 일반인 대상 평생교육 과정이나 최고위 및 특별과정이 개설되어 있다.

사교육(private education)은 공교육에 반대되는 개념으로, 국공립 및 사립 초·중·고에서 시행되는 공교육과는 달리, 나라가 관리하는 기관 밖에서 이루어지는 모든 교육활동을 말하는 것으로, 사설학원, 개인과외, 인터넷강의 등이 있는데 교육기관에서 시행하는 방과후 학교는 사교육에 포함되지 않는다. 사교육의 역사를 거슬러 올라가면 조선시대에 서원이 사교육의 총본산 역할을 했는데, 그 당시에도 서원 출신들이 과거 시험에 합격률이 높았다 하며, 조선시대가 끝나고 일제 강점기와 한국전쟁으로 신분제도가 무너지자 과거 시험 자체는 무의미해졌고 초등학교만 나와 공장이나 일터로 나갔으며, 그 이후 우리나라가 고도 경제성장과 학력 상승을 거치면서 고등학교 진학이 당연히 여겨지던 80년대가 되어서야 대학 진학률이 크게 올라가게 되었다.

1960년대 서울에서 명문 중학교 진학을 위해 사교육이 극성을 이루게 되어 1969년 중학교 평준화 정책이 시행되자, 이번에는 명문 고교에 입학하기 위한 입시전쟁이 더욱 치열해졌고, 1974~80년 고교 평준화가 전국적으로 실시되면서 고교입시전쟁도 사라지게 되자, 이번에는 대학입시가 문제가 된 것이다. 1960~70년대 서울 도심(종로)을 중심으로 중·고교생들을 위한 입시학원들이 성행하고, 점점 국민 소득이 늘어나면서 도심지 외곽뿐만 아니라 지방까지도 확산하였다. 제5공화국 시절 1980년 7.30 조치로 초·중·고 대상 입시 과목으로 재학생들의 예체능을 제외한 과외 및 입시학원 출입을 엄격히 제한했고, 대입 재수 학원만 고등학교 졸업생들은 성인으로 간주해 학원 출입을 허용했다.

88년 민주화가 된 제6공화국 시절부터 모든 규제가 풀리면서 사교육시장은 급속하게 팽창하게 되었다. 90년대 들어서면서 선진국 문턱에 들어설 정도로 국민 소득이 증가하게 되었고, 이와 함께 사교육시장도 계속 성장하게 되었는데, 특히 기존 인가(認可)제에서 신고(申告)제로 전환되면서 전국에 폭발적으로 사설학원들이 개원(開院)하게 되었다. 이는 학부모들의 경쟁심리와 이기심, 정부의 무대책, 일관성 없는 교육정책들이 시너지(synergy:상승, 종합효과)를 이루며 사교육열풍에 기름을 붓게 된 것이다. 이후 사교육을 억제하려는 정부정책으로 EBS 교육방송을 활용하려는 정책을 폈지만, 근본적인 구조를 바꾸기에는 역부족으로 실패를 반복해 오늘에 이르게 된 것이다.

2000년대 이후 저출산과 학령인구감소로 사교육시장이 기업형 대형 학원 이외에 중·소규모 학원들은 내리막길을 걷기 시작했다.

2010년 이후는 대입시장의 지나친 경쟁격화(激化:격렬하게 됨)와 학생 수(數)의 감소로 성인을 대상으로 하는 공무원 시험, 중개사 시험 등으로 사교육 영역이 점차 확산하고 있다. 2020년 발병한 코로나19의 여파로 다(多)인원 수업(off-line 강좌)을 기피하는 추세가 이어지면서 일대일 과외나 비대면 과외, 특히 인터넷(on-line) 강좌가 입시 과목을 중심으로 폭발적 성장을 하게 되었다.

먼저 사교육의 문제점은 무엇인가?

문제점 중 무엇보다도 사교육비로 말미암은 학부모들의 경제적 부담이다. 최근 통계에 따르면, 22년 기준 총 26조(초등 12조, 중 7조, 고 7조-23년 우리나라 1년 총예산 639조)에 달하고 학생 1인당 사교육비로 월평균 총 41만 원(초등 37만 2천 원, 중 43만 8천 원, 고 46만 원)이며, 사교육 참여율은 총 78%(초등 85.2%, 중 76.2%, 고 66%)라고 한다. 그리고 사교육 참여 시간은 주당 총 8시간(초등 7.4시간, 중 7.5시간, 고 7.4시간)이라고 하는데, 한 개인으로만 따져 볼 때 이 통계치보다 훨씬 더 많은 수치(數値)가 나오는 경우도 허다(許多:무수, 비일비재)할 것이다. 특히 지방 학생들이 서울에 있는 특정 지역 학원가에 강의를 듣기 위해 주말에 몰려들어 KTX, SRT 열차표 구하기도 쉽지 않다고 한다. 이 모든 것들이 결국은 돈으로, 학부모들의 가계(家計)에 큰 부담으로 작용하는 것으로, 이런 주된 요인이 오늘날 젊은 부부들의 출산(出産) 의욕을 떨어뜨리게 되어, 저출산으로 말미암은 인구절벽 시대로 치닫고 있다. 다음으로 on-line 강의나 off-line 강의 모두 자칫 탈선(脫線)할 우려가 있다는 것도 큰 문제점 중 하나가 아닐 수 없다. 경제적 비용이야 부모님 문제지만 어쩌면 본인으로서는 이 문제가 더 크고 심각하게 다루고 경각심(警覺心:조심하고 정신을 차림)을 가져야 한다. 인터넷강의를 듣는다는 명목(名目) 아래 컴퓨터 게임이나 야동에 중독될 수도 있고, 학원에 간다고 해놓고 PC방이나, 오락실에 있을 수도 있으며, 학원에서 잘못된 학생들과 만나 어울릴 수도 있고, 오고 가는 도중에 탈선한 또래 학생들이나 가출청소년들에게 시달림을 받을 수도 있는 것이다. 그러므로 특히 밤늦게 귀가(歸家)하는 맞벌이 부모들은 자녀가 초·중·고 시절에는 이런 점들에 각별(各別)한 관심과 주의(注意)를 기울여야 하겠다.

다음으로 사교육에 의존하는 이유는 무엇인가?

두 가지 정도로 압축할 수 있는데, 먼저 초등학교에서 중간, 기말고사가 없어졌기 때문으로 학부모의 입장에서는 자녀들이 자라서 고등학교에 가면 내신과 수능을 결국은 시험점수로 평가받기 때문에 학부모들은 학생들의 수준을 구체적으로 알고 싶은데, 초등학교에서 시험이 없어진 상황에서 불안감에 일단은 학원에 보내게 된다는 것이다. 물론 초등학교 시절부터 시험으로 학생들을 일렬로 세운다는 단점이 있기도 하고, 단순 지식 위주 문제 해결 능력보다는 학생들의 의사소통 능력, 창의력, 융합 지식 활용 능력을 고취(鼓吹:북돋음)시킨다는 면에서는 긍정적으로 볼 수 있지만, 현장 교육 측면에서는 교육의 일정 사이클(cycle:주기)인 '강의, 과제 및 피드백(feedback:교사의 적절한 반응), 평가'의 순기능(順機能:본래 목적에 맞게 작용하는 바람직한 기능)에는 위배(違背)되는 것이다. 다음으로 냉혹한 현실로 학교 교육에서 만족도가 떨어져 학습 성취도가 낮다는 것이다. 그 대표적인 사례가 학생들 간의 위화감(違和感)이 조성된다는 명분 아래 수준별 반 편성이 안 되어 있다는 것이다. 그러므로 잘하는 학생은 학생대로, 못하는 학생들은 학생대로, 특히 수업을 아예 따라가지 못하는 학생들, 모두 너도나도 학원이나 과외를 해야 하는 실정이다. 이는 사교육비와 학생들의 피로도(疲勞度)를 증대시키는 대단히 불합리한 상황이다.

마지막으로 사교육 문제의 해결책은 무엇인가?

당연히 '무조건 대학에 가야 한다'라는 '국민적 의식변화'가 필요하다. 그러나 국민의 변화 바람이 불지 않을 것 같은 현 상황으로 볼 때, 학교 교육에서 만족한다면 굳이 학생들이 돈 낭비, 시간 낭비, 에너지 낭비의 사교육에 의존할 필요가 있겠는가? 맨 먼저 학교 교육에서 교과목 담당 교사들의 '수업의 질을 개선'해야 한다. 무엇보다도 교재연구도 철저히, 테크닉도 개발하고, 학생 개개인에 맞춘 피드백도 해주어야 한다. 한마디로 교과목 담당 교사들이 열(熱)과 성의(誠意) 그리고 공(功)을 들어야 한다는 것으로, '최소한 공교육이 사교육과 엇비슷하거나 더 나아야 한다.'라는 것이다. 가정에 만족하면 밖으로만 돌거나 가출청소년이 왜 있겠는가? 같은 이치이다. 교사들 개개인이 때로는 자신의 수업에 대한 '앙케트(enquete, customer survey:만족도 조사)'를 돌려, 그 결과를 보고 수업에 반영해야 하며, 더 바람직한 것은 학교나 정책당국 차원에서 대학처럼 학기마다 '강의평가'를 한다면 한층 더 수업의 질(質)이 개선될 것이다. 학교 교육 현장의 체질(體質:조직에 배어있는 성질) 개선이 절실하다. 다음으로 학교에서 '방과 후 수업을 활성화하는 방안'이다. 그런데 이 경우 세 가지 단서(但書) 조항을 두어야 한다. 첫째는 본 수업과 방과 후 수업의 과목별 교·강사는 따로따로 둔다. 다음으로 방과 후 수업은 반드시 수준별 반 편성을 한다. 마지막으로 방과 후 수업의 강의료는 본인 학습자 부담이나 국가가 지원하는 방법, 아니면 반반 부담으로, 교육 당국이 시행 전 결정해야 한다. 이 세 가지 중 가장 중요한 것은 첫 번째로, 방과 후 수업 강의 담당 교·강사로, 일정한 자격요건을 두어 공개 채용하는 것이다. 자격 기준으로 담당할 과목을 대학에서 전공하고, 10년 이상 강의경력이 있는 사람으로 70세를 초과하지 않은 정도면 된다. 여기서 강의경력은 학교(초·중·고·대학) 경력은 물론이고, 사설학원 경력도 시·도 교육청에서 발급하는 경력증명서는 인정해 주어야 한다. 나이를 70세 이전으로 주장하는 것은 교육 경험이 풍부하고 능력과 비교적 시간적 여유도 있는 정년퇴임 자들을 활용하자는 것이다. 요즘은 나이에 0.8을 곱하면 예전 나이가 된다고 한다. 그렇다면 지금의 70세는 예전의 56세인 셈이다. 수도권에 거주하는 사람들도 지방에 가기도 하며, 팀별 움직이는 경우도 있다고 한다. 반드시 최종면접으로 사명감과 인성 검증 후 선발해야 한다. 이 정도를 통과해 수업을 맡게 되면 본 수업 정규 교사들과 방과 후 담당 교·강사들 간의 선의의 경쟁도 되어 쌍방 뒤지지 않으려고 피나는 노력으로 수업의 질은 높아지게 되어 점차 사교육 의존도가 떨어지게 될 것이다. 그런데 이것들이 현직 교사들이나 단체의 반발에는 대책이 없다.

'과감(過感)하게 현직 교사들과 단체에서 길을 터주어야 모두가 가능한 것'이다. 더불어 정부와 교육 당국에서도 세계화와 시대에 걸맞은, 수업은 '학습자' 중심으로, 최근 모 초등학교의 일련의 사태를 볼 때 학생 생활지도는 '교수자' 중심(교권이 침해받지 않는 범위 내의 학생인권조례 개정)으로 엄하게, 그리고 대학에 선발권을 주며, 최근 수능 킬러 문항 논쟁 대신 수능시험을 폐지하고 자격고사로 전환하는 등 '교육 전반에 걸쳐 획기적이고 대대적인 교육개혁을 단행해야 한다.'라고 강력히 주장하는 바이다.

7. 상식(常識)과 진리(眞理)

상식이란 '보통 알고 있거나 알아야 하는 지식', '일반적 견문(見
聞:보고 들어서 깨닫고 얻은 지식, 문견)과 함께 이해력 · 판단력 ·
사리분별력 따위가 포함'된다. 영어단어로는 Common(공통의, 보통
의, 평범한, 흔한) Sense(감각, 지각, 분별력)이고, 유의어는 보통 지식,
양식(良識), 일반 교양이다. 사람들이 보통 어떤 사람을 말할 때 '상
식 이하(이)다'라는 말은 "일반적인 사람들이 갖고 있는 '지식'이나
'판단력'을 갖추고 있지 못하다"라는 말이고 '몰상식(沒常識)하다'는
'상식에 벗어나고 사리 분별이 어둡다'라는 의미이다. 대체로 종교적
이단(異端:자기가 믿는 종교의 교리에 어긋나는 이론이나 행동, 또는
그런 종교로 뿌리는 같으나 끝이 다른)이나 사이비(似而非:겉은 비슷
하나 속은 완전히 다름, 종교 같아도 종교가 아닌 가짜라는 의미)는
그 기준(基準)에 있어 일반적 사람들의 '상식'이나, 그 나라, 지역의
'문화'에 걸맞지 않고, 사회적 통념(通念)을 벗어난 교리(敎理:종교상
의 이치나 원리)의 편향적(偏向的) 종교집단을 말한다.

상식이란 사회의 구성원이 공유(共有)하는 당연하게 여기고 있는
것으로, 한마디로 그냥 사람들이 '알고 있는 것'들, 그리고 '알고 있
어야 할 개념(槪念:어떤 사물 현상에 대한 일반적인 지식)'으로 말할

수 있고, 깊은 고찰(考察:깊이 생각하고 연구함)을 하지 않고서도 극히 자명(自明:설명하지 않거나 증명하지 않아도 저절로 알 만큼 명백한)하며 '많은 사람이 받아들일 수 있는 지식'인 셈이다. 그런데 상식은 널리 퍼진 정보와 사고방식이기 때문에 옳고 그름과는 관계가 없는 경우도 있을 수 있으며, 상식에 위배되는 것이 옳은 것일 수도 있다. 반의어는 비(非)상식인데 집단이나 사회에 따라 상식이 비상식이 되고, 비상식이 상식이 되는 경우도 있다. 상식에 관한 대표적 명언들로 '상식은 내가 아는 최고의 지식이다(Common sense is the best sense I know of.)' 영국의 정치·외교가, 문학가 로드 체스터필드 경(卿)의 말이고, '상식은 18세까지 습득한 편견의 집합이다(Common sense is the collection of prejudices acquired by age eighteen.)'는 독일의 물리학자 알베르트 아인슈타인의 말이며, '상식은 세계에서 가장 잘 팔려 나가는 상품이다. 왜냐하면 모든 인간은 스스로를 상식이 잘 갖춰진 사람이라고 확신하기 때문이다.' 프랑스 철학자, 수학자, 과학자, 근대 철학의 아버지로 불리는 르네 데카르트의 말이다. 사람의 성격은 대체로 유치원 교육 정도에서 형성되어 평생을 가는 법이며, 상식이 아인슈타인이 말한 18세까지 습득한 것이라면 우리나라의 초·중·고등 미성년자 시절 학교 교과과목으로 배운 지식이 상식의 척도(尺度:평가·판단하는 기준)로 쓰이는데, 우리나라는 초등학교, 중학교는 의무 교육이었고, 2019년 제정 2021학년부터는 고등학교 무상교육이라는 이름으로 교육이 시행되고 있어 18세 정도까지 대다수 기본적으로 공통으로 배우는 지식은 충분히 우리의 상식의 척도가 될 수 있는 것이다. 더불어 고등학교 졸업생들의 70~80% 정도 대학에 입학하지만 대학에서도 교양과목과 전공과목으로 양분(兩分)되어 있어, 대학에서 배운 교양과목들도 보다 더 폭넓고 깊이 있는 것으로 광의(廣義:넓은 의미)의 상식에 포함될 수 있다.

진리란 '참된 이치(理致)' 또는 '참된 도리(道理)'를 말하는 것이며, '언제 어디서나 누구든지 승인(承認:어떤 사실을 마땅하다고 인정함), 인정할 수 있는 보편적인 법칙이나 사실'을 의미하는 것으로, 유의어는 사실, 원리, 진(眞)이고, 반의어는 가설(假設:실제 없는 것을 있는 것으로 가정함)이며, '영원진리(永遠眞理)'라는 말은 '시간을 초월하여 보편적으로 타당한 진리'로 하나에 더하여 둘을 더하면 셋이 되는 것과 같은 '수학적 진리'가 전형(典刑)이고, '만고(萬古)의 진리'라는 말은 '시간이 흘러도 변하지 않는 이치'를 말하는 것이다. 그리고 진리를 근거(根據)로 하는 단어, '정의(正義)'는 '진리에 맞는 올바른 도리', '바른 의의(意義:어떤 사실이나 행위 따위가 갖는 중요성이나 가치)', '개인 간의 올바른 도리나 사회를 구성하고 유지하는 공정한 도리'를 말하는 것이다.

영어단어 truth는 '진리와 진실'의 의미이다. 그런데 진리와 진실의 의미는 차이가 있다. 엄밀히 진리는 '변하지 않는 상황이나 사건 속에서의 사실'을 말하고, 진실은 '끊임없이 변하는 상황이나 사건 속에서의 사실'을 의미한다. 한마디로 진리는 '공식(公式:틀에 박힌 방식)'이고 진실은 '응용(應用:어떤 원리나 지식, 기술 따위를 다른 일을 하는 데 활용)'인 셈이다. 그런데 둘의 공통점은 '사실'이고, 차이점은

'변화'이다. 여기서 진실은 변화하는 조건 속에서 '성실하게 약속하고 성실하게 약속을 지키는 것'이다. 그러므로 영어단어에서 '진리'는 라틴어(영어에서 격식을 따질 때 쓰는 우리의 한자어에 해당)에서 유래한 'Veritas(베리타스)'로, '보편적 진리'는 'universal truth'로 주로 쓰고, 진실은 sincerity를 쓰는데, 여기서 형용사인 sincere는 '진실한, 성실한, 정직한'이라는 다의어(多義語)로 쓰인다, 여기서 사람의 성격면에서 '성실하면 정직하고 진실하며', '정직하고 진실한 사람은 성실하다'라는 의미가 내포되어 있다. 진실이라는 단어가 나온 김에, 우리가 생활 속에서 명심해야 할 다음의 문구(文句)를 새기며 살아가야 하겠다. '우리는 거짓을 말해서는 안 되고, 진실을 말해야 한다. 그러나 진실이라고 모두 말해서는 안 된다.' 영어단어에 '거짓말'에는 두 가지, 새빨간 거짓말(downright lie)과 선의의 거짓말(white lie)이 있다. 진실을 말하되, 때로는 상황에 따라 상대에게 상처 주지 않는 범위 내에서 '선의의 거짓'말도 할 수 있는 생활의 지혜가 필요한 것으로, 일상에서 종종 맞닥뜨리게 되는 일이다.

진리는 '현실이나 사실에 분명하게 맞아떨어지는 것'으로 보편적 · 불변적으로 알맞은 것을 말한다. 이때 '참'이나 '진실'이라고도 하는데, 진리에 대한 정의는 철학, 논리학, 수학 등에서 다양하게 쓰이고 있는 것으로, 우리가 일상에서 말하는 진리는 주로 '철학적 관점'에서 말해지는 것이다. 다음 명사들의 명언들을 통해 진리에 대한 또 다른 해석으로 의미를 알 수 있다. '진리는 항상 간단하다.' 영국의 물리학자, 천문학자, 수학자 아이작 뉴턴의 말이고, '진리는 종종 불편할 수 있지만, 결코, 변하지 않는다.' 영국 수상 벤저민 디즈레일의 말이며, '진리는 항상 그 자리에 서 있다.' 영국의 소설가 조지 오웰의 말이다. 또한 '진리는 가끔 놀라울 정도로 간단하다.' 영국 수상 윈스턴 처칠의 말이고, '진리는 생활 속에 숨어 있다.' 미국의 사상가 에머슨의 말이며, '진리는 때로는 잠들어 있지만, 절대 죽지 않는다.' 인도 수상 마하트마 간디의 말이다. 그리고 '진리는 항상 찾고자 하는 사람에게 나타난다.' 브라질 소설가, 베스트셀러 작가 '연금술사'를 쓴 파올로 코엘료의 말이고, '진리는 어떤 힘에도 지배당하지 않는다.' 미얀마 정치인 아웅산 수찌 여사의 말이며, '진리는 가장 강력한 무기이자 가장 높은 도덕적 원칙이다.' 미국 인권 운동가 마틴 루터 킹 박사의 말이다. 성경 말씀 요한복음에 '진리를 알지니, 진리가 너희를 자유롭게 하리라.'라는 기독교에서의 진리는 '예수그리스도'를 의미한다고 성서학자들은 말한다. 이 성경 구절은 사학 명문 Y 대학의 건학(建學:학교를 세움)이념으로, 미션스쿨(mission school:기독교 전도와 교육사업 목적)에 걸맞은 표현인 것 같다.

인터넷에서 돌고 있는 '명상 일기'의 일부를 인용하면 '사람이란 무릇 진리를 행하고 살아야 한다. 진리를 행하지 못하면 살아도 산 것이 아니요, 행해도 행한 것이 아니다. 진리란 순리(順理:도리나 이치에 순종함)이다. 가장 상식적인 것이 순리이다. 진리란 멀리 있는 것이 아니라 가장 상식적인 것이 순리라는 것이다.' 예를 들어 나이 많은 연장자(年長者)가 나이 적은 연소자(年少者)에게 대접받는 것이 기본인 그 첫 번째이고, 많이 아는 자(者)가 적게 아는 자에게 대접받는 것이 그 두 번째이며, 젊어서 가족들을 위해 피땀 흘린 가장(家長)인 남편, 아버지가 노년에 아내, 자식들에게 대접받는 것이 그 세 번째이다. 가장인 남편은 가족들이 경제적으로 어려움이 없게 해야 하며, 아내는 집안 살림을 잘해내 가족들이 일상에 불편함이 없게 해야 하는 것이 그 네 번째이고, 기본이 튼튼해야 더 높이 공부하는 것이 의미가 있다는 것이 그 다섯 번째이며, 대중교통을 타고 갈 때 노약자나 장애인, 임산부에게 자리를 양보해 주어야 하는 것이 그 여섯 번째이다. 그리고 그 밖에 수없이 많이 열거할 수 있지만, 무엇보다도 국민 한 사람 한 사람이 자기 위치에서 맡은바 직분(職分:마땅히 해야 할 본분)에 최선을 다하는 것이 진정한 애국자라는 것이 그 마지막이다.' 이것들이 곧 진리이고 순리이며 상식인 것이다. '순천자(順天者:하늘의 뜻에 따르는 사람)는 흥(興)하고 역천자(逆天者:하늘의 뜻을 거스르는 사람)는 망(亡)하느니라.' 구학(舊學) 명심보감(明心寶鑑)에 나오는 말로 '자연의 섭리와 하늘의 준엄한 이치에 따르라'라는 평범한 상식이자 순리요, 진리의 말이다.

오늘날 우리는 정치권에서 '공정과 상식', '원칙과 상식'이라는 말을 자주 듣고 있다. 어찌 보면 오늘날 정치권의 화두(話頭:이야기의 말머리)가 아닐까 싶다. 사실 작금의 정치권 분위기는 '공정, 원칙, 상식, 더불어 진실과 진리를 외면하고 있다'라고 해도 결코 지나친 말은 아닌 것 같다. 더더욱 우리 사회는 갈등과 분열, 대립이 날로 심화해 가고 있고, 역사와 정체성마저도 흔들리고 있다. 국민을 하나로 묶고 화합과 단합으로 이끌고 가야 할 뿐만 아니라 무엇보다도 민생을 우선 챙겨야 할 정치판은 법치 파괴를 일삼고, 국민을 갈라치기 하고, 언행 불일치는 다반사이고, 정책은 뒷전이고 당리당략(黨利黨略)만을 우선시하는 일부 정치인들의 횡포는 국민을 심히 짜증스럽고 스트레스를 받게 하고 있고, 특히 북핵의 위협은 우리 국민의 불안을 더욱 가중시키고 있어 우방국들과의 돈독한 외교 관계가 더욱 절실한 시점이다. 그런데도 상식과 합리, 보편적 진리가 사라지고, 방탄으로 법치는 무너지고 삼권분립은 그 어느 때보다도 절실한 작금(昨今)에 우리 국민, 유권자(有權者)들이라도 깨어나, 하나 되어 정치권의 작태(作態:하는 짓거리)를 바로잡아야 하겠다. 국가적 선거에서 구태(舊態:예전 그대로의 모습)의 정치인들에게는 절대 표를 주어서는 안 된다는 것이다. 청렴하고, 범법(犯法) 사실이 없고, 특권을 포기하고, 도덕적으로 깨끗하고, 정직하며, 발로 뛰는 능력 있고, 국익을 위한 정책으로 승부를 가리려는 선량(選良:국회의원의 별칭)들을 뽑아야 한다. 우리의 지난 오랜 세월 동안의 병폐(病弊)인 지연, 학연, 혈연, 조직단체들을 배제(排除)한, 국민 한 사람 한 사람의 소신(所信)과 판단에 따른 한 표를 행사해야 한다. 특히 우리가 지금 겪고 있는 현실을 거울삼아 총선에서는 의석수(議席數)의 적절한 균형과 안배(按配), 그리고 우리가 뽑은 대통령과 정부가 일할 수 있는 의석수 확보도 결코 간과(看過)해서는 안 된다. 한쪽으로 치우쳐서는 안 된다는 것이다. 지금까지 보고 느껴오지 않았는가? 다수당의 횡포를. 무엇보다도 투표장에 가기 이전 후보자별 정견(政見:정치상의 의견이나 식견)이나, 선관위에서 보내온 후보별 개인 이력이 적혀있는 브로

셔(brochure)를 꼼꼼히 살피고, 후보자끼리도 서로 비교해 보아야 한다. 모든 선거(대선, 총선, 지방)에서 내 한 표가 나라와 지역의 명운(命運)을 결정짓고, 내 후손들의 미래가 달려있다는 엄중(嚴重)한 심정으로, 투표권을 포기하지 않고 신중한 한 표를 행사하도록 하자!

8. 새옹지마와 호사다마

새옹지마(塞翁之馬)의 사전적 의미로는 '인생의 길흉화복(吉凶禍福)은 변화가 많아서 예측(豫測)하기 어렵다'라는 의미며 유의어가 전화위복(轉禍爲福), 화전위복이고 반의어가 호사다마인데 결국은 같은 맥락의 의미이다. 새(塞:변방 새)옹(翁:늙은이 옹)지(之:조사 지)마(馬:말 마)는 새옹의 말, 즉 변방 노인의 말처럼 '복이 화가 되기도 하고, 화가 복이 될 수도 있다'는 한마디로 '눈앞에 벌어지는 결과만을 갖고 너무 연연(戀戀:집착해 미련을 가짐)해하지 말라'라는 말이다. 우리 속담에 '인간만사는 새옹지마'란 말이 회자(膾炙:사람들 입에 자주 오르내림)되고 있고, 영어 표현으로는 An evil may sometimes turn out to be a blessing in disguise. Inscrutable are the way of Heaven[하늘의 섭리(攝理:자연계를 지배하고 있는 원리와 법칙)는 측정할 수 없다.] 등이 있다.

오늘날 우리의 현실에서 정치 지도자들, 선량(選良:국회의원의 별칭)들, 국가기관이나 지도층 인사들, 크고 작은 조직의 리더들 모두 '인간사 새옹지마'라는 말을 새기면서 국가와 사회 또는 조직의 면 장래를 위해서 무엇을, 그리고 어떻게 해야 할지를 심사숙고하여 말한마디 행동거지 하나하나에 신중을 기할 뿐만 아니라 훗날 그 자리를 떠나 야인(野人:벼슬하지 않는)이 되었을 때를 반드시 생각하면서 처신(處身:세상을 살아감에 있어서 가져야 할 몸가짐이나 행동)해야 할 것이다. 무엇보다도 현재 아무리 좋은 환경과 위치에 있다 하더라도 결코 '영원할 수는 없는 법'이며 인생의 긴 여정(旅程:여행의 과정이나 일정)에서 '오르막길이 있으면 내리막길이 있다'라는 평범한 진리를 겸허(謙虛:겸손한 태도)하게 받아들이고 '머리 숙일 줄 알아야 한다.'라는 것이다.

'새옹지마'란 말의 유래는 "중국 국경에 한 노인이 살고 있었는데 어느 날 노인이 기르던 말이 국경을 넘어 오랑캐 땅으로 넘어가 버렸다. 그러자 주변 사람들이 위로의 말을 하자 노인은 '이 일이 복(福)이 될지 누가 압니까?' 하고는 태연자약(泰然自若:마음에 어떤 충동을 받아도 움직임이 없이 천연스러움)한 모습이었다. 그로부터 한참을 지난 어느 날, 도망쳤던 말이 암말 한 필과 함께 돌아왔다. 주변 사람들은 '노인께서 말씀하신 그대로입니다.'라고들 하며 축하해 주었다. 그런데 그 노인은 다시 '이게 화(禍)가 될지 누가 압니까?'라고 말하고는 기뻐하지 않았다. 그리고 며칠 후 노인의 아들이 말을 타다가 말에서 떨어져 다리가 부러지고 말았다. 이에 다시 주변 사람들이 위로의 말을 하자 노인은 역시 '복이 될지 모르는 일이요' 하며 표정을 바꾸지 않았다. 그로부터 얼마 지나지 않아 오랑캐가 침략해 들어와 나라에서 징집령(徵集令)이 내려 젊은이들이 전장(戰場)에 나가야 했지만 노인의 아들은 다리가 부러진 이유로 전장에 나가지 않게 되었다"라는 고사(故事)이다.

호사다마(好事多魔)란 '좋은 일에는 방해가 따르거나 좋지 않은 일이 생길 수 있고, 좋은 일이 실현되기 위해서는 많은 풍파(風波:살아가는 데서 생기는 곤란이나 고통 따위)를 겪어야 한다.'라는 의미이다. 중국 청나라 때 조설근이 쓴 홍루몽(紅樓夢)에 '그런 홍진(紅塵:'번거롭고 속된 세상'의 비유) 세상에 즐거운 일이 있다 하지만, 영원히 의지할 수는 없는 일이다. 하물며 또 미중부족 호사다마(美中不足 好事多魔:옥에도 티가 있고, 좋은 일에는 탈도 많다)'라고 나온다. 또 한 예(例)로 성경에서는 '소년 다윗이 블러셋 전투에서 대장군 골리앗을 일격(一擊:한번 침)에 쓰러뜨리고, 예루살렘으로 개선했을 때 길거리의 백성들이 환호하였으나 이것이 사울왕의 미움을 받게 되어, 왕이 죽기 직전까지 살해의 위협을 받으며 도망자의 삶을 살았던 경우'이다. 한마디로 '좋은 일이 일어났을 때, 무턱대고 좋아하고 너무 들뜨지 말며 방심하지 말고 늘 경계 하라'라는 의미이다. 중국 원나라 때 고칙성이 쓴 희곡 '비파기'에서도 '호사다마'라는 말이 나오는데 내용인즉, '어떤 사람이 돼지를 키우는데 어느 날 어미돼지가 새끼를 열두 마리를 낳자 기뻐하고 있는데 다음 주 또 열두 마리를 낳자, 정성을 다해 돼지를 돌보던 주인은 슬슬 꾀를 부리기 시작하면서 게을러지게 되었는데 어느 날 전염병이 들어 그 돼지들이 다 죽게 되었다.'라는 데서 유래되었다고 한다. 유의어에 호몽부장(好夢不長:좋은 일은 오래 지속되지 않는다)과 시어다골(鰣魚多骨:맛이 좋은 준치에 가시가 많다. 좋은 면의 한편에는 좋지 못한 면이 있음)이 있고 반의어는 새옹지마와 전화위복 그리고 일범풍순(一帆風順:순풍에 돛을 올리듯 일이 순조롭게 진행된다)인데 '좋은 일이 계속 일어난다 해도 방심하지 말라'라는 경계의 의미로 쓰이는 것이다.

새옹지마와 호사다마는 사자성어이기도 하지만 고사성어에 해당한다. 그렇다면 고사성어(故옛 고, 事일 사, 成이룰 성, 語말씀 어)와 사자성어(四넉 사, 字글자 자, 成이룰 성, 語말씀 어)의 차이는 무엇인가? 둘 다 한자어로 이루어진 것으로는 같지만, 한자로 뜻풀이해 보면 고사성어는 '옛날 일로 이루어진 말, 옛이야기가 전해져 내려온 것으로 글자 수의 제한이 없는 것[예, 백문불여일견(百聞不如一見), 동가식서가숙(東家食西家宿)]'이며, 사자성어는 한자 네 자로 이루어진 것으로 고사성어와 마찬가지로 보통 '교훈이나 유래(由來:사물이나 일이 생겨남)'를 담고 있다. 그런데 고사성어나 사자성어에서 단어 하나만 바꾸어도 천차만별(千差萬別)의 의미가 되기도 한다. 그 예(例)로 '호사다마'라는 말을 어떤 이는 다음과 같이 마지막 한 단어를 바꾸어 긍정적으로 해석하는 이도 있다. '호사다친우(好事多親友: 좋은 일에는 친구도 많고), 호사다지인(好事多知人:좋은 일에는 지인도 많고), 호사다귀인(好事多貴人:좋은 일에는 귀인도 많고), 호사다력자(好事多力者:좋은 일에는 능력자도 많고), 호사다명인(好事多名人: 좋은 일에는 이름난 자도 많다)'이라는 것이다. 그리고 우리가 흔히 말하는 '인생만사 새옹지마'는 '세상일 어떻게 될지 아무도 모른다. 언제 엎어지고 뒤집힐지 모른다.'처럼 '인생만사 일장춘몽'이라고도 말하는데 이는 우리 인간의 인생을 '짧은 봄날의 잠시 스쳐 지나가는 꿈에 불과하다'라는 말로 '인생의 덧없음'을 의미하는 것으로 우리 속담에 '인생은 뿌리 없는 평초(萍草)'와 같다.

'행운을 견디려면 불행을 겪을 때 필요한 것보다 더 커다란 몇 개의 미덕이 필요하다.' 17세기 프랑스의 고전 작가, 공작이었던 라 슈코프의 말이다. 요즘 말로 '잘 나갈 때 조심해야 한다는 것이다.' 이렇다 할 뭐가 없을 때는 주변에서 거들떠도 안 보지만, 잘되어 보이면 그때부터 주변의 시기 질투로 모함을 받을 수도, 인신공격을 받을 수 있다는 것이다. 한마디로 잘 나갈 때일수록 처신(處身:몸가짐이나 행동)을 잘해야 한다. 이런 경우 중국 대학자이신 공자님의 역지사지(易地思之:처지를 바꾸어 생각함)라는 사자성어는, 옛날 중국에는 벼슬아치인 하우와 후직이 있었는데 그 둘은 나랏일을 하느라 너무 바빠 자신들의 집에는 신경도 쓰지 않자, 주변 사람들이 집을 찾아가 보라고 권고해도, '내가 나랏일을 제대로 못 하면 백성들이 힘들 수 있다.'라고 하며 '나랏일에만 집중했다'라는 말을 들은 공자님은 그들을 칭찬하며 '입장을 바꾸어 다른 사람의 처지를 헤아려 보는 것은 꼭 필요한 일이다.'라는 말에서 유래 되었다고 한다. 그렇다. 우리가 남의 입장을 조금만 이해해 주고 바꿔 생각한다면, 인간관계의 오해나 분란(紛亂:어수선하고 소란스러움)은 일어나지 않을 것이며, 또한 자신이 해야 할 역할이 무엇인지를 어렵지 않게 깨닫고 생각이나 행동에 임(任:떠맡아 제 직분으로 삼음)하게 될 것이다.

끝으로 이 글을 쓰는 나 자신, 그리고 이 글을 읽는 모든 이들이 이것 하나만은 분명히 해두고 살아가자. 한마디로 인생사, 인간사 모두 '희비고락(喜悲苦樂), 기쁨과 슬픔 그리고 괴로움과 즐거움이 있다'

라는 것이다. 한 인간이 살아가다 보면 좋은 일, 나쁜 일, 모두 있다. '좋다고 너무 좋아하고 자만(自慢)해서도, 나쁘다고 슬퍼하거나 실망하고 좌절하지 말며, 매사 모든 일에 일희일비(一喜一悲), 좌지우지(左之右之)되지 말자'라는 것이다. 이스라엘 속담에 '계속해서 햇볕만이 비치면 오직 사막만이 만들어질 뿐이다.'라는 말이 있다. 맑은 날이 계속되다가 오는 비는 좋다. 비가 계속 내리다가 맑은 날이 오면 더 좋다. 맑은 날, 궂은 날 둘 다 그 가치가 있다. 그 어느 것도 좋다, 나쁘다고 단정(斷定:딱 잘라 판단하고 결정함) 지을 수 없다. 인생사도 마찬가지이다. 어찌 보면 '슬픔이 있기에 기쁨이 배가(倍加)되고, 괴로움이 있기에 즐거움이 배가된다.'라는 이 또한 평범한 진리에 '우리 모두 순응(順應)하고 살아가자는 것'이다.

9. 선(善)과 악(惡)

  선의 사전적 정의는 '올바르고 착하여 도덕적 기준에 맞음, 또는 그런 것'이나 '도덕적 생활의 최고 이상'을 의미한다. 영어단어로는 good, goodness이며, virtue는 선, 선행, 미덕(美德:아름답고 갸륵한 덕행)이다. 악이란 '인간의 도덕적 기준에 어긋나 나쁨, 또는 그런 것'이나 '도덕률이나 양심을 어기거나 남에게 피해를 주는 일'을 의미한다. 영어단어로는 evil(악), wrong(악, 비행, 부정행위) wickedness[사악(邪惡:간사하고 악함), 부정, 악의, 짓궂음], vice[악덕(惡德:도덕에 어긋나는 나쁜 마음이나 나쁜 짓)]이고, sin은 '종교적, 양심적 죄'이다. 선과 악의 대조적 단어는 조금씩 다른데, good⟨-⟩evil(명사나 형용사)로, right⟨-⟩wrong(명사, 형용사, 부사)이고, virtue⟨-⟩vice(명사)이다. 선과 악의 불가분(不可分:떼려야 뗄 수 없는)의 관계는 유대인의 생활 규범인 '탈무드'에 다음과 같이 쓰여 있는데, "지구가 대홍수에 잠겨 버렸을 때, 온갖 동물들이 노아의 방주를 타려고 왔다. '선(善)'도 방주를 타려고 급히 달려왔다. 그러나 노아는 '나는 짝이 없는 것은 태워주지 않기로 했다.'라고 말하며 '선'을 태워주지 않았다. 그래서 '선'은 할 수 없이 숲으로 되돌아가 자신의 짝이 될 만한 것을 찾아보았다. 결국 '선'은 '악(惡)'을 데리고 배에 오르게 되었다. 이때부터 '선'

이 있는 곳에는 '악'이 있게 되었다."라고 한다.

그러면 일상에서 흔하게 쓰이고 있는 선의(善意)와 악의(惡意)는 무엇인가?

선의는 '착한 마음과 좋은 뜻' 그리고 '남을 위(爲)해서 좋게 보거나 좋은 면을 보려고 하는 마음'이며, 유의어에는 가의(加意:특별히 주의함), 선심(善心:선량한 마음), 성의(誠意:참되고 정성스러운 뜻)가 있다. 유럽속담에 '지옥으로 가는 길은 선의(善意)로 포장되어 있다(The road to hell is paved with good intentions.)'라는 말은, 두 가지 의미가 있는데, 하나는 '좋은 의도로 한 행동이 오히려 (지옥처럼) 끔찍한 결과를 불러온다.'와 다른 하나는 '아무리 좋은 의도와 계획이 있어도 그것을 행동에 옮기지 않으면 좋은 결과가 나올 수 없다.'라는 의미이다. 악의란 '나쁜 마음, 나쁜 뜻' '악한 생각, 느낌' '나쁘게 받아들이는 뜻, 나쁜 의도', 특히 '남을 해(害)치려는 마음'의 의미이며 유의어로 고의(故意:일부러 하는 행동이나 태도), 독(毒), 독기(毒氣:사납고 모진 기운)가 있다. 꽃말로 보면 선의의 꽃은 동백꽃이고, 악의의 꽃은 로벨리아, 숫잔대(진들 도라지, 잔대 아재비), 쐐기풀이라고 한다. 무엇보다도 세상을 살아가면서 '진실을 말해야 한다.' 그러나 모든 것을 '진실이라고 다 말해서는 안 된다.' 그리고 진실을 말하지는 못하더라도 '거짓을 말해서는 안 된다.' 그런데 피치 못할 상황에 있을 때 거짓을 말하더라도, 영어단어에 있는 '선의의 거짓말(white lie⟨-⟩downright lie 새빨간 거짓말)'을 활용하는 지혜가 필요하다.

선과 악, 의(義)로움과 죄가 무엇인지를 알아야 정의(正義:진리에 맞는 올바른 도리)가 무엇인지를 알게 된다. 선과 악을 알기 위해서 먼저 성경 말씀을 빌려보자. 성경에서 '선'의 상징은 '양'이고, '악'의 상징은 '염소'이다. 그리고 그 양(선)을 대변하는 것이 미카엘(자비와 정의의 천사)이고, 악(염소)을 대변하는 것이 루시퍼(타락한 천사)이다. 성경 신명기에 있는 '내가 네게 명하는 이 모든 말을 너는 듣고 지켜라. 네 하나님 목전(目前:눈앞)에 선(善)과 의(義)를 행(行)하면 너와 네 후손에게 영영 복(福)이 있으리라.'라는 구절은 '선과 의를 행하면 복이 있다.'라는 말씀이고, 창세기에 있는 '네가 선을 행하면 어찌 낯을 들지 못하겠느냐. 선을 행치 아니하면 죄가 문 앞에 엎드리느니라. 죄의 소원은 네게 있으나 너는 죄를 다스릴지니라.'라는 구절은 '선을 행하지 않으면 죄가 들어온다.'라는 말씀이며, 누가복음에 있는 '선한 사람은 마음의 쌓은 선에서 선을 내고 악한 자는 그 쌓은 악에서 악을 내나니 이는 마음의 가득한 것을 입으로 말함이니라.'라는 구절은 '마음이 악으로 가득한 자는 선한 말을 할 수 없다.'라는 말씀이다. 다음으로 불교에서는 '밝음이 있으면 어둠이 있고, 남자가 있으면 여자가 있고, 위가 있으면 아래가 있듯이 선이 있으면 악이 있어, 이는 동전의 양면과 같은 것이며, 마치 밝음과 어둠처럼 서로 의존하는 관계처럼, 경계가 뚜렷하지 않아서 어디부터가 선이고 어디까지가 악인지 불분명하다.'라는 것이고, '제악막작(諸惡莫作:모든 악을 짓지 말고), 중선봉행(衆善奉行:모든 선을 봉행하며), 자정기의(自淨其意: 스스로 내 마음을 청정하게 하는 것이), 시제불교(是諸佛敎:그것이 바로 불교다)'는 고승인 도림 선사의 게송(偈頌:부처의 공덕을 찬미한 시)이다. 마지막으로 우리에게 가장 울림을 주는 원불교 창시자이신 소태산 님 말씀으로, '선을 행하고도 남이 몰라준다고 원망하면 선 가운데 악의 씨가 자라고, 악을 행하고도 참회(懺悔)를 하면 선의 씨앗이 자라나네. 그러므로 한때의 선으로 자만(自慢)하고 자족(自足)하여 퇴보(退步)하지 말 것이며, 또한 한때의 악으로 자포자기하여 타락하지도 말아야 하네.'가 있다.

우리 보통 사람들은 '악하게 살지 말고 착하게, 선하게 살아야 한다.'라는 것을 모르는 사람들은 아무도 없다. 그런데도 때로는 선하고, 착하게 살아간다는 것은 내가 손해를 보지 않을까, 하는 우려(憂慮:근심하거나 걱정함)를 할 때가 있다. 요즘 세태(世態:세상의 상태나 형편)를 보면 더욱 그렇다. 하루가 멀다고 매스컴에서 들려오는 학폭, 교육 현장에서의 교권 붕괴, 일부 정치인들의 말 바꾸기, 사법 방탄, 부정부패, 민주주의의 꽃인 선거에서 돈봉투 돌리기, 상대 당 헐뜯기, 뻔뻔함, 떠넘기기, 내로남불, 법카의 사적 유용, 위조 서류로 저지른 입시 비리, 갑질 논란, 범법(犯法)행위를 저지른 자 공천 등, 수많은 착하지 않고, 올바르지 못해 구설수에 오르는 것들로, 우리 평범한 국민의 삶은 피폐(疲弊:지치고 쇠약해짐)하고, 황량(荒凉)해지고 있다. 때로는 내 걱정보다는 정치 걱정, 사회 걱정, 나라 걱정으로 피로도가 쌓여가는 상황이다.

이런 작금(昨今)에 사자성어[四字成語:네 자로 된 성어(成語:옛사람들이 만든 말로 교훈이나 유래)]와 명사들의 명언들을 통해 선과 악이 무엇이며, 어떻게 나 자신도 생각이나 행동 면에서 삶의 지혜로 삼아야 할 것인지를 살피는 것도 유의미(有意味)할 것 같다. 먼저 사자성어를 살펴보자. 무엇보다도 먼저 적선여경(積善餘慶:착한 일을 많이 쌓은 결과로 경사스럽고 복된 일이 자손에게 미침)은 자연발생적 이치이며, 세상은 권선징악(勸善懲惡:착한 일을 권하고 악한 일은 징계함)과 거악취선(去惡就善:악한 것을 버리고 선한 것을 취함) 해야 하고, 선악불이(善惡不二:선악은 하나의 이치로 돌아감)를 알아야 하며, 한 개인으로 볼 때 취선보인(取善輔仁:다른 사람의 선행을 본받아 자신의 덕을 기름) 해야 하고, 위선최락(爲善最樂:선행을 하는 것이 최고의 즐거움)을 알고, 지어지선(止於至善:더 할 수 없이 착한 최선의 경지에 이름)에 이르러야 한다. 다음 명사들의 명언들을 살펴보면, 먼저 한말(韓末)의 사상가, 독립운동가 도산 안창호 선생님의 '우리가 세운 목적이 그른 것이라면 언제든지 실패할 것이오, 우리가 세운 목적이 옳은 것이라면 언제든지 성공할 것이다.'라는 말씀이 있고, 춘추시대 철학자 '도덕경'을 쓴 노자(老子)의 '최고의 선은 물과 같다.'라는 말이 있으며, 송나라 주자(朱子)가 쓴 수신서(修身書) '소학(小學)'에 '착함을 잊으면 악한 마음이 생긴다.'라는 말이 있다, 또한 '선은 결코, 실패하지 않는 유일한 투자이다.' 미국의 사상가, 문학가 H. 소로의 말이고, '우리가 존중해야 하는 삶은 단순한 삶이 아니라 올바른 삶이다.' 그리스의 철학자 소크라테스의 말이며, '선을 행하는 데는 생각이 필요 없다.' 독일의 철학자 프리드리히 니체의 말이다. 그리고 '모든 착한, 선한 사람 속에는 신(神)이 존재하고 있다.' 로마제정 시대 철학자 세네카의 말이며, '선을 행함에는 노력이 필요하다. 그러나 악을 억제하려면 더욱 노력이 필요하다.' 러시아 소설가 톨스토이의 말이다.

'선과 악' 이전에 가장 중요한 단어는 '사랑과 양심'이라는 단어이다. '사랑으로 행해진 일은 늘 선악을 초월한다.' 프리드리히 니체의 말이고, '선은 오직 하나밖에 없다. 그것은 자신의 양심에 따라 행동하는 것이다.' 프랑스 철학자, 작가 보봐르의 말이며, '내 이웃의 고난(苦難:괴로움과 어려움)에 참여하는 것, 그 이상의 선은 없다.' 영국의 문학 평론가 존 러스킨의 말이다. 그런데 여기에 덧붙여 '격(格:환경이나 사정에 자연스럽게 어울리는 분수나 품위)에 맞지 않는 선행은 악행이다.'라는 고대 로마 초기 시인, 극작가 퀸투스 엔니우스의 말이 있고, '모든 죄악의 기본은 조바심과 게으름이다. 체코 출신 소설가 프란츠 카프카의 말이다.' 그렇다. 절대 공감(共感)하는 명언이다. '나태(懶怠)인, 게으름'은 모든 악의 근원이 될 수 있으며, 더 위험한 것은 '도덕적으로 타락(墮落)할 수 있다'라는 것이다. 선과 악의 다른 해석으로는 '더욱 큰 선을 위해 하느님이 악을 허락하셨다.'라는 라틴 신학의 창시자 아우구스티노의 주장이 있고, '악은 창조된 것이 아니라, 선의 결핍이다.'라는 중세 그리스도교의 대표적 신학자 토마스 아퀴나스의 주장도 있다. 그리고 '현명함의 기능은 선과 악을 구별하는 것이다.'는 로마 철학자 마르쿠스 키케로의 말이다.

엄연히 성선설[性善說:인간의 본성은 선천적으로 착하다는 맹자(孟子)의 설(說:말씀)]과 성악설[性惡說:인간의 본성은 악하다는 순자(荀子)의 설]은 존재한다. 그런데 세상 연륜(年輪)이나 사회적 경륜(經綸)이 있는 사람들은 어떻게 볼까? 원래 선하고, 악하고가 아닌, 아마도 첫째는 DNA, 즉 유전적 기질(器質:타고난 성질이나 재능), 둘째는 환경이나 배경(가정이나 사회적), 셋째는 교육(가정이나 학교), 마지막으로 독서나 명상을 통한 자기계발(啓發:슬기나, 재능 그리고 사상 등을 일깨워 발전시킴) 및 가치관(價値觀:인간이 삶이나 세계에 대하여 옳고 그름, 좋고 나쁨 등의 가치를 매기는 관점이나 기준)의 정립(定立:판단·명제를 정하여 세움)이라는 것에 모두 동의할 것 같다. 그렇다면 크게 선천적·후천적으로 둘로 나눌 수 있는데, 무엇보다도 선천적으로 타고나는 것이 더 중요하다 해도 결코 지나친 말은 아닐 것 같다. 인간은 '오복[伍福:유교에서 말하는 것으로 수(壽), 부(富), 강녕(康寧:건강), 유호덕(攸好德:도덕을 지키기를 즐거움으로 삼음), 고종명(考終命:명대로 살다가 편안히 죽음)]은 타고 난다.'라고들 말한다. 특히 네 번째인 '유호덕에 해당하는 도덕심', 다시 말해 '착하게, 선하게 사는 것'을 말하는 것이다. 그렇다면 동·식물은 어떠한가? 사람들이 입을 모아 하는 말이 '종자(種子)가 좋아야 한다.'라고 하지 않는가? 그러면 사람은 어떠한가? 단언(斷言:주저하지 않고 딱 잘라 말함)컨대, 속(俗:천박한)된 말이지만 사람도 '종자(피)', '집안 내림'이 중요한 것이다. 어느 한 사람을 볼 때 그 사람 형제자매, 부모, 삼촌들, 사촌들 거의 모두 대동소이(大同小異)한 법이다. 한 인간의 평가 기준에 있어, 으뜸 중 으뜸은 약간은 차이가 있지만, 뿌리는 같은 '정직성, 도덕성, 선함'이다. 이것들은 직장 내 조직원 선발, 두루두루 인간관계 시, 특히 배우자 선택 시, 최우선으로 삼아야 한다. 사람이 세상을 살아가는 덕목(德目) 세 가지에 '정직하고 성실하게, 그리고 지혜로운 삶'보다 더 가치를 두어야 할 것은 없을 성싶다. 끝으로 이 글을 읽고, 평소 자신이 "매사(每事) '선과 악', 어느 쪽에 서 있는가?"를 자문(自問)해 보고, 사자성어나 명사들의 명언들을 참조해, 앞으로 어느 쪽으로 살아가야 '참된 삶'을 살아가게 될지를 판가름하는 계기(契機)가 마련되기를 바라는 바이다.

10. 성실(誠實)과 정직(正直)

성실이란 '정성스럽고 참됨(예, 상인은 '신용과 성실'을 바탕으로 상도덕을 지켜야 한다)'의 의미이고, 유의어는 성신(誠信), 성각(誠慤), 정직이고, 반의어는 게으름, 나태(懶怠), 나타(懶惰)이며, 우리말 음(音)은 같지만, 한자어가 다른 성실(成實)은 '성숙하여 열매를 맺음'의 의미이다. 정직이란 '마음에 거짓이나 꾸밈이 없이 바르고 곧음(예, 아버지는 늘 '정직과 청렴결백'을 생활신조로 삼으셨다.)'의 의미이며 유의어에 진실과 성실이 있고, 반의어가 거짓이고 약간 결(結)이 다른 교활(狡猾:간사하고 꾀가 많음)이 있다. 우리말 음은 같지만, 한자어가 다른 정직(停職)은 '일정 기간 직무를 정지함'의 의미이다. 사실 성실과 정직은 서로 유의어에 해당한다. 영어단어 sincere 도 의미가 '성실한, 정직한, 양심적인, 충실한' 등 여러 가지 의미가 있는데, 대개는 '성실하면 정직하고' '정직하면 성실하다'라는 의미로 쓰인다. 보통 '정직한'은 'honest'라는 단어를 쓰지만 '정직하고 성실한'의 의미로 'sincere'라는 단어를 쓴다. 영어에서 비슷한 예로 mean 은 동사로 '의미하다'이지만 형용사로 쓰이면 '비열한, 인색한'의 의미로, '인색하면 비열하고' '비열하면 인색하다'라는 의미로, modest 는 '겸손한, 순수한'인데 '겸손하면 순수하고' '순수하면 겸손하다'라는 의미로 쓰인다.

성실과 정직에 대한 생활의 지혜가 될 수 있는 사자성어와 한자어를 살펴보기로 하자. 각답실지(脚踏實地)란 다리로 실제 땅을 밟았다는 의미로, '어떤 일을 하기 위하여 발로 뛰며 현장을 확인하는 성실한 태도'를 말하며, 호시우보(虎視牛步)란 범처럼 노려보고 소처럼 걷는다는 의미로, '예리한 통찰력(洞察力:예리한 관찰력으로 사물을 봄)으로 꿰뚫어 보며 성실하고 신중하게 행동함'을 이르는 말이다. 친구 사귐에 있어 삼익지우[三益之友:정직, 성실, 견문(見聞:보고 들음)이 넓은 사람과 사귀어야 득(得:얻을 득)이 됨]와 삼손지우[三損之友:편벽(偏僻:생각 따위가 한쪽으로 치우쳐 있음)하고 착하기만 하고 줏대가 없으며, 말만 잘하고 성실하지 못한 벗은 손해가 됨]가 있다. 그리고 정직한 사람을 천지직인[天之直人:하늘의 도리에 합치(合致:서로 일치함)하는 정직한 사람]이나 면책아과강직지인[面責我過剛直之人:면전(面前:눈앞)에서 나의 허물을 꾸짖어 주는 사람으로 굳세고 정직한 사람]이라고도 한다.

다음으로 생활의 지혜나 좌우명(座右銘:늘 옆에 갖추어두고 가르침으로 삼는 말이나 문구)으로 삼을 만한 성실과 정직을 대표하는 명언으로 '정직과 성실을 그대의 벗으로 삼아라! 아무리 그대와 친하다하더라도 그대의 몸에서 나온 정직과 성실만큼 그대를 돕지는 못하리라. 남의 믿음을 잃었을 때 가장 비참한 것이다. 백 권의 책보다 하나의 성실과 정직한 마음이 사람을 움직이는 힘이 더 클 것이다.' 미국의 정치가, 발명가, 저술가인 벤저민 프랭클린의 말이다.

성실의 명언으로는 '성실함은 가장 작은 사람을 가장 재능 있는 위선자보다 더 가치 있게 만든다.' 영국의 침례교 목사 찰스 스펄전의 말이고, '성실함은 우리가 생각하는 대로 말하고, 가장(假裝:꾸밈)하고 공언(公言:공개하여 말함)하는 대로 행하고, 우리가 약속한 것을 이행하고 실현하며, 실제로 우리가 보이고 보이는 대로 되는 것이다.' 영국의 대주교 존 틸롯슨의 말이며, '성실은 천국으로 가는 길이다.' 맹자 님 말씀이다. 정직의 명언으로는 '정직만큼 부유한 유산도 없다.' 영국의 대문호 셰익스피어의 말이고, '정직을 잃은 자는 더 이상 잃을 것이 없다.' 영국의 마법사 J. 릴리의 말이며, '오래가는 행복은 정직한 것에서만 발견할 수 있다.' 독일의 물리학자 리히텐베르크의 말이다. 비슷한 말로 영국 격언 '평생을 행복하게 살려면 정직하게 살아라.'도 있다.

성경에서도 성실과 정직에 대한 구절이 여러 군데 있는데, 잠언에 '부지런(성실)한 자의 손은 사람을 다스리게 되어도 게으른 자는 부림을 받느니라. 게으른 자는 마음으로 원하여도 얻지 못하나 부지런(성실)한 자의 마음은 풍족함을 얻느니라. 게으른 자는 그 잡을 것도 사냥하지 아니하니 사람의 부귀는 부지런(성실)한 것이니라. 게으른 자의 길은 가시울타리 같으나 부지런(성실)하고 정직한 자는 대로(大路:크고 넓은 길)이니라.'라는 말씀이 있다. 그리고 요한복음에서 '정직하다는 것은 마음을 하나님께 드리는 것이며, 모든 일에서 하나님께 거짓을 행하지 않고, 하나님께 사실을 숨기지 않고 다 털어놓으며, 윗사람이나 아랫사람을 속이지 않고, 하나님께 잘 보이려고만

하지 않는다. 정직하다는 것은 일을 하거나 말함에서 무엇을 보태지 않으며, 하나님을 기만(欺瞞:남을 속여 넘김)하지 않고 사람을 속이지 않는 것이다.'라는 내용의 말씀이 있고, 또한 잠언에서는 '성실함을 가진 사람들은 안전하게 걸으며 비뚤어진 길을 따르는 사람들은 미끄러져 떨어질 것이다.'와 '성실히 행하는 자는 구원을 얻을 것이나 사곡[邪曲:요사스럽고 편곡(偏曲:한쪽으로만 치우침)함]히 행하는 자는 곧 넘어지리라.'라는 말씀도 있다.

한 인간의 성실성과 정직성을 가장 첫 번째로 우선해야 할 경우가 언제인가?

아마도 여성이 결혼의 상대인 배우자를 선택할 때만큼이나 중요한 경우는 없을 것이다. 결혼은 인륜지대사(人倫之大事:사람이 살아가면서 치르는 큰 행사, 종족 보존을 위해 인간이 해야 할 가장 중요하고 우선순위의 일)이다. 인간의 궁극적 목적은 행복이 아닌가? 행복의 요건(要件:필요한 조건)에는 여러 가지가 있고, 사람마다 조금씩 다르기도 하지만 가장 공통적인 첫 번째 요건, 특히 노년까지도 행복하려면 좋은 배우자 선택이 으뜸이다. 그래서 흔히들 하는 말이 배우자를 '잘 만나면 축복이고, 잘못 만나면 재앙'이라고 하지 않는가?

그렇다면 그 선택 기준은 어떤 것들이 있는가? 이후 글('용기와 두려움')에서 아내감의 선택기준(알뜰함, 이해심과 덕, 그리고 지혜, 인정과 인간미, 마지막 가장 비중을 적게 두어야 할 인물)을 말하기로 하고 이번 글에서는 남편감의 선택 기준을 말해 보고자 한다. 그것은 바로 '성실함과 정직함'이다. 그리고 덧붙여 '책임감[결혼 후에는 가족들을 부양(扶養:생활을 돌봄)할 수 있는 생활력(生活力:경제적인 능력)]과 약속을 잘 지키는 것'이다. 대체로 성실하면 정직하고, 책임감도 강하며 약속도 잘 지키는 법이다. 거꾸로도 마찬가지이다. 약속을 잘 지키는 사람은 책임감도 강하며 성실하고 정직한 법이다. 더욱이 이런 사람이 곧 결혼생활에서 가장 중요한 생활력(경제적 능력)과도 직결(直結)된다는 것을 깨달아야 한다. 한마디로 사람은 성실과 약속을 잘 지키는 것에서부터 시작된다. 게으르고 거짓말 슬슬 해 대고 사소한 시간약속 하나도 제대로 지키지 못한다면 아무리 두뇌가 명석(明晳)하고, 학벌 좋고, 인물이 출중(出衆:뛰어남: 여러 사람 가운데서 두드러짐)해도 우리가 흔히 말하는 '빛 좋은 개살구' '색 바랜 명품 옷' 격(格)이다. 특히 남자의 인물과 허우대(겉으로 드러난 체격, 좋은 체력)는 결혼생활에서 결코, 중요하지 않으며, 인물과 허우대만을 우선으로 하다가는 인생 낭패(狼狽:일이 실패로 돌아가 매우 딱하게 됨)를 볼 수도 있다.

사실 결혼, 사랑도 약속이다. 시간약속 하나도 제대로 지키지 못하는 사람은 사랑의 책임도 언제 저버릴지 모른다는 것이다. 결혼 적령기 이전 연인 사이부터 정혼(定婚)자로 염두(念頭:마음속)에 두고 사귄다면 예의(銳意:어떤 일을 잘하려고 단단히 차리는 마음) 주시(注視:어떤 일에 온정신을 모아 자세히 살핌)하는 삶의 지혜를 지녀야 한다. 잘못된 선택이 평생을 두고 후회와 고난(苦難), 불행의 길을 가게 된다는 것을 명심(銘心) 또 명심해야 한다.

보통 대학에서 학점은 95점 이상(A+) 90점 이상(A) 85점 이상

(B+) 80점 이상(B) 75점 이상(C+) 70점 이상(C) 65점 이상(D+) 60점 이상(D) 60점 미만(F/Fail:과락이나 낙제)으로 평가한다. 결혼상대자를 평가 점수 백분율로 따져 본다면 성실함(30%), 정직함(30%), 책임감과 약속의 이행 여부(30%), 인물과 허우대(10%)라고 한다면 내 결혼 상대, 남편감으로는 최소 80점(B)~85점(B+) 이상은 되어야 하지 않겠는가? 그런데 전제(前提)조건이 있다. 내 장래가 걸려있는 중차대(重且大:중요하고 큼)한 평가(評價)인 만큼. 냉철[冷徹:(감정에) 치우치지 않고 사리(事理:일의 이치)에 밝은]하게 각각 점수를 매겨, 합산(合算)해야 함은 아무리 강조해도 결코, 지나치지 않는다.

이 글을 맺으면서 한 가지 우려(憂慮:근심, 걱정)스러운 것은, 더러는 '인물과 허우대에 8~90점 이상을 배점(配點:점수를 배정함)하기도 한다.'라는 것이다.

11. 순수(純粹)함과 겸손(謙遜)함

　순수함(pureness, innocence)의 사전적 정의는 '전혀 다른 것이 섞임이 없음'이나 '사사로운 욕심이나 못된 생각이 없음'의 의미로, 동사형 '순수하다'의 유의어는 '깨끗하다' '꾸밈이 없다' '단일(單一)하다'이다. 그리고 좀 더 구체적으로 지고지순(至高至純:더할 수 없이 높고 순수함), 청순(淸純:깨끗하고 순수함), 신수(神粹:신비롭고 순수함), 순일(純一:다른 것이 섞이지 않고 순수함)이 있다. 간혹(間或:이따금) '뇌가 순수하다'라는 말을 쓰는데, 순진하고 단순한 사람을 부정적으로 평가하는 말로 '사리 판단이 부족하고 명랑하지 못하다'라는 의미이고, 또한 요새는 흔하게 '뇌가 없다'라는 말도 쓰는데, 이는 주로 상대방이 상식에서 벗어난 행동이나 실없는 행동 또는 멍청한 행동을 질타(叱咤:꾸짖음)할 때 쓰거나, 특히 아무 생각 없이 하는 경솔(輕率:조심성 없이 가벼움)한 언행(言行)을 탄식(歎息:한숨 쉬며 한탄함)조로 말할 때 쓰인다.

　순진함과 순수함은 같은 듯 다른 것 같은데 차이는 무엇인가? 먼저 순진(純眞:innocence, naivety)의 사전적 정의는 '마음이 꾸밈이 없이 순박함', '세상 물정이 어두워 어수룩함(겉모습이나 언행이 치밀하지 못하여 순진하고 어설픈 데가 있음)'의 의미로 동사형 '순진하다'의 유의어는 '깨끗하다', '단순하다' '순수하다'이다. '순진무구(無垢)하다'는 '때가 묻지 않고 맑고 깨끗함'이나 '꾸밈없이 자연 그대로 순박함'으로 대개는 '순진무구한 사랑'이라는 말로 표현한다.

순수와 순진의 차이를 먼저 정신건강학과 최강록 의사의 주장을 빌리자면 "순수함은 세상을 알지만 그럼에도 불구하고 소신(所信:굳게 믿는바, 생각하는바)과 주관(主觀:자기만의 견해나 관점)을 가진 채 욕심이나 못된 생각이 없는 상태를 의미하고, 순진함이 '어린아이의 전유물'이라면 순수함은 '나이를 뛰어넘는 것'이다."라는 것이고, 세상의 따뜻한 이야기를 소재로 행복과 희망을 그리는 만화가, 작가인 박광수가 쓴 '살면서 쉬었던 날은 단 하루도 없었다.'에서 깨끗하고 투명한 유리잔 두 개로 비유(比喻:어떤 현상이나 사물을 직접 설명하지 않고 그와 비슷한 다른 현상이나 사물을 빌려 표현하는 방식) 설명했는데 '순수함은 물이 가득 채워져 있어서 더 이상 들어갈 틈이 없어, 깨끗함 그 자체이고, 순진은 비어있음으로 그 안에 순수처럼 깨끗한 물이 담길 수도 있고, 더러운 물이 들어갈 수도 있는 것'이라고 말했는데, 여기서 한 가지 문제점은 순수함으로 가득 찬 물에 작은 한 방울의 더러움으로 전체를 혼탁(混濁)하게 만들 수 있다는 점이다. 그러므로 사람은 순진함을 순수함으로 '순수함을 신중함으로 지켜나가는 지혜'가 필요한 것이다.

사실 순수함과 순진함은 긍정적 의미이지만 실제 사용에 있어서는 구분해 써야 하는 것으로, 순수함이 '사사로운 욕심이나 잘못된 생각이 없는 것'을 의미하는 것이어서 '맑고 깨끗한 마음'을 가지고 궁정적 마음가짐을 갖고 살아가지만 '세상의 어두운 면에서는 상처받을 수도 있다.' 순진함은 '마음이 꾸밈이 없이 순박하고 참되다'라는 의미이지만 '세상 물정에 어두워 어수룩하다'라는 의미로 쓰일 때도 있으니 실제 사용할 때는 신중한 선택이 필요한 것은, '세상의 어두운 면을 이해하지 못하고 남에게 쉽게 속아 넘어갈 수도 있고, 세상에 잘 적응하지 못할 수도 있기도 하다'라는 말이기 때문이다. 그 밖에 순박(淳朴)하다(거짓이나 꾸밈이 없이 순수하며 인정이 두텁다), 소박(素朴)하다(꾸밈이나 거짓이 없고, 수수하다), 수수하다(사람의 성질이 꾸밈이나 거짓이 없고 까다롭지 않아 수월하고 무던하다, 또는 사람의 옷차림이 좋지도 나쁘지도 않고 제격에 어울리는 폼이 어지간하다), 단순(單純)하다(순진하고 어리숙하다, 복잡하지 않고 간단하다)가 있고, 어수룩하다(겉모습이나 언행이 치밀하지 못하여 순진하고 어설픈 데가 있다), 숫되다(순진하고 어수룩하다) 등이 있다.

겸손(modesty, humility)함이란 '남을 존중하고 자신을 내세우지 않는 태도'로, 유의어에 겸공(謙恭:자기를 낮추고 남을 높임), 겸허(謙虛:잘난 체하지 않으며 공손한 데가 있음), 겸화(謙和:마음씨나 태도가 겸손하고 온화함), 공손(恭遜:말과 행동이 겸손하고 예의 바름)이 있으며, 반의어는 교만(驕慢:잘난 척하고 뽐내며 건방짐), 거만(倨慢:잘난 체하고 남을 업신여김), 오만(午慢:건방지고 거만함)이다. 우리 속담에 '겸손도 지나치면 믿지 못한다.'라는 말은 '지나치게 자신을 낮추는 태도는 오히려 위선(僞善:겉으로만 착한 체함)이다'라는 말이다. 겸손(謙공경할 겸 遜따를 손)은 문자 그대로, '남을 높이어 귀하게 대하고 자신을 낮추는 태도'를 말하는 것으로, 영어속담에 '물은 깊을수록 소리가 없다(The deeper the water, the less silent it is.)'와 '빈 배가 가장 큰 소리를 낸다(Empty vessels make the most sound.)'는 우리 속담의 '빈 수레가 요란하다.' '벼가 익을수록 고개를 숙인다.'의 의미로, 교훈을 삼아본다면 '자기를 높이는 자는 낮아지고, 자기를 낮추는 자는 높게 된다.'라는 것과 교만을 일삼으면 고독이 뒤따르고, 자신을 낮추는 '겸손한 사람에게는 만복(萬福:온갖 복)이 찾아온다.'라는 말로 들린다. 겸손에 대한 명사들의 명언들은 많이 있지만, 우리에게 울림을 주는 것들에, '겸손한 자만이 다스릴 것이요, 애써 일하는 자만이 가질 것이다.' 미국의 사상가 에머슨의 말과 '위대한 사람은 모두가 겸손하다.' 독일의 극작가 레싱의 말, 그리고 '겸손하지 못하고 기고만장하게 행동하느니보다 허리 굽혀 겸손함이 더 슬기(사리를 잘 판단하고 일을 잘 처리해 내는 재능)로움에 가깝다.' 영국 시인 윌리엄 워즈워스의 말이 있다.

성경에 의하면 '자신을 낮추며 상대방을 인정하며 욕심 없는 마음의 상태, 겸손은 성경 전체를 통틀어 하나님의 백성에게 가장 요구되는 신앙의 덕목임(신명기), 겸손한 자가 누릴 축복은 기도 응답을 받음(열왕기 하), 구원을 얻음(역대 하), 주께서 높여주심(야고보서), 배부르게 됨(시편), 주께서 돌보아 주심(시편), 기쁨이 충만하게 됨(사사기), 영예롭게 됨(잠언), 존귀하게 됨(잠언), 하나님께서 은혜를 주심(잠언), 재물을 얻음(잠언), 천국을 소유하게 됨(마태복음), 큰 자로 인정받음(누가복음)' 등 신·구약 곳곳에 걸쳐 겸손은 하나님 백성으로서 지켜야 할 기본 덕목이며, 겸손한 자에 대한 하나님의 약속들이 상술(詳述:자세히 설명하여 말함)되어 있다. 대승불교(大乘佛敎)의 사상인 정토(淨土:pure land:부처가 사는 깨끗한 세상)는 '자연은 아름답고, 세상은 평화로우며, 개인은 행복한 사회'인데, 행복한 삶을 위한 개인은 '검소하게 생활하고 겸손하게 살며 특히 행복을 위해서는 고요함, 평정심(平靜心:감정의 기복(起伏:약해졌다 강해졌다 함이 없이 평안하고 고요한 마음)을 유지해야 한다'라는 점을 강조한다. 원불교의 4대 종법사(宗法師:교단 최고 지도자)이신 좌산(左山) 이광종 종사(宗師)께서 '겸손의 덕(德)'을 천명(闡明:사실이나 입장 따위를 드러내 밝힘)하신 내용으로 '첫째, 겸손이 있는 곳에는 하늘도 돕고 땅도 돕고 귀신도 돕는다. 둘째, 겸손은 스스로를 낮추는 마음이요, 네 덕 내 탓 하는 마음이요, 항상 조심하는 마음이요, 늘 모시고 사는 마음이요, 누구에게나 배우려는 마음이요, 항상 더 배우려는 사람이요, 항상 경외(敬畏:공경하면서 두려워함)의 일념(一念:한결같은 마음)으로 사는 마음이다. 셋째, 겸손이란 높은 데 있어도 오만하지 않고, 낮은 데 있어도 더욱 분발(奮發:마음과 힘을 다하여 떨쳐 일어남)하는 마음이다. 넷째, 겸손하고 수고로움이 많으면 많을수록 영광도 그만큼 클 것이다. 마지막으로, 겸손의 심법(心法:마음을 쓰는 법)이 무너지는 순간 오만이 나타나서 모든 재앙이 비롯된다.'라고 말씀하시고는 말미(末尾)에 "약속도 잘 지키고 '겸손의 덕'도 갖춘 사람이 어찌 모든 일에 성공하지 않을 수 있겠는가?"라고 말씀하셨다. 그렇다. 종교적 신앙을 떠나 우리 일반인들 모두에게도 큰 울림을 주시는 말씀이다. 성공의 요건(要件:필요조건)에 '약속을 잘 지키고, 겸손의 미덕이 필요하다'라는 좌산 종사님의 말씀에 연륜(年輪)과 경륜(經綸), 한마디로 세상 오래 살고 사회 경험 많은 이들은 절대 동감(同感)하는 말일 것이다.

'진정한 겸손은 자신을 과소평가하는 것이 아니라 자신보다는 상대를 더 생각하는 마음에서 나오는 것이다.' 미국의 복음주의 기독교 목사, 베스트셀러 작가, 세계적 베스트셀러 '목적이 이끄는 삶'을 쓴 릭 워렌의 말이다. 겸손은 상대방을 나 자신처럼 소중히 여기는 것이다. 겸손한 사람은 자신의 주변 사람들이 무엇을 원하는지 배려하고, 그들을 위해 기꺼이 봉사하려고도 한다. 미국의 시러큐스 대학 J. 베일리 마케팅 부학장은 "어떤 사람도 '완벽(完璧:결점이 없는 완전함)할 수 없다'라는 생각에서 '실수를 배움과 경험의 기회'로 삼으려 한다. 자신이 훌륭한 일을 했을 때도 결코, 우쭐대지 않고 감사하는 마음을 갖는다."라는 말과 함께, '겸손은 모든 미덕의 근본이다.'라는 말을 덧붙이기도 했다. 그렇다면 미덕이란 무엇이고, 왜 우리 삶에서 중요한가? 미덕(美德)의 사전적 정의는 '아름답고 갸륵(착하고 장함: 가상, 기특, 대견)한 덕행(德行:어질고 너그러운 행실)'이다. 혹자(或者:어떤 사람)는 '행복은 완전한 미덕에 따른 혼(魂:마음, 생각, 사물의 모양으로 넋, 얼, 정신, 영혼)의 활동'이라고 말한다. 인간의 미덕은 신체의 미덕이 아니라 혼의 미덕인데, 우리의 '행복은 곧 혼의 활동'인 것이다. 윤리학적 측면에서 미덕을 둘로 구분하는데 하나는 '지적 미덕'으로 '철학적 지혜, 명석(明晳:총명)함, 실천적 지혜'를 말하고, 다른 하나는 '후하게 베푸는 것, 절제나 겸손 같은 미덕'을 '도덕적 미덕'이라고 하는데, '온화하고 겸손하며 또는 절제 있는 성품을 지닌 사람은 누구에게나 칭찬받게 되는 법'이다. 미덕이란 칭찬 받을 만한 혼의 상태, 그리고 그러한 상태에서 나온 지혜로운 사람을 칭찬하는 것으로, 그것이 주변 사람들의 좋은 평판과 호감을 갖게 되어 성공의 열쇠가 되는 것이다. 특히 겸손함은 성공의 열쇠뿐만 아니라, 깨달음, 성장, 기쁨, 사랑 그리고 행복의 열쇠가 되는 것이다. "사람은 사회적 동물이므로 다른 사람의 영향을 안 받을 수 없다. 당연히 좋은 사람들 옆에 있으면 행복해진다. 그런데 좋은 사람 옆에 있으려면 자신이 먼저 좋은 사람이어야 한다. 좋은 사람의 제일 기본조건은 '겸손함'이다. 겸손하기 위해 열린 마음, 상대가 했던 말도 나만큼 고민했을 수 있다는 생각을 하면 된다. 무엇보다도 주변 사람에게 다가갈 때 반드시 갖추어야 할 것이 '겸손의 미덕'이다. 그리고 행복의 기본조건이다." 행복플러스 연구소 서은휜 소장의 말이다.

순수한 마음, 아름다움을 선사하는 데이지 링(반지)은 우정이나 연인, 그리고 웨딩 반지로 잘 알려져 있다. 데이지(프랑스 국화) 꽃말은 '순수한 마음, 평화, 사랑스러움, 희망, 겸손한 아름다움'과 같은 의미로, 매우 순수한 꽃, 보고 있으면 '마음을 편안하게 해준다.'라는 꽃이다. 우리도 데이지처럼 '순수함과 겸손함'으로 조화를 이룬 '인간미(人間美) 넘치는 사람'이 되어야 하겠다. 성경에서는 누가복음에 '하나님 백성의 품성으로 순수함과 겸손함'을 으뜸으로 꼽고, 유대인의 생활 규범인 '탈무드'에서 '삶은 성실과 인내 그리고 작은 것도 귀하게 보는 순수함과 겸손함이 필요하다'라는 말처럼, 우리는 생활에서 성실하고, 올바르고, 굳세고, 침착하고, 냉철한 사람이 되어야 한다. 무엇보다도 '순수함과 겸손을 잃지 않는 삶의 자세'는 아무리 강조해도 결코, 지나치지 않을 것이다.

12. 신념(信念)과 집념(執念)

신념(belief, faith)이란 '굳게 믿는 마음'으로 유의어는 소신(所信), 믿음, 신심(信心:옳다고 믿는 마음, 종교를 믿는 마음)이고, 신념과 관계가 있는 말에는 절개(節槪)는 '신념, 신의(信義:믿음과 의리) 따위를 굽히지 아니하고 굳게 지키는 꿋꿋한 태도'와 '지조(志操:꿋꿋한 의지)와 정조(貞操:여자의 순결)를 깨끗하게 지키는 여자의 품성'이며, 도그마(dogma)는 '독단적인 신념이나 학설' '이성적이고 논리적인 비판과 증명되지 않는 교리'가 있다. 집념(tenacity)이란 '한 가지일에 매달려 마음을 쏟음', 또는 '그 마음이나 생각'이며 유의어에 의지, 열중, 고집이 있다. 오늘날 자랑스러운 세계적 '삼성'의 창업주이신 故 이병철 회장님은 "사람은 능력 하나만으로는 성공하는 게 아니다. '운을 잘 만나야 하고, 때를 잘 만나야 하고, 사람을 잘 만나야 한다.' 하지만 운을 놓치지 않고 운을 잘 타고 나가려면 운을 기다리는 '둔한 맛'이 있어야 하고, 운이 트일 때까지 버티어 나가는 '끈기, 굳은 신념'이 있어야 한다. 그 '둔함'이 따르지 않을 때는 좋은 운이라도 놓치고 만다."와 "기업인뿐만 아니라 학자, 경영자 모두가 '1위를 하려는 집념'을 가져야 한다. 4, 5위를 하겠다는 목표로 임(臨)하면 낙후(落後:수준이 뒤떨어짐)될 뿐이다."라는 말씀을 남기셨다.

신념은 인간세계, 특히 한 개인에게는 대단히 중요하다. 왜냐하면 신념이란 그 사람의 삶의 목표와 방향을 결정하며, 신념이 없다면 우유부단(優柔不斷:결단성이 없음)하고 때론 모순(矛盾:앞뒤가 서로 맞지 않음)적일 수가 있기 때문이다. 한마디로 신념이란 한 인간이 '무언가를 결정하는 이유'이기 때문이다.

신념이 없는 사람은 그날그날의 욕구대로만 살며, 중요한 결정을 내려야 할 때는 판단할 만한 근거를 찾지 못해, 되는 대로 즉흥적으로 결정을 내릴 수 있는 것이다. 그런데 더 중요한 것은 자신의 신념도 중요하지만, 다른 사람도 중요하게 여겨야 하며, 혹여 자신의 신념이 잘못되지는 않았는지 되돌아볼 줄도 알아야 한다. 이런 자세가 없다면 자칫 신념은 신념이 아닌 아집이 될 수 있으며, 자칫 극단적인 사고방식과 결합하면 위험한 결과를 가져올 수도 있는 것이다. 이 같은 상황을 우려(憂慮)한 독일 철학자 프리드리히 니체는 '신념이 가장 무섭다. 신념을 가진 사람은 진실을 알 생각이 없다.'라는 말을 남겼다.

그런데 신념과 자신감(自信感:self-confidence)은 그 결(結)이 다르다. 자신감은 '스스로를 믿는 마음' 다른 말로 '용기'라고도 할 수 있다. 구체적으로 자신감은 어떤 결과를 이루는 데에 요구되는 행위를 '성공적으로 수행할 수 있다는 확신'이라고 말할 수 있다. 자신감이 많은 사람은 어떤 일에도 대범(大汎:사소한 것에 얽매이지 않고 너그러움)하게 뛰어들고 행동하는 경향이 있어 결과의 도출이 빠르며, 설사 결과가 좋지 않아도 금세(바로, 금방) 긍정적으로 생각도 하게 되는 것으로, 자신감이 높으면 인생을 살아가는데 손해볼 일은 없는 것이 일반적이지만, 상대방을 향한 배려나 예절을 지키지 않는다면 자만심이 되고 자신감을 뒷받침할 만한 행동이나 현실적인 근거가 없다면 근자감(根自感:근거 없는 자신감)이 될 수도 있는 것이다. '당신은 자신감을 가지고 스스로 할 수가 있을 때, 어떤 일이든 해낼 수 있다.' 로마의 철학자 마르쿠스 툴라우스 키케로의 말이고, '나는 미술사에 한 획을 긋겠다. 그럼으로 억만장자가 되어 갑부로 살다가 죽겠다.' 스페인 출생 파블로 피카소의 말이다. 반면에 네덜란드 출신 화가 빈센트 반 고흐는 '나는 평생 비참하게 살다가 죽겠다. 틀림없이 나는 돈과 인연이 없는 사람이고, 불행은 내게서 떠나지 않을 것이다.'라는 말로 자신을 비관(悲觀:슬프고 절망스럽게 여김)하고, 동생의 도움으로 겨우 먹고사는 처지가 되었다. 둘 다 유럽의 세계적 대표 화가이지만 극명(克明:매우 분명함)하게 차이가 나는 것이다. 우리 속담에 '말이 씨가 된다.'라는 말이 있듯이 '자신감'은 그만큼 내 인생을 결정짓게 되는 매우 중요한 마음가짐이다.

'죽기 전에 꼭 봐야 할 한국 영화 1001' 중 '집념'이라는 영화는 조선시대의 명의(名醫)이자 한의학의 기초라는 '동의보감'를 쓴 허준의 일대기(一代記)를 그린 것으로 서자(庶子)로 태어난 허준의 집념, 그의 인간적인 행적(行蹟:평생 한 일이나 업적)을 그린 이 영화는 사극(史劇)에서는 드물게 의학(醫學)을 소재(素材)로 한 점이 주목받는 작품이다. 이와 비슷한 유형인 외국 서적으로 여행서의 바이블(Bible)이라고 불리는 '죽기 전에 가 봐야 할 1000곳(미국의 여성 여행 칼럼니스트 패트리샤 슐츠 著)'와 '죽기 전에 먹어야 할 세계 음식 재료 1001(영국의 여성 음식 칼럼니스트 프랜시스 케이스 著)'가 있는데 우리말 번역본도 나와 있다. 그런데 여기서 슐츠나 케이스 같은 경우도 세계를 직접 다니며 수많은 지역, 나라들을 답사(踏査:현장에 가서 보고, 듣고 조사함)해 여행지의 참맛을 느낄 수 있는 핵심적이고 유용한 정보들을 소개한 슐츠나 세계적 음식 재료의 방대(尨大)한 양(量)을 집대성(集大成:여러 가지를 모아 하나로 완성)한 케이스의 책은 '집념'이 낳은 결과물이라고 말할 수 있다.

우리는 종종 '집념'과 '집착'을 혼동하기도 한다. 집념이란 집요하고도 명확한 의지가 필요하며 그리고 은근과 끈기, 지속적인 열정(熱情:열렬한 애정을 갖고 열중하는 마음)과 열성(熱誠:열렬한 정성)이 있어야만 한다. 먼저 목표를 세우고 몰입해 추진하며, 원인부터 결과까지 입체적으로 접근, 분석하여 뜻을 펴는 것, 무엇보다도 자기 생각이라는 뿌리는 지키되 타인의 생각과 말에 열린 자세를 갖고 타인의 말이 일리(一理:옳은 데가 있어 받아들일 만한 이치)가 있으면 바꿀 수 있는 유연(柔軟)함을 갖고 있는 것, 바로 그것이 집념이고, 대상이 있는 경우 상대는 안중(眼中)에도 없는, 자기 입장과 자기만족, 이익 중심으로 결과만을 쫓게 되거나, 타인의 의견에는 귀를 닫고 자기 생각에만 집중하는 것, 특히 객관적 시각(視覺)이 결여(缺如:마땅히 있어야 할 것이 빠짐)되어 있는 것, 그것이 바로 집착이 되는 것이다. 누군가 말하기를 '집념은 한지(韓紙)에 스며든 먹물처럼 골수(骨髓)에 스민 의지(意志:어떤 일을 이루려는 마음)이고, 집착은 지저분하게 얼룩진 화장(化粧)'이라고 한다. '집념'의 집(執:잡을 집)은 '집착'의 집(執)과 동일하다. 두 단어 모두에 '집' 자(字:글자 자)에는 행복의 '다행 행(幸)'이 들어 있다. 한마디로 '인생을 어떻게 살아가느냐'에 따라 집념으로 자신이 목표한 것을 이루어 성공해 '행복한 삶을 사느냐', 아니면 집착이 되어 자신과 때로는 상대방까지도 '불행하게 사느냐'가 결정되는 것이다. 특히 가끔 있는 '연인이나 부부간, 그리고 부모의 자식에 대한 과도(過度)한 사랑, 집착'이 위험하다. 특히 부부간은 이로 말미암아 파경(破鏡:헤어지는 일)에 이르기도 하고, 자식은 예상 밖의 잘못된 방향으로 삐뚤어질 수도 있는 것이다. 한 편으로 '집념과 집착'을 완전히 내려놓거나, 포기하면 무념(無念:아무런 생각이나 감정이 없음)이나 체념(諦念:단념)이 될 수도 있는 것이다.

우리 인간의 궁극적인 목적은 무엇인가? 바로 '행복하게 사는 것'이다. 그러려면 돈도 많이 벌고, 성공도 해야 하고, 출세도 해야 한다. 그러기 위해서는 한 개인이 갖추어야 할 '덕목(德目)'이 바로 '신념과 집념'인데, 이 둘은 또 다른 수반(隨伴:좇아서 따름)되어야 할 것들이 있다. 그것들에는 첫째는 어떤 일을 하든지 간에 성실함, 둘째는 중단하거나 포기하지 않고 기다림의 인내심, 셋째는 노력이 따르는 야망(野望:커다란 희망이나 바람), 넷째는 열정(熱情:일에 열중)과 열성(熱誠:열렬한 정성), 다섯째는 자기 통제력이라고 하는 자제력 그리고 마지막으로 낙관(樂觀:앞날을 밝고 희망적으로 봄)적, 긍정적, 열린 마인드이다.

끝으로 한 권의 책을 추천한다. '집념-이창동 장편소설(故 박인천

금호아시아나 회장님 일대기)'로 서평(書評)을 빌리자면 '하늘이 내려주신 비범한 인재로 수많은 좌절과 시련 속에서도 굴하지 않고 스스로의 소신, 신념과 집념, 그리고 열정으로 위기를 기회로 전환시킨 20세기 이후 한국이 낳은 최고의 위인(偉人:뛰어나고 훌륭한 사람)이며 또한 오늘과 같은 정치적, 경제적, 사회적, 문화적 위기를 겪고 있는 우리에게 큰 귀감(龜鑑:거울로 삼아 본받을 만한 모범)이 되는 우리 민족의 본보기이시다.'라고 한다. 읽어 나가다 보면 '묵직한 분위기와 표현들에 감동과 눈물을 흘리기도 한다.'라고 전(傳)한다. 그리고 'CEO 열전 집념의 기업인 금호 박인천'이라는 제목으로 만화로도 나와 있다고 한다.

13. 신중(愼重)함과 사려(思慮) 깊음

신중(prudence, caution/언행은 discreet)의 사전적 정의는 '매우 조심스러움'의 의미이며, 동사형 '신중하다'의 유의어는 '깊다, 신밀(愼密: 신중하고 빈틈이 없음)하다'이다. 그 외 결(結)이 비슷한, 점잖다(언행이나 태도가 의젓하고 신중하다, 품격이 꽤 높고 고상하다), 묵중(黙重)하다(말이 적고 몸가짐이 신중하다), 어중(語重)하다(말이 신중하다), 언중(言重)하다(입이 무겁고 말이 신중하다), 간묵(簡黙)하다(말수가 적고 태도가 신중하다)가 있고, 결(結)이 다른, 소심(小心)하다[대담하지 못하고 조심성이 지나치게 많다 〈-〉 호방(豪放)하다]가 있으며, 결(結)이 다른 듯 유사(類似)한, 섬세(纖細)하다(매우 찬찬하고 세밀하다), 세심(細心)하다(작은 일에도 꼼꼼하게 주의를 기울여 빈틈이 없다)가 있다. 반의어는 경망(輕妄:행동이나 말이 가볍고 방정맞음), 경박(輕薄:언행이 신중하지 못하고 가벼움), 경솔(輕率:말이나 행동이 조심성 없이 가벼움)이다.

위키백과 사전에서는 '신중함을 이성(理性:사물의 이치를 생각하게 하는 능력)으로 자신을 통치(統治:도맡아 다스림)하고 훈련(訓練: 일정한 목표 또는 기준에 도달하게 하기 위한 실제적인 활동)하는 능력(能力:일을 감당하는 힘)이다'라고 정의한다. 특히 4가지 '추덕(樞

德:인간 도덕의 주요한 덕)중 하나로 간주된다.'라고 하며, 오늘날 영어에서는 신중(prudence)은 '조심(caution)'과 점점 동의어가 되어가고 있는데, 이런 상황에서 '신중은 위험을 감수(甘受:달게 받아들임)하는 것을 꺼리는 것'이 되어 불필요한 위험과 관련하여 미덕(美德:아름답고 갸륵한 덕행)을 유지하기도 하지만, '너무 신중하고 과도하게 확장되면 비겁(卑怯)의 악덕(惡德:도덕에 어긋나는 나쁜 마음이나 나쁜 짓)이 될 수도 있다'라고 한다. 신중함이란 성급하고 충동적으로 결정하는 극단(極端:중용을 잃고 한쪽으로 치우친 상태)과 완고(頑固:융통성이 없이 올곧고 고집이 센)하고 경직(硬直:융통성이 없고 엄격함)된 태도나 주장으로, 생각을 절대 바꾸지 않는 또 다른 극단을 피하는 중용(中庸:어느 쪽으로 치우침 없이 올바르며 변함이 없는 상태나 정도)의 태도이다. 그러므로 신중한 사람은 계획성이 있고 자제력이 높으며, 유능(有能)하기도 하다. 무엇보다도 입이 무거워 이 말 저 말을 주변에 옮기지 않아 주변 사람들에게는 신뢰를 얻고, 존경을 받기도 하여 심리적으로 건강하기도 하다. 바로 이런 점들 때문에 사람이 신중해야 하는 이유이다. 그렇다면 신중하지 못한 사람은 어떠해야 하나? 답은 간단하다. 충동적이며 감정적이 아닌 이성적 판단이나 결정을 내리도록 스스로 노력하고 습관화해야 한다. 창조주이신 여호와 하나님은 세심한 계획과 배려 가운데 세상과 피조물(被造物)들을 창조하셨고 인간의 타락(墮落)으로 말미암아 멸망하게 될 경우를 대비하셔서 섬세하고 세밀한 구원(救援)의 계획까지도 미리 세우신 것으로 볼 때 신중하고 신중하신 판단과 결단이셨다고 성경 말씀을 통해서 우리는 알 수 있다. 또한 우리 인간들은 하나님은 전지전능(全知全能)하신 능력을 신중한 판단과 계획으로 행동에 옮기시는 분이라는 것을 알 수 있다. 무엇보다도 인간의 건강과 행복, 올바른 삶, 그리고 구원을 위해 하나하나, 조목조목(條目條目) 신중한 언어를 통해 성경에 기록해 놓으신 것만 보더라도 하나님은 참으로 신중하시다는 것을 우리는 깨달을 수가 있다. 그래서 우리 인간들은 신뢰할 대상이 없는 인간 세상에서 하나님을 전적(全的)으로 신뢰하고 의지하는 것 같다. 성경에서 하나님이 우리 인간에게 주시는 신중함에 대한 메시지로, 잠언에서 '지혜로운 사람의 말은 언제나 신중함이 있고 설득력이 있다'와 전도서에서 '언제나 신중함과 설득력이 있는 지혜로운 사람의 말은 지식을 전하므로 은혜를 끼치지만, 미련한 사람은 그렇지 못하다.'라는 구절(句節)들이 있다.

신중함에 대한 사자성어로는 '신중하지 못함'을 경박부허(輕薄浮虛:말과 행동이 신중하지 못하고 가벼움)와 경조부박(經佻浮薄)이 있고, 신중함에 대한 대표적 성어(成語)에는 심사숙고(深思熟考:깊고 신중하게 생각함, 심사숙려)와 은인자중(隱忍自重:마음속으로 참고 견디며 몸가짐을 조심하고 신중함)이 있고, 삶을 살아가는 데는 화생어홀(禍生於忽:화는 소홀한 데서 생긴다는 의미로, 신중하고 세심한 삶을 영위해야 함) 해야만 하고, 매사에 신종여시(愼終如始:끝을 신중하게 하는 것을 마치 처음같이 한다는 의미로, 일의 종말에서도 처음처럼 마음을 늦추지 않고 애씀) 해야만 한다는 것은, 용두사미(龍頭蛇尾)가 되어서는 안 된다는 말과 결(結)을 같이한다. 사자성어 중 가장 우리에게 울림을 주는 것은 흠휼지전[欽恤之典:'죄수에 대하여 신중하게 심의(審議)하라' 의미]으로, 가장 훌륭한 선(善)은 '신중함'이고, 그리고 신중함은 '예리(銳利:두뇌나 판단력이 날카롭고 정확함)함'을 가져다주는 것으로, 사법부의 신중한 판결로 누구나 억울한 누명을 쓰고 영어(囹圄:감옥살이)의 몸이 되어서는 안 된다.

우리에게 귀감(龜鑑:거울로 삼아 본받을 만함)이 되는 명사들의 명언들로는 '가장 훌륭한 선(善)은 신중함이다. 그것은 철학(哲學)보다도 더 귀중하며, 모든 덕(德) 또한 신중함에서 나온다.' 에피쿠로스의 말이고, '친구의 충고는 신중하게 곱씹어 받아들여야 한다. 옳고 그르건, 자기 생각을 포기하고 친구의 충고를 무조건 따라서는 안 된다.' 피에르 샤롱의 말이며, '아무리 사소한 일이라도 일하기 전에 앞뒤를 잘 살피고 시작해야 하는 신중함이 필요하다.' 에픽테투스의 말이다. 또한 '신중하지 않으면 찾아온 기회를 놓치기 일쑤이다.' 퍼블릴리어스 사이러스의 말이고, '용기의 핵심 부분은 신중함이다.' 윌리엄 셰익스피어의 말이며, '용기와 힘이 있더라도 신중함이 결여(缺如:마땅히 있어야 할 것이 빠져서 없거나 모자람)되었다면 그것들은 없는 거나 마찬가지이다.' 웜파의 말이다. 그런데 우리에게 가장 울림을 주는 명언 둘은 척 사이거스의 말 '달력은 열정적인 이들을 위한 것이 아니라, 신중한 이들을 위한 것이다.'와 마하트마 간디가 말한 '신념을 형성할 때는 신중해야 하지만 신념이 형성된 후에는 어떤 어려움에서도 지켜야 한다.'이다. 첫 번째 사이거스의 말은 열정적으로 세상을 살아가는 이들보다는 '신중하고 꼼꼼히 하루하루를 귀중히 여기며 살아가는 이들을 위해 달력이 존재한다.'라는 말이고, 두 번째 간디의 말은 우리의 역사적으로나 현실에 비추어 볼 때, 지난 과거 일제 치하 시절 독립 투사들의 신념이 신중하게 형성되어 죽음을 각오하고, 그 신념을 지켰을 것이고, 군부독재 시절 민주투사들도 그러했을 것이며, 무엇보다도 오늘날 공익 제보자들도 본인의 어떤 불이익이나 비난을 감수하고 그러할 것이다. 더러는 직장, 조직 내 회계 비리 등 정의롭지 못한 일을 외부에 공개하는 경우도 마찬가지로, 신중하게 생각한 뒤 '공개해야 한다.'라는 신념이 확고(確固)히 서면, 결코 회유(懷柔:어루만져 잘 달램)나 협박(脅迫:으르면서 다잡음)에 굴복(屈伏)해서는 안 되며, 더더욱 타협(妥協:서로 좋도록 조정하여 협의함)을 해서도 안 된다.

사려(consideration, prudence)의 사전적 정의는 '여러 가지 일에 대하여 주의 깊게(깊이) 생각함, 또는 그런 생각'이고, 또는 '근심, 걱정을 하는 생각이나, 사념(思念)'의 의미로 쓰이기도 한다. 동사형으로는 '사려가 깊다', '사려가 부족하다'이며, 유의어에는 고려(考慮:생각하고 헤아려 봄), 숙고(熟考:잘 생각함), 분별(分別:구별하여 가름), 현려(玄慮:깊은 사려, 현명한 생각)가 있다. 에세이집 '사려 깊은 말 한마디면 충분하다'의 저자 강미은 교수는, 그녀의 책에서 "더불어 사는 세상에서 사람들과 끊임없이 소통하며 대화하는 우리들이기에, 말과 관련된 스트레스는 생각보다 깊고 크다. '살이 찐 것 같다', '너희 애는 대학 어디 갔어?', '너희 회사 월급 얼마 줘?'. (퇴직한 친구에게) '요즘 뭐 하고 지내?' '백수 생활은 할 만해?', 등의 말들을 함부로 던지면, 친한 친구 사이라도 상처가 될 수 있다. 상대의 장점을 칭찬해 주지는 못할망정, 약점을 콕콕 찌르면 아무리 착하고 유순한 사람일지라도 돌아서 버리고 만다."라고 하며, 저자는 "대화하는 데 있어 현란(絢爛:눈이 부시도록 찬란함)한 대화 테크닉이 필요한 것이 아니라. 말에 담긴 '사려 깊음'이 그 무엇보다도 중요하다"라고 말한다. 그렇다. 사회생활에서 친구나 적으로 만드는 것은 '말'이다. 그래서 요새는 '생각 없이 말을 함부로 내뱉는 사람'을 '뇌가 없는 사람'이라고 지칭(指稱)한다. 대인관계에서 '사려 깊은 말 한마디'의 중요성을 일깨워 주는 말이다.

　사람은 사회생활을 하면서 업무적으로나 대인관계에서 '사려 깊음'은 장점으로 작용해 '존경과 선망(羨望:부러워하여 바람)의 대상'이 되기도 하고, '성공 가도(街道)를 달리기 위한 필수 요건(要件)들' 중 하나이기도 하다. 그렇다면 과연 '사려 깊음'은 천성적으로 타고날까? 아니면 노력 여하에 따라 몸에 익히고 밸(여러 번 겪거나 치러서 아주 익숙함) 수 있는가? 단언컨대, 다분히 선천적으로 타고 나지만, 후천적 '노력이자 습관'이다. 그렇다면 어떻게 평소에 노력하고 습관화해야 할까? 첫째는 어떤 일이든 깊이 생각하지 아니하고 경솔(輕率:조심성 없이 가벼움)하고 충동적으로 생각하고 판단하여 행동에 옮기지 않고 신중하게 생각하고 판단하여 행동에 옮겨야 한다. 물론 여기에는 시간이 좀 걸린다는 단점은 있지만, 성급함의 단점인 일을 그르치지는 않는다. 둘째는 바로 코앞의 현실보다는 미래의 앞날을 우선시해야 한다. 매사에 이해득실(利害得失:이로움과 해로움, 얻음과 잃음)을 따지는 데 있어 근시안(近視眼:눈앞의 일만 사로잡힘)보다는 원시안(遠視眼:멀리 봄, 미래 지향)이어야 한다. 셋째는 자신만 생각하고 행동하는 것이 아닌 매사를 자신과 다른 사람과의 관계를 의식해서 고려해야 한다. 그것은 가족, 친구, 동료 등 모든 인간관계는 다 해당이 된다. 넷째는 매사를 시간, 장소, 상황, 특히 분위기를 염두(念頭)에 두어야 한다. 시간과 장소, 상황이나 분위기를 파악한 후에 가장 적절하고 어울리는 생각과 행동을 해야 하는 것이다. 마지막으로 말수가 적은 것이 득(得)이 된다. '말은 재앙(災殃)의 근원'이다. 그것은 바로 '쓸데없는 말, 불필요한 말'이다. 특히 타인의 일에 필요 이상으로 간섭(干涉), 참견(參見)하는 사람이 있다. 생각만으로 그치는 것이 아니라 말하지 않아도 될 말을 해 상대의 기분이나 자존심을 상하게 하고, 본인은 극혐오(嫌惡), 기피(忌避:꺼리거나 싫어하여) 대상자, 만나지 말아야 할 사람으로 낙인(烙印:씻기 어려운 불명예스러운 판정이나 평가)이 찍히게 되는 것이다. 그런데 이런 경우의 사람들은 대개 선천적으로 타고나고 가정교육이 잘못된, 집안 내림이어서 형제들도 거의 대동소이(大同小異:서로 비슷비슷)하고 고쳐지지도 않는다. 그래서 이런 사람들을 세칭(世稱:세상에서 흔히 말함), '보고 배운 것이 없다. 싸가지가 없다.'라고 한다.

결론적으로 '신중함'과 '사려 깊음'은 서로 짝이 되는 말(영어단어 prudence는 '신중'과 '사려'의 의미로 '신중하면 사려 깊고', '사려 깊으면 신중함')이다. 인생을 살아가면서 평생 지니고 가야 할 인간관계 셋은 '부모, 자식, 친구'라고 한다. 부모 자식이야 숙명(宿命:피할 수 없는 운명)이니 논외(論外)로 하고, 친구는 '사려 깊은 친구와 사귀고 교류(交流)'해야 한다. 단 한 명이라도 말이다. 그렇다면 여기서 빠진 배우자는 어떠한가? 무엇보다도 운명(運命)인 부부관계를 맺을 때는 '신중한 선택'을 해야 한다. 내 운명의 결정판이다. 그리고 부부의 인연을 맺고 살아가면서는, 서로 '사려 깊은 언행(言行)'이 필수(必須)이다.

왜냐하면 부부의 만남은 운명이지만, 관계는 '(끝없는) 노력'이기 때문이다.

14. 안주(安住)와 도전(挑戰), 모험(冒險)
– 성장과 발전, 나아가 성공을 위한 도전과 모험을 중심으로

안주[settle, satisfaction, content(ment)]의 사전적 정의는 '한곳에 자리 잡고 편안히 삶'이나 '현재 상황이나 처지에 만족함'이다. 유의어에는 안접(安接:평안히 머물러 삶), 안착(安着:어떤 곳에 편안히 자리를 잡음), 자족(自足:스스로 만족함)이 있고, 도전(challenge)이란 '정면으로 맞서 싸움을 걺'이나 '어려운 사업이나 기록경신 따위에 맞섬'을 비유적으로 이르는 말이며, 유의어에 기도(企圖:바라는 것을 이루려고 꾀함), 도출(挑出:시비를 일으키거나 싸움을 걺), 시도(試圖)가 있고, 모험(adventure, venture, hazard)이란 '위험을 무릅쓰고 어떠한 일을 함, 또는 그 일'이며 유의어에 도박(賭博:요행수를 바라고 위험한 일이나 가능성 없는 일에 손을 댐), 섭위(涉危:위험을 무릅씀), 섭험(涉險:위험을 무릅씀)이 있다.

그렇다면 도전과 모험의 차이란? 우선 영어 risk라는 단어의 의미를 보자. 명사(名詞)로는 '위험, 우려, 위험의 원인', 동사(動詞)로는 '위태롭게 하다, ~을 각오해야 할 짓을 하다, 가치 있는 것을 잃을 수 있는 위험에 내맡기다, 피해를 볼 각오로 행하다'이다. 여기서 도전에 없는 모험에는 신체나 생명 따위가 위태롭고 안전하지 못할 수도 있고, 잘못될 수도 있지만, 그런데도 어떤 일을 하는 것을 말한다. 그런데 도전은 위험하지는 않고, 심지어는 죽을 위험은 없으므로 도전자들은 실패하더라도 포기하지만 않는다면 계속 몇 번이고 도전할 수가 있다. 그러므로 '도전에는 risk가 없지만, 모험에는 risk가 따른다.'라고 하겠다. 비근(卑近:주위에서 보고 들을 만큼 가장 쉽고 실생활에 가까움)한 예(例)로 우주비행사들의 우주탐사는 '도전이 아니라 모험'인 것이다.

현실(現實) 안주 형(形)이란? 안정적이고 평화로운 환경을 좋아하며, 새로운 것에 대한 도전이나 위험을 감수해야 하는 모험은 더욱 겁을 내며, 현재 익숙한 것에 안주하려는 것이다. 변화를 받아들이기도 힘들어하며, 적응하기에도 어렵거나 설사 적응하려 한다 해도 시간이 오래 걸리게 된다. 그래서 이런 사람은 주변 사람들에게 보수적이며 융통성이 없는 사람으로 평(評)을 받기도 하며, 그렇게 각인(刻印:마음이나 기억 속에 뚜렷하게 새겨짐)되기도 한다. 다시 말해 '호기심도 도전정신이나 모험심도 없는 사람으로 위험을 감수하면서 더 발전하려는 노력을 하지 않고 현재 상태에 만족하며 더 이상 나아가려 하지 않는 사람'인 것이다. 안주에도 특혜와 특권이 있다. 자신의 익숙함을 느낄 안정적인 '버팀목'이 있으니까 안주할 수가 있는 것이다. 그것은 무엇보다도 생활인이라면 그저 먹고살 수 있을 만큼의 수입이 보장될 때 가능한 법이다. 나나 내가 부양하고 있는 가족들이 경제적으로 쪼들리거나, 도저히 생활이 되지 않을 경우는 상황이 달라지는 법이다. 그때야말로 아무리 안주형이라 해도, 새로운 도전이나 모험을 단행하기도 하는 법이다. 당연히 유전자나 성장배경에 의해, 특히 성격적인 면이 주(主)된 요인이기도 하지만, '사람은 환경이 그 사람을 만든다.'라고 해도 과언(過言:정도에 지나친 말)은 아니다. 그런데 이런 경우도 있다. 세상은 참 공평무사(公平無私)한 법이다. 장단점이 공존(共存)한다는 말이다. 변화 없이 게으름에 매몰(埋沒)되어 아무 생각 없이 살 수 있다는 것은 편한 일이기도 하지만, 그렇게 익숙하다 보면 지루하고 지겨울 수도 있다. 나를 바꾸어 보려 하고, 나의 또 다른 문제를 해결하려 하고, 다른 현실을 꿈꾸다 보니, 지금의 편안한 안주가 마냥 좋을 수만은 없는 법이다. 미국의 기업인, 컨설턴트, 저술가 스티브 코비는 '가장 큰 위험은 위험 없는 삶이다(The greatest risk is the risk of riskless living.)'라는 명언을 남겼다.

나이 55세 때 중견 건설업체의 임원으로 일하던 시절, 주위 사람들의 만류에도 불구하고 사업가의 길을 선택한 우리나라 안경테 사업의 선두 주자 '서전' 육동찬 회장님은 '남은 인생을 안주할 것이냐, 아니면 도전해 새 길을 갈 것이냐'의 두 갈래의 갈림길에서 '가보지 않았던 길을 용기 하나로 선택하였다'라고 말씀하셨다 한다. 요새 기준으로 조기 은퇴도 할 나이에 인생의 새로운 장(章)을 열어 성공 신화를 낳은 이런 경우가 바로 도전과 모험에 대한 '삶의 묘미(妙味:미묘한 재미나 흥취)'가 아닐까, 생각해 본다. 인간의 도전정신은 성장과 발전, 나아가 성공에 도달하기 위한 필수(必須:꼭 필요함)이면서 필연(必然:그렇게 되어야 하고 다른 도리가 없음)적 요소이다. 안주하지 않고 도전하는 자세가 필요하며, 때로는 위험이 따르는 모험도 해야 한다. 안주하는 사람은 다른 사람의 도전과 모험하는 사람을 의아(疑訝:의심스럽고 이상함)하게 생각하며, 머리를 갸우뚱하며 '바보 아닌가? 왜 그런 짓을 하지?' 하며 반문(反問)하기도 한다. 그러나 그것이 사람마다의 차이이고, 훗날에야 뒤늦게 인정하며, '아! 그래서 그때 그랬구먼! 그런 큰 뜻이 있었구먼!' 하고 말한다. 도전이란 어려움과 불편함, 그리고 무엇보다도 노력과 인내 그리고 초지일관(初志 一貫:처음 먹은 마음 끝까지 밀고 나감)하는 마음이 있어야 하지만, 그 속에는 반드시 성장과 발전 그리고 무엇보다도 성공이 숨어 기다리고 있으며, 설령 실패한다 해도 '경험이라는 무형(無形)의 소중한 자산'을 갖게 되는 법이다.

그렇다면 도전에 필요한 준비 작업에는 무엇이 필요한가? 첫째는 '주도면밀(周到綿密)한 계획'을 세워야 하고, 둘째는 '실력과 필요한 경우 걸맞은 자격이나 학력'을 갖추어야 하고, 셋째는 도전하는 일에 대한 다각도의 정보를 수집해야 하고, 넷째는 도전에 대한 각오, 마음가짐, 무엇보다도 끈기와 자신감을 가져야 하며, 마지막으로 중요한 것은 도전을 통해 성장, 발전, 성공을 이룬 후에도 계속 노력, 도전하는 자세를 지녀야 한다. 왜냐하면 성공은 결코 한 번의 도전으로 이룩되는 것이 아니라, 끊임없는 도전에 노력과 끈기에 의해서만 이루어지기 때문이다. 그리고 성공을 이룩한 후에도 자만(自慢)하지 않고, 새로운 목표를 설정하고 도전을 이어나가야 지속적인 성장과 발전을 할 수 있기 때문이다. 무엇보다도 '성공의 열쇠는 끊임없는 도전'

에 있고, '끊임없는 변화(變化)야말로 혁신(革新)의 열쇠'이며, '변화를 위해 몸부림치는 모습은 다소 불안하고 위태로워 보일지라도, 변화되고 발전하고 있으며, 목표한 것, 성공에 다가서고 있다.'라고 여겨야 할 것이고, 인간은 도전을 통해 삶이 '흥미롭고', 그런 도전을 극복하는 것이 진정한 '의미 있는 삶'이라고 여겨야 할 것이다.

미국의 세계적 IT기업가, 애플사(社) 창업자 스티브 잡스는 열정의 아이콘(icon:어떤 분야를 대표하거나 최고인 사람, 우상)이며, 열정이 빚어낸 도전정신과 도전 명언들은 우리에게 귀감(龜鑑:거울로 삼아 본받을 만한 모범)이 된다. 그의 명언 다섯 개를 인용하고 부연(敷衍) 설명해 보자. 첫째, '여정(旅程:여행의 과정이나 일정)은 목적지로 가는 과정이지만, 그 자체로 보상(報償)이다.'라는 말은 내 인생의 하루하루는 내게 주어진 '기회'이며, 그 기회 속에 '숨어 있는 보물을 찾는다.'라는 말로 들린다. 즉(卽:곧) 어떤 이에게 하루라는 것은 행복이라는 보물을, 다른 이에게는 깨우침이라는 보물을, 또 다른 이에게는 실패를 거듭하면서도 '인내와 기다림'이라는 보물을 만나게 된다는 말인 것 같다. 둘째, '우리가 이룬 것만큼, 이루지 못한 것도 자랑스럽다.'라는 말은 당연히 이룬 것은 자랑스럽지만, 이루지 못한 것도 자랑스러워할 줄 아는 마음, 다시 말해 '이루지 못한 것에 낙심(落心:바라던 일을 이루지 못하여 마음이 상함)하지 않고 주변 사람들에게 부끄럽게 생각하지 않음'을 말하는 것 같다. 셋째, '내가 하는 일을 사랑하는 것이 위대한 일을 할 수 있는 유일한 방법이다. 아직 찾지 못했는가? 그렇다면 계속 찾아라. 안주하면 안 된다. 찾는 순간 가슴으로 알 것이다. 그리고 세월이 가면 점점 더 잘할 수 있을 것이다. 다시 말하지만, 발견하지 못했다면 계속 찾아라. 머무르지 마라.'라는 말은 현실에 안주하고 싶고, 평범함에 가치를 두는 우리 범인(凡人:보통 사람)들에게 계속 찾으라는 메시지로 '도전하고 도전하는 스티브 자신의 태도를 배우고 자극을 받아라.'라는 말인 것 같다. 넷째, '우리는 이 거대한 우주에 조그마한 변화를 주려고 존재한다. 그렇다면 존재 이유가 없다.'라는 말은 꼭 성공을 해야만 하는 것도 아니고 크게 영향력이 있는 사람이 되어야만 하는 것도 아니라 '나의 작은 행동이 누군가에게는 크고, 작은 영향을 주게 된다.'라는 말인 것 같다. 마지막으로, '지금은 당장 위험한 것 같지만, 그것은 언제나 좋은 징조(徵兆:미리 보이는 낌새)이다. 당신이 그것들을 다른 측면에서 꿰뚫어 보면 큰 성공을 이루어 낼 것이다.'라는 말은 실패와 위험은 때론 우리를 좌절이나 포기하게 만들지만, 실패는 우리에게 교훈을 주게 되어, 다음에는 그것을 보완(補完)하게 하여 '성공이라는 보상을 주게 된다.'라는 격려(激勵)의 말인 것 같다.

그렇다면 다른 명사(名士)들은 도전에 대해 어떤 명언(名言)들을 남겼는가? 미국의 문필가, 자선사업가, 세 개의 장애(시각, 청각, 언어)를 지녔던 헬렌 켈러 여사는 '시각장애인으로 태어나는 것보다 더 비극적인 일은 앞은 볼 수 있으나, 비전(vision:장래성, 가능성)이 없는 것이다.'와 '길게 보면 완전히 노출하는 것보다 안전하지도 않다. 겁내는 자도 대담한 자만큼 붙잡히기도 한다.'라는 말을 했고, 영국의 소설가 '오렌지만이 과일이 아니다'를 쓴 재닛 윈터슨은 '당신이 어떤 위험을 감수하느냐를 보면, 당신이 무엇을 가치 있게 여기는지를 알 수 있다.'라는 말을 했으며, 제2차 세계대전의 전쟁영웅 미국 육군 장군 조지 S. 패튼은 '도전을 받아들여라. 그러면 승리의 쾌감을 맛볼지도 모른다.'라는 명언을 남겼는데, 무엇보다도 패튼 장군의 말에 공감(共感)이 간다, 한 사람의 '행복 중 으뜸을 차지하는 것'은 자신이 어떤 일을 계획하고 도전해서, 성장과 발전을 통해 목표한 것에 성공하게 되면 느끼게 되는 '성취감'인 것이다.

우리 인간의 궁극적인 목적은 무엇인가? 바로 '행복하고, 인간답게 사는 것'이다. 그렇다면 행복하기 위해서는 무엇이 필요한가? 그것은 먼저 만족과 감사하는 마음, 그리고 바로 성공(돈도 많이 벌고, 사회적으로 명성도 얻고, 크건, 작건, 자신의 목표를 달성하는 것)하는 것이다. 만족하는 마음으로 현실에 안주하는 것이 더 행복한 삶이 아닐까? 생각도 해 보지만, 그러나 '도전하는 삶'이야말로 내 삶에 충실하고 삶의 부피를 넓히며 살아가는 '참된 삶'이 아닐까? 생각하며, 그것이 곧 '올바른 삶'이라는 결론을 내려 본다. 그런데 여기서 모순되기도 하지만, 때로는 안주도 필요할 때가 있다. 말하고자 하는 것은 '안주와 도전이나 모험을, 때(시절이나 시기)에 따라 적절하게 취사선택(取捨選擇)할 수 있는 지혜가 필요하다.'라는 것이다. 분명 도전과 모험은 어려움, 고난의 길이고, 실패를 동반하기도 하는데, 특히 모험은 아차! 하면 삶이 나락(奈落:절망적 상황)으로 빠져버릴 개연성(蓋然性)도 있다. 그러나 '실패는 성공의 어머니이다.'라는 미국의 발명왕 토머스 에디슨의 말과 '실패는 성공으로 가는 고속도로이다.'

영국의 천재 시인 존 키츠의 말, 그리고 '실패는 사람에게 더 현명하게 다시 시작할 기회를 제공해 준다.'라는 미국의 자동차왕 헨리 포드의 말처럼 결코 실패를 두려워하지 말고, '실패'는 더 나은 방향을 찾을 수 있도록 걸림돌이 아닌 '디딤돌'로 삼아야만 진정한 성공을 이룰 수 있는 것이다. 우리 모두 모험하는 삶은 아니더라도 '도전하는 삶'으로 '의미 있는 삶'을 살아가자!

15. 역경(逆境)과 시련(試鍊)의 역설(逆說)

우리가 살아가면서 '역경과 시련'을 달가워할 사람은 없지만, 이것들은 빈부 귀천을 떠나 우리네 삶에서 피할 수 없는 것들로, 때로는 우리의 '성장 동력'이 되기도 하므로 '좌절하거나 포기하지 말고 꿋꿋하게 살아가자'라는 취지의 글로, 오늘날 의지력 약한 젊은이들에게 삶의 길라잡이가 되기를 바라는 바이다.

역설(paradox)에 대한 문학 용어사전에서, "겉으로 보기에는 모순(矛盾)되고 부조리(不條理)하지만, 표면적 진술을 떠나 자세히 생각해 보면 근거가 확실하든지, '깊은 진실을 담고 있는 표현'을 의미한다. 역설은 한 문장 안에서 상반(相反)된 두 가지의 말이 공존(共存)한다. '찬란한 슬픔'에서 슬픔은 '우울하고 음침(陰沈)'한 의미를 지니는데, 이것을 '찬란하다'라고 표현한 것은 '모순'이라 할 수 있다. 그러나 이 말을 새겨보면, 슬프기는 하지만 절망적인 슬픔이 아니라 그것을 초월하는 '아름다운 슬픔'이라는 의미를 지니게 된다. 이처럼 역설은 일반적으로 반대개념을 가진, 혹은 적어도 한 문맥(文脈) 안에서 함께 사용될 수 없는 말들을 결합시키는 '모순 어법'을 나타나는 경우가 많다."라고 한다.

역경(Adversity)의 사전적 정의는 '일이 순조롭지 않아 매우 어렵게 된 처지(處地:처하여 있는 사정이나 형편)나 환경'의 의미로 유의어는 가시밭, 곤경(困境:어려운 경우나 처지), 곤란(困難:사정이 매우 딱하고 어려움)이다. 역경의 반대는 순경(順境:일이 마음 먹은 대로 잘 되어가는 경우, 모든 일이 순조로운 환경)이다. 그리고 역경을 뒤집으면 경력이 된다. 역경은 혹독한 추위처럼 우리네 삶을 송두리째 무너뜨릴 수가 있다. 그러나 혹독하고 가혹한 역경을 슬기롭고 당차게 이겨낸다면 문자 그대로 전화위복(轉禍爲福:해가 바뀌어 오히려 복이 됨)이 되고 고진감래[苦盡甘來:고생 끝에 즐거움이 옴〈-〉흥진비래(興盡悲來:즐거운 일이 다하면 슬픈 일이 닥쳐옴)-'세상일은 순환됨'을 이르는 말]가 되어 경력(經歷:겪어 지내온 일들)이 될 수도 있는 것이다. 그러면 그 경력은 삶의 내공(內功:오랜 기간 경험을 통해 쌓은 능력)이 되어 어떤 어려움도 헤쳐 나갈 수 있는 추진력, 힘이 있어 찬란한 인생의 길이 열리게 될 것이다. 어떤 역경도 홀홀 털어버리고 세상 밖으로 나와야만 밝은 내일을 기약(期約)할 수 있는 것으로, 우리는 어떤 경우의 역경 속에서도 반드시 헤쳐 나와야 한다.

성경에서 그리스도인들에게 역경 속에서 하나님을 의지하는 법을 가르쳐주고, 고난과 역경의 의미를 깨닫고 하나님께서 주시는 믿음과 힘을 얻게 해주는 말씀으로, "너는 마음을 다하여 여호와를 의뢰하고 네 명철(明哲:총명하고 사리에 밝음)에 의지하지 말라. 너는 범사(凡事:모든 일, 평범한 일)에 그를 인정하라. 그리하면 네 길을 지도하시리라(잠언). 내가 네게 명(命)한 것이 아니냐. 마음을 강하게 하고 담대히 하라. 두려워하지 말며, 놀라지 말라. 네가 어디로 가든지 네 하나님 여호와가 너와 함께하느니라 하시니라(여호수아), 두려워 말라. 내가 너와 함께함이니라. 놀라지 말라. 나는 네 하나님이 됨이니라. 내가 너를 굳세게 하리라. 참으로 나의 의로운 손으로 너를 붙들리라(이사야)." 등이 있는데, 이는 삶 속에서 역경이 닥치면 어떻게 딛고 일어서야 할지 모를 때 하나님을 의지(依支:마음을 기대어 도움을 받음) 처(處)로 삼으라는 말들이다. 중국 명나라 때 묘협 스님이 불자(佛者:불제자)들에게 어려운 일을 당했을 때 어떻게 마음을 써야 할지에 대해 쓴 글인 보왕삼매론(寶王三昧論)은 열(十) 문장으로 이루어져 있는데, 우리가 사는 세상은 '극락도 지옥도 아닌 사바세계로 참고 견디어나가야 하는 세상'이라고 한다. 그리고 '참고 견디며 살아가는 세상이기 때문에 삶의 의미가 있다'라는 것이다. 그러므로 보왕삼매론은 이런 사바세계를 살아가면서 어떤 마음가짐으로 살아야 할 것인가를 옛 선사(禪師:승려의 높임말)들의 교훈(敎訓:가르침)을 얘기한 것으로 자기관리에 대한 일종의 처세로, 그중 두 번째 문장 '세상살이 곤란함이 없기를 바라지 마라.'와 다섯 번째 문장 '일을 꾀하되 쉽게 되기를 바라지 마라.'는 세상살이 모든 일이 술술 풀리기를 원하지만, 현실은 뭔가 꼬이거나 역경을 만나게 된다는 것이며, 역경을 만났을 때 '누군가를 원망하거나 세상을 탓하기 전에 자만하지 말고 겸손하라.'라는 의미로 '겸허(謙虛)하게 받아들이라'라는 말인 것 같다. '젊은 법사들의 불교 이야기 제85호'에 '역경을 통하여 부처를 이루라'라는 제하(題下)의 글에 나오는 명(名) 구절(句節)들만을 발췌(拔萃:필요한 부분들만을 뽑아냄) 인용하면, "역경의 나타남 또한 미리 지어둔 업식(業識:대승기신론의 오식 중 하나로 '그릇된 마음 작용')의 과보(果報:과거의 업인에 따른 결과, 인과응보 준말)일 뿐이다. 자신이 지어둔 악한 행위에 관한 결과일 뿐이다. 막힌다고 생각될 때가 가장 소중한 뚫릴 기회이며, 잘 된다고 순경(順境〈-〉逆境)에 안주(安住:현재의 처지나 상황에 만족함)할 때가 가장 막히기 쉬울 때이다. 마음을 어떻게 쓰느냐에 따라 역경도 순경이 될 수 있으며, 순경도 역경이 될 수 있다. 역경을 견디어 보지 못한 사람들은 즐거운 경계가 오더라도 바로 맞아들일 수가 없다. 역경과 순경은 그 뿌리가 하나이기에 역경을 잘 받아들일 수 있는 자(者)만이 순경을 받아들일 수가 있다. 또한 역경을 견디어 보지 못하면 더 큰 장애가 왔을 때 결코 이겨낼 수가 없다. 역경을 맞이해 이겨낸다는 것은 내면의 힘, 수행자이면 수행력을 키워간다는 것을 의미한다."라는 것이다.

우리네 범인(凡人:평범한 사람)들이 담대(膽大:겁이 없고 배짱이 두둑함)하거나 큰일을 하는 데는 고난이나 역경을 겪어야 하는데, 그래도 괜찮다. 왜냐하면 '더 성장하고, 더 강하고, 더 훌륭한 사람'이 될 수 있기 때문이다. 그렇다면 선인(先人)들의 다음 명언(名言:이치에 맞는 훌륭한 말)들을 좌우명(座右銘:가르침으로 삼는 말)으로 삼아보아라. '삶은 역경의 연속이고, 살아간다는 것은 그런 역경 속에서 특별한 의미를 찾는 것이다.' 독일의 철학자, 시인 프리드리히 니체의 말이고, '매일 행복하기만 하다면 용기를 배울 수 없을 것이다. 왜냐하면 우리는 어려운 시기와 도전적인 역경을 이겨내면서 용기를 배우게 되기 때문이다.' 미국의 심리 전문 컨설턴트, 작가 바바라 엔젤리스의 말이며, '내가 아는 사람들은 이런 사람들이다. 역경과 시련을 알고 어려움을 겪고 무언가를 잃은 경험이 있고, 그런 상황에서도 이겨낼 수 있는 길을 찾아낸 사람들이다.' 스위스의 정신과 의사 엘리자베스 퀴블러 로스의 말이다. 그리고 또한 '삶의 역경들은 당신을 마비시키기 위해서 찾아오는 것이 아니라, 그것들은 당신이 진정한 당신 자신을 발견할 수 있게 도와주기 위해서이다.' 미국의 사학자, 시민운동가 버니스 존슨 리건의 말이고, '삶에서 역경에 부딪히게 되는 것은 당연하다. 그러나 그런 역경을 이겨낼지 그런 역경으로 인해 무너질지는 당신의 선택이다.' 미국 정치가 로저 크로포드의 말이며, '대부분의 성공한 사람들은 역경을 걸림돌이 아니라 위대함으로 가는 디딤돌로 생각한다는 것을 명심하라.' 미국 작가 숀 아처의 말이다. 역경이라는 큰 줄기를 세 가지로 나누어본다면, 하나는 역경이라는 돌멩이에 맞아 죽을 것인지, 아니면 거기서 다이아몬드를 찾아낼 것인지이고, 다른 하나는 지금 쉬운 길로 가고 있다면 잘못된 길로 가고 있을 가능성이 높은 것이고, 마지막으로는 역경을 통해서 내가 깨지거나 기록을 깨는 것, 둘 중 하나이다.

시련(Test, Hardship)의 사전적 정의는 '겪기 어려운 단련(鍛鍊:귀찮거나 괴로운 일로 시달림)이나 고비(막다른 절정)' 의미이며, 유의어는 격랑(激浪), 고난(苦難), 고초(苦楚)이다. '시련을 극복하다'는 '어떠한 어려운 일이나, 괴로운 일을 스스로의 힘으로 이겨냄'을 의미하며, 대표하는 사자성어는 파란만장(波瀾萬丈)으로 '사람의 생활이나 일의 진행이 여러 가지 곡절(曲折:복잡한 상황이나 이유)과 시련이 많고 변화가 심함'의 의미이다. 시련이라는 단어는 '시험하다'의 한자 '試(시)'와 '단련하다'라는 한자 '鍊(련)'이 합쳐진 단어이다. '역경'이 '어려움을 겪는 것'이라면, '시련'은 '테스트와 트레이닝의 뜻이 함께 담겨있는 것'으로, 테스트와 트레이닝의 주된 목적은 '그 상태를 벗어나는 데 있다'라기보다는 테스트와 트레이닝을 거쳐 '더 나은 사람이 되는 데 그 목적이 있다' 하겠다. 여기서 소설가, 기인, 도인, 시대에 뒤처지지 않는 원로작가의 이미지를 갖고 있던 故 이외수 님의 말씀 '시련은 극복하는 것이 아니다. 극복하려 하면 항상 지게 되어 있다. 견디고, 버티는 것이다.'에 주목할 필요가 있을 것 같다.

현대그룹의 창업주이신 故 정주영 회장님의 자서전 '시련은 있어도 실패는 없다'라는 가난한 농부의 아들로 태어나 세계적 기업 현대그룹을 일구어 내기까지 그가 겪었던 삶과 이상을 솔직하게 풀어내는 이 책은, 우리나라 경제사뿐만 아니라 그분의 신념과 의지, 그리고 무엇보다 '수많은 역경과 시련을 겪고 성공'한 이야기들로, 오늘날 고생을 모르는 젊은이들에게 필독서(必讀書:반드시 읽어야 할 책) 중 하나로 꼽힌다. 명리학자 조용헌 교수가 쓴 '내공'에서 '살다 보면 누구나 지성과 이성이 통하지 않는 답답한 현실과 맞닥뜨리는 때를 만나게 된다. 이때를 흔들리지 않고 잘 넘겨야 내공이 쌓이고, 그 힘으로 다시 좌절된 삶을 일으킬 수 있다'라고 한다. 그런데 이 책의 저자가 말하는 "내공의 최고 경지는 '샬롬(내면의 평화)'으로, 이 경지에 이르기 위해서는 반드시 시련을 겪어야 한다."라고 말한다. 덧붙여 저자는 '그 시련을 인수분해 해 보면 4대 과목을 이수해야 한다.'라는 것으로 '감방, 부도, 이혼, 암'이라고 말하며, "이 네 가지 과목이 상징하는 '시련과 고통'을 뚫고 견디어 낸 사람이야말로 '내공의 고단자'가 될 수 있다"라고 역설(力說:힘주어 말함)한다. 곧 시련이 있다는 것은 살아있다는 증거이며, 행복을 제대로 느끼려면 시련이 동반되어야 하는 것이다.

끝으로 한 권의 책을 추천(推薦)하며, 읽을 것을 권고(勸告)한다. 소신(所信:굳게 믿는바)과 열정의 작가, 밀리언셀러 작가인 소설가 김홍신 님이 쓴 '인생사용 설명서'로, 진정한 행복을 원한다고 말하면서도 물질적 욕구에 휘둘리거나 인생의 주인은 자기 자신이라고 주장하면서도 남들처럼 살지 못해 괴로워하고 고통받는 현대인들에게 '인생을 잘 살아가기 위한 사용 설명서' 속에 이런 질문이 담겨있다. '나는 누구인가?' '왜 사는가?' '인생의 주인은 누구인가?' '이 세상이 존재하는 이유는 무엇인가?' '누구와 함께하는가?' '지금 괴로워하고 고통당하는 이유가 무엇인가?' '어떻게 마음을 다스리는가?' 같은 단 한 번뿐인 인생에서 항상 되짚어봐야 할 물음을 통해 '인생의 참 의미를 스스로 깨닫게 만들어 주는 이 책'은 타인과 비교에 치중(置重:어떤 것에 집중함)해 존귀한 생명과, 나 자신의 가치를 간과(看過:대충 보아 넘김)하는 이들에게 주는 삶의 지혜로 삼을 만한 지침[指針:생활이나 생각, 행동 따위의 올바른 방법이나 방향을 알려주는 준칙(準則)]서(書)로, 책의 내용 중 우리에게 가장 큰 울림을 주는 명 구절을 인용하는 것으로 글을 맺는다. "태양이 찬란해 보이는 것은 밤이 있기 때문이다. 어둠이 없고 찬란한 태양만 있다면 사람들은 진저리(몹시 싫증이 나거나 귀찮아 떨쳐지는 몸짓)를 낼 것이다. 희망은 좌절, 실패, 슬픔, 불행, 고통, 고난, 역경이나 시련 같은 부정적인 것들을 통해 더 선명(鮮明:다른 것과 혼동되지 않음)해지는 것이다. 희망은 인간에게 태양과 같은 것이고 인간을 아름답게 만드는 기적(奇蹟) 같은 것이다. 기적은 바로 '포기하거나 좌절하지 않고 희망을 잃지 않은 중단 없는 노력'을 통해 이루어지는 것이다."

16. 용기와 두려움(겁)

　용기(勇氣)란 '씩씩하고 굳센 기운', 또는 '겁내지 아니하는 기개 [氣槪:씩씩한 기상과 꿋꿋한 절개(節槪:신념이나 신의 따위를 굽히지 않고 지키는 굳건한 마음이나 태도)]'로, 유의어에 기백[氣魄:씩씩한 기상(氣像:타고난 올곧은 마음씨와 겉으로 드러난 모양)]과 담(膽:겁이 없고 용감한 기운: 담력)이 있고, 두려움이란 '두려운 느낌'으로 유의어에 겁(怯:무서워하거나 두려운 마음), 공구(恐懼:몹시 두려움), 공포(恐怖:무서움과 두려움) 등이 있다.

　용기란 세상에 일어난 놀랍고, 엄청난 일들의 대부분은 다른 사람들이 희망이 없거나 불가능한 일이라고 생각할 때 '용기를 갖고 끊임없이 집념을 갖고 노력할 때 이루어지는 것'이다. 그런데 이때 용기는 믿음이 수반(隨伴:좇아서 따름, 어떤 일과 더불어 생김)되어 자신감과 안정감을 주게 되어, 더욱 확고한 결심으로 목표 달성을 위해 노력할 수 있게 된다. 자신이 갖고 있는 욕망이란 그것을 추구할 만큼의 용기가 있어야만 현실이 될 수 있는 것이다. 그리고 미래는 한편으로 자신을 믿는 용기를 가진 사람에게 주어지는 것이지만, 다른 한편으로는 다른 사람에 대한 믿음을 잃지 않은 사람이기도 하다. '용기는 인간의 자질(資質:타고난 성품이나 소질) 중 첫 번째로 존경받아야 할 자격이 충분하다. 왜냐하면 이것은 모든 다른 자질을 보장하는 자질이라고 여겨져 왔기 때문이다.' 영국 수상 윈스턴 처칠의 말이다. 용기가 없다면 아무리 출중(出衆:특별하게 두드러진)한 능력을 지녔다고 해도 미래는 없다. 자신만의 길을 선택하고, 다른 사람의 비판에 두려워하지 말아야 하지만, 무엇보다도 스스로의 비판에도 결코 인색(吝嗇:지나치게 박함)해서는 안 되는 것이다.

복잡하고 무한경쟁 사회에 살고 있는 현대인은 불확실하고 불투명한 미래를 바라보며 늘 불안과 두려움의 삶을 살아가고 있다. 때로는 심하면 공포감이 들기도 하는 것이다. 두려움에 직면해 아무것도 할 수 없는 통제 불능 상태가 될 것인지, 두려움을 인정하고 친해져 극복해 나갈 것인지는 전적으로 자기 마음먹기에 달린 것이다. 사실 인간은 누구나 두려움이나 불안함은 피하고 싶은 감정 중 하나로 계속해서 피하다 보면 더더욱 커져 이겨내기 힘들게 된다. 무엇보다도 두려움과 불안함을 극복하기 위해서는 그것을 직면(直面:직접 당하거나 접함)하고 그것에 내맡김(아주 맡김)으로써 사라져 버릴 수도 있다. 바로 이때 용기가 필요하다. 다시 말해 용기를 내는 것이다. '용기란 두려움에 대한 저항이고, 두려움의 정복이다. 두려움이 없는 것이 결코 아니다.'와 '두려움이 없는 것이 용기가 아니라 두려움을 이기는 것이 용기이다.'는 미국 문학의 아버지 마크 트웨인의 말이고, '희망 없는 두려움이란 있을 수 없고, 두려움 없는 희망이란 있을 수 없다.' 네덜란드의 철학자 바뤼흐 스피노자의 말이다. 우리가 하고자 하거나 이루고자 하는 모든 일에는 두려움과 불안감은 항상 존재함으로 용기를 갖고 임(臨)해야 하는 것이다.

인간은 일평생을 살면서 용기가 필요할 때도 있지만, 때론 두려움에 멈칫거려야 할 때도 있다. 인간은 살아가면서 언제나 선택해야 하는 상황에 직면하게 되는데, 그 선택 여하에 따라 자신의 운명이 결정되기도, 뒤바뀌게도 되는 것이다. 그리고 잘 된 선택이라고 생각했지만, 나중에 그 결과는 정반대가 될 수 있으며, 잘못된 선택이라고 생각했지만, 그 결과는 좋은 결과가 되기도 한다.

같은 이치로 용기를 내어 한 일이 잘한 일이 되기도, 잘못된 결과가 되기도 하며, 두려움에 못 한 일이 오히려 잘된 일이기도 하며, 나중에 후회와 아쉬움으로 남기도 한다. 한마디로 인생에서 '신중함의 지혜'가 필요한 것이다.

그렇다면 용기와 두려움에 관해서 우리가 인생을 살아가면서 참고(參考:살펴서 생각함)해야 할 구체적인 명언(名言)들은 무엇들이 있는가? '우리가 바라고 추앙하는 용기란, 고상하게 죽을 용기가 아니라 대담하게 살 용기다.' 영국의 비평가, 역사가 토머스 칼라일의 말이고, '용기가 빠진 지혜는 소용이 없고, 희망이 없는 신념도 소용없다. 희망이 불운과 악을 견디고 극복할 수 있게 해주기 때문이다.' 성서 잠언에 나오는 말이다. 또한 '용기와 인내가 가진 마법 같은 힘은 어려움과 장애물을 사라지게 한다는 것이다.' 미국의 정치가 존 애덤스의 말이고, '이 세상에서 기쁜 일만 있다면 용기도 인내도 배울 수 없는 것이다.' 미국의 문필가, 자선사업가 헬렌 켈러 여사의 말이며, '용기를 내어 배를 타지 않는 사람은 결코 바다를 건너지 못한다.'

인도네시아 속담이다.

'고통 받기를 두려워하는 자는 두려움 때문에 고통을 받는다.' 프랑스 속담이고, '독립할 기력이 없는 자는 반드시 남에게 의존한다. 남에게 의존하는 자는 반드시 사람을 두려워한다. 사람을 두려워하는 자는 반드시 남에게 아첨한다.' 일본의 계몽(啓蒙)가, 교육가 후쿠자와 유키치의 말이며, '쓰러진 자 망할까, 두렵지 않고, 낮춘 자 거만할까, 두렵지 않다.' 미국의 세계적 방송 설교 목회(牧會)자 J. 버넌의 말이다. 또한 '두려움은 미신의 주 근원이자, 잔혹성의 여러 근원 중 하나이기도 하다. 지혜로워지는 첫걸음은 두려움을 정복하는 것이다.' 영국의 철학자, 사회학자 버트런드 러셀의 말이고, '두려운가? 그렇다면 아직 손쓸 여지가 있다는 뜻이다. 정말 아무것도 할 수 없는 상황인가? 그때야말로 두려움을 떨쳐내고 용기로 맞서 싸워야 한다.' 영국 수상 윈스턴 처칠의 말이며, '남의 앞에 나서는 것을 두려워하지 마라. 양손을 주머니에 넣고 사다리에 오를 수는 없다. 모든 일에 용기를 갖고 적극적으로 살아라.' 전설의 세일즈맨으로 성공 신화의 입지전(立志傳)적 인물 엘마 윌러의 말이다.

'용기'하면 사람들에게 떠오르는 글귀[글의 구(句)나 절(節)]는 '용기 있는 자가 미인을 얻는다.'라는 말일 것이다. 영어속담으로는 The brave get the beauty이다. 이 글귀가 시사(示唆:간접적으로 미리 일러 줌)하는 것, 우리에게 주고자 하는 메시지(message:전달 내용)는 '수 없이 실패하고도 또다시 도전하는 용기'라는 말로 '도전하는 사람이 얻는 게 있다.'라는 말이다. '실패가 두려워 시도조차 하지 않는 것보다도 값진 실패를 경험하는 것이 낫다'라는 말이기도 하며, 실패하더라도 그 경험을 토대로 다음 성공을 도모(圖謀:어떤 일을 이루려고 수단과 방법을 꾀함)할 수 있다는 것이며 '우리는 실패를 두려워하지 말고 도전하는 사람이 되어보자는 것'으로 '힘내고 용기를 가지라는 것'이 아닌 '도전해서 기회를 획득하라'라는 교훈(教訓:가르침)이다.

그런데 '용기 있는 자가 미인을 얻는다.'를 문자 그대로 현실에 적용해 보기로 하자. 한마디로 긍정적으로는 공(功)을 들여, 부정적으로는 갖은 수단과 방법(?)을 다해 미인의 마음을 얻어 결혼까지 골인했다고 가정해 보자. 오매불망(悟寐不忘:자나 깨나 잊지 못함) 그리던 그녀가 내 사람, 아내가 되었다면 그 결과가 어떠할까, 행복할까, 아니면 불행할까? 행복할 수도, 당연히 그래야 하지만, 어떤 이에게는 잘못된 선택으로 불행하게 되어 후회막급(後悔莫及:잘못된 뒤에 아무리 뉘우쳐도 어찌할 수 없음)일 수도 있는 것이다. 가정생활에서 아내의 덕목(德目)에는 무엇이 있는가? 알뜰하고 이해심 많고 덕(德:어질고 올바른 마음)이 있으며, 그리고 무엇보다도 인정(人情:남을 동정하는 마음씨)과 인간미(人間味:인간다운 따뜻한 맛)가 있어야 한다. 그런데 젊은 시절에는 무난하게 지나가다가도 중년 이후인 50대 전후로 본성(本性:천성)이 서서히 나오는데, 나이가 들어갈수록 점점 심해져 가는 경우가 있다. 바로 가족력이다. 부모, 형제, 삼촌, 사촌들 거의 대동소이(大同小異:서로 비슷비슷함)한 법이다. 거기다가 주위에서 예쁘다고 모두 치켜세워주거나 극찬(極讚)해 주니 사람들 대하는 것이 안하무인(眼下無人:방자하고 교만하여 남을 업신여김)이다. 거기다가 모든 것은 자신의 공(功)이요, 자신이 가장 합리적이며 정도(正道)를 걷고 있으며, 자기 생각과 판단이 가장 옳은 것이라 호언(豪言:의기양양하여 호기롭게 하는 말)하는 일들이 비일비재(非一非再:같은 일이 한두 번이 아니고 많음)하다. 한마디로 천상천하(天上天下) 유아독존(唯我獨尊:세상에서 자기 혼자만이 잘났다고 뽐내는 태도)적이다. 이러저러한 일들이 일상이 되다 보니 가정, 부부관계는 파탄, 이혼, 졸혼, 별거에 이르게 되는 것이다.

'얼굴이 예쁘면 모든 것을 용서할 수 있다'라는 것이 요즘 젊은이들의 사고방식이다. '용감한 자가 미인을 얻는다.'라는 말은 결혼 상대를 선택할 때는 결코 적용하여 접근하지 마라. 용감한 것이 아니라 인생 낭패(狼狽:실패로 돌아가 매우 딱하게 됨)를 볼 수도 있다. '아름다운 아내를 갖는다는 것은 지옥이다.' 영국의 세계적 대문호(文豪:뛰어난 문학가) 셰익스피어의 말이고, '평생을 함께할 아내를 선택할 때는 겁쟁이가 되어야 한다.' 유대인의 생활 규범인 탈무드에 있는 말이다. 평생을 함께할 아내는, 특히 노년의 행복을 고려한다면 첫째 성격, 인성, 둘째 집안, 셋째 명리(命理)학의 사주(四柱:태어난 해, 달, 날, 시) 음양(陰陽)오행(伍行)이 나와 맞고, 부족한 것을 채워주는지, 마지막으로 인물이지만 다른 셋에 비하면 결코, 중요하지 않다. 결혼생활에서 아내의 인물은 3년, 음식, 요리 솜씨가 30년이라면 성격, 인성은 평생이라는 것을 명심하라. '결혼생활은 연속적인 성품(性品:사람의 성질과 됨됨이)의 실험장이다.' 서양 격언이다. 결론적으로 대체로 용기는 긍정적 이미지, 두려움과 겁은 부정적 이미지이지만 평생 함께하고, 나의 행복과 불행을 결정짓는 배우자 선택에서는 '소심하고 치밀한 겁쟁이'가 되는 것이 '수많은 삶의 지혜 중 으뜸'이다.

17. 이념(理念)과 현실(現實)
– 이념을 중심으로

　이념[idea(이데아), ideology(이데올로기), 일명 '이즘(ism)', (cf. philosophy 철학, 이론, 원리)]의 사전적 정의는 '이상적인 것으로 여겨지는 생각이나 견해[見解:사물이나 현사(現事:현재의 일)에 대한 의견이나 생각]'이며, 또한 '순수한 이성에 의하여 얻어지는 최고의 개념'으로 고대 그리스 철학자 플라톤에게서는 존재자의 원형을 이루는 '영원불변한 실재(實在)'를 의미하고, 근세의 프랑스 철학자, 수학자, 과학자 데카르트나 영국의 경험론에서는 인간의 주관적인 의식 내용, 즉 '관념(觀念:어떤 일에 대하여 가지는 생각이나 견해)'을 의미하며, 독일의 관념론, 특히 독일 철학자 칸트철학에서는 '경험을 초월한 선험적(先驗的:경험에 앞서 주관적 형식이 인간에게 있다고 주장하는 것) 이데아(idea:순수한 이성에 의하여 얻어지는 최고의 개념)' 또는 '순수 이성'의 개념을 의미한다. 그리고 어떤 것을 이상적으로 여기는 생각이나 견해, '추구하는 가치와 준수할 규범(規範)'을 이념(예, 행정이념)이라고도 한다.
　구체적인 예(例)로 홍익인간(弘넓을 홍 益더할 익 人사람 인 間틈 간)이란 단군의 건국 '이념'인 교육 '이념'으로 '널리 인간세계를 이롭게 함'이다. 다음으로 또 다른 이념, 사상들은 차치(且置:내버려두고 문제 삼지 않음)하고라도 최근 우리 사회, 특히 정치계에서도 회자(膾炙)되고 있는 '마누라와 자식만 빼고 다 바꾸라.'라는 말을 두고 디자인 씽킹(thinking)의 창시자 '디자인 씽킹의 바이블(The Design of Business)'을 쓴 캐나다 토론토대학 교수, 경영 사상가 로저 마틴은 미래에 대한 상상력과 통찰력을 보유한 전략이론가이자, 창의적 해결책을 만들어 내는 '통합 사상가'로 고(故) 이건희 삼성 선대(先代) 회장을, 타계 3주기를 맞아 전 세계 각 분야 권위자들이 모여 고인의 행적을 재조명하는 자리에서 칭(稱일컬을 칭)했는데, 1993년 이 선대 회장께서 독일의 그룹 경영진들을 불러 모아 선언한 이 '프랑크푸르트 선언'은 '재계의 혁신'을 상징하는 명언일 뿐만 아니라, 우리 사회에서 그리고 오늘날 여당의 혁신위원장이 정부 여당의 혁신을 위한 취임 연설의 일갈(一喝)이기도 하다.

이념과 결(結)이 다른 듯 같은 사상(思想)은 무엇인가? 사상의 의미를 셋으로 나누어 정의해보면 첫째는 '생각이나 의견(예, 건전한 사상)', 다음으로 '사고 작용의 결과로 얻은 체계적 의식 내용(예, 원효의 불교사상)', 마지막으로 '사회나 인생 따위에 관한 일정한 견해(예, 개혁적 사상, 보수적 사상)'이다. 이념과 사상을 한 단어로 '이데올로기'라 할 수 있다. '이데올로기'는 대체로 서양철학에서, '사상'은 동양철학에서 말해 온 것으로 '이념적인 의식의 형태' '사회가 어떻게 작동해야 하는지에 관한 생각'을 말하는 것으로, 한마디로 '정치이념'에 대해 이야기하는 것인데, 이념과 사상이 '이데올로기에 관한 것이라면 같은 의미로 보아도 무방하다.'라고 한다. 그래서 개인의 '이데올로기를 검증'하는 것을 '사상검증'이라고 하는 것이다. 여기서 주목해야 할 점은 영어속담에 '피는 물보다 진하다(Blood is thicker than water.)'는 혈육(血內:부모, 자식, 형제, 자매)의 중요성(인간관계의 최고 우위로 운명보다는 숙명적 관계), 소중함을 말하는 것인데, 언젠가부터는 세상은 '이데올로기(여기서는 딱 꼬집어 사상)가 피보다 더 진한 세상'이 되어왔다. 한마디로 공산주의자(者)냐, 민주주의자(者)냐이고, 요새 우리나라에서는 좌파냐, 우파냐의 문제는 혈육보다 더 우위로 여겨 혈육과도 갈라질 수도 있는 것으로, 어찌 보면 천륜(天倫)도 몰라보기도 한다는 면에서 경악(驚愕:소스라치게 깜짝 놀람)을 금치 못할 노릇이기도 하다. 그러므로 인간관계의 면에서는 친구가 되는 것도 한계가 있는 것은 '정치관, 세계관, 역사관, 가치관이 극명하게 갈린다.'라는 면에서 적당히 알고 지내는 정도의 친구는 가능할지 몰라도, 단짝 친구나 연인, 특히 배우자가 된다는 것은 거의 불가능하다고 보아야 한다. 왜냐하면 얼마 안 가 다툼이 일고, 그 다툼은 결코, 봉합되지 않는 각자 갈 길로 갈 수밖에 없기 때문이다. 한마디로 이데올로기, 사상은 어떤 이들에게는 혈육, 사랑, 우정보다 우위를 차지하기도 한다.

그러면 하나 더 '이념과 신념(信念) 그리고 가치관(價値觀)'은 어떠한가? 이 또한 다른 듯 같은 것인가? 이념(理다를 리 念생각 념)은 '이성적인 생각', 광의(廣義:넓은 의미)로 보면 이성적으로 생각해서 '최고로 여겨지는 것'을 말하는 것으로 다분히 철학적 의미를 지니고 있다. 신념(信믿을 신 念생각 념)은 '굳게 믿는 마음' '변하지 않는 생각'을 의미하는데 사람들의 입에 가끔 오르내리는 '무식한 사람이 신념을 가지면 무섭다'라고들 말하는 데, 이는 올바른 신념을 가진 사람이 노력하면 좋은 결과를 가져오지만, 잘못된 신념을 가진 사람이 노력하면 자신은 말할 것도 없고 다른 사람에게까지 피해를 줄 수 있다는 것이다. 가치관(價값 가 値값 치 觀볼 관)은 '가치 있는 것에 관한 생각, 그것을 중심으로 보는 관점을 말하는 것'으로 '인간이 삶이나 세계에 대하여 옳고, 그름, 좋고, 나쁨 등의 가치를 매기는 관점'으로 세 개 모두의 공통점은 다분히 '심리적' 용어에 해당하지만, 그 결(結)은 각각 다르다 하겠다.

'우리 시대의 모순과 상식'을 쓴 5공 설계자인 허화평 씨는 그가 쓴 책 서문(序文)에서 '오늘의 한국 사회의 문제는 사상, 이념의 빈곤과 이로 인한 모순이다. 사상의 빈곤 현상은 대한민국의 발전을 가로막고 있는 궁극적 장벽이다.'와 본문(本文)에서 '국가의 경우 체계를 떠받치고 있는 사상은 국가의 오늘과 내일을 비추는 등불이자 안내자이다.'와 '자유 민주공화국 체계에서 견제와 균형이란 행정부, 입법부, 사법부 간의 견제와 균형을 말하는 것이다.'라고 덧붙여 말했다. 그에 대한 평가가 국민 간에 설왕설래(說往說來:옥신각신함)하지만, 역사에 맡기기로 하고, 그의 말 중 마지막 인용의 말은 오늘날 우리 현실을 극명(克明:매우 분명함)하게 표현하고 있는 말로, 행정, 입법, 사법 3부(三府)가 균형과 견제 그리고 유기적(有機的) 관계가 절실한 상황이다. 무엇보다도 거대 야당이 국민의 민생에는 안중(眼中)에도 없는 당리당략(黨利黨略)만을 위한 밀어붙이기, 또한 편향적 사법 판결은 정의로워야 할 사법부의 제 역할을 하지 못해 국민을 실망과 실의(失意:뜻이나 의욕을 잃음)에 빠지게 하고 분노케 하는 작금(昨今)의 현실은 결코 간과(看過)할 수 없는 것들이다.

현실(現나타날 현 實열매 실:reality)이란 '현재 사실로 존재하는 일이나 상태[예, 현실을 직시하다, 현실에 만족하다.]'로 '실제로 존재하는 사실', '사유(思惟:대상을 두루두루 생각하는 일)의 대상인 객관적이고 구체적인 존재'의 의미이며, 유의어는 사실(事實), 실상(實狀), 실제(實際)이고 반의어는 가상(假想), 꿈, 이상(理想)이다. '현실은, 그 존재를 더 이상 믿지 않아도 사라지지 않는 것이다.' 미국의 소설가 필립 K 딕의 말이고 '그 어떤 사상이나 학문이나 이론이나 종교도 현실보다 우선시되거나 중요시될 수 없다.' 러시아의 정치가 블라드미르 레닌의 말이다. 어느 한 정신분석학자의 주장은 '현실은 한편으로는 일련(一連:하나로 이어지는 것)의 자명(自明:저절로 알 만큼 명백함)한 사실들이며, 여기에는 오직 하나의 관점(觀點:사물을 관찰할 때 그 사람이 보는 입장이나 생각하는 각도, 견지)만이 있다.'라는 것이며, 또 다른 견해로는 '세계와 사건에 대한 인간의 경험을 강조하는 것으로, 현실은 상대적이고, 변하기 쉬우며 주관적인 경험의 산물(産物)이다.'라고 한다.

끝으로 오늘날 우리의 현실에 비추어 '좌(左)냐, 우(右)냐, 진보냐, 보수냐, 비판적 세력이냐, 우호적 세력이냐,' 문제는 그렇다 쳐도, 대전제(大前提)는 우리의 수많은 선열[先烈:나라를 위하여 싸우다가 죽은 열사(烈士)]들의 피와 땀으로 얼룩져 이룩하고 지켜온 '자유민주주의'만은 나이나 계층 간, 설령 이념이 달라도 우리 국민 모두 합심해서 목숨 바칠 각오로 철통같이 지켜나가자는 것이다. 그것이 바로 우리의 이념보다 우선이고 앞서야 하는 현실이다. '젊은 시절 전쟁에 나가면 자신은 죽지 않을 거라는 환상을 품는다. 다른 사람은 죽어도 자신은 죽지 않을 거라는 환상이다. 하지만 부상을 입는 순간 자신의 환상은 깨진다.' 미국의 노벨문학상을 수상했던 어니스트 헤밍웨이의 장편소설 '누구를 위하여 종은 울리나'에 나오는 말이다. 현실을 직시((直視:사물의 진실을 바라봄)하지 못하고 환상에 젖어 우리의 '자유민주주의'를 외면하는 자들, 특히 그러한 일부 소수의 위정자(爲政者:정치하는 사람)들이나 단체, 그리고 그들을 지지하는 지지자들에게 강력한 경고의 메시지라는 것을 두고두고 기억하고 마음속에 새겨두어야 하겠다. 왜냐하면 무너진 자유민주주의를 되찾기는 결코, 쉽지 않으며, 때로는 이미 회복 불가능하게 된 뒤에야 비로소, 땅을 치고 후회한들 아무 소용이 없기 때문이다. 우리 모두 부디 명심(銘心)하도록 하자.

18. 인색(吝嗇)함과 비열(卑劣)함

이 글 제목 선정은, 영어단어 mean의 의미, 동사로 '의미하다, 뜻하다.' 명사로는 '수단, 방법(─s), 재산, 부, 재력─s', 형용사로는 '인색한, 비열한, 보통의, 중간의' 의미로 쓰이는데, '인색함'과 '비열함'은 '대구(對句), 상관(相關)관계'로 '인색하면 비열하고', '비열하면 인색하다'라는 점을 부각(浮刻)시키고자 함이다.

인색함의 사전적 정의는 '재물(財物)을 아끼는 태도가 몹시 지나침' 또는 '어떤 일을 하는 데 대하여 지나치게 박(薄)함'의 의미로 유의어에 간린(慳吝:몹시 인색함), 각박(刻薄)함이 있고, 반의어는 후(厚)함, 너그러움, 넉넉함이다. '인색한(吝嗇漢)'이란 '인색한 사내'를 의미하는데 보통은 구두쇠, 짠돌이, 자린고비[단작스러울(하는 짓이 보기에 치사하고 더러운, 좀스러운, 치사스러울) 정도로 인색한 사람], 서울깍쟁이(시골 사람이 서울 사람의 까다롭고 인색함을 비유적으로 이르는 말), 수전노(守錢奴:miser)라고 한다. '수전노' 하면 세계인들에게 셰익스피어와 더불어 영국을 대표하는 최고의 소설가 찰스 디킨스의 소설 '크리스마스 캐럴'에 나오는 '스크루지' 영감으로, '인정이라고는 눈곱만치도 없고 이웃과 단절한 채 오로지 돈만 생각하며 불행하게 살아가다가 크리스마스 전날 밤 꾼 악몽이 그를 착하고 열린 마음의 소유자로 변하게 해 행복을 찾아 주었다.'라는 내용으로, '스크루지'는 수전노의 대명사로 쓰이기도 한다.

'인색하다'라는 의미로 우리말에서는 보통 '짜다'라고 표현한다. 불가(佛家)에서 말하는 이간(二慳)이란 재간(財慳:재물을 아껴 남에게 주지 못하는 인색함)과 법간(法慳:부처의 교법을 아껴 남에게 가르치지 않는 인색함)을 말한다. 우리 속담에 '인색한 부자가 손쓰는 가난뱅이보다 낫다'는 '가난한 사람은 마음씨가 곱고 동정심이 많아도 남을 도와주기란 쉽지 않음에 비(比)하여, 부자는 인색하여도 남는 것이 있어, 없는 사람이 물질적인 도움을 입을 수 있음'을 이르는 말이고, '숯은 달아서 피우고 쌀은 세어서 짓는다'는 '저울에 달아서 불을 피우고, 쌀알은 세어서 밥을 짓는다.'라는 의미로, '너그럽지 못하고 매우 인색함을 비유적으로 이르는 말'인데, 대체로 인색한 사람은 '돈'은 물론이고 '정(情)'도 메말라 있는 법이다. 성경 말씀에는 "인색하게 굴지 마라, 이것이 곧 적게 심는 자는 적게 거두고, 많이 심는 자는 많이 거둔다는 말이로다. 각각 그 마음에 정한 대로 할 것이요, '인색함으로나 억지로 하지 말지니' 하나님은 즐겨내는 자를 사랑하시느라(고린도후서)."가 있고, 불교 경전인 '문수사리 정률경'에는 '인색과 탐욕은 가난의 문이 되고 보시(布施)는 행복의 문이 된다.'라는 말이 있다. '인색하지 마라. 인색한 사람에게는 돈도 야박하게 대한다.' 삼성 故 이건희 회장님의 말씀이고, '가난하다고 다 인색한 것은 아니고 부자라고 후한 것도 아니다. 그것은 사람의 됨됨이에 따라 다르다. 인색한 사람은 자기 자신을 위해 낭비하지만, 후한 사람은 자기 자신에게 준열하게 검약한다.' 장편 '토지'를 쓰신 故 박경리 선생님의 말씀이며, '인색함은 헤픈(아끼지 않고 함부로 씀) 것 이상의 적이다.' 프랑스 작가, 라 로슈푸코의 말이다. 무엇보다도 인색함은 '인심을 잃게 하고, 자신의 편이 없게 만드는 법'이다. 인색함은 결국 나 자신에게 돌아온다. 모든 인간사 '자업자득(自業自得:뿌린 대로 거둠)'이다.

어떤 이는 인색을 검소나 절약으로 미화(美化:아름답게 꾸밈)시키기도 하고, 더러는 검소와 절약의 발로(發露)라고 말하기도 하는데, 차이는 무엇인가? 인색은 부정적 의미이고, 검소와 절약은 긍정적 의미이다. 검소(儉素)는 '사치하지 않고 꾸밈없이 수수함' 의미로 유의어는 검박(儉朴:검소하고 소박함), 검약(儉約:돈이나 물건, 자원 따위를 아껴 씀)이고, 반의어는 사치(낭비)인데, 보통 '검소와 절약의 미덕(美德:아름답고 갸륵한 덕행)을 지녔다.'라는 표현으로 쓴다. 절약과 인색함은 결코 유의어(類義語)가 아닌데도, 대부분의 인색한 사람은 자신의 인색함을 절약이라고 생각하며 살아가는 경향이 있다. 분명 절약이란 돈이나 시간 같은 소중한 자신의 자원(資源)을 현명하게 사용할 뿐만 아니라 소비를 줄이거나 낭비를 피하는 반면에, 인색함은 자기의 소중한 자원은 남에게 베푸는 것을 좋아하지 않거나 극도로 싫어서 탄생하는 잘못된 결과물이다. 절약은 덜 필요하거나 불필요한 낭비를 줄이는 검소함이지만, 인색함은 남을 위해서는 쓰지 않으려는 욕심에 가까운 오로지 목적지가 자신만을 향하고 있는 것으로, 결과적으로 보면 절약은 다른 사람에게 칭찬받고 본(本:본보기)이 되기 마땅한 계획의 성과라고 한다면, 인색함은 주변 사람들에게 비난받기 쉽고, 따돌림당할 수 있는 이기(利己)의 배설물이다. 누군가 말했듯이 '절약이 세상을 향해 베풀고자 하는 사랑과 자기 미래의 저금통'이라면, 인색함은 '깬(해약한) 적금통장이자 미래에 갚아야 할 마이너스 통장'이다. 무엇보다도 자기 삶에서 인색함이 느껴지면 '변화하라는 신호'로 여겨야 한다. 그 변화는 바로 자신과 주변을 돌아보는 '사랑'이다. 인색함과 작별하고, 인색함이라는 물통에 따뜻한 사랑이라는 물을 부어야 한다. 그러고 나서 생활방식은 절약은 하되 인색하지 않음으로 사랑과 행복을 전하는 파수(把守:경계해 지킴)꾼(한눈팔지 않고 성실하게 임무를 다하는 사람)이 되어야 하겠다.

비열함의 사전적 정의는 '사람의 하는 짓이나 성품(性品)이 천(賤)하고 졸렬[拙劣:옹졸(壅拙:성품이 너그럽지 못하고 생각이 좁음)하고 천하여 서툶)]함'으로, 유의어에는 저열(低劣)함, 저급(低級)함, 지질함(보잘것없고 변변하지 못함)이 있다. 그런데 대체로 비열하면 비굴(卑屈:용기가 없고 비겁함)하기도 한 법이다. 흔히 말하는 '비겁(卑怯)하다'는 '비열하고 겁이 많다'라는 의미이고, 착해 보이지만 '교활하고 비열함'을 동물 중 '뱀(snake)'으로 묘사하기도 한다. 성경 말씀에 "사람 속에서 나오는 것이 사람을 더럽히는 법이다. 음란, 정욕, 도둑질, 살인, 간음, 탐욕, 부정부패, 속임수, 방탕. '비열함', 중상모략, 교만, 미련함, 이 모두가 마음에서 토(吐)해 내는 것이다. 너희를 더럽히는 근원은 바로 거기다(마가복음)."가 있고, '행동이 비열하고 하찮다면 그 정신이 자랑스럽고 의(義)로울 수가 없다. 사람의 행동이야말로 그의 정신이기 때문이다.' 고대 그리스의 정치가 데모스테네스의 말이며, '인생은 짧다. 그러나 비열하게 지내기에는 너무 길다.' 세계적 대문호 셰익스피어의 말이다. 우리네 인생은 기회가 한 번밖에 없다. 연습도 없고, 취소도 없다. 더더욱 엎질러진 물 주워 담을 수도 없다. 모두 함께 지혜롭고 선하게, 그리고 서로 공생(共生:서로 도우면서 함께 삶) 공존(共存:서로 도와서 함께 존재함)해야 한다.

'국민 청원' 시무 7조 상소문의 필자인 진인(塵人) 조은산의 에세이 '논객 조은산의 시선'에서 "한 권력자의 회고록 -그의 글은 '비열함의 나열'이다"의 제하(題下)의 글에 "언젠가, 우리를 많이 아프게 했던 한 권력자가 회고록을 출간했다고 한다. 그리고 완판을 기록했다고 한다. 그 가족의 피를 찍어 써 내려가는 심정으로 글을 썼다고 한다. 서초동의 촛불 십자가가 장엄해 보였단다. 그를 수호하려는 목소리가 집단 지성이었단다. 소중한 가치를 짓밟는 그가 저 자신을 밟고 지나가라 했단다. 글은 순수의 결정에 피어난 정신의 꽃이다. 수사의 장엄함은 자성과 성찰에서 비롯된다. 필봉의 끝은 고뇌와 고백으로 달궈진다. 바로 우리의 삶이 그렇다. 우리의 글이 그렇다. 그러므로 그의 글은 글이 아니다. 명문의 성문이 아니다. 나라를 망치는 친문을 위한 잡문이다. 문장과 문장의 나열이 아니다. '비열함의 나열'이다."는 권력을 차지하는 과정에서 벌어진 사건들과 국민의 원성(怨聲)들을 역사의 흐름이라는 미명(美名) 아래 국가와 국민을 위한 불가피성(不可避性)으로, 합리화(合理化)시킨 일관(一貫)된 회고록에 대한 통렬(痛烈)하고도 신랄(辛辣)한 평가의 비판 글로 판단된다.

오늘날 최고의 경제학자로 평가받고 있는 미국 하버드대 경제학과 교수였던 테리 번햄이 쓴 '비열한 유전자'의 핵심 내용에, "낡고 이기적인 비열한 유전자는 매일매일 일상생활의 거의 모든 면에서 우리에게 영향력을 행사한다. 지방이 가득한 음식을 사랑하도록 만들고, 이웃집 여자를 원하도록 만들고, 카지노에서 월급을 탈탈 털어버리게 만드는 인간의 적은 바로 자신의 유전적인 욕망 안에 존재한다. 물질만능주의에 젖어서 건강한 종족 번식보다는 '돈과 향락'에 가치를 두는 세상이 되어 있는 것이 현실이다. 그런 면에서 보면 비열한 유전자가 생물이 가져야 하는 주된 목적을 잊어버리지 않도록 자동차의 핸들과 같이 방향을 잡아주고 있다. 유전자의 지배는 너무나 강렬하고 파괴적이다. 하지만 인간은 자제력을 통해서 유전자의 지시를 속일 수가 있다. 덫에 빠져나올 수 있는 길이 있다. 그러므로 인간이 비록 비열한 유전자를 가지고는 있지만, 그 비열한 유전자를 이길 수 있는 능력은 바로 인간 자신이다."라는 것으로, 인간 본래의 타고난 비열함도 사실은 '자제력(自制力)과 절제력(節制力)을 통해 극복할 수 있다'라는 것인데, 그렇다면 그 '자제력과 절제력'은 어디에서 나오는가? 당연히 유전적 특성(特性)도 있지만 '교육과 독서를 통한 올바른 인생관과 가치관'을 형성하는 것이 절대적이라고 판단된다. 그 예(例)로 젊은 시절부터 중년의 나이에 이르기까지 돈도 잘 벌고 사회적 지위나 명성으로 화려한 삶을 살았던 사람이었지만, 노년에 이르러서는 빈곤하고 병마(病魔)와 싸우며 초라한 삶을 살아가는 주된 이유는 바로 테리 번햄 교수가 말한 인간의 '비열한 유전자를 극복하는 자제력과 절제력 부족'에서 온 결과로 보아야 하겠다.

　나와 결혼한 '아내가 예쁜 데다가 검소하고 절약의 미덕(美德)을 갖추었다.'라면 그보다 더 바랄 게 무엇이 있겠는가? 거기다가 심성(心性:타고난 마음씨)까지 착하다면, 나는 세상에서 제일 축복받은 남자일 것이다. 절약(節約)은 '객쩍은, 쓸데없는 비용을 내지 않고 꼭 필요한 데에만 써서 아낌'으로, 보통은 근검절약(勤儉節約:부지런하고 알뜰하게 재물을 아낌)이라는 말로 쓰인다. 사귀는 남자 친구가 수려(秀麗)한 외모에 성실하고 정직한데, 거기다가 근검절약 정신까지 지녔다면 배필(配匹:부부로서의 짝)감으로는 최고가 아니겠는가? 절대 놓쳐서는 안 되는 것이다. 그런데 공(共)히 '인색한 성향(性向)'이 있다면 어떨까? 백년해로(百年偕老)해야 할 배필감으로는 다른 것 다 제쳐두고, 부적격자이다. 백 번, 천 번 생각해 보아야 한다. 대체로 '인색한 사람은 비열'하고 '비열한 사람은 인색'한 사람이다. 그런데 이런 경우는 대개 인성(人性)도 좋지 않다. 요샛말로 '싸가지'가 없다는 말이다. 더불어 자존심, 우월의식, 자신에 대한 맹신(盲信)이 강(强)한 나머지 교만과 오만함으로 가득 차 있기도 하다. 사실 이 모든 것들이 인색함으로 시작된다고 보아도 큰 무리가 없을 성싶다. 선천적, 후천적으로 좋거나, 좋아질 기회도 없었다. 배우자가 인색하거나 비열한 성격이면 문제가 생겨(대개는 문제가 생기는 법이다.) 서로 따지거나 다투다 보면 종국(終局)에는 내게는 쌍(인색하고 비열하게)으로 오게 된다. 감당(堪當)하기 어렵다. 결론적으로 단언(斷言)하건대, 인색하고 비열한 사람, 둘 중 하나만이라도 있다면, 결코 장래를 약속하거나 결혼생활을 해서는 안 된다. 하루빨리 절연(絶緣)하거나, 그것이 불가능하면 그저 친구 정도의 관계로 유지(維持)해야만 하는 것이 미래 나의 불행을 막는 최상의 방책(方策)이 되는 것이다. 연인(戀人) 사이에 있는, 남자 친구, 특히 여자 친구, 잘 지켜보아라. 나중에 후회한들 아무 소용 없는, 인생 주워 담을 수 없는 엎질러진 물이 된다.

19. 지혜(智慧)와 지식(知識)

– 올바르고 후회 없는 삶의 핵심 포인트
'지혜'를 중심으로

　　지혜(wisdom)의 사전적 정의는 '사물의 이치(理致)를 빨리 깨닫고 사물을 정확하게 처리하는 정신적 능력'으로 '기독교'에서는 하나님의 속성 가운데 하나로 히브리 사상에서는 지혜의 특성을 근면, 정직, 절제, 순결, 좋은 평판에 관한 관심과 같은 '덕행(德行:어질고 너그러운 행실)'이라고 보며, '불교'에서는 제법(諸法:모든 법, 우주에 있는 모든 사물)에 환하여 잃고 얻음과 옳고 그름을 가려내는 마음의 작용으로서, 미혹(迷惑:무엇에 홀려 정신을 차리지 못함)을 소멸(消滅:사라져 없어짐)하고 보리[(菩提:불교 최고의 이상인 불타(佛陀:부처) 정각(正覺:올바른 깨달음)의 지혜]를 성취하는 것을 의미한다. 유의어는 셈, 슬기(사리를 바르게 판단하고 일을 잘 처리해 내는 재능), 예지(叡智:사물의 이치를 꿰뚫어 보는 뛰어난 지혜), 기지(奇智:기발하고 특출한 지혜), 앎(지식이나 지혜가 있음), 지략(智略:슬기로운 계략), 지모(智謀:슬기로운 계책), 지성(知性:지적 능력), 현명(賢明:어질고 사리에 밝음)이 있고, 그리고 이지(理智)는 '이성과 지혜를 아울러 이르는 말'이나, '본능이나 감정에 지배되지 않고 지식과 윤리에 따라 사물을 분별하고 깨닫는 능력'을 말하며, 성인(聖人)이란 '지혜와 덕이 뛰어나 길이(오랜 세월 지나도록) 우러러 본받을 만한 사람'을 말한다.

지혜에 대한 보다 구체적 의미는 '사람, 사물, 사건이나 상황 등을 깊게 이해하고 깨달아서 자기 행동과 인식, 판단을 이에 맞출 수 있는 것'을 의미하며, 때로는 '자신의 감정적인 반응을 통제하여 이성과 지식이 행동을 결정할 수 있게 하는 것'이다. 이 경우는 통찰력(洞察力: 예리한 관찰력으로 사물을 꿰뚫어 보는 능력)이나 안목[眼目:사물을 보고 분별하는 견식(見識:견문과 학식, 식견)], 선견지명(先見之明:어떤 일이 일어나기 전에 미리 앞을 내다보고 아는 지혜)이라는 단어와 의미가 가깝다. 고대 그리스 철학자 아리스토텔레스가 쓴 '형이상학'에서 지혜의 정의를 '원인을 이해하는 것'이라고 말했는데, 지혜란 두뇌와 직결된 단어로 지능(知能:지적 능력)과는 의미가 다르고, 지식과는 상호 보완적(相互補完的:서로 모자란 부분을 보충하는) 관계이다. 지혜에 대한 동·서양의 근원적 해석의 차이가 있는데, 선불교[禪佛敎:선종(禪宗)]와 도교(道敎:중국의 다신적 종교)에서 지혜란 '오랜 명상과 수행을 통해 삶에 대한 깨달음을 얻는 것에 관련되어 있어, 삶의 적절한 체념과 절도(節度)를 포함하는 것'이 동양적 해석이라면, '정확한 정보와 인식을 바탕으로 먼저 많은 양의 지식을 얻고 그것을 정리하여 올바른 판단을 내리는 힘'이라는 것은 서양적 해석이다. 그런데 여기서 공통적인 해석은 '지혜와 지식은 밀접한 관계는 있지만 지식이 많다고 지혜롭다고는 말할 수 없다'라는 것이다. 과학 문명이 발달하지 않았고 이렇다 할(자랑하거나 내세울 만한) 교육을 받지 못한 우리 조상님들의 지혜는 오늘날 놀랍고, 감탄할 때도 있지만, 오늘날 우리들이 모두 다 지혜롭다고 말할 수는 없듯이 '지혜롭다고 지식이 많은 것은 아니고, 지식이 많다고 다 지혜로울 수는 없지만, 지식이 많으면 더 지혜로울 수는 있다'라고 보아야 할 것 같다. 결론적으로 지혜란 단순히 연령(年齡:살아온 햇수)의 변화로만 이루어지는 것이 아니라, 개인의 지적 능력, 개방성, 사고의 유형, 창의성, 사회적 지능, 삶의 경험, 도덕적 추론 능력, 교육 수준, 무엇보다도 '유전자(DNA)나 성장배경'도 은연(隱然)중, 알게 모르게 지혜의 형성에 영향을 미치게 되는 것 같다.

속담, 격언, 명사들의 명언을 통해 지혜의 해석에 대한 의미를 살펴보자. 우리나라 속담에는 '사람이 오래가면 지혜요, 물건이 오래면 귀신이다.'와 '술이 들어가면 지혜는 달아난다.'가 있고 이집트 속담에 '지혜의 중요성'을 강조하는 속담으로 '현자(賢者), 지혜로운 자(者)의 집에는 고양이가 있다'가 있는데, 유럽 사람들은 '고양이와 함께하는 삶에서 배우는 지혜'를 고양이의 특성인 '예리한 직감, 균형감각, 우아함, 자유로움, 안락한 휴식, 편안함과 안정감'으로 인간으로 하여금 '풍요로운 인생'을 즐길 수 있게 해준다는 것이다. 영어속담으로 '세월이 지혜를 가져다준다(Years bring wisdom.)'와 '지혜는 때로 어리석음에서 나온다(Wisdom at times is found in folly)'가 있다. '지혜는 학교에서 배우는 것이 아니라 평생 노력해서 얻는 것이다.' 독일의 이론 물리학자 알베르트 아인슈타인의 말이고, '지혜란 개인의 견해가 바닥난 후에 남는 것이다.' 미국 작가 컬린 하이타워의 말이며, '현명하고 지혜로운 사람은 누구인가? 모두에게서 배우는 사람이다.' 미국의 정치가, 건국의 아버지 중 한 사람인 벤저민 프랭클린의 말이다. 그리고 성경에서는 지혜와 지식의 근본(根本:근원, 근저)은 하느님이라고 보는데, '지혜는 하느님 권능(權能:권세와 능력)의 숨결이고 전능하신 분의 영광의 순전한 발산(發散)이어서 어떠한 오점(汚點:흠이나 결점)도 그 안에서 기어들지 못한다. 지혜는 영원한 빛의 광채이고 하느님께서 하시는 활동의 티 없는 거울이며, 하느님 선(善)하심의 모상(模相:그대로 본떠서 나타낸 것)이다.'는 가톨릭 성경 구약 7권 중 '지혜서'에 있는 말씀이다.

지식의 사전적 의미는 '어떤 대상에 대하여 배우거나 실천을 통하여 알게 된 명확한 인식이나 이해', 그리고 '알고 있는 내용이나 사물'을 의미한다. 유의어는 견문(見聞), 견식(見識), 식견(識見)이고 반의어는 무식(無識:지식이나 판단력이 부족함)과 무지(無知:아는 것이 없음, 하는 짓이 미련하고 우악스러움)이다. 영어단어로 세분화하면 knowledge, understanding, (formal) acquaintance는 일반적 총칭(總稱:총괄하여 일컬음) 격인 '지식'의 의미이고, know-how는 '실용적 지식'이며, learning은 학습을 통한 지식인 '학식(學識)'의 의미이다. 그리고 '전문적 지식'은 expertise, expert knowledge, specialized knowledge이고, 반의어 무지, 무식은 ignorance이다. 지식과 무지가 회자(膾炙:사람의 입에 오르내림)되고 있는 속담, 격언에는 '지식은 광명(光明:밝고 환함)이고, 무식은 암흑(暗黑:암담하고 비참함)이다'는 '배움의

중요성을 강조'하는 말이고, '무식은 멸망(滅亡:망하여 없어짐)이다'
는 무식한 것은 '자기 자신을 망칠 뿐만 아니라 국가와 민족에도 해
(害)를 미친다.'라는 의미이며, '무식한 도깨비가 부적(符籍:잡신을
쫓고 재앙을 물리치기 위한 붉은색 글씨나 그림)을 모른다'는 '무식
한 사람이 자신에게 중요한 것이 무엇인지 몰라 크게 실수하게 된다.'
라는 말이다. 미국의 석유 재벌 기업가 록펠러가 세운 미국의 사학 시
카고대학의 모토(motto:건학이념)는 '지식이 자라게 하여, 삶이 풍요
로워지도록(Let knowledge grow, let life be enriched.)'이다. 그리고 오
늘날 세계적 정보의 홍수와 공유시대에 '정보와 지식은 어디서든지
다운로드 받을 수 있지만, 진실과 지혜는 아무 데서도 다운로드 받을
수 없다.'라는 말은 지식과 정보보다 '진실과 지혜'의 중요성을 강조
한 말인 것 같다.

　지식에 대한 사자성어로 개권유득(開卷有得)은 '책을 읽으면 유
익함을 얻게 된다.'이고, 지행합일(知行合一)은 '지식과 행동이 서로
맞아야 함'이며, 조익모습(朝益暮習)은 '아침에 가르침을 받아 지식
을 더하고 저녁에 그것을 익히는 것처럼, 학문 연마(研磨:갈고 닦음)
에 열중하는 것'을 의미한다. 명사들의 명언을 통해 지식의 해석, 의
미를 살펴보자. '아는 것을 안다 하고, 모르는 것을 모른다고 하는 것,
이것이 곧 앎이다.' 논어 위정편에 있는 말은 '나 자신의 무식을 아는
것이 지식으로서 첫걸음이다.'는 영국 낭만파 시인 조지 고든 바이런
의 말과 결(結)이 같은 의미이다. '엉터리로 배운 사람은 아무것도 모
르는 사람보다 더 어리석다.' 미국의 정치가 벤저민 프랭클린의 말

이고, '지식은 사랑이자, 빛이자, 통찰력이다.' 미국의 문필가, 자선사업가 헬렌 켈러 여사의 말이며, '모든 지식은 경험에 바탕을 두고 있다.' 독일 철학자 임마누엘 칸트의 말이다. 또한 '조직적인 지식의 도움이 없이는 선천적인 재능은 무력하다.' 영국의 철학자 허버트 스펜서의 말이고, '지식은 우리가 하늘을 나는 날개이다.' 영국의 세계적 대문호 윌리엄 셰익스피어의 말이며, '지식은 말하지만, 지혜는 듣는 것이다.' 미국 음악가 지미 헨드릭스의 말이다. 영어속담으로는 '아는 것이 힘이다(Knowledge is power.)'와 '지식이 늘수록 슬픔도 는다(He who increases knowledge increases sorrow.)'가 있다.

지혜와 지식의 관계를 잘 설명해 주고 있는 백과사전에 의하면 '인간의 지적 활동에서, 지식이 인간적인 사상까지도 포함한 대상에 관한 지(知)를 의미하는 것임에 대하여, 지혜는 인간존재의 목적 그 자체에 관계되는 지(知)를 의미한다고 할 수 있다. 지식과 지혜와는 무관한 것이 아니라, 특히 인간적 사상에 대한 정확한 지식이 없이는 참다운 지혜가 있을 수 없고, 또한 그 반대로 지혜에 의하여 표시되는 구극(究極:궁극)의 목적에 대해서 수단으로써의 위치가 주어지지 않는 지식은 위험한 것이며, 참된 지식이라고 말하기도 어려운 것이다. 지혜란 모든 지식을 통할(統轄:모두 거느려서 다스림)하고, 살아있는 것으로 만들며, 구애(拘礙:거리끼거나 얽매임)받지 않는 뛰어난 의미로서의 감각이다. 그러므로 결코 일정한 지식 내용으로 고정되거나 전달할 수 없는 것이다.' 결국 '지식은 습득하는 것이고 지혜는 터득하는 것'이라고 말할 수 있다. 그리스도인들은 지혜를 중요한 덕목으로 여기고, 중세 그리스도교 대표적 신학자 토머스 아퀴나스가 지혜를 '모든 덕목의 아버지'로 꼽은 것처럼, 사람이 살아가는 데 필요한 덕목(德目) 세 가지에 '성실과 정직 그리고 지혜로운 삶을 사는 것'이다. 그런데도 지난 과거를 돌이켜 보면서 지혜로운 언행, 선택을 했다고 자부(自負:자신에 관련된 것에 대하여 스스로 그 가치나 능력을 믿고 마음을 당당히 가짐)했던 일이, 나중에 시간이 지나 '지혜롭지 못했다'라는 후회를 하게 되는 것이다. 그래서 '누구나 지혜로운 사람이 되기 위해서 노력은 해도, 지혜는 그렇게 쉽게 잡히는 것은 아닌 것 같다.'

끝으로 삶의 지혜서(書)로 네 권의 책을 추천하고자 한다. 첫 번째는 1600년대 스페인의 신부, 교육자, 저술가 발타자르 그라시안이 쓴 400여 년 동안의 인생 고전(古典) '아주 세속적인 지혜'로 인간에 대한 정확한 통찰과 지침을 제공하며 결국 '행복은 스스로 생각을 바꾸고 현명한 방식으로 사람을 대할 때 얻을 수 있다.'라는 지혜를 일깨워줄 것이다. 두 번째는 지혜의 왕인 솔로몬이 쓴 '지혜의 책', '인생살이의 책'이라는 타이틀을 가지고 있는, 성경 구약 '잠언'으로 '어떤 행동들이 이롭고 지혜로운 것'인지, '어떤 일이 해(害)를 주는 것'인지를 비(非)그리스도들에게도 지혜를 줄 것이다. 세 번째는 유대인의 정신적 지주 역할이자 생활 규범으로 유대인들의 정신적·문화적 자산이 들어있는 경전(經典:변하지 않는 법식과 도리)이자 잠언(箴言:교훈이 되고 경계가 되는 말)집, '탈무드'로 '생활의 지혜'는 물론이고 '처세술'도 알려줄 것이다. 마지막으로 독일 철학자 아르투어 쇼펜하우어가 쓴 '인생 수업[삶의 지혜를 위한 경구(警句:진리나 삶에 대한 느낌이나 사상을 간결하고 날카롭게 표현한 말)]'으로 '행복의 본질'과 '삶의 비밀'을 알려주는 대(大)철학자의 통찰(洞察)이 담겨있다. 이 책들은 남녀노소(男女老少) 모두 읽기를 권장하며, 특히 자라나는 청소년들이나 사회 초년생 젊은이들에게 차례대로 읽을 것을 강력히 추천하는 바이다. 성경은 말할 것도 없고, 나머지 셋도 한글 번역본으로 읽을 수 있다.

20. 호감(好感)과 비(非)호감

　호감의 사전적 정의는 '좋게 여기는 감정'의 의미이며 유의어는 마음, 호감정, 호정(好情)이고 반의어가 비호감이다. 일상에서 자주 쓰이는 호감도(好感度)는 '어떤 대상에 대하여 좋은 감정을 갖는 정도', 주로 '광고에서 상품이나 모델, 기업 등에 대하여 소비자들이 느끼는 좋은 감정'이다. 그리고 '호감 가다'는 '좋게 여기다,' '호감(을) 사다'라는 말은 누군가의 '마음에 들다'라는 의미이다.

　신경과학 전문가들의 말에 따르면 호감도가 결정되는 것은 '뇌파(腦波:brain wave:신경계에서 뇌신경 사이에 신호가 전달될 때 생기는 전기의 흐름, 심신 상태에 따라 각각 다르게 나타남)에 있다.'라고 하며, '우리 뇌의 뇌파와 다른 사람의 뇌파가 동기화(動機化:의사결정이나 어떤 행위의 직접적인 원인)되는지 아닌지에 따라 관계의 호감도가 달라진다.'라고 한다.

　호감의 형성(形成)에 중요한 첫인상(first impression)은 강력한 힘을 발휘하는데, 여러 연구에서 밝혀졌듯이 상대의 인상 파악은 '0.1초 정도의 짧은 시간에 이루어진다.'라고 한다. 이는 사람에게만 국한(局限:범위를 일정 부분에 한정함)되지 않고, 사물이나 심지어는 웹 사이트(web site)에 대한 인상도 0.05초 만에 형성된다고 한다. 이처럼

'첫인상이 찰나(刹那:지극히 짧은 시간)에 형성되는 것은 본능적인 현상으로 이성적으로 분석에 앞서 직감[直感:설명이나 증명 등을 거치지 않고 사물의 진상(眞相:사물 현상의 참된 모습이나 내용)을 곧바로 느낌]적이고 본능(本能:생물 조직체가 선천적으로 하게 되어 있는 동작이나 운동)적인 느낌으로 상대에 대한 정보와 평가를 하게 된다.'라는 것이다.

미국의 심리학 교수인 앨버트 메라비언 박사는 '인간의 기능 두 가지, 언어적 기능이 7%이고 비언어적 기능이 97%인데, 커뮤니케이션은 언어가 7%, 몸동작 표정 제스처 55%, 음성 톤이 38%이고, 한 사람이 상대방으로부터 이미지는 시각이 55%(외모적 요소), 청각이 38%(음성적 요소), 언어는 7%(청각적 요소)로 언어의 7% 외 나머지 93%는 비언어적인 요소인 표정과 몸짓으로 좌우된다.'라고 주장했다. 그리고 그가 쓴 'Silent Message'에서 의사소통에 영향을 주는 요소를 분석한 결과 '시각적인 요소(얼굴 표정, 자세, 옷차림, 행동)가 55%, 청각적인 요소(음색, 목소리, 억양, 속도, 말투)가 38%, 언어(내용)가 7%로 그 사람의 인상, 이미지에 직접적인 영향을 미친다.'라는 결론을 내렸는데, 이를 메라비언(Merabian) 법칙이라고 명명(命名:이름을 지어 붙임)하기도 했다.

우리는 일상생활 중 중요한 인간관계, 대인관계에서 어떤 사람을 만나면 호감이 가고 친밀감이 가지만, 반면에 왠지 모르게 거부감이 드는 비호감인 사람이 있다. 특히 중요한 만남일수록 첫인상에서 호감을 느끼거나, 느끼게 할 수 있다면 그 만남은 만족스럽게 상호(相

互:피차가 서로) 간에 완성될 것이다. 그리고 일반적으로 사람들이 모여 있는 조직이나, 장소 어디에나 호감형과 비호감형의 사람들은 있기 마련이다. 우리 속담에 '미움도 이쁨도 저하기에 달려있다'라는 말이 있다. '말 한마디, 어찌 행동하느냐' 한마디로 무엇보다도 언행(言行:말과 행동)에서 비롯되고, 또한 그 사람의 외형적인 면, 다시 말해 '어떻게 하고 다니느냐'도 언행 못지않게 중요하며 주변의 평가와 평판에 따라서 그 사람에 대한 호감도는 다르게 되는 것이다. 대체로 세상 사람들은 호감형의 사람에게 더 호의적인 법이다. 이와 같이 호감형과 비호감형을 결정짓는 처세(處世:남과 함께 살아감)술에 여러 가지 방법과 기준을 크게 네 가지로 나눌 수 있는데, 첫 번째가 성공의 주요 모티브(motive:동기)가 되는 인성(人性)의 발로(發露:숨은 것이 겉으로 드러남)인 예절(禮節:예의에 관한 모든 절차나 질서), 예의(禮儀:존경의 뜻을 표하기 위하여 예로써 나타내는 말투나 태도, 몸가짐), 매너(행동하는 방식이나 자세, 몸가짐), 에티켓(사교상의 몸가짐이나 마음가짐)을 잘 지키는 것, 두 번째가 타고난 '진심 어림과 겸손함 그리고 '성실함과 정직함' 세 번째는 '유대감(紐帶感:서로 밀접하게 연결되어 있는 공통된 느낌)과 친밀감', 특히 조직 공동체에서는 '협동심,' 마지막으로 '비굴하지 않고, 고집스럽지 않으며, 교만하지 않고 편견을 갖지 않는 것' 등을 꼽을 수 있다.

우리는 조직 내에 있어 매일 만나기도 하지만, 때로는 비즈니스, 업무상, 면접, 요즘이야 드문 경우이지만 결혼할 사람을 찾기 위해 맞선을 보기도 하는데, 그럴 때 대개는 서로 초면(初面:처음 대하는 얼굴)이다. 이때의 호감도는 무엇에 의하게 될까? 무엇보다도 상대에 대한 정보나 평판(評判:세상 사람들의 평, 평설)이 아예 없거나, 한정, 제한되어 있으므로 크게 두 가지, 첫 번째 용모(容貌:사람의 겉모습)가, 그 사람의 심성과 인격을 나타내게 되어 강한 인상을 주게 된다. 구체적으로 얼굴 모습과 표정(온화하고 부드럽고 시선 집중하는), 옷차림(깔끔하고 단정하며, 분위기에 걸맞은), 올바른 자세, 걸음걸이(11자 걸음) 등이 해당되며, 그다음으로 언어(말), 언변(言辯:말솜씨, 재주)인데, 첫째가 믿음, 신뢰가 있어야 하며, 깊이가 있고, 말에 힘과 자신감이 있어야 하며, 적재적소에 맞는 용어를 쓸 뿐만 아니라 논리정연[論理整然:짜임새가 있고 조리(條理:말의 앞ㆍ뒤가 맞고 체계가 섬)]한 말이어야 한다. 그리고 한 가지를 덧붙이자면 가능한 속어(俗語:통속적인 저속한 말)나 사투리가 아닌 아언(雅語:바르고 올바른 말)이나 표준어를 써야 품격(品格:품위, 기품)이 있다는 것은 두말할 나위가 없다. 그러므로 타고난 태생이야 어쩔 수 없다 해도, 어린 시절부터 습관적으로 독서를 통한 '인격의 도야(陶冶:마음을 닦음)와 도정(搗精:곡식을 찧거나 쓿음)이 밑거름이 된다'라는 '삶의 지혜'가 필요하다.

제2장

중년들을 위한 생활 속 지혜

1. 감사(感謝)와 배은망덕(背恩忘德)

감사(thanks, gratitude, thankfulness)란 '고마움을 나타내는 인사(예, 감사 편지)'나 '고맙게 여김, 또는 그런 마음(예, 감사의 뜻을 표하다)'으로 유의어에 감격(感激:몹시 고맙게 느낌), 치사(致謝:고맙다는 뜻을 나타냄), 고마움, 백배사례(百拜謝禮:거듭 절하며 고마움의 뜻을 나타냄)가 있다. 우리는 '감사'의 표시로 '감사합니다.' '고맙습니다.'라는 표현을 쓰는데 국립국어원에서는 '고맙습니다.'를 권장하고 있다. 고마운 감정표현으로 '감사'는 한자어이고 순수 한국어 표현은 '고맙습니다.'가 적절하다는 것이다. '고맙다'라는 표현은 친근하게 들리고 '감사하다'는 조금은 경직되고 격식을 차리는 것처럼 들린다. 타인이 베푼 호의(好意)나 도움으로 마음이 흐뭇하고 즐거움에 친근한 표현으로 '고마워!'라는 표현은 적절하지만, 대체로 손아랫사람과 손윗사람을 구분해서 상황에 따라 적절하게 사용하는 지혜가 필요하다.

오늘날 '감사'가 격식을 차린 단어이지만 인터넷에서는 ㄱㅅ으로 줄여 쓰기도 한다. 인터넷이 발달한 요즈음의 추세이며 영어에서도 공적 문서가 아닌 경우 easy는 EZ로 I owe you는 IOU로 쓴다. 그런데 영어에서 '도와주셔서 감사하다(고맙다.)'라는 표현으로 1) Thank (you) for your help. 2) I appreciate your help. 3) I am obliged to you for your help. 4) Thanks a lot (so much.) 5) I owe you. -)IOU로 쓰는데, 여기서 조심할 것은 Thank는 동사이고 Thanks는 명사로, Thank 다음은 사람이 나오지만, appreciate 다음은 반드시 사물이나 행위가 나와야 한다. 특히 Thanks 다음은 사람이나 사물, 행위를 쓸 수 없으며 4) 번 표현은 우리말의 '고마워, 감사해요' 정도로 구어체에서 가장 흔하게 쓰이고, 2) 번은 격식을 따지는 경어(敬語)로, 1) 3) 번은 공식 서류 작성 시, 5) 번은 인터넷상 쓰이지만, 비격식으로 정중한 표현은 아니다. 영어 표현을 거론(擧論)한 것은 오늘날의 국제화 시대에 발맞추기 위함이다.

무엇보다도 모든 말 중에서도 '감사'라는 표현은 인류 역사와 함께 오랫동안 사용되었을 거라는 것을 미루어 짐작해 볼 때, 명사(名士)들의 명언(名言)들도 많이 있다. 대표할 만한 몇 가지에는 다음과 같다. 먼저 성경 구절을 인용하면 '항상 기뻐하라. 쉬지 말고 기도하라. 범사에 감사하라. 이것이 그리스도 예수 안에서 너희를 향하신 하나님의 뜻이니라(데살로니가 전서).'와 '감사는 선(善)을 높이고 악(惡)을 낮춘다(이사야서).'가 있다. 여기서 '구원'이 주제인 이사야서의 말씀은 '감사하는 마음은 인간의 성품을 좋은 방향으로 이끈다.'라는 말인 것 같다. 다음으로 명사들의 명언들로는 '감사는 영혼의 기쁨을 키워주는 비료다.' 영국의 대문호 윌리엄 셰익스피어의 말로 '감사는 영혼까지도 기쁨을 전달할 힘이 있다.'라는 것과, '감사하는 사람이 주는 긍정적인 에너지가 큰 가치를 가진다.'라는 것을 말하는 것으로 해석된다. '감사는 가장 큰 기쁨이요, 가장 높은 지혜다.' 프랑스 작가 프랑수아 라 로슈푸코의 말로 감사하는 마음이 '삶에 영향을 끼친다.'라는 말이다. 그 외에 "인생에서 중요한 것은 좋은 스승, 좋은 친구, 좋은 사람을 많이 갖는 것이다. 그리고 인간관계의 포인트(point: 핵심)는 '정직과 감사'다."는 일본의 도쿄대학 교수 지구물리학자 다케우치 히토시의 말이며, '풍족함은 좋은 일이지만 감사할 줄 모르게 하고, 부족함은 나쁜 것이지만 감사하게 만든다.' 스페인의 풍자와 해학의 작가인 미겔 데 세르반테스의 말이며, '감사와 사랑을 많이 뿌려라. 그러면 많은 것들이 돌아올 것이다.' 미국의 최고경영자, 베스트셀러 작가, 자기 계발 강연자인 마이클 하이엇의 말이다. 한마디로 '달콤한 행복', 성취감을 불러일으키는 '성공의 비밀'은 바로 '고맙습니다. 감사합니다.'라는 한마디에서부터 시작되는 것이다.

　심리나 의학 전문가들의 말에 의하면 '감사하는 마음은 사람들에게 놀라울 만큼의 건강함의 근원이 되기도 한다. 무언가에 고마움을 느끼는 것은 정서적 행복을 키우고, 스트레스를 조절해 줄 뿐만 아니라 신체 건강에도 긍정적인 영향을 미친다.'라고 한다. 특히 '경험한 모든 것을 감사할 줄 아는 마음을 가진 삶에는 균형이 찾아오고 내면의 평화가 깃들 뿐만 아니라 나 자신과 이때까지 내가 걸어왔던 길을 포용하는 법을 가르쳐 준다'라고 한다. 감사란 너도 좋고 나도 좋은 것이다. 그러므로 우리의 삶 속에서 감사하는 마음, 아낌없는 감사의 표시는 모두에게 바람직한 것으로 결코 인색(吝嗇)해서는 안 된다.

　배은망덕(ingratitude, thanklessness, ungratefulness)이란 '남에게 입

은 은덕(恩德:은혜와 덕)을 저버리고 배신하는 태도가 있음'으로 '은혜를 원수로 갚는 것'을 말하기도 하는데, 악행 중의 하나로 보는 결정적인 이유는 바로 '남을 위한 노력과 희생을 결과적으로 의미 없는 시간 낭비'로 만들어버리기 때문이다. 때로는 아이러니(irony:역설에 상응하여 전하려는 생각의 반대되는 말을 써서 효과를 보는 수사법)하게도 은혜를 갚으려 했더니 오히려 배은망덕한 놈으로 몰아세우는 경우도 있다. 한자어 효경(梟獍)이라는 말은 '어미 새를 잡아먹는다는 올빼미와 아비를 잡아먹는다는 짐승이라는 의미'로 '배은망덕하고 흉악한 사람'을 비유적으로 이르는 말이다. 우리네 속담으로는 '개도 주인을 알아본다.'와 '개도 제 주인을 보면 꼬리 친다.'가 있고, 특히 '명산 잡아 쓰지 말고 배은망덕하지 마라.'는 '명당(明堂) 자리 잡아 조상의 묘(墓)를 써 조상 덕(德) 받을 생각 말고, 남의 베풂에 배은망덕 하지 않는 것이 복(福) 받는 길'이라는 삶의 가르침이다. 그리고 영어 표현으로는 'Bite the hand that feeds you(밥 주는 사람을 물다.)'가 있다. 유의어는 토사구팽(兎死狗烹)이고, 반대어는 결초보은(結草報恩:풀을 묶어 은혜를 갚는다는 말로, 죽어 혼령이 되어도 은혜를 잊지 않고 갚음)이다.

사실 '누군가의 도움이나 은혜를 받았음에도 감사할 줄 모르거나 보답할 줄 모르는, 배은망덕하다'는 윤리(倫理)적, 도덕(道德)적으로 인간이 해서는 결코 안 되는 일이다. '누군가에게 받은 작은 도움이라도 잊지 않고, 그에 상응하는 대우나 예(禮)를 갖추고, 보답할 줄 알아야 한다.'라는 것이 이 성어(成語:옛사람들이 만든 말)가 주는 메시지이다. 배은망덕, 감사할 줄 모르는 것이야말로 비도덕적이며 사회생활에서도 신뢰를 잃는 결정적 요인이 될 수도 있는 것이다. 배은망덕은 배신이나 배반의 의미와 그 결(結)이 비슷하다. 사실 배신과 배반의 의미 차이는 조금 있다. 간략해서 배신(背信:신의를 저버림)과 배반(背叛:믿음과 의리를 저버리고 돌아 섬)은 '당연히 지켜야 할 믿음이나 의리 등을 저버리는 것'인데 여기서 믿음은 '사실이나 사람을 믿는 마음'을 말하고, 의리는 '사람과 사람 사이에 지켜야 할 도리'인데, 배신은 그 행위의 결과가 드러나기도 하고 드러나지 않을 수도 있지만, 배반은 완전히 돌아서 버린 것으로, 신의(信義:믿음과 의리)를 저버리는 나쁜 행위를 보다 실천적, 구체적으로 드러내는 것이 배반이다. 결국 배은망덕도 배신이나 배반으로 귀결(歸結)된다.

우리네 인생살이에서 살다 보면 감사할 줄 모르고 배은망덕 하는 사례들이 종종 일어나는 경우를 볼 수 있다. 그런데 나 자신이 지금 당하고 있고, 당해본 적도 있을 것이다. 나 자신으로 볼 때 가장 분(憤)하고 울화(鬱火:속이 답답하여 나는 화)가 치밀기도 하고, 한편으로 서글프기까지 하는 경우는 사회생활에서 친구나 선후배 사이, 직장이나 단체의 윗사람, 아랫사람에게서는 '그러려니' 할 수도 있지만, 무엇보다도 가족 내(內)에서 일어나는 경우이다. 부모가 자식에게, 형제자매에게, 특히 부부간에서 일어날 때이다. 그것도 노년에 당하게 되면 삶의 의미를 상실(喪失:없어지거나 사라짐)하고 실의(失意:뜻이나 의욕을 잃음)에 빠질 수도 있어 명(命)줄에도 영향을 주기도 한다. 구체적으로 자식이 부모가 훈육하고, 가르치고, 결혼시켜 살림

기반을 다 마련해주어 어엿하고(행동이 거리낌 없이 당당하고 떳떳하게), 버젓이(남의 축에 빠지지 않을 정도로 번듯하게) 살아가고 있으면서도 부모에게 감사하지 않고, 나도 '내 자식 우리 부모가 나에게 해준 것 같이 그렇게 하고 있고, 그것이 부모가 자식에게 해주어야 하는 것 아닌가?' 하고 당연시하는 경우, 시골에서 형은 배우지 않았으면서도 농사지어, 또는 누님이나 언니가 박봉(薄俸:적은 봉급)에 시달리면서도 쪼개서, 아니면 직접 생활전선에서 일해 동생(들) 가르쳐 의사도 되고, 법조인도 되고, 고위공직자도 되며, 사회적으로나 경제적으로 성공의 근간(根幹:바탕이나 중심, 뿌리와 줄기)이 되었는데도 그걸 모르고 본인 잘나 모든 것이 이루어진 것으로 생각하고, 특히 젊어서 추우나 더우나 일 년 내내 가족을 위해 잘 잠 안 자고, 끼니 제때 못 챙기고, 남 놀러 다닐 때 놀지 않고, 뼈 빠지게 일해 남부럽지 않게 살아온 남편의 공(功)은 인정하지 않고 '네가 한 게 뭐가 있냐? 내가 다 살림 이루어 놓지 않았느냐?'라고 반문(反問)하며 모든 공(功)을 자신의 것으로 돌리고, '그러면 가족을 위해 그 정도는 해야지!'라고 당연시하는 뻔뻔하고 파렴치한 아내의 경우이다. 이 얼마나 당하는 당사자는 억장(億丈:분하거나 슬픈 일 따위로 가슴이 아프고 괴로움)이 무너지는 일이겠는가?

이 글을 읽고 자식은 부모에 대해서, 동생은 부모처럼 보살펴준 형님, 오빠, 누님이나 언니에 대해서, 그리고 특히 아내는 남편의 지난날의 노고(勞苦:수고하고 애씀)를 감사히 여기고 공(功)을 인정해 주며 마음속으로는 감사해하고, 오늘의 내가 있는 것은 '부모님 덕입니다.' '형님 덕이요', '오라버님(오빠) 덕이요', '누님 덕이요', '언니 덕이요', 그리고 '당신 덕이요'라는 말 한마디라도 할 수 있는 계기(契機)가 되기를 바라마지않는다. 그것이 바로 사람 된 도리(道理:사람이 해야 할 마땅한 길)이고, 무엇보다도 사람이 금수(禽獸:모든 짐승)와 다른 점이다. 속물(俗物) 인간의 대표적 성향(性向)은 상대의 작게는 도움과 호의(好意), 크게는 은혜(恩惠)에 '고맙다. 감사하다'라는 말을 할 줄 모르고, 안 하는 사람이고, 할 생각조차 전혀 없는 사람이다.

2. 검소(儉素)와 절약(節約)

　검소(frugality)의 사전적 정의는 '사치하지 아니하고 꾸밈없이 수수(사람의 옷차림 따위가 그리 좋지도 않고 나쁘지도 않고 제격에 어울리는 품이 어지간함)함'의 의미이며, 유의어는 검박(儉薄), 검약(儉約), 청빈(淸貧)이고, 반의어가 사치(낭비)이며, 대체로 근검(勤儉:부지런하고 검소함)이나 근면검소(勤勉儉素:부지런히 일하고 힘쓰고 사치하지 않고 꾸밈이 없이 수수함), 그리고 근검절약(勤儉節約:부지런하고 알뜰하게 재물을 아낌)으로 쓰인다. '근면은 부유(富裕:재물이 넉넉함)의 오른손이고, 절약은 그 왼손이다.' 영국의 박물학자 존 레이의 말이다. 성어(成語:옛사람들이 만든 말)로는 절검지심(節儉之心:절약하고 검소하게 생활하는 마음), 별무장물(別無長物:필요한 것 이외에는 갖지 않는 검소한 생활), 독서근검기가지본(讀書勤儉起家之本:글을 읽고 검소하게 살기에 힘쓰는 것은 집안을 일으키는 근본임)이 있다. 특히 노자(老子)의 도덕경(道德經)에 있는 '현소포박(見素抱樸) 소사과욕(少私寡欲)'이란 '소박하고 검소하게 살고, 사사로운 욕심을 줄여라'라는 말로, 우리 삶의 지침(指針)이 될 만하다.

　검소한 생활에 대한 우리나라 속담으로는 '가늘게 먹고 가늘게 살아라.'가 있고, 영국속담에는 '검소한 생활, 그것은 곧 고원(高原)한 이상(理想)이다.'가 있으며, 일본 속담에는 '나그네 대접은 넉넉히 해야 하고 집안 살림은 검소하게 해야 한다. 낭비는 줄칼(쇠톱)과 같아서 가산(家産)과 몸을 마멸(磨滅:닳아서 없어짐)시킨다.'가 있다. 그리고 현실적으로 우리 모두에게 울림을 주는 속담으로는 '모자는 빨리 벗되, 지갑은 신중하고 천천히 열어라.'로 덴마크의 속담이다. 미국 출신 작가, 대학 교수, 데일 카네기가 쓴 '인생 경영론'에서 '성공은 행동 여부 실천에 달려있다'라는 것으로, '꼼꼼하고 원만한 성품과 대인관계 리더십이 필요하고, 사람을 다루는 법을 잘 알고, 검소하고 돈에 눈이 멀어서는 안 되고, 겸손한 마음을 잃지 않고, 마음의 안정과 평안을 중요시하며, 예상치 못한 일을 당해도 결코 당황하거나 놀라지 마라'라는 것이다.

성경에서 말하는 '가난과 궁핍' '검소와 청빈'의 상징은 '쥐엄 열매'이다. 쥐엄나무는 이스라엘을 포함해 키프로스, 터키(오늘날 튀르키예)에서 자라는 올리브나무처럼 흔한 나무로 우리나라에서 자생하는 주엽(쥐엽) 나무의 열매와 생김새가 비슷하다고 한다. 성서 시대의 쥐엄 열매는 가축의 사료였으나 가난한 사람들의 보릿고개를 버틸 수 있는 최후의 식량이었다고 한다. 예수님의 탕자(蕩子) 비유에 나오는 성경 누가복음에 '저가, 돼지 먹는 쥐엄 열매로 배를 채우고자 하되, 주는 자가 없는지라'라는 구절이 있는데, 탕자가 먹으려던 쥐엄 열매는 세례요한이 광야(廣野)의 시간을 견디게 했던 열매였다. 쥐엄 열매는 반전(反轉:일의 형세가 뒤바뀜)의 열매였다. 탕자에게는 '가난과 궁핍'의 상징이었지만, 세례요한에게는 '검소와 청빈'의 상징이었다. 불교 초기 경전인 숫타니파타[가지각색의 시(詩)와 이야기를 모은 시문집(詩文集:시가나 산문 등을 모아 엮은 책)]에는 '복(福)은 검소함에서 생기고, 덕(德:인간으로서 도리를 행하려는 어질고 올바른 마음이나 훌륭한 인격)은 겸양(謙讓:겸손한 태도로 양보하거나 사양함)에서 생기며, 지혜는 고요히 생각하는 데서 생긴다. 근심은 애욕(愛慾:애정과 욕심)에서 생기고, 재앙은 물욕(物慾:물건이나 금전을 탐내는 마음)에서 생기며, 허물은 경망(輕妄:행동이나 말이 가볍고 방정맞음)에서 생기고, 죄는 참지 못한 데서 생긴다.'라는 구절이 있다. 완전한 인간 됨을 위한 도덕률을 가르치기 위한 교본(敎本)인 소학[小學:중국 송대(宋代) 유학자 주자(朱子)가 소년들에게 유학의 기본을 가르치기 위해 쓴 책]에 '군자의 행실은 고요함으로 몸을 닦고, 검소함으로 덕(德)을 기르니, 담박(淡泊:澹泊)함(욕심이 없고 마음이 깨끗함)이 아니면 뜻을 밝힐 수가 없고, 안정함이 아니면 원대함을 이룰 수 없다. 배움은 모름지기 인정하여야 하고, 재주는 모름지기 배워야 한다. 배움이 아니면 재주를 넓힐 수 없고, 안정이 아니면 배움을 이룰 수 없으니, 게으르면 정밀한 것을 연구할 수 없고, 거칠고 조급하면 성품을 다스릴 수 없다. 나이는 때와 함께 달리며, 뜻은 해와 함께 가버려서 마침내 마르고 시들게 되거늘, 그때 궁색한 오두막에서 슬피 한탄한들 장차 무엇을 어떻게 할 것인가?'라는 구절은 우리에게, 청소년들은 물론이고 젊은이들에게도 깨우침을 주고 귀감(龜鑑:거울로 삼아 본받을 만한 모범, 본보기)이 되고 교훈이 되며, 되어야 하는 글귀이다. 그 밖의 검소에 관한 명사들의 명언들로는, '당신이 가지고 있는 것이 무엇이든지 적게 소비하라.' 영국 시인, 문학 평론가 새뮤얼 존슨의 말이고, '검소하고 사치하지 않는 사람은 스스로 받들기를 두텁게 하므로 항상 넉넉지 못하여 도리어 인색하다.' 사소절[士小節:조선 영조 시절 이덕무가 저술한 수신(修身:마음과 행실을 바르게 닦아 수양함)서(書)]에 나오는 말은 '지나친 검소함은 자칫 인색함으로 변질(變質)되는 것을 경계하는 말'이며, '과도한 사치는 큰 악덕(惡德:나쁜 마음이나 나쁜 짓)이고, 검약(儉約:돈이나 물건, 자원을 아껴 씀)이야말로 모든 사람에게 공통되는 미덕(美德:아름답고 갸륵한 덕행)이다.'는 '검약, 아껴야 재물(財物)을 모을 수 있다.'라는 영국의 박물학자 존 레이의 말이다.

절약(thrift)이란 '함부로 쓰지 아니하고 꼭 필요한 데에만 써서 아낌' '내일에 대비해 오늘의 씀씀이를 아껴 꼭 필요한 것에 사용하는 행위'의 의미로 나아가 순수 우리말로는 '알뜰함(생활비를 아끼며 규모 있는 살림을 함)'이며, 유의어는 검약, 경제, 생비(省費:비용을 줄이고 아낌)이고 반의어는 낭비이다. 주로 근검절약(勤儉節約:부지런하고 알뜰하게 재물을 아낌)이라는 말로 쓰인다. '근면 절약 없이는 아무것도 안 되고, 근면 절약하면 모든 것이 된다.' 미국의 정치가 벤저민 프랭클린의 말이다. 부자가 되기 위해서는 '열심히 버는 것도 중요하지만 역시 절약해야 부자가 될 수 있다.'라는 것은 세계적으로 확실하게 증명된 속담들이 있다. '과로(過勞)로 부자가 되고 절약으로 더 큰 부자가 된다.' 터키(튀르키예) 속담이고, '오른손에는 능숙함이 있고, 왼손에는 절약이 있다.' 이탈리아 속담이며, '금화 세 닢을 아끼면 네 번째 금화가 수중에 떨어질 것이다.' 세르비아 속담이다. 그리고 절약이란 절용(節用)과 검약(儉約)의 복합어로 우리말의 '아 껴 씀' 의미이다. 절약은 사물을 귀중히 여겨 함부로 쓰지 않을 뿐만 아니라, 손실을 보지 않도록 힘쓰는 알뜰한 행위까지를 포괄한다. 여 기에서 사물이라 함은 유형의 물건 이외에도 용역(用役) 및 시간 등 을 포함하기도 한다. 과거 실시했던 일광절약시간제[Daylight saving time, DST/DT:日光節約制:낮 시간을 잘 이용하여 일의 능률을 올리 고자 하는 생활 운동], 일명(一名) 써머타임(Summer time, ST)제는 하절기 국가의 표준시를 원래 시간보다 한 시간 앞당겨 사용하는 것 으로, 지난 88올림픽 때 2년간 실시했던 기억이 난다.

　'검소와 절약'은 대구(對句:짝을 맞춘 단어들)나 상관관계(相關關係:서로 관련을 맺음)를 갖고 있다. 그런 차원(次元)에서 이 둘의 명 사들 명언들로는, '가정을 잘 지키고 잘 다스리는 것에 대한 두 가지 훈계(訓戒:타일러서 잘못이 없도록 주의를 줌)의 말이 있다. 하나는 너그럽고 따뜻한 마음으로 집안을 다스리지 않으면 안 된다. 그리고 정(情)이 골고루 미치면 아무도 불평하지 않는다. 다른 하나는 낭비 를 삼가고 절약해야 한다. 절약하면 식구마다 아쉬움이 없다. 그런데 검소와 절약은 미덕이로되 지나치면 더러운 인색이 되어 도리어 정 도를 상하며, 검소와 절약은 아름다운 미덕이로되 지나치면 공손함 이 정도를 넘어 거짓 꾸밈이 된다.' 동양의 '탈무드'로 중국 명말(明末) 홍자성이 쓴 '채근담'에 있는 말이고, '강물도 쓰면 준다. 개미 메 (먹이) 나르듯 한다. 검소와 절약은 다른 모든 미덕을 포용한다.' 고대 로마 정치가 키케로의 말이며, '검소하고 절약하지 않으면 아무도 부자가 될 수 없고, 검소하고 절약하면 웬만해서는 가난해지는 않는다.' 영국의 시인, 문학 평론가 새뮤얼 존슨의 말이다.

검소와 절약은 요즘 같은 소비문화가 우리의 삶을 지배하고 있는 상황에 검소하고 절약하는 삶은 미래를 위한 지혜로운 선택으로, 무엇보다도 '실천적 행동'으로 옮겨져야 한다. 그렇다면 검소와 절약이 필요한 구체적인 이유는 무엇인가? 첫째는, 주변에서 소비풍조가 만연(蔓延)하고 있으니 쉽게 유혹에 빠지거나 편승(便乘)할 수 있다. 검소한 생활로 지출을 줄여 저축하게 되면 금융적, 경제적 안정을 도모할 수 있다. 돈이란 내 손에 쥐어야 그 힘을 발휘하는 법이다. 돈은 내 삶을 풍요롭게 할 뿐만 아니라 목표를 이루는 데도 도움이 된다. 둘째는, 오늘날 세계적 관심거리이자 우선 해결해야 하는 자원 낭비와 환경오염으로 '검소하고 절약하는 개개인마다의 생활 습관'이 자원과 에너지를 보다 효율적으로 이용하고, 무엇보다도 내가 바로 피해자가 될 수 있는 환경오염이나 지구온난화로 말미암은 자연재해를 막을 수가 있다. 셋째는, 검소와 절약은 소비 습관을 통제하거나 조절해 주게 되고, 필요한 것과 불필요한 것 사이의 차이를 분명하게 인식시켜 주게 되며, 중요한 가치가 무엇인지를 일깨워 주게 되어, 의미 있고 만족스러운 삶을 영위해 나갈 수 있게 된다. 절약은 곧 지혜의 표시(標示)이고 기술(技術)이다. 넷째는, 검소와 절약은 저축으로 이어져야 한다. 수입액에서 한 달 쓸 것 다 쓰고 저축은 안 된다. 이달 저축액을 먼저 떼어놓고 나머지로 생활해야 저축이 되는 법이다. 한 가지 더 중요한 것은 현업에서 물러날 때를 대비해 기여금(寄與金:연금급여에 소용되는 봉급에서 내는 금액) 불입(拂入)은 필수(必須)이다. 검소와 절약은 티슈 한 장도 아껴 쓰고, 불필요한 전등은 끄고, 난방온도 줄이는 것부터 시작되어야 한다. '사소한 지출을 주의하라. 작은 구멍이 배를 가라앉게 한다.' 미국의 정치가 벤저민 프랭클린의 말이다. 그리고 돈은 소중히 다루어야 한다. 소중히 다룬 돈이 내게 돈을 붙게 해준다. 구깃구깃한 채 호주머니에 넣지 말고 반드시 '지갑'에 펴서 차곡차곡 두어야 하며, 동전도 반드시 '동전 지갑'을 마련해 넣어두고 필요할 때 꺼내 쓰는 습관을 들여야 한다. '동전 하나라도 허투루 쓰거나, 생각해서는 돈복이 달아나 버린다'라는 것이다. 내가 돈을 귀하게 대접해야 돈도 내게 따른다. 동전 하나하나가 '미래를 만들고 행운의 씨앗'이 되는 것이다. '동전을 아끼지 않는 자는 은화를 가질 자격이 없다.' 독일 속담이다. 그리고 땅바닥, 흙에 침 뱉지 마라. 음양오행에서 '토(土), 흙(무더기)은 부동산, 재물, 돈'이다. 돈에 침 뱉으면 내게 돈이 붙겠는가? 마지막으로, 검소와 절약은 알뜰하고 짜임새 있는 생활로 경제적인 안정과 자유가 되는 열쇠가 되어 자기 삶의 영역에서 선택의 폭을 넓히고, 꿈과 목표를 실현하게 되는 시작점이 되기도 한다. 결론적으로 검소와 절약만이 알뜰하고 계획 있는 '삶의 지혜'로 나의 작은 노력이 모이고 모여서 나의 '미래의 큰 변화로 이어져 나가게 된다.'라는 것이다.

끝으로 '젊은 날에 근검(勤儉:부지런하고 검소함)과 절약(節約: 꼭 필요한 데만 써서 아낌), 그리고 절제(節制:정도를 넘지 않게 알맞게 조절하여 제한함)하는 생활'을 철칙(鐵則:변함없는 굳은 규칙)으로 삼는 것은, 노년의 경제력과 건강으로 행복한 삶을 살아가기 위한 사전 준비로, 미래를 위한 '적금을 붓고. 보험료를 내고, 연금을 넣는 것'이라는 것을 각심(刻心:마음에 새김)하고, 실천(實踐)하는 삶을 살아가기를 오늘날의 무분별한 과소비 시대에 살고 있는 젊은이들에게 이 글이, '경종(警鐘)'을 울리고 '생활의 지혜'가 되기를 바라는 바이다.

3. 고집(固執)과 아집(我執)

이 글의 궁극적 목적은 다음 세 부류, '정치인의 고집과 아집 그리고 소신과 독선', '여자, 특히 아내의 고집과 아집 그리고 억지와 오기', '남자의 신념과 집념 그리고 고집과 끈기'를 말하기 위함이다.

고집이란 '자기의 의견을 바꾸거나 고치지 않고 굳게 버팀, 또는 그렇게 버티는 성미(性味:성질 · 마음씨 · 비위 · 버릇 따위의 총칭)' '마음속에 남아있는 최초의 심성(心性)이 재생(再生)되는 일'의 의미이며, 유의어는 이통(제 생각만 굳게 내세우며 버티는 것), 오기(午氣), 견집(堅執), 아집이다. 아집이란 '자기중심의 좁은 생각에 집착하여 다른 사람의 입장을 고려하지 않고 자기만을 내세우는 것'의 의미이며 불교에서는 '자신의 심신(心身) 가운데 사물을 주재(主宰)하는 상주불멸(常住不滅:없어지지 않고 영원히 있음)의 실체가 있다고 믿는 집착, 선천적인 구생(俱生:태어날 때부터 갖고 있는 선천적인 번뇌)과 후천적인 분별(分別:사물을 종류에 따라 가름)로 나눈다.'로 유의어에 고집과 인집(人執)이 있는데, 인집과 아집은 곧 '자아(自我)에 대한 집착'이다.

고집과 아집은 같은 듯 다르다. 그 차이는 무엇인가?

한마디로 '자신의 의견을 바꾸거나, 고치지 않고 굳게 버티는 것'이 고집이라면, '자신의 논리가 틀렸음을 알면서도 자기주장을 굽히지 않는 것'은 아집이다. 고집의 활용(活用:동사, 형용사, 서술격조사의 어간에 여러 가지 어미가 붙는다) 형태로 '고집이 세다', '고집을 부리다', '고집을 피우다', '고집을 꺾다', '고집을 버리다'가 있다. 고집이란 '자신의 주장을 굽히지 않고 버티는 것'으로 공자님의 손자인 자사(子思)가 쓴 '중용'에서 나왔다. 본래는 부정적 의미이지만, 개인의 신념이나 투철한 관점에서 지속해서 하는 행위로 쓰이는 경우는 긍정적 의미로 '고집스럽다'라는 표현으로도 사용되며, 장인(匠人:손으로 물건을 만드는 것을 업으로 하는 사람)들의 외골수(단, 한 곳으로 파고드는 사람) 인생을 '고집'이라는 말을 쓰기도 하고, 정치인이나 지식인들이 '자신의 신념을 꼿꼿이 지키는 행위' 또한 고집이라고 하는데, 이 경우 자기 경험에서 얻은 '인생관, 세계관, 신조, 그리고 주관(主觀:자기만의 견해나 관점)과 원칙'으로 표현할 수도 있다. '필요에 따라 사용하는 고집은 유익할 때가 있다.' 미국의 성직자, 사회교육가 헨리 워드 비처의 말인데, '불가한 것을 가지려 고집하면 가능한 것까지도 거부당한다.' 스페인의 소설가 세르반테스의 말도 있다.

아집의 활용은 '아집이 강하다', '아집이 세다', '아집에 빠지다', '아집을 버리다'로 쓰인다. 아집은 개인의 사념을 지키는 방식으로는 어느 정도 인정하지만 대체로 부정적인 면을 말하는 것이다. 고집과 아집의 공통적인 의미는 '나 자신의 뜻을 세우고 뜻을 굽히지 않는다는 점'은 같은 의미이지만, 극명하게 고집은 '공감대를 형성'하고 아집은 '그런 것이 없다'라는 점에서 갈리게 된다. 특히 고집은 '합당한 이유'를 말해 충분히 공감대를 형성하지만, 아집은 '합당한 이유도 없고 말하지도 않고 끝까지 내세우는 것'을 말한다. 그러므로 아집의 폐해(弊害)는 생각의 범위가 좁아서 전체를 보지 못하고, 자기중심의 한 가지 입장에서만 사물을 보기 때문에 아집에 사로잡히면 사고가 객관적이지 못하므로 공정하지 못하고 폐쇄적(閉鎖的:외부와 통하거나 교류하지 않음)으로 된다. 그런데 아집은 대체로 성장배경과 생활환경에 길들어져 습관화된다. '아집이란 자신만이 모든 문제의 해답을 가지고 있다고 믿는 것이다. 아집을 버리는 것은 기꺼이 자신의 문을 열 준비가 되어 있다는 것을 의미한다.' 사랑에 상처 입은 사람을 위한 마음의 처방전 '너무 사랑하는 여자들'을 쓴 미국의 세계적 베스트셀러 작가 심리학자 로빈 노우드의 말이다.

고집과 아집의 형제, 친척뻘, 이웃 관계에 있는 말들에는 무엇이 있는가? 여러 개의 단어가 있다. 생고집, 외고집, 쇠고집, 벽창호, 억지('어거지'는 비표준어), 소신, 신념, 독선, 집념, 집착, 뚝심, 자존심 등을 들 수 있는데, 이 모든 단어는 글자도 다르고 각각 의미도 조금씩 다르지만, 세상을 살아가다 보면 때로는 같은 의미로 사용되기도 하며, 아전인수(我田引水)격으로 나에게는 좋게, 남을 비난할 때는 악의적으로도 사용하기도 한다. '생고집'은 '별다른 이유 없이 부리는 고집', '외고집(땅고집, 똥고집, 옹고집)'은 '융통성 없이 외곬으로 부리는 고집', '쇠고집'은 '몹시 센 고집', 또는 '그런 고집이 있는 사람'의 의미로 '소가 고집이 강하다'에서 '소처럼 고집이 세다'의 의미이다. 이전부터 회자(膾炙:널리 사람들의 입에 자주 오르내림)되고 있는 성(姓)씨별 고집으로 안(安), 강(姜), 최(崔)고집이 있다. 구체적으로 최씨 고집이 강씨 고집을 못 이기고, 강씨 고집이 안씨 고집을 못 이긴다는 말로, 한마디로 고집하면 '안고집'이라는 말인데, '안고집'은 세조 때 순흥 안씨 가문, '강고집'은 고려 말 충신 강회중, '최고집'은 고려 말 충신 최영 장군의 충절(忠節:충성스러운 절개)에서 유래된 것으로 '충성심과 의(義)를 지키기 위한 고집'이었다. 그 외에 '황(黃)고집(조선 영조 때 황순승 선생 이야기에서 유래)', '옹(甕:막힐)고집(고전 소설에서 유래)'이 있다. 벽창호는 '고집이 세며 완고하고 우둔하여 말이 도무지 통하지 않는 외골수이며 무뚝뚝한 사람'의 의미로 고집불통, 고집쟁이, 고집통이 유의어이다. '억지'는 '잘되지 않을 일을 무리하게 기어이 해내려는 고집'을 의미하는 것으로 심술, 떼, 무리(無理:힘에 부치는 일을 억지로 우겨서 함)라는 말이 유의어이다. 소신(所信)은 '굳게 믿는바, 생각하는바'의 의미로 신념(信念)과 견해(見解)가 유의어이다. 독선(獨善)은 '자기 혼자만이 옳다고 생각하고 행동하는 일'의 의미로 독단(獨斷), 독선기신(獨善其身)이 유의어이다.

집념(執念)이란 '한 가지 일에 매달려 마음을 쏟는 것', 또는 '그 생각이나 마음'의 의미로 고집, 열중, 의지가 유의어이다. 집착(執着)은 '어떤 것에 대해 계속해서 얽매여, 계속해서 마음이 쓰이는 것' '어떤 것이 마음에 쏠려 잊지 못하고 매달림'의 의미이며 고착(固着), 애착(愛着)이 유의어이다. 뚝심은 '굳세게 버티거나 감당하여 내는 힘',

'좀 미련하게 불뚝 내는 힘'의 의미로 강단(剛斷: 어떤 일을 야무지게 결정하고 처리하는 힘, 굳세고 꿋꿋하게 어려움을 견디는 힘)이나 근력(筋力:일을 능히 감당해 내는 힘, 근육의 힘) 그리고 뒷심(어떤 일을 끝까지 견디어 내거나 끌고 가는 힘), 뱃심(육체적 바탕이 되며, 몹시 어려운 처지를 이겨 나가려고 할 때 쓰는 힘)이 유의어이다. 자존심(自尊心)은 '남에게 굽히지 않고 자신의 품위를 스스로 지키는 마음'의 의미로 긍지(矜持)가 유의어이다. 여기서 자존심과 고집은 서로 상당히 관계가 깊은데 자존심 강한 사람들은 때론 '저 사람고집 정말 세다'라는 말을 듣기도 한다. 그런데 자존심과 고집의 차이는 '능력이 있어 끝까지 물고 늘어지거나, 의견을 굽히지 않고 밀어붙이는 것, 자신의 소신을 굽히지 않는 것'을 자존심이라고 한다면, '능력도 없으면서 물고 늘어지는 것, 의견을 받아들이지 못하고 화(火)만 내는 것, 자신의 잘못된 믿음과 신념만을 주장하는 것'은 고집, 그리고 아집이 된다.

'깨우침'이란 '무지와 아집에서 벗어나야 하는 것'이고 '가난과 무지(無知)에서 벗어나는 유일한 길'은 '배움'이다. 우리 인간은 살아가면서 배우기를 멈춰서는 안 되고, 그 끊임없는 '배움에서 깨우침' 가운데 거듭나야 한다. 그래야만 삶의 질이 개선될 뿐만 아니라 한 인간으로서 품격, 품위 있는 삶을 영위(營爲)할 수 있는 것이다. 이것은 마치 벼(나락)를 수확해 탈곡(脫穀)하고, 그것을 도정(搗精:곡식을 찧거나 쓿음)한 다음 씻어서 솥에 물과 함께 넣고 불을 지펴 지어야 우리가 먹고 육체적 양식(糧食:생존을 위해 필요한 사람의 먹을거리,

비유적으로 지식이나 사상의 원천이 되는 것)이 되는데, 이 과정에서 가장 중요한 '도정의 이치(理致)'와 같은 것이다. 그러므로 고집과 아집이 긍정 의미로 때로는 부정 의미로 생활 속에서 행해지고, 반복되며 돌이켜 반성도 하며 명실공(名實共)히 자신의 생활 속에서 긍정적으로 자리 잡히게 해야 하겠다. 한마디로, 부릴 때 안 부릴 때를 구분할 줄 알아야 어제보다 나은 오늘, 내일이 된다.

끝으로 공자님 말씀을 인용한다. 논어(論語) 자한편(子罕編)에 나오는 자절사(子絶四:공자님은 네 가지가 없으셨고, 하시지도 않으심)는 '무의(毋:말 무 意:뜻 의) 무필(毋 必:반드시 필) 무고(毋 固:굳을 고) 무아(毋 我:나 아)'로 '사사로운 의견이 없으시고(마음대로 생각하시지 않고), 기필코, 이렇게 해야 한다는 것도 없으시고(반드시 이루어지기를 기약하지 않으시고), 고집을 피우시지도 않았으며, 내가 아니면 안 된다는 것이 없으셨다.'라는 의미이다. 현대를 살아가는 우리에게 울림을 주는 말씀으로, 원만한 인간, 대인관계에 도움이 되도록 '생활 속 지혜'로 삼을 만한 수많은 명언 중 명언이다.

4. 교만(驕慢)과 겸손(謙遜)

교만(驕:교만할 교 慢:거만할, 게으를 만)이란 '스스로를 높여 잘난 체하며 뽐내고 건방짐', 또는 '겸손하지 않거나 다른 사람에게 가르침을 받지 않으려고 하는 것'을 의미하며 유의어에 '거만(倨慢))' '오만(午慢:잘난 체하고 남을 업신여김으로 교만보다는 더 포괄적 의미)과 아만(我慢:오만과 같은 의미의 불교 용어)'이 있으며, 반의어가 '겸손'이다.

고대 그리스 로마신화에서 유래한 나르시시즘(narcissism: 자기 자신을 사랑하는 일, 자기 자신이 훌륭하다고 여기는 일/ narcissist:그런 사람)이란 한마디로 자기 애(愛)가 강한 오만이며, 자기 고양(高揚:정신이나 기분 따위를 높이 북돋움)적 편견(偏見:한쪽으로 치우친 생각)의 소유자여서 자칫하면 더닝 크루거 현상(Dunning Kruger effect: 능력이 없는 사람이 잘못된 결정을 내려 부정적 결과가 나타나도 검증할 능력이 없어 오류(誤謬:그릇되어 이치에 어긋남), 잘못을 알지 못하는 현상)에 빠질 위험이 있다.

그리스도교에서 규정하는, 죄(罪)의 근원이면서 동시에 죄인 7가지, 7대 죄악(罪惡:죄가 될 만한 나쁜 짓)으로 도둑질, 살인, 간음, 탐욕, 교만, 어리석음, 시기와 중상(中傷:근거 없는 말로 남을 헐뜯음)이고, 가톨릭·정교회에서 사용하는 공식 명칭은 칠죄종(七罪宗:7가지 근원적인 죄)으로 교만, 음욕, 금전욕(인색:吝嗇), 분노, 나태, 탐욕, 질투로, 교만은 하느님에 관련된 의미로 사용하는 용어로 하느님보다 잘난 체하며 겸손하거나 온유(溫柔:온화하고 부드러움)함이 없이 건방지고 방자(放恣:꺼리거나 삼갈 줄 모르고 건방짐)함을 이르는 말이다. 불교에서는 탐욕과 성냄과 어리석음이 마음을 더럽히는 것이라 하여 삼독(三毒:사람의 착한 마음을 해치는 세 가지 독)이라 하는데, 어리석다는 것은 '자기 본성을 보지 못하고 헛것에 매달려 교만에 빠진다.'라는 말이다. 그런데 우리나라나 중국 등 유교문화권의 칠거지악(七去之惡:아내를 내쫓을 수 있는 7가지 이유:不順父母, 無子, 不貞, 惡疾, 口舌, 嫉妬, 竊盜)은 그 맥락(脈絡:서로 이어져 있는 관계)이 다르다. 성경 잠언에 '거만(오만)엔 재난이 따르고 불손(不遜:겸손하지 못함)엔 멸망이 따른다.'와 마태복음에 '누구든지 자기를 높이는 사람은 낮아지고 자기를 낮추는 사람은 높아진다.'는 '교만을 경계하고 겸손하라.'라는 가르침의 말씀이다.

　겸손(謙:공경할 겸 遜:따를 손)은 '남을 높이어 귀하게 대(남을 존중)하고 자신을 낮추는(자기를 내세우지 않는) 태도'를 의미하며, '자신이 잘하는 일이나 좋은 일이 있을 때도 잘난 척하지 않고 자신을 드러내지 않는 모습'을 보이는 것이다. 유의어에 겸허(謙虛), 겸공(謙恭), 손순(遜順)이 있고 반의어가 교만이다. 그런데 겸손은 자학(自虐:스스로를 학대함)이나 자기혐오(自己嫌惡:자신을 스스로 미워하고 싫어함)와는 전혀 다르며 가톨릭 신학에서는 과도한, 지나친 자기

혐오는 오히려 교만의 일부로 본다. 자신을 낮추며 상대방을 인정하고 높이는 욕심 없는 마음의 상태로, 겸손은 성경 전체를 통틀어 하느님 백성에게 요구하는 신앙의 덕목이다(신명기, 역대하). 성경 구절 여러 곳에서 겸손한 자가 누릴 축복에 관한 말씀이 있는데, 기도 응답을 받음(열왕기 하), 구원을 얻음(역대하), 주께서 높여주심(야고보서), 배부르게 됨(시편), 주께서 돌보아 주심(시편), 기쁨이 충만하게 됨(사사기), 영예롭게 됨(잠언), 존귀하게 됨(잠언), 하느님께서 은혜를 주심(잠언), 재물을 얻음(잠언), 천국을 소유하게 됨(마태복음), 무엇보다도 큰 자(者)로 인정받음(누가복음)이다. 한마디로 교만하지 않고 '겸손한 자는 하늘의 영광과 축복을 받게 된다.'라는 것이다. 가톨릭의 7대 주선(主善)으로 겸손(謙遜⟨−⟩교만), 자선(慈善⟨−⟩인색), 친절(親切⟨−⟩질투), 인내(忍耐⟨−⟩분노), 정결(貞潔⟨−⟩음욕), 절제(節制⟨−⟩탐욕), 근면(勤勉⟨−⟩나태)을 든다.

우리 속담에 '개구리 올챙이 시절 모른다.'와 '벼는 익을수록 고개를 숙인다.'라는 말이 있고, 중국 전한 시대 유안이 쓴 회남자(淮南子)에 '강물이 모든 골짜기의 물을 포용할 수 있음은 아래로 흐르기 때문이다. 오직 아래로 낮출 수 있을 때라야 결국 위로도 오를 수 있게 된다.'라는 말이 있고 '겸손-예수와 소크라테스를 본받아라.' 미국의 독립선언서를 초안(草案)한 벤저민 프랭클린의 말이다. 그러나 과공비례(過恭非禮)는 '지나친 공손은 오히려 예의가 아니다'라는 말이고 '겸손은 살아남기 위한 처세술이다.'라는 말도 있고, 영국속담에 '겸손도 지나치면 거만이 된다.'라는 말이 있으며, 세계적 대문호 셰익스피어는 '겸손은 위대한 재능의 소유자인 인간의 경우에는 위선(僞善)이다.'라는 말을 남겼다.

겸손은 신이 우리 인간에게 주신 미덕(美德:아름답고 갸륵한 덕행) 중 하나이고 교만, 오만은 악마가 우리 인간에게 내린 저주(咀呪: 재앙이나 불행이 일어나도록 빌고 바람)인 것 같다. 교만은 나쁜 것이고 겸손이 좋은 것이라는 것을 모르는 사람 누가 있겠는가? 이 또한 그 사람의 인성이자 심성, 됨됨이이며 유전인자의 내림이고 가정 교육의 산물(産物)이다. 그런데 우리네 삶에서 조직의 장(長)이나 상사(上司)가 교만, 오만 일명(一名) 독고다이(tokkoutai:제2차 세계대전 당시 일본군의 '특공대'에서 유래)라고 하면, 밑의 구성원들은 고통을 받게 되고, 업무의 능력뿐만 아니라 정책 결정에도 장애의 요인이 된다. 특히 부부생활에서 한쪽 배우자가 이런 성향(性向:기질)이면 다른 한쪽 배우자의 고통이 심각해 견디기 어려워 결국은 파국(破局)에 이르기도 하는데, 특히 남편 된 자(者)보다 아내 된 자의 교만, 오만방자함[친정집이 부호(富豪)이거나, 스스로의 미모(美貌)로 자신감이 넘침]이 저열(低劣)해 더 위태(危殆)롭다.

5. 남자(男子)와 여자(女子)

남자란 '남성(男性)으로 태어난 사람', '사내다운 사내', '한 여자의 남편이나 애인을 이르는 말'이고, 여자란 '여성(女性)으로 태어난 사람', '여자다운 여자', '한 남자의 아내나 애인을 이르는 말'이다. 남자와 여자의 관련어로는 남녀(男女:남자와 여자를 아울러 이르는 말), 내외(內外:남자와 여자, 또는 그 차이, 또는 남녀 사이에 서로 얼굴을 대하지 않고 피하는 경우, 그리고 남편과 아내를 아울러 이르는 말), 혼인[婚姻:남자와 여자가 부부가 되는 일, 혼취(婚娶)], 남녀노소(男女老少:모든 사람을 일컬음)가 있는데 선남선녀(善男善女)는 '성품이 착한 남자와 여자'의 뜻으로 '착하고 어진 사람을 이르는 말'이고, '곱게 단장한 남자와 여자를 이르는 말'이기도 하다. 남녀 간의 연애(戀愛:성적인 매력에 이끌려 서로 좋아하여 사귐)는 남자와 여자 간의 이성애(異性愛)뿐만 아니라, 오늘날 일반인들은 받아들이기 어렵지만, 개인의 취향(趣向)에 따라 동성애(同性愛)나 양성애(兩性愛)가 존재하기도 한다. 그리고 애인(愛人)은 '이성 간 사랑하는 사람, 연인(戀人)'이며, 오늘날 신조어(新造語)로 남성 간 친밀하고 깊은 우정의 관계를 브로맨스(bromance=brother+romance)라고 한다.

창조론에 있어 남자와 여자에 대한 성경 말씀을 살펴보기로 하자.

'여호와 하나님이 흙으로 사람을 지으시고, 그 코에 생기를 불어넣으시니 사람이 생령(生靈)이 된지라(창세기).' '여호와 하나님이 아담에게서 취하신 그 갈빗대로 여자를 만드시고 그를 아담에게서 이끌어 오시니 아담이 이르되 이는 내 뼈 중의 뼈요 살 중의 살이라. 이것을 남자에게서 취하였은즉 여자라 부르리라 하니라. 이르므로 남자가 부모를 떠나 그의 아내와 합하여 둘이 한 몸을 이룰지로다(창세기).' '하나님이 자기 형상 곧 하나님의 형상대로 사람을 창조하시되 남자와 여자를 창조하시고 하나님이 그들에게 복을 주시며 하나님이 그들에게 이르시되 생육하고 번성하여 땅에 충만하라, 땅을 정복하라. 바다의 물고기와 하늘의 새와 땅에 움직이는 모든 생물을 다스리라 하시니(창세기).'

여기 성경 말씀으로 보면 남자는 '흙'으로 만들어졌고, 여자는 '뼈'로 만들어졌으니, 남자보다 여자가 훨씬 본질적으로 품질 면에서 우수한 것으로 보아야 할 것 같다. 간단한 이치로 흙은 물속에 오래 두면 녹아내려 형체를 알아볼 수 없지만, 뼈는 아무리 오랜 시간을 두어도 변함없이 그대로이다. 그래서 그런지 여자가 남자보다 생명력도 강하고 대체로 우위를 차지하고 있는, 한마디로 '여성 상위시대라는 남녀평등관' 그 이상인 것 같다. 그렇다면 다윈의 진화론적 측면에서 보는 남자와 여자는 어떠한가? 생명다양성재단 대표이자 동물행동학 전문연구가인 생물학자 최재천 교수는 EBS 기획특강 '공감의 시대, 왜 진화론의 다윈인가?'에서 다음과 같이 말했다. "인류 역사를 돌이켜 보면 여성이 주도권을 쥐는 세상이 놀라울 일은 아니다. 인류의 25만 년 역사 중 농경시대 1만 년을 제외한 대부분 수렵과 채집 생활을 하며 살아왔고, 그 시기의 주도권은 여성에게 있었을 확률이 높다. 이는 특히 다윈의 성 선택론의 핵심으로 '암컷 선택'과 '수컷 경쟁'을 소개한다. 짝짓기에서 궁극적인 선택권이 암컷에게 있다는 '암컷 선택'과 짝짓기의 유리한 조건을 차지하기 위한 '수컷 경쟁'이 진화의 메커니즘(mechanism:사물의 작용 원리나 구조)으로 작용했다." 라는 것으로 이를 기반으로 남녀 갈등의 원천인 '일부일처제'를 이해하는 진화론적 시각을 소개했다. 여기 진화론적 측면에서도 여성 우위로 보아야 할 것 같다.

그렇다면 남자와 여자의 본질(本質:본 바탕) 면에서 한번 따져 보기로 하자. 창조론적 측면에서 보더라도 비하(卑下)의 표현일지 모르지만 남자는 하품(下品)이고 여자는 상품(上品)인 셈이다. 남자는 혼자 살기 어렵다. 창조주 하나님이 남자를 만들어 놓고 보니 안타까운 마음이 든 나머지 '도와주는 배필(配匹:짝)로 여자를 만드셨다는 것'이다. 그래서 여자는 남자를 돕고, 모든 것을 챙겨주기도 한다. 밥도 해주고, 여러 가지 맛있는 먹을 것도 해주고, 빨래도 해주고, 청소도 해주고, 잠자리도 마련해주고, 사랑도 해준다. 그래서 남자에게서 여자는 딸 같기도, 어머니 같기도 할뿐더러 아내이기도 하다. 여자는 혼자서도 잘 살아간다. 남자가 혼자 살면, 물론 사람에 따라 다르기도 하지만, 어떤 이들은 행색(行色:겉으로 드러나는 차림이나 태도)은 꾀죄죄(옷차림, 모양새가 지저분하고 궁상스러운)하고, 집안은 쓰레기장을 방불케(거의 같다고 느끼게 하는) 하며, 끼니는 거의 라면으로 때우는 등, 심지어는 폐인(廢人:쓸모없이 되는 사람)이 되기도 하여, 딱 보면 여자(아내) 없는 티가 나기도 한다. 음식점에서 여자가 혼자 밥을 먹고 있으면 아무렇지 않아도, 남자 혼자 밥을 먹고 있는 것을 보면 쓸쓸해 보이고 측은(惻隱:가엾고 불쌍함)해 보이기까지 한다. 그래서 그런지 남자는 여자(아내)가 있어야 오래 살고 여자는 남자(남편) 없이 혼자 살아야 편히 오래 산다. 그래서 으레(두말할 것 없이 당연히) 나이 들어 늙게 되면 남자가 먼저 죽게 되고, 그리고 그래야만 한다. 왜냐하면 남자가 혼자 남아있으면 돌봐줄 사람이 없기 때문이다. 그러므로 남편은 평소에 아내에게 잘 해주어야 한다. 가장 평범한 일상적인 것부터 자주 손도 잡아주고, 어려운 일이나 잘못된 일이 있어도 다독여(약점을 따뜻이 어루만져 감싸고 달램)주기도 하며, 집안일도 거들어 주고, 그리고 무거운 것도 들어주어야 하는 등 자상(仔詳:인정이 넘치고 정성이 지극함)함으로 두루두루 챙겨주어야 한다.

그러나 결혼할 당시만 해도 안 보면 보고 싶고, 그대 아니면 죽을 것 같은 마음으로 백년가약(百年佳約:남녀가 결혼하여 평생을 함께 할 것을 다짐하는 아름다운 언약)을 맺었지만 어찌어찌(이래저래 어떻게 하다 보니)하여 사랑에 금이 가고 봉합하기 어려운 지경까지 가게 되기도 하여 별거, 졸혼, 파국(破局:일의 사태가 결판이 남)인 이혼까지 가게 된다. 그래서 미국의 언어유희(言語遊戱) 명언으로 '결혼은 반지(Ring)를 세 번[약혼반지(engagement Ring), 결혼반지(wedding Ring), 고통반지(suffer Ring)] 넘는 서커스 묘기'라고 했다. 우리나라 속담에 '남편을 잘못 만나도 당대 원수요, 아내를 잘못 만나도 당대 원수'라는 말처럼 '서로 잘 만나야 한다.' 무엇보다도 서양 격언에 '결혼은 성품의 연속적인 실험장'이라는 말처럼 '원만한, 모나지 않는 성격'이 중요한 것이다. 여기서 성품은 인성이요, 요샛말로 싸가지다. 부부 둘 다 싸가지가 없으면 결혼생활이 지속 가능해도, 둘 중 하나만 없으면 그렇지 않은 다른 한쪽은 결코 지나치지 못하게 되고 심(心)적인 중압감(重壓感)으로 스트레스가 쌓이게 되어, 그렇게 계속 반복되다 보면 결국 지겨워 넌더리가 나게 되어 정(情:사랑이나 친근감을 느끼는 마음)이 떨어지게 되는 법이다. 특히 남자는 나이가 들어가면서 아내가 지난날 과거를 반추(反芻:초식동물의 되새김질)하며 해 대는 언어폭력은 감당하기 쉽지 않다. 모든 공(功)은 자신의 것이요, 과오(過誤)는 모두 남편 탓이요, 덮어씌우기까지 하게 되면 박차고 집을 나오는 방법 이외에는 더 이상 다른 도리가 없는 법이다. 그래서 노년까지도 금슬(琴瑟) 좋은 부부들을 보면 넉넉한 성격, 후덕(厚德:덕이 넉넉함)한 아내를 둔 집안이 대부분인 것 같다. 여기서도 여성 우위로 주도권이 아내에게 있는 셈이다. 좋은 아내를 만나면 인생 '축복'이지만 나쁜 아내를 만나면 '재앙[災殃:불행한 변고(變故 :갑작스러운 재앙이나 사고]'이다. '모든 병중에서 마음의 병만큼 괴로운 것은 없다. 모든 악(惡) 중에서 악처만큼 나쁜 것은 없다.' 유대인의 생활 규범인 탈무드에 있는 말은, 곧 '남자가 가지고 있는 최고의 재산, 또는 최악의 재산은 바로 그의 아내이다.'라는 영국의 성직자, 역사학자 토머스 풀로의 말과 결(結)을 같이한다. '다투며 성내는 아내와 함께 사는 것보다 광야(廣野:삭막한 황야)에서 혼자 사는 것이 낫다.'는 성경 잠언에 있는 말이고, '나이 들어가면서 아내가 폭풍이면 남편은 그 안에 갇힌 돛단배이다.' 태국속담이며. '웨딩케이크는 가장 위험한 음식물이다.'는 미국 격언이다. 그래서 그런지 오죽했으면 서양 속담에 '여자는 10세에는 천사, 15세에는 성녀[聖女:지덕(知德:지식과 덕성)이 뛰어난 여성)], 40세에는 악마, 80세에는 마귀'라는 말이 있고, 고대 그리스 시인 히포낙스는 '남편에게 가장 기쁜 날은 결혼하는 날과 아내를 땅에 묻는 날이다.'라는 말이 있으며, 프랑스 비평가, 시인 샤를 보들레르는 '마누라는 죽었다. 나는 자유다.'라는 말이 있다. 특히 '젊어서 아내를 맞이함은 저 자신의 재난이다.' 영국의 세계적 대문호 셰익스피어의 말처럼, 너무 이른 철없는 나이에 결혼한 조혼(무婚) 부부들은 대체로 해로(偕老)하기 결코 쉽지 않은 것 같다.

우리 속담에 '구더기 무서워 장(醬:간장, 된장, 고추장의 총칭) 못 담글까'라는 말처럼, 그렇다 해도 결혼을 안 할 수는 없다. 보통 사람들은 '결혼은 해도 후회, 안 해도 후회'라는 결혼의 딜레마(dilemma: 난국, 고민, 진퇴양난)에 빠지게 된다. '결혼한다.'라는 것은 가정을 이루어 가족을 만들며 혼자라는 불안감보다는 '삶의 안정감'과 혼자 늙어가는 '처량(凄凉:마음이 구슬퍼질 정도로 외롭거나 쓸쓸함)함'이 두렵기도 하고, 내 곁에 내 편이 있다는 '든든함' 때문인 것 같다. 그리고 무엇보다도 가정을 이루는 가족의 구성원으로 자식(들)이 있어야 한다. 젊어서는 잘 느끼지 못하고 지나지만, 노년에는 배우자나 자식, 양쪽 다 있으면 두말할 나위 없이 좋지만, 한쪽만이라도 있어야 삶을 지탱해 나갈 수가 있다. 양쪽 다 없으면 혈혈단신(孑孑單身), 의지할 데가 없는 홀몸으로 고립무원(孤立無援:고립되어 구원받을 데가 없는)이 되고 마는 것이다.

창조주이신 여호와 하나님께서 남자와 여자를 만드시고 복을 주시어 둘이 함께 살게 하신 후 세상을 번성케 하셨다. 결혼을 통하여 부부들은 살기 힘든 험난한 세상을 살아가며 서로 '힘'이 되어주고, '합심(合心)'하여 어려움을 헤쳐 나가면서 성숙, 발전해 나가는 것이다. 가정을 이루어 얻어지는 행복은 세상 어디에서도 얻을 수 없는 행복이고 축복이다. '결혼에는 많은 고통이 있지만 독신에는 아무런 즐거움이 없다.' 영국의 문학평론가, 시인 새뮤얼 존슨의 말이고, '결혼만큼 본질적으로 자기 자신의 행복이 걸려있는 것은 없다.' 독일의 철학자, 작가 요한 볼프강 괴테의 말이며, '세상에서 가장 행복한 사람은 누구인가? 좋은 아내를 얻은 남자와 좋은 남편을 얻은 여자이다.' 탈무드에 있는 말이다. 또한 '남자와 여자는 두 개의 악보로 그것이 없이는 인류 영혼의 악기는 바르고 충분한 곡을 표현할 수 없다.'라는 성명미상(未詳:확실하거나 분명하지 않음)의 말도 있다. 그리고 무엇보다도 결혼해 가정을 이루면 부부가 둘이니 아들딸 구별 말고 필(必)히 '자식 둘'은 두어야 한다. 불가(佛家)에서 말하듯 '내가 이 세상에 온 것은 자식을 낳고 그 자식을 잘 키우는 것'이다.

끝으로 가수 김연자가 부른 '아모르파티[독일 철학자 프리드리히 니체의 운명관인 운명애(運命愛):필연적인 운명을 강조하고 이것을 감수할 뿐만 아니라 오히려 이것을 사랑하는 것이 인간의 위대함을 보여주는 것으로 생각하는 사상]'의 노랫말 가사에 '연애는 필수, 결혼은 선택'이 있는데, 오늘날과 같은 우리의 현실인 비혼(非婚)이나 만혼(晩婚:나이 들어 늦게 결혼)자가 많고, 저(低)출산으로 말미암은 인구절벽으로 치닫는 현실은 자연재해 못지않은 국가적 위기로, 노랫말 가사를 다음과 같이 개사(改詞:노래 가사를 바꿈)해야 할 듯싶다–'연애는 필수, 결혼도 필수, 출산(出産)은 [국가에 대한 국민(나)의] 의무.'

6. 동료애(同僚愛)와 협동심(協同心)

동료(colleague, peer, co-worker)의 사전적 정의는 '같은 직장이나 같은 부문에서 함께 일하는 사람'으로 유의어는 관료(官僚:같은 관직의 동료), 동관(同官:한 직장에서 일하는 같은 직위의 동료), 방배(傍輩:같이 일하거나 가깝게 지내는 사람)이고, 동료애(fellowship, companionship)는 문자 그대로 '동료를 아끼고 사랑하는 마음'으로 조직원들이 각자 자기계발(自己啓發:자기의 슬기나 재능, 사상 따위를 일깨움)을 통해 역량(力量:어떤 일을 해낼 힘)을 만들어 조직의 발전과 더불어 동료애를 향상시켜 조직 활성화를 모색(摸索:일이나 사건 따위를 해결할 방법이나 실마리를 더듬어 찾음)할 수 있다는 점이다. 그리고 경쟁이 치열한 조직 내에서 승진(昇進) 시기인 경우 '동료애는 미신'이라는 의미로 '동료애가 없다'라는 것을 풍자(諷刺:남의 결점을 무엇에 빗대어 재치 있게 경계하거나 비판함)한 '교우미신'이란 말이 있다. 사랑의 종류에는 에로스(eros : 이성 간의 사랑), 아가페[agape : 이타적(利他的) 사랑], 스트로게[stroge : 혈육(血肉) 간의 사랑], 프래그마(pragma : 조건 만남), 매니아[mania : 광(狂)적 사랑], 루두스[ludus : 유희(遊戱)하듯 즐김], 플라토닉[platonic : 비성적(非性的) 사랑]이 있는데, '친구나 동료 간의 사랑'은 '필리아(philia)'로,

일체감(一體感)과 우정의 발로(發露)에서 기인(起因)한다.

협동심(teamwork)이란 '서로 마음과 힘을 하나로 합(合)하려는 마음'으로 유의어는 협조심이다. 그런데 여기에 근간(根幹)이 되는 동료의식(同僚意識: fellow feeling)이란 심리적으로 깨어있는 상태에서 같은 직장이나 같은 부문에서 같이 일하는 사람에 대하여 자기 자신이 인식하는 '작용, 배려, 유대, 친근감, 협동심 따위의 긍정적인 작용'도 있지만, '경계심, 경쟁심, 적대감 따위의 부정적인 면'도 포함되는 개념으로 동료에 대해 어떤 생각을 하고 있느냐에 따라 전혀 다른 반응을 보일 수 있다. 협동심은 어려서부터 가정에서 부모님 슬하(膝下)에서 훈련되어야 한다. 한마디로 어려서부터 협동심을 길러온 사람이 습관이 되어 성인이 되어서 사회생활에서도 협동심이 강하다는 것으로, 가정에서 구체적으로 첫째, 함께 시간을 갖고 둘째, 역할을 분담하고, 셋째, 서로 양보하고 함께 나누어야 하며, 마지막으로는 보상(報償)이 필요한 것이다. 그리고 사회의 조직 내에서는 효율적인 협력과 함께 성공적인 결과를 기대하려면 협동(협력)이 절대 필요하다. 조직의 생산성과 효율성을 향상시키는 데 도움이 되는 몇 가지 방법으로는, 첫째, 목표 공유와 투명한 의사소통이 필요하고 둘째, 조직 내의 협동적인 문화를 조성해야 하고 셋째, 협동심을 키우는 필수적인 요소로 다양성의 존중과 유연성이 필요하며, 마지막으로 팀워크 강화를 위한 다양한 활동을 전개해 나감으로 조직원들의 적극적인 참여와 만족도를 향상시키게 되어야 조직은 지속적인 성장과 발전을 해 나가게 되는 것이다. 명사들의 명언들로 '한곳에 모이는 것은 시작이고, 같이 모이는 것은 진전(進展:일이 진행되어 발전함)이고, 같이 일하는 것은 성공이다.'와 '만일 모든 사람이 같이 움직이고 있다면 성공은 따논(따놓은) 당상(當相:실제 그대로 모습)이다.'는 미국의 기업인, 자동차왕 헨리 포드의 말이고, '도움이 될 만한 사람과 그 일을 하라. 혼자 하는 것보다 효과적이고 포기를 하지 않게 된다.' 미국의 현존하는 정신의학자 중 가장 위대한 인물 윌리엄 메닝거의 말이며, '혼자서는 거의 아무것도 못 한다. 함께 하면 많은 것을 해낼 수 있다.' 미국의 문필가, 자선사업가 헬렌 켈러 여사의 말이다. 그렇다. 합(合)한 두 사람은 흩어진 열 사람보다 나은 법이고, 개미들이 힘을 합쳐 절구통도 물고 가기도 하며, 무엇보다도 '불을 피우려면 부싯돌 두 개가 있어야 한다.'라는 자연의 이치로, 조직 내 '협동심의 절대 필요성'을 인식해야 한다.

동료애, 가족애는 우리 인간사회에서는 물론이고 '동물의 세계에서도 존재한다.'라고 한다. 동물학자들의 말에 따르면 '인간문화가 대개 전쟁 중심으로 발전해 온 단기적이라는 것에 비해 동물들의 문화는 주로 평화적이고 상호 협력적이며 오랜 기간에 걸쳐 발전해 왔다'라는 것이다. 대표적인 예(例)로. '지구상에서 가장 추운 지방에서 사는 일본원숭이와 황제펭귄들은 서로 부둥켜안은 채 하나의 털북숭이(털이 많이 남)가 되어 추운 겨울밤을 지내는데, 이것을 허들링(huddling:무리 전체가 돌면서 바깥쪽과 안쪽에 있는 펭귄들이 서로 위치를 바꿈)이라고 불리는 이런 동작을 반복함으로 서로 협력해 체온을 유지한다고 한다. 또한 박쥐들 대부분은 다치거나 임신한 동료, 혹은 새끼를 안고 있어 제대로 먹이 활동을 못 하는 동료들을 위해 먹이를 물어와 그의 입에 넣어주기를 주저하지 않으며, 아프리카 사바나의 동물 중 얼룩말과 누 떼들은 건기(乾期)에 대이동을 하는데 강물 앞에 위험한 물살과 악어 떼들을 보고 행군을 주춤하다가도 악어에게 희생당할 위험을 무릅쓰고(실제 희생당함) 먼저 뛰어들어 나머지 동료들이 무사히 건너게 한다.'라는 것이다. 그 밖에 늑대, 사슴, 멧돼지, 코끼리들도 가족애, 동료애가 강한 동물들이라고 한다. 이처럼 지구상의 모든 동물은 혼자서는 살아갈 수 없는 법이다. 이런 행동들이 유전자에 따른 본능이라 하지만, 이들을 통해 우리 인간들도 서로 아끼고 보호하는 동료애와 협동심을 발휘하는 마음을 배운다면 삶이 더욱 풍요로워질 것이다.

'인간은 사회적 동물이다.'라는 그리스 철학자 아리스토텔레스의 말처럼, 다른 사람과 함께 어울리면서 사회활동을 해야 한다. 사람은 혼자는 살아갈 수 없고 다른 누군가와 함께 협력과 사회성을 기본으로 생활이 이루어지는 법이다. 우리 속담에 '백지장도 맞들면 낫다'라는 말이 있다. 가족과 함께, 이웃과 함께, 그리고 동료들과 함께라서 행복하고 즐거운 삶을 영위해야 한다. 그런데 인간관계에서 서로 좋은 일도 있지만, 인간관계 때문에 스트레스를 받는 경우도 허다(許多)하다. 그것은 가족들, 이웃들, 직장 동료들에게서 대개 그러하다. 이럴 때를 대비해 예전부터 내려온 사자성어를 상기(想起)해 본다는 것은 유의미(有意味)한 일인 것 같다. 먼저 상부상조(相扶相助: 서로 돕고 지지함: 협력적 인간관계), 화평공존(和平共存:평화롭게

공존: 조화로운 인간관계), 동고동락(同苦同樂:고난과 즐거움을 함께함: 동료애와 우정), 이심전심(以心傳心:마음으로 마음을 전달: 깊은 이해와 소통), 지지자찬(知之者讚:알면 칭찬: 서로 이해하고 존중하는 인간관계의 중요성)이 있고, 경계할 것은 교각살우(矯角殺牛: 친구를 해치는 경쟁적인 태도 경계: 경쟁을 과도하게 한 나머지 좋은 관계를 망치지 않도록 조심), 과유불급(過猶不及:지나침은 모자람만 못함, 인간관계의 균형 필요), 인과응보(因果應報: 선행은 선보로, 악행은 악보를 받음, 인간관계에서 정의와 보답)가 있다. 특히 조직 내의 인간관계에서도 '유비무환(有備無患: 인간관계에서도 소통을 잘 해 문제를 예방함)은 매우 중요하다' 하겠다. 팀워크[teamwork:팀이 협동하여 행동하는 동작, 또는 그들 상호 간의 연대(連帶:여럿이 함께 무슨 일을 하거나 함께 책임을 짐)]와 동료애를 강조한 영어 명언에 '협력은 팀의 힘을 배가 시킨다(Collaboration amplifies the strength of a team.)'가 있다. 동료애, 협동심의 대표적 직종의 사람들인 소방관들은 폭발과 불길의 위험 속에서도 동료애와 동료의식이 뛰어남은 다른 직종에 비해 독보적(獨步的:어떤 분야에서 남들이 따를 수 없을 만큼 뛰어남)일 것이다.

영어 문장에 'Happiness is working with great people.'이 있는데, 해석하자면 '행복이란 좋은 사람과 함께 일하는 것이다.'의 의미이다. 여기서 great 의미는 '심성 좋고 협동심 있어 마음에 드는' 정도로 보면 될 것 같다. 평범한 문장의 의미이지만 일상생활에서 아주 의미심장(意味深長)한 문장이다. 사람이 살아가는 데는 가족애, 동료애 둘

다 중요하지만, 하루 보내는 시간으로 따져 보면 가족보다는 동료와 함께 있는 시간이 더 많다. 그러므로 동료 중에 빌런(villein:악인, 악한, 생활을 함께 하기 힘든 유형의 사람)을 만나게 되면 고달픈 법이다. 일의 능률도 떨어질 뿐만 아니라 심하면 출근 자체가 싫고, 이직(移職)하고 싶은 마음만 드는 경우도 있다. 그런데 어디를 가나 사람들이 모여 있는 곳에는 대체로 빌런(들)이 있는 법이다. 사회생활, 조직 생활에서 적절한 대처(對處:적절한 조치를 함)가 필요하다. 그런데 오늘날과 같은 인터넷 구매나 홈쇼핑이 성행한다 해도 오프라인 매장은 사라질 수가 없다. 우리나라 1호 판매 동기부여 강사인 이진주 님은 '동병상련(同病相憐:같은 병을 앓는 사람끼리 서로 가엽게 여긴다는 의미로 어려운 처지에 있는 사람끼리 서로 동정하고 도움)'이라는 사자성어를 들어 '매장 생활을 해본 사람만이 아는 어려움과 고충이 있다. 그렇기에 동료에 대한 이해의 폭을 넓게 가지는 마음이 있어야 주변에 많은 사람이 따르고 목표에 도달하기까지 그들에게 도움을 받을 수 있다. 동료가 지닌 고민이 무엇인지 알고자 하는 노력이 자신의 성장에도 분명 도움이 되기 때문이다.'라고, 직장 내 동료애의 중요성에 대해 역설(力說)했다. '우리가 모두 모여야 우리 각자보다 똑똑하다.' 미국의 기업가, 컨설턴트, 대학교수 켄 블랜차드의 말이다. 고졸 출신으로 입지전적(立志傳的) 인물인, 이케아(IKEA)를 창업했던 스웨덴의 기업가 잉바르 캄프라드는, 동료에 대한 '유대감, 친근감, 배려, 협동심, 동료의식' 등의 긍정적인 마음을 강조했으며, 그는 직원들을 '부하가 아닌 동료(co-worker)'라고 불렀으며, 계급적,

위계질서(位階秩序:상하관계의 질서) 같은 '수직적 문화에 대한 거부감이 심했으며', 오너가 아닌 '직원 중의 한 명처럼 일했고, 특히 검소함으로 유명한 사람'으로, 가히 경영자, 운영자라면 본(本)을 받아야 할 사고방식이자 행동의 표상(表象:대표적인 상징)이 아닐 수가 없는 것이다.

끝으로 하나의 예(例)를 들어보자. 오늘날은 온라인 강좌가 대세를 이루고 있지만, 오프라인 학원에서 어느 한 선생님이 몸이 아파 힘들어하고 있다고 가정해 보자. 그런데 마침 나는 그 시간 수업이 없어 쉬고 있다면, 몸이 아파 힘들어하는 선생님은 쉬게 하고, 그 선생님의 수업을 대신 내가 들어가 준다. 물론 이것은 아무나 할 수 있는 것도, 그리고 하는 것은 아니다. 그렇게 쉬운 일은 아니라는 말이다. 또 다른 예 하나를 더 들어보자. 다른 나라에 비해 우리나라는 직장, 조직 내 회식문화가 잘 발달하여 횟수가 잦다. 그런데 그날따라 동료가 술이 과(過)해 인사불성(人事不省)은 아니더라도 몸을 가누기가 힘들어 보인다면, 영업용 택시인 경우는 함께 타고 가서 집안에까지 들여보내고 온다거나, 아니면 자차(自車)이면, 함께 술을 마셨으니, 대리운전을 불러 마찬가지로 안전하게 집에 들어가는 것을 확인하고 집으로 돌아오는 것이다. 물론 대리 비용이 추가로 더 든다. 단, 여기에 목적이 있는 이성에게 그리하는 것을 말하는 것은 결코 아니다. 바로 이 두 경우의 사례(事例)가 한편으로는 조직 내의 동료애, 협동심이고, 다른 한편으로는 자기 희생정신이다. 결코 어떤 보답을 기대하고 한 일은 물론 아니리라. 그 사람의 인성, 인간미 그리고 처세의 문제이다. 그렇다면 도움을 받은 사람은 자신에게 도움을 준 동료에게 어떤 생각과 훗날 공개적으로 어떤 평판을 만들어 내고, 어떻게 행동할 것인지? 이 글을 끝까지 읽은 모든 이들의 상상에 맡기며 글을 맺는다.

7. 만남과 인연

　만남이란 '사람과 사람이 만나는 일', 또는 '만나서 관계나 인연을 맺는 일'이며 유의어에 교제, 미팅, 일면(一面:모르는 사람을 처음으로 한번 만나봄)이 있다. 만남은 우연한, 의도적, 업무상 만남 등이 있지만 대체로 사회적으로 학교, 군대, 직장, 조직이나 단체 등에서 만남이 주(主)를 이룬다고 보아야 한다. '모든 만남은 우리에게 삶의 성숙과 진화를 가져온다. 다만 그 만남에 담긴 의미를 올바로 보지 못하는 자(者)에게는 그저 스쳐 지나가는 인연일 뿐이지만, 그 메시지를 볼 수 있고 소중히 받아들일 수 있는 모든 만남은 영적인 성숙의 과정이요, 나아가 내 안의 나를 찾는 깨달음의 과정이다.' 대원정사 주지, '목탁 소리' 유튜브 운영자, 저술가이신 법상 스님의 말씀이다.

　소천아동문학상을 수상한 정채봉 작가는 그가 쓴 에세이 '만남'에서 만남의 종류를 5개로 분류했는데, "첫째는 '생선 같은 만남'으로 시기하고 질투하고 싸우는 원한을 남기게 되는 만남으로, 이런 만남은 오래갈수록 부패(腐敗)한 냄새, 악취(惡臭)를 풍기며 만나면 만날수록 비린내가 나는 '역겨운 만남'이고, 둘째는 '꽃송이 같은 만남'으로, 풀은 쉽게 마르고 꽃은 화무십일홍(花無十日紅:'열흘 붉은 꽃이 없다'라는 의미)이라는 말처럼 오래가지 못하는 것으로 '피어있을 때는 환호하지만 시들면 버려지는 만남'이고, 셋째는 '지우개 같은 만남'으로 반갑지도 않고 즐겁지도 않으며 그렇다고 싫은 것도 아니지만, '만남의 의미가 순식간에 지워져 버리는 시간이 아까운 만남'이고, 넷째는 '건전지와 같은 만남'으로 '달면 삼키고 쓰면 뱉는다.'라는 말처럼 '힘이 있을 때는 지키고 힘이 다 닳았을 때는 던져버리는 가장 비천한 만남'이며, 마지막으로 손수건 같은 만남으로 상대가 슬플 때 눈물을 닦아주고 그의 기쁨이 내 기쁨인 양 축하해 주고 힘이 들 때는 땀도 닦아주는 '가장 아름다운 만남'이다."라고 한다.

그의 말대로 가장 잘못된 만남은 첫 번째이고, 가장 아름다운, 잘된 만남은 마지막인데, 특히 평생 만남에서 가장 중요한 배우자와의 만남으로 젊어서는 '금슬 좋게 살아올 때는 손수건 같은 만남'이었지만 노년이 되어 '바위에 계란을 던지듯, 여름날의 식혜 맛이 변해버리듯' 사랑도 정(情)도 다 떨어져 버리는 만남은 첫 번째의 '생선 같은 만남'과 두 번째 '꽃송이 같은 만남' 그리고 특히 네 번째의 '건전지와 같은 만남'이 아닐까, 생각해 본다. 노년에 힘도 능력도 다 떨어져 버린 남자, 남편의 신세(身世:한 사람의 처지나 형편)를 말하려 하는 것이다. 영어단어 행복 'happiness'는 happen(우연히 일어나다, 발생하다)에서 유래(由來)된 것으로, 어찌 보면 행복도 '우연이고 일순간'이라는 말이기도 한 것 같다. 그래서 사람이란 사람을 잘 만나야 하고 관계를 잘 맺는 것도 복(福)이며, 그 관계를 잘 이어나가는 것은 더 큰 복(福)이다. 부모, 자식, 형제의 만남은, 숙명(宿命:피할 수 없는 운명)이다. 그러나 부부의 만남은 인연이고 운명(運命:인간을 포함한 모든 것을 지배하는 초인간적인 힘)이다. 만남은 인연이지만, 또한 인연은 관계이고, 관계는 노력이다. 인생살이, 사회에서 성공하려면 인복(人福), 인덕(人德)이 있어야 하지만 평생 행복, 특히 노년 행복은 배우자 복(福)이 있어야 한다. 평생 우리는 수많은 선택을 하고 살아가야 하지만, 평생의 가장 중요한 선택은 배우자 선택으로 신중에 신중을 기해야만 한다. 사람은 절대 고쳐지지 않는다. 오히려 나이가 들어가면서 나쁜 것(성격, 언행)은 더 심해져 간다. '동(東)에서 해가 뜨는 이치'와 같다.

인연이란 '사람들 사이에 맺어지는 관계나 연줄'의 의미이고 '일의 내력(來歷:겪어온 자취) 또는 이유'를 말할 때 쓰이기도 하며, '원인이 되는 결과의 과정'을 의미하기도 한다. 춘원 이광수 선생은 인연을 '생명을 가진 것 치고 안전한 것은 없다. 인연이 닿는 시각을 피할 도리는 없으며, 그것을 피하는 첫길은 인연을 맺지 않는 것이며, 이왕 맺은 인연이거든 앙탈 없이 순순히 받아들이는 것이 둘째 길이다.'라고 말했으며, 혜민 스님은 '사람과의 인연은 본인이 좋아서 노력하는데도 자꾸 힘들다고 느껴지면 인연이 아닌 경우이며, 될 인연은 그렇게 힘들게 몸부림치지 않아도 이루어지므로 너무나 힘들게 하는 인연은 그냥 놓아 주어라'라고 말한다. 사자성어 거자불추(去者不追)와 내자불거(來者不拒)는 '가는 사람 잡지 말고, 오는 사람 뿌리치지 말라'라는 말이고 회자정리(會者定離)는 '사람은 누구나 만나면 헤어지기 마련이라는 인생무상(人生無常)의 의미'로 불교의 근본적 개념인 윤회(輪回)사상을 의미하는 대표적인 말이다. 그런데 세상 이치가

'헤어짐이 있으면 설레는 새로운 만남'이 있기도 하다.

　본래 '인연의 이치'는 각자의 삶에서 '가장 필요할 때 나타나는 법'이다. 기회는 자주 오지 않는 법이며, 그 행운을 바꾸는 것은 나 자신이다. 피천득의 수필집 '인연'에서 '얼마나 고운 인연이기에 우리는 만날 수 있을까요? 눈물 짜내어도 뗄 수 없는 그대와 나, 인연인 것을 내 숨결의 주인인 당신을 바라봅니다. 내 영혼의 본향(本鄕:본디의 고향)인 당신을 향해 갑니다.'처럼 소중한 인연, 변함없는 마음으로 고이 간직해야 한다. 또한 피천득의 수필 '인연'에서 '그리워하는 데도 한번 만나고는 못 만나게 되기도 하고 일생을 못 잊으면서도 아니 만나고 살기도 한다.'와 '간다 간다 하기에 가라 하고는, 가나 아니 가나 문틈으로 내다보니 눈물이 앞을 가려 보이지 않아라.' 그리고 '오늘도 당신과의 인연, 그 소중함을 가슴에 새기며'라는 명 구절이 나온다. 시인 신희상 님의 시(詩) '인연을 살릴 줄 알아야 한다.'에서 '어리석은 사람은 인연을 만나도 인연인 줄 모르고, 보통 사람은 인연인 줄 알아도 그것을 살리지 못하고, 현명한 사람은 옷자락만 스쳐도 인연을 살릴 줄 안다. 살아가는 동안 인연은 매일 매일 일어난다. 그것을 느낄 수 있는 육감(六感:오감 이외의 감각인 사물의 본질을 직감적으로 포착하는 심리작용)을 지녀야 한다. 사람과의 인연도 있지만 눈에 보이는 모든 사물이 사실은 인연으로 엮여 있다.'라고 한다. 우리는 한 평생을 살아가면서 많은 인연을 맺기도, 헤어지기도 한다. 어찌보면 삶의 인연은 실타래와 같기도 하다. 인연의 실로 이어지고, 삶의 무게로 말미암아 끊어지기도 하고, 매듭이 생기기도 하며 인연의 연속에 살아간다. 이런 인연의 실타래 속에서 인연이 곱고, 아름다우며, 사랑스럽기만을 기대해 볼 뿐, 모두가 순탄치만은 않은 법이다. 의도적이든 아니든 악연도, 아쉬운 짧은 인연도 모두 삶의 실타래 인연 속에 있는 법이다. 생각해 보면 인연을 제대로 보지 못한 어리석음이 내게 있는지도 모른다. 빛나는 인연을 찾지 못하고, 만났어도 제대로 처신을 못 한 것은 바로 내 잘못이기도 한 것이다. 한 번쯤 내가 맺고 있는 인연에 대해 반문(反問)해 보는 기회를 가져보자. '나는 당신에게 어떤 인연인가? 흘러 지나가는 인연인가, 만나 빛나는 인연인가, 아니면 만나지 말았어야 할 인연인가?'

이 시대의 정신적 스승이시고 무소유(無所有) 정신으로 유명하셨던 故 법정 스님은 '진실한 인연을 맺어 놓으면 좋은 삶을 마련하는 데에는 부족함이 없는 삶을 살아갈 수 있다'라는 말씀을 생전에 남기셨다. 그렇다. 인간이 인연을 맺을 때 상대를 보는 기준으로 불가결(不可缺:없어서는 안 됨)한 세 가지에는 첫째는 진실성, 둘째는 인정(人情:남을 동정하는 마음씨), 인간미(人間味:인간다운 따뜻한 맛), 마지막으로 노력이다. 사실 인간관계의 인연에서 문제가 되는 것은, 무엇보다도 인정, 인간미 없는 사람과의 인연은 종국(終局:끝판)에 가면 악연으로 끝이 나는 경우가 대부분이라는 것을 간과(看過)해서는 안 된다. 한마디로 인간관계에서의 인연은 상대에게서 '따뜻함, 포근함'을 느끼는 것이 오래 지속되고 끝이 좋은 인연이 될 수 있는 요건(要件:필요한 조건) 중에서도 으뜸 중 으뜸이라고 단언(斷言:주저하지 않고 딱 잘라 말함)한다. 법정 스님은 덧붙여 '진실은 진실된 사람에게만 투자해야 좋은 결실을 본다. 우리는 인연을 맺음으로써 도움을 받기도 하지만, 그에 못지않게 피해도 많이 보는데 대부분 피해는 진실 없는 사람에게 진실을 쏟아부은 대가로 받는 벌(罰)이다.'라고 말씀하셨다. 누가 뭐라 해도 좋은 인연이란 '시작이 좋은 인연'이 아니라 '끝이 좋은 인연'인 것이다.

그런데 헤아릴 수 없이 수많은 인연 중 끝이 좋은 인연이 얼마나 될까? 우리네 인생살이에서 하늘이 맺어준다는 가족, 부모 자식, 형제자매는 필연(必然)이자 숙명(宿命)이다. 그러나 그 필연, 숙명도 어쩌다가는 깨지고 상처 내고 아픔으로 끝이 나는 경우도 있지만 대부분 보통 사람은 그 인연 줄만은 동아줄(굵고 튼튼하게 꼰 줄)처럼 지키고, 지키려고 노력하며 살아간다. 그러나 남남인 이성, 사랑하는 사이인 연인이나 배우자와의 인연은 어떠한가? 누구나 서로 사랑해서 만나 연인으로 배우자로 인연을 맺는다. 서로 사랑을 주고받을 때는 없으면 '보고 싶어 죽겠고', '하늘의 별도 따다 주고 싶은 마음'으로 가득 차 있지만, 세월이 흘러 이런저런 연유(緣由:사유)로 거리가 멀어지고 감정이 상(傷)해지면 옆에 있으면 '보기 싫어 죽겠고' 혼자 있으면 증오심이 복받쳐 오르고, 주변 사람들에게는 험담(險談:남을 헐뜯어서 말함)을 늘어놓기 일쑤(흔히, 또는 으레 그러는 일)이다. 그래서 '잘 만나면 축복이요, 잘못 만나면 철천지원수(徹天之怨讐:하늘에 사무치도록 한이 맺히게 한 원수)가 되는 것'이다.

우리는 세상을 살아가면서 한 사람 한 사람과의 만남이 인연이 되어 내 운명을 결정짓기도 한다. 소중한 만남은 절친(切親:더할 나위 없이 친한 친구)도 되고 연인이나 배우자, 그리고 은인(恩人)이 되기도 한다. 그런데 잘 만나게 되면 그 만남이 내 성공이나 행복이 되는 지름길이 되기도 하지만, 잘못된 만남은 때로는 패가망신(敗家亡身: 재산을 다 없애고 몸을 망침)하거나 내 삶이 나락(那落:벗어나기 어려운 절망적 상황)으로 빠지게 되어 헤어 나올 수 없는 불행한 삶을 살게 되기도 한다. 모든 만남은 소중하기 그지없다(이루 다 말할 수 없다). 그러나 만남이 인연으로 이어갈지에 대한 선택은 본인 몫이다. 설령 만남의 기간이 짧아도 인연이라고 생각되면 소중함을 넘어 부단한 노력이 필요하다. 왜냐하면 '관계는 노력'이기 때문이다. 아무튼 그 만남을 이어갈지, 아니면 절연(絶緣:관계나 인연을 완전히 끊음)할 것인지에 대한 '삶의 지혜', 신중함과 과감(果敢)한 결단력(決斷力)이 필요하다. 특히 인연이 아닌 경우는 가차(假借:사정을 보아줌)없이 끊어야 한다. '빠르면 빠를수록 좋다'라는 것을 명심해야만 한다. 왜냐하면 '아닌 사람은 절대 아니기 때문이다.'

8. 부러움과 시기(猜忌), 질투(嫉妬)

    부러움의 사전적 정의는 '남의 좋은 일이나, 물건을 보고 자신도 그런 일을 이루거나 그런 물건을 가졌으면 하고 바라는 마음'으로 '자신이 부러워하는 사람보다 열등하다고 느끼기 때문에 자신의 이미지에 만족하거나 자부심이 낮은 사람이 주로 경험하는 감정'이다. 유의어는 선망(羨望:부러워하여 바람), 동경(憧憬), 앙선(仰羨:우러러 바라보며 부러워함), 염미(艶美)/염선(艶羨:남의 장점을 부러워함)이고, 동사형은 '부럽다'로 유의어에는 흔하게 쓰이는 '남부럽다'이다. 부러움의 '핵심'은 내가 성장할 수 있는 '감정의 동기'가 되어야 한다. '부러우면 지는 것이 아니라, 아무것도 하지 않으면 지는 것'이다. 국어사전에 있는, '거미치밀다'는 '부러움과 시새움으로 욕심이 치밀어 오르다.'라는 말이고, '개부럽'은 '몹시 부러움을 속(俗)되게(고상하지 못한, 천하게) 쓰이는 말'이며 '밥풀'은 '붙어 다니는 연인 사이를 부러움에 이르는 말'이다. 영어단어로는 envy(명사-〉부러움, 선망, 동사-〉부럽다, 선망하다)로, 형용사는 '하는 쪽'과 '받는 쪽'이 각각 다른 두 개(envious-〉부러워하는, 선망하는, 질투심이 강한 enviable-〉부러운, 선망의 대상이 되는, 샘날 정도의)이고, 'dish envy'는 '옆 테이블에 나온 요리가 내가 시킨 요리보다 나아 보일 때' 쓰는 말로, 우리말의 '남의 떡이 더 크게 보인다.'라는 의미이다. 그런데 또 다른 영어단어 jealousy는 '질투심, 시기심, 질투심을 드러내는 행동이나 말'의 의미로 envy보다는 부정적, 악의적 개념이지만, 형용사인 jealous는 envious와 비슷하며, sexual jealousy(이성에 대한 성적 질투심), raging jealousy(격렬한 질투심), the demons of jealousy(마음을 괴롭히는 질투심) 등의 표현이 있다.

시기란 '남이 잘되는 것을 샘하여 미워함'이며, 유의어에는 샘, 시새움, 얌심(몹시 샘바르고 남을 시기하는 마음)이 있다. 질투란 '부부 사이나 이성(異性) 사이에서 상대되는 이성이 다른 이성을 좋아할 경우에 지나치게 시기함'이나 '다른 사람이 잘되거나 좋은 처지에 있는 것을 공연히 미워하고 깎아내리려 함'이며, 가톨릭에서는 질투를 칠죄종(七罪宗:일곱 가지 죄의 뿌리로 교만, 인색, 질투, 분노, 음욕, 탐욕, 나태)의 하나로 '우월한 사람을 시기하는 일'을 의미하며, 유의어에는 강짜, 강샘, 투기, 모질(媢嫉:지나치게 시기함)이 있다. 그리고 '질투망상'이란 '배우자의 정결(貞潔:정조가 굳고 행실이 결백함)을 의심하는 망상(妄想:이치에 어그러진 생각, 망념)'이고, '간악질투'는 '간사하고 악독한 질투'이며, '르상티망'이란 '원한, 증오, 질투 따위의 감정이 되풀이되어 마음속에 쌓인 상태'로 불어(佛語)에서 유래(由來)된 말이다.

시기와 질투의 차이는? 백과사전에 의하면 "질투는 시기보다 훨씬 더 상위의 개념으로, 질투는 강샘[모질(媢嫉)]과 시기(순수 우리말 '샘')의 의미를 모두 포괄하고 있다."라고 한다. 먼저 성서에서 말하는 차이점은, 시기는 '다른 사람이 가지고 있는 것을 소유하고자 하는 욕망'이나 '자기가 갖지 못한 좋은 것을 이웃, 주변 사람이 가진 사실에 분노하는 것'을 말하고, 질투란 나에게 있는 좋은 것을 '상대가 빼앗으려 할 때에 느끼는 감정'으로, 특히 애정 관계에 있는 두 남녀 사이에서, 남자는 자기 여자가 다른 남자와, 여자는 자기 남자가 다른 여자와 애정 관계에 있을 때 느끼거나, 싫어하는 감정을 말한다. 성경에서는 질투를 두 가지 측면으로 말했는데, 하나는, 구약성경 출애굽기에서 '나, 네 하나님 여호와는 질투하는 하나님인즉 나를 미워하는 자의 죄를 갚되 아버지로부터 아들에게로 삼사(三四) 대(代)까지 이르게 하느니라.'와 '너는 다른 신에게 절하지 마라. 여호와는 질투라 이름 하는 질투의 하나님이시니라.'가 있고, 다른 하나는, 신약성경 마가복음에서 질투를 '죄(罪)'라고 지적['간음과 탐욕과 속임과 음탕과 질투와 비방과 우매함이니(누가복음)']하고 있다.

구약 출애굽기에서 말하는 '하나님은 질투하는'이라는 말씀은 그리스도인들에게는 '우상 숭배하지 마라'라는 의미이고, 비(非)그리스도인들에게는 '인간에게는 결코 오복[伍福:수(壽), 부(富), 강녕(康寧:건강), 유호덕[攸好德:도덕을 지키는 것을 낙(樂:즐거움)으로 삼음], 고종명(考終命:명대로 살다가 편안히 죽음)/ 유호덕과 고종명 대신(代身) 귀(貴)함과 자손의 중다(衆多:숫자가 많음: 번성)로 보기도 함]을 다 주지 않으신다.'라는 말씀으로 들린다. 왜냐하면 사람이 오복을 다 타고나면 하나님께 의지할 필요가 없지 않겠는가? 무엇인가 '인간에게서 부족한 것이 있어야 비로소 하나님께 의지하게 된다.'라는 말로 들린다. 다음 신약 누가복음에서 말하는 질투를 죄악으로 보는 것을, 성서학자들의 말을 빌리자면 인간의 질투와 하나님의 질투 차이는, 하나님의 질투는 그의 거룩함과 모순이 되는 것이 아닌가? 하는 의문이 생길지 모르지만, 하나님의 질투는 좋은 의미, 다시 말해 '하나님은 창조주이시므로 그의 창조물들의 충절[忠節:충성스러운 절개(節槪:굳건한 마음이나 태도)]을 요구하신 것으로, 하나님의 죄가 아니다'로 쓰인 것으로, '하나님은 그의 백성의 사랑과 헌신을 다른 우상에게 바치는 것을 질투하신다(출애굽기).'라는 것이고, 인간들의 질투는 '자신에게 속하지 않는 것을 탐낸다.'라는 것으로, 각각 다르게 보아야 한다는 것이다.

모든 인간의 행복과 불행, 그리고 고민(苦悶:괴로워하고 애를 태움)은 종교는 다르지만 같은 법이다. 먼저 불교에서는 질투와 시기는 '자신을 비참하게 만들고 사람들과의 관계를 망칠 수 있는 부정적인 감정'으로 본다. 질투와 시기는 다른 이들에 대한 '분노'로 정의한다. 그래서 종종 소유에 대한 불안감, 배신감을 동반하기도 한다. 심리학자들은 질투가 인간이 아닌 종(種)에서도 관찰되는 자연스러운 감정이라고 한다. 실제로 진화론적 어딘가에 유용한 목적을 가지고 있을지 모르지만, 질투는 통제를 벗어나면 '엄청난 파괴력'을 지니는 법이다. 부러움은 소유나 성공 때문에 다른 사람들을 향한 분노이기도 하지만, 부러워할 때 반드시 그러한 것들이 자신의 것이어야 한다고는 생각지는 않는다. 부러움은 '자신감 부족이나 열등감'과 관련이 있을 수 있고, 시기는 '탐욕과 욕망과 밀접한 관련'이 되어 있으며, 질투와 시기심은 결국 '분노와 관련'이 있는 것이다. 다음으로 원불교 이정길 교무님은 설법[說法:교의(敎義:종교의 진리라는 가르침)를 풀어 밝힘]에서 '부처님과 중생(衆生:생명을 가진 모든 존재)의 마음 크기가 다르다. 내 마음속에 타인에 대한 시기, 질투, 누군가를 용서하지 못하는 마음, 괴로움 등이 있는지를 먼저 살펴봐야 한다.'라며, '이런 것들에서 벗어나야 진정한 부처가 될 수 있다'라고 강조했다. 여기서 말하는 '진정한 부처'는 우리 중생(衆生), 인간들의 '마음의 평안, 평정심(平靜心:감정의 기복이 없이 평안하고 고요한 마음)'을 말하는 것 같다. 마지막으로 가톨릭 · 정교회의 칠죄종(칠악종)의 반대개념인 칠선종(칠덕종)을 보게 되면, 우리 인간들이 어떻게 살아갈 것인지에 대한 나름의 삶의 지표(指標:방향이나 목적, 기준 따위를 나타내는 표지)를 설정(設定:만들어 정해 둠)할 수 있을 것 같다. 첫째, 교만⟨-⟩겸손, 둘째, 인색⟨-⟩자선, 셋째, 질투⟨-⟩친절, 넷째, 분노⟨-⟩인내, 다섯째, 음욕⟨-⟩정결, 여섯째, 탐욕⟨-⟩절제, 일곱째, 나태⟨-⟩근면으로 칠선종(七善宗), 일곱 개의 단어야말로 종교, 믿음보다 우선인 한 인간이 올바르게 살아가는, 지켜야 할 덕목이자, 삶의 지혜인 것이다. 특히 가톨릭에서 칠죄종을 악습이라고 하는 이유는 '다른 죄(罪)들과 또 다른 악습(惡習:못된 버릇)들을 낳기 때문에 경계(警戒:주의하고 살핌)해야 한다.'라고 가르침을 준다.

사실 질투는 어떤 사람에게도 도움이 되지 않는 법이다. 단지 정신적으로, 특히 감정적으로 자신을 해칠 뿐이다. 질투와 시기의 주된 근본 원인은 종종 동일하다. 자기 능력, 자질(資質:타고난 성품이나 소질), 또는 그 밖의 기술을 의심하거나 자신의 열등한 자아상(自我像: 자신의 역할이나 존재에 대하여 갖는 생각)을 지닐 때 일어나는 것이다. 질투심의 주된 원인은 '두려움', 누군가를 잃을까 봐 두렵고, 불안하고 초조한 마음이나, 상대가 가진 것이나 이룬 것을 자신은 도저히 이룰 수 없을 것 같은 것에 대한 열등의식에서 일어나는 분노에서 일어나는 것이다. 질투라는 감정을 심하게 경험하게 되면 질투가 자신의 마음속에서 요동칠 때 느끼는 분노, 불안, 우울, 좌절, 절망이라는 복잡한 감정에 휘말리게 되는 법이다. 반면에 시기심은 자신이 자신을 불행하게 만드는 것에 대한 불만이다. 그런데 역설적으로 누군가에 대한 부러움이나 시기, 질투가 때로는 자기 자신의 발전에 동기부여가 될 수도 있다. 그러나 정도가 지나치게 되면, 자신의 마음을 괴롭혀 실의(失意:뜻이나 의욕을 잃음)에 빠질 수도 있는 것이다. 매사 인간사 과유불급(過猶不及:정도를 지나치면 미치지 못함과 같음)이다. 예(例)로, 부부간에 사랑하는 마음이 지나쳐 질투심으로까지 발전되어, 근거 없는 상상의 나래가 의부증(疑夫症), 의처증(疑妻症)으로 심화(深化:정도나 경지가 점점 깊어짐)되어 종국(終局)에는 파국을 초래하기도 한다. 또 다른 경우 학창 시절, 어리거나 젊은 나이에 만나 결혼하여 살아가면서 한쪽 배우자는 노력하여 학창 시절 미처 다하지 못한 학력도 높이 쌓고, 사회적으로 성공하여 나름대로 높은 직위에 오르게 되면 다른 한쪽 배우자가 시기, 질투하는 경우가 더러 있기도 하다. '모든 시기, 질투심은 이웃, 동료, 가족 간에 있다.' 서양 속담으로, 시기, 질투는 가까운 사람과의 인간관계에서 관계가 단절

(斷切)되는(단, 부모 자식 간만 제외) 계기(契機)가 되기도 하여 더욱 위험한 것이다.

중국 전국시대 말 도가(道家)의 역사적 전개 서(書), 장자(莊子) 추수(秋水) 편에 풍연심(風憐心)이라는 말은 '바람은 마음을 부러워한다.'라는 것으로 '그냥 가고 싶은 곳이 있으면 어디론가 불어가는 바람이, 가만히 있어도 어디로든 가는 눈(目)을 부러워하고, 눈은 보지 않고도 무엇이든 상상할 수 있는 마음(心)을 부러워한다.'라는 의미로, 일반적으로 '가난한 자는 부자를 부러워하고, 부자는 권력자를 부러워하고, 권력자는 가난하지만 건강하고 화목(和睦:뜻이 맞고 정다움)한 사람을 부러워한다.'라는 말이다. 만족하지 못하면 돈이 많고 권력이 높아도 결코 행복할 수 없다. 누군가와 비교를 중단하고 욕심을 버리는 순간, 만족과 행복이 함께 내 마음속에 들어온다. 누군가를 부러워만 하면, 지게 되는 것이고, 자존감(自尊感:스스로 품위를 지키고 자기를 존중하는 마음)은 낮아지고, 자신을 자책(自責:스스로 뉘우치고 나무람)하기 바쁠 뿐이며, 무엇보다도 열등감에 하염없는(자신의 의지와 상관없이 계속되는) 자격지심(自激之心:스스로 미흡하게 여기는 마음)만 들게 되어, 한없이 작아져만 가는 자신을 느끼게 되는 법이다. 행복과 불행, 기쁨과 슬픔, 그리고 건강까지도 외적인 소유가 아닌, 내적인 자각(自覺:스스로 깨달음)의 결과이다. 세상에는 수많은 진리가 있지만, '긍정적인 생각은 긍정적인 결과를 만들어 낸다.'라는 것도 그중 하나이다. 세계적 기업 삼성의 故 이건희 회장님의 어록(語錄) 중 한마디 '부자를 부러워하지 마라. 그가 사는 법을

배우도록 하라.'를 우리 모두 마음속에 간직하고 모든 일에 적용, 실
천하도록 하자. 그리고 또한 영국의 시인, 수필가 A. 카울리의 '남이
부러워하기에는 너무 적고, 남이 멸시하기에는 너무 많은 정도의 재
산만을 나에게 달라.'라는 명언도 항상 마음속에 새기고, 기도하는 삶
을 살아가자. 그리고 여기 '재산'에 또 다른 '희망하는 단어'를 대입시
켜 기도해 보자. 일념통천(一念通天)으로, 간절한 기도는 반드시 이
루어지게 되는 법이다.

9. 부모(父母)

부모란 '아버지와 어머니를 아울러 이르는 말'로, '양친(兩親), 어버이'라고도 한다. 우리말 음(音)은 같지만, 한자가 다른 양친(養親)은 길러준 부모나 양자(養子)로 간 집의 부모, 그리고 부모를 봉양(奉養)함의 의미로도 쓰인다. 부모의 부(父:아비 부)로서 아버지를, 모는 母(어미 모)로서 어머니를 뜻하고, 법률에서는 친권자(親權者)라고 하며 후견인(後見人)과 함께 법정대리인의 구성원을 이룬다. 그런데 생물학에서는 세포분열 등 무성생식을 통해 자식을 번식하는 경우에는 부모를 구별할 수 없거나 부모가 하나인 경우도 있다. '부모란 것은 상당히 중요한 직업이다. 그러나 우리는 아이들을 위해 이 직업을 위한 적성검사를 한 번도 해본 적이 없다.' 아일랜드 출신 영국의 문학가로 노벨문학상을 수상했던 조지 버나드 쇼의 말이다. 부모가 자식을 기르는 것은 적성(適性:성질이나 성격이 그 일에 알맞음)을 따질 수 없는 누구나 하고, 할 수 있으며, 해야 하는 것으로 운명(運命:모든 것을 지배하는 초인간적인 힘)보다는 숙명(宿命:피할 수 없는 운명)인 셈이다.

부모와 자식 간(間:틈, 사이) 사자성어들이 많이 있는데, 그중에서 가장 기본은 부자자효(父慈子孝:'부모는 자애롭고 자식은 효도한다.'

라는 의미로, '어버이는 자녀에게 자애로운 사랑을 베풀고 자녀는 어버이에게 효성스러워야 한다.'라는 의미)이고, 부모가 자식 사랑에 대한 것은 취공비집공휴(吹恐飛執恐虧:'불면 날아갈까 쥐면 터질까 걱정한다.'라는 의미로, '부모가 자식을 애지중지함'을 이르는 말)이며, 자식이 부모에게 해야 할 바는 정성온청(定省溫淸:'아침저녁으로 부모의 이부자리를 보살펴 안부를 묻고, 서늘하고 따뜻하게 한다.'라는 의미로 '자식이 부모를 섬기는 도리'를 이르는 말)이다.

　부모가 명심(銘心)해야 할 명언들은 다음과 같다. '자식을 불행하게 하는 가장 확실한 방법은 언제나 무엇이든지 손에 넣게 해주는 일이다.' 스위스 출신 프랑스의 계몽주의 철학자 장 자크 루소의 말이고 '이제까지 관찰한바 체벌(體罰)의 효과는 그저 아이들을 겁쟁이로 만들거나 고집불통으로 만드는 것뿐, 나는 그 이외의 효과를 본 적이 없다.' 프랑스 사상가 모럴리스트 몽테뉴의 말이며 '아이에게 무언가를 약속하고 지키지 않는 것은 거짓말을 가르치는 것이다.' 유대인의 생활 규범인 탈무드에 있는 말이다. 그렇다. 우리말에도 '고기를 잡아다 주지 말고 고기 잡는 방법을 가르치라'라는 말이 있지 않은가? 부모 성질에 못 이겨 윽박지르거나 소리치고 때리는 것보다 이치에 맞게 하나하나 잘잘못을 따져 훗날 똑같은 잘못을 범하지 않도록 훈계(訓戒:타일러 잘못이 없도록 주의를 줌)해야 한다. 모든 인간사에 부모 자식 간이건 대인관계이건 모든 것이 약속이다. 그리고 약속도 습관이다. 또한 '자녀 교육의 핵심은 지식을 넓히는 것이 아니라 자존감(自尊感:스스로 품위를 지키고 자기를 존중하는 마음)을 높이는 데 있다.' 러시아 사상가, 소설가 톨스토이의 말이고 '아이들은 어른들의 말에 절대 귀 기울이는 법이 없지만, 반드시 그들을 모방한다.' 미국의 소설가, 수필가 제임스 볼드윈의 말이며 '남보다 뛰어난 사람이 아니라, 남들과 다른 사람이 될 것을 가르쳐라.' 유대인들의 자녀 교육법이다. 자존감은 자신감과 연결되기도 한다. 사회에 나와 모든 일에 있어 자신감을 갖추고 하는 것은 결국 절반의 성공인 셈이다. 부모는 본(本:본보기)이 되어야 한다. 부모의 정제(精製)된 언어, 올바른 행동, 규칙적인 습관보다 더 좋은 자녀 교육은 없는 것이다. 부모들은 내 자식이 다재다능(多才多能)하기를 원한다. 그러나 오늘날과 같은 전문화 시대에는 한 가지만 뛰어나면 성공할 수 있다. 가능한 한 일찍 내 자녀의 재능이 무엇인지 알아내고 그 길을 열어주고 인도(引導)해 주어야 한다.

유대인들은 전 세계에 1500만 명 정도가 분포되어 있는데 미국에는 인구의 1.5%밖에 되지 않지만, 그들이 경제, 학문, 문화, 예술, 언론, 스포츠 등 각계각층에서 두각을 나타내고 있으며 오늘날 거대 미국을 이끌어 가는데 중추적인 역할을 하고 있다고 해도 과언(過言)은 아니다. 그들은 자녀 교육에 있어 성경과 탈무드를 기본 핵심서로 사용하고 그 가르침대로 자녀 교육을 하는 것이다. 특히 유대인 부모들은 '남보다 뛰어나려 하지 말고 남과 다르게 되라.'라고 가르친다. 그들의 관심사는 아이의 지능이 아닌 개성(個性:고유의 특성)이다. 사람에게는 누구나 타고난 재능이 있다. 아이의 재능과 개성을 발견하고 그것이 잘 성장하도록 돕는 것이 진정한 부모의 역할이다. 한마디로 유대인들은 자녀들을 다른 사람보다 똑똑하고 더 많이 배우고, 더 성공시키기 위해서 가르치지 않고 '하나님이 주신 달란트(타고난 재능, 장기)대로 다른 사람과는 다르게 특별하게 살라고 가르친다.'라는 것이다. 본(本)받을 만한 자녀 교육법이다.

미국격언에 '아버지가 되는 일은 쉬어도 아버지답게 되는 일은 어렵다.(Any man can be a father but it takes someone special to be a dad.)'라는 말이 있고, 어느 광고 카피에 '어디에도 완벽한 아버지는 없다. 그러나 아버지의 사랑은 완벽하다.'라는 말이 있다. 아버지는 우리 집 가장(家長:한 가정을 이끌어 가는 사람)이다. 가족들을 먹여 살려야 하고 크고 작은 일들을 결정해야 하며 어려움이 있으면 해결도 해야 한다. 비가 오나 눈이 오나, 덥거나 추워도 생활전선 밖에 나가 아무리 힘들어도 불평불만 한마디도 하지 않고 묵묵하게 가족들을 위해 일한다. 때로는 별을 보고 나가 별을 보고 집에 들어오기도 한다. 그래도 가족들을 위해 집에 들어오면 환한 웃음으로 식구들 챙기고 안위(安危:안전하고 위태함)를 묻는다. 그런데 어떤 아버지는 가장으로서 역할에 낙제 점수인 아버지도 더러는 있다. 생활비도 주지 않거나 외유내강(外柔內剛)의 본래 의미와는 다르게 밖에서는 돈도 잘 쓰지만 집안에서는 콩나물값도 일일이 따지는가 하면, 더 심한 경우는 술독에 빠져있고, 때로는 폭력을 휘두르기도, 도박에 빠지기도, 첩실(妾室)을 두고 딴 살림 차리는 경우도 있다. 한마디로 우리들의 아버지는 두 부류(部類)로 가정에 충실한 아버지와 충실하지 못한, 직무유기(職務遺棄) 상태인 경우가 있다. 그러나 두 부류의 아버지 중 가정에 불충실한 아버지도 결국은 내 아버지이다. 부모 자식 간은 천륜(天倫)이다. 잘 해줬다고 아버지이고, 잘 못 해줬다고 아버지가 아닌 것이 결코 아니다.

그렇다면 어머니는 어떠한가? 내 어머니는 맥가이버(만능 인간)이다. 집안에 모든 일들, 손이 가는 곳이라면 모두 해결하는 해결사이다. 특히 우리에게는 선생님. 의사, 간호사, 요리사, 수리공 등이 되기도 한다. 특히 무엇보다도 우리의 멘토와 길잡이가 되기도 한다. 어떤 이가 말했던가? '이 세상에서 믿을 사람은 어머니밖에 없다고.' 맞는 말인 것 같다. 세상을 살아온 지난 세월을 돌이켜 보면 어머니의 말이 틀림없이 거의 맞아떨어져 가고 있다.

시인이자 국문학자, 영문학자 무애(无涯) 故(고) 양주동 님 작사(作詞), 한국 작곡가 회장 작곡가 故(고) 이흥렬 님 작곡(作曲) '어머님의 마음'의 노랫말 가사 1~3절 전체를 인용한다. '(1절) 낳으실 제 괴로움 다 잊으시고/ 기르실 제 밤낮으로 애쓰는 마음/ 진자리 마른자리 갈아 뉘시며/ 손발이 다 닳도록 고생 하시네/ 하늘 아래 그 무엇이 넓다 하리오/ 어머님의 희생은 가이없어라. (2절) 어려선 안고 업고 얼러 주시고/ 자라선 문 기대어 기다리는 맘/ 앓을 사 그릇 될 사 자식 생각에/ 고우시던 이마 위에 주름이 가득/ 땅위의 그 무엇이 넓다 하리오/ 어머님의 정성은 그지없어라. (3절) 사람의 마음속엔 온 가지 소원/ 어머님의 마음속엔 오직 한 가지/ 아낌없이 일생을, 자식을 위하여/ 살과 뼈를 깎아서 바치는 마음/ 그 무엇이 거룩하리오/ 어머님의 사랑은 그지없어라.' 4분의 3박자로 된 이 곡은 잔잔하고 평범하게 흐르다가 강력하게 말하는 호소력을 지녀, 부르는 사람이나 듣는 이의 마음을 뜨겁게 감동시키기에 결코 부족함이 없는 것 같다. 이 노래는 자식을 기르기 위해 희생하는 어머님의 마음을 잘 묘사한 시(詩)에 감미로운 멜로디가 어우러져 어린이로부터 장년에 이르기까지 누구나 애창(愛唱)되어 왔던 곡(曲)이었지만 오늘날은 예전처럼 잘 불리지는 않으며, 기억에서도 희미해져 가고 있지만, 어머니의 모든 의미가 담겨있고 대변(代辯)할 수 있는 이 글을 기회로 노랫말 가사 한 구절 한 구절 읽어가며 생전에 계시거나, 특히 작고(作故)하신 어머님에 대한 사무치는 그리움과 마음속에 감사함을 새기는 기회가 되기를 바라는 바이다.

10. 부정부패와 청렴결백

부정부패(不正腐敗)란 '바르지 못하고 타락함'의 의미로 유의어에 한 단어로 줄여, 부패, 타락(corruption)이다. 본래 부정부패의 어원(語源)은 '부패'에서 왔으며 비리(非理:올바른 이치나 도리에 어그러지는 일)나 독직(瀆職:지위나 직무를 남용하여 부정행위를 저지르는 일)이라고도 한다. 청렴결백(integrity)의 사전적 의미는 '마음이 깨끗하며 탐욕(貪慾:지나치게 탐하는 욕심)이 없음'인데, 본래는 청렴(淸廉:마음이나 행동이 맑고 검소해 재물에 대한 욕심이 없는 성품)과 결백(潔白:마음이나 행동이 깨끗하여 아무런 허물이 없음)이 합쳐져 '성품이 맑고 검소하며 깨끗하고 순수한 인품'을 말할 때 쓰인다. 한 인간에게 청렴이 필요한 이유는 '올바른 인격을 형성하여 자아실현에 도움'을 주며, '공정하고 투명한 사회가 밑바탕이 되어 공동체의 발전을 도모'하고 '자신과 사회의 안정과 행복에 기여'하기 때문이다. 청렴은 오늘날뿐만 아니라 우리네 조상님들은 청렴 정신을 '선비정신, 청빈(淸貧)'이라는 이름으로 관리(官吏:관직에 있는 사람)의 덕목(德目) 중 으뜸으로 여겼는데, 오늘날도 결코 다르지 않다.

국가를 형성하여 벼슬아치(官吏)들이 있고 선민(善民:선량한 백성), 제민(齊民:일반 백성)이 있는 사회는 예로부터 탐관오리(貪官汚

吏:탐욕이 많고 행실이 깨끗하지 못한 관리)가 있어 왔다. 그런데 사람들이 잘 들어보지 못한 '탐관오리'의 반대어는 '청풍양수(淸風兩袖)'로 '양쪽 소매에 맑은 바람만 있다'라는 의미의 '청렴결백한 관리'를 이르는 말이다. 우리의 지난 과거 역사에서 청렴결백한 관리를 청백리(淸白吏)라고 불러왔다. 그런데 수많은 고관대작(高官大爵:지위가 높고 훌륭한 벼슬)이 있어 왔지만, 청백리라고 불리는 경우는 그렇게 많지는 않았던 것 같다. 청백리는 고려시대와 조선시대에 모범 관료에게 수여되는 명칭으로 조정에서 청렴결백한 관리로 녹선(錄選:추천하여 뽑음) 되는 것이었다. 조선시대의 청백리 중 217명의 명단만이 현재 전하고 있지만, 실제 녹선 되었어도 붕당(朋黨:뜻을 같이한 사람끼리 모인 무리, 패거리) 간의 다툼이나 대립에 의해서 삭제되거나 깎이는 일도 다수 발생했다고 한다. 우리가 이름만 들어도 아는 청백리로는 최영, 정몽주, 맹사성, 황희, 이현보, 이이, 이황, 이항복, 정약용 등으로, 대표적 인물은 '세종 때 황희 정승을 꼽는다.'라고 한다.

적수역부(積水易腐)는 '고인 물은 썩는다.'라는 말로, '변화나 교류를 거부하거나, 오랫동안 권세(權勢:권력과 세력), 세도(勢道:정치상의 권세)를 독점하면 발전하는 시대에 적응하지 못하거나, 부정부패가 만연(蔓延)하게 된다.'라는 의미인데, 그 반대는 유수불부(流水不腐)로 '흐르는 물은 썩지 않는다.'로 결국 같은 맥락의 의미이다. 이와 같은 우리네 속담은 '강물은 흘러야 썩지 않는다.'가 있고 비슷한 의미로 영어속담에도 '구르는 돌은 이끼가 끼지 않는다(A rolling stone gathers no moss.)'가 있는데, 본래는 '끊임없이 노력하고 활동하면 침체되지 않고 계속 발전하게 된다.'라는 의미이지만, 또 다른 의미로 부정부패의 역설적 의미로도 쓰인다. 우리는 흔히 '윗물이 맑아야 아랫물이 맑다.'라는 말을 쓰는데 사자성어로는 원청유청(源淸流淸)으로 '근원 물이 맑으면 물이 맑다.'라는 의미로 '윗사람이 청렴하면 아랫사람도 청렴해짐'을 비유적으로 말하는 것이고, 대비되는 말이지만 결국은 같은 의미인, 상탁하부정(上濁下不淨)과 상즉불리(相卽不離)는 '윗물이 흐리면 아랫물도 깨끗하지 못하다.'라는 말로 '윗사람이 부패하면 아랫사람도 부패한다.' 즉, '윗물이 맑아야 아랫물도 맑다.'라는 의미이다. 또한 부정부패의 사자성어에 해당하는 말로 어궤조산((魚潰鳥散)은 '물고기의 창자가 썩고 새가 흩어진다.'라는 말로 '나라가 내부에서 부패하여 백성들이 살길을 찾아 흩어진다.'라는 의미이고, 지록위마(指鹿爲馬)는 '사슴을 가리켜 말이라 한다.'라는 의미로 '윗사람을 속이고 권세를 휘두르고 부정부패를 저지르는 자'들을 비판할 때 쓰이는 말이다.

논어(論語)의 위령공편(衛靈公篇:군자의 도리를 깨우침)에 나오는 표현으로 공자님은 '과이불개(過而不改) 시위과의(是謂過矣)'라는 말씀을 하셨다. 이 말씀은 '잘못을 저지르고도 고치지 않는다면 이것이 곧 잘못이다.'라는 의미이다. 이것이야말로 오늘날 우리나라의 '정치의 현주소이자 자화상'을 한 문장으로 요약해 놓지 않았나 싶다. 일부 정치인들은 정치가는 없고 정치꾼들만 있는 것 같은 현실에 비춰, 국가와 국민 그리고 미래는 바라보지도 않고, 관심도 없으며, 오로지 자신의 자리 지키기, 차기 총선 공천, 당리당략(黨利:정당의 이익, 黨略: 정당의 이익을 꾀하는 정략), 부정부패, 거짓말, 궤변[詭辯:이치에 맞지 않는 구변(口辯:언변)], 조작, 억지, 덮어씌우기, 말 바꾸기, 오리발 내밀기, 상대 당 약점 캐기와 깎아내리기, 지위를 이용한 사법 방탄, 특히 국민 갈라치기, 길가에서 펄럭이고 있는 상대 당 비판과 끌어내리기 문구(文句)의 현수막들 등으로 국가와 사회를 오염시킬 뿐만 아니라 국민의 피로도를 최고조에 달하게 하고, 허탈감에 빠지게 하며, 무엇보다도 미래의 동량(棟梁)들인 자라나는 아이들에게 주는 정신적인 피해로 말미암아 가치관이 손상(損傷)될까, 심히 우려(憂慮:근심과 걱정)하고, 한탄(恨歎:한숨 쉬며 탄식)하는 바이다. 우리 사회나 국제사회는 정신적 · 물질적으로 날로 성큼성큼 큰 걸음으로 앞으로 나아가고 있는데, 우리의 정치는 과거로 회귀(回歸)하고 있는 것 같아 개탄(慨嘆)스러울 뿐이다. 한 가지 분명한 것은 '정치가 변해야 우리의 미래가 있다.'라는 것은 모두 공감할 뿐만 아니라 경각심을 갖고 개선해 나가야겠다.

캐나다 수도 오타와에 있는 캐나다를 상징하는 랜드마크(Landmark), 국회의사당에 가보면 여행 가이드가 설명해 주지 않으면 궁금증이 드는 두 가지가 있는데, 하나는 '타오르는 불꽃'이고 다른 하나는 '여러 개 동상의 모습'이다. 센터 블록 앞 중앙광장에는 센테니얼 플레임(Centennial Flame), 일명 '꺼지지 않는 불'이 1967년 처음 점화되어 지금도 활활 타오르고 있다. 건국 100주년을 기념하여 만든 것으로 아래에 가스관이 연결되어 있어서 '비가 오나 눈이 오나 절대 꺼지지 않는다.'라고 한다. 한마디로 '캐나다여, 꺼지지 않는 불꽃처럼 영원하라!'라는 의미란다. 그리고 여러 개 동상 중에는 캐나다 최장수 총리로 22년간 재직한 윌리엄 라이언 메켄지킹이 있고, 그 밖의 동상들은 의정활동을 잘한 의원들이라고 한다. 우리말로 청렴하고 능력 있는, 국가와 국민을 위해 올곧게 자신의 소임(所任:맡은 바 직책과 임무)을 다한 정치가들이라고 한다. 무엇보다도 자라나는 아이들이 이 모습을 본다면 '어떤 느낌이고 마음속에 어떤 다짐'을 할까? 아마도 추측건대 캐나다인으로 '자긍심(自矜心:스스로 자랑하는 마음)'과 자신도 어른이 되어 정치가가 된다면 '본(本:본받을 만한 본보기)'을 받아 뒤를 이어가 동상이 세워지는 정치가가 되겠다.'라는 다짐을 하게 되리라 생각된다. 그렇다면 우리는 왜 그러지 못하는가? 한편으로 아쉽고 다른 한편으로는 국민 개개인이 부끄러워해야할 일이다. 사실 정치인들의 '의식 전환'은 국민의 '의식 전환'도 필연(必然)이고 그리고 선행(先行)되어야 한다. 한마디로 우리의 오랜 병폐(病弊)인 지연, 혈연, 학연 등의 굴레에서 벗어나 '능력과 청렴성 그리고 참신성' 위주로 선량(選良)들을 뽑아야 한다는 것이다.

또 다른 경우의 예(例)는, 비리(非理)와 부정부패로 얼룩진 극히 일부 소수의 사학에 대한 경우이다. 2018년 12월 모 방송국에서 사학비리를 취재해 사학비리의 명단을 공개했는데, '우리나라의 중등 사학법인 811곳 중 일부가 비리 사학으로, 비리 유형으로는 횡령 등 회계 비리, 채용 비리, 입시 비리인데, 특히 적발유형 중 횡령 등 회계 비리가 가장 많았다'라고 한다. 다음은 대학의 경우로 전체 대학 수가 현재 400개가 못 미치는 숫자 중 260여 개의 사립대학이 있는데, 2000년 이후 폐교된 대학이 19개 대학으로 학령인구가 급감하는 상황에서 그중 벚꽃 지는 순서대로 대학이 문을 닫는 것은 기정사실화되어 있는 상황에서 지원자가 없어, 자진 폐교하기도 했지만, 사학비리로 폐교당한 대학들도 일부 있다고 한다. 대학 사학비리도 대개는 횡령 등 회계 비리인데 설립자가 등록금을 전용(轉用:쓰려는 데가 아닌 다른 데로 돌려 씀)해, 또 다른 몇 대학을 설립한 경우도 있고, 시설공사비나 교구(敎具) 구입비, 경상비 특히 홍보비 등의 과다 지출, 업체 선정의 불공정, 채용 비리 등 몇몇 행태(行態)들이 벌어지고 있는 것으로, 비록 극히 소수이지만 사학비리도 엄밀히 말해 부정부패의 전형(典型) 중 하나이지만, 그렇다고 대다수 사학이 인구절벽으로 학령인구 절대 감소를 대비해 발전 방안이나 자구책을 모색하며 설립자, 재단 그리고 교직원들이 모두 함께 혼연일체(渾然一體:완전히 하나가 됨)가 되어 고군분투(孤軍奮鬪)하고 있는 현실을 외면해서는 안 되며, 육영사업이라는 기치(旗幟:어떤 목적을 내세우는 태도나 주장) 아래 건실(健實:건전하고 참된)하고 열심(熱心:온 정성을 다함)인 대부분 사학에는 아낌없는 격려와 찬사를 보내야만 하겠다.

　그 밖에 부정부패가 일어날 개연성(蓋然性)이 있는 곳은 어디인가? 공직사회, 사기업, 지면으로 일일이 다 거론하기에 조심스러운 조직단체들, 이권(利權)이 개입되는 처처(處處:곳곳)에 있는 수장(首長:우두머리)이나 고위직 간부, 그리고 하위직까지 '과거보다는 많이 나아졌다(김영란법도 크게 한몫)'라고 해도, 아직도 우리 사회에

드러나지 않고 일부 남아있는 적폐, 부정부패의 척결(剔抉)은 21세기 세계 6위의 선진 국가인 우리나라 국민이 풀어야 할 과제이다. 무엇보다도 공정사회를 이룩하려는 소시민과 묵묵히 청렴을 지키며 도처에서 일하고 있는 조직마다의 구성원들이 자신의 임무에 충실하고 일할 의욕과 희망을 안겨 줄 수 있도록 '새로운 계기가 마련되어져야 한다.'라는 것이다. '어느 나라든 정도의 차이이지 부정부패는 존재한다.'라는 것은 부정할 수 없는 사실이다. 그러나 우리만은 '어느 조직에서도 부정부패 없는 투명한 나라가 되자.'라는 것이다.

끝으로 다산 정약용 선생의 목민심서(牧民心書:조선 실학사상의 대표적 작품으로 관리의 기본자세, 관리의 책무, 관리를 마무리할 때 행동 지침에 대해 기술)에 나오는 명언들을 인용한다. '청렴은 목민관(牧民官:관리, 공직자)의 본무(本務)요 모든 선의 근원이요 덕의 바탕이니 청렴하지 않고서는 능히 목민관이 될 수 없다.' '대중을 통솔하는 방법에는 오직 위엄과 신의가 있을 따름이다. 위엄은 청렴한 데서 생기고 신의는 충성된 데서 나온다. 충성되면서 청렴하기만 하면 능히 대중을 복종시킬 수 있다.' '청렴은 천하의 큰 장사이다. 욕심이 큰사람은 반드시 청렴하려 한다. 사람이 청렴하지 못한 것은 지혜가 짧기 때문이다.'에서 가장 울림을 주는 것은 '부정부패는 작은 욕심'이요, '큰 욕심을 가진 자는 청렴'이라는 말이다. 청렴'은 지위 고하를 막론하고 모든 공직자의 첫 번째 덕목(德目)이다. 진정한 지도자는 청렴해야 한다. 청렴은 곧 실천이다. 부정한 금품 수수(收受)는 물론이고 향응 접대도 단호히 거절할 줄 알아야 하며, 요즘 우리나라를 떠들썩하게 하는 법인카드 사용에 있어, 공적 목적이 아닌 사적으로 커피 한 잔 값도 결제해서는 안 된다. 공직자뿐만 아니라 우리 모두 정직하고 청렴할수록 사회는 투명하고 밝게 되는 것이다. 한 개인으로도 '작은 이익을 욕심내지 않아야 큰 인물이 되고, 큰일을 성취하는 법'이다. 작은 것 하나부터 실천하고 행동하도록 다짐하고 노력하여 우리 모두 다 함께 선진사회에 부응(副應)하는 일원(一員)이 되도록, 나 자신부터 청렴하도록 노력하자!

11. 스승과 제자

이 글은 40여 년간 사교육과 공교육에서 수십만 명의 학생들을 가르쳐왔던
경험자의 견지(見地)에서 조명(照明)한 것이다. 현재 가르치고 있는 사람으로
서 자신을 되돌아볼 수 있고, 배웠던 사람으로서는 지난날의 참 스승, 선생님
(들)을 돌이켜 회상(回想)해 볼 수 있는 계기(契機)가 마련되기를 바라는 마음
으로 이 글은 쓴다.

스승이란 '자기를 가르쳐서 인도하는 사람'이며, 유의어는 랍비
(Rabbi:유대교의 율법 학자, '나의 스승', '나의 주인'이라는 의미), 사
범(師範: 운동이나 바둑 등 주로 기술을 가르치는 사람), 사부(師父:
스승의 높임말이나 스승과 아버지)이다. 스승의 높임말인 '스승님'
의 유의어에는 부자(夫子:모든 사람의 스승이 될 만한 사람에 대한
경칭), 은사(恩師)이다. 불가(佛家)에서 경문(經文:불경에 있는 글)
의 뜻을 풀어 가르치는 법사(法師:설법하는 승려)를 경(經) 스승이라
고 일컫는다. 동사(動詞)인 '사사(師事)하다' 의미는 '스승을 섬기다,
스승으로 삼고 가르침을 받다'라는 의미로 유의어에는 '배우다', '사
수(師授)하다', '사승(師承:스승에게 학문이나 기술 등을 배워 이어받
음)하다'가 있다.

제자란 '스승으로부터 가르침을 받거나 받은 사람'이며, 유의어는

도제(徒弟), 문도(門徒:제자), 문인(門人:문하생)이다. 누군가가 교육을 받았다면 누군가의 제자이며, 그 제자가 나이 들어 누군가를 가르치는 스승이 될 수도 있다. 스승과 제자 사이를 사제(師弟)간이라고 부르기도 하는데, 세계 최고의 전설적 사제관계는 예수-12사도(使徒:제자), 석가모니-십대제자, 공자-공문십철(孔門十哲:공자님의 제자 중, 뛰어난 열 명)을 일컫는데, 제자의 대표적 사례 둘을 들자면, 하나는 공자님이 만년(晚年:노년)에 교육에 전념하여 3,000여 명의 제자를 길러내고 '시경'과 '서경' 등의 중국 고전(古典)을 정리하였으며, 제자들이 엮은 '논어'에 그의 언행(言行)과 사상(思想)이 잘 나타나 있고, 다른 하나는 성경의 용례(用例)에 의하면 좁은 의미에서는 예수그리스도의 12제자(마태복음)를, 넓은 의미에서는 예수를 그리스도로 고백하고 그분을 좇는 모든 성도(聖徒:신자)(사도행전), 이외에도 구약성경에는 하나님의 가르침을 받는 자(새뮤얼 상), 신약성경에서는 세례요한의 제자(마태, 마가복음)나 모세의 제자로서의 바리새인(마태, 요한복음)을 가리키기도 한다. 그리고 우리가 모두 알만한 사제(師弟) 계보(系譜)도의 대표적 예(例)는 소크라테스-〉플라톤-〉아리스토텔레스-〉알렉산더 대왕인데 제자의 제자는 손(孫)제자라 하고 스승의 스승은 사조(師祖)라고 한다. 무엇보다도 여러 제자 중 가장 뛰어난 제자를 수(首)제자라 칭(稱)한다. 그런데 제자라 해서 항상 제자로만 남아서는 안 된다. 사자상승(師資相承:스승이 제자에게 학예를 이어 전함)하게 되면 사제동행(師弟同行:스승과 제자가 한마음으로 연구하여 나아감)도 해야 하며, 신진화전(薪盡火傳:스승의 학예를 제자에게 대대로 전수함) 하기도 해야 한다. 때론 청출어람(靑出於藍:제자가 스승보다 나음)이 되는 경우 스승의 큰 보람과 기쁨이기도 하다. '제자가 계속 제자로만 남는다면 스승에 대한 고약한 보답이다.' 독일 철학자 프리드리히 니체의 말이다.

우리는 보통 일상생활에서 '가르치는 사람'을 '강사, 교사, 교수, 선생, 스승' 등으로 칭(稱)한다. '강사'는 '학교나 학원 등에서 위촉을 받아 강의하는 사람'을 이르는 말이고, '선생'은 '학생을 가르치는 사람'을 '스승'은 '자기를 가르쳐 인도하는 사람'을 일컫는 말인데, 본래 교사(敎師:초 · 중 · 고나 특수학교 기술 등)나 교수(敎授:대학교나 전문학술, 기예 등)는 직업적 분류의 성격을 띠고 있으며 선생(님)은 보통 일반적 의미로 쓰이기도 하지만, 경칭(敬稱:존대의 일컬음)인 존칭으로도 쓰인다. 요새 우스갯소리로 강사는 '강의실에서만 책임지면 되고', 교사나 교수는 '교실에서만 책임지면 되고', 선생은 '학교에서만 책임지면 되지만', 스승은 '학교 밖에까지 책임을 져야 한다.'라는 말이 회자(膾炙)되고 있는데, 그 나름대로 일리(一理)가 있는 말인 것도 같다. 그러므로 어디에서 무엇을 가르치든지 간에 가르치는 사람인 교육자는 배우는 사람들인 교육생들에게 '진정한 스승이 되겠다는 마음가짐, 각오(覺惡)' 하나만으로도 모든 것은 통(通)하게 될 것이라고 본다.

스승에 대한 우리 속담과 명사들의 명언들을 살펴보기로 하자. 먼저 속담들은, '스승의 그림자도 밟지 않는다.'는 '그림자도 밟지 않을 만큼 존경한다.'라는 말이고, '대중은 말 없는 스승이다.'라는 말은 '평범한 사람으로부터 창조적 지혜와 풍부한 지식과 경험을 배우게 된다.'라는 말이며, '가난도 스승이다.'는 '가난하면 그 상황을 극복하려는 의지와 노력이 생기므로 가난도 가르침을 주는 스승과 같은 역할을 한다.'라는 말이다. 다음으로 명사들의 명언들에는, 우리나라 저술가이신 유동범 님의 말씀에 주목할 만한 가치가 있는 세 가지의 명언들로 '훌륭하고 자애[慈愛:아랫사람에게 베푸는 도타운(사랑이나 인정이 많고 깊은) 사랑]로운 스승은 많은 어려움과 실수를 통해서라야만 만들어질 수 있다.' '생명은 부모로부터 물려받은 것이지만, 생명을 보람 되고 온전(穩全:잘못된 것이 없이 바르거나 옳음)하게 키우는 법을 가르치는 것은 다름 아닌 스승의 몫이다.' '훌륭한 스승은 그 자체가 촛불이다. 제자들의 두 눈이 밝음에 트일 때까지, 어둠이 다할 때까지 스스로를 다하여 타오르는 하나의 촛불이다.'가 있다. '어릴 적 스승이 그 아이의 운명을 좌우한다.' 페르시아에서 전해지는 천 일 동안의 이야기(천일야화:千一夜話)를 아랍어로 기술(記述)한 설화(說話) 아라비안나이트에 있는 말이고, '가장 좋은 교사란 아이들과 함께 웃는 교사다. 가장 좋지 않은 교사란 아이들을 우습게 보는 교사다.' 영국의 교육자 알렉산더 닐의 말이며, '난초 향은 하룻밤 잠을 깨우고, 좋은 스승은 평생의 잠을 깨운다. 나의 뜻을 얻은 자, 세상의 무정함을 탓하지 않으리라.' 공자님의 말씀이다.

우리가 보편적으로 말하는 스승이기 이전에 선생(님)이란 첫째가 인성이요, 둘째는 실력을 갖춘 강의력이요, 마지막으로 학력이나 학벌, 전문성이다. 다시 말해 아무리 학력, 학벌이 좋고 실력과 강의력이 좋아도 인성이 되지 않았다면 가르치는 선생으로의 자격은 미달이고, 그런 선생(님)의 가르침을 받아서도 안 되는 것이다. 한 사람의 인성, 인격 형성은 첫째가 부모, 그리고 집안 대대로 내려온 분위기, 둘째가 스승인 선생님, 마지막으로 친구의 영향을 직·간접적으로 받아 형성되는 것이다. 더불어 출신학교도 중요한데, 누구한테 배웠느냐가 더욱 중요한 것이다. 유교의 5경 중 하나인 서경(書經)에서 "누군가를 가르치는 것은 내가 '배우는 것'이다. 누군가를 가르치는 것에 '책임감'을 느껴야 한다."라는 말에서 가르친다는 것은 반절은 자신이 배우는 것으로, 가르치는 선생은 가르침으로 몰랐던 것을 알게 되기도 하지만, 무엇보다도 철저한 사전 준비인, 수업 준비, 교재연구가 필수(必須:꼭 필요함)이다. 선생은 학생들 교육받는 시간에 비례 내지는 그 이상 교재연구에 시간을 투자해야 한다. 인터넷이 발달하기 이전에는 일일이 국문 동아 대백과사전이나 영문 브리태니커 백과사전을 뒤져서 알아냈지만, 오늘날은 조금만 수고해 인터넷 검색만으로도 다 찾아 알아낼 수 있다. 그리고 또 하나 수업 시간 혹여 잘못 가르친 것이 있어 나중에 발견되더라도 반드시 수정해 주어야 한다. 자존심 때문에 얼버무리고 지나가거나 틀린 것을 알고도 그냥 지나쳐 버린다면 그거야말로 양심의 문제이고, 학생들에게는 큰 죄악을 저지르는 행위이다. 또한 가르치는 선생은 매너리즘(mannerism: 타성:惰性)에 빠지는 것을 경계해야 한다. 한 교재만으로 매 학기, 매 학년 사용하기도 하는데, 가능한 같은 과목이라도 가끔씩, 더 좋은 것은 매년 바꾸어 주어야 가르치는 선생 자신도 신선함도 있고 수업의 질(質)도 개선(改善)된다. 수업의 효율성을 극대화하기 위해서는 첫째는 눈높이에 맞는 교재, 두 번째는 강의력과 이해도, 마지막으로 피드백(feedback)이다. 또한 가르치는 선생님은 수업 시간을 철저하게 지키고, 용모나 옷차림도 단정하고 깔끔해야 하며, 수업 시 학생들이 지루해할 때를 대비해 3~5분 말할 수 있을 정도의 재미나거나, 삶에 도움이 될 수 있는 얘깃거리를 항상 머릿속에 준비해 두는 습관을 들여야 한다. 그러려면 평소에 여러 종류의 독서나 신문 · 잡지, 국내외 유머집 등을 읽는 습관이 필요하며, 수업에 들어가기 전에 무엇을 말해야 하고, 무엇을 강조할 것인지, 과제는 무엇을 부여할 것인지, 예상되는 질문은 무엇이고, 대답은 어떻게 할 것인지 연극 대본을 쓰듯 미리 머릿속에 짜임새 있게 설정(設定)해 두는 것이 생활화 되어야 한다. 또한 학기마다 수업 반응 설문조사(앙케트)를 실시하여 수업에 좋은 점과 개선해야 할 점 등을 조사해 다음 수업부터 반영하는 적극성도 필요하다. 특히 중요한 것은 선생은 시대에 뒤떨어져서는 안 된다. 요새 젊은 학생들의 관심거리가 무엇이고, 사용하는 어휘들이 무엇인지까지도 알고 있어야 한다. '시대에 뒤떨어진 교사만큼 딱한 것도 없다.' 미국의 역사가 헨리 애덤스의 말이다. 무엇보다 공부보다도 '사람을 인도(引導)하는 선생님이 되는 것이 중요하다'라는 것이다.

달초(撻楚:매질)라는 말은 '어버이나 스승이 자식이나 제자의 잘못을 징계하기 위해서 회초리로 볼기나 종아리를 때리는 것'을 말한다. 우리의 기성세대들은 학창 시절 그것이 당연하고 사랑의 매인 줄 알고 성장해 왔다. 그러나 오늘날은 내 자식이라 해서, 또는 선생이라

해서 함부로 체벌을 해서도 안 되고, 못하는 시대가 되어 있다. 그러다 보니 그 폐해(弊害)가 심각하다. 학생이 선생님을 고발하고, 신체적 위해(危害)를 가하고, 오죽했으면 선생님이 극단적 선택을 했겠느냐를 생각하면 그 심각성은 이루 말할 수 없게 되었다. 학생 인권보다 선생님들의 교권이 더 중요하다. 그래야만 교육이 제대로, 바로 설 수 있다. 조속한 시일 내에 정부 차원의 대책과 제도 개선이 시급하다 못해 더 이상 미룰 수 없는 지경에 이르렀다. 오늘날에야 과거처럼 체벌(體罰)이 금지되어 있고 학생 인권을 중시(重視)한 나머지 오히려 교권이 침해받고, 심하게 말해 땅에 떨어져 있다 해도 과언(過言)은 아니지만, 그렇다 해도 학교별 교육 현장이나 교사들 자체만이라도 적절한 대응책을 마련하고 제재(制裁)방안을 마련하는 것이 필요한 시기이다. 한마디로 말해 자식을 훈육할 때 잘못된 자식, 그리고 교육 현장에서 잘못된 학생은 말로는 안 되는 법이다. 적절한 제재나 일상의 통제, 더 좋은 것은 신체적 고통이 따라야 개선되는 법이다. '교사가 지닌 능력의 비밀은 인간을 변모시킬 수 있다는 확신이다.' 미국의 사상가 에머슨의 말이고, '교육은 인간을 바로 세울 수 있는 묘약이다.' 독일 시인 W. 부슈의 말이다. 그리고 사자성어에는 사엄도존[師嚴道尊:스승이 엄해야 가르치는 도(道)도 존엄해짐]과 엄사출고도(嚴師出高徒:엄한 스승 밑에서 훌륭한 제자가 나옴), 그리고 선생낙천(善生落川:좋은 스승 밑에서 좋은 제자가 생겨남)이 있다.

끝으로 스위스의 정신과 의사, 정신분석학자 카를 구스타프 융의 명언을 인용하는 것으로 이 글의 대미(大尾)를 장식하고자 한다. '사람은 과거를 회상하며 훌륭한 선생님들에게 감사하는 마음을 가지는데, 그러한 마음은 인간적인 감정을 우리에게 가르쳐 준 선생님들에게 향하는 것이다. 교과과정은 정말로 필요한 교구이지만, 인간적인 따뜻함은 학생, 제자들의 영혼과 성장에 가장 필수적인 요소이다.' 교육 현장에 있는 스승, 선생님들이 마음속 깊이 새겨야 할 명언이다.

12. 실패(失敗)와 불행(不幸)의 역설(逆說)

우리가 살아가면서 '실패와 불행'을 바라는 사람은 없지만, 이것들은 빈부귀천을 떠나 우리네 삶에서 피할 수 없는 것들로, 때로는 우리의 '성장 동력'이 되기도 하므로 '좌절하거나 포기하지 말고 꿋꿋하게 살아가자'라는 취지의 글로, 특히 의지력 약한 이들에게 큰 힘이 되어 삶의 길라잡이가 되기를 바란다.

역설(paradox)에 대한 문학 용어사전에서, "겉으로 보기에는 모순(矛盾)되고 부조리(不條理)하지만, 표면적 진술을 떠나 자세히 생각해 보면 근거가 확실하든지, '깊은 진실을 담고 있는 표현'을 의미한다. 역설은 한 문장 안에서 상반(相反)된 두 가지의 말이 공존(共存)한다. '찬란한 슬픔'에서 슬픔은 '우울하고 음침(陰沈)'한 의미를 지니는데, 이것을 '찬란하다'라고 표현한 것은 '모순'이라 할 수 있다. 그러나 이 말을 새겨보면, 슬프기는 하지만 절망적인 슬픔이 아니라 그것을 초월하는 '아름다운 슬픔'이라는 의미를 지니게 된다. 이처럼 역설은 일반적으로 반대개념을 가진, 혹은 적어도 한 문맥(文脈) 안에서 함께 사용될 수 없는 말들을 결합시키는 '모순 어법'을 나타나는 경우가 많다."라고 한다.

성공과 실패, 행복과 불행을 쉽게 정의 내리기는 그렇게 쉽지는 않은 것 같다. 이는 사람마다 판단하는 기준이 천차만별(千差萬別:모두 차이가 있고 구별이 있음)이기 때문이며, 한발 더 나아가 각각 두 가지의 역설 때문일 것이다. 첫 번째 역설은 실패 덕분에 성공하는 경우, 불행했기 때문에 행복한 경우, 두 번째는 성공 때문에 나중에 실패한 경우, 행복했지만 나중에는 불행한 경우이다. 사실 사람이란 실패를 딛고 성공하거나 불행을 딛고 행복한 것은 좋은 일이지만, 성공 이후 실패의 쓴맛, 행복 이후 불행의 쓴맛은 견디기 힘든 것이 세상 이치이다. 어찌 되었든 간에 실패나 불행의 고통과 고난, 역경과 시련을 승화(昇華)시켜, 역설에 이르는 데에 이 글의 초점을 맞추어 나가기로 한다.

실패는 우리네 삶의 일부이며, 어느 누구든 한 때 실패를 경험하게 되는 것을 피할 자(者)는 없다. 그럴 때일수록 현명하고 지혜롭게 대처하면 더 큰 성장과 배움의 기회로 삼을 수 있으므로, 건전한 마음과 정신이 되는 사자성어와 명사들의 명언을 상기(想起)해 보는 것은 유의미(有意味)한 일일 것 같다. 망우보뢰(亡牛補牢)는 우리 속담에 '소 잃고 외양간 고친다.'라는 말로 '과거의 실수나 실패를 교훈 삼아 미래를 준비하는 것'의 중요성을 강조하는 가르침이고, 병가상사(兵家常事)는 전쟁이나 인생행로에서 승리와 패배는 일상의 일로 실패한 자를 위로하는 말로 '어려움을 극복하길 바라는 마음'의 의미이며, 권토중래(捲土重來)는 흙먼지를 일으키며 다시 돌아온다는 의미로, 한 번의 싸움에 패하였다가 다시 힘을 길러 돌아온다는 말로, 어떤 일에 '실패한 뒤에 다시 힘을 길러 그 일을 재(再)착수하는 것'을 비유할 때 쓰이는 말이다. 실패와 관련된 긍정적인 시각(視覺)을 가질 수 있는 명언들로, 가장 흔하게 들어온 '실패는 성공의 어머니이다.'는 미국의 발명왕 토머스 에디슨의 말이고, '성공은 실패를 극복하는 능력에서 나온다.'는 영국의 지휘자 콜린 R. 데이비스의 말이며, '오늘 실패한 것은 내일 성공할 수 있는 기회이다.'는 미국의 철강 왕 앤드류 카네기의 말이다. 또한 '실패는 성공으로 가는 고속도로이다.' 영국의 천재 요절(天折:젊은 나이에 죽음) 시인 존 키츠의 말이고, '실패는 사람에게 다시 시작할 기회를 제공해 준다. 더 현명하게 말이다.' 미국의 자동차왕 헨리 포드의 말이며, '실패는 우리의 가르침이다.' 아일랜드 시인, 극작가 오스카 와일드의 말이다. 무엇보다도 실패는 성공의 초석(礎石)이고, 새로운 출발점이며, 경험과 용기를 주게 되어 더 나은 방향으로 나아갈 수 있는 '의지와 기회'를 만들어 주게 된다.

오늘날 우리가 유용하게 사용하고 있는 페니실린, 합성고무, 포스트잇, 나일론, 안전유리, 전자레인지, 과속 탐지기 등 수많은 것들이 실패작에서 새로운 용도를 찾은 발명품으로 유명한 것들이라는 것은 잘 알려진 사실이다. 비슷한 맥락에서 신(神)의 약으로 발기부전의 혁명, 신기원(新紀元:획기적인 사실로 말미암아 전개되는 새로운 시대)을 이룩한 '비아그라'는 본래 심장질환인 협심증 치료를 목적으로 개발된 약이었으나 임상실험 과정에서 본래 목적의 치료 효과는 그저 그러해서 하마터면 사장(死藏:활용하지 않고 쓸모없이 묵혀 둠)될 뻔했던 약이다. 그런데 약물을 처방받은 환자가 발기가 일어나는 예상치 못한 부작용이 발견되어 발기부전 치료 용도로, 세계적으로 널리 애용(愛用)되고 있으며, 일부 미숙아나 선천적 동맥이나 혈류에 문제가 있는 소아 폐동맥 고혈압, 고산병 치료 처방 약으로도 쓰이고 있는데, 이 약을 연구 개발한 미국의 글로벌 바이오 제약회사 화이자는 본래의 목적은 실패했어도 새로운 효능을 지닌 약 개발로 미국 내 최고의 회사 이익과 성장 그리고 의료계의 세계적 명성, 더불어 '비아그라' 제품명은 발기부전 치료 약의 대명사로 불리게 된 실패의 역설에 대한 근래(近來)의 대표적 사례이다. 실패는 결코 헛된 것, 시간 낭비, 정력 낭비가 아니다. '실패에서도 새로운 것을 발견해 내는 정신이야말로 대단히 중요하다'라는 것은 아무리 강조해도 결코, 지나치지 않는 것이다.

실패의 역설이라는 성공 신화를 낳은 세계적 인물들로, 알베르트 아인슈타인(4세까지 말을 못 했고, 7세가 되어서야 글을 읽게 되었으며, 대학입시에도 실패했지만, 세계적 물리학자가 되었다), 토머스 에디슨(전구를 만들고자 천 번 이상을 시도했지만 실패할 때마다 작동하지 않는 이유를 알게 되어 마침내 성공하게 되었다), 오프라 윈프리(방송 리포터로 일할 때 TV 뉴스에 적합하지 않다고 해고당했지만, 끈기를 갖고 다시 일어서 미국 방송계에 가장 영향력 있는 여성으로 인정받았다), 조엔 케이 롤링(언론계에서 실패했고 '해리포터'를 발표하기 전까지는 빈곤했지만, '해리포터 시리즈'를 내고 세계적 명성과 부(富)를 얻게 되었다), 윈스턴 처칠[초등 6학년 때 중퇴하고 공직에서도 실패했지만 62세에 명망(名望:명성과 인망) 있는 영국 총리가 되었다] 등이 있다.

실수나 실패, 사람이라면 누구나 두려워하고 피하고 싶은 단어이다. 그래서 실수나 실패가 두려워서 실행을 제대로 해보지 못한 것들도 여럿 있기도 하다. 그런데 어린 시절 읽었던 위인전을 통해서 정치계, 경제계, 사회적, 역사적 위대한 인물들의 공통점은 바로 실수, 실패를 거듭하면서도 두려워하지 않고 끈기와 노력으로 결실을 이룩한 사람들이라는 것이다. 무엇보다도 좌절과 포기를 하지 않았다는 점들이 우리에게 더욱 감동(感動:깊이 느껴 마음이 움직임)과 감명(感銘:감격하여 마음에 깊이 새김)을 주게 되는 것이다. 보통 범인들은 실수, 실패의 쓴맛보다는 익숙한 맛이고 달콤한 맛인 안정적인 것을 찾으려 하고, 그리고 실제로 찾는다. 그런데 인간에게 왼쪽 발과 오른쪽 발이 있는 것은 '실수나 실패를 번갈아 가면서 하라'라는 의미라고 한다. 두려움이라는 창살에 갇혀 꼼짝도 못 하는 사람은 더 이상 발전이나 변화를 기대할 수는 없다. 안정적인 안주(安住)가 장시간 지속되다 보면 게으름, 나태라는 녀석이 찾아와 물귀신처럼 퇴보(退步:수준이나 정도가 전보다 뒤떨어짐)로 끌고 들어간다. 지난날들을 돌이켜 볼 때, 한 일보다도 하지 않은 일들에 더 많이 후회가 될 것이다. 이제부터라도 정박(碇泊)해 있는 배의 닻을 올려 항해에 나서라. 푸른 바다, 망망대해(茫茫大海:한없이 크고 넓은 바다)로 나가라. 작열(灼熱:이글이글 타오름)하는 태양, 폭풍우, 때로는 해적 떼와도 맞서 싸워야 한다. 그래야 목적지에 도달할 수 있다. 같은 이치로, 우리네 인생도 마찬가지이다.

　　불행을 정의할 때 사람마다 각기 다 다를 수 있다. 어떤 이는 자신이 바라는 대로 안 되면 불행하다 할 수 있고, 어떤 이는 자신의 가치관이나 인생관, 신념이 위협받을 때 불행하다 할 수도 있지만, 대체로 자신의 기대나 희망이 현실과 다를 때 생기는 부정적인 감정이다. 그렇다면 불행의 원인은 어디에서 오는가? 외부적 상황이나 환경인가, 아니면 내부적인 태도나 인식에 있는가? 명사들의 명언들을 빌리자면, '불행의 원인은 늘 나 자신에게 있다.' 프랑스 수학자, 철학자 파스칼의 말이고, '불행을 통해 행복이 무엇인지를 배우게 된다.' 영국의 성직자, 역사가 토머스 풀러의 말이며, '불행은 대개 고민이나 번뇌할 시간적 여유를 주기 때문에 생겨난다.'와 '불행에 빠져야 비로소 자기가 누구인지를 깨닫는다.'는 오스트리아 소설가 슈테판 츠바이크의 말이다. 또한 '자기가 소유하고 있는 것을 가장 풍부한 재산으로 여기지 않는 자는 누구나, 비록 이 세상의 주인이라도 불행하다.' 고대 그리스 철학자 에피쿠로스의 말이고, '너는 자꾸 멀리만 가려느냐. 보라, 좋은 것은 가까이 있다. 다만 네가 잡을 줄만 알면 행복은 언제나 거기 있다.' 독일의 작가, 철학자 괴테의 말이며, '행복과 불행이란 그것이 얼마나 심한가에 따라서가 아니라, 얼마나 심하게 느끼는가에 따라 우리에게 영향을 미친다.' 프랑스의 고전주의 작가, 라 로슈푸코의 말이다. 결국 불행이란 '내 마음속에 있는 것'이며, '태도와 인식에 따라 달라질 수 있다'라는 것이다. 불행이란 스스로 만들기 때문에, 스스로 극복해야만 한다. 불행을 벗어나는 지름길은 바로 '나 자신을 바꾸는 것'이다. 그러려면 먼저, 나 자신의 잘못을 인정하고, 자신의 장단점이 무엇인지도 알아야 하며, 그러고 나서 자신의 목표를 설정해 자기 행복을 추구해야 하겠다. 설사 지금 불행하다 해도, 그 불행을 역설로 바꾸는 것도 바로 나다. '마음의 짐을 풀고 허물과 걱정을 떨쳐내고 폭풍 속에서도 흔들림 없이, 그리고 어둠 속에서도 스스로 등불이 되어 자신을 의지하며 진정한 나 자신을 찾는 것'이야말로 중요하다. 행·불행도 '습관'이다. '어떻게 지니느냐'에 따라 다르다. 그러므로 불행한 마음에서 벗어나 행복한 마음을 습관적으로 몸에 지녀야 한다. 우리네 삶에는 빛과 어둠이 있다. "불행에도 '빛'이 있다"라는 것을 깨달아야만 한다.

'한 사람에게서 노년, 말년이 편안하고 행복해야 성공한 삶'이라는 것이 정설(定說:확정되거나 인정된 설)이긴 하다. 그런데 노년에 배우자와 사별, 이혼, 불화로 말미암아 별거나 졸혼으로 혼자되어 문자 그대로 독거노인으로 살아간다는 것은 '실패하고 불행한 삶'이라고 보통은 여긴다. 미국의 사회학자 모리 슈워츠의 말처럼 '실패와 불행은 또 다른 기회'인 것이다. 생각하기 나름이다. 사랑하는 자식 내외들, 금쪽같은 손주(손자와 손녀를 아우르는 말)들이 있지 않은가? 홀로 살아가고 있으면 자식들, 손주들, 친족들, 친구들, 그 밖의 주변 사람들이 애처롭고, 측은하게 생각하고, 또 어쩌다 만나면 그런 눈빛으로 바라보기도 한다. 그런데 그네들의 마음 씀씀이가 고맙긴 하지만, 실상 나 자신은 때론 외롭고 서글픈 마음이 들기도 하지만, 나 혼자만의 즐거움, 편안함, 행복감이 훨씬 더 크다. 그래서 얼마든지 견딜 만하다. 주변 사람들의 생각이나 시선만큼 그렇게 측은(惻隱)하지는 않다. 이렇게 혼자만의 조용하고 한가한 시간을 가져본 적이 있었겠가? 난생처음 맞이하는 나만의 기나긴 휴식 시간이기도 한 것이다. 더불어 젊어서 생활전선에서 바쁘게 일하느라 못했던 일도 하고, 보고 싶은 사람도 언제든지 만날 수 있고, 제때 끼니도 챙겨 먹고, 낮잠도 잘 수 있고, 나만의 즐거운 일, 또는 찾아 하기도 하고, 무엇보다도 '내 마지막 인생을 조용히 정리할 수 있는 시간적 여유가 있다'는데 크나큰 만족을 한다. 이거야말로 노년의 실패나 불행의 역설(逆說)이 아니고 무엇이란 말인가?

13. 욕구(慾求)와 절제(節制)

　욕구란 '무엇을 얻거나 무슨 일을 하고자 바라는 일'이며, 유의어에 욕망(慾望:부족을 느껴 무엇을 가지거나 누리고자 탐함, 또는 그런 마음), 욕정(欲情:충동적으로 일어나는 욕심, 이성에 대한 육체적 욕망), 충동(衝動)이 있다. 그런데 욕구(need)와 욕망(desire)의 차이는 욕구는 '무언가가 결핍되어 있는 상태에서 무의식적으로 결핍된 상태를 채워서 해결하려는 심리'이고, 욕망은 '자신이 스스로 의식적으로 부족을 느껴서 탐하는 것'이므로 욕구보다 더 많은 것을 요구하게 된다. (여기서 영어단어 'need'가 생리적 '욕구'의 의미일 때 생리적 수단 '필요'의 의미는 'want'이다) 그렇다면 요구(要求)와 욕심(慾心)은 무엇인가? 요구(demand)는 '받아야 할 것을 필요에 따라 달라고 청하는 것'으로 유의어에 간구(懇求:간절히 바람), 구청(求請), 부탁이 있고, 욕심(greed)은 '분수에 넘치게 무엇을 탐내거나 누리고자 함'으로 유의어에는 심욕(心慾), 야욕(野慾:자기 잇속만 채우려는 더러운 욕심), 욕기(慾氣), 탐욕(貪慾:지나치게 탐하는 욕심)이 있다. 그러므로 욕구, 욕망, 요구, 욕심은 의미가 같은 듯 서로 다른, 저마다의 의미와 쓰임새가 다르다.
　미국의 인본주의(人本主義:인문주의, 휴머니즘: 가톨릭교회의 권위와 신(神) 중심의 세계관으로부터 인간을 회복시키고 인간의 존엄성 회복과 문화적 교양의 발전에 치중) 심리학 창설을 주도(主導)한 철학자, 심리학자 에이브러햄 매슬로는 인간에게는 '욕구 5단계'가 있다고 주장했는데, 구체적으로 "첫 단계는 기아나 갈증 등의 '생리적 욕구', 두 번째 단계는 육체의 위험을 피하려는 '안전 욕구', 세 번째 단계는 가까운 대인관계를 원하는 '소속·애정욕구', 네 번째 단계는 자기 존중과 사회적 인정을 원하는 '존중 욕구', 마지막 단계로 일을 성취하려는 '자아실현욕구'를 들었다." 그가 주장한 '욕구 5단계' 설(說)에서 '자아실현'을 최상위 5단계에 있는 가장 중요한 가치(價值)로 소개한 이후 널리 알려지게 되었는데, 어찌 보면 오늘날 상황으로 보더라도 한 개인에게 있어서 가장 중요하고, 필요하며, 현실적인 주장이라고 보인다. 더불어 매슬로는 개인의 성장을 힘쓰는 인간의 핵심 부분인 '진실한 자아의 애정 어린 보살핌'을 주장하기도 했는데, 이 또한 누구나 절대 공감(共感)하는 주장인 것 같다. 그런데 오늘날 우리가 주로 사용하는 욕구의 종류로, 일차욕구, 기본욕구(선천적, 생리적 욕구로 먹고, 마시고, 잠자고, 배설 등), 안전 욕구(확실성, 질서, 구조, 불안과 공포로부터 해방 등에 대한 욕구로 전쟁, 범죄, 자연재해, 혁명 등과 같은 상황에서 오는 경우)가 있고, 그 외 욕구불만, 욕구좌절(목표지향적인 행동이 내적, 외적 원인에 의해 방해된 상태, 그때 경험하는 정서 상태)이 있다.

"본디 '우연이란 존재하지 않는 법이다.' 기필코 어떤 것이 필요하게 되면 그 필요불가결(必要不可缺)한 것이 발견되기 마련인데, 그런 것을 가져다주는 것은 '우연'이 아니라 그것을 '갈구(渴求:간절히 바라며 구함)'하는 그 사람 자신'이다. 그 사람 자신의 '욕구와 필요성'이 그 사람을 그곳으로 데려간다." 독일의 노벨문학상을 수상했던 헤르만 헤세가 쓴 소설 '데미안'에 나오는 말이다. 성경에도 '구하라, 그러면 너희에게 주실 것이요. 찾으라, 그러면 찾을 것이요. 문을 두드리라, 그러면 너희에게 열릴 것이다(마태복음).'라는 구절이 나온다.

불가(佛家)에서 쓰는 한자 성어 일념통천(一念通天)은 '한결같은 마음으로 갈구(渴求)하고 열중(熱中)하면 하늘도 감동(感動)하여 일을 성취(成就)하거나 원하는 것을 쟁취(爭取)할 수 있다'라는 말이다. 종교인이든 비종교인이든 '기도하라.' 그런데 반드시 '소리내어 기도하라. 그것도 간곡히.' 우주(宇宙:천지사방과 고금 왕래, 만물을 포용하는 공간)는 울림, 파장(波長), 공명(共鳴)이다. 그 울림이 하늘에 닿게 되는 것이다. 그런데 간절한 기도와 수반(隨伴)되어야 하는 단 한 가지는 '불굴(不屈)의 노력'이다. 공자님 말씀에 '천재는 노력하는 자를 이길 수 없고, 노력하는 자는 즐기는 자를 이길 수 없고, 즐기는 자는 미치는 자를 이길 수 없다.'에서 '불굴의 노력'은 바로 그 일에 '미쳐야 함'을 의미한다고 보아야 하겠다. 중국 설화에서 유래한 운칠기삼(運七技三:운이 7할, 노력이나 재주가 3할)이라는 말에 적용해 보면 '천재는 노력하는 자를 이길 수 없고, 노력하는 자는 운 좋은 자를 이길 수 없다.'라는 말로 볼 때 '노력도 운이 받쳐주어야 이룰 수 있다'라는 말인데, 노력해도 이루어지지 않는다고 포기하거나 좌절하지 말고 '때를 기다려야 한다.'라는 의미로 보아야 하겠다. 그런데 여기서 변함없는 진리는 '운(運)이란 노력하는 자(者)에게만 온다.'라는 것이다.

자제(自制:자기의 감정이나 욕망을 절제함), 절제(self-control)란 '정도에 넘지 아니하도록 알맞게 조절하여 제한함'의 의미로 어느 정한 기준을 넘지 않고 조절해 제한하는 것으로 상대가 강제로 제한하는 것과는 다른, '스스로(영어단어에도 'self'로 시작)'라는 의미가 강(强)한 것으로 '개인이 자발적으로, 스스로 하지 않는 것'을 의미한다. 유의어에 극기(克己:자기의 감정이나 욕심 따위를 의지로 눌러 이김), 억제(抑制:감정·욕망·충동적 행동 따위를 의지로 눌러 이김), 제어(制御:감정·충동·생각 따위를 막거나 누름)가 있다. 오늘날 심리학에서는 절제를 덕(德:인간으로서 도리를 행하려는 어질고 올바른 마음이나 훌륭한 인격)으로 묘사되는데 6가지 미덕(지혜, 용기, 인류애, 정의, 초월, 그리고 자제) 중 하나이며 '식욕, 성욕, 허영과 사치 욕, 명예욕, 분노, 충동을 억제'하는 것에 관련되는 것으로, 특히 '술 조절'로 흔히 쓰이는, 술은 적절하고, '자신의 주량(酒量:견딜 수 있을 정도만큼의 술의 분량)에 맞게 자제(절제)할 줄 아는 사람'이라는 말에서 주로 쓰이는 것으로 '절제할 줄 아는 음주 습관'은 개인적인 측면에서 사회생활에서 지켜야 할 덕목(德目) 중 가장 중요한 것 중 하나이다. 술은 단체나 조직에서 업무상, 사업상 원만한 대인관계에서 피할 수 없고, 피해서도 안 되는 사회생활 중 하나로, 마시긴 하되, 자신의 건강이나 실수하지 않는 범위 내의 음주 자세, 습관을 말하는 '절제의 미덕'의 대표적 사례이다. 사실 사회생활 하면서 '술 한

잔도 못 한다. 입에도 대지 않는다.'라는 것은 핸디캡(handicap:자신에게 불리하게 작용하는 여건)(?)이 될 수도 있으며, 때론 술 잘 마시는 것이 성공의 모티브(motive:동기)가 될 수도 있다는 것을 염두(念頭)에 두어야 한다. 미국 건국의 아버지 중 한 사람이자 미국의 독립선언서를 초안(草案)한 벤저민 프랭클린은 절제를 '심신이 둔해질 때까지 먹지 말라. 취할 때까지 마시지 말라'고 했으며, 고대 로마 정치가, 작가, 웅변가 키케로는 '운동과 절제는 노령(老齡:늙은 나이)에 이르기까지 젊은 시절의 힘과 건강을 어느 정도 보존해 준다.'라고 말했다. 이는 독일의 철학자 아르투어 쇼펜하우어의 "인간에게 음식물에 있어 절제는 '건강'을 보증하고, 교제에 있어 절제는 '정신의 안정'을 보증한다."와 궤를 같이하는 의미로 보아야 하겠다.

성경에서는 자제와 절제를 '방종(放縱:아무 거리낌 없이 자기 마음대로 행동함)에 빠지지 않고 이성으로 감정을 조절하고 자기 자신을 다스리는 것(고린도전서, 베드로후서), 이는 정결(淨潔:매우 깨끗하고 깔끔함)하고도 경건한 생활의 한 모습이자(사도행전) 성령의 열매이기도 하다(갈라디아서).'라고 나오는데, 특히 성경에서는 술(레위기, 민수기, 잠언), 언행(디모데전서), 육신의 정욕(로마서, 고린도전서), 부부생활(고린도전서), 지식(베드로후서) 등에서 '절제'해야 한다고 가르침을 주신다. 그리고 역사적 명사들의 명언들에는 독일 작가, 철학자 요한 볼프강 괴테는 '진정한 행복은 절제에서 솟아난다.'라고 말했고, 고대 그리스 수학자, 철학자 플라톤은 '자제, 절제는 최고의 승리이다.'라고 말했으며, 고대 그리스의 3대 비극작가(소포클레스, 아이스킬로스, 에우리피데스) 중한 사람인 에우리피데스는 '자제, 절제는 신(神)들이 준 최고의 선물이다.'라고 말했던 것으로 자제, 절제를 인간세계에서 최고의 미덕(美德:아름답고 갸륵한 덕행)으로 극찬(極讚)했지만, 반면에 프랑스의 문학가 생드 뵈브는 '젊은 시절에 너무 방종하면 마음의 질서가 없어지고, 너무 절제하면 머리가 돌아가지 않는다.'라는 말은 젊은 시절 '도(道)를 넘지 않는 범위 내에서 방종은 때론 유익(有益:이롭거나 도움이 됨)하기도 하다'라는 말로 들리기도 한다.

오늘날 우리는 쾌락 지향(指向)적, 충동(衝動)적 삶을 살아가고 있는 것 같다. 특히 젊은 세대, MG 세대들에게서 더욱 그런 경향이 있는 것 같다는 것이다. 절제는 '인생에서 모든 사람, 남녀노소, 지위 고하를 막론하고 필요한 덕목'이다. 인간이 일차적, 기본적 욕구를 느끼는 것은 지극히 당연하다. 그것은 인간의 본능이기 때문이다. 겉으로는 절제하는 것 같아도 내면의 욕구, 욕망은 누구나 다 똑같은 법이다. 그런데 인간의 일차적, 기본적 욕구에만 충족하고 살아간다면 발전은커녕 성공을 기대하기는 어렵다. 정말 먹고 싶은 것이 있었는데 먹고 나면 그저 그렇다. 엄청나게 갖고 싶었던 물건이 있었는데 막상 갖게 되고 어느 정도 시간이 지나면 무덤덤하다. '바닷물은 채울 수 있어도 인간의 욕구, 욕심은 채울 수 없다'라는 말이 있다. 그만큼 '인간의 욕구, 욕심은 끝이 없고, 채울 수 없다'라는 말이다. 먹고 싶은 대로 다 먹으면 살이 쪄 건강에 적신호가 올 것이고, 놀고 싶은 대로 실컷 놀다 보면 수입이 없으니, 생활고로 어려움을 겪을 것이다. 그러나 우리는 '절제'라는 '경계병'이 있어 도(度)나 선(線)을 넘지 않도록 가로막아준다. 자신이 원하는 것을 위해서, 보다 더 나은 삶을 위해서 절제는 생활에서 필수이며, 무작정 참는다는 것은 어려운 일이기에 자기 나름대로 "선(線)과 기준을 두어(이때 가장 중요한 것은 '결과'를 먼저 생각해 보는 것) 상황에 따라 적절히 절제하는 방법"을 터득하고 실천하는 '삶의 지혜'를 지녀야 하겠다. 연령대별 모두에게 '자제와 절제'는 필요하지만, 특히 노년의 삶에 있어서 '절약과 절제, 그리고 마음 다스리기'는 필수(必需:꼭 있거나, 하여야 함)이자 필연(必然:결과가 그렇게 될 수밖에 없음)이다.

인간이 살아가는데 '욕심이나 욕망'이 없는 사람이 어디 있겠는가? 어찌 보면 때로는 욕심이나 욕망이 크면 클수록 성취의 결과도 정비례할 수 있다. 긍정적 의미의 큰 꿈, 포부, 야망(野望:커다란 희망이나 바람)을 말하려 하는 것이다. 문제는 허무맹랑(虛無孟浪:황당무계)한 것이 아닌 '실현 가능성의 범위 이내에서 자제, 절제 그리고 무엇보다도 자신의 분수(分數:자기 신분에 맞는 한도, 사물을 분별하는 지혜)를 아는 것'에 있는 것이다. 한마디로 '그것을 어떻게, 얼마나 조절과 조정하느냐?'에 달린 것이다. 모든 절제에 대한 답(答)으로 두 권의 책을 추천하고자 한다. 한 권은 기(技:재주)와 술(術:꾀)로 치부(恥部)되던 관상을 학문과 수양의 수준으로 끌어올린 일본의 전설적인 관상가, 사상가 미즈노 남보쿠가 쓴 '절제의 성공학'이고, 다른 한 권은 미국의 크리스천 심리학자, 목사 윌리엄 바커스가 쓴 '절제의 자유'이다. 전자는 '자신을 다스리는 절제가 결국 인생이라는 길을 만든다.'라는 주장으로 수많은 사람의 '인생 상담' 속에서 키워드 (keyword)를 잔잔하게 설명해 주고, 후자는 자신의 노력으로 이루는 절제를 말하기보다는 '하나님의 은혜로 함께하는 절제'에 대해서 말해준다. 두 권 모두 우리말 번역본이 나와 있다.

14. 의심(疑心)과 확신(確信)

의심(疑:의심할 의 心:마음 심)이란 '확실히 알 수 없어서 믿지 못하는 마음'으로 유의어에 불신(不信), 불신용(不信用), 의구(疑懼:의심하고 두려워함)가 있고 반의어가 확신이다. 우리말과 동음이지만 한자어가 다른 의심(義心)은 '의로운 마음'이다. 영미권역(英美圈域)에서는 '의심'이라는 의미로 doubt(명사와 동사, 형용사는 doubtful이며 일반적 의미나 부정, 부존재의 의심)와 suspicion[명사, 동사는 suspect(명사로는 '용의자, 혐의자' 의미), 형용사는 suspicious로 긍정, 존재의 의심]이 있고, 그리고 증거의 수준을 세 가지로 분류(分類: 공통되는 성질에 따라 종류별로 가름)할 때, '합리적 의심(reasonable doubt/suspicion)', '설득력 있는 증거, 유력한 증거(clear and convincing evidence)' '증거의 우월(preponderance of evidence)'로 나눈다.

의심이란 '특정한 대상을 알거나 이해하지 못해 믿지 못하고 이상히 여기는 것'을 말한다. 신뢰와 믿음 그리고 맹신(盲信:옳고 그름을 따지지 않고 덮어 놓고 믿음)과 확신의 반대가 되고, 여기서 더 악화하면 불신(不信)이 된다. 그런데 프랑스의 '철학 이론'을 쓴 근대철학의 아버지 르네 데카르트는 '믿고 싶은 모든 것을 의심하라.'라는 말을 했다. '의심을 해야만 안전을 보장받을 수도 있다'라는 것이다. 대표적인 예가 자물쇠로, 자물쇠의 '존재 이유'는 바로 '타인에 대한 의심' 때문이다. 또한 의심 없는 믿음은 광신(狂信:무비판적으로 믿음)이 되고, 광신은 인류를 말살(抹殺:뭉개어 없앰)시킬 수도 있는 전쟁, 개인적으로는 사이비 종교에 빠져, 본인은 물론이고 가족들 그리고 사회에 큰 물의(物議:뭇사람의 서로 다른 비판이나 불평)를 일으킬 위험성이 있다.

세상을 살아가다 보면 믿을 사람도 있고 의심을 살 만한 사람도 있는 법이다. 특히 부부 사이에 의심이 커져 그것이 확신으로 비약(飛躍:급격히 발전하거나 향상됨)되기도 한다. 이런 과정에서 자신은 물론이고 상대 배우자도 고통을 겪게 되는 것이다. 사실 본래 의심이 나쁜 것은 아니다. 세상 사람들은 정직한 사람도 있지만 그렇지 못해 속이려 하는 자(者)도 있기 때문이다. 그래서 남에게 속음을 당하지 않기 위해 '합리적 의심'이 필요하기도 한 것이다. 내가 아닌 다른 사람들의 마음은 알 수가 없다. 사람의 마음이란 수시(隨時:그때그때 형편에 따름)로 변하고, 바뀌는 변화무쌍(變化無雙:변화가 비할 데 없이 심함)하기 때문이다. 그럼에도 불구하고 우리는 믿음을 담보(擔保:맡아서 보증함)로 살아가다가도 가끔은 뒤통수를 맞게 되고, 배신(背信:신의를 저버림)이나 배반(背叛:믿음과 의리를 저버리고 돌아섬)을 당하기도 한다. 그리고는 '아차(본의 아니게 어떤 일이 어긋나거나, 어긋난 모양)! 믿은 내가 바보지' 하며 혼자 탄식(歎息:한숨)하며 후회하기도 한다. 그러나 이미 때는 늦은 것이다.

그렇다면 우리네 인생살이에서 의심의 폐해(弊害:폐단으로 생긴해)가 가장 큰 것은 무엇인가? 그것은 무엇보다도 부부간의 의심, 의부증(疑夫症:남편의 행실을 지나치게 의심하는 변태적 성격이나 병적 증상)과 의처증(疑妻症:아내의 행실을 의심)일 것이다. 부부간의 의심에는 결혼 전 과거를 의심하는 것에서부터 결혼 후 크게는 서로의 다른 이성에 관한 행실[行實:실제로 드러나는 행동/몸가짐/품행/깨끗한 절개(節槪:굳건한 마음이나 태도)]이 주(主)가 되겠지만, 작게는 금전적 문제(돈을 빼돌리는 행위)도 포함되기도 한다. '의심은 배신자이다. 시도하려고 한 마음조차도 사라지게 하고 손에 넣을 수 있었던 행복마저도 놓치게 한다.' 세계적인 대문호 영국의 극작가 셰익스피어의 말이다. 그의 작품 중 최고 명작으로 손꼽히는 '4대 비극' 중 '오셀로'에서 다룬 내용이다. 모든 일에 있어서 예단(豫斷:미리 판단함)은 금물(禁物:해서는 안 되는 일)이다. 확증(確證:확실한 증거)이 없는 심증(心證:마음에 받는 인상)만으로는 모든 일을 그르칠 수 있으며, 자신의 행복도 지킬 수 없다. 혹자(或者:어떤 사람)는 '우리는 불륜(不倫:도덕에 벗어남)이 만연(蔓延:나쁜 현상이 널리 퍼짐)되어 있는 시대에 살고 있다.'라고 말한다. 다소간 의구심(疑懼心:의심나고 두려움)이 들고, 어떤 근거(根據)로 그런 말을 하는지 그 연유(緣由:사유)는 차치(且置:내버려두고 문제 삼지 않음)하고, 더러는 그렇다고 친다 해도, 어떤 경우에도 철석(鐵石:매우 굳고 단단함의 비유)같이 믿고 의지하고 사랑하고 있는 배우자가 있는 사람이, 또는 배우자가 있는 사람과의 불륜, 통정(通情:남녀가 정을 통함)은 죄악(罪惡:죄가 될 만한 나쁜 짓)이고 그리고 과보(果報), 업보(業報:선악의 결과에 따라 행복과 불행이 옴)를 반드시 받게 되는 법이다. 그러므로 이 또한 삶에서 경계해야 할 최우선 중 하나이기도 하다.

확신(確:굳을 확 信:믿을 신)은 '굳게 믿음, 또는 그런 마음, 신념'의 의미로 유의어에 믿음, 소신(所信), 신념(信念)이고 반의어가 의심이다. 우리가 세상을 살아가면서 모든 일에는 과정이 있어야 결과가 존재하는 법이며, 실천이 있어야 과정은 존재하게 되고, 시작이 있어야만 실천은 이루어지게 되며, 확신이 있어야 시작은 이루어지게 된다. 그러므로 '결과는 곧 확신에 달린 것'이다. '확신은 모든 성공의 출발점이다.' 미국의 성공 철학서 'Think and Grow Rich'를 쓴 나폴레옹 힐의 말이고, '확신은 당신을 강하게 만든다.' 미국 대통령 에이브러햄 링컨의 말이며, '확신은 나의 손안에 있는 열쇠이다.' 미국의 과학자, 발명가, 최초의 전화기를 발명한 그레이엄 벨의 명언이다.

그런데 때로는 가장 위험하고 불안한 상태는 지나친 확신에 찬 나머지 물·불 가리지 않고 자기주장을 펼치거나 행동할 수 있다는 것인데, 오히려 '작은 확률의 가능성을 엿보고 좀 더 신중하고 이성적 판단을 내리는 삶의 지혜가 필요하기도 한 것'이다. 한마디로 매사(每事:하나하나의 모든 일) '섣불러서도 안 되고 오만해서도 안 된다.'라는 다짐, 삶의 자세가 필요한 것이다. 그렇다면 우리의 모든 일의 궁극적인 목표는 무엇인가? 바로 성공(成功:목적, 뜻을 이룸)이 아닌가? 그렇다면 성공을 쟁취(爭取:다투어 빼앗아 가짐)하기 위해서는 어떻게 해야 하나? 나와 다른 의견을 가진 사람들의 말에 흔들린 나머지 우왕좌왕 하지 말고, 내가 보고, 느끼고 경험한 것들에 대한

'확신'을 갖고 실행해 나가야 한다. 설령 하다가 실수할 수도, 실패하기도 하지만 그 또한 교훈으로 삼아 긍정적인 희망을 품고 알차고, 힘차게 재(再)시도하면 되는 것이다. 한마디로 '넘어지면 다시 일어서는 오뚝이가 되어라.'라는 것이다. '가장 위대한 영광은 한 번도 실패하지 않음이 아니라 실패할 때마다 다시 일어서는 데 있다.' 공자님의 말씀이다.

'의심하는 것이 유쾌한 일은 아니다. 하지만 확신하는 것은 어리석은 일이다.' 18세기 프랑스의 대표적 계몽 사상가이자 작가인 볼테르의 말이다. 한마디로 '의심도 확신도 함부로 해서는 안 되는 신중(愼重:썩 조심스러운)을 기해야 한다.'라는 것이다. 가능한 한 의심을 하거나 확정적 단정(斷定:딱 잘라 판단하고 결정함)을 하여 '상대나 자신도 곤란해질 수 있다'라는 것이다. 가정을 추정(推定:추측해서 판정함)으로 주변, 주위에 편승(便乘:남이 타고 가는 차편을 타고 감/비유적으로, 세태나 남의 세력을 이용하여 자신의 이익을 거둠)하여 의심이나 확신한다는 것은 매우 위험하고 어리석은 일인 것이다. 이 경우도 다른 모든 경우와 마찬가지로 현명(賢明:사리에 밝음)하고 지혜[知慧:사물의 도리(道理:사람이 마땅히 행하여야 할 바른길)나 이치를 잘 분별(分別:구별하여 가름)하는 정신 능력, 슬기(일을 잘 처리해 내는 재능)가 필요하다.

15. 이기심(利己心)과 이타심(利他心)

이기심의 사전적 정의는 '자기 자신의 이익만을 꾀하는 마음'으로 '이기심의 발로(發露:숨은 것을 겉으로 드러냄)'라는 말로 주로 쓰이며, 유의어는 애기심(愛己心:자기 자신을 사랑함)이고, 반의어는 이타심, 애타심이다. 사회적으로 '집단이기심'이란 '의사결정을 할 때 특정 집단에 속한 사람들이 자신의 집단에만 이익이 되도록 압력을 행사하거나 의사를 결정하려는 마음'을 말한다. 이에 반해 '일반의지(一般意志)'는 루소의 국가론에 나타나는 중심 개념으로 '개인적인 이기심을 버리고 사회계약의 당사자가 되는 공적 주체로서의 국민 일반의 의지'를 이르는 말이고, '박애주의(博愛主義)'는 '인종에 대한 편견이나 국가적 이기심, 또는 종교적 차별을 버리고 인류 전체의 복지증진을 위해 온 인류가 서로 평등하게 사랑하여야 한다.'를 의미하는 것으로, 사해동포주의(四海同胞主義)라고도 한다. 그리고 '이기한(利己漢)'이란, '남달리 이기심이 강한 사람을 낮잡아(사람을 만만하게 여기고 함부로 낮추어) 이르는 말'이며, '정신애(精神愛)'란 '이기심과 근본적으로 대립(對立)되는 사랑으로, 사랑의 체험에 정서(情緖:마음으로 일어나는 모든 감정)성이나 육체성이 개입되지 않은 사랑'으로, 신에 대한 사랑, 진리에 대한 사랑, 인류애, 우정, 부모와 자식 간의 사랑 따위를 말할 때 쓰이는 단어이다. 영어단어로는 ego(자부심, 자존심, 자아), egoist(이기주의자), egoism(이기주의, 이기심)이다. 우리말에서 흔하게 쓰이는 것은, 아전인수(我田引水: '자기 논에 물을 끌어댄다'라는 의미로 '자기에게만 이롭게 함')이고, 동의어로 견강부회(牽强附會:이치에 맞지 않는 말을 억지로 끌어들여 붙여 자기에게 유리하게 함)인데, 대개는 총선을 앞둔 공천 과정에서 볼 수 있는 볼썽사나운(보기에 역겨운) 광경이기도 하다.

이기심이란 '자신을 위하는 마음'으로 모든 생물의 본성(本性) 중 하나에 해당한다. 사실 도덕적으로 옳지 않은 경우 이기심이 지나친 경우도 있지만, 이기심은 생존하는 데 필수로 작용하는 것으로 이기심 없는 생물은 결코 존재할 수 없어, 이기심 그 자체만으로 악(惡)인, 나쁜 것으로 규정(規定:규칙적으로 정함)하고 단정(斷定:딱 잘라 판단하고 정함)지을 수는 없는 노릇이다. 한마디로 '경제학'에서는 '합리적인 소비를 한 것'으로 '좋은 의미'로 사용되듯이 '이기심은 모든 생물의 본능에 해당하는 것'으로, 사실상 '악용(惡用:나쁜 일에 씀)'될 때 쓰인다. 비근(卑近:흔히 주위에서 보고 들을 수 있을 만큼 알기 쉽고, 실생활에 가까움)한 예(例)로 '내로남불(내가 하면 로맨스, 남이 하면 불륜)'이라는 말처럼, 어떤 물건을 두고 내가 가져갈 때는 '정당한, 그럴 수도 있는, 당연한 행위'로, 상대가 가져가면 '이기적, 그래서는 안 되는, 욕심이 지나친 행위'로 치부(恥部)되거나 폄하(貶下)될 때 쓰인다고 보면 될 것 같다.

인간의 본질(本質:본바탕)은 욕구와 탐욕 그리고 이기심과 비인간성을 태생(胎生)적으로 지니고 있다고 해도 지나친 말은 아닌 것 같다. 거기에다가 오늘날과 같은 상황에서는 다소간 환경적 영향도 크다는 것을 인정해야 할 것이다. 대표적인 예(例)가 대중매체(mass media:신문, 잡지, TV, 라디오)의 발달로, 사회적으로 대중매체들 광고의 홍수(특히 홈쇼핑) 속에서 소비에 대한 탐욕(貪慾)을 부추기고 있고, 사회적 지위에 대한 욕망을 불태우게 한다. 이기심은 '자기보존 본능'으로, 생물학적으로도 영국의 진화 생물학자 리처드 도킨스의 주장처럼, '인간 유전자의 특징은 이기적'이다. 이것은 곧 생존 욕구 에서 오는 것으로 자신이 살아가는 동안 자신이 필요한 모든 것을 자 기 스스로 책임져야 하기 때문이다. 비인간성 또한 '환경적'이라고 보 아야 한다. 이런 일련의 상황들, 이기심과 탐욕, 욕망이 참되거나 순 수한 인간성을 상실케 하는 것이다.

다음 명사들의 명언들을 통해 우리는 이기심을 경계해야 하는 이 유를 알게 된다. '헛된 이기심은 성공과 결부(結付:연관시켜 붙임)되 지 못한다. 이기심은 자기 자신을 파괴할 뿐이다.' 로마의 마지막 황 제 데오디우스의 말이고, '이기적인 사람은 남을 위할 줄도 모르고, 자기 자신도 위하지 못한다.' 독일 철학자 에리히 프롬의 말이며, '이 기주의와 허영심은 지옥을 이룬다.' 스웨덴 신학자 스베덴보리의 말 이다. 특히 우리에게 울림을 주는 명언은 로마제국 철학자 아우구스 티누스의 말 '이 세상 어느 것 하나도 나와 관계없는 것은 없다. 인륜 (人倫:사람으로서 마땅히 지켜야 할 도리)적, 도덕적 문제도 나의 일 이며, 진리와 자유와 인도(仁道)와 정의의 문제를 추궁함도 나의 일이다. 순전히 제 한 몸, 제 일만 생각하는 에고이스트(egoist:이기주의자)는 부끄러워하라.'이다. 그렇다. 절대 공감이 가는 명언이다. 이기심은 자신만 알고, 자신만이 최고인 양, 자신만을 챙기는 사람이다. 상대를 생각하지 않고, 상대를 배려(配慮)할 줄 모르는 사람은 나쁜 사람이다. 사람이란 다른 사람을 위하여 무엇인가를 할 때에 행복한 법이다. 반대로 나 자신만을 위하여 어떤 것을 할 때는 가장 무거운 짐을 진, 비참(悲慘:더 할 수 없이 슬프고 끔찍함)한 사람이 되는 것이다.

그런데 이기심 하면 '자기 생각만 하는' '욕심 많은' '다른 사람은 안중(眼中)에도 없는' '자기 자신 것만 챙기는' 등 부정적 의미로 생각하는 것이 보편적이지만, 냉철하게 생각하면 긍정적 이기심도 있는 것이다. 부정적 이기심의 대표적인 경우는, '남을 이용하여 자신의 이익을 취하거나', 심지어는 '자신의 이익을 위해 남에게 손해를 끼치는 일도 서슴지 않고(머뭇거림이나 망설임 없이) 행(行)하는 자'들이다. 한마디로 자신의 이득을 위해서는 '수단, 방법을 가리지 않는 사람'으로, 이럴 때를 보통 저급(低級)하다고 할 수 있고, 별칭을 '깍쟁이(인색하고 이기적인 사람을 얕잡아 이르는 말)'라 할 수도 있다. 반면에 남에게 피해를 주지는 않지만, 묵묵히 자신의 이익에만 집중하는, 설령 주변에서는 이기적이라 평(評)해도 아랑곳 하지 않는, 철저한 '개인주의적 사람'이다. 어찌 보면 오직 자기 할 일만 열심히 하는 '성실하고 과묵(寡)한 이기주의자'로 남에게 피해는 주지 않으므로 부정적으로 보아서는 안 된다. 그리고 무엇보다도 인류에게 중요한 것은 인간이라는 종(種)의 생존이다. 여기에 인간의 이기심은 매우 유용하게 쓰여, 그 결과는 사회의 발전에 도움이 되는 경우도 있다. 이것은 이기심의 순(順)기능이라 할 수 있다. 다만 과(過)하다 보면 도덕적으로 문제가 되어, 한 개인으로 보았을 때 대인관계에 악(惡) 영향을 미칠 수 있는 경우를 항상 조심하고 경계를 게을리해서는 안 된다.

이타(利他)란 '자기의 이익보다는 다른 이의 이익을 더 꾀함'이고, 불가(佛家)에서는 '자신이 얻은 공덕(功德:착한 일을 많이 함)과 이익을 다른 이에게 베풀어 주며 중생(衆生:부처의 구제 대상이 되는 생명을 가진 존재, 많은 사람)을 구제하는 일'로 유의어에 애타(愛他), 타애(他愛:남을 사랑함, 애타)가 있으며, 그런 마음이 이타심이다. 그리고 '유사(類似) 이타심'이란 '자신이 공동체의 공공재(公共財) 공급에 기여(寄與)했다는 사실을 남이 알아줄 때, 또는 이런 선행을 했다는 사실 자체에서 스스로 만족하는 마음'을 의미하고, '알투리즘(altruism)'은 '남을 돕고 그들과 함께 일하고자 하는 욕구'로 '남을 위하는 것이 자신을 돕는다는 적극적인 상호작용'의 의미로, 모든 일에는 '에고이즘과 알투리즘의 적절한 조화(調和)'를 이루어야 한다. 그리고 흔하게 쓰이는 '자원봉사(自願奉仕)'의 정의는 '공사(公私)조직에 자발적으로 참여해 반대급부(反對給付)를 받지 않고 인간 존중 정신과 민주주의 원칙에 입각한 서비스를 제공해 자기실현의 성취와 이타심을 실현하고자 하는 활동'의 의미이다. 또한 철학에서 '도덕 감각설'이란 "인간의 윤리적 판단 근거를 동정심이나 이타심 따위의 도덕 감각에서 구(求)하고 그것이 '양심'이라고 하는 학설(學說)"이다.

네이버 지식백과에 나오는 '시장의 흐름이 보이는 경제법칙'을 인용하면, 이타심으로 선행을 베푸는 네 가지에, 첫 번째는 '감상적 이타심의 베풂'으로, 곤경에 빠진 사람에게 측은(惻隱:가엾고 불쌍함)한 마음이 느껴져 자신도 모르게 감상적인 마음이 발동해 도와주는 경우로, TV 방영의 자연재해로 피해를 본 국내외 이재민들에게나 unicef의 긴급구호 아동 기금, 국경 없는 의사회 모금 등에 그들의 마음과 어려운 처지를 헤아려 전화로 기부하는 행위, 두 번째는 '이성적인 이타심의 베풂'으로, 나중에 자신이 곤경에 빠질 경우를 대비해 마치 보험을 드는 차원에서 주변 사람들을 도와주는 형태로, 장기적인 고려(考慮:생각하고 헤아려 봄)에서 비롯되는 형태로, 대표적인 예(例)가 지인(知人)들의 부모님이 돌아가셨을 때 문상(問喪)하고 부의금(賻儀金)을 주는 행위, 세 번째는 '윤리적 이타심의 베풂'으로, 자신이 상대편보다 여유가 있으므로 당연히 도와주어야 한다는 책임감이나 도덕적 의무 때문에 도와주는 행위, 마지막으로 '자아실현적 이타심의 베풂'으로 자기만족을 위해 상대편을 도와주는 것으로 대표적인 예(例)가 독도문제에 대해 자비(自費)로 외국 신문에 독도 광고를 내는 등 다양한 기부활동을 펼친 가수 김장훈 씨, 그리고 과거 뽀빠이 이상용 님의 심장병 어린이 수술 기부행위를 들 수 있다. 중국 격언(格言:사리에 꼭 들어맞아 교훈이 되는 글귀)에 "한 시간 동안 행복해지려면 낮잠을 자라. 하루 동안 행복해지고 싶으면 낚시를 하라. 한 달 동안 행복해지고 싶으면 결혼을 하라. 일 년 동안 행복해지고

싶으면 재산을 물려받아라. 그리고 평생을 행복해지고 싶다면 누군
가를 도와라(남에게 베풀어라/이기심보다는 '이타심을 우선하라').”
가 있다. '내가 나를 모르면 후진국이고, 나만 알면 중진국이고, 남도
알면 선진국이다.' 칼럼니스트이자 시인인 이정인 님의 말처럼, 이제
는 나 자신뿐만 아니라 남도 돌아보고 관심을 가져야만, 그런 분위기
가 우리 사회 전반으로 확산(擴散)되어, 우리 모두에게 득(得)이 되는
사회가 될 것이다.

  '인간사회는 폭력과 위선(僞善:겉으로만 착한 체함)과 이기주의
를 기초로 하고 있다.' 프랑스 수학자, 철학자 파스칼의 말, '이기주의
는 인류 최대의 화근(禍根:재앙의 근원)이다.' 영국의 정치가 글래드
스턴의 말, 그리고 '자기 자신만을 위하여 사는 사람은 별로 행복하지
못하다. 왜냐하면 일반적으로 말해서 그는 절대 만족한 사람이 되거
나 멀리 갈 수 없기 때문이다.' 영국 소설가 조셉 콘래드의 말처럼, 원
래 이기심은 인간의 본향(本鄕)이기 때문에 모든 문제를 야기(惹起)
해 왔다고 해도 지나친 말은 아니다. 그런데 한 개인으로 보았을 때도
자기중심적인 사람은 행복하지도 않은 법이다. 만족한 인생을 보내
는 비결(秘訣) 중 하나는 다른 사람에게 보다 많은 '사랑과 기쁨, 행
복을 나누어 주는 데 있는 것'이다. 또한 사회인으로서 인간관계에서
도 '자기밖에 생각하지 않는 사람은 큰일도, 성공도 할 수 없다.' 미국
의 정치가 벤저민 프랭클린의 말처럼, '나의 성공과 행복은 타인에 대
한 이타심의 결과물'인 것이고, 무엇보다도 '나의 목표가 이타심에 충
족될 때 비로소 행운을 맞이할 자격도 생기는 것'이다. 그리고 '친절

과 존중'도 상대에 대한 이타심이자 배려(配慮)이고 베풂으로 '성공의 모티브(motive)'가 된다. "친절한 마음가짐의 원리(原理:사물의 기본원칙), 상대에 대한 '존중이나 존경'은 처세법의 제1 조건이다." 스위스 철학자 H. 아미엘의 말이고, '친절은 온갖 모순(矛盾)을 해결하면서 생활을 장식한다. 얽힌 것을 풀어주고 난해(難解)한 것을 수월하게 해주며, 암울한 것을 환희(歡喜)로 바꾸어 놓는다.' 영국의 정치가, 저술가 필립 체스터의 말이다.

16. 이해(理解)와 오해(誤解)

이해의 사전적 정의는 '사리(事理:일의 이치)를 분별(分別:구별하여 가름)하여 해석함', '깨달아 앎, 또는 잘 알아서 받아들임', '남의 사정을 잘 헤아려 너그러이 받아들임'의 의미로, 유의어는 납득(納得:남의 말이나 행동을 잘 알아차려 이해함), 양해(諒解:남의 사정을 잘 헤아려 너그러이 받아들임), 공감(共感:남의 의견 · 주장 · 감정 따위에 대하여 자기도 그렇다고 느낌, 또는 그런 기분), 파악(把握:어떤 대상의 내용이나 본질을 확실히 이해함), 해득(解得:뜻을 깨우쳐 앎), 수긍(首肯:옳다고 인정함), 깨달음이고, 반의어는 곡해(曲解:사실과 어긋나게 잘못 이해함), 오해이다. 심리학(心理學)적인 면에서 이해란, '사람, 상황, 메시지(message)와 같은 추상적이거나 물리적인 물체에 관한 프로세스(process)로, 사건의 이유, 원인, 의미를 올바르게 알아내는 것'이기도 하다.

우리가 세상을 살아가면서 사람을 이해한다는 것, 정말 대단히 필요한 일이다. 그러나 동시에 가장 어려운 일이기도 하다. 누구나 다 알고 있는 사실이지만, 알면서도 못하고, 알면서도 하기 싫은 것이 어쩌면 사람을 이해하는 것이 아닐까? 사실 우리는 모두 완벽(完璧)하지 못하다. 틈이 있고 흠이 있다. 상대의 틈이나 흠을 들여다보고, 그리고 그대로를 보고 상대를 인정하게 될 때 비로소 이해할 수 있는 것이다. 그렇다면 이해의 출발점은 어디부터일까? 공감과 양보(讓步), 때로는 자신을 비움으로부터 시작되는 것이 아닐까? 누군가를 이해한다는 것은 '나를 내려놓고 그 사람이 되어보는 것'이다. 그 사람의 관점(觀點:사물이나 현상을 관찰할 때, 그 사람이 보고 생각하는 태도나 방향 또는 처지)이나 입장(立場:당면하고 있는 상황)이 되어보는 것이다. 바로 우리가 흔히 쓰는 사자성어 '역지사지(易地思之:처지를 바꾸어서 생각)'해 보는 것이다. 그런데 그러기가 그렇게 쉽지는 않다. 사람들은 자기 입장만 생각하는 경향이 있고, 대체로 그리한다. 한마디로 자기주장만 하지, 남 생각은 안 한다. 우리 인간은 스스로가 너무 강(强)하다. 내가 마음 한 곳에 남아있으면서 누군가를 이해한다고 말하는 것은 어쩌면 동정(同情:남의 어려움을 딱하고 가엾게 여김)이나 위선(僞善:겉으로만 착한 체함)일지도 모른다. 그런데 한 가지 진리가 있다. 서로 '말을 하지 않는 이해는 이별'을 부르지만, '서로 말을 주고받는 이해는 만남과 관계, 사랑으로도 이어가게 된다.'라는 것이다.

명사들의 명언들은 시공(時空)을 초월(超越)한, 어디에서 살고 있든, 어느 시대에 살고 있든, 삶의 내공이 담겨있는 다분(多分)히 진리와 같은 말들이다. 명사들의 명언을 통한 '이해의 지혜'로, '이해는 모든 것의 시작이다.' 아리스토텔레스의 말이고, '이해 없이는 사랑은 불가능하다.' 바베트 브라운의 말이며, 특히 '이해는 최고의 지혜 기초이다.'라는 르네 데카르트의 말은, 법정 스님의 말씀 '온전한 이해는 그 어떤 관념에서가 아니라 지혜의 눈을 통해서만 가능하다. 그 이전에는 모두가 오해일 뿐이다.'와 결(結)을 같이한다. 또한 '이해는 이성과 감정의 집합체이다.' 루이스 네바스의 말이고, '이해는 우리의 마음을 넓히는 것이다.' 존 러스킨의 말이며, '이해는 불가능한 것을 가능한 것으로 바꾸는 열쇠이다.' 장 루스 카르푸의 말이다. 그런데 우리에게 큰 울림을 주는 것들로, '이해는 세상을 보다 밝게 만드는 빛이다.'는 에스더 퍼어렌의 말이고, '이해는 우리의 미래를 조직하는 씨앗이다.'는 맥스 위버의 말이며, '이해는 지식의 근간(根幹)이자 성장의 기반(基盤)이다.'는 아인슈타인의 말이다.

그렇다면 잘못을 저질렀을 때 이해에 덧붙여, 용서(容恕)까지 바랄 수는 없을까? '용서'라는 말은 이해보다는 '더 크고 무게가 있는 말'이긴 하다. '우리는 서로를 용서하기 전에 먼저 서로에 대해 이해할 필요가 있다.' 러시아 출신 미국의 무정부주의자, 사상가 엠마 고드만의 말로, 당연한 이야기이지만 '용서에도 순서가 있다'라는 말인 것 같다. 사실 용서는 이해보다 더더욱 어렵고, 힘들다. 아니 때론 '불가능'하기까지 하다. 물론 세상사 '상황, 경우'에 따라 다르긴 하다. 매사(每事)가 되는 것이 있고, 안 되는 것이 있으며, 절대로 아니 되는 것도 있는 법이다. 한마디로 경중(輕重:가볍거나 무거움)에 따라 다를 수 있다는 것이다. 한발 더 나아가 화해(和解)까지도 가능할까? 이해와 용서 그리고 화해는 대상(對象:상대 또는 목적이나 목표가 되는 것)적 행위라는 점에서 어떤 적대적(敵對的) 상대가 있어야 한다. 엄밀히 말해, 이해와 용서는 내 잘못은 전혀 없어도 상대가 내게 한 잘못을 일방적으로 이해해 주거나 용서하는 것이라면, 화해는 내가 상대방에게 가한 위해(危害)를 인정하고 용서를 구하면서, 대신에 그만큼의 '상대의 잘못도 용서하여, 쌍방 과실을 인정, 이해와 용서를 서로 교환한다.'라는 의미이다. 그러므로 상대가 자기 잘못은 추호(秋毫:몹시 적음, 조금)도 인정하지 않고 일관(一貫:처음부터 끝까지 같은 태도나 방법으로 계속함)되게, 내 잘못만을 주장한다면 서로 간 용서를 교환하는 화해는 불가능한 것이다. 그렇게 되면 내 쪽에서만 일방통행 방식을 취할 수밖에 없다. 그런데 이해하고, 용서해 주고 화해한다는 것은 단지 과거를 덮어두는 것이 아니라, 밝은 미래를 위해 과거에 얽매이지 않고 마음을 평화롭게 하고 정신을 건강하게 만드는 것이다. 한마디로 서로 간에 불편하고 찝찝하지 않은 홀가분한 관계가 되게 하는 것이 바로 이해하고, 용서도 하고 '서로 잘못'이 있으면 '화해'도 하는 것이다. 내게 잘못이 없고 상대의 잘못이 있으면 이해도 하고 그렇게 크지도 않고 내게 큰 피해를 주지 않았다면 용서까지도 할 수는 있다. '그대에게 잘못을 저지른 사람이 있거든, 그가 누구이든 그것을 잊고 용서하라. 그때는 그대는 용서한다는 행복을 알 것이다.' 레프 톨스토이의 말처럼, '용서하기란 바로 나를 위하는 것'으로, 누군가를 이해한다는 것은 '성숙함'의 표시이고, 용서한다는 것은 '현명함'의 표시이기는 하다. 그러나 용서까지는 몰라도 절대 화해가 안 되는 경우는, 역사적 큰 사건, 범죄 행위나 음주 운전 사고 피해 같은 회복 불가능한 피해 등이 있고, 하나를 덧붙이면 가족들 간, 특히 피붙이끼리는 쉽게 화해까지도 할 수 있지만, 남남인 부부간, 배우자끼리는 감정이 상(傷)하게 되면(구체적으로 심한 '언어폭력'이나 요샛말로 '싸가지 없는 행동'들로 회복 불가능한 상처를 줌), 나 혼자 서는 마음 다스리기로 옛정을 생각하고 자식들 생각하고, 그리고 한 걸음 뒤로 물러서 양보하는 마음으로, 이해하고 용서까지는 가능해 도, 화해는 절대 불가능한 것이다. '자신의 눈물은 피와 같이 느껴지 지만, 다른 이의 눈물은 그냥 물처럼 느껴진다.' 인도 작가, 마술사 아 미트 칼란트리의 말이다.

　오해의 사전적 정의는 '그릇되게 해석하거나 뜻을 잘못 앎', '또는 그런 해석이나 이해'의 의미로, 유의어는 곡해(曲解:사실과 어긋나게 잘못 이해함), 왜곡(歪曲:사실과 다르게 해석하거나 그릇되게 함), 옥 생각(옹졸한, 그릇된 생각)이다. 그런데 결(結)이 같은 듯 다른 착각 (錯覺)은 '어떤 사물이나 사실을 실제와 다르게 느끼거나 생각하다' 라는 의미이다. 나무위키 사전에서는 오해를 "인간이나 짐승은 다른 개체와의 통신(communication:의사소통, 전달)은 항상 중요한 행위 이다. 그런데 미국의 리더십 센터의 창시자 스티브 R. 코비의 '인간의 진정한 커뮤니케이션은 말이 아닌 이해에서 시작된다.'라는 말은 '상 대방의 말을 단순히 들어보는 것보다는 그들의 입장을 이해하는 것 이 더 중요하다'라는 말인 것 같다. 자기 의사를 다른 개체에 확실히 전달함으로 조금이라도 더 많은 이들에게 더 나은 결과를 가져올 수 있게 협력을 끌어 내야 하기 때문인데, 그러나 공간, 시간, 상황 등의 이유로 의사전달 과정 중에 문제가 생기거나, 전달 방식 자체가 잘못 된 경우에 의사를 받아들이는 존재의 입장에서 잘못 해석해서 받아들일 경우라고 정의하고, 덧붙여 오해가 생김으로 발생하는 문제점은 단순히 전달자의 의사가 잘못 전해지는 것뿐만 아니라, 전달받은 당사자가 비협조적(非協調的)인 선(線)에서 끝나기도 하지만, 적대적(敵對的)으로 나오는 경우도 있게 됨으로, 이런 경우 오해를 푸는 것을 해명(解明:까닭이나 내용을 풀어서 밝힘)"이라고 한다.

'오해의 지혜'를 얻기 위한 명사들의 명언들로, '언어는 오해의 근원이다.' 생텍쥐페리의 말이고, '싸움이 벌어지는 원인 대부분이 오해 때문이라는 사실을 잊지 마라.' 골던 딘의 말이며, "어떤 크나큰 계기(契機)나 사건이 나의 일생을 변화시켜 주기를 바라는 것은 잘못된 오해이다. 우리의 인생을 요술처럼 멋지게 만들어 주고 성공시켜 주는 것은 '작은 일들의 연속'으로 이루어지기 때문이다." 스콧 한셀만의 말이다. 또한 '당신의 고통은 당신이 오해의 껍질을 벗고 이해하는 사람이 되도록 만드는 것이다.' 칼릴 지브란의 말이고, '말이 오해될 때가 아니라 침묵이 이해되지 않을 때 인간관계의 비극은 시작된다.' 헨리 데이비드 소로의 말이며, '산다는 것은 사람들을 오해하는 것이고 오해하고 오해하고 또 오해하다가, 신중하게 다시 생각해 보고 또 오해하는 것이다.' 필립 로스의 말이다. 그리고 특히 우리나라의 울림을 주는 명언들로는 '착각은 짧고 오해는 길다. 그리하여 착각은 자유이지만, 오해는 금물이다.' tvN에서 방영했던 드라마 '응답하라 1988'의 대사(臺詞)이고, '남의 입장에서 남을 생각하는 여유가 없는 세상에서, 세상에 대한 이해란 때로 엉뚱한 방향으로 비뚤어진다. 사람은 자기 인격의 척도로 남을 잰다. 겸손은 비굴(卑屈)로 오해되고 정직은 무례(無禮)로 곡해(曲解)된다.' 철학자, 수필가이신 故 김태길 선생님의 말씀이며, '나에 대한 오해와 루머(rumor:근거 없는 떠도는 소문) 과장된 수많은 말들, 일일이 변명하고 보여줘도 오히려 오해의 소지만 더 늘어날 뿐, 끝이 없는 경우가 더 많다. 사람들이 나에 대해 오해하고 있다면 마음 쓰지 마라. 나만 변하지 않는다면 알아서 제자리로 찾아가게 된다.' 페이스북 신준모의 성공연구소-'마음을 성형하는 사람들'의 '어떤 하루'에 있는 말이다.

사실 우리는 세상을 살아가면서 인간관계를 피할 수는 없다. '나는 자연인이다.'라는 TV 프로그램에 나오는 '산속에 홀로 살아가는 사람'이 아니라면 가까이는 '가족들 그리고 사회생활 속에서 만나는 모든 사람' 하나하나가 삶의 가장 중요한 부분 중 하나이다. 일상에서 다양한 사람들과 만나거나 함께 생활하면서 '좋든 싫든 관계라는 굴레' 안에서 기쁘기도 하고 슬프기도 하며, 행복하기도 하고 불행하기도 하다. 때로는 이해하기도 오해하기도 하고, 용서도 하고 화해도 하면서, 관계를 통해 끊임없이 '성장하고 발전'해 나아간다. 우스갯말로 '오해에서 셋을 빼면 이해가 된다.'라고 한다. 그러나 그 '셋을 뺀다.'라는 것이 그렇게 쉬운 일은 아니다. 그래서 서로 감정이 생기고 원한이 쌓여 인간관계가 망가져, 비록 가까운 사이라도 완전히 돌아서 버리기도 하고, 때론 신체적 위해(危害)를 가(加)하는 일까지도 벌어지게 되는 것이다. 이 모두의 뿌리는 평소에 하는 '말과 행동'에 기인(起因)하는 것이다. '행동이 열매이고, 말은 잎이다.'라는 영국속담처럼, 내가 한 '말이나 행동'이 상대와 친구도 되고, 적(敵)도 되며, 은인

(恩人)도 되고, 원수(怨讐)도 되는 법이다. "내 사소한 '말과 행동'이 누군가에게는 '큰 상처'가 되고, 누군가에게는 '큰 위로'가 된다."라는 것을 명심해야만 한다. "말과 행동이 담긴 '책임감을 외면(外面)히는 순간, 나에게 큰 짐'으로 돌아온다."라는 말로 이 글의 대미(大尾)를 장식하는 바이다.

17. 인생(人生) 4필(四必:필요한 네 가지)

이 글은 우리 모두 일상화되어 있는 지인들끼리 주고받는 카톡에서 '좋은 글' 중 누구나 관심이 있을 법한, 한 제목(인생 4필)을 선정, 하나씩 짚어보고자 한다.

우리가 세상을 살아가면서 혼자서만 살 수가 없다. 좋든, 나쁘든, 또는 어쩔 수 없든 사람들과 관계를 맺고 어울려 살아가야 하므로 대인관계에서 지켜야 할 네 가지가 필요한 것으로, 무엇보다도 첫째는 신의(信義), 둘째는 예절(禮節)과 예의(禮儀), 셋째는 사고(思考)의 건전성(健全性), 마지막으로 인정(人情)과 인간미(人間美)이다. 이것들이 곧 처세이고, 성공으로 가는 길이다.

제1필. 신의: '믿음과 의(義), 의리(義理)'를 일컫는 말로, 신뢰(信賴)는 한 사람의 다른 사람에 대한 개인적인 믿음(주로 우정이나 사랑에 바탕을 둠)을 일컫는 반면, 신의는 '도덕적 가치로서의 믿음과 의리'를 말한다. 믿을 신(信)은 사람 인(人)과 말씀 언(言)을 합쳐 만들어진 글자인데, 수평적인 인간관계에서 의미하는 것이 '믿음(信)'이고, 수직적인 인간관계에서 일방적인 의미가 '충성(忠)'이다. 원불교에서는 '지혜(智慧)를 상지(上智), 중지(中智), 하지(下智)로 셋으로 나누는데, 상지는 신의(信義:믿음과 의리)로써 보배(귀하고 소중한 것)를 삼고, 중지는 명리(名利:명예와 이익)로써 보배를 삼고, 하지는 물화(物貨:물품과 재화)로써 보배를 삼는다. 물화의 보배는 허망하게 뜬구름 같고, 위태하기가 그지없고, 명리의 보배는 밖으로는 영광스러운 듯하나, 안으로는 진실이 없으며, 신의의 보배는 도(道)로, 더불어 합일(合一)하며 그 수한(數限)이 한이 없고 안과 밖이 통철(通徹:막힘없이 통함)하여 명리와 물화가 늘 함께한다'라는 말은, '지혜의 최고봉'은 '신의를 지키는 것'으로, 신의 있는 사람은 '명예와 재물도 얻는다.'라는 말로, 사람은 '신의가 있어야 함'을 강조한 것 같다.

어떤 사람을 말할 때 '그 사람 신의가 있다, 없다.' '그 사람 믿을 만한 사람이다, 믿을 사람이 못 된다.'로 평가한다. 그렇다면 그런 말이 나오기까지 가장 기본인 뿌리는 어디서부터일까? 대체로 사회생활, 대인관계에서 '일상적인 약속'에서 기인(起因)된다고 보는 것이 정확할 것 같다. 그렇다면 약속은 왜 중요한가? 일상에서 약속은 대부분 사람과 만남을 갖기 위함인데, 별거 아닌 약속이라도 어기면 신뢰를 잃기 때문에, 일단 해둔 약속은 가능한 한 지키고 늦지 않게 약속 장소에 도착해 있거나, 도착해야 하는데 피(避)치 못해 늦거나 나갈 수 없으면 사전 연락이나 통보가 사회생활에서 필수적인 상대에 대한 예의이자 내 의무이기도 하다. "아무리 보잘것없는 약속이더라도 상대방이 '감탄할 정도'로 지켜야 한다. 신용과 체면 못지않게 약속도 중요하다." 미국 작가 데일 카네기의 말이다. 우리네 삶은 약속으로 이루어져 있다고 해도 지나친 말은 아니다. 그러므로 약속을 철저하게 지키는 것을 내 '목숨처럼 여기는 습관'을 지녀야 하는데, 그것은 이런저런 인연으로 만나는 사람들 속에서 내 삶이 풍요로워지고 고귀(高貴)해지기 때문이다. 그것은 나의 사회에서 성공과 인정, 그리고 평가이자 평판의 바로미터(barometer)라는 것을 결코 잊어서는 안 된다.

제2필. 예절과 예의: 인간사회에서 예(禮)는 사람이 살아가는데 질서이자 도리(道理)로, 공자님은 '예가 아니면 보지 말고, 듣지도 말고, 행하지도 말라.'라고 말씀하셨고, 괴테는 '예는 자기 자신을 비추는 거울이다.'라고 말했으며, 조선시대 문신, 학자 김집(金集)은 '예라는 것은 인간의 욕심을 억제하고 천리(天理:천지자연의 이치, 하늘의 이치)를 따르는 법칙이다.'라고 말했다. 예에는 예절과 예의가 동양적 개념이라면, 매너와 에티켓은 서양적 개념으로, 이들 모두는 인간의 윤리, 도덕, 도리가 상대의 존중이라는 개념과 어우러져 인간으로서의 가치를 높이게 되어 '사람다운 사람', '가정교육이 되어 있는 사람', '보고 배운 데가 있는 사람', 요샛말로는 '싸가지 있는 사람'으로 평가되고, 받을 수 있다. 그렇다면 각각의 차이는? 예절은 '예의에 관한 모든 절차나 질서'를 말하는 것으로 '범절(凡節), 예법, 예, 격(格), 의절(儀節)'이라고도 하고, 예의는 '존경의 뜻을 표하기 위하여 예(禮)로써 나타내는 말투, 태도나 몸가짐'이다. 요즘에는 서구(西歐)의 영향을 받아 예절과 예의 대신 매너(manners:행동하는 방식이나 자세, 일상생활에서의 예의와 절차)와 에티켓(etiquette:사회, 특정 직종 구성원 사이의 예의)이라는 말을 주로 쓰고 있다. 엄밀히 매너는 '행동하는 자세, 몸가짐'이며, 일상생활에서의 '예의와 절차'로 다분히 '주관적'으로 지켜야 하는 행동이고, 에티켓은 '사교상의 마음가짐이나 몸가짐'으로 다분히 '객관적'으로 지켜야 하는 것들이라고 보면 될 것 같다.

인성은 '어떤 상황에서도 적절한 행동을 취할 수 있는 능력'을 포함한다고 한다. 다른 사람과의 대인관계에서 예절, 예의를 지키는 것이 상대를 존중하며, 이해하고 배려하는 것도 인성의 일부인 것이다. 우리나라 인성교육진흥법에 인성교육 8대 핵심 가치·덕목으로 '예절, 효도, 정직, 책임, 존중, 배려, 소통, 협동'을 들고, 이것들은 바로 가정교육에서 비롯되므로, 가정교육의 중요성을 강조하고 있다. 무엇보다도 세상의 공부 1등은 한 사람이지만, '인성·마음 1등'은 우리가 모두 될 수 있음을 강조한다. 그렇다면 예절 중에서 가장 중요한 것은 무엇인가? 물론 여러 가지 있지만, 아마도 '인사 예절'과 '언어 예절'이 가장 중요하지 않나 생각이 든다. 먼저 인사는 모든 예절의 시초로, 상대의 인격을 존중하는 경의(敬意:존경)의 표시이고, 정성의 마음으로 친절과 협조의 표시이며 상대의 응답보다는 자기가 하는 데 의의(意義)가 있으며, 즐겁고 명랑한 사회를 만들 뿐만 아니라 원만한 대화를 유지(維持)하기 위해 모든 사람이 기본적으로 갖추어야 할 필수적 요소이다. 다음으로 밝고 부드럽게 말하고 발음은 똑똑하게 하여야 한다. 관상가들이 말하는 관상의 마지막 단계는 '또렷하고 우렁찬 목소리'라고 한다. 퉁명스럽게 말하거나 잘 알아듣지 못하게 종알거리듯 말하는 것은 좋지 않은 것이다. 말할 때 또한, 태도도 매우 중요하다. 아무리 좋은 내용의 말이라도 태도가 공손하지 못하다면 상대의 기분을 상하게 하는 것은 자명(自明)한 일이다. 불손한 자세나 심술궂은 표정으로 말한다면 듣는 사람은 불편하거나 불쾌하게 느끼게 될 것이다.

제3필. 사고의 건전성: 사고(思考)의 사전적 정의는 '생각하는 일' '마음먹은 일' 또는 '생각하고 궁리(窮理:마음속으로 이리저리 따져 깊이 생각함)함'을 의미하며 사유(思惟:대상을 두루두루 생각하는 일)라고도 하는데, 이와 관련된 한자어가 주로 쓰이고 있는 심사숙고(深思熟考:깊이 잘 생각함, 심사숙려)와 사고방식(思考方式:어떤 문제를 생각하고 판단하는 방식이나 태도)이다. 여기서 말하고자 하는 '사고의 건전성'은 바로 '사고방식'의 문제이다. 사고란 누구나 항상 겪는 자명(自明)한 행위로서 프랑스 철학자 데카르트는 사고를 '존재의 첫 번째 표시'라고 했고, 고대 그리스 철학자 아리스토텔레스는 '새로운 타당한 판단인 추리를 끌어내는 과정'이라고 했으며, 미국 국무장관 파월 콜린은 '지속적인 긍정적 사고는 능력을 배가(倍加) 시킨다.'라는 말을 했다. 오늘날 급변하는 세상에서 긍정적인 사고가 긍정적인 언어표현을 의식적으로 사용하기를 선택함으로써, 우리의 뇌가 나쁜 것보다는 좋은 것에 집중하도록 하게 하는 것이다. 그리고 무엇보다도 '정신건강과 전반적인 안녕을 저해할 수 있는 부정적인 사고패턴에 휘말리지 않는다.'라는 것이다. 더불어 긍정적인 언어를 통해 건강하고 건전한 마음가짐을 갖게 되어 자신의 정신건강과 웰빙에도 지대(至大)한 영향을 미치게 되고, 타인에게도 긍정적이고 친절하게 말하는 것은 '원만한 인간관계를 오랫동안 유지할 수 있게 해준다.'라는 것이다.

그렇다면 '건전한 사고방식'은 어떻게 형성이 되는가? 다분히 선천적 영향도 있겠지만, 무엇보다도 교육인 가정교육과 학교 교육, 특히 상급학교 진학 여부(與否:그러함과 그렇지 않음), 학력(學歷)에도 영향이 어느 정도는 있다고 판단된다. 그런데 그 무엇보다도 가장 큰 영향은 바로 개인 '일상의 독서'에 달려 있다고 본다. 독서, 다양한 장르의 책 읽기는 자기 인생의 폭을 넓히고 자신의 체험을 예리(銳利)하고 정확하게 만들어 주게 되는 것이다. 결국 '바람직한 인격 형성'을 하는 데 독서의 목적이 있다. 인간은 생각하기 위한 지식을 독서에서 구하고 생각하는 방법 또한 독서에서 배우며, 독서와 더불어 생각하게 될 때 비로소 사물에 대한 이해와 판단이 빠르고 폭넓은 인간으로 성장하게 되며 새로운 것을 생각해 낼 수 있는 창의력도 갖게 되어, 인생관, 세계관, 나아가 제대로 된 인격과 가치관이 형성되는 것이다.

제4필. 인정과 인간미: 인정(人情)이란 '사람이 본래 가지고 있는 감정이나 심정', 여기서는 '남을 동정하는 따뜻한 마음'으로, 한자어에는 측은지심(惻隱之心:남을 불쌍히 여겨 은혜를 베풂)이 있고 반의어가 비정(非情:인정이 없음, 몰인정)이며, 인간미(人間美)란 '인간다운 따뜻한 마음' '어떤 사람에게서 느껴지는 친밀하고 정다운 인정(人情)의 느낌'의 의미이다. 사실 '인정, 인간미 없는 사람은 어디에서도 아무짝에도 쓸모가 없다.'라고 해도 지나친 말은 아니리라. 그 대표적인 예가 배우자이다. 젊은 날 사랑하던 때는 전혀 나타나지 않았어도 사랑이 퇴색되거나 나이가 들어 노년에 이르면 모든 면에서 오로지 본인 위주(爲主)이고, 상대 배우자에게는 비정하고 몰인정하게 대(對)한다. 그리하게 되면, 내가 왜, 진즉 몰랐던가! 후회막급(後悔莫及:잘못된 뒤에 아무리 뉘우쳐도 어찌할 수가 없음)하고 저절로 장탄식(長歎息:긴 한숨 쉬며 한탄함)이 나오게 되는 것이다. 다른 경우로, 요즘 상위 11개 기업 인사담당자의 말에 의하면 "인간미가 중요한 자질과 소질로 평가된다. 한마디로 실력 못지않게 자기 내면을 갈고 닦는데도 신경을 써야 하는 것으로, 실력은 부족하더라도 동료들을 기분 좋게 하고, 회사 분위기를 활기차게 만드는 인간미는, 자신뿐만 아니라 주변까지도 변화시킨다는 점에서 갖추어야 할 필수조건에 해당한다."라고 한다.

사람들은 누구나 성공하기를 바란다. 그런데 그 성공을 어떻게 정의하느냐에 따라 각자 다를 수 있다. 그러나 일반적으로 생각할 수 있는 성공이란 '경제적으로 부유함(돈 많이 버는 것), 직업적인 면에서 명성, 그리고 사회적으로 출세를 말하는 것'이다. 한마디로 부자가 되는 것과 일의 대가, 노력과 공(功)들인 대가를 말하는 것이다. 풍족하게 살 수 있게 되면, 하고 싶은 것, 사고 싶은 것, 그리고 시간적 여유도 많을 수 있다. 일로써 큰 성공을 이룬다면 명예와 존경의 대상이 되기도 하고, 권력을 잡게 되면 그 이상 모든 것(?)을 거머쥘 수도 있다. 그러나 자신만이 원하는 삶을 사는 것이 '진정한 성공'이라고 생각하는 이들도 있다. 남을 위해 봉사하는 삶에 생애를 바치는 사람도 있는 것이다. 한마디로 '다양한 삶이 존재하듯 성공의 모습도 전혀 다를 수 있다.'라는 것이다. 그렇지만 일반적으로 성공이란, 첫째는 모든 성공의 출발점은 '꿈'에서 시작되고, 다음으로 '근면 성실 노력'이 행운의 어머니가 되어야 하며, 다음으로 '초심(初心)을 잃지 않는 마음, 그리고 마지막, 이 글의 제하(題下) 4필(必)로, 우선순위를 매긴다면, 첫째는 인정과 인간미, 둘째는 사고의 건전성, 세 번째는 예절과 예의, 마지막 신의, 이 모두는 곧, 처세(處世)로, '남과 어울려 세상을 어떻게 살아가느냐에 전적(全的)으로 달려있다.'라는 말로 글을 맺는다.

18. 인생 버릴 6심[1]

　인생 '버릴 6심'에는 첫 번째, '의심(疑心)'으로 사람을 의심하는 마음을 갖지 말아야 한다. 두 번째, '소심(小心)'으로 작은 마음을 갖지 말고 큰마음을 가져야만 한다. 세 번째, '변심(變心)'으로 사람은 처음이나 끝이 같아야 하고 중간에 변하는 마음이 없어야 한다. 네 번째, '교심(驕心)'으로 교만해지면 안 되며, 결국은 사람을 잃게 된다. 다섯 번째, '원심(怨心)'으로 상대와 원수지고 멀어지는 원망하는 마음을 갖지 말아야 한다. 마지막으로, '시심(猜心)'으로 상대방에 대한 시기·질투심을 가져서는 안 된다. 이 모든 것들은 인간관계에 해악(害惡)을 끼치는 일들로, 무엇보다도 내 '행복과 성공의 길을 가로막는 것'들이다.

　제1. 의심(疑心:의심하는 마음): 의심이란 '특정한 대상을 알거나 이해하지 못해 믿지 못하고 이상히 여기는 것'을 말한다. 믿음과 신뢰 그리고 맹신(盲信)과 확신(確信)의 반대어가 되고, 더 악화하면 불신(不信)이 된다. 그런데 근대 철학의 아버지 데카르트는 '믿고 싶은 모든 것을 의심하라.'라는 말을 했는데, 이는 '의심을 해봐야만 안전을

1　六心: 여섯 가지 마음

보장할 수 있다.'라는 것이다. 그 구체적인 예(例)로 '자물쇠의 존재 이유'는 바로 '타인에 대한 의심 때문인 것'이다. 또한 의심 없는 믿음은 광신(狂信)이 되어 인류를 말살(抹殺)시킬 수도 있는 전쟁, 개인적으로는 사이비(이단) 종교에 빠져 본인은 물론이고 가족들, 그리고 사회적 물의(物議)를 빚을 위험이 있는 것이다. 세상사 모든 것이 순(順)기능과 역(逆)기능이 있는 법이다.

　세상을 살아가다 보면 믿을 사람도 있지만 그렇지 못한 사람도 있는 법이다. 그런데 위험한 것은 부부간 의심으로, 의심이 커져 확신으로 비약(飛躍)되게 되면, 이 과정에서 자신은 물론이고 상대 배우자도 큰 고통을 받게 되는 것이다. 그러므로 우리네 삶에서 의심이 가장 부정적이고 위험한 경우가, 부부간 의심, 의부증(疑夫症)과 의처증(疑妻症)일 것이다. 부부간 의심은 결혼 전 과거를 의심하는 것부터 결혼 후 크게는 두 가지로, 하나는 행실(行實), 다른 하나는 금전적 문제일 것이다. '의심은 배신자이다. 시도하려고 한 마음조차도 사라지게 하고 손에 넣을 수 있는 행복마저도 놓치게 한다.' 셰익스피어가 쓴 4대 비극 중 하나인 '오셀로'에 나오는 말이다. 사실 의심이라는 것이 꼭 나쁘다고 볼 수만은 없다. 남에게 속음을 당하지 않기 위해 '합리적 의심'이야 당연하고, 필요한 것이다. 그런데 모든 일에 있어서 예단(豫斷)은 금물(禁物)이다. 확증이 없는 심증(心證)만으로는 모든 일을 그르칠 수 있는 것이다. 그리고 무엇보다도 확증이 없는 의심은 죄악 중 하나이다. 다음으로 자신의 성공 가도(街道)에 가장 장애요인 중 하나가 바로, 자신의 '능력에 대한 의심'일 것이다. 이렇게 되면 목표를 향한 의욕뿐만 아니라 진행 속도도 더디게 되어 결국은 중도 포기하게 된다. '믿는 것은 강하게 되는 것이고, 의심은 에너지를 박탈해 가는 것이다. 믿음이 곧, 힘이다.' 영국의 성직자 프레더릭 로버트슨의 말이다. 여기서 중요하고 임팩트 있는 한마디- 자기 생각, 판단력, 능력, 존재를 의심하지 말자. '자신을 의심하지 않는 자, 두려울 것이 없다.'

제2. 소심(小心:작은, 속 좁은 마음): 어떤 사람이 소심하다고 평가받는다면 한편으로는 '매사에 조심스럽고 신중한 사람'이라는 말이기도 하지만, 다른 한편으로는 '매사를 조심스럽고 무서워하고 두려워한다.'라는 말로 '사소한 것에 발목이 잡혀 앞으로 나아가지 못한다.'라는 소극적 인상(image)을 준다. '소심, 속 좁은 사람'은 더 이상 진전(進展)도 없고, 사는 것이 불안과 근심, 걱정, 조바심으로 마음 편할 날이 별로 없다. '행복이라는 상어는 소심한 자의 그물에는 안 걸린다.' 핀란드 속담이고, '소심한 사람들은 거래하는 과정에서도 소심해서 마음이 변하기 쉽고, 다른 사람 말에 잘 따른다.' 스페인 작가 그라시안의 말이며, '사람들에게 상냥하게 대하라. 이것은 남에게 호감(好感)을 받는 계기가 되고, 그 사람들과 이야기함으로써 소심한 성격이 개조(改造)도 된다.' 세일즈맨으로 입지전(立志傳)적 인물 엘마 윌러의 말이다. 여기서 중요하고 임팩트 있는 한마디-큰마음을 갖자. 큰 사람이 되자. 또한 믿을 만한 사람이 되자!

제3. 변심(變心:변하는 마음): 마음이 변하는 '변심'과 잘 쓰이지는 않지만 '심변(心變)'의 차이는 무엇인가? 변심은 그 말을 듣는 상대를 향해 네가 '마음을 변하게 했잖아'라는 질책(叱責)의 의미가 내포되어 있고, 심변은 내 마음이 스스로 변하고 안 변하기를 결정하는 주체인 것처럼 여겨지는 것으로, 스스로가 '내 마음이 왜 이러는지 몰라!'라고 하기도 하는 것이다. 한마디로 내가 좋아하는 이성이 상대의 이런저런 이유로 싫어져 마음이 변하는 것은 변심이고, 내 어떤 계획에 대한 마음이 바뀔 때는 심변이다. 사실 세상을 살아가다 보면 변덕스러움, 변심, 심변해야 할 상황이 반드시 일어나며, 사람의 기본 감정도 변하기 마련이다. '새가 변덕스러운 것처럼 인간도 변하기 쉽다.' 아리스토텔레스의 말이다. 그래서 인간의 마음이 변하는 것은 어쩌면 '자연스러운 이동'일 수도 있지만, 어떤 면에서 보면 제일 무서운 것은 '나의 변심'인 것이다. 이때는 바로 적당한 합리화(合理化)가 의지(意志)를 이겨버리기 때문이다. 어떤 일에 대한 계획에서부터 사랑, 성공의 목표에 이르기까지 변심이나 심변이 '바람직하지 않다.'라는 것은 분명한 사실이다. 그러므로 견고한 믿음과 확신 아래 목표를 키워나가고, 큰마음으로 도전적 자세와 초지일관(初志一貫)하는 일념(一念), 나아가 성취(成就)욕을 지녀야만 무엇인가를 이룩하는 법이다. 우리네 인생에서 성공과 행복이 바로 그러하다. 여기서 중요하고 임팩트 있는 한마디-처음 시작보다 끝, 흔들림 없는 처음 마음, 초심(初心)이 중요하다.

제4. 교심(驕心:교만한 마음): 교만(驕慢)은 권력이나 명예에 기대어 '잘난 체하며 뽐내고 건방짐', 또는 '겸손하지 않거나 다른 사람에게 가르침을 받지 않으려고 하는 것'을 의미한다. 교만과 결(結)을 같이하는 것에, 과대망상(誇大妄想:사실보다 과장하여 터무니없는 헛된 생각), 나르시시즘(narcissism:자기도취), 오만(午慢:자기애, 건방지고 거만함) 등이 있다. 교만의 대표적 사자성어에 안하무인(眼下無人:방자하고 교만하여 남을 업신여김), 자고자대(自高自大:스스로 자기를 치켜세우며 잘난 체하고 교만함)가 있고, 속담, 격언에는 '교만이 앞장서면 망신과 손해가 곧장 뒤따른다.' 프랑스 속담이고, '교만은 심장을 강하게 하고 머리는 약하게 한다.'는 유대 격언이며, '그릇이 차면 넘치고, 사람이 자만하거나 교만하면 한쪽이 차지 않는다.'는 명심보감에 나오는 말이다. 명사들의 명언들은, '교만은 패망의 선봉이고 거만한 마음은 넘어짐의 앞잡이이다.'는 솔로몬의 말이고, '무지의 특징은 허영과 자만과 교만이다.'는 미국 정치가 S. 버틀러의 말이며, '스스로 자기를 높이는 교만은 곧 지옥으로 인도하는 문이요, 지옥의 시작이며 동시에 저주가 된다.'는 남아프리카 공화국 목사 앤드류 머레이의 말이다. 덧붙여 '실패한 사람이 다시 일어나지 못하는 것은 그 마음이 교만한 까닭이고, 성공한 사람이 그 성공을 유지하지 못하는 것도 역시 교만한 까닭이다.'는 부처님의 말씀이다. 여기서 중요하고 임팩트 있는 한마디- 교만은 곧, 교체이다. 왜냐하면 인생을 패가망신(敗家亡身)과 교체해 주기 때문이다. 한마디로 '겸손은 덧셈의 법칙'이고, '교만은 곧, 뺄셈의 법칙'이다. 무엇보다도 교만하면 사람을 잃는다.

제5. 원심(怨心:원망하는 마음): 원망(怨望)이란 '억울하게 또는 못마땅하게 여겨 탓하거나 분하게 여겨 미워함'의 의미로 '원이나 탓'

이라고도 하며, 나아가 한(恨)이란 '몹시 원망스럽고 억울하거나 안타깝고 슬퍼 응어리진 마음'의 의미이다. 원불교 '대종경(소태산 대종사 언행록)'에서 '세상은 인류가 자기의 잘못과 남에게 은혜 입은 것을 알지 못하고, 서로 미워하고 원망함으로써 다툼이 생긴다.'라고 말하며, '원망의 병'을 인류의 큰 문제로 지적하고 있다. 위키 백과사전에서는 원망을 '불공평함에 대한 인식과 불공정한 상황에 대한 일반화된 방어가 내재(內在)되어 있다.'라고 하고, 관자(管子:중국 고대의 책)에서 '애자(愛者) 증지시야(憎之始也), 덕자(德者) 원지본야(怨之本也)-사랑이 미움의 씨앗이고, 은덕이 원망의 근원'이라는 말은 '보답을 바라기 때문, 즉 욕망이 섞여 있기 때문이라고' 한다. 보통은 문제가 나한테 있는데도 남을 원망한다. 어찌 보면 원망이란 참 편하기도 한 것이다. 그러나 마지막은 내가 감당해야 할 몫이다. 누군가를 원망하지 말아야 한다. 누가 뭐라 해도 내 인생이고 내가 선택한 결과이다. 설사 누군가의 말에 휩쓸렸다 해도 결국은 내가 선택한 것이다. 원망은 어느 방향에서 보아도 해로운 것이다. 나를 향한 원망도, 남을 향한 원망도. 원망하는 마음을 버려야 내 마음이 편안해지는 법이다. 원망한다고 되돌릴 수는 없는 일. 모든 것이 다 지난 일이다. 그러므로 모두 잊고 지금에 충실해야 하는 것이다. '원망의 상대는 전혀 상처받지 않고, 나 자신만을 희생시킬 뿐이다.'라는 것을 유념(留念)해야 한다. 여기서도 중요하고 임팩트 있는 한마디-마음속에 원한이 없어야 바로 나아갈 수 있다. 옹졸한(성품이 너그럽지 못하고 생각이 좁은) 생각을 버려라. 그리하면 앞이 보일 것이다.

제6. 시심(猜心:시기하는 마음): 시기심(猜忌心)은 '다른 사람이 잘 되는 것을 못마땅히 여기고 투정을 부리는 마음', '남을 샘하고 미워하는 마음'이다. 기독교에서 말하는 사랑의 실천은 '타인에 대한 이타적 감정과 행동'을 포함하는 것이다. 이는 자신뿐만 아니라 타인의 성공과 행복을 진정으로 기뻐하는 것을 의미하는 것으로, 이 같은 본질은 시기심이나 질투심과는 정반대의 개념이다.

'인간은 태어나면서부터 허영심이 강하고, 타인의 성공을 시기하며, 자신의 이익 추구에 대한 무한한 탐욕을 지니고 있다.' 이탈리아 사상가 니콜로 마키아벨리의 말이다. 그렇다. 시기·질투심이 없는 사람이 누가 있겠는가? 그러나 독일 철학자 쇼펜하우어의 '소품집'에 나오는 '시기심은 인간에게 자연스러운 감정인 동시에 죄악이고 불행이다.'와 맹자 님의 '시기와 질투는 항상 화살로 타인을 쏘려다가 자신을 쏜다.'라는 말씀처럼 시기심은, 자신을 황폐시키고 죽이는 일이다. 그러므로 영국의 철학자 버트런드 러셀의 말 '행복을 원하는 사람은 칭찬을 많이 하고 시기심을 줄여야 한다.'라는 것이다. 어떤 한 주미대사가 임기를 마치고 떠나면서 이임사에서 한국인은 '배고픈 것은 참아도 배 아픈 것은 참지 못한다.'라는 말을 남겼다고 한다. 우리의 국민성을 극명(克明)하게 표현한 말인 것 같다. 한편으로는 부끄럽기도 하지만, 다른 한편으로는 깊이 새겨들어야만 할 말인 것 같다. 여기서도 중요하고 임팩트 있는 한마디- 부러워하거나 시기하면 지는 것이다. '누군가를 향한 시기심은 내 행복의 적(敵)이자, 내 숨통을 막으려는 사악(邪惡)한 악마(惡魔)다.'라는 쇼펜하우어의 말을 새기자.

    끝으로 어느 한 인스타그램에서 '비교하지 말자.'라는 문장에서 '비교'로 이행시, '비: 비참하지 말자' '교: 교만하지 말자'라는 문구가 있었다. 여기에 '마음을 다잡는 일' 그리고 '원만한 인간관계'를 덧붙이고자 한다. 인간의 타고난 마음이야 어쩔 도리가 없다. 하지만 내 인생의 궁극적 목적인 '성공과 행복'에 저해(沮害)되는 것으로, 특히 마음 중에서도 이 글 제하(題下)의 '인생 버릴 6심'은 단호히 배척(排斥)하거나 배제(排除)시켜야만 한다. 그거야말로 성공과 행복에 다다르는 '지름길'이요, '삶의 지혜'인 것이다.

19. 인생 지킬 6심

이 글은 우리 모두 일상화되어 있는 지인들끼리 주고받는 카톡에서 '좋은 글' 중 누구나 관심 있을 법한, 한 제목(인생 지킬 6심)을 선정, 하나씩 짚어보고 자 한다.

인생 지킬 여섯 가지 마음은, 첫째는 신심(信心:믿음을 갖고 믿음으로 사람을 상대하는 마음), 둘째는 대심(大心:세상에 모든 것을 담을 수 있는 여유로운 큰마음), 셋째는 동심(同心:같은 마음을 갖고 같은 생각을 갖는, 친구 같은 마음), 넷째는 겸심(謙心:매사에 겸손한 마음을 갖고 나보다 부족한 사람에게도 겸손하게 처신하는 마음), 다섯째는 칭심(稱心:칭찬할 줄 아는 마음), 마지막으로 행심(行心:함께 행동하는 마음을 갖고 생활하고 실천하는 마음)이다.

제1심(信心): 신심, '믿는 마음'은 두 가지로, 하나는 종교적 믿음인 신앙(信仰)이고, 다른 하나는 인간관계에서 믿음인 신뢰(信賴)를 말하는 것으로, 종교적으로는 믿음보다는 신앙이, 인간관계에서는 신뢰가 강한 의미이다. 먼저 종교적 믿음, 신앙은 제도적인 것과 비제도적인 것들이 있는데, 이들 모두는 삶의 근원이자 원천적인 문제에서 출발한 것으로 각자의 이념과 철학적 두터운 편견을 깨고 나와 세상을 바라보는 나와 함께 살아가는 사람들이 바라보는 관점이 다를 뿐, 그 믿음에서 출발하는 신앙과 종교는 강요가 아닌 각자의 선택의 자유가 주어지는 것으로 내 믿음, 신앙만이 진리이고 다른 사람의 믿음, 신앙은 거짓이라는 것은 결코 올바른 생각이 아니다. 사람들의 진정한 '신앙의 목적'은 내가 죽고 난 뒤에 천국이나 낙원에 들어가고, 극락세계에 가기 위함이 아니라 신에게 의지하고 기도하며 마음의 위안과 평화를 찾고, 무엇보다도 "올바른 삶을 살아가면서 이웃들과 함께하며 사랑하고 행복한 삶의 열매를 맺도록 노력하는 과정이 올바른 '신앙의 길'이 되어야 한다."라고 조심스럽게 말하는 바이다. '좋은 일을 하면 기분이 좋고, 나쁜 일을 하면 기분이 나쁘다. 그게 내 종교다.' 링컨의 말이다. 다음으로 인간관계에서의 믿음, 신뢰이다. 어떤 인간관계에서든 서로의 믿음과 신뢰가 가장 중요하다. 연인, 우정, 사랑, 조직 내에서든 믿음과 신뢰가 이루어져야 다음 단계가 이어지고 진행될 수 있는 법이다. 그런데 여기서 간과(看過:대충 보아 넘김)하는 것이 하나 있다. 바로 자신에 대한 믿음, 신뢰이다. 자기 자신을 못 믿는데 누가 나를 믿어주겠나? 무엇보다도 자기의 자신감, 능력, 양심 등을 믿지 못한다면 자아 발전하는 데 어려움을 겪을 수가 있다. 어떤 목표를 설정하고 이루어 나갈 때 자신에 대한 굳건한 믿음이야말로 큰 동기부여가 되는 것이다. 그리고 내가 아닌 다른 모든 사람과의 인간관계에서 믿음과 신뢰는 성공적인 관계의 초석(礎石)이며, 여러 가지 문제점들, 갈등 속에서도 관계를 함께 잡아주는 접착제 역할을 하기도 하는 것이다. '신뢰는 성공의 핵심이자 조직의 긍지이다.'

캐나다 기업가 브라이언 트레이시의 말이다. 믿음과 신뢰를 쌓는 가장 기본은, 바로 사소한 '일상의 약속을 철저하게 지키는 것(상대가 감탄할 정도로)'부터 시작되는 것이다. '신뢰는 작은 것에서 시작하지만, 큰 것을 이룩할 수가 있다.' 미국의 전쟁영웅 리처드 소렌슨의 말이고, '신뢰는 말로써는 얻을 수 없고, 행동으로만 얻을 수 있다.' 미국 작가, 로이 T. 베넷의 말이다. 우리네 삶에서 수많은 인간관계에서 가장 중요한 것, 하나만 말한다면, 자신의 행·불행을 결정짓는 '배우자의 믿음, 신뢰'라고 단언(斷言)해 본다. 부부간에 믿음, 신뢰가 깨지고 무너지면 파국(破局)으로 가는 고속도로에 진입하는 것과 결코 다를 바가 없다. '사랑의 가장 좋은 증거는 신뢰다.' 미국 심리학자 조이스 브라더스의 말이다.

　　제2심(大心): 대심은 한마디로 '모든 것을 담을 수 있는 여유로운 마음'이다. 쉽게 말해, 대심은 우리가 흔히 말하는 소심(小心)의 반대 개념이다. 사람의 성격을 말하는 소심의 정의는 '주의 깊고, 도량(度量:너그러운 마음과 깊은 생각)이 좁고', '담력(膽力:겁이 없고 용감한 기운)이 없고 겁이 많음', '대담하지 못하고 지나치게 조심성이 많음'의 의미인데, 무엇보다도 사회생활, 대인관계에서 '포용력(包容力:남을 너그럽게 감싸주거나 받아들임, 아량)이 없다.'라는 말이기도 하다. 대심은 대범(大汎:성격이나 태도가 사소한 것에 얽매이지 않고 너그러움)과 결(結)을 같이하며, 요샛말로 '노 빠구', '노 브레이크'라고나 할까! '성공은 대심, 대담함의 결과다.' 벤저민 디즈레일의 말이고, '결정적인 순간에 대심, 대담함이 필요하다.' 괴테의 말이며, '위대한 정신은 폭넓은 이해를 요구한다.'는 아인슈타인의 말로, '통찰력(洞察力:예리한 관찰력으로 사물을 꿰뚫어 봄)과 포용력'을 강조한 말인 것 같다. 대심에서 우리가 꼭 챙겨보아야 할 말은, '감사할 줄 아는 마음'이다. 은혜롭고, 덕이 되고, 이득이 되는 일, 심지어는 궂은일, 시련도 감사하는 범사(凡事:모든 일)에 감사하는 마음이 곧, 큰마음이다. 그리고 큰마음으로 작은 마음을 알아차려 분별해 내고, 대심을 품고 소심하게 조심조심 나아가는 생활의 지혜가 필요한 것이다.

　제3심(同心): 동심은 '마음을 같이함', '같은 마음'의 의미이며 유의어는 일심(一心:한 마음)이다. 그런데 가장 함께해 힘을 합쳐야 할 부부간도 동심은 어려울 때도 있지만, 막역(莫逆)한(허물없이 친한) 친구, 절친(切親:더할 나위 없이 친한)과는 때로는 가능도 한 법이다. 사자성어에 동심협력(同心協力:같은 마음으로 힘을 합함, 서로 사랑하며 도움, 마음을 같이하여 도움)과 동심공제(同心共濟:마음을 같이하고 힘을 합해 어려움을 함께 건너고 헤쳐 나감)가 있는데, 우리가 흔히 쓰는 상부상조(相扶相助:비슷한 상황을 겪는 이들이 힘을 합쳐 위기를 모면하는 모습을 가리킴)와 환난상휼(患難相恤:어려운 일이 있을 때 서로 도움)이 결(結)을 같이한다. '혼자서는 거의 아무것도 못 한다. 함께하면 그렇게 많은 것을 할 수 있다.' 헬렌 켈러 여사의 말이고, '도움이 될 만한 사람과 일을 함께하라. 누군가와 함께하면 혼자 하는 것보다 효과적이고 포기하지 않게 된다.' 미국 수도원 신부 윌리엄 메닝거의 말이며, '만일 모든 사람이 같이 움직이고 있다면 성공은 따 놓은 당상(當相)이다.' 헨리 포드의 말이다.

제4심(謙心): 겸손(謙遜)한 마음은 '남을 높이어 귀하게 대(남을 존중)하고 자신을 낮추는(자기를 내세우지 않는) 태도'를 의미하며, '자신이 잘하는 일이나 좋은 일이 있을 때도 잘난 척 하지 않고 자신을 드러내지 않는 모습을 보이는 것'으로, 유의어는 겸허(謙虛), 손순(遜順)이고 반의어는 거만(倨慢), 교만(驕慢)이다. 사실 처세방법 중 '예의 바르고 겸손만큼 중요한 것'도 없을 것이다. '겸손하고 예의 바른 몸가짐 하나만으로도 누구에게나 사랑받는다.'와 '겸손하게 허리 숙이는 것은 자화자찬(自畵自讚)과는 반대로 자기 자신을 존귀(尊貴)하게 만드는 행동이다.' 스페인 철학자 발타자르 그라시안의 말이다. 겸손은 신(神)이 우리 인간에게 주신 미덕(美德) 중 하나이다. 성경에서는 겸손이 하나님 백성에게 요구하는 신앙의 덕목 중 하나인데, '겸손한 자(者)는 하늘의 영광과 축복을 받게 된다.'라는 것으로 겸손한 자(者)가 누릴 축복에 대한 말씀, 구절로, '기도 응답을 받음(열왕기 하), 주께서 높여주심(야고보서), 주께서 돌보아 주심(시편), 영예롭고 존귀하며 재물을 얻게 됨(잠언), 하나님께서 은혜를 주심(잠언), 천국을 소유하게 됨(마태복음), 무엇보다도 큰 자로 인정받음(누가복음)' 등이 있다. 그런데 과공비례(過恭非禮:지나친 공손은 예의가 아님)라는 말이 있고, 영국 속담에 '겸손도 지나치면 오히려 거만이 된다.'라는 말이 있으며, 셰익스피어는 '겸손은 위대한 재능의 소유자인 인간의 경우에는 위선(僞善:겉으로만 착하고 겸손한 척함)이다.'라는 말을 남겼다. 그런데 오늘날은 자기 PR 시대이기도 하다. 적절한 겸손과 과시(誇示)의 지혜가 필요하기도 하다.

제5심(稱心): 칭찬(稱讚)할 줄 아는 마음이란 '좋은 점이나 착하고 훌륭한 일을 높이 평가함'의 의미이고 유의어는 격찬(激讚), 극찬(極讚)이고 반의어는 꾸중, 책망(責望), 비난(非難)이다. 칭찬은 '어떤 대상에 대한 장점을 말해 주는 것'으로 무엇보다도 상대의 기분을 좋게 해주는 효과가 있지만 경우에 따라서는 잘못되거나 지나친 칭찬은 상대에게 부담을 주어, 역효과를 불러오는 경우도 있으니, 상황이나 경우에 따라서 적절하게 말하는 조절력(調節力)이 필요하다. 특히 윗사람에게 과도한 칭찬은 아부(阿附:남의 비위를 맞추어 알랑거림)로 보여 칭찬하는 당사자가 주위 사람들에게 저열(低劣:질이 낮고 변변하지 못함)하게 보일 수 있으니 신중해야 한다. 미국의 기업가 켄 블랜차드가 쓴 '칭찬은 고래도 춤추게 한다.'에서 조련사의 칭찬이 범고래로 하여금 관람객 앞에서 신나는 쇼를 벌이도록 동기부여(動機附與) 하는 사례를 들어 '칭찬의 긍정적 효과'를 설명했다. 칭찬이 주는 쾌락적인 보상은 크고, 자존감의 토대가 되며, 과학적으로 칭찬을 받았을 때 신체적 변화도 생기는데, '후측 뇌섬엽에서 생긴다.'라고 한다. 칭찬처럼 자존감을 높이고 기분 좋은 심리적 접촉이 생겼을 때 '이 부분이 활성화된다.'라고 한다. '칭찬은 가장 적은 비용으로 가장 많은 호의(好意)를 끌어내는 방법이다.' 발타자르 그라시안의 말이고, '남의 좋은 점을 발견할 줄 알아야 한다. 그리고 남을 칭찬할 줄도 알아야 한다. 이는 남을 자기와 동등한 인격으로 생각한다는 의미가 있다.' 괴테의 말이며, '사람들은 곧잘 따끔한 비평의 말을 바란다고 말하지만, 정작 마음속으로 기대하고 있는 것은 비평 따위가 아닌 칭찬의 말이다.' 영국 소설가 W. 서머셋 모옴의 말이다.

제6심(行心): 행심은 곧 '동행(同行)하는 마음'이다. 동행은 '같이 길을 감'이나 '같이 길을 가는 사람(들)'인데, 무엇보다도 '같은 방향으로 함께 가는 것'보다는 '같은 마음으로 함께 가는 것'이다. 누군가와 함께라면 갈 길이 아무리 멀다 해도 갈 수 있고, 바람이 휘몰아치는 들판도 걸을 수 있으며, 위험한 강도 건널 수 있고, 높은 산도 넘을 수 있으며, 설령 물에 빠진다 해도 손 내밀어 건져주고, 위험한 상황에서 몸으로 막아주며, 따뜻하고 정성스러운 마음으로 사랑하면 나의 길을 끝까지 갈 수 있다. 안개꽃이 혼자서가 아니라 다른 꽃들과 함께할 때 아름답듯, 우리네 인생살이도 마찬가지이다. '가장 멀리 가고 싶다면, 함께 가라.' 아프리카 속담이고, '같이 걸어줄 누군가가 있다는 것, 그것처럼 삶에 따스한 것은 없다.' 이정하 작가의 말이며, '아무리 재미있는 이야기도 들어 줄 사람이 없다면 독백(獨白)이 되고 만다.' 관허 스님 말씀이다.

불교의 한 종파 법상종의 경전인 '유식(唯識)'에서 '일수사견(一水四見)'이라는 비유(比喩)를 드는데, '같은 물이라도 네 가지 의미로 본다.'라는 것으로 '천계(天界)에 사는 신(神)은 보배로 장식된 땅으로 보고, 인간은 물로 보고, 아귀(餓鬼)는 피고름으로 보고, 물고기는 보금자리로 본다.'라는 것이다. 곧, 같은 대상이지만 보는 시각에 따라 그 견해가 다르다는 것이다. 우리 인간들은 자신의 행·불행이 상황이나 환경에 따라온다고 생각하여, 탓하기도 하지만, 이 모든 것이 사실은 '자신의 마음'에서 오는 것이다. '따뜻한 하루'라는 편지글에서 "어떤 마음을 먹는지에 따라 행동이 달라지는 것뿐만 아니라 삶의 방향이 달라진다. 즉, '얼굴이 삶의 이력서'라고 한다면 '마음은 삶을 이끄는 표지판'이다."라는 것이다. 그러므로 우리의 삶에서 가장 중요한 것은 '마음을 잘 다스리는 일'이며, 내면(內面), 마음속의 '성찰(省察)과 조절(調節)'이 우리의 행동과 삶을 지배하여 행·불행이 결정되는 것이다. 끝으로 "모든 것은 오직 '마음'이 지어낸다."라는 화엄경(華嚴經)에 있는 구절을 인용하는 것으로 글을 맺는다.

20. 자유(自由)와 방종(放縱)
- 자유를 중심으로

　자유란 '외부적인 구속이나 무엇에 얽매이지 아니하고 자기 마음대로 할 수 있는 상태'의 의미이고, 법률적으로는 '법률의 범위 안에서 남에게 구속되지 아니하고 자기 마음대로 하는 행위'의 의미이며, 철학에서는 '자연 및 사회의 객관적 필연성을 인식하고 이것을 활용하는 일'이다. 유의어에는 무궁자재, 자유자재, 자재(自在:속박이나 장애 없이 마음대로 함)가 있고, 반의어는 결박, 구속, 규제가 있다. 자유이소(free opinion)는 자유의사로 '남에게 속박이나 간섭을 받지 아니하고 자유로이 가지는 생각'을 의미하며, 요즘 젊은이들 사이의 신조어(新造語)로 자동차 유럽 대장정을 의미하는 '대 자유'는 유럽 배낭여행 대신 '자동차 여행방식으로 약 55일간 유럽을 1만km 이상 여행하는 것'을 말하는 것이고, '자유벌이' 족(族)이라는 말은 '필요한 돈을 마련할 수 있을 때까지만 일하고 쉽게 일자리를 떠나는 사람'들을 '프리터(프리 아르바이터:free arbeiter)' 족으로, 이 또한 신조어이다.

　방종이란 '제멋대로 행동하여 거리낌이 없음'의 의미이며 유의어에는 종임(縱任:제멋대로 하여 거리낌이 없음), 자사(恣肆:제멋대로 하는 면이 있음)가 있으며, 부화방종(浮華放縱)이라는 말은 '실속 없이 겉만 화려하고 제멋대로 놀아나며 행동함'의 의미이다. 우리 속담에 '욕심은 법도를 깨뜨리고, 방종은 예의를 무너뜨린다.'는 '지나친 욕심은 법도(法度:생활상의 예법과 제도)에 어긋난 것이며, 방종은 예의에 벗어난 것이다.'라는 말이다. 그리고 '조방(粗紡的)하다'라는 말은 '거칠고 방종한 것'을 말하고, '탄방(誕放)하다'라는 말은 '지나치게 방종하다'라는 의미이며, '종탈(縱脫)하다'는 '예의범절을 무시하고 방종한 행위를 하다'라는 의미이다.

　우리말 글을 쓸 때와 좀 다르게 영어로 글을 쓸 때는 첫째가 적절한 단어 선정, 둘째가 적절한 구두점, 마지막으로 문장과 문장 사이, 단락과 단락 사이 적절한 연결사를 잘 써야 하는데, 특히 가장 어려운 부분은 적재적소에 맞는 단어(여러 개의 단어 중)를 골라 써야만하는 것으로, 예를 들어 '직업'에 있어서 job, work(일반적 직업, 일), profession(전문업), occupation(상대의 직업을 묻는 경우, 격식을 갖출 때, 지식을 요하는 직업), career(평생직업, 직장생활), calling[하늘의 부르심, 소명(召命)이라는 천직-사람이 태어날 때 정(定)해지는 세 가지에 직업(천직), 배우자(천생연분), 그리고 죽음(천수)을 꼽는다.], vocation(밥벌이 직업, 주업〈-〉avocation 부업, 취미), 등 쓰임새마다 다양하다. '자유'라는 단어도 그 쓰임새가 세분되어 있어, freedom(권리로서의 자유, 자기가 할 수 있는 대로의 자유), liberty[지배, 권리로부터의 자유, 노예가 아닌 상태의 자유, 합법적 권리의 자유-civil liberty(시민적 자유), civil liberty activities(인권옹호 활동)], latitude(선택 행동 방식의 자유), space[자기 마음대로 할 수 있는 자유-breathing space(숨 돌릴 틈, 휴식 시간)]가 있는데 대체로 주로 쓰이는 freedom 은 '일반적 의미'로 liberty는 특히 '구속, 속박에서 벗어난 자유' 의미 로 보면 된다. 그런데 license(ce)는 동사(動詞)로 '허가하다', 명사(名詞)로 '면허, 자격(증)'의 의미로 주로 쓰이는데, 흔히 '좋지 못한 것 을 마음대로 할 수 있는 자유, 방종'의 의미로도 쓰인다. 그런데 요즘 흔하게 쓰이고 있는 '자유여행'이라는 단어는 'self-guided tour'이다. 이렇듯 영어는 의미는 같아도 쓰임새마다 단어가 각각 다르다.

그러면 '방종'의 적정(適正:알맞고 바름) 영어단어는 무엇인가? 자 유라는 단어처럼 1:1 단어는 없어, self-indulgence(자신이 하고 싶은 대로 함) 정도면 무방하다. 앞에서 설명한 license(-ce)는 '면허나 허 가' 같은 긍정적 의미가 강하지, '방종' 같은 부정적 의미로 쓰이는 경우는 거의 드물다. 그 이유는 무엇인가? 한마디로 '자유라는 의미 에 동양의 유교적 개념이 들어가야 방종'이 되기 때문이다. 인간에게 서 '남에게 피해를 주지 않으면 자유'이고, '남에게 피해를 주거나 남 의 자유를 침해하면 방종'이 되는데, 어찌 보면 서양에서는 자유가 방 종이고 방종이 자유로, 애매모호하기도 하지만 자유처럼 방종이라 는 단어가 1:1 적절한 단어는 없지만 사회적 가이드라인이 '하면 좋 을 것을' 즉 사회적 예의범절인 '매너(manners:행동하는 방식이나 자 세, 일상생활에서의 예의와 절차)가 엄연히 존재하는 것으로 알아두 면 유익할 뿐만 아니라, 오늘날과 같은 세계화 시대에 자신의 인격과 품격을 나타내기도 하는 것임으로 나라마다 조금씩 다른 문화에 맞는 매너를 숙지(熟知:익히고 앎)하는 것은 중요한 일이다.

그렇다면 자유란 무엇인가? 좀 더 구체적으로 살펴보기로 하자.

미국 대통령이었던 프랭클린 루스벨트가 주창(主唱)한 우리 시대와 세대에 이룩해야 하고, 할 수 있는 세계의 명확한 토대(土臺:밑바탕이 되는 기초)를 쌓아야 하는 것으로 인간의 네 가지 기본적인 자유로 첫째는 '언론과 출판, 표현의 자유', 둘째는 '종교적 신앙의 자유', 셋째는 '결핍(경제적인 면)으로부터의 자유', 마지막으로 '공포(침략 전쟁)로부터의 자유'를 부르짖었다. 그런데 미국의 사학자인 칼 베커는 '언론과 출판의 자유'를 루스벨트와는 다른 시각으로 보았는데 그의 주장은 언론과 출판의 자유의 민주적 원리를 "인간은 진실을 알고 싶어 하며 진리에 의해 인도되기를 원하는 것으로 '공개 토론장(예:의회, 우리의 국회)에서 의견의 자유로운 경쟁'에 의한 방법이다"라고 말했다. 덧붙여 '사람들이란 어쩔 수 없이 의견이 다르므로, 똑같은 권리를 남에게 주는 한, 자신의 의견을 자유롭고, 열렬하게 주장하는 것이 허용되어야 한다.'라는 것이다. 그리고 '상호의 아량과 다양한 의견의 비교로부터 가장 합리적으로 보이는 의견이 도출(導出)되어 인정되어야 한다.'라는 것이다. 영국의 언론인, 작가인 존 스펜서는 '자유는 평화에 의해서 세워지며, 전쟁과 무질서는 자유의 두 개의 커다란 적이다. 우리가 오늘날 향유(享有:누려서 가짐)하고 있는 자유주의 정치는 폭력 대신 법으로, 육체적인 투쟁 대신 의논으로 바꾸어 놓은 것이다. 자유로운 토론이 정의를 행하고, 정책에 관한 현명한 결론에 관해 도달 할 수 있는 가장 적당한 방법이다. 그런데 그것은 지켜야 할 규칙이 있다. 그것은 관용과 상호 자제를 요한다. 그것은 소수파가 의회에서 표결에 졌을 때 당분간 복종하고 자기들의 견해가 이성과 토론에 따라 우세하게 될 장래를 위하여 일하는 것에 만족할 것을 요구한다.'라고 말했다. 그렇다면 오늘날 우리의 현실은 어떠한가? 거대 당이 공룡과 같아서 비록 여당이지만 소수당이 할 수 있는 것이 거의 없다. 독주와 심하게 말해 횡포를 막을 길도 감당할 수도 없는 지경이다.

건설적인 의견, 민생을 위한 정책 논의와 결정은 요원(遼遠)할 뿐이다. 차기 총선에서 어떻게 해야 할 지를 알려주고 시사(示唆) 하는 바가 크다는 것을 깨우쳐야 하는 것은 우리 모든 평범한 국민, 시민들인 유권자들의 몫이다.

거창하게 자유를 논하기보다는 일상적인 면에서 자유란 무엇인가?

간단하다. 자신이 원하는 대로 하는 것이 자유이다. 그렇지만 다른 사람의 자유를 침해(侵害:침범해서 해를 끼침)해서는 안 되는 것이다. 예를 들어 우리가 TV를 시청하고 라디오를 듣는 것은 자유이다. 그러나 소리가 너무 커서 이웃을 방해해서는 결코 안 되는 것이다. 특히 심야에는 더더욱 그렇다. 또한 우리가 야구 경기나 축구 경기를 구장(球場)에 가서 보는 것은 얼마든지 자유이다. 그러나 우리가 응원하는 팀이 아닌 상대편 팀을 응원하는 관람객들이 마음에 들지 않는다고 유리병으로 그들의 머리를 내려칠 자유는 절대 없는 것이다. 그러므로 동 · 서양을 막론하고 한마디로 자유란 '남의 자유를 침해하지 않는 범위 이내'를 말하는 것이다.

마지막으로 우리가 지금, 오늘날까지 풍요롭게 누리고 있는 자유가 '어떻게 이루어졌는가?'를 생각해 본다는 것은 유의미한 일이다. 그래야만 지금 누리고 있는 자유가 소중하고 고귀(高貴)한지를 알게 될 뿐만 아니라, 더불어 이 자유를 나는 어떻게 지키고, 내 후손들에게 물려주어야 할지를 자각(自覺:스스로 깨달음)하게 되는 계기(契機)가 될 수 있기 때문이다.

그러기 위해서 '영화 한 편'과 '명언 하나'를 인용해 보기로 하자. 먼저 타이완 감독이 제작한 단편영화로 중국에서 있었던 실제 이야기를 바탕으로 스토리를 구성한 영화 '버스 44(車 四十四)' 이야기로 내용은 이렇다. "중국의 어느 한 산촌 지역에서 한 여성 운전기사가 운전하는 시외버스가 산길을 운전하고 가고 있는데 한 중년 남자가 타고, 얼마 있다가 산길을 달리고 있던 버스를 두 명의 부랑배(浮浪輩)가 타더니만 승객들을 대상으로 강도짓을 하다가 여성 운전자를 끌고 나가 성○○을 하는 것을 승객들은 차창 너머로 바라보게 되었다. 어느 누구도 두 부랑배들을 말리거나 저지하지 않았다. 그러자 부랑배들보다 먼저 차를 탔던 중년 남자만이 나서서 부랑배들을 말리고 제지하려 했지만, 오히려 두들겨 맞고 칼에 찔리기까지 했다. 한참 후 여자 운전자가 처참한 몰골로 차에 돌아와 자신을 위해 부랑배들을 저지하려다 폭행당하고 상처 입은 그 중년 남자에게 버스에서 내리라고 했다. 그러자 그 중년 남성은 '난 당신을 도와주려고 한 사람이다. 그런데 여기서 내리라고 하면 나는 이 산길을 어떻게 걸어가란 말이냐?'라고 따져 묻자, 여자 운전자는 '당신이 안 내리면 출발 안

한다.'라고 단호히 말하자, 다른 승객들이 그 중년 남자를 차에서 끌어 내렸다. 그러고는 차는 떠나고 중년 남자는 터벅터벅 산길을 가다 보니 산 아래 낭떠러지 밑에 뒤집히고 심하게 구겨진 버스를 보니 바로 자신이 쫓겨났던 바로 그 44번 버스였다." 그 여성 운전기사는 살 만한 가치가 있다고 여긴 그 중년 남자 외에 모든 승객[부랑배들의 부당함을 보고만 있던 '방관자(傍觀者:어떤 일에 직접 나서서 관여하지 않고 곁에서 보기만, 구경만 하는 사람)'들]을 대동(帶同)하고 낭떠러지로 차를 몬 것이었다. 다음으로 명언 하나를 인용해 보기로 하자. "사회 최고의 비극은 인간들의 거친 아우성이 아니라 선한 사람들의 소름 끼치는 '침묵'이다." 노벨 평화상을 수상했던 미국의 인권운동가, 목사 마틴 루터 킹 목사의 말이다.

오늘날 나나, 사랑하는 내 가족들이 먹고 싶은 것, 배불리 먹고, 편안하게 잠잘 수 있고, 다 같이 행복하게 살 수 있는 것에 대한 기본적 토대는 과연 어디서부터 시작되었는지를 생각해 보기로 하자. 세계적으로 유일하게 남북이 대치(對峙:서로 맞서 버팀)해 있고 북핵의 위협에 있는 현실에 비추어 우리가 오늘날 누리고 있는 자유의 토대는 수많은 선열(先烈)들의 피와 땀으로 얼룩져 이룩하고 지켜온 덕분(德分)이라는 것을 부정할 수 있는 사람은 없을 것이다. 더불어 불철주야(不撤晝夜:어떤 일에 몰두하여 조금도 쉴 사이 없이 밤낮을 가리지 않음) 국토를 지키고 있는 우리 모두의 아들·딸인 군인들, 그리고 우방(友邦)국들의 공과(功課)도 결코 가볍게 여겨서는 안 되는 것이다. 우리의 '자유민주주의'가 위태롭고 위협받는 상황에서는 어떤 경우라도 '우리는 모두 방관자가 되고 침묵해서는 안 된다'라는 것이다. 나나 내 가족들이 '대한민국이라는 버스에 타서 영화 44번 버스의 승객들이 될 수 있다'라는 것을 우리 모두 명심(銘心)하고 각심(刻心)해야만 한다.

21. 절망(絕望)과 희망(希望)
– 절망을 중심으로

절망(Despair, Hopeless)이란 사전적 정의로는 '바라볼 것이 없게 되어 모든 희망을 끊어버림, 또는 그런 상태'이고, 실존철학(주체적 존재로서의 인간을 자각하고 그 인간 실존의 구조와 문제성을 밝힘)에서 '인간이 극한 상황에 직면하여 자기의 유한성(有限性:한도나 한계가 있음)과 허무성(虛無性:무가치하고 무의미하게 느껴져 허전하고 쓸쓸하게 느껴짐)을 깨달을 때의 정신상태'를 의미한다. 유의어에 낙담(落膽:일이 뜻대로 되지 않아 마음이 상함), 낙망(落望:희망을 잃음), 비관(悲觀:인생을 슬프게만 생각하고 절망스럽게 생각함, 앞으로의 일이 잘 안될 것이라고 봄<->낙관)이 있는데, 여기에 결과론적으로 자포자기(自暴自棄:절망에 빠져 자신을 스스로 포기하고 돌아보지 아니함)가 있다. '절망'에 대한 철학적 정의로는 '미래의 희망을 잃은 정신적 상태'를 의미하는데, 19세기 중반의 실존주의 덴마크의 철학자 키에르케고르에 의해 사용된 것으로, 인간에게 있어서 최대의 불안, 공포는 '죽음'이지만, 근본적으로 두려운 것은 의지나 행위의 주체인 '인격이 스스로 생의 지고(至高:지극히 높음)한 목표를 잃는 것'이며, 절망이란 이러한 '인격을 잃은 상태'라고 한다.

절망이란 문자 그대로 '희망을 체념(諦念:단념)하거나 포기(抛棄: 도중에 그만두어 버림)하는 것'이다. 그런데 포기는 해 봐야 안 될 것 같은 것을 전략적[戰略的:활동을 하는 데 필요한 책략(策略:어떤 일을 꾸미고 이루어가는 꾀나 방법)]으로 그만두고 '다른 길을 모색(摸索:해결할 방법이나 실마리를 더듬어 찾음)할 수도 있는 것'이고, 절망은 사실 포기와 상통(相通:서로 통함)하면서도 조금은 다르다고 할 수 있는데, 절망은 '모든 길이 막혔을 때 하는 것'이다. 그래서 절망감은 헤어나기 쉽지 않으며, 조금 더 심화하면 잠을 제대로 자지 못하고, 점차 시간이 흐르면 우울감인 병증(病症:병적 증상), 우울증으로 발전되어 최악의 경우는 극단적 선택의 위험까지 이르게 되는 것이다. 그러므로 절망감을 피하려 하기보다는 당당하게 맞서 싸워야 한다. 이럴 때 시인 김종제의 시(詩) '절망이라는 씨앗'의 종장(終章:마지막 장) 부분을 인용하는 것이 적절할 것 같다. '지상에 닿은 물 한 방울에도, 무덤에 적신 피 한 방울에도 화들짝 깨어나는 목숨이 있으니 그 모든 절망은 씨앗을 가득 담고 있는 우주를 품고 있는 것이 분명하다.' 그렇다 척박(瘠薄:기름지지 못하고 메마른)한 땅이라도 심어 놓은 씨앗을 보아라. 비가 내리고 한참 시간이 흐르면 뚫고 올라온 새싹들을 보아오지 않았는가? 내 마음속에 담겨 있는 절망감도 그래야만 하는 것이다. 그러려면 과연 절망감을 극복할 수 있는, 다시 말해 절망에서 '희망의 씨앗'으로 거듭나기 위한 방법으로, 먼저 긍정적인 마인드, 변화하는 흐름 속에서 유연(柔軟⟨-⟩경직)하게 흐르는 강물처럼 시간의 흐름을 타고 가는 것인데, 그러나 말처럼 그렇게 쉽지는 않은 법이다. 그렇다면 구체적인 방법으로 다양한 칼럼니스트들이 집필한 인터넷(Internet) 신문인 허프포스트(HUFFPOST)에서 영국의 상담심리치료협회(BACP) 심리상담사 라커찬드의 조언(助言)을 빌리자면, "첫째, 절망감은 절대 가볍게 여길 감정이 아니므로 '혼자서 견디려고 하지 말고', 자신을 가장 잘 알고 가까운, 마음을 터놓고 얘기할 사람에게 현재 상태의 감정을 사실대로 얘기를 나누어 '조언을 구(求)하는 것'이고, 둘째, 절망감을 느끼는 자신을 결코 '자책(自責)하지 말며', 셋째, 절망은 본질적으로 미래에 대한 것으로 '현재에 집중하며' 살도록 노력해야 하고, 넷째, SNS는 절망적인 상황에서 기름을 붓는 역할을 할 수 있으므로 중단해야 하며, 어려우면 아예 '휴대폰을 없애거나 다른 사람에게 맡겨두어야 하며', 마지막으로 너무 절망적으로 느껴지고 혼자 견디기 힘들다면 '응급서비스에 연락해 도움을 청하거나' '전문 의료진의 상담 및 치료를 요청'해야 한다."라는 것이다. '행동은 절망의 치료제이다.' 고대 로마 황제 막시무스의 말이다.

명사들의 명언들은 사람마다 힘들 때가 있을 때 어려움을 이기게 하고 마음에 위로(慰勞)가 되어 준다. 삶이 힘들고 중압감(重壓感)이 들 때 마음이 훨씬 가볍고, 삶의 무게를 벗어날 수도 있으며, 무엇보다도 '용기'가 나게 한다. '절망'에 대한 명사들의 명언들이 특히 그러하다. 그래서 한두 개쯤은 좌우명(행복에 도달하기 위한 길잡이)으로 삼을 만한 가치가 있다. '절망은 우리를 쓰러뜨릴 수도 있지만, 다시 일어나 그것을 마주할 수 있는 것은 우리의 선택이다.' 남아프리카

흑인 인권 운동가, 대통령이었던 넬슨 만델라의 말이고, '절망은 벽이 없는 감옥, 정신을 소모하는 숨 막히는 공허(空虛)함이다.' 미국의 문필가 헬렌 켈러 여사의 말이며, '절망은 일시적인 폭풍이다. 그것은 지나간 후에 교훈(敎訓:가르치고 깨우침)을 남길 것이다.' 이란의 페르시아 문학을 대표하는 시인 루미의 말이다. 또한 '절망은 죽음에 이르는 질병이다. 자기의 내부에 존재하는 이 질병은 영원한 죽음이며, 죽고 싶어도 죽을 수 없는 것이다.' 덴마크의 철학자 키에르케고르의 말이고, '절망이 순수한 것은 단 하나의 경우밖에 없다. 그것은 사형선고를 받은 경우이다.' 노벨문학상을 수상한 프랑스 철학자, 작가 카뮈의 말이며, '절망은 어리석은 자의 결론이다.' 영국의 정치가 벤저민 디즈레일리의 말이다. 영어속담에 '모든 구름에는 은빛 테두리가 있다(Every cloud has a silver lining)'는 우리 속담 '쥐구멍에도 볕 들 날이 있다.' '하늘이 무너져도 솟아날 구멍은 있다.'로 '너무 절망하지 말라'라는 말인데, 영국의 시인 대문호 셰익스피어와 필적(匹敵:서로 견줄 만한)할 만한 작가로 '실낙원'을 쓴 존 밀턴의 말 '절망이 자리잡을 때, 모든 구름에는 밝은 빛이 있다는 것을 기억하라.'와 결(結)을 같이한다. 절망의 구렁텅이에서 다시 일어설 수 있는 힘, 바로 '용기'는, 절망이라는 잿더미 속에서 '봉황이 솟아오르거나 용이 하늘로 솟구쳐 오르는 것'처럼 '힘찬 도약(跳躍:뛰어 오름)의 새로운 시작'이 될 수도 있는 것이다. "절망 앞에서 '용기'는 '희망의 불을 밝히는 불꽃'이 된다." 아일랜드 소설가, 극작가, 시인 올리버 골드스미스의 말이다.

희망(Hope, Wish)의 사전적 정의는 '어떤 일을 이루거나 하기를 바람'이나 '앞으로 잘 될 가능성'의 의미로 유의어는 기대, 꿈, 등불인데, 순수 우리말은 바람('바램'은 비표준어)이다. 희망이란 자신의 삶이나 국내·외 상황, 사건들에 대한 긍정적 결과를 기대하는 낙관적 심리상태를 말하기도 하지만, 실제 실현될 가능성이나 때인 시간은 불명확한 것이다. 희망이란 인류 역사 그 자체의 장구(長久:매우 길고 오랜)한 세월 동안 인간과 함께해 왔으며, 문학과 예술의 소재(素材:예술작품의 바탕이 되는 재료)나 테마(theme:창작이나 논의의 중심과제나 주된 내용, 주제)이기도 하다. 그런데, 무엇보다도 '희망'이란 한 개인에게는 가장 중요하고 '확실한 신앙'으로 '하나님 다음'이다. 희망이 있는 자에게는 신념이 있고, 신념이 있는 자에게는 목표가 있고, 목표가 있는 자에게는 계획이 있고, 계획이 있는 자에게는 실천이 있고, 실천이 있는 자에게는 성공이 있고, 성공이 있는 자에게는 행복이 있다. 인간의 궁극적인 목적, 목표가 무엇인가? '성공해서 행복하게 사는 것'이다. 성공과 행복의 출발점은 다름 아닌 바로 '희망'인 것이다. '희망은 사람을 성공으로 이끄는 신앙이다. 희망이 없으면 아무것도 성취할 수 없으며, 희망이 없으면 인간 생활을 영위(營爲:일을 꾸려 나감)할 수가 없다.' 미국의 문필가 헬렌 켈러 여사의 말이다.

성경에서는 하나님께서 우리에게 성경을 주신 주된 이유 중 하나가 로마서에 '성경의 위로를 통해 희망을 품을 수 있게 하려 하심'이라는 말씀, 예레미야에서는 '우리에게 미래와 희망을 주시고 싶다'라는 말씀, 그리고 시편에는 '여호와께 희망을 두어라. 마음을 굳게 믿고 용기를 내어라'라는 말씀 등은, 곧 희망은 그분 여호와 하나님에게서 찾고, 자신을 신뢰하는 사람들은 절대 버리지 않으실 것임을 약속하신 말씀이다. 명사들의 명언 중 '희망'에 대해서만큼 많은 명구절은 그렇게 흔치는 않을 것이다. 그 수많은 명언 중 우리에게 가장 실용적이고 울림을 주는 것들은 다음과 같다. 맨 먼저 우리가 가장 귀에 익숙하고 오랫동안 희망에 관한 명언으로, 네덜란드 합리주의 철학자 스피노자의 '내일 세계의 종말이 올지라도 나는 오늘 한 그루의 사과나무를 심으리라.'가 있다. 다음으로 '삶이 있는 한 희망은 있다.' 고대 로마의 정치가, 변호사, 작가인 키케로의 말이고, '큰 희망이 큰 사람을 만든다.' 영국의 성직자, 역사가 토머스 풀러의 말이며, '생명이 있는 한 희망은 있다. 희망은 만사가 용이(容易:어렵지 아니하고 매우 쉬움)하다고 가르치고, 절망은 만사가 곤란하다고 가르친다. 절망은 사물을 부정적으로 보도록 유도하지만, 희망은 사물을 긍정적으로 보도록 유도한다. 절망을 친구로 삼을 것인가, 아니면 희망을 친구로 삼을 것인가. 어느 쪽을 선택할 것인가?' 미국의 헌법 및 종교학자 J. 위트의 말로 가장 평범한 말이지만 '삶이 계속되는 한 기회와 가능성은 존재한다.'라는 진리의 말로 우리에게 분명한 선택지를 제공해 준 명언이다. 또한 "내 비장의 무기는 아직 손안에 있다. 그것은 '희망'이다." 프랑스 황제 나폴레옹 보나파르트의 말이고, '인류의 대다수를 먹여 살리는 것은 희망이다.' 고대 그리스 시인 소포클레스의 말이며, '희망과 인내는 만병을 다스리는 두 가지 치료 약이니, 고난이나 역경, 그리고 절망에 처(處)하여 의지할 가장 믿음직한 자리요, 가장 부드러운 방석이다.' 영국의 수필가 버어튼의 말이다. 마지막으로 나라마다의 속담으로는, "1년의 희망은 '봄'이 결정한다. 하루의 희망은 '황혼'이, 가족의 희망은 '화합(和合)'이, 인생의 희망은 '근면'이 결정한다." 중국속담이고, '희망은 가난한 사람의 빵이고, 언제나 희망을 지닌 사람은 노래하며 죽는다.'는 이탈리아의 속담이며, '희망만으로 사는 사람은 음악 없이 춤추는 것과 같다.' 영국 속담이다. 그리고 '희망으로만 사는 사람은 굶어 죽는다.'라는 이탈리아 속담은 '희망을 성취하려면 행동이 따라야 한다는 것'이고, '몽둥이만큼 바라지만 바늘만큼 이루어진다.'는 일본속담으로 '바란다고 모든 것이 다 이루어지는 것은 아니다.'라는 말로 '바라는 만큼 행동도 비례해야 한다.'라는 말인 것 같다.

절망의 한가운데 칠흑(漆黑) 같은 어둠 속에서도 아주 작은 희망의 깜박임도 어둠을 밝힐 수가 있는 법이며, 절망 앞에서 삶의 아름다움은 종종 그 불완전함에서 발견되기도 한다는 생각으로, 절망의 구렁텅이 속에서도 해가 다시 뜰 거라는 믿음, 확신은 결코 저버려서는 안 된다. 세상을 살아가면서 절망을 느껴보지 않은 사람은 없을 것이다. 어찌 보면 사람은 그릇이 크기에 따라 다른 법이다. 종지(간장, 고추장 따위를 상에 놓는 아주 작은 그릇)부터 사발(沙鉢:국그릇, 밥그릇), 큰 양푼(세숫대야 크기)에 이르기까지 각양각색(各樣各色)인 법이다. 그런데 그 그릇의 크기는 다름 아닌 바로 자기 자신이 만드는 것이다. 누가 봐도 절망적 상황인데도 극복하여 성공 가도를 달리는 사람도 있고, 누가 보더라도 괜찮은 상황인데도 스스로 자신의 모든 상황을 종료(終了)시켜 버리는 사람도 있다. 절망감을 경험한 바탕 위에 희망으로 가는 길을 선택하여 성공으로 이어지는 '용기와 지혜의 삶'을 살아가자. 끝으로 미국 작가 조나단 R. 휴이의 명언을 인용하며 글을 맺는다. '당신의 삶 속에서 내리는 비에 감사하라. 그것은 당신의 삶이라는 꽃에 물을 주는 것이기 때문이다.'

22. 친절과 베풂

친절(親切)의 사전적 정의는 '대하는 태도가 매우 정겹고 고분고분함, 또는 그런 태도'의 의미로, '상대방을 만족하게 하는 자기표현'으로 '옳은 의도'를 갖고 행해야 하는데, 그 '옳은 의도'란 '아무것도 바라지 않는 것'이다. 유의어는 정녕(丁寧:태도가 친절함), 정친(情親:정답고 친절함), 호의(好意:친절한 마음씨, 좋게 생각하여 주는 마음씨)이고, 반의어는 불친절인데, 주로 공공기관 및 공기업, 가게, 식당, 대중교통, 법원, 검찰, 경찰, 병원, 학교, 편의점 등에서 지난 과거에는 주로 있어 왔지만, 오늘날 사회적 분위기는 '친절이라는 기치(旗幟)와 모토(motto)' 아래 점점 개선되어 나아지는 추세(趨勢)이다.

성경에서 '친절'에 관한 대표적 구절(句節:한 토막의 말이나 글)에는 '하나님의 성품(性品:성질과 품격)을 보여줄 수 있는 넘치는 친절을 보여주라(누가복음)' '참된 친절은 하나님의 사랑에 대한 우리의 반응이다(로마서)' '친절은 하나님 백성의 한 특성(特性)이다(골로새서)'가 있고, 가톨릭 · 정교회 7대 주선(善)과 반대 개념인 죄악(罪惡)으로 겸손〈-〉교만, 자선〈-〉인색, 친절〈-〉질투, 인내〈-〉분노, 정결〈-〉음욕, 절제〈-〉탐욕, 근면〈-〉나태가 있다. 세간(世間)의 인식(認識:사물을 분별하고 판단해서 아는 일)과는 달리 법정 스님은 "무소유

(無所有)보다도 일반대중이 실천할 수 있는 '타인에 대한 친절'을 생전에 강조하셨으며 불교의 덕목인 '자비의 실천'이라고 보셨다.'라고 한다. 우리 속담에 '친절한 동정(同情:남의 어려움을 딱하고 가엾게 여김)은 철문으로도 들어간다.'는 '진정으로 염려하는 마음은 아무리 무뚝뚝한 사람에게도 전해지게 마련이다.'라는 의미이고, 영국 속담에는 '친절은 결코 헛되지 않는다.'가 있고, 유대인의 생활 규범인 '탈무드'에는 '똑똑하기보다는 친절한 편이 낫다.'가 있으며, 이솝우화에는 '친절은 아무리 하찮은 것이라도 결코 헛되지 않는다.'가 있다.

친절에 대한 우리들의 일상 자세를 알려준 명사들의 수많은 명언 중 최고의 명언들에는 '누구를 만나든 간에 그 사람에게 친절하게 대하라.' 미국 목사, 작가 노먼 V. 필의 말, '인간의 행위 중 가장 중요한 것이 무엇이냐고 물으면 압도적으로 친절이라고 대답할 것이다.' 영국의 미술사학자 케네스 클라크의 말, '친절은 온갖 모순(矛盾)을 해결하면서 생활을 장식(裝飾)한다. 얽힌 것을 풀어주고 난해(難解)한 것을 수월하게 해주며 암울(暗鬱)한 것을 환희(歡喜)로 바꾸어 놓는다.' 영국의 정치가, 저술가 필립 체스터의 말이다. 그렇다면 우리가 남에게 친절을 베풀면 우리가 얻는 것은 무엇일까? 라는 의문점이 생기게 된다. 그에 대한 답(答)은 간단하다. 바로 '내가 남에게 베푼 친절은 반드시 내게 돌아온다.'라는 것으로 현대 사회에서 한 사람이 할 수 있는 '가장 효율 높고, 가성비(價性費:기대할 수 있는 성능이나 효율의 정도) 있는 행동 중 하나가 친절인 것'이다. 그것을 입증하는 명언은 스위스 철학자 H. F. 아미엘의 말 '친절한 마음가짐의 원리, 타인에 대한 존경은 처세법의 제1 조건이다.'와, 스웨덴의 의사, 작가 스테판 아이혼의 말 '친절은 성공에 이르는 가장 위대한 전략[戰略:사회적 활동을 하는 데 필요한 책략(策略:꾀와 방법)]이다'가 있는 것으로 보아, 참된 친절로 이끌어 주는 윤리 지능을 올바르게 개발할 수 있다면 우리는 '성공적인 삶'뿐만 아니라 '선(善)한 삶'도 쟁취(爭取)할 수 있을 것이다.

동양의 '탈무드'라고 불리는 중국 명나라 말기 문인(文人) 홍자성이 쓴 '채근담'에 '좁은 길에서 한걸음 멈춰서 남이 먼저 가게 하라. 맛있는 음식이 생기면 남에게 먼저 맛보게 하라. 이같이 남에게 친절을 베푸는 것이 세상에서 가장 행복하게 사는 방법이다.'가 있고, 고대 그리스 철학자 아리스토텔레스는 '그릇이 큰 사람은 남에게 친절과 호의를 베풀어주는 것으로 자신의 기쁨으로 삼는다. 그리고 자신이 남에게 의지하고 남의 호의를 받는 것을 부끄럽게 생각한다.'라는 말은, 즉 내가 '남에게 베푸는 친절은 그만큼 자신이 그 사람보다도 더 낫다는 얘기가 되지만, 남의 친절을 바라고 남의 호의를 받는 것은 그만큼 내가 그 사람보다 못하다'라는 의미이다. 또한 영국의 낭만파 시인 윌리엄 워즈워스는 '알려지지도 않고 기억나지도 않는 작은 친절과 사랑이 훌륭한 사람의 삶을 구성하는 최고의 부분들이다.'라고 말했으며, 프랑스 작가, 라 로슈푸코는 '어리석은 사람은 친절한 사람이 될 만한 인품(人品:사람의 품격이나 됨됨이)을 갖지 못하는 것이 보통이다. 남에게 친절해야 하는 것은 그 자신의 인품을 높이는 것이다.'라고 말했으며, 레바논 출신의 대표적 작가, 철학자로 유럽과 미국에서 활동한 칼릴 지브란은 '부드러움과 친절은 나약함과 절망의 징후(徵候:어떤 일이 일어날 낌새)들이 아닌, 힘과 결단의 표현이다.'라는 말을 남겼다.

친절에 대한 긍정적 측면으로 부드러움과 미소, 양보, 상냥함, 공손함, 겸손함, 존중이나 존경이 따라야 하고, 부정적인 측면으로 간섭, 상관(相關:남의 일에 간섭함), 침해(侵害:침범해서 해를 끼침), 오지랖 넓음(참견하는 성향), 나아가 아부(阿附:남의 비위를 맞추어 알랑거림)가 되어 친절을 베푼 쪽이 비굴(卑屈)해질 수 있으므로 상황이나 분위기 파악을 잘해야 한다. 한마디로 친절도 도(道:지켜야 할 도리)를 지켜야 하는 것으로, 예의와 예절, 매너와 에티켓의 범주(範疇)를 벗어나서는 안 되는 것으로, 과도한 친절은 상대방이 오히려 부담스러워할 수 있어, 결국 손해가 될 수도 있다. 무엇보다도 친절하지 않아야 하는 곳에서 친절한 태도는 분위기에 맞지 않아 어색할 수도 있는 것으로, 우리네 인생살이에는 '모범답안은 있을 수 있지만, 정답은 없는 법'이다.

베풂의 사전적 정의는 '남에게 돈을 주거나 일을 도와주어서 혜택을 받게 하는 것'으로 남에게 물질적인 도움을 주는 것으로만 생각하지만, '배려와 용서'도 포함이 된다. 여기서 배려(配慮)의 의미는 '도와주거나 보살펴 주려고 마음을 쓴다.'라는 말인데, 무엇보다도 배려는 '이해의 문을 여는 열쇠'인 것이다. '자신보다 남을 먼저 배려하는 사람이라는 명성을 얻으면 일종의 마법 같은 힘이 생긴다. 그 혜택은 이루 말할 수 없는 다양한 방법으로 자신에게 돌아온다. 먼저 양보하고, 먼저 배려하는 사람은 결국 더 많은 것을 얻게 된다.'라는 미국 작가, 대학교수 애덤 그랜트의 말은, 프랑스 작가, 라 로슈푸코의 '우리가 그들에게 베푸는 혜택은 자기 자신에게 베푸는 혜택이다.'라는 말과 일맥상통(一脈相通)하는 말이다. 그런데 더 나아가 레바논의 대표 작가 칼릴 지브란은 '당신이 가진 것을 주는 것은 작은 일에 불과하다. 당신 자신을 내어주는 것이 진정한 베풂이다.'라고 말했다. 유교의 기본 경전(經典)인 사서삼경(四書三經) 중 하나인 '대학(大學)'에서 돈과 인덕(人德:인복)의 두 가지 중요성에 대해 강조한 글귀로, 부윤옥(富潤屋), 덕윤신(德潤身)이라는 말은, '돈을 많이 벌면 집안이 윤택하고, 덕(德)을 많이 베풀면 인생이 윤택하다.'라는 의미이다. 베풂의 삶을 살아가는 예(例)로, 어디를 가나 또는 누구와 함께하든지 간에 밥값, 술값을 먼저 내는 사람은 돈이 많아서가 아니라 '베풂이 생활화' 된 사람으로, 다른 상황에서도 그러할 것으로 보아도 결코 무리(無理)가 아닐 것이다. 또한 끼니를 해결하거나 용돈 마련으로 모은 박스를 가득 쌓아 올린 리어카를 힘겹게 끌고 가시는 할머니, 할아버지에게 박스값으로 몇만 원을 쥐여주는 사람부터 불우이웃돕기나 장학재단에 이름을 밝히지 않은 채 거금(巨金)을 쾌척(快擲)하는 독지가(篤志家)들에 이르기까지, 베풂의 삶을 살아가는 대표적 사람들이다.

'남에게 주는 것이 곧 내가 받는 것'이다. 준다는 것은 넉넉한 사람이 남아서 여유롭게 베푸는 것이 결코 아니다. '마음이 풍요로운 사람'은 비록 자신은 좀 부족하다 해도 자신의 것을 '남에게 주는 사람'

이다. 일반적으로 사람들은 '나도 부족한데 다른 사람에게 줄 것이 뭐가 있냐?'라고 반문(反問)하기도 한다. 우리는 태어나면서부터 남에게 거저(아무런 노력이나 대가 없이) 주는 것을 외면(外面:피하거나 얼굴을 돌림)한 채 자신만을 위해 살아가는 생활방식을 가질 수 있지만, 이제는 남을 배려하고 베풀지 않으며, 나 자신만 생각하고 살아갈 수 없는 세상이다. 내가 베풀고 배려할 때 다른 사람도 나에게 베풀고, 또한 배려도 해줄 것이다. '베풀 줄 모르는 사람은 타인이 베풀어주는 배려를 받을 자격이 없다.' 영국 속담이다. 특히 사회생활에서 서로 도와주고 보살펴 주는 것은, 인간관계를 원활(圓滑)하게 해주고, 서로를 이어주는 튼튼한 끈 역할을 해준다. 많은 이익만을 취하고, 그것을 기쁨으로 생각하는 삶을 살아왔다면, 남에게 주는 것은 내게는 손해라고 생각하기 쉽다. 그러나 남을 위해 베푼다는 것은 그 대가를 받는 것 이상의 '행복감'을 느끼게 되는 것으로, 한 인간 삶의 일부가 되어야 한다. 베풂을 실천하는 사람은 무엇보다도 운(運)이 좋아지는 법이다. 그러므로 베풂과 배려는 가장 현실적인 지혜이며, 온 세상에 행복의 빛을 드리우는 위대한 사랑의 법칙이자 자연과 생명의 고귀한 섭리(攝理:자연계를 지배하고 있는 법칙)이기도 하다. 무엇보다도 사랑의 섭리를 따르는 사람은 그 뿐만 아니라 자손들까지도 하늘이 복(福)을 내려주는 법이다.

자진(自進:스스로 나섬)해서 남을 도와주는 성향(性向:성질에 따른 경향)을 가진 사람이 있는가 하면, 누군가가 시켜야만 억지로 돕거나 마지못해서 하고 오로지 자신만 생각하는 이기적인 사람들이 있다. 이런 사람의 성향은 과연 선천적일까, 후천적일까? 구체적으로 남에게 친절하고 배려와 베풂의 성향은 어디서부터 시작이 된다는 말인가? 어느 정도 선천적, 유전인자의 영향을 배제(排除:제외함)할 수는 없다. 그러나 이 경우야말로 다분(多分)히(그 비율이 어느 정도 많게) '후천적인 교육의 결과'로 보아야 한다. 교육에는 가정교육과 학교교육이 있는데, '가정교육에 그 무게중심을 두어야 한다.'라고 본다. 무엇보다도 '부모가 본(本:본보기가 될 만한 올바른 방법)을 보여야 한다.'라는 것이다. 한마디로 인색(吝嗇)한 수전노(守錢奴:돈을 모을 줄만 알지 쓰려고 하지 않는 사람을 낮잡아 이르는 말)의 자식은 인색한 수전노가 되고, 친절하고 베풂을 즐겨하는 삶을 살아온 부모 밑에 자란 자식은 그 자식도 그러한 것으로, 그대로 보고 배우는 것이다. 더불어 성인이 되어서도 물론이지만, '유년 시절(유치원~초등학교 저학년)부터 학창 시절(중 · 고 · 대학)에 이르기까지 다양한 장르(genere:문예 양식의 갈래)의 독서'도 중요하다. '독서'는 곧 그 사람의 '인생관(人生觀:인생의 목적 · 의의 · 가치 및 그 의미를 이해 · 해석 · 평가하는 전체적인 사고 방법)과 가치관(價値觀:인간이 삶이나 세계에 대하여 옳고, 그름, 좋고, 나쁨 등의 가치를 매기는 관점이나 기준)을 형성케 하는 근간(根幹:뿌리와 줄기로 바탕이나 중심)'이 되기 때문이다. 같은 부모에게서 태어나고 함께 자란 형제자매라도 같은 듯 '다른 점(특히 사고방식)'이 있는데, 그것은 곧, '인생관과 가치관의 차이에서 비롯된다.'라고 해도 결코 지나친 말은 아닐 것이다.

한 인간이 살아가는 데 필요한 '생활의 지혜'는 여러 가지가 있다.

그중에서 '인간은 본질(本質)적으로 사회적 동물'이라는 그리스 철학자 아리스토텔레스의 말처럼 대인관계에서 '친절과 베풂의 삶을 살아가는 지혜'야말로, '상대도 좋고, 나도 좋을 뿐만 아니라 밝고, 명랑한 사회'를 만들어가는 것이다. 이렇게 우리 모두에게 좋은 '친절과 베풂'을 '실행하거나 실천'하는데, 나부터 역군(役軍:일정한 부문에서 중요한 역할을 하는 사람)이 되거나 동참(同參)하는 분위기가, 사회 전반에 물 폭탄처럼 퍼져 나가기를 기원(祈願)하는 바이다.

제3장

장년들을 위한 생활 속 지혜

1. 가족과 살기 vs. 혼자 살기

가족(家族)이란 '부부를 중심으로 한 친족(親族:촌수가 가까운 일가[一家:사종(四從:십촌뻘 형제자매) 이내])관계에 있는 사람들의 집단, 또는 그 구성원으로 혼인, 혈연, 입양 등으로 이루어지는 것'이다. 'Father and mother I love you.'의 각 단어 두문자어(頭文字語)인 '가족'이라는 의미의 'Family'는 가족의 시작점과 중심이 되는 '아버지와 어머니의 사랑'으로 이루어진 사회의 최소 인적 구성단위이고, 가족의 가치 면에서는 가족 구성원은 가정생활의 운영에도 참여해야 하며, 서로 존중하고 신뢰를 바탕으로 한다. 우리나라 사람들은 가족을 '식구(食口)'라고도 표현하는데, 이는 '한솥밥을 먹는 사람'이라는 의미가 들어가 있어서, 그만큼 친밀성이 응축(凝縮)된 대표적 사회제도로 간주하지만, 한솥밥을 먹는다고 무조건 가족이 되는 것은 아니다.

사회학자들의 말을 빌리자면, 가족이라 함은 '첫째는 혈연, 혼인 또는 입양에 따라 결합하여 단일 가구를 형성하고, 둘째는 구성원이 각자의 사회적 역할을 수행하면서 서로 상호작용하고, 셋째는 공통 문화를 유지하고 창조하면서 살아가는 비교적 영속적 사회 단위이며, 마지막으로 그런 점에서 일상적 생활세계의 핵심을 이루고 있다고 할 수 있는 것'이다. 여기서 가장 중요한 것은 '두 번째와 세 번째'

라 할 수 있다. 왜냐하면 가족이 곧 한 사람, 나아가 가족 전체의 행복과 불행을 결정짓는 바로미터(barometer)가 되기 때문으로, 가족은 사회적 관계의 기초단위로, 무엇보다도 친밀한 인간관계가 되고, 행복한 공동체의 시발점이 되는 것이, 밝고 건전한 사회의 초석(礎石)이 되는 것으로, 조금 다른 가정이란 '한 가족이 생활하는 집, 둥지, 보금자리'인데, 가족이 '애정의 결합'이라면 가정은 '의식주 등 물적(物的)인 내용'도 채워져야 한다.

가족의 핵심인 부부는 경제적 공동체이며 자녀를 훈육 및 교육해야 하며 무엇보다도 가족들의 행복을 위해 공동 노력을 해야 하고, 서로를 존중하고 위해주며, 챙겨주는 자상함으로 자식에게 본을 보여야 한다. 부부관계란 서로 다른 두 사람이 다름을 인정하고 조화를 이루어야 한다. 네덜란드 화가인 빈센트 반 고흐의 말처럼 '부부란 서로 반반씩 나눠지는 것이 아니라 하나로서 전체가 되어야 하는 것'이다. 전통적으로 이상적 남편이란 성실하고 정직하며 자상(仔詳)하고, 책임감이 강해야 하며, 그리고 이상적 아내란 알뜰하고 이해심 많고 덕(德:어질고 올바른 마음)이 있어야 하고 인정(仁情), 인간미(人間美)가 있어야 하며 슬기로워야 한다. 한마디로 가정생활에서 남편이 게으르고, 거짓말 잘하고 무책임한 사람, 아내는 씀씀이가 헤프고 인간미 없고 박정(薄情)한 사람은 살아가면서 반드시 가정 내 문제를 생기게 하는 법이다. 유대인의 생활 규범인 탈무드에서 '모든 병 중에서 마음의 병만큼 괴로운 것은 없고, 세상 모든 악(惡) 중에서 악처(惡妻)만큼 나쁜 것은 없다.'가 있고 맹자 님의 말씀에서 '남편이라는 것은 아내에게서 보면 평생을 보면서 살 사람이다. 그러기 때문에 남편은 존경받을 존재라야 한다.'에서 부부가 평생을 살아가면서 어떻게 처신(處身)하고 언행(言行)에 신중(愼重)해야 할지 시사(示唆)하는 바가 크다. 부부란 서로 부족한 것을 채워주는 보완(補完)관계이며, 함께 보조를 맞추어 살아가야 하는 동반자의 관계이다. 그러므로 서로 지켜야 할 세 가지 덕목(德目)으로, 첫째는 상대를 서로 '존중'하고, 둘째는 서로를 '인정'해 주고, 마지막으로 공(功)이 있으면 자신의 공도 상대에게 돌려줄 수 있어야 하며, 항상 '감사'하는 마음과 '존재가치를 인정'해야 하는데, 이것들이 지켜지지 않으면 문제가 생기게 된다.

'세상에는 여러 가지 기쁨이 있지만, 그 가운데서 가장 빛나는 기쁨은 가정에서의 웃음이다. 그다음의 기쁨은 어린이들을 보는 부모들의 즐거움인데, 이 두 가지의 기쁨은 사람에게 가장 성스러운 즐거움이다.' 스위스의 교육학자, 사상가, 교육자 페스탈로치의 말이다. 가족들이 한데 어우러져 살아가는 그 가운데 기쁨이 있고 지혜가 있을 뿐만 아니라 사랑의 온기가 있고 안락한 휴식이 있는 법이다. 사람들이 젊었을 때 가족들끼리 오순도순 행복하게 살 때는 잘 모르지만, 노년이 되어 자식들 다 결혼시키고 현업에서도 물러나 지난날을 회상해 보면 결혼 초창기 어려운 살림, 박봉(薄俸)에도 부부간에 사랑이 식지 않던 시절 어린 자식들과 함께 행복했던 시절이 뼈에 사무치게 그리운 법이다. 노년에 부부가 함께 단둘이 살면서도 불화가 심하거나, 또한 별거나 졸혼한 부부들은 더욱 남다른 느낌에 밤잠을 설치기도 하고 서글픈 마음이 들기까지 할 것이다. 그런데 분명한 사실이자 진리는 '둘이 있어 불편함보다는 혼자의 외로움과 서글픔이 훨씬 나은 법'이다. 어찌 되었든 간에 '부부가 금슬 좋게 평생을 해로(偕老)하는 것'이야말로 '성공하고 축복받은 삶'인 것이다. 노년에야 무엇을 바라겠는가? 함께 정담(情談:다정한 이야기) 나누고, 함께 맛있는 것 먹고, 함께 좋은 구경 다닐 수 있는 것이다. 거기다가 자식, 손주들 무탈하고 제 할 일들 하고 있다면, 이제 죽어도, 언제 죽어도 여한(餘恨)이 없을 것이다. 한마디로 '살아생전 더 이상 바랄 것이 없다'라는 말이다. 노년에 부부가 서로 건강하고 경제적으로 쪼들리지 않으며 서로 변함없는 사랑을 나누는 것이 가장 그 무엇보다도 소중하다. 부부의 사랑은 꽃밭 향기이고, 봄날의 따사로운 햇볕과 같으며, 인생의 가치와 의미를 부여해 줄 뿐만 아니라 인생의 희망과 용기를 북돋아 주기도 한다. 그리고 행복감이 있어 노년의 고독과 외로움, 지난날의 회한(悔恨:뉘우치고 한탄함)을 극복하고 이겨낼 수가 있는 것이다. '진실하게 맺어진 노년의 금슬 좋은 부부는 젊음의 상실이 불행하게 느껴지지 않는다. 왜냐하면 같이 늙어가는 즐거움이 나이 먹는 괴로움을 잊게 해주기 때문이다.' 프랑스 작가 앙드레 모로아의 말이다.

그렇다면 '혼자 산다는 것'은 어떤 상황에서 비롯되는가? 독신주의자나 미혼으로 성인이 되어 분가(分家)해서 사는 경우도 있겠지만, 대체로 노년에 사별(死別)이나 이혼으로, 또는 부부간 심한 불화(不和)로 말미암은 이혼의 대안(代案)으로 자식들 큰 상처 주지 않고 하는 '별거(別居)나 졸혼(卒婚)'으로 '혼자 사는 것' 문자 그대로 독거

노인(獨居老人)의 처지로 바라보아야 하겠다.

혼자 산다는 것, 어떤 이들에게는 고독과 외로움, 서글픔 심지어는 비참함으로 받아들여지기도 하지만, 다른 이들에게는 자유와 해방, 그리고 로망('실현하고 싶은 소망이나 이상', '꿈이나 공상을 불러일으키는 것')으로 받아들일 것이다. 대체로 부부 금실이 좋은 사람들은 혼자 사는 사람들을 보면 측은(惻隱:가엾고 불쌍함)해 보이고 문제가 있는 사람들로 보기도 하지만, 결코 그렇지는 않다. 혼자 사는 즐거움과 자유로움을 결코 알지 못해 그러는 것이고, 알 리도 없다. 왜냐하면 그런 즐거움과 자유로움을 느껴보거나 체험(體驗:직접 경험함)해 본 적이 없기 때문이다. 요즘은 홀로 사는 사람들이 많아져 가고 있어 싱글 라이프는 트렌드(trend)이자 각자의 선택이 되었다. 2022년 인구주택 총조사(census)에서 우리나라 전체 가구 수(數) 2천 238만 중 1인족(홀족) 가구 520만 3천 가구가 입증하고 있으며 날로 증가 추세에 있다고 한다. 그렇다면 홀로 사는 장단점은 무엇이며, 그 선택은? 그 답(答)은 간단하다. 홀로 사는 장점은 가족과 함께 사는 단점이 되고, 혼자 사는 단점은 가족과 함께 사는 장점이 된다. 둘 중 어느 것을 선택하고 포기할 것인가는 본인이 더 중요하게 생각하는 것을 고려해서 본인 스스로 선택할 문제이다.

미국의 홀로서기의 임상 심리학자인 라라 E. 필딩 박사는 '홀로서기의 진정한 의미는 첫째는 통제 가능한 일과 불가능한 일을 구분하는 능력, 둘째는 내 마음을 잘 알고 다루는 능력, 마지막으로 내 마음을 잘 다룰 수 있게 되면 인생에 대한 통제력이 생기고 삶에 대한 통제력이 생기면 삶에 대한 자신감이 생긴다.'라고 말한다. 대체로 사람들은 자신을 행복하게 하는 힘이 외적 요인에 있다고 생각한다. 그래서 한편으로는 자유롭고 싶은 마음, 온전히 나를 통해 의지하고, 위로받고 의미를 찾고자 하는 마음에서 홀로서기가 주저되고 망설여져 쉽사리 결정을 못 내리거나 미루게 되는 법이다. 그러나 우리네 삶은 모두 다 만족할 수는 없는 법이다. 이것이 자연의 이치이고 섭리이다. 혼자 살아가노라면 분명 고독하고 외롭고 서글플 때가 있다. 특히 양대 명절(설, 추석) 때, 몸이 아파 누워 있을 때, 등이 가려우면 효자손으로 해결할 수 있지만, 등이 결리고 쑤시고 아파 파스 붙이려는데 손이 닿지 않을 때이다. 노년에 혼자 살기 처음 1~3년은 견디기 힘들지만, 세월이 흐름에 따라 적응 되어가 오히려 더 편안하고 그동안 결코 느껴보지 못한 즐거움과 행복감을 느낄 수 있다. '행복의 문(門)이 하나 닫히면 다른 문이 열리게 된다. 그러나 우리는 닫힌 문만을 멍하니 바라보다가 우리를 향해 열린 새로운 문을 보지 못하게 된다.' 미국의 문필가, 자선 사업가였던 헬렌 켈러 여사의 말이다. 지난날의 가족들과 즐겁고 행복했던 시절, 사회적으로 승승장구 잘 나갔던 시절만을 생각하며 지금의 혼자 사는 것에 대한 비참함으로 서글퍼해서는 절대 안 된다. 혼자만의 즐거움과 행복을 찾아 새로운 나만의 신세계를 설계하고 실행해야 한다. 구체적인 방법들은 인터넷 서핑을 해보거나, 유튜브 영상들을 참고하면 된다. '누군가와 함께 있을 때 그는 온전한 자기 자신으로 존재할 수 없다. 혼자 산다는 것은 어디에도 물들지 않고, 순수하며 자유롭고, 부분이 아니라 전체로서 당당하게 있음이다. 결국 우리는 홀로 있을수록 함께 있는 것이다.' 법정 스님의 말씀이다. 그렇다면 혼자 살아야 할 때 '도시'에서 살아야 할까, '시골'에서 살아야 할까? 도시에 일자리가 있어 어쩔 수 없는 경우가 아니라면 '시골살기'를 적극 권장(勸)한다. 자연과 벗할 수 있고 화초나 나무, 텃밭 가꾸기, 짐승 기르기 등 바쁜 생활로 외로움을 겪을 여유도 없을 뿐만 아니라 건강에도 좋고, 무엇보다도 도시보다는 쓰기 나름이지만 생활비도 훨씬 적게 드는 큰 장점이 있다.

끝으로 '노년의 일부 아내들에게 주는 글'로 이 글을 맺으려 한다. 단도직입적으로 노년에 남편, 구박(못 견디게 괴롭힘)하거나 타박(허물이나 결함을 비난하거나 핀잔을 줌)하지 마라. 아직 건강하게 살아 있는 것만으로 감사하게 여겨라. 대개 여자는 남자보다 오래 산다. 나중에 남편 먼저 죽고 난 뒤 후회하며 가슴 아파한들 무슨 소용 있겠는가? 그리고 그리하지 않을 자신 있는가? 젊은 날 둘이 사랑으로 만나, 남부럽지 않을 만큼 무(無)에서 유(有)를 창조하지 않았는가? 자식들 다 가르치고 결혼시켜 번듯하게 살고 있지 않은가? 그런데 무엇 때문에 그렇게 분(憤)해하고 복수심에 차 있단 말인가! 서로 힘을 합쳐 여기까지 온 것이 아니던가? 더욱이 주변 사람들에게 젊은 날의 한 줌 눈 뭉치의 실수나 잘못을 눈사람 크기로 만들어 험담(險談)하지 마라. 세상 살면서 작은 실수나 잘못이 없는 사람이 누가 있단 말인가? 큰 잘못(딴살림 차리고 외방 자식을 두거나, 도박 등으로 가산을 탕진한 경우)이 아니면 눈감아 주어라. 노년에 아내는 남편이 작은 사람이라도 큰 사람으로 만들고, 큰 사람이지만 작은 사람으로 만들기도 하며, 남편을 귀(貴)하게 만들기도, 천(賤)하게도 만드는 법이다. 그런데 '남편을 작게 만들고 천(賤)하게 만들면, 본인도 작고 천(賤)해진다.'라는 것을 명심(銘心)하라. '아내가 없는 남자는 몸체가 없는 머리이고, 남편이 없는 여자는 머리가 없는 몸체이다.' 독일의 소설가, 시인 장 파울의 말이다.

2. 건강(健康)과 운동(運動), 약(藥)

건강의 사전적 정의는 '정신적으로나 육체적으로 아무 탈이 없고 튼튼함, 또는 그런 상태'의 의미이고, 유의어는 강녕(康寧:몸이 건강하고 편안함, 오복 중 하나, 안녕, 평안), 건승(健勝:탈이 없이 건강함), 건전(健全:건강하고 병이 없음, 생각이나 행동 따위가 건실하고 올바름)이며, 반의어는 쇠약(衰弱:몸이 쇠약하여 약함), 탈[:몸에 생긴 병, 변고(變故 :갑작스러운 재앙이나 사고)], 허약(虛弱:힘이나 기운이 없고 약함)이다. 건강은 곧, 정신건강과 육체 건강을 아우르는 말이고, 영어에서는 '건전한 정신에 건전한 육체(Sound mind, sound body.)'라는 가장 '이상적인 인간상(人間像:가장 바람직한 모습)'의 표현이 있는데, 이는 건전한 정신과 건전한 육체는 상호작용하는 불가분(不可分:떼려야 뗄 수 없는)의 관계인 것이며, 국제보건기구(WHO)의 헌장에는 건강이란 '질병이 없거나 허약하지 않은 것을 말하는 것이 아니라, 신체적·정신적·사회적으로 완전히 안녕(安寧:아무 탈 없이 편안함)한 상태에 놓여있는 것'이라고 한다. 이는 '사람은 인종, 종교, 정치, 경제, 사회의 상태 여하(如何:형편이나 정도가 어떠한가)를 불문(不問:묻거나 가리지 않고)하고 고도의 건강을 누릴 권리가 있다는 것을 명시(明示:분명하게 드러내 보임)한 것'이다. 그런데 구체적, 총체적인 건강의 평가 요소(要素)로는 '육체적인 형태 요소로 신장(身長:키), 체중(體重:몸무게)과 같은 외향적 계측(計測)이나 내장(內臟)의 여러 기관(氣管)의 기능적(機能的)요소로, 기관의 생리적(生理的) 기능이나 종합적인 체력 등, 그리고 정신적(精神的) 기능적 요소로 분류(分類)한다.'라고 한다.

두산백과사전에서 건강의 특성(特性)을 "건강은 생존의 조건일 뿐만 아니라 행복의 조건이기도 하다. 건강이 나쁘면 어떤 좋은 조건에서도 쾌적한 생활을 할 수 없으며, 건강하다고 하는 최대의 조건은 '사회생활에서의 활동 능력이 충분하다는 것을 말하는 것이다. 생명의 유지에 결코 불안감이 없다는 것이며, 물론 사회생활에서의 왕성한 활동 능력, 수많은 외부 환경에 잘 적응할 수 있는 능력 등이다." 라고 하는데, 이것은 인간에게 건강이 그 무엇보다도 중요하며 건강을 잘 지켜야 하는 이유이기도 하다. 한마디로 건강이 곧, 삶 그 자체이다. 그래서 건강에 도움이 되는 오랜 과거부터 내려온 성어(成語: 옛사람들이 만든 말)들에는, 소노다소(少怒多笑:화를 적게 내고, 많이 웃으면 건강에 좋다), 소번다면(少煩多眠:근심과 걱정을 적게 하고, 충분히 휴식과 수면을 취하는 것이 건강에 좋다), 소식다작(小食多嚼:적게 먹고, 많이 씹는 것이 건강에 좋다), 소염다초(少鹽多醋:소금을 적게 섭취하고, 식초를 많이 섭취하는 것이 건강에 좋다), 소욕다시(少慾多施:욕심을 적게 갖고, 남을 많이 도우면 건강에 좋다), 소육다채(少肉多菜:고기를 적게 먹고, 채소를 많이 섭취하는 것이 건강에 좋다), 소차다보(少車多步::옛날은 수레, 오늘날은 차를 타기보다는 걸어 다니는 것이 건강에 좋다) 등이 있고, 마지막으로 우리에게 가장 울림을 주는 실건실제(失健失諸:건강을 잃으면 모든 것을 다 잃는다)가 있다.

라이프성경사전에서는, 건강을 '몸이 튼튼하고 병이 없을 뿐만 아니라 의식(意識:깨어있는 상태에서 자기 자신이나 사물에 대해 인식하는 작용)이나 사상(思想:생각이나 의견)이 바르고 건실한 상태'라고 말한다. 성경 말씀에는 '건강은 하나님께서 주신 선물(잠언)인 반면에, 병은 간혹 죄의 결과로 인식되었다(요한복음).' 그리고 '예수께서는 건강한 자에게 의원이 필요 없듯이 자신은 의인을 위해 온 것이 아니라, 죄인을 위해 이 땅에 오셨다고 선포하셨다(마태복음)'라는 말씀이 있다. 건강에 대한 속담으로는 '감기는 밥상머리에서 내려앉는다(밥만 잘 먹어도 병은 낫는다.)'와 '어질병이 지랄병이 된다(작은 병이 커져 어려운 큰 병이 된다)'는 우리나라 속담이고, '좋은 아내와 건강은 최고의 재산이다.' 영국 속담이며, '음식을 충분히 소화해 내는 사람은 질병이 없다.' 인도 속담이다. 또한 '걸으면 병이 낫는다.'는 스위스 속담이고, '건강과 다식(多食:음식을 많이 먹음)은 동행(同行)하지 않는다.'는 포르투갈의 속담이며 '건강한 자는 모든 희망을 안고 희망을 지닌 자는 모든 꿈을 이룬다.' 아라비아 속담이다. 나라마다의 속담으로 밥이 보약이고, 밥상이 곧 건강을 지켜주며, 건강이 재산으로 '건강한 자만이 행복도 성공도 할 수 있다'라는 것이다.

고대 그리스의 의학자, 의사의 아버지, 의성(醫聖) 히포크라테스는 건강 명언으로 '음식은 곧 약이고, 약이 음식이다.' '음식으로 고치지 못하는 병은 약으로도 고치지 못한다.' '우리가 먹는 것이 곧 우리의 몸이 된다.' '음식은 약이 되지만 많이 먹으면 독(毒)이 된다.'라는 말을 남겼는데, 이 또한 섭생(攝生)의 중요성과 소식(小食)을 강조한 말인 것 같다. 이웃 나라 일본은 장수국가로 정평(定評:모든 사람이 다 같이 인정하는 평판)이 나 있는데, 그 비결(秘訣)은 바로 '소식, 맑은 공기와 물, 그리고 온천욕(溫泉浴)'이라고 한다. 명사들의 건강 명언을 대표하는 셋으로, '내 인생에서, 나의 행복보다, 내 가족보다 나의 일보다 더 중요한 우선순위는 내 몸의 건강이다.' 실리콘밸리의 야전형 전략가 내이벌 라비컨트의 말이고, '좋은 건강과 분별력[分別力:세상 물정(物情:세상의 이러저러한 실정이나 형편, 인심)에 대하여 옳고 그른 것을 판단하는 능력]은 인생에 있어서 가질 수 있는 두 개의 가장 큰 축복이다.' 라틴 작가 퍼블릴리어스 사이러스의 말이며, '건강은 풍요로움이며, 조화로움이며, 행복이다.' 인도 작가 아밋 칼란트리의 말이다. 그렇다. 내 몸 하나, 건강이 최고다. 나 아프면 모든 것, 다 필요 없다. 내 몸 잘 돌보는 것이 최우선이다. 그러고 나서 돈도, 행복도, 성공도 있는 것이다. 적절한 섭생(음식과 운동)과 절제(節制:정도를 넘지 않도록 알맞게 조절하여 제한함)하는 삶이 건강을 지키는 지름길이다. 한마디로 매일 대하는 밥상이 영순위 의료기관이고, 걸어야 건강하고 오래 산다.

건강과 운동: 건강에 운동이 필수라는 것을 모르는 이는 없다. 그러나 건강 지킴이라는 운동에 대해서 제대로 알자는 것이 이 글의 목적이기도 하다. 어찌 되었든 운동은 건강의 막역지우(莫逆之友:거스

름이 없는 친구, 허물없이 친한 친구)이다. 운동은 신체적 · 정신적인 건강 유지에 중요한 하나이다. 특히 규칙적인 운동이 건강에 유익하다는 것은 두말할 나위가 없다. 전문가들의 말을 빌리자면, '운동은 첫째는 심혈관 건강인 혈액순환을 원활하게 하여 심장병과 뇌졸중을 예방할 수 있고, 둘째는 체중을 관리하여 건강의 적(敵)인 과체중과 비만을 예방할 수 있고, 셋째는 근육과 뼈를 튼튼하게 하여 골다공증을 예방하고 골밀도를 만들고 유지하는데 도움이 되고, 넷째는 정신 건강에도 도움이 되는 것으로 운동 후에 기분을 향상시킬 수 있어 일상의 스트레스를 풀고 불안감을 줄이기도 하며 자존감도 높일 수 있고, 다섯째는 수면에 도움이 되어 깊은 잠을 잘 수 있어 다음날 상쾌한 기분으로 업무 처리 능력에 도움이 되며, 마지막으로 무엇보다도 규칙적인 운동은 수명(壽命)연장에도 큰 도움이 된다.'라는 것이다. 사실 노년이 되어 건강 중에서도 가장 중요한 것이 첫째는 혈관 건강, 둘째는 관절 건강, 그리고 세 번째가 심장 건강이다. 다시 말해 평소 건강관리의 핵심 포인트이다. 그런데 이것들은 음식과도 직 · 간접적으로 영향도 있지만 운동과 직접적인 영향이 있다는 것을 결코 간과(看過:대충 보아 넘김)해서는 안 되는 것들이다. 여기서 중요한 점들이 대두(擡頭:'머리를 쳐들다'라는 의미로 '어떤 세력이나 현상이 새롭게 나타난다.'라는 의미)된다. 그것은 바로 개인마다의 건강 상태뿐만 아니라 경제적 능력 범위 안에서 행해져야 한다는 것이다. 특히 운동의 종류, 횟수, 강도, 기간 등을 고려해야 하는데, 여기서 주지(周知:여러 사람이 다 앎)의 사실이지만 '과도한 운동, 중독 현상은 오히려 해(害)가 될 수 있다'라는 것이다. 참고로, 미국 스포츠 의과 대학과 심장협회에서 권장하는 것으로 '일주에 최소 이틀, 근력 강화 운동과 150분~75분의 격렬한 강도의 유산소 운동을 하라'라는 것이고, 더불어 '신체의 필요에 의한 운동에 걸맞은 음식과 건강식품 섭취도 병행해야 효과를 극대화할 수 있다'라는 것이다.

건강과 약: 보통 일반 상식으로 약이란 '비타민도 장복(長服:같은 약을 계속해서 먹음)하면 몸에 해롭다'라고 알고 있다. 그러나 다약제 부작용에 대한 문제가 더 심각하다는 것이다. 구체적으로 '약 복용 시 5~10개 사이를 다약제라고 하는데 약의 개수가 5~6개이면 약에 의한 부작용이 50%이며, 10개 이상인 경우는 약에 의한 부작용이 100%'라고 전문가들은 말한다. 특히 만성질환을 앓는 경우 약물을 여러 종류로 복용하는 경우가 많아 사망 위험 등 부작용 가능성이 커지자, 보건당국이 관리강화에 힘쓰고 있다고 한다. 아무튼 약이라는 것은 병증(病症:병의 증상)이 있을 때 치료 목적이 아닌 경우는 가급적 복용하지 않아야 하겠다. '자나 깨나 불조심'이라는 불조심 표어(標語:주의 등을 간결하게 나타낸 짧은 어구)처럼, 약에 대한 표어인 '약 좋다고 남용(濫用:함부로 씀) 말고, 약 모르고 오용(誤用:잘못 씀) 말자.'를 명심(銘心)해야 할 것 같다.

일본의 니시 의학[일본의 니시 가츠조(1884~1959) 교수가 그 당시 수많은 의학서적을 독파(讀破:다 읽음)하여 나름대로 과학적 근거가 있고 효과도 좋은 요법(療法)들을 체계화시켜 발표한 것]의 건강 관리법 '약 쓰지 않고 질병 치료해요'에서 4대 원칙[1. 사지(四肢)-

손, 발의 운동, 2. 영양(營養)-영양의 균형, 3. 피부 활동 강화-냉·온욕(冷·溫浴), 4. 건전한 정신-사랑과 감사, 평화와 관용 그리고 인내, 웃음과 선량한 마음을 주창(主唱:앞장서서 주장함)했다. 그리고 일본 최고의 노인 정신의학과, 임상심리학 전문의 와다 히데키 교수가 쓴 '80세의 벽'에서 80세 이후 행복한 노년의 비밀로, 손쉽게 수명을 늘리는 정답으로, "좋아하는 일만 하고, 좋아하는 사람만 만나고, 건강 검진도 말고(암도 신경 쓰지 말고), 좋아하는 음식은 가리지 말고 먹고 마시고, 술, 담배도 당기면 마시고 피우고." 한마디로 "노인은 노쇠로 사망하는 것이니, '투병이 아니라-병과 함께', '싸우기보다 길들이기'하고, 대형 병원의 전문의보다 동네 의사를 선택, 적당히 관리하는 것이 노년의 행·불행을 좌우한다."라는 것이다.

끝으로 주제와 조금 다르지만, 건강이라는 대전제(前提)하에 국민 건강을 담당하는 의사들 제위(諸位)께 국민의 한 사람으로 이 글을 드리는 바이다. 작금(昨今)의 의대 정원 증원 문제로 정부와 의사들 간 첨예(尖銳)한 대립(對立) 상황에서 일부 의사들이 의료 현장을 떠나는 심각한 사태가, 합당한 이유가 있다 해도, 국민들 시각(視覺)에서는 '집단이기주의'로 보일까 심(甚)히 우려(憂慮)스럽다. 조속한 시일 내에 의협 차원에서 합리적 중재(仲裁) 방안이 나와 정부 측과 큰 마찰 없이 원만하게 해결되기를 간곡히 바라는 바이다. 그런데 매사 일에는 선·후가 있는 법이다. 의료 현장을 떠난 의사들은 하루빨리 현장에 복귀해 국민들의 건강, 특히 목숨이 촌각(寸刻)에 달린 환자들을 치료해야 한다. 사경(死境)을 헤매고 있는 그들도, 누군가의 부모, 자식, 배우자, 형제이다. 의료인들이 현업에 종사하기 전(前), 행(行)하는 '히포크라테스 선서' 중 "나는 환자의 '건강과 생명을 첫째로' 생각하겠노라."라는 구절만은 잊지 말아 주기를 간절히 바란다. 의료 현장을 떠난 일부 의사 중 단 한 사람도 빠짐없이 조속히 복귀(復歸)하여 꺼져가는 생명들을 지켜주기를 간절히 바라는 국민의 염원(念願)을 저버리지 않기를 거듭 당부드리며 글을 맺는다.

3. 노년에 해야 할 일들
– 글쓰기를 중심으로

우리는 어린 시절 부모님의 사랑의 보살핌과 훈육(訓育:품성이나 도덕 등을 가르치고 기름)을 받고, 학창 시절에는 열심히 공부하여 입시경쟁도 무난히 치렀으며, 결혼 적령기가 되어 부모님 슬하(膝下: 부모님 곁)를 떠나 새로운 가정을 꾸리고, 젊은 날 직업전선에서 치열한 경쟁을 헤치고 생활 기반도 다지며, 자녀들 양육과 교육부터 결혼시켜 가정을 꾸려주기까지 힘겨운 삶의 여정을 보내고, 어느덧 나이가 차 정년(停年)이 되어 현업(現業)에서 물러나 은퇴하고 젊은 날 느껴보지 못한 편안하고 여유로운 노년의 삶을 보내게 된다.

노년의 삶은 젊은 날 못한 것에 대한 한(恨)풀이로 새로운 것을 시작할 수도 있지만, 대체로 인생의 휴식기이자, 인생을 정리, 마무리하는 시기이다. 그런데 이 노년의 삶은 오늘날과 같은 백세시대에는 결코 짧지 않은 3~40년의 긴 세월이다. 사람마다 다르지만 사전 준비가 되어 있는 사람도 있고 대책 없이 맞이하는 사람도 있다. 그렇다면 노년의 삶을 행복과 즐거움 그리고 보람된 삶을 살기 위해서는 무엇들이 필요하고 지키며 해야 할 것들이 있는가?

첫째는 경제력과 건강이다. 그런데 이것은 반드시 젊은 날부터 근검절약과 저축 그리고 절제력이 밑받침되어야 한다. 노년이 되면 어느 정도의 위급한 상황을 대비해 목돈이 있어야 하고 최소한의 생활을 할 연금과 같은 매월 고정 수입이 있어야 한다. 건강은 젊은 시절부터 잘 관리하고 지켜야 하는 것은 두말할 나위가 없는데, 노년이 되어도 역시 자신의 건강에 맞는 관리는 필수이다.

둘째는 사랑과 우정이다. 노년의 사랑은 봄날의 따스한 햇볕이고 꽃밭 향기로 사랑이 주는 정(情)은 따스함과 안락함, 그리고 행복감으로 가장 중요하며, 우정은 노년의 삶을 즐겁게 공유할 수 있으며 허심탄회(虛心坦懷:마음에 거리낌이 없고 솔직함)하게 대화를 나눌 수 있는 동반자이다. 그러므로 사랑과 우정도 젊은 날부터 잘 관리해야 한다. 부부 사이에는 금이 가지 않도록 평소 말 한마디라도 조심해야 하고, 챙겨주어야 하며, 서로를 존중하고 배려해 주어야 한다. 친구 사이도 마찬가지이다. 아무리 친하다고 해도 서로 예의와 예절을 지키고, 자주 만나고, 돈도 써주며, 좋은 일이나 나쁜 일에도 함께 즐거워하기도, 때로는 슬퍼하기도 하는 사이가 되어야 한다. 세심한 관리가 필요하다.

셋째는 섬김이나 신앙(信仰)이다. 조상님을 잘 섬기고 선영(先塋: 선산)을 잘 돌보는(관리하는) 것도 노년의 삶에는 큰마음의 위안과 평온을 가져다준다. 또한 종교적 신앙을 갖는 것은 부부가 함께라면 더욱 바람직하고 본인 정신건강과 부부간 유대에도 유익하다. 그런데 이 또한 젊어서부터 습관화, 생활화가 되어야 한다. 젊어서는 전혀 관심도 없다가 노년에 관심을 가져보려 하면 뭔가 모르게 어색하고, 의심이 가고, 금세 회의적이기도 하여 우왕좌왕하다가 포기하거나 단념하게 되기 때문이다.

넷째는 봉사와 베풂이다. 봉사는 무 대가(無代價)성, 기부성 자원봉사를 말하는 것으로, 크게 노력 봉사나 재능기부 봉사를 말하는 것이다. 봉사활동의 가장 중요한 동기는 '삶을 윤택하게 하는 것'이다. 봉사활동을 하면서 봉사자는 다른 사람들과 어울릴 수 있으며, 사회 활동을 유지할 수 있게 되는데, 무엇보다도 삶의 다른 영역에서는 느끼기 힘든 '보람과 유대감'을 느끼고 얻을 수 있다. 베풂은 남에게 물질적인 도움을 주는 것만 생각하지만 '배려와 용서'도 포함이 된다. 유교의 기본 경전 사서삼경 중 하나인 '대학(大學)'에 나오는 '부윤옥(富潤屋) 덕윤신(德潤身)'이라는 말은 부윤옥은 '돈을 많이 벌면 집안을 윤택'하게 하고, 덕윤신이란 '덕을 많이 베풀면 인생을 윤택'하게 한다는 말이다. 어찌 보면 삶을 윤택하게 한다는 면에서 봉사와 베풂은 맥락이 같다고 볼 수 있다. 명리학자 조용헌 교수는 팔자(八字: 사람의 한평생 운수) 고치는 방법 다섯 가지로 첫째, 적선(積善:불가에서 말하는 것으로 '남을 돕는 것') 둘째, 명상(冥想:눈을 감고 고요히 생각함, 기도) 셋째, 명당[明堂: 陽宅(집터)나 陰宅(묘터)] 잡는 일 넷째, 독서 다섯째. 지명(知命:천명, 자신의 운명을 앎) 중에서 적선, 즉 베풂을 으뜸으로 꼽았다. 남에게 베풂은 나뿐만 아니라 내 자식들까지도 그 복이 돌아온다. 그런데 '봉사나 베풂'도 집안 내림이다. 집안에서 어린 시절부터 보고, 들은 그대로 하는 것이다. 환경에 영향을 받은 생활 습관이고, 내재된 가치관, 잠재의식 속에 있다. 당장 되는 것이 아니다.

마지막으로 노년에 해야 할 일들이다. 노년의 생활에서 가장 경계할 것 중 하나가 TV만 보는 것이다. TV 시청보다는 가급적 유튜브, 인터넷 서핑, 라디오 청취, 신문 잡지 읽기를 즐겨 해 시대와 발맞춰야 한다. 결국 노년에 해야 할 일들은 대체로 무료(無聊:지루하고 심심함)한 시간 보내기(kill time), 시간의 활용 방법을 말하는 것으로 취미활동, 운동, 그리고 진정한 의미의 '일(정신적, 육체적 노동)'이다. 취미활동으로 서예, 수집, 악기 다루기, 사진 찍기, 그림 그리기, 식물, 분재, 짐승 기르기 등 자신의 취향에 맞게 선택하면 되는 것이며, 운동에는 걷기, 조깅, 등산, 자전거, 탁구나 배드민턴, 수영, 골프 등 자신의 건강 상태와 경제적 여력(餘力)에 따라 선택하면 되고, 그 밖에 요가, 스포츠 댄스, 노래 부르기, 독서, 글쓰기 등 취사선택(取捨選擇)하면 된다. 그런데 일적인 면에서 경제적으로 살림에 보태기 위해서 전일제나 파트타임으로 일을 할 수도 있지만, 경제적 수입과 무관한 일인 집 안 청소나 빨래, 요리 등도 있고, 시골 전원생활을 할 경우는 풀 뽑기, 잔디 깎기, 나무 전지, 텃밭 가꾸기는 순수 육체노동으로 힘이 드는 일이지만 노동으로 생각하지 말고 시간 보내기의 일환(一環)으로 운동한다고 생각하거나, 여겨야 한다.

노년의 삶을 살아가는 데 지켜야 할 덕목(德目)에 세 가지가 있는데, 첫째는 '절약', 다음으로 '절제', 마지막으로 '마음 다스리기'이다. 그런데 여기서 가장 중요한 것이 '마음 다스리기'이다. 그래야만 편안하고 안락한 노년을 보낼 수 있다. '마음 다스리기의 가장 좋은 방법의 하나, '글쓰기'가 최고로, 남에게 일일이 말할 수 없는 것들을 쓰게 되어 속이 후련하고 정화도 된다.

'글쓰기'야말로 돈도 들지 않고 시간 가는 줄도 모르며, 여타 잡념도 없어진다.

또한 무엇보다도 뿌듯하고 보람되기도 하여 훌륭한 노년의 삶이 될 수 있다.

이 같은 훌륭한 노년의 삶의 방법이 있는데, 방황하고, 고독하고, 비감(悲感)이 들고, 지난날들의 회한(悔恨) 속에 여생(餘生)을 힘들게 살아가야 한단 말인가?

그렇다면 글쓰기에 앞서 무엇을, 어떻게, 그리고 언제 써야 한다는 말인가? 우선 글쓰기의 기본은 우리말 어휘력이 필수이다. 글을 써나가는데 표현할, 적재적소(適材適所)에 알맞은 단어나 관용구가 생각나지 않으면 전개도, 이어나갈 수도 없는 것이다. 우리말의 풍부한 어휘력은 독서, 즉 남의 글을 많이 읽어야 한다. 시, 소설, 수필 등 여러 장르의 책, 많은 글이 있지만 중앙, 지방신문 가릴 것 없이 오피니언란에 있는 '사설이나 칼럼'을 읽는 것만으로도 어느 정도는 충분하다. 2~3개의 신문을 꾸준히 읽어야 하는 것이 가장 핵심이다.

이 또한 꾸준함과 성실성을 요구하는데 무엇보다도 성격이 이에 따라야 한다.

한마디로 진득한[성질이나 행동이 검질기게(몹시 끈덕지고 질긴) 끈기가 있는] 성격이 할 수 있다는 것이다. 그런데 본인 성격이 진득하지 못하다고 해서 시도조차 안 하지 말고 시도해 보아라. 젊어서 그

랬다 해도 나이 들면 정 반대도 되기도 한다. 그리고 인내하고 계속하다 보면 적응이 되기도 하는 법이다.

다음으로 무슨 글을 써야 할까? 시작 단계에서는 크게 격식이 필요 없는 일상의 자기 이야기인 하루하루 일기를 써보는 것이며, 다른 사람에게 편지문을 쓰거나 요즈음은 컴퓨터 메일을 통하거나 휴대폰 메시지나 톡을 통해 글을 써보는 것인데, 자신만이 쓰고 보는 일기와는 다른 기본 글쓰기 격식은 지켜야 한다. 요즈음은 취미 삼아 휴대폰 톡에 '아침 편지', '월요 편지', '토요 편지'라는 대 제목으로 그때마다 소제목을 달아 글을 써 지인들에게 보내는 경우도 종종 있는 일이다. 이 경우도 타인들이 보는 글이므로 어느 정도 격식은 갖추어야 하는데, 표준어, 맞춤법, 띄어쓰기, 구두점은 올바르고, 정확해야 한다.

글을 쓰는데 노트나 휴대폰에서 직접 작성하는 경우가 있지만 요즘은 컴퓨터 작성이 대세이고 훨씬 편리하고 인터넷을 통해 모르거나 궁금한 것은 검색해 이용할 수도 있으며, 무엇보다도 글 작성할 때 표준어, 맞춤법, 띄어쓰기, 일부 구두점이 오류가 나면 적색으로 점선 줄이 처지므로 적절하게 수정하면 된다. 그런데 100%는 아니므로 내가 아는 것과 다르면 네이버에 들어가 검색 창에 국어사전이나 맞춤법 검사(맞춤법, 띄어쓰기, 표준어 포함)로 검색하면 더욱 정확하게 알 수 있어, 가능한 글 작성 시 컴퓨터를 활용할 것을 추천하는 바이다.

다음 과정으로 제목을 선정해 쓰는 글이다. 제목 선정은 자신이 써보고 싶은 글이 있다거나 인생을 정리하는 의미에서 쓰고 싶은 경우를 말하는 것인데 큰 의미가 있다. 생각도 정리하기도 하지만 글을 쓰면서 새로운 사실을 알 수도 있고, 배우기도 하며 여생(餘生:앞으로 남은 인생)에 삶의 지표(指標:방향이나 목적)가 될 수 있기도 하다. 이 경우는 자신이 쓰고 보는 것만으로 국한하는 경우는 상관이 없지만, 남에게 내놓는 경우는 표준어, 맞춤법, 구두점 등이 정확한 것이 기본이지만, 일정한 '글쓰기 작성법'을 먼저 알아야 한다. 자기소개서, 지원서 등은 서식 작성법이 있고, 학위논문이나 연구논문 등은 논문 작성법, 초록 작성법이 있는데, 인터넷 검색도 할 수 있지만 서점에서 구입하거나 도서관에서 대출받아 볼 수도 있다. 무엇보다도 구두점은 간단치 않다. 구두점(句讀點:괄호 포함 12개 정도)마다 정확한 용도에 대한 지식과 숙지(熟知:충분히 앎)가 필요하다. 쓰고자 하는 제목이 선정되면 글을 쓰기 위한 자료수집이 우선이다. 자료수집을 통해 쓰고자 하는 글의 방향도 설정할 수 있다. 인터넷 검색도 하지만 도서관에 가서 일일이 찾아보고 메모도 하고 복사도 해와야 한다. 누군가 말했던가? 글을 잘 쓰려면 '남의 글을 잘 인용해야 한다'라고. 그런데 인용할 때는 반드시 출처를 밝히는 것이 예의이다. 제목 하나 완성하는 데 일주일이 걸린다 치면, 하루는 자료수집하고, 하루 이틀 글을 쓴다면 나머지 네 닷새는 읽어보고 또 읽어보면서 마음에 들 때까지 수정하고 다듬어야 한다. 그다음 과정은 자신의 일대기, 자서전을 솔직담백(率直淡白)하게 써 내려가는 것이다. 단, 자서전은 남을 의식하며 글을 쓰는 것은 금물(禁物)이다.

끝으로 글 쓰는 시간은? 바로 심야 시간이다. 남들이 자는 시간이다. 시간으로 치자면 저녁 10시경~다음 날 새벽 2시경까지가 좋다. 주위가 조용해 집중도 잘될 뿐만 아니라 정신도 또렷해서 하고 싶은 말이 샘물처럼 솟는다. 당연히 수면시간은 적당히 앞뒤로 조정하면 된다. 누구나 노년이 되면 자기 생각도 정리할 겸 '글을 써 봐야겠다.' 라는 사람들은 많이 있다. 그런데 실제로 실행에 옮기는 사람은 흔치 않다. 세상사 다 마찬가지로, 매사에 '강한 의지와 은근(慇懃)과 끈기'가 있어야 하듯, 글쓰기도 결코 예외가 아니라는 점 명심해야 한다. 그리고 우리는 남이 써놓은 글의 흠을 잡기는 어렵지 않다. 그러나 막상 내가 하려면 결코 쉽지 않은 일이 글쓰기이다. 작심삼일(作心三日)은커녕, 작심삼분(三分)이 되지 않도록 '단단히 마음먹어야 한다.'라는 것을 끝으로 덧붙인다.

4. 노년의 고독과 행복

– 노년 고독의 역발상, 행복한 노년의 선택

고독(孤獨)이란 '세상에 홀로 떨어져 있는 듯이 매우 외롭고 쓸쓸함'이나 '부모 없는 어린아이나 자식 없는 늙은이'의 의미로도 쓰이고, 행복(幸福)이란 '생활에서 충분한 만족과 기쁨을 느끼어 흐뭇함, 또는 그런 상태'이며, '복된 운수(運數)'라는 의미로도 쓰인다.

역발상이란? 어떤 현상이나 개념에 대한 반대로 생각하는 것, 이로 인해 추가로 새로운 발견을 하기도 한다. 그래서 단순히 무언가를 반대로 생각하는 것 자체를 가리키기보다는, 이전까지 남들이 하지 못했던 전혀 '새로운 아이디어 같은 것을 뜻하는 말'로, 그 대표적 사례가 대규모 사과 농장에 큰 태풍이 불어 사과의 90%가 낙과(落果)해 버려 사과 재배 농가들이 농사를 망쳐 우울해하고, 실제로 농민들이 예년에 비해 큰 손실과 적자가 났지만, 한 농민은 생각을 뒤집어 남은 10%의 사과를 '안 떨어지는 사과'라고 명명(命名:이름을 지어 붙임)하여 수험생이 있는 학부모들에게 팔아, 예년보다도 훨씬 뛰어넘는 흑자를 낸 일본의 혼슈 아오모리현(靑森縣)에서 파는 '합격 사과'이다.

인간은 살아가면서 언제나 크고 작은 '선택'을 하며 살아간다. 그리고 선택을 통해 과거와 현재 그리고 미래의 결과가 존재한다. 그래서 인간들은 태어나면서부터 죽을 때까지 선택의 굴레에서 벗어날 수가 없다. '우리네 인생은 B(Birth:출생)와 D(Death:죽음) 사이의 C(Choice:선택)이다.' 프랑스의 소설가이자 철학자로 노벨문학상을 수상했던 장 폴 사르트르의 말이다. 무엇을 먹을 것인지, 어느 학교로 진학할 것인지, 전공과 직업은 무엇으로 정할 것인지, 그리고 배우자는 누구로 할 것인지 등 평생 동안 결정해야 하는 크고 작은 모든 것들을 자유의지로 직접 선택해야 한다. 인생 말년, 노년에 외롭고 고독하다는 비참한 마음으로 불행한 삶을 살 것인지, 아니면 외로움과 고독을 받아들여 즐기고 누리며 행복한 삶을 살 것인지, 그 선택권은 본인 자신에게 있는 것이다. 어찌 보면 일평생 동안 내려왔던 수많은 선택 중 노년에 내리게 되는 이 선택이야말로 마지막이자 가장 중요한 것 중 으뜸이 될 것이다. "인생에는 정답이 없다. 자신이 '선택'한 대로 사는 것뿐이다." 법륜 스님의 말씀이다.

남녀 모두 노년에 필수불가결(必須不可缺:없어서는 안 될)한 것은 건강, 경제력, 친구, 일이나 취미 그리고 배우자이다. 그런데 여기서 우선순위로 따질 때, 남자는 아내가, 여자는 경제력, 돈이 첫 번째이다. 그래서 남자는 배우자와 금슬(琴瑟)이 좋다면 가장 이상적이고 바람직한 노년의 삶이지만, 대체로 흔치 않은 일인 것 같다. 젊은 시절이야 어쨌든 간에 노년에는 아내가 어질어야[마음이 너그럽고 착하며 슬기롭고 덕(德)이 높은] 하는데, 그렇지 못하고 지난날을 반추(反芻:소나 양의 되새김질)하며 잘잘못만을 따지고 덤비면, 늙어 힘없는 남자의 노년은 최악의 불행이다. 그런데 젊은 날 내 과오라면 그나마 수용하겠지만 공 다툼, 공치사, 덮어씌우기, 생트집으로 일관한다면 아무리 건강하고 경제력이 뒷받침되어도 생지옥이다. 무엇보다도 주변 사람들 심지어 자식들에게까지 내 험담(險談)(특히 없었던 일도 지어냄, 요샛말로 소설을 씀)과 매도(罵倒:욕하거나 나무람)를 해댄다면, 그 메아리 소리가 어떻게 들리고, 듣는 그 심정은 어떠하겠는가? 그래서 요즘 흔한 말로 황혼이혼, 졸혼, 별거, 좀 더 심각한 상황이 되는 경우는 가정폭력 내지는 사고가 발생하여 매스컴을 타는 경우도 있는 것이다. 사실 이런 경우는 혼자의 외로움과 고독이, 둘이 있어 불편함과 불안함, 그리고 고통스러움보다 훨씬 더 낫다. 누군가 말하지 않았던가? 부부는 잘 만나면 '축복'이고, 잘못 만나면 '평생 원수이자 재앙'이라고! '모든 병 중에서 마음의 병만큼 나쁜 것은 없다. 이 세상 모든 악(惡) 중에서 악처만큼 나쁜 것은 없다.' 유대인의 생활 규범인 탈무드에 있는 말이다. 혼자 있어 외로움과 고독이, 오히려 행복한 노년의 첫 번째 경우이다.

다음은 지공(65세 이상 지하철 공짜 탑승) 도사들의 이야기이다. 이 경우는 주로 수도권 지하철 역세권에 살고 있는 봉급생활자들의 퇴임 이후의 생활상이다. 대체로 젊은 시절 맞벌이든, 외벌이든 남편보다 아내가 경제권을 가지고 있는 것이 살림을 잘 지속해서 지탱할 확률이 훨씬 높다. 아무래도 아내가 더 알뜰하고 저축성도 강하며, 투자에서도 정보나 분석 그리고 세밀(細密)하고 과감(過感)도 하기 때문이다. 그런데 이런 이점에도 불구하고 단 하나의 문제는 '늙으면 그런 아내가 남편에게 용돈을 넉넉하게 주지 않는다.'라는 것이다. 공통적인 이유는 '남자는 수중(手中)에 돈이 넉넉하게 있으면 헛짓거리(?)하고 다니기 때문이다.'라고 한다. 사람마다 다르지만, 일리(一理: 옳은 데가 있어 받아들일 만한 이치)가 있는 말이기도 하다. 보통 봉급생활자들의 퇴직연금은 월(月) 300~500만 원 내외이다. 그러면 월(月) 용돈으로 50만 원 내외에서 대개 부부간 협상(?)이 된다. 사실 턱없이 부족하다. 심한 경우는 지하철 공짜이니 지하철 타고 다니고, 외출할 때 세종대왕님 만(萬) 원권 한 장 주면서 '점심값 하라' 한다. 저녁밥은 집에 와서 먹고. 집밖에 나가면서 서럽기도 하고 외로움, 고독감이 밀려오기도 하며, 현직에 있을 때 노년을 대비해 따로 저축해 두지 못한 것이 한없이 후회스럽기도 하다. 그러나 생각을 바꿔라. 퇴직했으니 업무 스트레스도 받지 않고 아내가 알아서 살림도 다 해주며 든든한 아내가 곁에 있으니 외롭지 않고, 내 노년은 이 얼마나 편안하고 행복한가? 내가 할 일은 내 건강만 잘 지키면 된다. 무엇보다도 가고 싶은 곳 어디든지 가고, 만나고 싶은 친구들 언제든지 찾아가거나 만나자고 하면 된다. 자주는 아니더라도 정당하고 합리적인 사유를 대고 '필요한 만큼 더 달라'라고 하면 된다.

마지막으로 부부간 사별(死別)로 혼자 남은, 문자 그대로 독거노인이 된 경우의 이야기이다. 혼자이다 보니 자식들, 손주들 발길도 뜸하다. 딸자식이라도 있으면 그나마 낫다. 아들자식은 며느리 눈치 보느라 찾아오기는커녕, 특별한 일 아니면 안부 전화도 없다. 외로움, 고독감이 밀물처럼 밀려온다. 그러나 그렇게 생각하지 마라. 자식도

품 안에 있을 때다. 그저 제 할 일 잘하고 무탈하면 만족하고 행복하게 생각하라. 사사건건 참견하고, 일 다 봐주다 보면 늙는 줄 모르게 더 늙어버린다. 혼자서 지난날도 회상하고 인생을 정리도 하며 하고 싶은 취미생활과 일을 해라. 나만의 시간을 갖는 것 평생 처음이 아닌가? 고독하니까 행복하다. 왜냐하면 근심, 걱정거리가 없으니, 고독이 느껴지는 것이다.

노년의 삶에 비친 고독, 시인 문정희 교수의 시(詩) '(고향에서 죽음을 기다리는 일흔여덟 어머니에게 드리는) 편지'를 인용한다. "하나만 사랑하시고 모두 버리세요. 그 하나 생(生)이 아니라 약속이에요. 모두가 혼자 가지만 한 곳으로 갑니다. 그것은 즐거운 약속입니다. 조금 먼저 오신 어머니는 조금 먼저 그곳에 가시고, 조금 나중에 온 우리는 조금 나중 그곳에 갑니다. 약속도 없이 태어난 우리, 약속 하나 지키며 가는 것. 그것은 참으로 '외롭지 않은 일'입니다."

혹자(或者)는 '노년의 외로움, 고독은 다단계 사기보다도 더 무섭다.'라고 말한다. 노년은 외로움, 고독을 채우는 '그릇'이 중요하다. 바로 그것은 마음먹기, 생각하기 나름이다. '한 알의 모래에서 세상을 보고, 한 송이 들꽃에서 천국을 본다. 그대의 손바닥에 무한을 쥐고, 순간 속에서 영원을 보라.' 영국의 시인 윌리엄 브레이크의 시(詩) '순수의 전조'에 있는 구절이다. 우리 인간들은 남남인 부부가 만나 자식 양육과 교육 그리고 짝지어주기(결혼)까지, 무엇보다도 생활전선에서 모진 풍파와 역경을 딛고, 잘 버텨 오늘날 여기까지 왔다. 돌이켜 지난날을 생각해 보니 후회도 미련도 없다. 내가 생각해 봐도

'나 자신이 대견스럽기까지 하다(흐뭇하고 자랑스러운 데가 있다).' 그런 나는 노년의 외로움, 고독도 얼마든지 행복으로 바꿀 수 있다. 왜냐하면 바로 이것이 내 '노년의 자존감이자 향기'이기 때문이다. '사람은 혼자 있을 때 진정한 자신이 될 수 있다. 혼자 있기를 좋아하고 스스로 외로움을 즐기는 사람은 뛰어난 정신을 가진 사람이다. 이들은 고독으로부터 두 가지 장점을 취한다. 하나는 타인과 함께 하지 않는다는 장점이 있고, 다른 하나는 자신과 함께한다는 이점이 있다. 고독한 사람은 인간관계에 연연하지 않고 중요하지 않은 것에 정신과 마음을 빼앗기지 않는다.' 독일의 대표적 철학자 쇼펜하우어의 말로 "고독을 벗 삼는 사람들은 '높은 이상의 소유자'로 고독이 오히려 '강점'이 된다."라는 말이다.

끝으로 한 권의 책을 추천한다. 뇌 교육의 창시자 국제 뇌 교육협회 이승헌 회장님이 쓰신 인생 후반, 나를 완성하는 삶의 기술 '나는 120살까지 살기로 했다.'로, 이 책은 생업(生業)에서 은퇴 후 짧게는 20년, 길게는 50년 이상에 이르는 시간을 우리는 무엇을 하며 어떻게 보낼까? 노년을 준비하거나 노년을 살아가고 있는 사람들에게 선도(先導:앞장서서 이끌거나 안내함)의 목적으로, 진정한 인간의 길을 어떻게 걸어가며 자신의 삶을 완성할지? '인생의 후반기가 쇠퇴와 퇴보의 시기가 아닌, 놀랍도록 희망차고 충만한 황금기가 될 수 있다.'라는 저자의 확신처럼 인생의 어느 시기에 있든 '삶의 지혜와 통찰력'을 가지고 자신이 진정으로 원하는 삶을 살고자 하는 이들에게 영감을 줄 것이며, 이 글의 제하(題下:제목 아래) '노년의 고독과 행복'

의 내용, 특히 본질적 외로움, 고독이 밀려올 때 극복하는 방법뿐만
아니라 여타(餘他:그 밖의 다른 것, 또는 그 나머지)의 '노년 삶의 지
혜'를 갖게 해줄 것이다. 특히 젊은이들, 그리고 중년들에게도 먼 장
래, 아니면 가까운 장래에 닥쳐올 자신의 노년에 대한 사전설계나 이
정표(里程標:어느 곳까지의 거리 및 방향을 알려주는 표지, 어떤 일
이나 목적의 기준)를 세우는데 좋은 길라잡이가 될 것이라고 확신하
는 바이다.

5. 다산(茶山)의 인생 팔미[1]

　인생 팔미란 본래 중용(中庸)에 '불음식야 선능지미야(不飮食也鮮能知味也:사람들이 음식을 먹고 마시지 않는 이가 없건마는 맛을 아는 이가 적다)'라고 나온다. 그런데 음식에만 맛이 느껴지는 것이 아니라 인생에도 맛이 있다는 것으로, 다산 정약용 선생님(조선 후기 문신, 실학자, 철학자, 저술가)은 인생 팔미(八美)를 다음과 같이 꼽았다. 제1 미는, 음식의 맛으로, 단순히 배를 채우기 위해 먹는 음식이 아닌 맛을 느끼기 위해 먹는 '음식 미', 제2 미는, 직업의 맛, 단순히 돈을 벌기 위해 일하는 것이 아닌 삶의 의미를 찾기 위해 일하는 '직업 미', 제3 미는 '풍류의 맛', 남들이 노니까 덩달아 노는 것이 아닌 진정으로 즐길 줄 아는 '풍류 미', 제4 미는, '관계의 맛', 어쩔 수 없거나 마지못해 누구를 만나거나 관계를 맺는 것이 아니라 기쁨을 얻기 위해 만나거나 관계를 맺는 '관계 미', 제5 미는 '봉사의 맛', 자신만을 위해 사는 삶이 아닌 봉사에 행복해하는 '봉사 미', 제6 미는 '배움의 맛', 무엇인가를 배우며 자신이 성장해 감을 느끼는 '학습 미', 제7 미는, '건강의 맛', 육신만이 아닌 정신과 육신의 균형을 가지는 '건강

1　八味: 여덟 가지 맛

미', 마지막 제8 미는 '인간의 맛', 자신의 존재를 깨우치고 인격을 완성해 가는 기쁨을 만끽(滿喫)하고, 타인에게는 포근함과 온기(溫氣)를 부여(附與)해 주는 '인간미'이다.

제1 미 '음식의 맛': 전문가들의 말을 빌리자면 '우리의 몸과 마음은 섭취하는 음식으로 근본적 영향을 받게 되어, 우리의 건강, 기분, 심지어 생각을 형성하는 데에도 중요한 역할을 한다. 건강한 식습관은 신체적 웰빙(well-being)의 기초를 마련하고, 필요한 영양소를 제공하여 면역체계를 강화하며 우리의 에너지 수준을 조절한다. 또한 음식은 감정적 차원에서도 중요한 역할을 하는데, 특정한 음식은 위안을 주거나 행복한 추억을 불러일으키기도 하며, 심리적 안정감을 주기도 한다. 더불어 사회적 작용과 문화적 표현의 수단이 되기도 하고, 우리를 둘러싼 세계와의 연결고리 역할도 한다.'라는 것이다. 인간이 음식을 먹는 행위는 생존을 위한 기본적인 필요를 넘어, 삶에서 깊은 즐거움과 만족을 제공해 준다. 특히 냄새와 맛에 대한 감각적 쾌감, 음식에 관련된 추억과 감정, 식사를 통한 사회적 사교나 유대관계 및 결속(結束), 그리고 다양한 문화의 맛을 탐험하는 기회를 통한 경험 등은 우리 모두에게 '먹는 즐거움'에 대한 중요한 요소들이다. '잘 먹는 기술은 결코 하찮은 기술이 아니며, 그로 인한 기쁨은 작은 기쁨이 아니다.' 프랑스 사상가 미셸 몽테뉴의 말이다.

제2 미 '직업의 맛': 먼저 직장인(職場人)과 직업인(職業人) 그리고 장인(匠人)의 의미로, 직장인은 '규칙적으로 직장을 다니면서 급료를 받아 생활하는 사람'이고, 직업인은 '어떠한 직업에 종사하고 있는 사람(一名, 유직자)'을 의미하며, 그리고 장인이란 '손으로 물건을 만드는 일을 직업으로 하는 사람(기능공, 기술자)'이다. 그렇다면 차이는? 엄밀히 말해 모두 직업인에 해당한다. 다만 직업인 안에 직장인도 있고 장인도 있지만, 구체적 표현으로 직업정신, 장인정신으로 표현할 수 있는데, 사실 장인정신도 직업정신에 해당하기도 한다. 보통은 '직업인'이라고 하면 '전문적인 일을 하는 사람'으로 말하는 경우가 많지만, '자신의 업(業)에 전문성을 키워나가며 주체적으로 일하는 사람'을 말하고, 직업정신(職業精神)이란 '자신이 속해 있는 맡은 일을 정성스럽게 잘 수행하려는 마음가짐'을 의미한다. 그리고 장인정신(匠人精神)이란 '한 가지 기술에 통달할 만큼 오랫동안 전념하고 작은 부분까지 심혈을 기울이고 노력하는 정신'이다. 그렇다면 직업의 맛은 직업을 가진 모든 사람이 '직업정신이나 장인정신'을 갖는 데 있는 것이다. '진정으로 즐겁고 만족스러운 직업은 자신의 재능과 열정을 발휘할 수 있는 기회를 제공한다.' 미국 35대 대통령 존 F. 케네디 말이다.

제3 미 '풍류의 맛': 풍류(風流)의 사전적 정의는 '속(俗)된 일을 떠나 풍치(風致:훌륭하고 멋진 경치, 격에 맞는 멋)가 있고 멋스럽고 재미있게 노는 일'이다. 그런데 잡기(雜技:잡다한 놀이의 기술이나 재주, 노름, 손재주)와는 다르게 취급해야 한다. 역사적으로 풍류라는 단어가 지칭하는 의미가 조금씩 변화를 겪어 왔는데 고려시대에는 '음주 가무나 세시풍속'으로, 조선시대에는 '음악이나 무용 등'을 가리키는 의미로, 오늘날은 우리 일반 사람들에게는 '일을 떠나 구경도 다니고 노는 것', '여가를 즐기는 것' 정도로 보면 될 것 같다. '휴식과 놀이는 마음과 영혼을 회복시킨다.' 동기부여 전문가 라일라 G. 아키타의 말이고 '구경과 놀이는 우리를 활기차게 해준다. 그것은 대체할 수 없는 삶에 대한 열정을 준다. 그것 없이는 인생은 맛이 없다.'는 루시아 카포치오네의 말이다.

제4 미 '관계의 맛': 관계란 우리네 삶에서 인간관계를 말하는 것으로, '인간과 인간 또는 인간과 집단 간의 관계를 통틀어 말하는 것'이다. 사실 인간관계는 명확한 답이 없다. 기본적으로 쌍방의 노력을 요구하는 것이라서 자기 혼자만 노력해 봤자 한계가 있어 헛된 일이 되기도 한다. 딱히 어떤 법칙도 있는 것은 아니어서 유연(柔軟)한 사고를 갖고서, 케바케('case by case'.의 신조어로 '경우에 따라 다름'), 사바사('사람 by 사람'의 신조어로 '사람에 따라 다름')적으로 접근해야 한다. 오스트리아의 정신의학자 알프레드 아들러는 '인간관계를 모든 행복의 근원이자 고민의 근원'이라고 말했으며, 덧붙여 '비즈니스 관계-〉친구 관계-〉사랑 관계, 이 순서대로 가면 갈수록 인간관계의 어려움이 커진다.'라고 주장했다. 그런데 가족 간, 친구 간, 동료 간 등 인간은 살아가면서 어디를 가나, 어느 때나 인간관계는 피할 수가 없다. 우리 사회가 평등사회라 해도 수직적(상하관계) 관계와 수평적(대등) 관계가 있는데, 이 모두가 따지고 보면 인연 관계이며 내가 처세(處世)하기에 달려있다. 윗사람은 존중하고 아랫사람은 이끌어 주고, 그리고 배려와 양보, 챙겨주고 관심 가져주며, 악연도 인연으로 만들고 인연은 소중하게 간직하고 관리하면 그 속에서 '관계의 맛'을 즐길 수 있는 것이다. '격(格:비슷한 인품이나 지적 수준)이 맞는 사람보다 결(結:성향이나 가치관)이 맞는 사람과 인간관계를 맺어라.' 다산(茶山)의 말씀이다.

제5 미 '봉사의 맛': 봉사(奉仕)란 '국가나 사회 또는 남을 위하여 자신의 힘을 바쳐 애씀', '상대방을 위해 도움이나 물건을 제공해 주는 일을 통틀어 말함'이다. "사람은 사랑으로 산다. 인간이 무사히 살아가는 것은 각자 본인의 일을 살펴서가 아니라 그와 관계되는 사람들의 사랑이 있기 때문이다. 모든 이의 마음속에는 사랑이 있다. 우리는 불행에 빠진 사람을 보면 도와주고 싶은 감정이 일어난다. 돕는 사람을 보는 것만으로도 심장이 따뜻해진다. 심장이 하트모양인 것은 결코 우연이 아니다. 어려운 '이웃을 돕는 봉사는 인간의 자연스러운 행동'이다." 2022 대한민국 자원봉사대상 '자원봉사자, 그 사랑의 기록'의 서문(序文) 내용이고, '남을 행복하게 하는 것은 향수를 뿌려주는 것과 같다. 뿌릴 때 몇 방울 정도는 내게도 묻기 때문이다.' 탈무드에 있는 말이며, '우리는 일하는 것으로 생계를 유지하지만 나눔과 베풂, 그리고 봉사로 인생을 만들어간다.' 영국의 위대한 수상이었던 윈스턴 처칠의 말이다. '기쁨은 나누면 배가(倍加)되고, 어려움을 나누면 배(倍)로 줄어든다.'라는 말들을 한다. 국가나 사회, 그리고 남을 위해 헌신하는 봉사는 우리의 마음을 따뜻하고 즐겁게, 그리고 무엇보다도 뿌듯하게 해주어 '보람과 삶의 의미'를 깨우치게 해준다.

제6 미 '배움의 맛': 무지와 가난, 그리고 착각에서 벗어나는 유일한 방법은 배움, 공부밖에 없다. 그러나 그것은 당장 나타나는 것이 아니다. 오랜 시간이 필요하다. 수천억 자산가이자 칼럼니스트 세이노(筆名: Say no로 pen name)의 가르침에서 "아무리 배워도 당장 내 수입은 늘지 않는다. 그리고 아무도 내 노력을 알아주지도 않는다. 가시적(可視的:눈에 보이는) 효과도 없으니, 재미도 없고 싫증도 난다. 그러나 성취가 나타나기 시작하면 도파민이 분비되어 스트레스와 피로감이 사라지게 된다. 성취는 '재미, 즐거움'을 부여하게 되어 행복감을 느끼게 한다."라는 말처럼 여기에 행복감은 자신감으로 나타나 열성(劣性)을 다하게 된다. 그러다 보면 목표, 목적 달성을 하게 되는 것이다. '배우는 것은 마음이 결코, 지치지 않고 즐겁고, 두렵지 않으며 후회하지 않는 것이다.' 르네상스 시대 이탈리아의 미술가, 사상가 레오나르도 다빈치의 말이다.

제7 미 '건강의 맛': 건강은 인생에서 가장 중요한 필수 요소 중 하나이다. 건강하지 못하면 아무것도 할 수 없고, 모든 것을 이루었어도 행복하지도 않다. 건강을 유지하는 기본 요소들은 올바른 식습관, 균형 있는 식단, 충분한 수분 섭취, 자신에 맞는 규칙적인 운동, 충분한 수면, 정기적 건강검진, 예방 접종, 여가선용과 스트레스 관리 등 자기관리에 평소 태만해서는 안 되는 것들이다. 더불어 육체적 건강관리 못지않게 정신적 건강관리도 중요하다. 올바른 사고방식, 절제와 절도(節度) 있는 생활방식과 습관도 중요하다. '만약 당신이 세상의 모든 물질적인 것들을 성취하였으나, 몸의 건강과 마음의 평화를 잃으면 당신은 당신의 성취한 것으로부터 즐거움을 거의 느낄 수 없거나 전혀 느낄 수가 없을 것이다.' 캐나다의 컨설턴트, 베스트셀러 작가, 강연자 브라이언 트레이시의 말이다.' 그렇다. 정신적 · 육체적으로 건강해야만 세상과 자기 인생의 모든 다른 것들을 온전하게 보고 느끼고 맛보고, 즐길 수 있는 것이다.

제8 미 '인간의 맛': 인간미(人間美)의 의미는 '어떤 사람에게 느껴지는 친밀하고 정다운 인정(人情)의 느낌' '인간다움, 인간적인 미(美)가 있는 상태'이다. 의미상 인간미 안에 포함되는 인정(人情:남을 동정하는 따뜻한 마음)이 있으며, 반의어가 비정(非情:사람으로서의 따뜻한 정이나 인간미가 없음, 몰인정)이다. 인간미 있는 사람이란 '상대방을 배려하고 존중하고 아끼는 사람'이고, '다른 사람을 이해하고 배려하며 그들에게 나눔과 사랑을 보여주는 행동'이 인간미로 평가된다. 그리고 인간미란 포근하고 따뜻한 심성, 인정 많은 사람에게서 보고, 느낄 수 있는 것이다. '인간의 교육이란 인간성, 인간미에 눈뜨게 하는 것이다.' 프랑스의 철학자 마리탱의 말이고, "인간의 가치는 '얼마나 사랑을 받았느냐'가 아니라 '얼마나 사람들에게 사랑을 주었느냐'이다." 로마의 철학자 에픽테토스의 말이다. 인간미는 우리 사회에서 매우 중요한 가치(價值:사물이 지닌 의의나 중요성)이다. 인간미 없는 사회는 갈등과 불평등, 원치 않는 갈등의 원인이 되기도 하지만, 인간미 있는 사회는 상호 존중과 협력을 기반으로 건전한 관계를 형성할 수 있어 가족, 친족, 친구, 동료, 이웃과 같은 근접(近接)한 관계뿐만 아니라 사회 전반에 걸쳐서도 중요한 역할을 한다.

끝으로 이 글에서는 인생 팔미 중 한 개인의 행 · 불행을 결정짓는 '배우자의 인간미'에 대해 가장 큰 의미를 부여하고자 한다. 인간미,

인정이 결여(缺如)된 사람은 타인에게도 그래왔듯이 부부간에 세월이 흘러 사랑이 식어갈 무렵에는 결국 상대 배우자에게도 당연히 그리하게 되어 매몰차게(인정이나 싹싹한 맛이 없고 아주 쌀쌀맞은, 목소리가 높고 날카로운) 대하게 된다. 그렇게 되면 상대 배우자는 나이가 들어갈수록, 특히 노년에 정신적으로 비참하고 피폐(疲弊:지치고 쇠약함)한 삶을 살아가게 된다. 그러므로 "배우자 선택 시 그 무엇보다도 우선시해야 할 것이 바로 '인간미'라는 것"을 명심하고서 '신중한 선택'을 신신(거듭하여 간곡히)당부(當付)하는 것으로 글을 맺는다.

6. 도시생활 vs. 시골생활

이 글은 생활에 중요한 주거지(住居地)에 관한 것으로 정년퇴임 이후 귀촌 7년 차인 경험자의 견지(見地)에서 조명(照明)한 것으로, 노년의 시골생활에 초점을 맞추었으나, 귀농, 귀촌을 계획하고 있는 젊은이들에게도 참고가 될 것이다.

도시생활과 시골생활 중 어느 것을 선택하느냐는 결코 간단하지 않은 어려운 결정이지만, 정답은 없다. 개인의 선호도, 라이프스타일(생활방식), 직장이나 일, 건강, 성장 과정, 인생관, 가치관, 성격, 나이 등 총체적으로 우선순위에 따라 올바른 선택이 달라질 수 있다. 더불어 장기적인 목표, 이상적인 생활환경, 편의시설, 공간, 사회적 교류에 대한 필요성도 고려해 보아야 한다. 무엇보다도 자신의 생활방식과 장단점을 고려하여, 두 경우의 균형을 유지할 수 있는 창의적 방법을 모색하여, 궁극적으로 가장 적합한 환경에서 무엇보다도 '자신이 행복하고 만족스러운 삶'을 영위(營爲:일을 꾸려 나감)할 수 있는 현명한 판단과 선택이 필요하다. 오늘날은 도시생활과 시골생활의 절충(折衷)안으로 더러는 도시생활을 하면서 세컨하우스(second house)를 두고 주말이나 휴일, 휴가 때 시골생활로 도시생활의 단점을 보완(補完)하는 이들도 있다.

도시와 시골은 각각의 독특한 매력을 지니고는 있지만, 자연환경, 사회적 환경, 경제적 요인 등에서 큰 차이를 보이기 때문에 각 지역의 독특한 특성을 살펴 우리의 삶에 어떠한 영향을 미치는지를 파악함으로 가족이나 개인의 적합한 환경을 선택하는 데 도움이 되기 위해 각각의 장단점을 비교해 보는 것은 유의미(有意味)한 일인 것 같다.

　먼저 도시생활의 장점으로는, 첫째는 무엇보다도 생활에 가장 밀접한 경제력으로 다양한 직종, 산업 등이 있어 일자리 기회와 경제 성장 잠재력을 제공해 주며, 둘째는 생활에 편의를 제공해 주는 쇼핑센터(대형, 중·소형), 병원(대형, 전문), 다양한 레스토랑, 대중교통의 용이성(容易性:어렵지 아니하고 매우 쉬움 : 편리성), 주요 국가 공공기관, 사기업 등의 접근(接近)용이성, 작게는 배달 문화의 발달, 체육 시설(헬스, 수영장 등)이 좋은 점을 들 수 있고, 셋째는 문화, 예술, 오락 등의 중심지로 다양한 극장, 갤러리, 박물관, 이벤트 등 문화생활을 즐길 수 있으며, 넷째는 다양한 인구와 민족, 행사, 동아리 등으로 새로운 사람을 만나고 인맥을 쌓고, 사교도 나눌 수 있어 인적 네트워크를 형성할 수 있는 기회가 다양하고 풍부하며, 마지막으로 고속 인터넷, 스마트 시스템, 그리고 혁신적인 기술들이 일상생활에 통합되어 편의성과 생산성을 높일 수 있는 최신 기술 및 인프라(Infra) 구조가 잘 되어있다는 점이다. 단점으로는, 첫째는 무엇보다도 주거비가 비싸고, 고물가로 말미암은 생활비가 많이 들며, 둘째는 인구밀도가 높아 제한된 생활공간으로 프라이버시 침해를 받거나 어디를 가나 붐벼 정신이 없고, 셋째는, 예절과 예의, 매너와 에티켓을 지키지 않는 사람(들), 빌런(villain: 악한, 악인, 범죄자, 상대하기 어려운 사람)(들)을 만나게 되고, 소음(騷音)에 시달려 정신적 스트레스를 받게 되고, 빌딩(대형, 고층)들이 많아 답답함을 느끼게 되며, 넷째는 대체로 광범위한 지역적 거리감과 러시아워(출·퇴근시간)인 경우 교통체증으로 공적, 사적 업무를 보는데 소요 시간이 오래 걸리고. 마지막으로 무엇인가를 하고 있지 않으면 불안감이 들어 크고 작은 일에 집착하게 되며, 때로는 '소외감(疏外感:주변 사람, 특히 이웃이나 동료들에게 따돌림당한 것 같은 느낌)이 들기도 한다.'라는 점들이다. 그런데 실제 이런 단점들은 장점으로 상쇄(相殺:상반되는 것이 서로 영향을 주어 효과가 없어지게 됨)되는 경우로, 성장기 아동이나 청소년들의 발달에 훨씬 더 결정적인 작용을 하는 것으로 사회적 여건, 즉 또래들과의 교류의 기회가 많아 사회적 시간을 보낼 충분한 기회가 주어지게 되어 도시 생활로부터 풍부한 교육, 문화, 자기 계발 및 온갖 종류의 관심사 및 재능을 발휘할 수 있는 기회의 폭이 넓어 혜택을 누릴 수 있는 것으로, 이는 어른들에게도 마찬가지이다.

다음으로 시골생활의 장단점을 살펴보면, 장점으로 첫째는, 무엇보다도 자연환경으로 아름다운 경관과 공기의 신선함, 생태의 다양성, 그리고 평화롭고 조용한 분위기, 스트레스 감소 등으로 정신적, 정서적 웰빙(참살이)에 도움이 되고, 둘째는 저렴한 생활비로 경제적으로 도움이 되며, 셋째는 대체로 대지(大地)가 넓어 이웃이 적고 더 많은 공간이 확보되어 개인 프라이버시가 침해받지 않으며, 넷째는 자연과 쉽게 접근할 수 있어 야외 활동을 쉽게 할 수 있고, 마지막으로 특수한 상황을 제외하고는 '빌런(들)이 없다.'라는 점들이다. 단점으로는, 첫째는 무엇보다도 일자리가 제한되어 있어 '돈벌이하기가 취약(脆弱)하다'라는 것이고, 둘째는 쇼핑센터, 전문병원, 대중교통, 다양한 금융기관, 공공기관, 그리고 교육기관 등 편의시설과 서비스가 부족하고, 셋째는 문화행사, 공연, 오락, 사교의 기회가 극히 일부로 제한적이며, 넷째는 인근 도시로 나가야 할 기회가 많은 경우 자동차 유류비와 단독주택인 경우 난방비 및 집수리 등 유지비가 많이 들고, 마지막으로 도시생활의 '사회적 작용에 익숙한 사람들은 시골생활은 고립감(孤立感)과 싸워야 한다.'라는 점들이다.

그렇다면 도시생활을 하다가 도시생활에 지쳐 시골생활을 선택할 때 두 가지 방법으로 귀농(歸農)과 귀촌(歸村)의 차이점은 무엇인가? 먼저 귀농에 대해서 살펴보면, 젊은이들이 생산 활동, 돈벌이를 위해 농촌, 산간, 도서(島嶼:크고 작은 섬, 바닷가) 벽지 등에서 농·축·수산물, 특수작물, 시설원예, 화훼농사, 숙박업(펜션, 캠핑장) 등으로 일정한 수입원을 마련하기 위함으로, 실제로 성공 사례들도 있지만 실패한 경우도 있어 신중한 선택을 요(要)한다. 특히 노년에 귀농하여 생활비를 벌거나 수입원을 마련하려는 것은 거의 불가능하다고 보는 것이 타당(妥當)한 일이다. 다음으로 귀촌은 도시에서 지친 생활을 벗어나 시골이나 산간 지역, 도서 지역으로 이동하여 자연과 함께 더 편안하고 조용한 생활을 즐기기 위해 이사하는 것으로, 농업이나 어업, 숙박업 등을 하지 않고도 자연의 풍광을 즐기며 편안한 삶을 살아가기 위해 젊은 날 비축한 목돈이나 일정한 연금 등으로 생활비를 벌지 않아도 생계를 유지해 나갈 수 있는 노년들에게 해당하는 것이다. 한참 경제 활동을 해야 하는 젊은이들에게는 특수한 상황인 경우를 제외하고는 '다소 현실과 동떨어진 선택이 될 수도 있다'라는 점을 유념(留念:잊거나 소홀하지 않도록 마음에 간직하고 생각함)해야 한다.

노년에는 언젠가는 홀로 남는다. 단지 이르냐, 늦느냐의 시간차(差)일 뿐이다. 노년에 혼자 살아야만 하는 이유와 당위성(當爲性:마땅히 그렇게 하거나 되어야할 성질)에 대한 유튜브 영상이 여러 개가 있다. 참고하면 도움이 될 뿐만 아니라 혼자의 삶을 계획하는데 정보를 얻게 되고, 혼자 살고 있다면, 마음에 큰 위안(慰安:위로하여 마음을 편안하게 함)도 될 것이다. 모 종편 TV 방송에서 '나는 자연인이다'라는 프로그램이 인기리에 방영되고 있는데, 특히 중·장년층들에게 폭발적 인기라고 한다. 어찌 보면 그들에게는 이 프로그램을 시청하는 것만으로도 지난날의 향수(鄕愁:nostalgia)를 달랠 수도 있고, 노년에 대한 설계와 꿈을 실현하고자 하는 나름의 계획을 세워 나가기도 할 것이다. 그런데 사실 어린 시절이나 학창 시절을 시골에서 자라고 보낸 사람들은 시골생활을 쉽게 적응도 하고 큰 어려움 없이 해낼 수도 있지만, 반대로 도시에서 태어나 자란 사람들은 단지 꿈에 불과하고 동경(憧憬)의 대상일 뿐, 실제 '현실에 봉착(逢着:어떤 처지나 상황에 부닥침)하게 되면 전혀 딴판이 될 수도 있다.'라는 것을 염두(念頭)에 두어야 한다. 시골생활에 대한 장단점을 명확히 알고 나서 결정해야만 하지 '섣부른 판단과 결정으로 낭패(狼狽)를 볼 수 있다.'

라는 것을 명심해야 한다. 그러나 현업에서 물러나 은퇴한 노년들이 여생(餘生: 남은 인생)을 보내기에는 얼마든지 도전해 볼 만한 가치가 있고, 단점보다는 장점이 더 많다고 본다. 사람은 어디를 가나, 무엇을 하든지 다 좋을 수만은 없는 법이다. 장점은 장점대로 단점은 장점으로 보완(補完)하면 되는 법이다.

　노년 귀촌인 경우 시골생활의 장점으로, 첫 번째는 자연의 변화를 온몸으로 느낄 수 있다. 봄, 여름, 가을, 겨울 4계절의 변화를 생생하게 느낄 수 있는 것이다. 그러므로 무엇보다도 정서적으로 안정이 되어 스트레스에서 벗어나 자질구레한 병들은 자연 치유(治癒)가 된다. 두 번째는 일정한 식사 시간, 수면시간, 배변 시간 등 규칙적인 생활 습관으로 신체나 건강의 균형이 잡힌다. 세 번째는 번잡스럽지 않게 조용히 살아갈 수 있다. 거리가 머니 만나자고 하는 사람도 거의 없고, 불필요한 만남은 거리가 멀다는 이유 하나만으로도 안 가도 된다. 넷째는 주위에 빌런(villain:함께하기 힘든 유형의 사람)들이 거의 없어 주변 이웃들로 말미암아 부대끼지 않아도 된다. 다섯째는 자동차도 밀리지 않고 관공서나 병원 등 어디를 가도 하염없이 기다리지 않아도 되며 일 처리가 빠르고 모두 친절하다. 여섯째는 건강식(食)을 할 수 있다. 텃밭에서 기호대로 재배하면 말 그대로 무공해, 무농약 채소를 먹을 수 있고, 시골은 닷새마다 열리는 5일장(伍日場)이 열리니 지천(至賤)으로 널려있는 신선한 농·축·수산물을 저렴한 가격으로 사다가 제철에 맞게 요리해서 먹을 수가 있다. 일곱째는 배달 음식은 대개 거리가 멀어 쉽게 시키지 못하여 건강에 해로운 패스트푸드(피자, 햄버거, 치킨 등)보다 슬로우푸드(우리네 전통 음식)를 먹게 되어 건강을 해치지 않게 된다. 여덟째는 동물(개, 고양이, 닭, 오리, 토끼 등)을 기르거나 유실수(감, 사과, 배, 포도, 매실, 복숭아 등), 화초, 나무 등 재배는 정서적으로나 시간 보내기, 소일(消日)거리로 큰 도움이 된다. 아홉째는 시골생활도 얼마든지 뜻만 있다면 문화생활과 여가 활동(서예, 문학, 사진, 파크골프, 산악자전거, 댄스 동아리 등)을 할 수 있다. 마지막으로 어느 정도 시간이 지나면 비슷한 연령대의 마을 사람들과 외롭지 않게 친목 계 모임도 자연스럽게 할 수 있게 된다. 다음으로 불가항력(不可抗力)적인 단점으로는, 첫째는 태생적으로 게으른 사람은 시골생활은 감당하기 어렵다는 점이다. 모든 것이 몸소 해야 할 일이다. 그런데 이런 잡다한 일들을 소일거리로 생각하면 하면서도 즐겁다. 둘째는 파리, 모기, 해충들, 쥐나 뱀, 산속이면 산 짐승들 조심하고 경계심을 늦추어서는 안 되는데, 살다 보면 다 대비책이 생겨나고 적절한 요령이 생겨 큰 문제 아니다. 셋째는 주민들의 텃새가 어디를 가나 정도 차이이지 있다. 이 또한 사람 사는 곳이다. 나 하기 달려있다. '처세하기 나름이다'라는 말이다. 넷째는 주변 친구들, 옛 동료들 인간관계가 멀어지게 된다. 그러나 노년이 되면 다 정리하고 잊는 게 상책(上策)이다. 다섯째는 중병(重病)을 앓고 있거나 지병(持病)이 있는 경우 시골생활에 대한 우려를 하는데 대형병원은 아니더라도 시골도 개인 종합병원 등 의료혜택에 큰 문제가 없다. 그 밖에 자동차 기름값, 일반주택은 유지 관리 보수비, 난방비가 더 들긴 하지만 도시에서 생활하는 생활비에 비하면 큰돈 아니다.

맞추어서 살면 된다. 살다 보면 요령이 생겨 절약하는 방법을 알게 된다. 이 몇몇 단점들, 많은 '장점들로 보상(報償)이 된다.'라는 것이다. 겁내지 마라. 단언컨대 노년에 시골생활은 분명 도시생활보다 훨씬 낫다. 그런데 여기에 '배우자와 함께라면 좋지만, 혼자라면 더 좋다'라는 말로 끝을 맺는다.

7. 만남과 헤어짐
- 사랑의 만남과 이별을 중심으로

만남이란 말 그대로 '만나는 일'이며, 유의어에 교제, 미팅, 일면 (一面:모르는 사람을 처음 만남)이고 '랑데부'는 원래는 불어로, 특정한 시간을 정(定)해 하는 밀회(密會:남몰래 모이거나 만남)로 특히 '남녀 간의 만남'을 말하며, 요새는 번개팅(사전 약속 없는 채 즉석에서 사람들끼리 만남)이라는 말도 많이 쓰인다. 그 외, 조우(遭遇)는 '우연히 서로 만남(조봉:遭逢)'이고, 재회(再會)는 '다시 만남, 두 번째 만남'이고, 상봉(相逢)은 '서로 만남'이며, 그리고 해후(邂逅)는 '오랫동안 헤어졌다가 우연히, 뜻밖의 만남'을 의미한다.

헤어짐이란 '모여 있던 사람들이 따로따로 흩어지다', '사귐이나 맺은 정(情)을 끊고 갈라서다'의 의미이며, 유의어는 '갈라서다, 돌아서다, 등지다'가 있고, 이별은 '서로 갈리어 떨어짐'으로 유의어에 결별(訣別:기약 없는 작별, 관계를 완전히 끊음), 고별(告別:작별을 알림), 별리(別離:이별), 송별(送別:떠나는 사람을 작별하여 보냄)이 있으며, 그리고 이별 중 가장 가슴 아픈, 생이별(生離別:살아 있는 혈육이나 부부간에 어쩔 수 없는 사정으로 헤어짐)이 있다. 그렇다면 우리가 자주 쓰는 '이별과 작별(作別)'의 차이는 무엇인가? 이별은 인사와 무관한, 그냥 '헤어지는 그 자체'이고, 작별은 헤어지기 전 '나누는 인사', 혹은 '인사를 나누고 헤어지는 일련(一連:하나로 이어지는)의 행위'들을 말하는 것이다. 그러므로 '작별 인사'는 있어도 '이별 인사'라는 말은 쓰이지 않으며, '헤어짐'은 '이별과 작별을 아우르는 말'인 셈이다. 사자성어 거자필반(去者必返)이란 불가(佛家)에서 말하는 것으로 '떠난 사람은 반드시 돌아오게 된다.'라는 의미로, '만남과 이별이 반복'되는 세상의 이치를 들어 헤어짐에 대한 '아쉬움'을 달래는 말이며, 회자정리(會者定離)도 불가에서 말하는 것으로 사람은 '누구나 만나면 헤어지기 마련이다.'라는 의미로 '인생무상(人生無常: 인생의 덧없음)' 함을 의미하는 말이며, '생자필멸(生者必滅:생명이 있는 것은 반드시 죽음)의 이치(理致)'를 말하기도 한다. 헤어지거나, 이별할 때 '마음(을) 정리하다'라는 말을 하는데, 이는 '연인과 헤어진 후 이별의 아픔을 잊거나', '큰일을 겪은 후 그 일에 대해 덤덤해지다[감정의 동요 없이 예사(例事)롭다(늘 가지고 있는 태도와 다른 것이 없다).]'라는 의미이다. 본래 인간관계에서 이별이 존재하지만, 요즘 더러는 '애완동물의 죽음'으로 인한 이별이 '한동안 슬픔의 한 축(일정한 특성에 따라 나누어지는 부류)'을 차지하기도 한다. 내 경험으로도 14년 동안 함께 해왔던 강아지 포메라니안 '슬이'와의 작년 5월경 이별은 지금도 가슴을 아리게 한다. 혼자인 내게, 잘 때 가슴에 온기(溫氣)를 준 반려(伴侶)견이었다.

만남과 이별의 시작, 첫 단추이자 물꼬(어떤 일의 시작을 비유적으로 말함), 물줄기가 시작되는 곳은 '인연'이다. 그렇다면 인연(因緣)

이란 무엇인가? 인연이란 '사람과 사람 사이의 연분', 또는 '사람이 상황이나 일, 사물과 맺어지는 관계'로 '인연이 있으면, 또 만나겠지, 잘 지내', '우연한 인연으로 이런 직업을 갖게 되었다'로 표현한다. 그리고 '인연이 없다'라는 말은 '관계가 적거나, 전혀 없다시피 하다'라는 말이다. 인연의 대표적 사자성어에 거자불추(去者不追:가는 사람 잡지 마라), 내자불거(來者不拒:오는 사람 뿌리치지 마라)가 있다. 본래 인연이란, 각자의 삶에서 가장 필요할 때 나타나게 되는 법이다. 기회는 자주 오지 않는 법이어서, 그 기회를 잡아 행운으로 바꾸는 것은 나 자신에게 달린 것이다. 영문학자, 수필가이신 피천득 교수님의 대표작 '인연'에서 '그리워하는데도 한 번도 못 만나게 되기도 하고, 일생 동안 못 잊으면서도 아니 살기도 하며, 간다, 간다 하기에 가라 해놓고, 가나 안 가나 문틈 사이로 내다보니 눈물이 앞을 가려 보이지 않는다.' 그리고 '당신과 한때의 소중한 인연, 가슴속에 새기고 추억만을 간직한 채 살아간다.'라고 나온다.

우리가 한평생을 살아가면서 수많은 인연 중에서 가장 아름다운 것은 '사랑하는 사람을 만나는 것'이고, 가장 슬픈 일은 '사랑하는 사람과의 이별'이다. 그것은 연인이나 가족 간, 특히 부부간인데, 완전히 남남이 되는 것은 말할 것도 없고, 또한 마음이 멀어지는 것도 포함해야 할 것 같다. 왜냐하면 본래 사람이란, 몸이 멀어지면 마음도 멀어지고, 마음이 멀어지면 몸도 멀어지기 때문인데, 원래 몸이 멀어지는 것보다는, 마음이 멀어지는 것이 인연의 관계에서 위태롭고 위험한 법이다. 여기서 주목할 만한 것은 마음이 멀어지면 돌아오기 쉽지 않을뿐더러, 아예 불가능하기까지 한 법이다. 그러므로 원래는 만남이 있기에 이별이 있다 하지만, 이 순서가 바뀐다면 어떨까? 아픔이나 상처도 남지 않아 더할 나위 없이 바람직한 일이겠지만, 그저 안타깝고 가슴 아픔에 희망 사항일 뿐이지 세상 이치를 거스르는 가당(可當)치 않은 일이기도 하다.

유대인의 생활 규범인 '탈무드'에서 사랑을 "세상에는 열두 가지의 강(强)한 것이 있는데, 돌이 강하지만 돌은 쇠에 의해 깎이고, 쇠는 불에 녹는다. 불은 물에 의해 꺼지고, 물은 구름 속에 흡수되어 버린다. 구름은 바람에 의해 날아가지만, 인간을 날려 버리지는 못한다. 그 인간도 공포에 따라 비참하게 일그러지고 만다. 공포는 술에 의해 제거 되지만, 술은 잠을 자고 나면 깨게 된다. 그런데 그 수면도 죽음보다는 강하지 못하다. 그러나 그 '죽음조차도 사랑을 이기지는 못한다.'"라고 한다. 우리네 일평생에서 가장 소중한 것이 '사랑'이다. 사랑은 인생에서 꽃밭 향기이며 봄날의 따사로운 햇볕이다. 사랑은 인생의 의미와 가치를 부여해 주고, 인생에 희망과 용기를 갖고 살아가게 해줄 뿐만 아니라 힘을 북돋아 주기도 한다. 인간은 사랑의 정(情)이 주는 따스함과 안락함, 그리고 행복감이 있어 괴롭고 힘든 삶도 이겨낼 수가 있는 것이다. 수필가 이석기 님은 '사랑은 위대한 가치이면서 근본적인 가치이며 영원한 가치이다.'라고 말하고, 프랑스 낭만파 시인, 작가 빅토르 위고는 '우주를 한 사람으로 축소시키고, 그 사람을 신(神)으로 확대시키는 것이 사랑이다.'라고 말했으며, 미국 작가 카렌 선드는 '사랑하는 것은 천국을 살짝 엿보는 것이다.'라는 말들로 사랑을 예찬(禮讚:무엇이 훌륭하거나 좋거나 아름답다고 찬양함)했다.

이런 고귀(高貴)하고 소중한 사랑을, 사춘기가 시작될 무렵, 이성에 눈을 뜨게 되는 순간에 맞이하게 되는 경우가 더러 있다. 그러고는 어느 날인가 사랑을 만나게 된다. 서로는 아직은 사랑이라는 진정한 의미도 모른 채 사랑에 빠진다. 특히 평소 주위 사람들에게 따뜻한 사랑과 정을 받지 못한 사람들은 이성의 사랑에 더욱, 그리고 쉽게 빠지게 되는 것이다. 서로는 실제 미래에 있지 않으면서도 미래 속에 있으며, 복잡하고 구차한 현실은 결코 의미도 부여하지 않은 채. 그저 같이 있을 수 있다는 것만으로 만족할 뿐이며 유일한 행복으로, 헤어진다는 것은 상상도 할 수 없다. 세월이 얼마간 지나 가정을 이루고 자식들과 어려운 살림을 이어나가며 사랑 때문에 못 했던 일들을 하나씩 해나간다. 주경야독(晝耕夜讀)하는 것이 오히려 힘들지 않고 보람되어 성과(成果:이루어진 결과)도 성큼성큼 큰 걸음으로 나아가게 된다. 오로지 일념(一念:한결같은 마음, 한 가지 생각)은 생활의 기반을 다지고 학창 시절 목표한 꿈을 이루는 것이다. 그런데 학업을 늦게 하다 보니 생활전선에서 때로는 인신공격(人身攻擊:남의 신상에 관한 일들을 들어 비난함)을 당하기도 하지만, 오히려 그것이 더 굳건한 힘이 되어 주기도 하고, 목표 의식이 더욱 또렷해진다. '정신일도(精神一到:정신을 한곳에 모으면) 하면 하사불성(何事不成:어떤 일이든 이루지 못할 것이 없다)'이라는 말이 있지 않은가? 이제 세월이 한참 지나 살림도 견고(堅固)하게 다지게 되고, 학창 시절 소홀했던 공부도 목표지점까지 도달하게 된다. 그러고는 사회적 위치나 명예까지도 얻게 되어, 지난날 겪었던 삶의 우여곡절(迂餘曲折:뒤얽혀 복잡한 사정)들은 비록 힘들었지만, 이제는 추억이고 후일담(後日譚)이 된다. 그런데 세상일이 '호사다마(好事多魔)'라 했던가? 살 만하니 문제가 생기게 된다. 지난날 서로 사랑하고 고생고생하여 모든 걸 이룩해 놓았지만, 이런저런 일들로 서서히 지난날의 애틋하고 소중했던 사랑의 감정은 서서히 퇴색되어 가고, 정(情)마저 멀어지다 보니 사소한 것도 마찰이 심하게 되고, 한쪽에서 언어폭력은 다반사(茶飯事:일상의 일)가 되어, 수습 불가능하게 되는 지경까지 이르게 되다 보니, 다른 한쪽은 인내심에 한계를 느끼게 된다. 이제 이 정도가 되었으니, 지난날의 소중했던 시절, 그리고 자식들을 생각해서라도 파국(破局:일이나 사태가 결단이 남)에 이르지는 못하더라도. 서로 마음은 떠났으니 떠나보내야 할, 마음으로나마 이별할 때가 된 것이다. 예전에 세계적 브랜드(brand)인 '코카콜라'와 대적하겠다고 해놓고는 오래가지는 못했지만, 지금은 찾아볼 수 없는 우리나라 '815 콜라 독립'이라는 브랜드처럼 '독립의 길'을 나서야 하는 시점이다. 그러나 독립과는 별도로 소중하고 고귀하고 숭고하기까지 했던 지난날의 사랑만은 결코 잊지 않고, 마음속에 이 생명 다할 때까지 지니고 있어야 한다. 누군가 말하지 않았던가? 인간은 추억을 먹고 산다고. 본래(本來:처음이나 근본부터) 부부란 '둘이 있어 불편함보다는 혼자의 외로움이 훨씬 나은 법'이다. 자식들, 손주들 생각해서라도 나 혼자만 참고 견디면 가족들 모두 편안한 법, 그 때문에 얼마든지 그럴 만한 가치가 있다. '외로움 정도는 얼마든지 감내(堪耐:어려움을 참고 견딤)할 수 있어야 한다.'라는 것이다. '너무 이른 철없는 나이의 결혼은 저 자신의 재난(災難)이다.' 세계적 대문호 영국의 극작가 윌리엄 셰익스피어의 말로, '조혼(早婚)은 고난과 역경을 겪어야 하며, 특히 노년(老年)도 결코 희망적이지 못하다'라는 말인 것 같다.

우리네 삶은 만남과 이별의 연속이다. 그리고 세상은 만남과 이별의 정거장이기도 하다. 어떤 인연은 금방 헤어질 것처럼 다가오기도 하고, 때로는 영원할 것 같이 마음속 깊은 곳에 자리 잡아, 우리의 삶의 빛이 되기도 한다. 모든 만남이 영원한 것은 아니다. 결국 이별을 전제(前提)로 한 만남이다. 만남은 이별을 예고하지만, 그렇다 해도 이별은 아픔과 슬픔의 그림자를 남긴다. 모든 만남과 이별은 삶이라는 퍼즐(puzzle)로, 그 조각들이 하나둘 맞춰져 우리의 인생이라는 큰 그림, 하나의 완성된 그림이 된다. 모든 만남과 이별이 애환(哀歡:슬픔과 기쁨)이 되어 우리의 성장 동력으로 작용하여 더 나은 강인(強忍)한 사람이 되게도 한다. 무엇보다도 좋은 만남도 중요하지만, 좋은 이별이 더 중요한 것이다. 그리고 어차피 헤어져야 할 사람은 미련(未練)을 두어서는 안 된다. 그러나 사랑의 이별만은 굳게 마음먹어도 그렇게 쉽지는 않다. 아무튼 인연의 종착역에 서 있는 이별은 안타깝고, 아프고, 슬프다. 그런데 작별 인사도 제대로 하지 못한 '사랑의 이별'은 더더욱 그러하다. 그러나 그동안의 무거운 짐을 벗고, 힘을 내, 혼자만의 삶을 꾸려나가야 한다. 어차피 우리의 삶의 종국(終局:끝판)은 혼자 남을 수밖에 없다. 이별이라는 환승역에서 갈아타 '혼자만의 행복'을 위해 '독립된 인생'이라는 목적지를 향해 생명이 다하는 날까지 힘차게 달려가야 한다. 이것을 우리의 진정한 인생의 최종 목표로 삼고 미리미리(충분한 여유가 있게) 주도면밀(周到綿密)한 나만의 계획을 세워 하나씩 준비하고 추진해 가야 하며, 가끔은 '홀로되는 연습'도 필요한 것이다.

8. 반성(反省)과 후회(後悔)

반성(self-reflection)이란 '자신의 언행(言行)에 대하여 잘못이나 부족함이 없었는지 돌이켜봄'의 의미이며 유의어에는 각성(覺醒:자기 잘못을 깨달음), 뉘우침, 성찰(省察:자기 마음을 반성하고 살핌)이 있다. 후회(regret)란 '이전의 잘못을 깨우치고 뉘우침'의 의미이며 유의어에는 감회(憾悔:한탄하고 뉘우침), 회한(悔恨:뉘우치고 한탄함), 뉘우침, 반성이 있다. 그런데 후회와 미련(未練:깨끗이 잊지 못하고 끌리는 데가 남아 있는 마음)은 같으면서도 다르다. 같은 점은 '살아가다가 되돌아보는 순간이다.' 그러나 다른 점은 '후회는 아직 기회가 남아 있기도 하여 마음을 가다듬고 다시 나아갈 수 있는 상태'이지만, '미련은 과거에 남아 머물러 있어서 마음을 가다듬을 의지도 앞으로 나아갈 의지도 없이 그저 과거의 어느 시점에 머문 채 모든 것을 멈추고 가슴 아파할 뿐'이다.

그렇다면 반성과 후회는 같은 것도 같고, 다른 것도 같은데 차이는 무엇인가? 사람들은 보통 '반성은 하더라도 후회는 하지 말자'라고 종종 말한다. 이 말을 곰곰이 생각해 보면 '반성은 해도 후회는 해서는 안 되는, 내 인생에서는 후회는 없어야 한다.'라는 말로 들린다. 어찌 보면 맞는 말이다. 여기서 '법륜스님의 말씀'이 그 '답(答)'을 주시는 것 같다. "후회란 미련을 갖는 것으로 최선을 다하고 결과를 기꺼이 받아들이면 후회는 없는 것이다. 그런데 후회 한다는 것은 내 잘못을 용서 못 한다는 것으로 '나는 잘못을 할 수 없는데 잘못했구나' 하며 자책(自責)하며 자신의 오만(午慢)한 마음가짐이지만, 반면 반성은 잘못을 뉘우치며 '아! 내가 그랬지. 다음에는 그렇게 하지 말고 이렇게 해야지'하고 마음속에서 훌훌 털어버리는 것이다." 한마디로 우리가 한 지난 일들은 무심코 하든 의도적이든 결과가 좋다면 두말할 나위가 없지만, 결과가 좋지 않다면 '내가 한 일이니, 결과에 만족하고 감수(甘受:책망이나 고통 따위를 달게 받음)해야지' 하는 마음으로 다음에는 '과거의 경험을 교훈으로 삼아야 하겠다.'라는 마음가짐만으로도 충분할 것 같다. 그러니 반성도, 후회도, 좋고, 나쁘고를 따지지 말자는 것으로, 두 경우 다 '미래 지향(指向)적이면 된다.'라는 것이다.

인간이 한세상을 살아가면서 반성이나 후회를 하지 않고 살아갈 수는 없다. 그런데 더러는 후회는 해도 반성은 결코 하지 않는, 심하게 말하면 반성은 결코 용납(容納)하지 않는 사람들도 있다. 자신이 한 일이나 판단은 모두 옳고, 이현령비현령(耳懸鈴鼻懸鈴:귀에 걸면 귀걸이 코에 걸면 코걸이)식 합리화(合理化)에 급급(岌岌)해하는 이도 있는 것이다. 불행하게도 이런 사람을 배우자로 만나게 되면 평생 속 터지고, 마음고생하고 살아야 한다. 절대 벗어나지 못한다. 이럴 때 우리는 명사(名士)들의 명언(名言)들이 훌륭한 가르침으로 다가오게 된다. 명사들의 명언들은 안락함에서 벗어나 성장하도록 동기부여를 하기도 하며, 우리가 불행과 어려움을 겪는 것은 자연스러운 일이라는 것을 상기시켜 주며, 우리에게 삶의 지혜와 영감을 주어 지침으로 삼아 보다 더 '풍요로운 삶의 여정'을 만들게 해준다. 특히 우리의 일상에서 남녀노소, 빈부귀천을 떠나 반성과 후회의 명언들은 모든 사람에게 더더욱 그러하다. 그러니 우리 모두의 좌우지명(座右之銘:자리 오른쪽의 새김이라는 의미로, 늘 옆에 갖추어 놓고 반성의 재료로 삼는 격으로 보통은 '좌우명'이라고 한다)으로 삼아야 하겠다.

먼저 '반성'의 명언으로는 '반성하는 자가 서있는 땅은 가장 훌륭한 성자(聖者)가 서 있는 땅보다 거룩하다.' 유대인의 생활 규범인 탈무드에 나오는 말이고, '반성하지 않는 삶은 살 가치가 없다.' 고대 그리스 철학자 소크라테스의 말이며, '가장 큰 잘못은 아무 잘못도 인식하지 못하는 것이라고 본다.' 영국의 비평가, 역사가 토머스 칼라일의 말이다. 그리고 '어진 사람을 보면 그와 같이 되기를 생각하고, 어질지 않은 사람을 보면 속으로 스스로 반성하라.' 공자님의 말씀이고, 이와 비슷한 '당신이 훌륭한 사람을 만났을 때는 그 훌륭한 덕(德)을 자기 자신도 가지고 있는가 생각해 보라. 그리고 나쁜 사람을 만났을 때는 그 나쁜 사람의 죄가 자기에게도 있지 않은지 돌아보라.'라는 풍자와 해학의 작가 스페인의 미겔 데 세르반테스의 말이다. 그리고 우리 속담에 '재를 털어내야 숯불이 더 빛난다.'라는 말은 '자기를 반성하고 자기의 약점과 허물을 없애버려야 자신을 더 빛낼 수 있다'라는 말이다. 새겨들어야 할 명언이다.

다음으로 후회의 명언으로는 '이미 끝나버린 것을 후회하기보다는 하고 싶었던 일을 하지 못한 것을 후회하라.' 탈무드에 나오는 말이고, '후회를 지혜롭게 이용하라. 깊이 후회한다는 것은 새로운 삶을 산다는 것이다.' 미국의 사상가, 시인 헨리 데이비드 소로의 말이며, '과거에 했던 일에 대한 후회는 시간이 지나면 잊힐 수 있다. 하지만 하지 않은 일에 대한 후회는 위안받을 길이 없다.' 미국의 저널리스트 시드니 J. 해리스의 말이다. 그런데 후회의 명언에는 '절대로 후회하지 마라. 인생은 오늘의 나 안에 있고 내일은 스스로 만드는 것이다.' 미국 작가 L. 론 허바드의 말이고, '절대 후회하지 마라. 좋았다면 추억이고 나빴다면 경험이다.' 미국의 저술가, 저널리스트 캐롤 터킹턴의 말이며, '내일에 아무런 도움이 되지 않는다면 당신의 과거는 쫓아버려라.' 현대의학의 아버지로 캐나다 의사 윌리엄 오슬러의 말도 있다.

마지막으로 나라마다의 속담을 보자. 영어속담에 '후회는 나중에 오는 법이다.(Regret comes later.)'와 '엎질러진 우유(물) 울어봤자 소용없다.(There is no use crying spilt milk.)'는 이탈리아의 속담 '배가 가라앉은 다음에야 배를 구할 방법을 알게 된다.'와 유럽의 목축(牧畜)문화권에서는 '말 잃고 마구간을 고친다.'와 '양 잃고 우리를 고친다.'로 농경(農耕)문화인 우리나라의 '소 잃고 외양간 고친다.'라는 말로, 모두 '후회하기 전에 미리 예방하라.'라는 의미이다. 그런데 조금 말을 비틀어 말할 때 '소는 잃어도 외양간은 고쳐야 한다.'라는 말이 있다. 이는 '잘못된 일이 벌어졌다고 방치(放置:그대로 내버려둠)하면 반복될 수 있다.'라는 역설(逆說:모순되고 불합리하여 진리에 반대하고 있는 듯 하나 실질적으로는 진리인 말)적 의미이다. 그 밖에 흔히 쓰이는 말로 사후약방문[死後藥方文:죽은 뒤에 약방문(오늘날의 처방전에 해당)]이 있고, 좀 자극적인 말로는 영국 속담에 '죽은 자식 눈 열어보기(Opening the eyes of dead children.)'는 우리말의 '죽은 자식 OO 만지기'에 해당하며, 프랑스 속담에 '계단참에서 생긴(떠오른) 생각(레스프리 드 레스칼리에)'이라는 관용구는 '상대의 집에서 떠들고 나온 후 계단을 내려가다가 할 말이 생각났다.'라는 표현으로 오늘날 '일을 저지르고 나서 드는 대안(代案)이나 후회 등을 뜻하는 말'로 우리도 생활 속에서 이런 경우를 종종 경험할 것이다.

그런데 평생을 살아가면서 정말 '후회해도 소용없는, 결코 돌이킬 수 없는' 세 가지가 있다. 첫 번째가 '학창 시절 공부 좀 열심히 할걸', 두 번째가 '부모님 살아생전 효도 좀 할걸', 마지막으로 결혼 후 '배우자 선택 좀 더 신중할걸', 또는 '부모 형제 반대하는 결혼, 하지 말 걸'인데, 다른 무엇보다도 이 세 가지 경우만은 '후회하지 않는 삶을 살아가는 지혜'가 '모든 이들에게 절실(切實)하다.' 한 인간의 평생 행복 중 가장 으뜸은 가정의 화목(和睦:서로 뜻이 맞고 정다움), 특히 부부간 화합(和合), 금슬(琴瑟) 좋은 것으로, 노년의 삶은 전부(全部)라고 해도 과언(過言)이 아니다. '한때 자신을 미소 짓게 만들었던 것에 절대 후회하지 마라.(Never regret something that once made you smile.)' 미국 작가 엠버 데커스의 말이다. 지난날을 잘 돌이켜 생각해 보아라. 지금이야 불화로 '보기 싫어 죽겠어'도 그 옛날 사랑하던 시절 '보고 싶어 죽겠을 때'가 잊지 않았던가? 서로 사랑을 주고받았을 당시는 만나면 즐겁고 행복하지 않았던가? 오랜만에 만날 날을 기다릴 때는 만날 생각만으로도 '입가에 미소'가 지어지지 않았던가? 기반을 잡기 전 어려운 살림에도 어린 자식들과 함께 행복한 시절, 웃음 꽃 피던 시절이 있지 않았던가? 그때를 회상하며 결혼생활을 파국으로 몰아가서는 안 된다. 특히 자식들이 어리거나 장성(長成)하게 되어도 부부의 불화로 말미암은 문제는 직접 자식들에게 피해가 가게 되는 것은 자명(自明)한 일이다. 지난날의 아름답고 행복했던 추억을 벗 삼아 견뎌라. 후회하지 마라. 단, 한 가지만 생각하라. '나 하나만 참으면 우리 가족 모두 다 행복하다.' 아들, 딸, 며느리, 사위, 그리고 금쪽같은 손주들. 이 얼마나 가성비(價性比) 있는 일이고, 그 어느 것과도 견줄 만한 것은 없지 않은가?

9. 비감(悲感)과 우울(憂鬱)감

비감(悲:슬플 비 感:느낄 감)의 사전적 의미는 '처량하고 슬픈 느낌', '그런 느낌이 있음'으로 유의어에는 비애(悲哀:슬픔과 설움), 슬픔, 애감(哀感), 추연(惆然:처량하고 슬픔)이 있다. 동사(動詞:사물의 동작이나 작용을 나타내는 품사)로 '비감하다'는 '뭉클하다, 서럽다, 슬프다'이다. 우울감(憂:근심할 우, 鬱:막힐, 우거질 울, 感:느낄 감)은 '마음이 답답하거나 근심스러워 활기(活氣:활발한 기운)가 없는 감정'으로, 반의어가 명랑(明朗:밝고 환함)이다. 심리학에서 우울은 '반성과 공상이 따르는 가벼운 슬픔'으로 유의어에는 그림자, 울결(鬱結:가슴이 답답하게 막힘)이 있다. 특히 병적 증상인 우울장애(憂鬱障碍)에는 지속되는 우울감, 죄책감, 절망감, 무기력감, 무가치감, 흥미나 쾌락의 현저한 저하, 수면 및 식욕이상 따위를 특징으로 하는 일종의 정신적 장애로 오늘날 남녀노소를 불문하고 누구나 올 수 있고 나을 수 있지만, 나아도 언제든지 재발(再發:다시 생겨나거나 발생함)할 수도 있는 마치 감기와 같지만, 심한 경우는 매우 위험하고 때로는 치명적(致命的)일 수도 있는 병(炳)이다.

인간이 살아가면서 즐겁고, 기쁘고, 행복한 일만 일어난다면 얼마나 좋을까만은 슬프고 안타까운 일들이 일어나게 된다. 어찌 보면 이

것이 우리네 삶이고 불가항력(不可抗力:인간의 힘으로 어찌할 수 없음)적일 수도 있다. 단지 '슬프다'라는 표현보다 좀 더 성숙한 표현으로 자신의 감정을 나타내는 표현에는, 애수(哀愁:가슴에 스며드는 슬픈 근심), 애상(哀想:슬픈 생각), 비애(悲哀:슬픔과 설움), 그리고 비감이다. 상황별로 보면 애수는 마음을 서글프게 만드는 슬픈 시름(마음에 걸려 풀리지 않고 항상 남아있는 근심과 걱정)으로 노래나 문학작품(예, 애수의 소야곡)에서 주로 발견되고, 애상은 '죽은 사람을 떠올리며 슬퍼하거나, 슬퍼하고 가슴 아파함'으로 시간에 연관(누군가를 잃었을 때 마음이 아픈 것은 대상과 함께 보낸 즐겁고 행복한 시간에 연관되기 때문)되는 경우가 많고, 비애는 주로 작품에 숨겨진 뜻을 설명(영화인 나운규의 '아리랑'은 일제 강점기의 '항일 정신과 비애'를 형상화한 작품)할 때 쓰인다. 그리고 비감은 바로 슬픈 느낌[그는 아내의 무덤 앞에 과거 아내와의 행복했던 시절을 회상하며 '비감에 젖어' 비통(悲慟:슬퍼하여 울부짖음)해했다]이다.

비감에 젖기에 충분한 노래의 대표 격이 한명희 작사, 장일남 작곡 가곡 '비목(碑木)'이다. 특히 노년에 홀로 살면서 밤에 이 노래를 들으면 가사(歌詞)도 가사이지만 곡(曲), 멜로디만으로도 자신의 처지(處地:처하여 있는 사정이나 형편)와 맞물려 비감(쓸쓸하고 처량하며 서글픈 마음)이 들어 하염없이 눈물이 흐르게 된다. 그리고 가사의 고난(苦難)스러운 배경이나 단조(短調:단음계로 된 곡조)에서 느껴지는 고독·우수(憂愁:근심, 걱정) 등의 감정이 공감을 일으켜, 꼭 자신의 이야기인 양 들려온다. 그런데 노년에는 비감이 드는 횟수가 잦으면 우울감으로 발전되기도 한다. 그리고 천명(天命:타고난 수명)이 다해 죽음을 맞기 이전 몇 년 전부터 비감이 드는 것이 일반적인 현상이라고 한다. 우울증, 즉 우울장애는 의욕(意慾:하고자 하는 적극적인 마음이나 욕망) 저하와 우울감을 주요 증상으로 하여 다양한 인지(認知:어떤 사실을 인정해서 앎) 및 정신적·신체적 증상을 일으켜 일상 기능의 저하를 가져오는 병적 증상이다. 우울증은 감정이나 생각, 그리고 신체 상태나 행동 등에 변화를 일으키는, 가볍게 넘겨서는 안 되는 중병(重病:심각한, 죽음에 이를 수도 있는 병)으로 전개될 수도 있다. 이는 한 개인의 삶에 영향을 주며, 일시적인 우울감은 사람마다 가끔씩 느낄 수도 있지만, 그것이 매일, 장기간 느끼게 된다면, 단순히 마음이 약해서가 아니어서 자신의 의지로 없앨 수 있는 것이 결코 아니다. 그러므로 전문가를 찾아 상담 및 치료를 받아야만 호전되고, 정상적인 생활을 할 수 있다. 통계자료에 따르면 서구권에서는 평생 유병률(有病率)이 10.1%~16.6%로 높은 수준을 보이는 반면, 우리나라나 비서구권 나라에서는 5%~6.7% 비교적 낮은 수준의 유병률을 보인다고 한다.

우울증에 대한 원인은 무엇인가? 우울증은 생각의 내용, 사고 과정, 동기, 의욕, 관심, 행동, 수면, 신체활동 등 전반적인 정신 기능이 지속해서 저하되어 일상생활에 악(惡)영향을 미치는 상태로, 의학 전문가들에 의하면 우울증은 첫째가 생물학적 원인(갑상선 호르몬 등 신경전달 물질 이상), 둘째 신체적 원인(갑상선 질환, 내분비 질환), 셋째 심리적 원인(낮은 자존감, 의존적이나 소심한 성격, 완벽주의

자) 넷째 일부 유전적 원인(가족력), 마지막으로 정신적 충격 원인(이혼, 사별 등)이나 사회적 원인(부정적인 사건, 사고) 등이다. 더러는 젊은 시기, 특히 사춘기에 나타나기도 하지만, 대개는 노년기에 나타나며, 통계에 의하면 고령자 6명 중에서 1명에게 나타나는 현상이라고 한다. 특히 노인 우울증은 빈곤이나 소득감소, 배우자의 죽음으로 상실감, 만성질환의 악화, 점진적인 독립심 상실, 그리고 사회적 고립으로 말미암은 고독감이 원인이다.

우울증의 증상은 어떠한가? 정상적인 사람들도 가끔은 우울한 기분이 드는 경우가 있다. 특히 사춘기 시절은 누구나가 느꼈던 경험이 있을 것이다. 특히 비 오는 날에는 우산도 쓰지 않은 채 비를 흠뻑 맞으며 하염없이 길을 걸었던 기억이 있을 것이다. 그런 경우 우울 끝에서 카타르시스[catharsis:마음의 정화(淨化)]를 느끼기도 한다. 이런 일시적인 현상이 아니라 병적 우울증의 특징은 의학 전문가들의 말을 빌리자면, 첫째 우울증이 2주 이상 오래간다. 둘째 식욕과 수면 그리고 체중 문제(너무 많거나 적음)가 심각하다. 셋째 스스로 우울증으로 인한 정신적 고통(초조하고 불안함)과 신체적 이상(피곤하거나 에너지 감소)이 일어난다. 넷째 사회적, 직업적 역할 수행에 심각한 지장이 있다.(학생이 공부할 수 없을 정도, 가정주부가 살림을 전혀 못 할 경우, 관심 및 흥미가 없음, 집중력저하, 우유부단함) 다섯째 드물게는 정신병적 증상인 환각[幻覺:감각기관을 자극하는 외부 자극이 없는 데도 있는 것처럼 지각함: 환시(視), 환청(聽), 환후(嗅), 환미(味)]이나 망상(妄想:이치에 어그러진 생각)이 동반된다. 마지막으로 중증인 경우 반복적인 극단적 선택(자살) 시도 등이 있다.

우울증의 치료책은 무엇인가? 당연히 전문 의사와 상담으로 약물 치료와 정신 치료(심리요법)가 있다. 특히 주된 치료는 약물치료인데 항우울제는 대부분 비슷한 효능을 보여 약물 투여 2~3주 후에 효과를 보이기 시작하며, 대개 4~6주가 지나면 충분한 효과가 보여 전체 환자의 2/3가 효과가 나타난다고 한다. 그리고 6개월 정도 약물 치료를 계속해야 재발을 막을 수 있다고 한다. 그런데 경험자로 말하고자 한다. 우울증 치료 약은 종류가 수없이 많다고 한다. 환자 본인에게 잘 맞아 치료가 잘 되는 경우가 있지만 문제는 치료 약이 맞지 않아 심각한 부작용을 겪는 경우가 더러는 있는 것이다. 그러면 모든 약을 끊어야 한다. 병원 처방 약을 복용해도 더 심해져 가는 경우를 말하는 것이다. 대체로 우울증의 사이클(cycle:주기)은 처음은 불면으로 시작해 중간단계에 이르면 거식증(拒食症:먹는 것을 거부하거나 두려워하는 병적 증상)이 오고, 심하면 음식물을 보면 구역질이 나오기까지 하며, 안절부절, 한자리에 있지 못하고 우왕좌왕하거나 주변을 배회해야 조금은 편하게 되며, 마지막 단계에 이르면 삶을 포기하고 싶은 생각이 들고, 실제로 행동에 옮기기까지 하게 된다. 사실 발단의 시작은 잠을 자지 못한 데서부터이다. 수면유도제부터 항우울증 약들 모두 버려버리고 버티어야 한다. 사람은 잠을 자지 않고 버티면 언젠가는 잠이 오게 되어 있다. 길게 잡고 2주 동안만 버텨보아라. 서서히 잠이 오기 시작하고 우울증도 서서히 차도(差度:병이 점점 나아져 가는 정도)를 보이게 될 것이다. 굳은 의지 그리고 독한 마음을 가져야 한다. 단, 한 가지 병행할 것은 영양 섭취는 충분히, 게을리해서는 안 된다. 특히 충분한 수분 섭취는 필수라는 것을 명심해야 한다. 그래야만 체내의 약 성분이 소변으로 배출되는 것이다.

끝으로 우울증의 예방법은 무엇인가? 사실 의학 전문가들도 '입증된 예방법은 없다'라고 한다. '스트레스 조절', '위기의 순간에 가족들이나 친구들과의 돈독(敦篤:서로의 사랑이 깊고 성실함)한 관계', '취미활동, 운동, 신앙생활' 그리고 무엇보다도 '자신의 마음을 잘 다스릴 줄 알아야 한다.' 한마디로 밥 잘 먹고, 물 잘 마셔야 하듯 '마음을 잘 먹어야 하는 생활의 지혜'가 필요하다. 오늘날 남녀노소(男女老少) 모두에게 필요하지만, 특히 노년의 삶은 더더욱 그렇다.

10. 섭생(攝生)과 건강(健康)

섭생의 사전적 정의는 '병에 걸리지 아니하도록 건강관리를 잘하여 오래 살기를 꾀함'인데, 그러기 위해서는 무엇보다도 '음식물을 편식하지 않고 고루고루 섭취하는 것을 말한다.'라고 보아야 할 것 같다. 건강에 '약보다 음식이 더 중요하다'라는 것은, 요새는 누구나 다 인정하는 추세가 아닌가? 유의어에 섭양(攝養), 양생(養生), 양수(養壽)가 있는데, 양형(養形)이란 '육체를 기르는 양생법 중 하나로, 호흡조절이나 운동을 말하며, 섭생으로 몸과 마음을 증진(增進:기운이나 세력 따위가 점점 커져 나아가게 함)한다'라는 의미이다.

기원전 430~420년 그리스 의학의 아버지이자 의성(醫聖)이라고 불리는 히포크라테스가 쓴 의술(醫術)에 관한 '히포크라테스 전집(全集:한데 모아서 한 질로 펴낸 책)' 속의 대표적 저작(著作:책을 지어냄)에서 '약물을 사용하는 인공적인 치료보다는 음식, 운동을 통한 섭생에 따라 자연적으로 치유할 것을 권고'하고 있고, 중국 명나라 때 고염이라는 사람이 쓴 '준생팔전(遵生八牋)'은 도가(道家)와 석가모니의 설(說:말씀)을 취(取)한 심신 수양법, 섭생법, 건강법, 음식물, 화초, 약제 처방 따위에 관하여 기술(記述:있는 그대로 열거하거나 기록하여 서술함)된 책이다. 영어단어로는 regimen(식이요법, 양생법),

diet, dietary(식습관, 규정식, 다이어트), orthobiosis[정상생활, 섭생(생활)]이다.

그러면 편식(치우칠偏 밥食)이란? '어떤 특정한 음식만을 가려서 즐겨 먹음' 의미로, 유의어는 혹기(惑嗜), 편기(偏嗜:어떤 음식을 유난히 즐김)이고, 반의어는 건담(健啖), 건식(健食:음식을 가리지 않고 많이 잘 먹음)이 있다. 이에 덧붙여 '편식 공부(자신이 좋아하거나 잘하는 것만 공부하는 것)', '취업 편식(특정한 업종을 기피하거나 선호하는 현상)', '이념적 편식(관념, 주의, 믿음 따위를 한쪽으로만 치우쳐 받아들임)', '음식 투정(먹을 때 맛에 대하여 흠을 잡거나 편식하며, 짜증 부리는 것)'이라는 말들이 있다. 영어단어로는 섭생이 balanced diet이니, 그 반대인 unbalanced diet, ill balanced feeding이다.

건강이란 '정신적으로나 육체적으로 아무 탈이 없고 튼튼함, 또는 그런 상태'를 의미하며, 유의어에는 강녕(康寧), 건승(健勝:탈 없이 건강함), 건전(健全:건강하고 병이 없음)이 있고, 반의어는 쇠약(衰弱:몸이 쇠하여 약함), 탈(頃:변고나 사고), 허약(虛弱:힘이나 기운이 없고 약함)이 있다. 영어단어에 '건강'은 health(몸, 마음의 건강, 건전성), fine health(건강), fitness(신체 단련이나 신체적인 건강), wellness[美式에서 건강(함)], well-doing(번영, 건강, 행복)이고, '건강검진'은 checkup, physical (medical) examination, 건강식품은 health food, health diet이다. 건강이라는 것은 '육체적뿐만 아니라 정신적 건강도 중요하다'라는 영어속담으로, 미국의 제3대 대통령 토머스 제퍼슨이 말한 '건강한 육체에 건전한 정신(A sound mind in a sound body)'이 있다. 영어단어 'sound'는 '들리다', '소리(音)'이지만, 형용사로는 '건전한' 의미이다.

중국 춘추시대 철학자 노자(老子)는 '도덕경'에서 우리 인간의 생명(生命:목숨)을 귀생(貴生)과 섭생(攝生)으로 설명했는데, 귀생이란 '자신의 생(生)을 너무 귀하게 여기면 오히려 생을 위태롭게 할 수 있고', 섭생이란 '자신의 생을 적당히 불편하게 억누르면 생이 오히려 더 아름다워질 수 있다'라는 가르침으로, '선섭생자(善攝生者), 이기무사지(以基無死地)'는 '섭생을 잘하는 사람은 죽음의 땅에 들어가지 않는다.'라는 말인데, 오늘날 버전(version:생각이나 견해의 설명)으로 해석하면, '운동이 필요한데도 행여 다칠까 봐 두려워 집안에만 틀어박혀 있고, 자기 입에 맞고, 맛있는 고기반찬만 먹고 채소는 입에도 대지 않으면 오래 살지 못한다.'라는 의미이다. 물론 사람마다 체질(體質:몸의 성질이나 특질, 몸 바탕)은 다른 법이다. 이 또한 유전적인 경우도 다분(多分:그 비율이 어느 정도 많음)히 있다. 체질이 사람마다 제각각 다르므로 적합한 환경, 음식, 활동 등이 다를 수 있어, 맛좋은 고깃국이 모든 이의 입맛을 충족시키고 구미(口味)에 당길 수는 없지만, 이에 불문하고 고루고루 음식을 먹는 섭생법, 균형 잡힌 식단(食單:일정한 기간에 먹을 음식의 종류와 순서를 계획하여 짠 표)은 건강에 중요한 것이다. 섭생을 협의(狹義), 좁은 의미로 볼 때는 '균형 잡힌 식단', '고루고루 음식을 먹는 것'이지만, 광의(廣義), 넓은 의미로 볼 때는 '균형 잡힌 식사[규칙적인 식사, 다양한 영양소 섭취, 식도락(食道樂:여러 가지 음식을 맛보는 것을 즐거움으로 삼음)]', '균형 잡힌 운동(무리한 운동이 아닌 적당한 강도와 다양한 운동)', '균형 잡힌 휴식(스트레스 관리, 충분한 휴식, 적절한 수면)' 등을 드는데, 이러한 접근은 우리의 몸과 마음의 건강을 유지하는 데 중요한 역할을 할 뿐만 아니라 여러 요소가 조화를 이루기도 하는 것인데, 섭생의 습관이 생활이 되고, 생활이 건강이 되어 결국 우리의 '건강을 결정짓는 상호 보완(補完)적이고 상승효과를 낼 수 있는 기반(基盤:기초가 될 만한 바탕)이 된다.'라는 것을 인식(認識:사물을 분별하고 판단하여 앎)해야 한다.

건강이 우리 삶의 가장 중요한 부분 중 하나라는 사실을 부인(否認)할 사람은 아무도 없다. 무엇보다도 건강한 몸과 마음이 우리의 삶을 행복하고 만족스럽게 느끼도록 도와줄 뿐만 아니라 이러한 건강한 삶을 이끌어 가는데 가장 중요한 역할을 하는 것이다. 그런데 우리의 삶에서 이렇게 가치 있고, 소중한 것이 특별한 기술이나 장비, 비싼 돈이 필요하지 않다는 것이다. 그렇다면 무엇이 필요하다는 말인가? 그것은 바로, 마음가짐, 각오와 행동의 실천력이다. 실천[참으로實 실행할踐]이 중요한 까닭은 무엇인가? 아무리 훌륭한 계획을 세워도 실천하지 않으면 아무 소용이 없으며, 자신의 계획대로 실천을 잘하게 되면, 무엇보다도 자신이 자랑스럽고, 뿌듯한 마음이 들기까지 하기 때문이다.

한 사람이 살면서 건강한 삶을 위해서는 섭생(식단 조절)과 운동, 그리고 무엇보다도 마음의 수양 등 두루두루 부단한 노력을 해야만 한다. 이 또한 중요성 못지않게 실천의 필요성을 사자성어나 명사들의 명언들을 통해 배우기로 한다. 먼저 사자성어로, 우리 인간들은 빈부귀천(貧富貴賤)을 떠나 유일한 염원(念願)으로 무병장수(無病長壽:병 없이 건강하게 오래 삶)하고 수복강녕(壽福康寧:오래 살고 복을 누리며 건강하고 평안함) 하려면 상수여수[上壽如水:물처럼 도리(道理:사람이 해야 할 마땅한 길)에 따라 살아감] 해야 하는 것으로, 이는 '마음을 편히 가지라'라는 말로, 마음과 몸은 하나인 까닭에, 적당한 수준에서 욕심을 버리고 살아야 한다는 것이다. 이는 안분지족(安分知足:편안한 마음으로 제 분수를 지키며 만족을 앎)과 같은 의미이다. 우리말에 '약이 보약'이라는 말은 약식동원(藥食同原:약과 음식은 그 근원이 같아 좋은 음식은 약과 같음)이라는 말인데, 생로병사의 근본은 '음식과 식습관에 의한 것'이다. 우리나라 어느 음식점에 '섭생 정식'이라는 메뉴가 있는데, 신선한 해산물 요리 맛집으로, 그 인기가 대단해 '성업(盛業) 중'이라고 한다. 시의(時議)에 적절한 굿 아이디어(good idea) 같다. 그리고 호추부두[戶樞不蠹:문(門)의 위아래 돌쩌귀에는 좀이 슬지 않음]는 '부지런히 일하면 건강에 좋다.'라는 말이며, 수산복해(壽山福海:수명은 산과 같이 높고, 복은 바다만큼 받음) 하려면, 본인이나 자손(子孫)을 위해서라도 '좋은 일 많이 하고, 남 가슴 아프게 하지 말아야 하겠다.' 다음으로 명사들의 명언들로, '쾌락도, 지혜도, 학문도, 그리고 미덕도 건강 없이는 그 빛을 잃고 만다.' 프랑스 사상가 몽테뉴의 말이고, '건강과 지성은 인생의 두 가지 복(福)이다.' 고대 그리스 작가 메난드로스의 말이며, '항상 웃어라. 그것이야말로 돈 안 드는 보약이다.' 영국의 낭만주의 시인 바이런의 말이다. 또한 '재산이란, 건강, 미모, 부의 순이다.' 고대 그리스 철학자 플라톤의 말이고, '식생활로 고칠 수 없는 병은 어떤 요법으로도 고칠 수 없다.' 그리스의 의학자 히포크라테스의 말이며, '오래 살려면 식사를 줄여라.' 미국 건국의 아버지 중 한 사람인 벤저민 프랭클린의 말이다. 특히 마지막 프랭클린 말은 영국의 속어[俗語:통속(通俗)적인 저속한 말]로 '사람은 흉기에 죽지 않고 음식에 살해된다.'라는 말은, 대식단명(大食短命:과식은 건강을 해쳐 명줄을 단축함)과 같은 말이다. 이웃 나라 일본은 대표적 장수(長壽)국가이다. 그 비결(秘訣)은 바로 첫째는 '소식(小食)', 둘째는 '맑고 깨끗한 물과 공기', 마지막으로 '온천욕(溫泉浴)'이라고 하는데, 우리에게 '시사(示唆)하는 바가 크다.' 하겠다.

　'식위천(食爲天)'이라는 말은 '음식이 곧 하늘'이라는 의미이다. 사람이 생명을 유지하는데 첫째가 음식이다. 먼저 음식을 잘못 먹는 것은 과식과 편식이며, 그리고 분별없이 아무거나 먹는 것, 특히 오늘날과 같은 물질문명이 발달하여 풍요로운 미식(美食:맛있는 음식을 먹음)만을 배불리 먹고 마시는 것이다. 그렇다면 음식을 잘 먹는다는 것은 어떤 것인가? 무엇보다도 적당한 양을 고루고루 먹는 섭생이다. 먼저 채식 위주의 식단으로 '하늘로 뻗는 나뭇가지나 풀(잎채소)은 우리 의식을 하늘 높이 날게 하는 것'이다. 지난 과거 어려웠던 시절처럼 고기보다는 고산식물이나 나무 열매, 산이나 들, 논밭에서 길러 자란 과일이나 견과류, 채소 그리고 곡식인 알곡들, 자연의 조화 속에 행복을 만끽하고 자란 식물들을 위주로 먹어야 한다. 이것이 오늘날 중요성이 부각(浮刻:사물의 특징이 두드러지게 나타남)되는 것은, 육식 위주의 식단이 주(主)를 이루고 있기 때문이다. 한마디로 채식을 강조하는 것은 육식이 비만이나 콜레스테롤 증가로 말미암은 고혈압과 같은 동맥경화, 심근경색, 당뇨, 중풍, 통풍 등 혈관 계통의 성인병을 유발하기 때문이다. 그러나 채식만으로 영양 섭취에는 한계가 있어, 성장기에 있는 어린아이나 청소년 그리고 정신노동이나 육체노동을 많이 하는 근로자들, 특히 기력이 쇠약한 노인들에게는 육식이 기피(忌避:꺼리거나 싫어하여 피함)의 대상이 되어서는 안 된다. 한마디로 채식과 육식의 균형 잡힌 식단이 되어야 한다. 한국 가정마다의 식단에는 채소류와 육류뿐만 아니라 해산물(海産物:바다에서 나는 모든 동·식물)과 수산물(水産物:물에서 나는 모든 동·식물로 해산물보다 넓은 의미)도 있다. 해·수산물은 뇌 건강, 간 건강, 골다공증, 변비 등등 여러 가지 면에서 건강에 필수 식품들이기도 하다.

우리 인간의 궁극적 목표는 '행복'이다. 그런데 그 행복의 으뜸 중 으뜸은 '건강'이라는 것을 부인(否認)할 사람은 아무도 없다. 한마디로 '행복의 어머니는 건강이다.' 그리고 '건강을 잃으면 모든 것을 잃는 것이다.' 이런 중차대(重且大)한 건강에 3대 필수 요소로 첫째, 균형과 규칙적인 '섭생 식사', 둘째, 체질과 체력에 맞는 '섭생 운동', 마지막으로 스트레스를 받지 않고, 적절한 휴식과 충분한 수면, '섭생 휴식'이 건강을 위한 가장 실용적이고도 합리적 방법들이다. 더불어 건강의 3대 의사(醫師)라고 칭(稱)하는 것이 '자연, 일광(日光:햇빛), 인내(忍耐:괴로움이나 어려움을 참고 견딤)'이다. '자연과 일광'은 우리의 '육체 건강에 도움'이 되지만, 인내는 근심과 걱정, 그리고 번뇌(煩惱:마음이 괴로움)를 버리고 참고 견디며, 너그러운 마음의 힘은 '건전한 정신의 힘줄'인 셈이다.

끝으로 명언 두 개를 인용하는 것으로 대미(大尾)를 장식하려 한다. "인생에서 '성공과 행복'을 거머쥐려(완전한 소유와 장악)면 '비상한 건강'이 필요하다." 미국 사상가 에머슨의 말이고, '환희(歡喜:즐겁고 기쁨)와 섭생과 안정(安靜:마음이 편안하고 고요함)은 의사(醫師)를 멀리한다.' 미국 시인 롱펠로의 말이다.

11. 여가(餘暇)와 휴식(休息)
– 여가와 휴식을 즐기는 구체적 방법들을 중심으로

　여가 또는 레저(leisure, free time, spare time, by-time)의 사전적 정의는 "직업상의 일이나 필수적인 가사 활동 외에 소비하는 시간으로, 먹고, 자는 것, 일하기, 사업, 수업 출석, 숙제나 집안일 하는 것과 같은 의무적인 시간 전, 후에 남는 '자유시간'을 의미"하며, '짬'이라는 단어는 여유시간의 다른 정도, 정확히 말하자면 '어떤 일을 하던 중에 잠깐 다른 것을 할 수 있도록 내는 시간적 여유'를 말하는 것으로 '짬을 내다'로 쓴다. 그리고 휴식이란 '하던 일을 멈추고 잠깐 쉼'이며, 유의어는 게식(憩息:잠깐 쉬어 숨을 돌림), 게지(憩止), 게휴(憩休)이다. 영어단어에서는 쓰임새마다 각각 다른데, rest[take a rest 휴식을 취하다 (cf.)take the rest 나머지를 취하다], break(coffee break 잠깐 쉬면서 커피 마시는 시간), relaxation(휴식 삼아 하는 일), avocation(여가 활동, 취미, 부업〈-〉vocation 천직, 주 직업), respite(일시적인 중단), blow(구어체에서 휴식), breather(a five-minute breather 5분간 휴식), recess(at recess 휴식 시간에) 등이 있다. 백과사전에 의하면 '올바른 여가를 체험'하려면 세 가지 기준을 만족해야 하는 것으로, '첫째는 체험을 내가 즐길 수 있어야 하고, 둘째는 자발적으로 참여해야 하며, 마지막으로 본질적으로 자기만의 장점으로 동기부여가 되어야 한다.'라고 쓰여 있다. 오스트리아 심리학자 프로이트는 '인생에서 가장 중요한 것은 일과 사랑인데, 한 가지를 더 든다면 놀이이다.'라는 말에서 '놀이'란, 오늘날의 다양한 '여가 활동'을 말하는 듯하다. 여가 활동은 '휴식과 즐거움'을 주어 인간 행복의 원천일 뿐만 아니라 삶의 활력과 정서적 안정감을 주는 등 인간의 삶에 다양한 긍정적인 영향을 미치게 된다. 그런데 여가 활동은 그 나라의 문화나 정서에 부합(符合)해야 하며, 자신의 성격, 체력과 건강 상태, 취향(趣向:하고 싶은 마음의 방향), 그리고 무엇보다도 경제적 능력 범위 안에서 이루어져야 한다는 것은 재론(再論)의 여지(餘地)가 없다.

오늘날과 같이 물질문명의 발달로 말미암아 예전에 비하면 풍요롭게 살고 있어 일하고 밥만 먹고 살 수 없으므로, 개인마다의 여가의 활용은 삶의 질을 개선한다는 면에서 어느 것 못지않게 중요하고, 가치를 두고 있어, 이에 편승(便乘)하여 레저산업도 발달하면서 우리의 산업 발전에 중요한 한 축(軸)을 이루고 있는 것이 현실이다. 우리의 생활 속에는 노동시간, 생활 필수시간, 여가 시간으로 나누는데, 노동시간으로 말미암은 육체적 피곤함과 정신적 스트레스를 해소할 수 있는 유일한 방법은 여가선용과 휴식으로, 삶의 질을 개선한다는 면에서는 여가선용이 더 중요하기 때문에, 자신에 맞는 방법을 선택하는 것이 무엇보다도 중요한 것이다. 특히 여가 활동인 취미활동을 가족이나 친구, 직장동료들과 함께함으로 서로 친밀도를 높일 뿐만 아니라 인간관계를 더욱 원만하게 할 수 있고, 여기에 '봉사활동'을 포함한다면 금상첨화(錦上添花)이다.

　오늘날과 같은 세계적 공통으로 산업사회에서는 주 5일 근무로 말미암은 노동시간의 감소로 레저, 여가 시간의 증대가 각계각층에서 일어나고 있어, 여가 시간에 펼쳐지는 활동의 질(質)은 사회적·문화적 배경에 따라 규정되고, 매스미디어(mass media)의 영향으로 특정 여가 활동이 유행으로 번지기도 하는데, 이는 국내뿐만 아니라 세계적 유행의 흐름을 타기도 한다. 예를 들어 국내에서 등산 인구가 많았지만, 모 TV 방송국에서 인기리에 방영되고 있는 낚시프로그램으로 말미암아 요즘은 낚시 인구도 등산 인구에 버금가는 추세라 한다.

　'우리는 늘 여가를 활용하기 위해 바쁘게 일하고, 평화 속에 살기 위해 전쟁을 벌인다.' 고대 그리스 철학자 아리스토텔레스의 말이고, '레저가 적은 나라에 높은 문화는 자라지 않는다.' 미국의 성직자 헨리 비처의 말이며, '레저와 호기심은 인류에게 유익한 지식을 발전시키지만, 쓸데없는 논쟁이나 힘든 일에는 아무것도 나오지 않는다.' 영국의 문학가 새뮤얼 존슨의 말이다. 직업적인 일에서 육체적으로 힘들고 정신적으로 스트레스가 가중(加重)되어도 휴일 여가를 선용(善用)할 생각으로 무난하게 넘어가기도, 여가를 즐기고 와서 업무에 복귀해 전환된 기분으로 업무에 종사할 수 있어 능률이 오르기도 하는 법이다. 무엇보다도 레저가 발달한 나라가 문화가 발달하기 마련이며, 그 반대의 경우도 마찬가지가 되는 것이다. 또한 '여가는 철학의 어머니이다.' 영국의 정치 철학자 토머스 홉스의 명언이다. 그렇다면 철학(哲學)이란 무엇인가? '인간과 세계에 대한 궁극의 근본원리

를 추구'하는 것이고, '자기 자신의 경험 등에서 얻은 기본적인 생각'
이다. 개인적인 면에서 '생각이 말과 행동이 되고, 말과 행동이 습관
이 되고, 습관이 성격이 되어 운명이 되며 곧, 성공과 실패를 결정짓
게 되는 것이다.' 영국 수상 '철의 여인' 마가렛 대처 여사의 말이다.

그렇다면 여가를 즐길 수 있는 것들은? 우리의 일상생활에서 자
신의 경우를 생각하면 대동소이(大同小異:서로 비슷비슷함)할 것인
데, 아마도 으뜸은 TV 시청일 것이다. '술을 마시거나 아내를 때리는
정도의 시간밖에 없는 노동자에게 틈이 있다면, 텔레비전을 보는 시
간이 되고 만다.' 미국의 저널리스트 로버트 허킨스의 말이다. 그런
데 TV 시청은 우리에게 득(得)보다 실(失)이 더 많다. 대부분 사람이
가장 선호(選好)하는 연속극 중에는 현실과 동떨어지는 내용들이 많
고, 범죄를 유발(誘發)할 수 있거나 그 방법을 시청자들, 특히 청소년
들에게 제시해 모방범죄를 일으킬 수도 있으며, 저급한 정치 논리 등
의 나쁜 뉴스나 대담, 오락프로, 그리고 무엇보다도 광고의 홍수 속에
더 스트레스를 받을 수도 있다. 광고의 목적은, 시청자들로 하여금 삶
이 불충분하고 충만하지 못하다고 느끼도록 하게 해, 부정적인 감정
을 끌어내게 되는 것이다. 특히 노년에 일상을 TV 시청만으로 시간
을 보낸다면, 육체적으로나 정신적으로 피폐(疲弊)해질 수 있다는 것
을 염두(念頭)에 두어야 한다. 그러므로 TV 시청보다는 신문(중앙지,
지방지), 잡지(시사, 교양, 취미 등의 정기 간행물), 관심 분야의 유튜
브, 인터넷 서핑, 독서(단행본이나 수필 등)가 더 유익하고 시간 보내
기에도 적절하다. 한마디로 '육체적 휴식과 정신적 스트레스에 좋다'

라는 것이다.

다음으로 야외에서 즐길 수 있는 여가선용 방법은? 청소년들이야 건강한 육체에 건전한 정신이 깃들 수 있는 구기(球技:공을 사용하는 운동)종목이 가장 바람직하다. 대학생들은 건강 관련 스포츠보다는 컴퓨터 관련 게임이나 당구, 포켓볼, 공연이나 영화 관람이 주(主)가 된다. 그렇다면 전 연령층에서 즐길 수 있는 여가선용은? 스포츠와 건강을 목적으로 하는 활동(체조, 산책, 조깅, 헬스, 등산, 자전거, 골프 등), 놀이와 오락(컴퓨터 게임, 당구, 화투, 카드놀이 등), 관람과 감상(영화, 연극, 스포츠 경기, 콘서트, 연주회 등), 취미와 교양(사진, 그림 그리기, 서예, 악기 등), 관광 및 여행(드라이브, 캠핑, 국내·외 여행 등), 사교활동(친구나 직장동료, 이성과의 만남, 동호회 등)이 있는데 그 밖에 가족들, 특히 자녀들과 놀기, 낚시, 정원(화초나 나무) 가꾸기, 수렵이나 채취, 텃밭 가꾸기, 애완동물이나 짐승 기르기, 수집(collection), 독서, 글쓰기, 명상, 음악 감상, 노래 부르기, 그 밖의 자신만의 관심 분야 등이 있다.

그런데 여기서 혼자서도 할 수 있고, 돈도 들지 않는 경제적이면서도 정서적으로 가장 좋은 두 가지를 추천해 권장하고 싶은 것으로, 음악 감상과 노래 부르기이다. 먼저 '음악 감상'이란? 음악이란 '소리의 높낮이 · 장단(長短) · 강약(强弱) 등의 특성을 소재로, 목소리나 악기로 사상이나 감정을 표현하는 예술'이며, 감상이란 '음악 작품의 형식이나 작품에 숨겨진 의미를 이해하여 즐기고 평가하는 주체적이고 능동적인 행위'이다. '음악 감상에는 두뇌가 필요 없다.' 세계적 성악가 루치아노 파바로티의 말이고, '음악과 리듬은 영혼의 비밀장소를 파고든다.' 고대 그리스 철학자 플라톤의 말이며, '음악은 인간의 마음속에 존재하는 위대한 가능성을 인간에게 보이는 것이다.' 미국의 사상가 에머슨의 말로, 이들 모두는 음악에 대한 예찬론자들인 셈이다. 특히 우리나라의 세계적인 지휘자 정명훈은 '음악의 목적은 마음의 수양을 통해 더 높은 인격을 완성하는 데 있다'라고 말한다. 음악은 나를 과거로 데려다주기도 하고, 축제에서는 흥을 돋우기도 하며, 느긋한 저녁 분위기를 만들어 주기도 하고, 어떤 상황에서는 삶에 긍정적인 영향을 줄 수도 있으며, 더 행복한 사고방식부터 동기부여를 해주기도 한다. 장르에 상관없지만 영화음악이나 연주곡이면 더 좋고, 가곡도 좋고, 우리나라 가요(歌謠:민요, 동요, 유행가를 통틀어 말함)는 말할 나위도 없고, 찬송가나 그 밖의 종교음악도 좋다. 예전처럼 거창하게 집안에 오디오 시스템을 갖추지 않아도, 오늘날 우리 모두의 손안에 있는 휴대폰에 성능 좋은 이어폰을 이용하면 음량이나 음질 면에서도 공연장이나 연주회장에 와 있는 듯하다. 유튜브에 들어가 검색 창에 곡명, 가수나 성악가 명, 연주자 명, 악단 명을 치면 일목요연(一目瞭然)하게 나열되어 있다. 영국의 천재 요절 시인 존 키츠는 '음악을 들으면서 죽게 해준다면 더 이상 기쁨이 없으리라'라고 말했다.

다음으로 '노래 부르기'는? 독일 프랑크푸르트 대학의 연구 결과에 의하면 '노래를 부르면 신체의 저항력이 증대되고 명상이나 걷기 운동과 같이 건강에 유익한 효과를 가져온다.'라고 했으며, '정기적으로 노래를 부르면 호흡이 개선되어 산소 흡입량이 늘어나고 순환기에 자극을 주어 신체를 균형 잡히게 하고 활력(活力:살아 움직이는 힘)이 있게 해준다.'라고 한다. 또한 베를린 샤리테병원 자이드너 교수는 '노래를 부르면 표현력이 증대되고, 창의력이 발휘되며, 업무능력도 향상된다.'라고 말했으며, 또한 '목소리의 젊음을 유지하는 데 도움이 되고, 목소리의 노화뿐만 아니라 신체의 노화 진행을 늦추는 효과가 있다.'라고 덧붙였다. 노래 부를 때 장르를 구별하지 마라. 클래식, 세미클래식, 가요(트로트, 발라드 등), 팝, 랩, 찬송가, 가스펠(복음성가) 등 어느 것이라도 좋다. 특히 '좋은 가곡은 마음을 감동시켜 부드럽게 함으로 이성을 설복(說伏:알아듣도록 말해서 수긍하게 함)하려는 도덕보다도 그 영향이 크다.'라는 프랑스 황제 나폴레옹의 말처럼 가곡이면 더욱 좋다. 그리고 사랑이나 이별 노래도 좋지만, 영국의 낭만파 시인 퍼시 비쉬 셸리의 '가장 달콤한 노래는 가장 슬픈 노래를 담은 노래이다'의 말처럼 '슬픈 노래'도 좋다. 무반주 노래 부르기도 좋지만, 가능한 반주가 있는 노래를 불러라. 구태여 돈 주고 노래방 가지 않아도 된다. 휴대폰 유튜브에 들어가 검색 창에 노래 명과 노래방을 치면 여러 개가 뜬다. 내 경험으로는 '금영노래방' 반주와 자막이 무난한 것 같다. 생동감이 있을 뿐만 아니라 영국의 유명 화가인 알프레드 윌리암 헌트의 '음악은 상처 난 마음에 대한 약이다'라는 말처럼 '아픈 마음도 치유(治癒)'될 수도 있다. 또한 풍자와 해학의 작가 세계적 대문호 미겔 데 세르반테스의 '불은 빛을 주고, 화덕은 따뜻함을 주지만, 동시에 우리를 불태워 버릴 수도 있으나, 음악은 우리에게 항상 기쁨과 흥겨움을 준다.'라는 말과, 미국 하버드대학 철학자 윌리엄 제임스의 '나는 행복해지려고 노래하지 않는다. 노래하기 때문에 행복하다'의 말처럼 노래 부르기로 '나의 행복을 찾아라.' 노년에 홀로이지만 외로움을 극복하고 행복한 삶을 살고 있는 실제 내 경험으로, 음악 감상과 노래 부르기 두 가지이다. 그러므로 외로운 노년의 삶을 살아가고 있는 이들에게 적극 권고 및 권장하는 바이다.

12. 원수(怨讐)와 은인(恩人)

원수의 사전적 정의는 '원한이 맺힐 정도로 자기에게 해(害)를 끼친 사람이나 집단'이며, 정도에 따라 적(敵:원수 적:enemy), 불구대천[不俱戴天:불공(不共)대천], 철천지원수[徹天之怨讐:mortal enemy:하늘에 사무치게 한 원수, 철천지수(之讐)]라고도 하는데, 불구대천지원수라는 말은 '반드시 죽여 없애야 하는 원수'를 말하는 것으로, 같은 하늘 아래서 살 수 없는, 매우 원한이 사무친 원수로, 대체로 '부모, 특히 아버지 더러는 사부님 원수'를 말할 때 쓰인다. 영어에서는 견원지간(犬猿之間:개와 원숭이 사이로 대단히 나쁜 관계), 원수(怨讐) 사이를 cat-and-dog(cats and dogs) terms[영어에서는 '개와 고양이는 상극(相剋)으로 만나면 싸운다.'라는 데서 유래]로 쓴다. 과거 모 방송 개그콘서트 TV프로 중 '아무 말 대잔치'라는 코너에서 '아버지 원수는? 엄마~'라는 대사가 불현듯(갑자기) 떠오른다. 물론 코미디로 웃자고 한 얘기이지만, 더러는 공감하는 사람도 있을 것이다. 우리는 일상에서 '원수'라는 말을 '돈이 원수', '나이가 원수', '가난이 원수', '전생에 원수', '원수는 외나무다리에서 만난다.'를 쓰는데 '원수는 순(順)으로 풀라.'라는 말은 '원수를 원수로 갚으면 다시 원한을 사게 되어 끝이 없으니, 원수는 순리(順理)로 풀어야 뒷날 걱정이 없다.'라는 말이다.

　다른 사람과 '원수지다'라는 말을 '척(隻:서로 원한을 품어 반목하게 됨)지다'라는 말로 쓰기도 하는데, 이는 조선시대에 민사(民事)와 관련한 소송(訴訟)이 벌어질 때 '피고'에 해당하는 사람을 '척(隻:원래는 '한쪽' 또는 '외짝'이라는 뜻)'이라고 한 데서 유래(由來)한 것이다. 민사에서 피고가 있으면 원고가 있게 되기 마련인데, 대개는 피고와 원고는 잘 알게 되는 사이가 대부분이다. 분명한 것은 분쟁이나 갈등은 결국, 가까운 사이에서 일어나는 법이다. 한마디로 나를 괴롭히는 사람, 나를 힘들게 하는 사람은 바로 내 옆에 있는 이웃, 친구, 동료, 가족[부모 자식 간, 동기간(同氣間:형제자매), 시가(媤家), 처가(妻家), 무엇보다도 가장 힘들게 하는 것은 부부간)이다. 그리고 뒤에 붙는 서술어 '지다'의 원래의 의미는 '어떤 좋지 않은 관계가 되다.'나 '짐을 지다'라는 의미도 있다. 가까운 사람과 사이가 어그러지면 분명 내가 이고, 지고 가야 할 짐이다. 그러므로 관계가 단절(斷切)되고, 서로를 미워하고, 원망하다 보면 내 삶은 극도로 피곤할 뿐만 아니라, 가슴앓이로 피폐(疲弊:지치고 쇠약해짐)해지고 만다. 그러나 억지로 이으려고 하지 마라. 아무리 값진 고려청자 조선백자라도 금이 가거나, 깨지면 가치가 없을 뿐만 아니라, 한낱 사금파리(사기그릇의 깨어진 조각)에 불과하다. 깨진 그릇은 이어 붙일 수도 없고 붙인다 해도 더 이상 그릇으로 쓸 수도 없다. 깨진 그릇을 붙들고 이러지도 저러지도 못하고, 분노(憤怒)하고 인연 맺은 것을 후회해 봤자 나만 힘들고, 밥 못 먹고, 잠도 못 잔다. 내 마음은 언젠가는 풀리는 법이다. 세월이 약이고, 해결도 해준다. 가장 바람직한 것은 '마음을 잡는 일'이다. '세상은 고통으로 가득하지만, 한편 그것을 이겨내는 일로도 가득 차 있다.' 미국의 문필가, 사회사업가 헬렌 켈러 여사의 말이다.

원수에 관한 사자성어로 가장 흔히 쓰이는 와신상담(臥薪嘗膽)은 '원수를 갚거나 마음먹은 일을 이루기 위하여 괴로움을 참고 견딤'을 비유적으로 이르는 말이고, 동업상구(同業相仇)는 '같은 업(業)은 이 해관계로 인(因)하여 서로 원수가 되기 쉽다'라는 말이며, 혈원골수(血怨骨髓)는 '피의 원한이 골수에 맺힌다.'라는 뜻으로, '뼈에 사무친 깊은 원한'을 이르는 말이다. 그리고 욕식기육(肉食其肉)은 '사람의 고기를 먹고 싶다.'라는 뜻으로 '매우 원한이 깊음'을 이르는 말로, 종종 비속어(卑俗語)로 입에 오르내리기도 한다. 속담으로는 '덕(德)은 덕으로 대하고 원수는 원수로 대하라.'는 '좋게 하는 사람은 좋게 대하고, 해치려는 사람은 원수로 대하라.'라는 말이고, '오랜 원수를 갚으려다가 새 원수가 생겼다.'는 '보복을 하고 앙갚음하면 더 좋지 않은 일을 당하게 된다.'라는 말이며, '밤 잔 원수 없고 날 샌 은혜 없다.'는 '밤에 자고 나면 원수 같은 감정은 풀리고, 날이 새고 나면 고마운 감정이 식는다.'로 '은혜나 원한은 시일(時日)이 지나면 쉽게 잊게 됨'을 비유적으로 이르는 말이다. 그리고 '남편을 잘못 만나도 당대 원수, 아내를 잘못 만나도 당대 원수'는 '결혼 잘못하면 한평생을 고생한다.'라는 말이고, '구복(口腹:먹고 살기 위하여 음식물을 섭취하는 입과 배)이 원수'라는 말은 '먹고살기 위하여 괴로운 일이나 아니꼽고(비위가 상해서 구역질 나는), 고까운(섭섭하고 야속하여 마음이 언짢은) 일도 참아야 한다.'라는 말이다.

　성경에서는 그리스도인 성도(聖徒)들에게 '나는 너희에게 이르노니 너희 원수를 사랑하며 너희를 박해(迫害)하는 자를 위하여 기도하라(마태복음)' 또한 '아무에게도 악(惡)을 악으로 갚지 마라. 모든 사람이 보기에 선(善)한 일을 하라. 너희 쪽에서 할 수 있는 일이라면, 모든 사람과 화평(和平:화목하고 평화로움)하게 지내라(로마서)'라고 말씀하신다. 명심보감 경행록(景行綠:착한 행실을 기록)에도 '남과 원수를 맺는 것은 재앙을 심는 것이고 선(善)을 버려두고 행(行)하지 않는 것은 스스로를 해치는 것이다.'와 '화목하고 순응하며 묵은 감정을 놓고 이해하고 용서하는 것은 자신의 처신과 집안을 다스리는 근본이다.'라고 쓰여 있다. '복수할 때 인간은 적과 같은 수준이 된다. 그러나 용서할 때 그는 원수보다 더 우월해진다.' 영국 철학자, 정치가 프랜시스 베이컨의 말이다.

　은인의 사전적 의미는 '자신에게 은혜를 베푼 사람'이다. 여기서 '은혜(恩惠)'는 '고맙게 베풀어주는 신세(身世:남에게 도움을 받거나 폐를 끼치는 일)나 혜택(惠澤:은혜와 덕택)'의 의미이며, '하느님, 하나님이나 부처님의 은총(恩寵)'의 의미도 있다. 그리고 덕분(德分)은 '베풀어준 은혜나 도움'으로 덕택(德澤)이라고도 하고, 시혜(施惠)는 '은혜를 베풂이나 그 은혜'를 의미하며, 보은(報恩)이란 '은혜를 갚다.'라는 의미이다. 영어단어로 세분화하면, 은인은 savior, benefactor이고 은혜의 '신세나 혜택'의 의미로 favor[은혜, 호의, 은전(恩典:옛날 나라에서 은혜를 베풀어 내리던 혜택], kindness(친절), beneficence(은혜, 자선), grace(신의 은총)가 있다. 예부터 내려온 '사람은 구(求)하면 앙분(快忿:분하여 앙갚음할 마음을 품음, 앙심)을 하고 짐승은 구하면 은혜를 안다.'라는 말은 '사람을 죽을 고비에서 구해주면 그 은혜를 쉽게 잊고 도리어 앙갚음도 하지만, 짐승은 죽을 고비에서 구해주면 은인을 따른다.'라는 의미로 '은혜를 쉽게 잊는 사람은 짐승만도 못하다.'라는 비난의 말이다. 또한 다 알고 있는 '은혜를 원수로 갚다.'가 있고, '은혜를 모르는 건 당나귀'라는 말은 '은혜에 보답하지 아니한 사람은 사람으로 칠 가치가 없다.'라는 말이다.

우리는 보통 누군가에게 잊을 수 없을 정도로 도움을 받았을 때 '은혜를 입었다.'라고 말한다. 모든 인간의 '신뢰 관계의 기본'이 되는 것이며, 동시에 궁극적인 작용으로 서로가 '은혜를 입거나 베풀고, 또한 갚는 것'이야말로 이상적인 인간의 '신뢰 관계'로 여겨지고 이어지는 것이다. 기독교의 가르침은 "'예수그리스도로 말미암은 은혜' 없이는 그 어떤 것도 인간의 영혼에 도움이 될 수 없고, 하느님의 뜻대로 살 수도 없으며, 영혼의 구원도 온전히 '하느님의 은혜'로만 된다."라는 것이다. 불교에서는 경전 '부모은중경(父母恩重經:부모님의 은혜)'에 "쉽게 보답하기 어려운 은혜를 베푼 두 사람을 '어머니와 아버지'라고 한다(어머니를 우선함)." 그리고 법정 스님의 말씀, 인연의 겁(劫:하늘과 땅이 한번 개벽할 때부터 다음 개벽까지의 무한히 긴 시간)에서 옷깃을 한번 스치는 것도 500겁 인연이고, 스승과 제자의 인연은 1만 겁 인연이라고 말씀하셨다(cf. 부부간은 7천 겁, 부모와 자식은 8천 겁, 형제자매는 9천 겁). 한마디로 스승의 은혜를 강조하신 것으로, '스승님의 마음은 곧 어버이의 마음'이신 것이다. 원불교에서는 재가출가(在家出家)를 가리지 않고 누구나 일상적 생활 속에서 신앙과 수행을 통해서 '법신불사은[法身佛四恩:일원상 진리의 본체와 현상을 합(合)칭(稱)]의 은혜'를 입고, 나아가 중생을 부처로 화(化)하게 하는 '부처님의 은혜'를 든다. 무릇 사람이 금수(禽獸:모든 짐승)와 다른 것은, 작은 도움이나 보살핌에도 감사할 줄 알고, 큰 베풂이나 신세(身世)를 진 경우는 은혜를 갚을 줄 알아야 한다. 사자성어로, 각골난망(刻骨難忘:은혜를 뼈에 새길 만큼 잊지 않는다.)하고 결초보은(結草報恩:죽어 혼령이 되어도 은혜를 잊지 않고 갚는다.)해야 하며, 결코 망은배의(忘恩背義:은혜를 모르거나 잊고 의리를 배반함)해서는 안 되는 것이다. 더불어 하나 더, 잊어서는 안 되는 것이, 보본추원[報本追遠:조상님들의 은혜에 보답하는 뜻으로 음덕(蔭德:조상님의 덕)을 추모함]으로, 전근대적(前近代的)이라고 치부(恥部)하지 말고, 우리의 조상 대대로 내려온 전통적 유산(遺産)인 선영(先塋:선산)을 잘 관리하고, 조상님들을 잘 모시는 일에 결코 게을리해서는 안 되는 것이다. 이 모든 사자성어에 결론적으로 영어속담에 '은혜를 되갚는 것보다 더한 의무는 없다(There's no duty more obligatory than the repayment of favor, or kindness)'가 있다.

성경 구약 여호수아서에 '원수는 물에 새겨 흘려보내거나 모래에 심어 바람이 불면 금방 날라 가게 하고, 은혜는 돌에 새겨 두고두고 오래도록 간직하라.'라는 말씀과 신약 누가복음에 '너희는 원수를 사랑하라. 너희를 미워하는 자들에게 잘해 주고 너희를 저주하는 자들에게 축복하며, 너희를 학대하는 자들을 위하여 기도하라. 네 뺨을 때리는 자에게 다른 뺨을 내밀고, 네 겉옷을 가져가는 자에게 속옷도 내주어라.'라는 말씀이 있고, 구학(舊學:옛 학문) 명심보감에는 '은혜와 의리를 널리 베풀어라. 사람이 살다 보면 어느 곳에서든지 서로 만나기 마련이니라. 원수나 원한을 맺지 말라. 길이 좁은 곳에서 만나면 피하기가 어려울 것이다.'라는 말이 있다. 이런 명언들에도 불구하고 우리는 난감(難堪:이렇게 하기도 저렇게 하기도 어려워 처지가 딱함)함이 교차된다. 무엇보다도 '원수를 사랑하라.'라는 성경 말씀이다. 성인(聖人)은 몰라도 우리 범인(凡人:평범한 사람)들은 결코 쉽지 않은 '어렵고 불가능하다.' 해도 지나친 말이 아니다. 우리가 '정겹다'라는 의미로 미소 띤 얼굴로 '이 웬수야!'라는 말을 하거나, 들을 때가 있다. 이런 경우를 제외하고는 '너는 나의 원수다.'라는 말을 직선적(直線的:조금도 감추는 데가 없는)으로 말하거나 듣는 경우는 거의 없다. 그러나 어떤 연유(緣由:사유)로 마음속에 '너는 나의 원수'라고 마음속에 새겨두는 경우가 있다. 작게는 옹졸(壅拙:성품이 너그럽지 못하고 생각이 좁은)하고 소심(小心)한 경우는 자존심(自尊心)을 상하게 하는 말만 들어도 그러기도 하지만, 크게는 역사적인 사건으로 회복 불가능한 큰 피해를 본 경우는 결코 용서는 쉽지 않은 법이다. 우리 속담에 '미운 놈에게 떡 하나 더 준다.'라는 속담이 있다. 이 속담이야말로 원수에 대한 유일한(?) 해결책이기도 하며, 전생의 원수를 대하는 교본(校本:교과서)이기도 하다. 불가(佛家)에서 말하는 수없이 많은 윤회(輪廻:차례로 돌아감)를 거듭하면서 어찌 원수가 없겠는가? 사이 나쁜, 원수 같은 부부를 말할 때 '전생에 원수가 이승에서 부부로 만난다.'라는 말도 있지 않은가? 그러나 사람은 사랑하는 마음이 있으면 용서할 수 있다. 사람은 원수를 사랑할 만큼 성자(聖者)는 못 되더라도 자신의 건강과 행복, 특히 내 마음의 평온(平穩)을 위해 화해(和解)는 못 하더라도, 용서와 관용(寬容:너그럽게 용서하고 받아들임)으로 마음속에서 미련(未練) 없이 풀어 놓아주어야 한다.

13. 인생 시절(時節)별 중요한 것들

인생(人生)이란 인간의 삶, 즉 인간의 태어남과 죽음을 아우르는 전반적인 삶을 의미한다. 그런데 인간은 단 하나의 궁극적인 목표, 행복을 지향(指向:지정한 방향으로 나아감)하며 살아가게 된다. 그것은 각 시절마다의 연속성이 있어 직·간접으로 영향을 받게 된다. 그러므로 앞선 시절의 알찬 삶은 나중에 오는 시절의 삶을 충만(充滿)하게 할 수 있는 길을 열어주게 된다. 그런데 다행히도 어쩌다 앞선 시절을 잘못 보냈어도, 나중에 오는 시절을 스스로 깨닫고 알차게 보내면 그 나름의 충만한 삶을 영위(營爲)할 수도 있기는 하다. 그렇다 해도 당면한 시절의 중요성을 인지(認知:인정하고 앎)하고 깨달아 임(任)하는 것은 지각(知覺) 있는 사람이라면 그 당위성(當爲性)을 인정할 것이다. 그리고 더욱 중요한 것은 사람은 다 시기, 때가 있다. 황금과 같은 기회, 시기를 놓치지 말아야 한다. 왜냐하면 각(各) 시절마다 해야 할 일들이 다르기 때문이다.

어린 시절: 어른이라면 누구나 겪었던 시절이다. 국어사전의 정의로는 '출생부터 고등학교 때까지'로 20대 이후는 청년 시절로 성인으로 간주한다. 그런데 사람마다 때에 따라 미취학 때까지만 어린 시절로 보기도 한다. 어찌 되었든, 어린 시절은 한 인간의 성장기로 인격

형성, 사회성 형성, 학업성취 등이 이루어져야 하며, 정신적으로나 육체적으로 건전하고 건강하게 보내야 성인이 되어 제대로 된 한 인간이 되어 원활(圓滑)하고 윤택한 삶을 살 수 있다는 점에서 보면 육아, 교육(가정과 학교), 당시의 사회적 여건 등은 대단히 중요한 것이다. 특히 어린 시절에 아동학대, 학교폭력, 가정폭력, 특히 성○○ 등은 충격이 되어 성인이 되어서 좋지 않은 기억, 트라우마(trauma:정신에 지속적인 영향을 주는 격렬한 감정적 충격)로 남아 평생을 안고 살거나 안 좋은 쪽으로 바뀔 수도 있다. 그러므로 어린 시절을 어떻게 보내느냐에 따라 한 사람의 인생이 좌우되는 중요한 시기이다. 이 시기는 배우고 안 배운 것을 떠나 올바르고 지각(知覺)과 양식(良識), 덕(德)을 겸비(兼備)한 부모님 슬하에서 올바른 가정교육을 받는 것이 중요하다. 특히 '봉사와 베풂'의 집안 분위기의 내림이면 더 좋다. 이 경우는 어린 시절부터 학창 시절까지 포괄적(包括的)으로 해당이 된다.

학창 시절: 우리는 학창 시절이 인생 전체의 가장 중요한 일부로 보고 생활해야 하며 학창 시절도 풍요로워야 함은 두말할 나위도 없다. 학창 시절은 어른이 되기 위한 과도기이며 사춘기라는 시기를 거쳐야 하고, 무엇보다도 평생을 살아가는데 갖추어야 하는 인성, 인격의 성숙도를 다지는 중요한 기간이다. 학창 시절 교육의 주된 목적이 정신적으로 건전하고, 육체적으로는 건강하며, 무엇보다도 유능한 어른으로 성장시키는 데 있다면, 공부라는 것은 '자신의 성숙'과 '학업 성취'뿐만 아니라 '진로 선택' 중심이 되어야 한다. 인생을 살아가는데 필수 불가결한 '경제력'은 곧 어떤 직업을 택하느냐에 달려있으며,

무엇보다도 적성에 맞고, 돈벌이가 될 수 있고, 장래성이 있어야 하는 직업 선택을 어떻게, 어떤 것을 택해야 하느냐의 가장 중요한 시기가 고2~대학 2학년 기간이기 때문이다. 중요한 것은 이 시기가 자신이 잘할 수 있고 적성에 맞는 다양한 직업, 진로 선택 중심 교육의 주된 시기이다. 먼저 학창 시절 학생의 본분(本分:사람이 저마다 가지는 본디의 신분)은 학교생활에 충실한 것인데 이는 곧 '성실도'와 직결되는 것으로 공부도 잘하고 출석도 빠짐이 없어야 하며, 수업과제도 잘 해내야 하는데 이는 '책임감'과 관계되는 것이다. 다음으로 학교생활에서 공부 못지않게 중요한 것은 교우관계이다. 인간 생활에서 평생 피할 수 없는 것은 인간관계로 학창 시절의 교우관계는 사회성을 준비하는 기간으로, 무엇보다도 폭넓고, 원만한 교우관계를 맺어야 하는데, 친구의 좋은 점은 본(本:본보기가 될 만한 올바른 방법)을 받고, 나쁜 점은 그것을 타산지석(他山之石), 본(本)이 되지 않은 남의 말이나 행동도 자신의 지식과 인격을 수양하는데 도움이 되도록 해야 한다. 다음으로 중요한 것은 다양한 종류의 독서이다. 독서는 '자기 인생의 폭을 넓히고 자신의 체험을 예리하고 정확하게 만들어 준다. 결국 바람직한 인격 형성을 하는 데 독서의 목적이 있다. 인간은 생각하기 위한 지식을 독서에서 구하고, 독서를 통해서 생각하는 방법을 배우며, 독서와 더불어 생각할 때 비로소 사물에 대한 이해와 판단이 빠르고 폭넓은 인간으로 성장하게 되며, 나아가 새로운 것을 창조해 낼 수 있는 창의력을 가질 수 있게 되기 때문이다.' 가난과 무지에서 벗어나는 길은 공부밖에 없으며, 미련과 착각에서 벗어나는 유일한 길도 독서밖에 없다. 무엇보다도 독서는 창의력, 이해력, 응용력, 해결 능력을 길러 학습효과를 크게 증대시키고, 시험을 잘 치르게 되어 점수가 좋게 나온다. 마지막으로 이성 교제이다. 건전한 이성 교제는 문제가 없지만 이성에 빠지게 되면 학창 시절의 가장 중요한 학업에 소홀하게 되어 평생을 두고두고 후회 속에 살아갈 수 있으므로 가급적 대학에 들어간 이후로 미루어야 하며, 이성 교제보다는 취미생활이나 여가 활동으로 대신하고, 일평생 '일만 하고 살 수는 없는 법'으로 미리부터 취미나 여가를 즐기는 것을 습관화해 두어야 한다.

젊은 시절: 일반적으로 정규 학교 교육을 모두 마치고 남자라면 군대 복무도 마친 이후 결혼해 가정도 꾸리고 현업에 종사할 즈음이다. 한 사람의 결혼은 인륜지대사(人倫之大事:인간의 일생에서 치르게 되는 큰 행사) 중 하나로 '젊은 시절 해야 할 중요하고 우선순위의 일로 결혼하고, 또 아이를 낳는 일'이다. 배우자 선택은 나와 내 가정, 그리고 가족 모두의 행복과 불행을 결정짓는 바로미터(barometer:지표)이다. 요새 젊은이들이 하는 말로 '인물만 좋다면 모든 것을 용서할 수 있다.'라고 한다. 그러나 인물은 선택 기준에서 후(後) 순위가 되어야 한다. 다른 조건들은 다 제쳐두고 인물만 따지다가는 인생 낭패(狼狽)를 볼 수 있다. 남편감은 '성실하고 정직하고 책임감 있고 약속을 잘 지키는 사람'이어야 하고, 아내감은 '이해심 많고, 알뜰해야 하며, 인간미와 인정이 있는 사람'이어야 하는데, 특히 '관후(寬厚:마음이 너그럽고 후덕함)' 해야 한다. 여자는 남편 잘 만나는 것이 최종

목표이지만, 남자도 아내 잘 만나야 한다. 특히 남자는 '덕(德:어질고 올바른 마음, 그리고 훌륭한 인격)이 있는 아내를 만나야 노후(老後)가 편안하고 행복한 법'이다. 남자들이여! 명심하라. '아내의 인물이 3년, 요리 솜씨가 10년 유효기간이라면 성격은 유효기간이 없는 평생이라는 것을.' 사람은 때가 있는 법이다. 공부할 때는 공부를 해야 하고, 결혼할 때는 결혼도 해야 하고, 그리고 자식을 낳아야 할 때는 자식도 두어야 한다. 요새 비혼주의자들도 흔하고, 결혼했다 해도 자식을 두지 않는 경우도 있다. 그러나 자식은 울타리이고 내 인생 최후의 보루(堡壘)이다. 반드시 자식은 있어야 한다. 수(數)가 많으면 키울 때는 고생이 되기도 하지만 노년을 위해서, 그리고 부부관계에서도 자식이 교량(橋梁) 역할을 해주는 것이다. 부부가 둘이듯 최소한 아들딸 구별 말고 두 명은 두어야 한다. 젊어서야 모르고 지낼 수 있지만 나이 들어 노년이 되면 배우자나 자식 없이 지낸다는 것은 고립무원(孤立無援:고립되어 구원받을 데가 없음)이다. 다음으로 창업이나 자영업을 하기도 하는데, 대체로 직장 생활을 하는 경우로 볼 때 무엇보다도 '처세(處世:남과 사귀면서 살아감)'술(세상을 살아가는 꾀)'이 중요하다. 사실 처세술이란 '실리를 추구하는 행위'로 합리적으로 생각할 때 '가치가 있고, 승산이 있어야 하며, 전체적으로 내가 얻게 될 실(實)이익이 충분할 때' 처세이다. 일반적으로 성공적인 자아실현을 한 사람들을 보면 '원만하고 폭 넓은 안정된 인간관계가 결정적인 역할을 했다'라고 한다. 처세의 핵심은 '성실함과 정직성, 언변술과 친화력, 그리고 솔선수범과 협동심'이다. 내가 나를 알아주는 것이 아니라 '남이 나를 알아주는 것' 즉 주변 사람들이 '나를 어떻게 보느냐?'의 평판이 좋고 나쁨에 따라 내 앞길의 운명, 성공 여부가 결정되는 것이다.

중·장년 시절: 보통은 40대부터 50대 후반 무렵으로 길게 잡아 정년퇴임 직전의 시기이다. 이때는 보통 집안 살림은 기반을 잡고 자식들도 어느 정도 성장해 있으며 직장인이면 중견간부급 이상이 되어 있고, 더러는 대표가 되어 있는 나이이다. 개인사업, 자영업을 하는 경우 노하우도 붙고 고객이나 거래처도 탄탄하게 확보되어 있는 시기이기도 하다. 대체로 이 시절은 가장 안정되고 행복한 시절이다. 무엇보다도 자식들이 공부 잘하고, 좋은 직장 다니면 더할 나위 없이 행복한 시절이다. 자식들 결혼 준비를 하거나, 결혼시켜 분가(分家)도 해주어야 하는 시기이다. 직장인이면 고위직 선배들, 하위직 후배들 사이에서 해야 할 일도, 책임질 일도 많을 때다. 그래서 일적인 면에서 능력을 발휘해야 하고 인간관계, 처세 면에서도 세심한 주의가 필요한 시기이다. 솔선수범하고, 아랫사람들 챙겨주고, 이끌어 주어야 하며, 무엇보다도 신상필벌(信賞必罰)이 명확하고 분명해야 한다. 그리고 개인적인 면에서는 건강관리도 철저히 해야 한다. 무엇보다도 건전하고 정도(正道)를 지키는 절제의 사생활(私生活)이 필요한 시기이다. 더욱 중요한 것은 정년퇴임 이후를 준비해야 하는 시기로, 노년을 위해 비상금 명목으로 목돈도 마련해 두어야 하고, 노년에 매월 수입과 지출을 맞추어 나갈 방안을 생각해 두어야 하며, 우정과 사랑, 취미생활 등의 시간 보내기 방안, 살 곳은 어디로 할 것인지, 주도면밀한 계획과 준비가 필요한 시기이다. 하나하나 꼼꼼하게 챙겨봐야 할 시기로. 더더욱 중요한 것은 부부간의 거리두기 문제를 어떻게 할 것인지에 대해 심사숙고(深思熟考)해야만 한다. 어쩔 수 없이 혼자이거나 홀로의 삶을 계획한다면 모르지만, 부부가 둘이 함께라면 노년에 문제가 될 수도 있다. 노년에 '부부가 금슬 좋게 오손도손 살아가며 함께 시간을 보내는 것'이 노년에는 최고 행복하고 바람직한 일이다. 그러나 요즘 세태에 흔한 일은 결코 아니며, 설령 사이가 좋다 해도 부부간은 양날의 검(劍)으로 종일 함께 있으면 좋은 점도 있지만 나쁜 점도 반드시 있는 것이다. 일반적으로 '아침에 헤어졌다가 해 넘어가서 만나는 것이 가장 이상적 부부관계'라는 것을 명심해야만 한다. 특히 '노년에 생활비를 벌기 위해 같은 공간에 종일 함께 있는 것은 위험하다'라는 것을 말하려는 것이다.

퇴임 이후 노년(老年) 시절: 보통 60대 초중반 이후, 늦으면 70대 초반 이후이다.

오늘날 의학과 위생의 발달로 인간은 백세시대를 살아가고 있다. 본업에서 은퇴한 3~40년의 세월은 결코 짧지 않은 긴 세월이다. 노년의 세월은 젊은 날 하지 못한 것에 대한 한(恨)풀이로 새로운 것에 대한 도전의 시기이기도 하지만, 대체로 인생을 마무리하는 정리의 시기이다. 인간사 모든 것이 '끝이 좋아야 모두 좋다(All is well that ends well. -영어속담).' 우리네 인생도 '노년이 좋아야 한다'라는 것은 두말할 나위도 없다. 노년의 이상적 삶을 살아갈 수 있는 동·서양 명사들의 명언을 인용하는 것으로 이 글의 대미(大尾)를 장식하고자 한다. '노년의 삶은 지나치게 간섭하여 잔소리 말고, 잡스러운 일을 줄여 심신을 피곤하게 말며, 마음을 비워 잡념을 끊고, 자신의 삶을 천지자연의 이치에 맡겨 지나치게 아등바등 하지 말라'라는 조선시대 영남 유학의 대표, 성리학자 장현광의 말이고, '주름이 생기지 않는 마음, 희망이 넘치는 친절한 마음, 그리고 늘 명랑하고 경건한 마음을 잃지 않고 꾸준히 갖는 것이야말로 노령을 극복하는 힘이다.'는 미국의 '정당 정치사'를 쓴 토머스 베일리의 말이다.

14. 인생(人生) 십적(十蹟:열 가지 기적)

오늘날은 과거의 아날로그(Analog) 시대를 벗어나 디지털(Digital) 시대로, 우리는 넘쳐나는 정보의 홍수 속에 살고 있다. 생활의 편리함은 두말할 나위도 없고 특히 인터넷(Internet)이나 유튜브(YouTube)의 발달과 활성화로 모두가 한가하고 무료(無聊)한 시간을 볼거리, 들을 거리, 알 거리, 즐길 거리로 잘 이용하고 있다. 특히 남녀노소 누구나 거의 다 소지(所持)하고 있는 휴대폰(Mobile phone)은 눈부신 기술 개발로, 성능이나 기능면에서 날로 발전해 가고 있는 현실은, 과거에는 상상하지도 못했던 우리가 누리고 있는 문명의 이기(利器) 중 압권(壓卷)이라고 해도 지나친 말은 아닌 것 같다. 그중에서도 카톡으로 주고받는 사진, 영상, 좋은 글 등으로 우리의 관심거리들을 지인들과 함께 서로 공유하는 것이 일상(日常)이 되었다. 이번 글은 그중에서 누구나 관심 있을 법한, 한 제목('인생 십적')을 선정(選定), 하나씩 짚어보고자 한다.

제1 적(건강한 몸으로 태어나는 것): 건강하게 태어난다는 것은 커다란 축복이다. 그리고 건강은 가장 자랑할 만한 아름다운 특질(特質)이나 성질·특성(特性)이다. 건강은 타고난다. DNA, 유전자가 중요하다. 병원에 가면 가족력을 묻는 것도 그 때문이다. 면역력도 타고난다. 성격도 마찬가지이다. 낙관적인 성격과 비관적인 성격, 후함과 인색함, 배려(配慮)심과 이기심, 인간미(人間美) 있거나 박정(薄情)함, 심지어 자살 충동이나 실행(實行)도 '타고난다.'라고 한다. 한마디로 사람의 기본은 '(집안)내림'이라는 말이다. 그래서 내가 결혼하거나 자식 결혼할 때는 '상대의 집안을 보는 것'이 최우선이다. 그러기위해서는 '주변 사람들의 평판(評判)'을 들어봐야 한다. 평판은 거의 정확하다. 요샛말로 '그 나물에 그 밥'이라는 말이다. 부모님이 물려주시는 물질적 유산보다는, 사회생활에서 성공할 수 있는 원동력이 되는 '건강한 신체와 건전한 정신을 물려받는 것'이야말로 내가 받을 수 있는 축복 중 으뜸으로, 기적 중 하나다.

제2 적(좋은 부모 형제를 만나는 것): 사람의 오복(?)을 다른 시각에서 보자면, 부모 복, 형제 복, 배우자 복, 자식 복, 주변 사람 복이다. 개인적 생각이지만, 기본적으로 부모 복을 타고나야 '평생 원만한 인생살이가 펼쳐진다.'라고 본다. 그렇다면 좋은 부모란? 첫째는 의ㆍ식ㆍ주뿐만 아니라 '능력껏 공부'할 수 있게 해주어야 한다. 둘째는 건강한 행동과 건전한 사고방식에 대한 '본(本)'을 보여주어야 한다. 셋째는 '독립심, 자립심'을 키워주어야 한다. 넷째는 함께 자주 외식도 하고, 놀아주고, 여행도 다니며 '유대감'을 형성해 주어야 한다. 다섯째는 기준이 항상 일정하고 명확한, '일관된 훈육(訓育)'을 해야 한다. 여섯째는 자식들이 왜 화가 나는지, 왜 슬퍼하는지, 왜 좌절감과 실망감을 갖고 있는지, 함께 감정을 공유하고 근본적인 원인을 찾아 도움을 주어 힘이 되어 주어야 한다. 일곱째는 자식들의 호기심을 키워주고, 꿈을 지지하며 후원도 하고 중도 포기하지 않도록 항상 관심과 격려가 필요하다. 여덟째는 자식들이 균형 잡힌 생활, 규칙적인 생활 습관을 길러주어야 한다. 아홉째는 학창 시절만은 자식 눈치채지 않게 동선 파악과 교우관계를 반드시 체크해 봐야 한다. 마지막으로 언제나 '사랑과 애정' 표현은 기본이지만, 그 못지않게 잘못됨은 엄하게 꾸짖을 줄 알아야 한다. 다음으로 좋은 형제란? 사실 형제의 우애는 부모 책임이 크다. 자녀 교육에 있어 형제간에 어려서부터 우애가 돈독(敦篤)하도록 '각별한 관심과 교육'이 필요하다. 형제는 잘 두면 보배이고, 잘못 두면 원수라는 말이 있다. 이 세상에서 가깝고도 먼 것이 의리(義理) 없는 형제인데, 비록 형제라도 의(義)가 나쁘다면 남만 못한 법이다. 한마디로 좋은 형제란 '자기 도리(道理)를 지키는 것'이다. '익숙함에 소중함을 잃지 말자.'라는 말에 가장 잘 어울리는 것이 바로 '부모 형제의 존재'이다. 인생을 살아가면서 '부모님이 생존해 계셔 건강하고 금슬 좋게 사시고, 형제들이 무탈하고 함께 우애(友愛)하며 살아가는 것'도 큰 행복으로, 기적 중 하나다.

제3 적(마음을 나눌 수 있는 진정한 친구를 얻는 것): 나이가 들어갈수록 친구는 귀중한 자산이요, 삶에 활력을 주는 원기소이다. 사실 친구는 피는 한 방울도 섞이지 않았지만 반쯤은 가족인 인간관계이다. '친구란 두 개의 몸에 깃든 하나의 영혼이다.' 아리스토텔레스의 말이고, '친구와의 우정은 영혼의 결합이다.' 볼테르의 말이며, '같은 것을 좋아하고, 싫어하는 것이 진정한 우정이다.' 살루스트의 말이다. 가까운, 진정한 친구란? 첫 번째는, 무엇보다도 자주 연락하거나 만나야 한다. 다음으로 돈 써주어야 한다. 이것은 가장 현실적인 얘기이다. 마지막으로 서로 흉·허물없이 허심탄회(虛心坦懷)하게 얘기를 주고받을 수 있어야 한다. 그런데 더욱 중요한 것은, '매사(每事)에 사려(思慮)깊어야 한다.'라는 것이다. 주변 여러 친구를 생각해 보아라. 사려 깊은 친구가 누구인지? 그런 친구가 하나라도 있다면, 이 또한 기적이다.

제4 적(진실한 사랑을 만나 결혼하여 해로하는 것): '다른 사람의 행복이 나 자신의 행복보다 더 소중할 때, 그걸 사랑이라고 부른다.' 잭슨 브라운 2세의 말로, 사랑이란 입으로 하는 것이 아닌 '가슴'으로 하는 것이다. '진정한 사랑은 두 사람의 육체에 단 하나의 영혼이 깃드는 것이다.' 아리스토텔레스의 말로, 진실한 사랑이란 '흔들림 없는 사랑'으로 영원한 것이다. '사랑은 불타올라도 연기가 나지 않는다.' 마야 안젤로우의 말로, 변함없고, 순결하고, 흠이 없는 것이 진실한 사랑이다. 그러므로 사랑이라는 이름으로 해주고 '생색(生色)내거나 자랑해서도 안 되는 것'이다. '결혼이란 조그만 보트를 타고 노를 저어 긴 여행을 하는 것과 같다. 한 사람이 요동치면 다른 이는 가만히 있어야 한다.' 시어도어 루빈의 말로, 결혼생활에서 한 사람이 문제가 생기면 인내하고 기다려줄 줄 알아야 한다. 덩달아 문제를 키우고 요란을 떨어서는 안 되는 것이다. 젊어서는 상대가 없으면 죽을 것 같아도 세월의 무게, 생활의 무게에 짓 눌려 순수했던 사랑도 퇴색되는 경우도 있는 일이고, 빈곤하면 사랑도 담장을 넘어갈 수 있는 일이다. 요새는 별거, 졸혼, 이혼, 그리고 가슴 아픈 사별도 흔하다. 그러므로 진정한 사랑으로 젊은 날 만나, 변함없는 마음으로 백년해로(百年 偕老)하는 경우야말로 기적이 아니라고 누가 말할 수 있겠는가?

제5 적(효성스럽고 제 할 일 하는 자식을 두는 것): 효도하는 자식의 유형은 두 가지 정신적, 물질적으로 나뉠 수 있는데, 기쁜 일이나 슬픈 일이나 곁에서 함께 기뻐해 주고, 위로해 주고, 그리고 아프면 극진히 옆에서 간호해 주고, 또한 물질적으로 항상 부족함이 없도록 채워주고, 더불어 동기간(同氣間:형제자매), 조카들까지 보살펴 주고 마음 써 주는, 말 그대로 노년 부모를 대신해 확실하게 가장(家長) 노릇 하는 효도하는 자식, 그리고 제 노릇 확실하게 하는 자식으로 항상 신중하고, 사려 깊고, 언어는 정제되어 있으며, 어려서부터 어른이 될 때까지 부모의 말 거역(拒逆)하거나 말썽 한번 부리지 않는 자식, 거기다가 결혼해서는 가정에 충실하고 아들자식은 처가에, 딸자식이면 시댁에 도리를 다 하는 자식을 둔다는 것은 요즘 세태(世態)에 기적 중 기적이다.

제6 적(존경스러운 스승을 만나는 것): '사람은 과거를 회상하며 훌륭한 선생님께 감사하는 마음을 가지는데, 그러한 마음은 인간적인 감정을 우리에게 가르쳐 준 선생님들에게 향하는 것이다. 교과과정은 정말로 필요한 교구이지만, 인간적인 따뜻함은 학생인 제자들의 영혼과 성장에 가장 필수적인 요소이다.' 카를 구스타프 융의 말이고, '어릴 적 스승이 그 아이의 운명을 좌우한다.' 아라비안나이트에 나오는 말이며, '난초 향은 하룻밤 잠을 깨우고, 좋은 스승은 평생의 잠을 깨운다.' 공자님 말씀이다. 지난날을 돌이켜보면서, 지금까지 배웠던 선생님, 스승님을 머릿속에 떠올려보아라. 더러는(드물게), 아니 대개는(대다수) 딱히 떠오르는 존경할 만한 분은 없을 수도 있다. 그러나 한두 분이라도 떠오른다면 요즘 세상에 이 또한 기적이 아니라고 말할 수 없을 것이다.

제7 적(비명횡사당하지 않고 천수를 누리는 것): 유교의 경전인 서경(書經)에 나오는 인간의 삶에서 얻을 수 있는 다섯 가지 복(福)으로, 수(壽:오래 사는 것), 부(富:돈 많은 것), 강녕(康寧:육체적, 정신적 건강), 유호덕(攸好德:도덕을 지키고 베푸는 마음), 고종명(考終命:질병이나 고통 없이 편한 죽음을 맞이하는 것)으로, 오늘날과 같은 천재지변이나 사건 사고, 특히 교통사고 등으로 천명(天命)을 다하지 못하고 죽지 않는 것만으로도 기적 중 하나이다.

제8 적(평생 재물을 궁하지 않게 갖는 것): '돈이란 힘이고 자유이며 모든 악의 근원이기도 한 동시에 한편으로는 최대의 행복이 되기도 한다.' 칼 샌드버그의 말이고, '정당한 소유는 인간을 자유롭게 하지만 지나친 소유는 소유 자체가 주인이 되어 소유자를 노예로 만든다.' 니체의 말이며, '만족할 줄 아는 사람은 부자이고, 탐욕스러운 사람은 가난하다.' 솔론의 말이다. 소유한 만큼만 만족하고 살면 된다. 더 이상 무엇을 더 바란단 말인가? 이만큼도 기적이다.

제9 적(인연과 사별할 때 임종을 지키는 것): 임종(臨終)이란 '목숨이 끊어져 죽음에 이름'이나 '그때 자리를 지키며 모심'의 의미로 대체로 부모님이나, 늙어서 배우자가 운명할 때를 말하는 것으로, 대개 부모님에 대해 효(孝)와 불효를 가늠하기도 한다. 자식들은 바쁜 일상의 일로, 때로는 거리가 멀어 임종을 지키지 못해 오랫동안 가슴 아파하기도 한다. 그런데 현대의 바쁜 시간, 생활 속에서도 '때마침 시간에 맞춰 임종을 지키는 것'도 기적이다.

　제10 적(죽음에 이르러 미련 없이 떠나는 것): 대체로 이것이 사람들의 최종 목표일 것이다. 요즘 말하는 웰빙(well-being:참살이)도 중요하지만, 그에 못지않게 웰다잉(well-dying:준비된 행복한 죽음)도 중요하다. 그런데 그중에서도 '미련 없이 떠날 수 있다.'라는 것이 핵심으로, 우리가 나이가 들면 어쩌다 얘기 끝에 푸념(넋두리) 삼아 '이제 죽어도 여한(餘恨)이 없다.' '이 세상 더 이상 미련 없다.'라는 말을 하기도 한다. 대화 내용에 따라 옆에서 듣기가 조금은 불편하고 부정적인 면도 있지만, 정작 말하는 당사자(當事者)가 그 반대의 뜻이거나 평소의 지론(持論)이라면, 그 또한 본인에게는 기적 같은 일이다.

　요즘 사람들 사이에서 회자(膾炙)되고 있는 나이대별로 '성공한 사람'의 기준을, 10대는 '부모가 성공한 사람', 20대는 '좋은 학교 다니는 사람', 30대는 '좋은 직장 다니는 사람', 40대는 '어디를 가나 2차 술값 내는 사람', 50대는 '공부 잘하는 자식 둔 사람', 60대는 '아직도 돈 벌고 있는 사람', 70대는 '건강한 사람', 80대는 '본처(本妻)가 밥해주는 사람', 90대는 '아직도 전화 오거나 만나자고 연락이 오는 사람', 100살 이상은 '자고 났더니 아직 살아 있는 사람'이라고 한다. 한편으로는 웃자고 하는 얘기도 같고, 다른 한편으로는 구구절절(句句節節) 맞는 말도 같지만, 요즘 세태(世態)를 잘도 풍자(諷刺)한 것 같다. 어떤 이는 나이대별 성공 기준이 당연하고 평범하게 들리고 느낄 수도 있지만, 또 다른 어떤 이들에게는 이 글 제하(題下)처럼 기적 같이 들리고 느낄 수도 있다. 사람은 만복(萬福)을 타고 날 수는 없는 법이다. 내게 주어진 몇 개의 복(福), 성공이라도 만족하고 기적처럼 여기며, 감사하는 마음으로 살아가는 삶의 지혜가 필요하다. 중국속담의 '기적은 하늘을 날거나 바다 위를 걷는 것이 아니라, 땅에서 걸어 다니는 것이다.'를 인용하는 것으로 글을 맺는다.

15. 인생에서 소중한 것들
– '돈으로 살 수 없는 것들'을 중심으로

참다운 삶(인생)이란 무엇인가? 우리에게 가장 확실하고 모범(模範)이 되는 삶의 지침[指針:생활이나 행동 따위의 올바른 방법이나 방향을 알려주는 준칙(準則)]을 주신 '법정 스님의 글'을 인용하는 것으로 이 글을 시작한다.

"'욕구를 충족시키는 삶이 아니라 의미를 채우는 삶이어야 한다. 의미를 채우지 않으면 삶은 빈 껍질이다.' '소유(所有)란 손안에 넣는 순간 흥미가 사라져 버린다. 하지만 단지 바라보는 것은 아무 부담 없이 보면서 오래도록 즐길 수 있다. 소유로부터 자유로워야 한다. 사랑도 인간관계도 마찬가지이다.' '말이 많은 사람은 안으로 생각하는 기능이 약하다는 증거이다. 말이 많은 사람에게 신뢰감이 가지 않는 것은 그의 내면이 허술하기 때문이고 행동보다 말을 앞세우기 때문이다.' '말을 아끼려면 가능한 타인의 일에 참견하지 말아야 한다. 어떤 일을 두고 아무 생각 없이 무책임하게 타인에 대해 험담을 늘어놓는 것은 나쁜 버릇이고 악덕이다. 사람들은 하나같이 얻는 것을 좋아하고 잃는 것을 싫어한다. 그러나 전 생애의 과정을 통해 어떤 것이 참으로 얻는 것이고 잃는 것인지 내다볼 수 있어야 한다. 때로는 잃지 않고는 얻을 수가 없다.' '나그넷길에서 자기보다 뛰어나거나 비슷한 사람을 만나지 못했거든 차라리 혼자서 갈 것이지 어리석은 자와 길벗을 하지 마라. 사람의 허물을 보지 마라. 남이 했든 안 했든 상관하지 마라. 다만, 나 자신이 저지른 허물과 게으름을 보라. 비난받을 사람을 칭찬하고 칭찬해야 할 사람을 비난하는 사람. 그는 죄를 짓고, 그 죄 때문에 즐거움을 누리지 못한다.' '눈으로 보는 것에 탐내지 마라. 속된 이야기에서 귀를 멀리하라. 사람들이 집착하는 것은 마침내 근심이 된다. 집착할 것이 없는 사람은 근심할 거리도 없다.' '날 때부터 천한 사람이 되는 것은 아니다. 날 때부터 귀한 사람이 되는 것도 아니다. 오로지 그 행위로 말미암아, 천한 사람도 되고 귀한 사람도 되는 것이다.' '사람은 그 누구를 막론하고 자기 분수에 맞는 삶을 이루어야 한다. 자기 분수를 모르고 남의 영역을 침해하면서 욕심을 부린다면 자신도 해치고 이웃에게 피해를 주기 마련이다. 우리가 전문 지식을 익히고 그 길에 한평생 종사하는 것도 그런 삶이 자신에게 주어진 인생의 몫이기 때문이다.'"

우리가 살고 있는 자본주의 사회에서는 남과 비교되거나, 비교하며 경쟁하는 상황 속에서 살아가며 끊임없이 물질만을 추구하게 된다. 그러다 보면 계획했던 일이나 추진하고 있는 일들이 잘 되더라도 때론 공허감이 들기도 하고, 잘 못 되어가는 경우는 쉽게 포기하거나 좌절해 버리기도 한다. 우리가 살고 있는 지금의 시대는 분명 돈으로 많은 것을 해결할 수 있다. 그런데 역설적으로, 돈으로 해결할 수 없는 것들도 분명 많이 존재한다. 바로 그것은 사랑, 관심, 배려, 존중, 친절, 감사, 희생, 인내, 기다림 등 일일이 다 열거하기 어려울 정도로 많다. 그런데 이같이 나열되어 있는 여러 단어 이외, 우리가 행복해지기 위해서는 가장 중요한 단어는 '소박(素朴)함(꾸밈이나 거짓이 없고 수수하거나 검소함⟨-⟩화려함)'일 것이다. 한마디로 "생활 속에 '소박함'이 깃들어 있어야 한다."라는 것이다. 소박함은 불필요한 것들을 배제(排除:물리쳐서 제외함)하고 '단순하고 깨끗한 삶을 추구하는 사고방식'이고, '간결하고 직접적인 의사소통을 중요시하는 것'이며, '자연과 조화를 이루는 것'을 추구하며, 그리고 무엇보다도 중요한 '자기만의 소중한 가치관을 지니고 살아가는 것'이다. 비록 성공과 돈만을 추구하고 있는 마음 한구석에는, 소박한 마음으로 사소하지만, 무엇이 중요한 것인지, 우선순위를 정해 노력을 경주(傾注:마음이나 힘을 한곳에만 기울임)해 나가면서 하루하루를 알차고 보람 있게, 감사하는 마음으로 채워나가다 보면 내가 진정으로 그리던 자리에 있게 됨을 알게 될 것이다.

　인터넷에서 돌고 있는 실화 하나를 소개한다. 때는 2000년 캐나다 동부 도시 몬트리올에서 있었던 일이다. "한 남자가 있었는데, 그는 어려서부터 학대를 받으며 불우한 환경에서 자랐지만, 열심히 노력한 끝에 자수성가(自手成家)를 했다. 결혼했고 아들도 생겼으며 선망(羨望:동경: 부러워하여 바람)의 대상이자 인생의 최대 목표였던 최고급 스포츠카를 사게 되었다. 그러던 어느 날, 차고에 있는 차를 손질하러 들어가던 그는 이상한 소리가 들려 주변을 살펴보았는데, 자신의 어린 아들이 천진난만한 표정으로 날카로운 못으로 아빠인 자기 차에 낙서하고 있는 광경을 목격하게 되었다. 순간적으로 이성을 잃은 남자는 자신도 모르게 치밀어 오르는 감정을 억제하지 못한 나머지 그만, 손에 쥐고 있던 공구(工具)로 아들의 손을 가차 없이 내려쳐 버렸고 아들은 대수술 끝에 결국 손을 절단해야만 했다. 병원에서 수술이 끝나고 깨어난 아들은 넋을 잃고 앉아 있는 아버지에게 잘린 손으로 눈물을 흘리며 빌었다. '아빠! 다시는 안 그럴게요. 아빠! 용서해 주세요.' 눈에 넣어도 아프지 않을 어린 자식의 아버지는 절망적인 심정으로 집에 돌아왔고, 그날 저녁, 아버지는 차고에 있는 자신의 차 안에서 권총으로 자신의 목숨을 끊었다. 그가 마지막 본 것은 자신의 스포츠카에 쓰인 그의 아들 낙서였다. 낙서의 내용은 '아빠~ 사랑해요.'였다" 인간은 정말로 소중한 것을 잃고 나서야 무엇이 중요한지를 통렬(痛烈:날카롭고 매서운)하게 느끼게 된다. 우리는 살아가면서 늘 내 몸이나 내 곁에 있어 주어서, 그리고 내 평범한 일상의 소중함을 잊고 살아가고 있다. 마치 매일 숨 쉴 수 있는 공기처럼. 주변을 한번 둘러보아라. 정말로 소중한 것이 무엇인지를! 진정 소중한 것이 무엇인지를 알았다면 결코 그것을 놓쳐서는 안 된다. 가장이라면 진절머리 나게 느껴지고 반복되는 출·퇴근, 가정주부라면 매일같이 하는 밥 짓고, 설거지하는 일 등, 학생이라면 매일같이 하는 등·하교, 그런데 어쩌다가 중병에 걸려 병원 병실에 드러누워 있으면 '평범한 일상이 얼마나 소중한지'를 그제야 깨닫게 되는 것이다. 그리고 조촐하지만, 아내가 차려주는 따뜻한 밥상, 박봉이지만 매월 꼬박꼬박 빠짐없이 들어오는 월급, 아빠가 저녁 늦게 퇴근하시며 들고 들어오시는 과자나 빵 한 봉지, 함께 사시는 부모님이 아침 출근할 때 '얘야! 또는 애비야! 조심히 잘 다녀오너라!'라는 말씀 한마디. '오늘 추운데 고생 많았죠?'라는 아내의 말 한마디. '오늘 집안일 하느라 당신 고생했지?'라는 남편의 말 한마디, 학교에서 늦게까지 야자(야간 자율학습)까지 마치고 돌아오면 부모님이 '우리 아들(딸), 수고했네, 어서 와!'라고 말씀하시며 현관에서 맞이해 주시는 부모님의 미소 띤 얼굴, 이 모든 것들이 우리의 삶에서 '돈으로는 살 수 없는 소중한 것들'이다. 그런데 더불어 육체적으로 건강하고 정신적으로 건전한 사고방식을 갖고 있고, 가족들 모두 무탈하고 각자 자기 위치에서 자기 할 일 하고 있으면 무엇이 부럽고 무엇을 더 바랄 게 있겠는가? 이 모든 것들도 또한 '돈으로 살 수 없는 소중한 것들'이다.

러시아의 사상가, 소설가 레프 톨스토이가 쓴 '인생이란 무엇인가'에서 '인간은 의식이 가장 높은 곳에 있을 때 고독하다. 그 고독은 때로는 이상하고 낯설며 괴롭게 느껴질 때가 있다. 그래서 생각이 부족한 사람은 여러 가지 기분 전환을 시도하며 괴로운 고독의 의식에서 도피하고자 의식의 높은 곳에서 바닥을 향해 내려가고 있다. 이에 반해 생각이 깊은 사람들은 '기도'를 통해 그 높은 곳에 계속 머물러 있다.'라고 말했다. 이는 우리에게 '기도의 중요성'을 말한 것이다. 동양철학자, 명리학자, 칼럼니스트 조용헌 교수는 개운(開運:좋은 운수가 열림)법, 운명, 팔자(八字:사람의 한평생 운수)를 바꾸는 방법으로 6가지를 말했는데 '첫째는 선(善)을 베풀어야 하고, 둘째는 스승을 만나 자문(諮問:어떤 일과 관련된 전문가나 전문기관에 의견을 물음)을 받아야 하고, 셋째는 독서를 통해 지혜(智慧:사물의 도리나 이치를 잘 분별하는 정신 능력, 슬기)를 얻어야 하고, 넷째는 쉼과 충전이 되는 명단(明斷:명확히 판단을 내림)에 머무르고, 다섯째는 멈춰서 기도하고, 마지막으로 스스로의 잠재 능력인 팔자를 알아야 한다.'라고 말한다. 여기서 '기도하는 삶'의 의미는 톨스토이가 강조하는 '기도하는 삶'의 중요성과 그 결(結)을 같이하는 것으로 종교인이라면 절대자, 신에게 의지하여 기도하는 것을 말하지만 비 종교인들에게는 기도를 대신할 수 있는 혼자만의 '명상(冥想:눈을 감고 고요히 생각함)'을 의미한다. 그렇다면 나는 무신론자(無神論者)로 '기도나 명상 대신 할 수 있는 것이 무엇인가?'라고 묻는다면, 바로 그것은 기도를 대신하는 '희망과 노력'이다. 한마디로 살아가는 데 중요하고, 절대 필요하며, 돈으로는 결코 살 수 없는 무엇보다도 소중한 것, '꺾이지 않는 마음, 희망과 노력을 잃지 않는 마음'일 것이다.

영화 두 편의 명(名)대사(臺詞)를 인용한다. 하나는 미국영화 '존윅(John Wick:킬러들의 무자비한 세계를 그린 영화) 4'와, 다른 하나는 미국영화 '로드 투 퍼디션[Road to Perdition(지옥에 떨어지는 벌):범죄 드라마 영화]'으로, 전자의 대사로는 '좋은 죽음은 좋은 인생 뒤에만 오는 법이다(A good death only comes after a good life.)'이고 후자의 대사로는 '업보(業報:인과응보의 준말)는 절대 번지수를 잊지 않는다(Karma never loses address.)'이다. 후자의 말과 궤를 같이하는 성경 말씀으로는 '뿌린 대로 거두리라(As one sows, so shall he reap.)'가 있고, 불가(佛家)에서는 '인과응보(因果應報)는 시차(時差)는 있어도 오차(誤差)는 없다.'라는 말이 있다. 평생을 살아가면서 남 가슴 아프게 하지 않고, 해코지하지 않는 것도 중요하다. 특히 '내 가족들,

주변 사람들 실망 시키고 상처 주고 마음 아프지 않게 하는 것' 더욱 중요하다.

끝으로 아무리 젊어도 누구나 언젠가는 노년의 삶을 살아가야 한다. 그렇다면 노년의 삶을 살아가는 이들에게 소중한 것은 무엇인가? 아마도 '좋은 죽음이란 무엇인가?'와 '그 죽음을 위해 여생을 어떻게 살아가야 할까?'라는 물음일 것이다. 독일의 시인, 극작가 베르톨트 브레히트는 '죽음보다는 추한 삶을 두려워해야 한다.'라는 유명한 어록(語錄)을 남겼다. 여기서 말하는 추한 삶은 아마도 '양심을 저버린 삶'일 것이다. 다시 말해 살아생전 '양심에 입각한 삶' 나아가 '자신의 본분(本分:사람이 저마다 가지는 본디의 신분, 마땅히 지켜야 할 직분)을 다하는 삶'일 것이다. 노년이 되면 대개는 자신의 신세(身世:한 사람의 처지나 형편, 대체로 가련하거나 외롭고 가난한 경우) 한탄(恨歎:한숨 쉬며 탄식함)을 하게 된다. 그러나 사람을 호박과 비교한다는 것은 부적절할지 모르지만, '자연의 이치'로 한번 따져 보자. 호박이 노랗게 꽃이 필 때는 사람들이 지나가면서 눈길 한번 주지 않고, 심지어는 '호박꽃도 꽃이냐?'라고 비아냥거리지만, 누렇게 익으면 사람들이 너도나도 좋아하게 된다. 늙어서 사랑받게 되는 늙은 호박처럼, '늙어가는 것이 아니라 익어가는 인생'이라는 생각을 품고 남은 인생 살아가는 것이 말년 '돈으로는 살 수 없는 소중한 것'이 아닐까, 생각해 본다. 왜냐하면 노년의 삶은 '천지자연의 이치에 맡겨 아등바등 살지 않는 것'이 가장 바람직하기 때문이다. 결론적으로 노년 삶의 가장 핵심(point)은 '마음 다스리기'일 것이다. 그래야만 남은 생애 편안하고 안락한 삶을 살 수 있기 때문이다. 어찌 보면 명예, 권력, 돈보다 단연코 우위이고, 노년에 건강보다 더 우선이 '마음 다스리기(추스르기, 달래기)'일 것이다.

16. 인생에서 어려운 것들

– '돈으로 해결할 수 없는 것들'을 중심으로

'인생이란 무엇인가?'를 정의 내리기 위해 프랑스 어느 한 수도원 입구 큰 돌비석에 있는 비문(碑文)의 내용과 의미를 짚어보는 것으로 이 글을 시작하려 한다. 그 비문에는 '아프레 쓸라(Apres cela)'라고 세 번 반복해 적혀 있다.

그런데 이 말은 원래 18세기 프랑스의 대표적 계몽 사상가, 소설가 볼테르가 쓴 '캉디드(Candide)'에서 처음 사용된 것으로, 주인공이 세상은 악하고 불완전하다는 것을 깨닫고 결론으로 '아프레 쓸라'를 말하는데, 이 소설은 낙원과 같은 곳에서 태어난 주인공 '캉디드'가 '세상의 고통을 경험하고, 그 고통을 극복하고자 하는 인생 여정(旅程: 여행의 과정이나 일정)을 그린 이야기'로 그는 "평화롭게 살아가는 시골 농부에게서 일(노동)은 권태. 방탕, 궁핍이라는 3대 악(惡)으로부터 우리 인간을 지켜준다는 가르침을 얻고서, 비로소 땀을 흘려 일하며 자신의 삶을 개척하기 시작하는데 소설 마지막 부분에서 여전히 입으로만 세상을 낙천적으로 보는 자신의 스승에게 '그러나 정원을 가꾸어야만 합니다.' 그리고 덧붙여 '아프레 쓸라(다음에는…)'를 남긴다."라는 내용이다.

다시 수도원 비문의 유래(由來)로 돌아와서, 이야기는 다음과 같다. "어느 한 가난한 법대생이 마지막 한 학기를 남겨놓고 학비를 마런할 길이 없어, 고민 끝에 수도원의 수도사를 찾아가 도움을 청하자, 수도사는 어느 성도가 좋은 일에 써달라고 두고 간 기부금 봉투를 뜯지도 않은 채 학생에게 내어주었다. 학생이 기쁜 얼굴로 봉투를 가지고 돌아 나오려는데 수도사가 학생을 세워두고 물었다. '그 돈을 어디에 쓰려나?' '말씀드린 대로 등록금을 내야 하지요.' '그다음은?' '열심히 공부를 해서 졸업을 해야 하지요.' '그다음은?' '법관이 돼서 약자들을 돕겠습니다.' '좋은 생각이네, 꼭 그렇게 해주기를 바라네. 그럼, 그다음은?' '결혼도 하고, 가족들 잘 부양해야지요.' '그다음은?' 더 이상 대답을 하지 못하자 수도사는 웃으며 말했다. '그다음은 자네도 죽어야 하는 것이네. 그리고 그다음에는 자네도 심판대 앞에 서야할 것이네. 알겠나?' 학생은 집에 돌아와 '아프레 쏠라'라고 묻는 수도사의 여러 번 반복되는 질문이 귓전을 떠나지 않아 결국은 돈을 신부에게 돌려주고는 수도원에 들어가 수도사가 되어 보람 있는 수많은 일을 하면서 생을 마감했다. 그러고는 세월이 한참 흘러 그가 죽은 후 그의 묘비에는 그의 좌우명(座右銘)이 된 '아프레 쏠라 아프레 쏠라 아프레 쏠라, 그다음은? 그다음은? 그다음은?'을 써 놓았다고 한다.”라는 내용의 이야기이다. 그런데 여기서 우리의 영혼과 일상의 삶이 무기력하게 되는 가장 직접적인 이유는 죽음이라는 종말 의식이 없거나 둔하기 때문이며, 종말 의식을 갖고 거듭나는 영혼이 되어야 한다. 그러므로 '아프레 쏠라' 그다음은? 삶의 핵심 단어로 기억하고 있어야 하는데, 현명하고 지혜로운 사람은 항상 마음속에 담아두고 살아가고, 어리석은 사람은 잊고 살아갈 것이다.

묘비명의 이야기가 나왔으니 주목할 만한 명사들의 묘비 내용을 보기로 하자.

먼저 한국인들로는 '돈, 돈 슬픈 일이다.' 29세에 요절(夭折)한 일제 강점기 소설가 김유정 님의 묘비명이고, '할 말이 너무 많아' 조선 말 왕 고종의 친부 흥선 대원군의 묘비명이며, '나 하늘로 돌아가리라. 아름다운 이 세상 소풍 끝내는 날. 가서 아름다웠다고 말하리라.' 현대문학계의 거성(巨星:어떤 분야에서 훌륭한 업적을 남긴 뛰어난 사람) 시인 천상병 님의 묘비명이다. 다음 서양인들로는 '고결한 양심, 불멸의 영혼' 영국의 법률가, 정치가, 사상가 토머스 모어의 묘비명이고, '오직 한 순간만이 나의 것이었던 모든 것들' 잉글랜드 여왕 엘리자베스 1세의 묘비명이며, '출판업자 벤 프랭클린의 시신(屍身)이 여기 벌레의 먹이로 누워있다. 그러나 그의 업적은 사라지지 않을 것이니, 늘 새롭고 더 우아한 판(版:edition)으로 개정될 것이기 때문'은 미국의 인쇄공으로 시작, 과학자, 언론인, 사업가, 정치가 벤저민 프랭클린의 묘비명이다. 우리에게 대체로 알려져 온 묘비명으로는 '우물쭈물하다가 내 이럴 줄 알았지'는 영국의 소설가, 비평가 조지 버나드 쇼의 묘비명이며, '물로 이름을 쓴 자가 여기에 누워있다'라는 영국의 천재 시인으로 25세의 나이에 요절(夭折)한 존 키츠의 묘비명이다. 마지막 키츠의 묘비명은, 우리가 흔히 말하는 인생무상(人生無常:인생이 덧없음)을 말하는 것 같다. 물로 이름을 써 놓으면 어떻게 되는가? '바로 말라버리지 않는가!' '덧없는(알지 못하는데 지나가는 시간이 매우 빠른, 보람이나 쓸모가 없이 헛되고, 허전한) 인생'

을 말하는 것이다. 묘비명은 한 사람의 '인생을 압축'해 설명해 준다. 또한 '어떻게 기억되고 싶은지 바람'이 담기기도 한다. 한 사람이 살아가면서 자신의 '묘비명은 무엇으로 할 것인지?' 문구[文句: (예) 다음, 다음, 또 다음에도 최선을 다한 자, 여기에 잠들다.]를 생각해 살아생전 삶의 지침[指針:생활이나 행동 따위의 올바른 방법이나 방향을 알려주는 준칙(準則:표준으로 지켜야 할 규칙, 법칙)]으로 삼기도 하고, 노년에는 자식들에게 그 문구를 남기는 것도 유의미(有意味)한 일이다.

한 사람의 인생 여정에서 정말 어려운 것, 돈으로 해결할 수 없는 것은 '선택'일 것이다. 외식하러 가서 메뉴판에 있는 여러 가지 중 하나를 골라야 하는 대체로 간단한 선택도 있지만, 전공, 진로, 직업 선택 그리고 무엇보다도 인생의 가장 중요한 배우자 선택 같은 경우는 열 번, 스무 번 생각하고 생각해 보는 신중함을 기해야만 한다. 살아가면서 수많은 선택 앞에서 가장 바람직한 선택은 무엇보다도 '결과를 먼저 생각하는 선택, 후회 없는 선택'이 되어야 한다. 그런데 선택처럼 어려운 것도 없다. 과거의 선택이 오늘의 현실이고, 미래의 삶은 현재 선택의 결과이다. '노력'하기에 앞서 '선택'을 잘해야 한다.

경북대학교 자기계발연구원의 '성공과 행복을 창조하는 자기 계발'이라는 자료에 의하면 '한 사람의 인생, 성공과 행복을 창조하는 삶의 여덟 진법(陳:늘어놓을 진 法:법 법)은 첫째는 가정적으로 행복한 삶, 둘째는 경제적으로 풍요로운 삶, 셋째는 육체적으로 건강한 삶, 넷째는 정신적으로 건전하고 거룩한 삶, 다섯째는 여가가 있는 여유로운 삶, 여섯째는 사회적으로 책임지는 삶, 일곱째는 봉사와 나눔의 삶, 마지막으로 지성 있는 지혜로운 삶'이라고 한다, 이들을 실현하기 위해서는 무엇보다도 정직하고 맡은바 직분이나 임무에 성실하며 진실하게, 그리고 공정하고 정의롭고 품격 있는 언행으로, 사랑하고 봉사하며 베푸는 삶을 살아가야 한다. 그런데 '선택' 다음으로 삶의 여덟 번째 진법 중 첫 번째인 '가정적으로 행복한 삶'이야말로 결코 돈으로 사거나 해결할 수 없는 것 중 하나일 것이다. 특히 한 가정에서 올바른 자식을 두어야 하고, 그리고 평생 부부간 원만(圓滿:모난 데 없이 부드럽고 너그러운, 사이가 좋은)하고 화목(和睦:서로 뜻이 맞고 정다움)한 관계가 지속, 유지(維持)되어야 한다.

골프를 즐겨하는 골퍼(Golfer)들은 말하거나, 말하는 것을 듣는 경우가 있을 것이다. 세상에서 내 마음대로 안 되는 것은 '자식하고 골프'라고! 자식, 정말 '내 마음대로 안 된다'라고 대체로 자식 가진 부모들이 하는 말이 아닌가? 골프야 취미, 놀이, 운동이니 그렇다 쳐도, 자식은 자기 인생의 가장 큰 농사이자 행·불행을 결정짓는 바로미터(barometer)이고 척도(尺度:평가·판단 기준)이다. 그런데 올바른 자식은 유전자도 중요하지만, 집안 분위기, 부모가 본(本:본보기)을 보여야 한다. 특히 아버지의 '사랑과 교훈 그리고 모범'이 자식에게는 가장 훌륭한 교훈이 되는 것이다. '어머니는 우리 마음속에 얼(정신의 줏대)을 주고, 아버지는 빛을 준다.' 독일 소설가 장 파울의 말이고, '한 사람의 아버지가 백 사람의 선생보다 낫다.' 영국의 종교시인 조지 허버트의 말이며, '훌륭한 부모의 슬하에 있으면 사랑에 넘치는 체험을 할 수 있다.' 루트비히 베토벤의 말이다. 그런데 사실 부부간의 원만하고 화목한 관계는 당사자들은 물론이고 가족 모두 두루두루, 특히 올바른 자식이 되게 하는 첩경(捷徑:지름길)이 될 수 있다.

'집안이 화목하면 모든 일이 이루어진다.' 명심보감에 있는 말이고, '이 세상에서 가장 빛나는 기쁨 중 하나는 가정의 웃음이고, 다음은 자식을 보는 부모의 즐거움인데, 이 두 가지는 사람의 가장 성스러운 즐거움이다.' 스위스의 교육학자, 사상가 페스탈로치의 말이며, '부부는 둘이 반씩 되는 것이 아니라 하나로써 전체가 되는 것이다.' 네덜란드 화가 빈센트 반 고흐의 말이다.

아동문학가 허은실 님이 쓴 에세이 '나는, 당신에게만 열리는 책'에서 나이 들어갈수록 어려운 것, 세 가지는 '첫 번째 누군가를 새로이(전에 없었던 것이 처음으로) 사랑하거나 친구를 사귀는 것, 둘째는 어딘가를 향해 갑자기 떠나버리는 것, 마지막으로 오래 간직하고 있던 것을 정리하고 버리는 것'이라고 한다. 그런데 이 중에서도 가장 어려운 것이 친구를 사귀는 일인 것 같다. 나이가 들어갈수록 사랑보다는 우정이 더 미덥고(믿음성이 있는) 포근하게(보드랍고 따뜻하여 편안하게) 느껴진다. 왜냐하면 나이 들어 사랑은 순수함보다는 너무 계산적, 이해타산적인 경우가 많기 때문이다. 그래서 사랑은 여름날의 햇볕처럼 뜨겁지만, 우정은 봄날의 햇살처럼 따스하게 느껴진다. 뜨거운 것은 금방 식지만 따스한 것은 서서히, 은근히 식는 법이다. 그러므로 노년에는 새로이 이성이나 동성 친구를 사귀려 하기보다는 오랜 친구를 소중히 여겨야 한다.

노년에 돈으로 해결할 수 없는 '인생에서 마지막으로 어려운 것' 두 가지를 살펴보기로 하자. 이 두 경우는 '자연의 이치'로 따져보는 것이 가장 합리적일 것이다. 하나는 '죽음'이다. 인간은 명예, 권력이나 부(富)로도 대체할 수 없을뿐더러 누구나 피할 수 없는 것, 죽음은 결국 '만인에게 평등'하다. 동양에서는 동물의 12지간(支干)이 있고, 서양에서는 별자리의 12궁(弓) 황도대(黃道帶)가 있으며 불가에서는 '인간이 잉태에서 죽기까지' 전 과정의 12운성(運星) 포태법(胞胎法)이 있다. 그중 12운성 포태법은 포태양생(胞胎養生) 욕대관왕(浴帶冠王) 쇠병사장(衰病死葬)으로 한마디로 '생로병사(生老病死)'로 압축할 수 있는데, 모든 생명체는 '태어나면 늙고 병들어 죽는 것'이 하늘과 자연의 이치이다. 결국 죽음은 그 어느 누구도 피할 수 없는 것이다. 다른 하나는 노년에 '마음을 다잡는 일'이다. 물론 마음을 잡는 일이 결코 쉬운 일은 아니며, 누구나 다 할 수 있는 것도 아니다. 이 또한 돈으로 해결할 수 없는 것으로 전적으로 본인의 '강한 의지력' 여하(如何)에 달려 있다. 그렇다면 이 경우에 있어서도 이치로 한번 풀어가 보자. 화목난로나 아궁이에 불을 지펴서 나무를 때는 경우를 보자. 난로나 아궁이에 불을 때지 않으면 새까만 재만 남아있을 뿐 불기운이 없다. 그러나 불을 지펴 불길이 살아나면 작은 나무토막에서 큰 통나무 토막을 집어넣으면 불길은 세지고 활활 타오르게 되어 가까이 있기 어렵다. 이 경우와 같이 지난날의 회한(悔恨:뉘우치고 한탄함)과 분노, 억울함, 그리고 무엇보다도 홀로된 이들의 서글픔과 외로움 등 결코 조그마한 생각도 시작을 하지 마라. 이는 불씨를 지피는 일이다. 불씨가 지펴지면 더 큰 생각으로 확대되어 불길은 더욱 세지고 활활 타올라 감당할 수 없을 정도로 화(火)나 분노가 치밀어 오르게 되니 '마음을 비워, 아예 시작을 하지 말라.'라는 말이다.

노년의 편안하고 안락한 삶은 '마음 다잡기'에서 시작점이 되는 것이며, '마음을 다잡지 못하면' 우울증 발병이나 극단적 선택의 출발점이 되기도 한다.

17. 종교(宗敎)

　우리는 '종교(宗敎:religion)'라는 의미를 다 알고는 있지만, 한 번쯤 '종교란 무엇인가?' 반문(反問:물음에 대답하지 않고 되받아서 물음), 반문(盤問:캐어물음)해 보았을 것이다. 종교란 '무한(無限:수·양·공간·시간 따위에 제한이나 한계가 없음)·절대(絕對:비교되거나 맞설 만한 것이 없음)의 초인간적인 신(神)을 숭배하고 신성하게 여겨 선악을 권계(勸戒:타일러 훈계함)하고 행복을 얻고자 하는 일'로 정의 내리기도 하고, '초월(超越)적, 선험(先驗:경험에 앞서 선천적으로 가능한 인식 능력)적 또는 영적인 존재에 대한 믿음을 공유(共有)하는 이들로 이루어진 신앙 공동체와 그들이 가진 신앙체계나 문화적 체계'라고도 정의한다. 유의어에는 믿음, 신앙, 신교(信敎:종교를 믿음), 교(敎)가 있다.

　종교(宗敎)라는 말은 본래 불교에서 유래했으며, 한자의 의미로는 '으뜸 되는 가르침' 또는 '인간 삶의 법도(法道)'라는 의미로 동양에서는 보통 도(道)라고 한다. 우리의 유교(儒敎)는 공자님께서 이전의 성현(聖賢)들과 노자의 영향을 받은 도교(道敎)의 이치를 한민족의 선비정신과 혼합한 생활 교리로 왕도(王道)와 가도(家道)이다. 불교에서는 '종(宗)'은 '불교의 근본 진리를 파악한 것에 의해 도달된

궁극(窮極:어떤 과정의 마지막이나 끝)의 경지(境地:어떤 단계에 도
달한 상태)'를 의미하며, '교(敎)'란 '근본 진리를 가르치기 위한 방
편(方便:중생을 구제하기 위하여 쓰는 묘한 수단과 방법, 편하고 쉽
게 이용하는 수단과 방법)적인 가르침'을 의미한다. 서양에서는 종교
(religion)를 로마의 문인, 철학자, 변론가, 정치가 키케로는 '엄숙히 집
행된 의례(儀禮:형식과 절차를 갖춘 행사, 의식)'의 의미로 보았고, 그
리스도교의 호교론(護敎論:신학의 한 분야로 기독교의 기초를 이성
에 의해 설명)자인 로마의 신학자 락탄티우스는 '신과 인간을 다시
결합시키는 것'으로 보았다.

　종교의 기능은 '종교가 행하는 사회적 · 심리적 기능들, 곧 종교의
역할'을 중심으로 설명하는 것이다. 인간사 모든 일에서도 마찬가지
이지만 종교도 순기능(順機能:긍정적 기능)도 있지만 역기능(逆機能:
부정적 기능)도 있다. 종교사회학자들의 말을 빌리자면 '대체로 사회
통합, 사회적 연대감을 긴밀하게 하는 긍정인 부분이 있는 반면에, 부
당한 사회체계를 긍정하거나 유지하려는 역기능적인 점도 있다'라고
말한다. 구체적으로 긍정적 기능면에서 '첫째는 가치 규범을 제공하
여 사회를 통합하는 기능, 둘째는 전통적 질서를 근원적으로 변혁시
킬 수 있는 문화 창조의 원동력, 셋째는 인간의 존재와 내적성숙을 가
져옴, 넷째는 의례(儀禮:형식과 절차를 갖춘 행사)적 기능, 마지막으
로 가장 중요한 예언(豫言)적 기능이 있다'라고 말한다. 다음으로 부
정적인 면으로는 '종교적 사유의 체계가 인간의 사유를 억압하여 과
학적 발전을 저해하거나, 십자군 전쟁과 같은 오랜 비극전쟁을 들기

도 하며, 특히 무엇보다도 종교는 인간 소외에서 발생하고 불평등한 계급사회에서 발생했다'라고 주장한다.

　종교비판으로 사회적, 심리적, 도덕적 측면에서 종교의 인간사회에 대한 부정적 역할을 통렬(痛烈:매우 날카롭고 매서운)히 비판하고, 종교인들의 자성(自省)을 촉구한 대표적인 역사적 인물들이, 독일의 사회학자, 철학자, 정치 이론가 카를 마르크스, 독일의 철학자 프리드리히 니체, 오스트리아 심리학자, 의사 지그문트 프로이트 등이다. 종교에 관한 가장 부정적 표현 중 하나가 마르크스의 대표적 주장 '종교는 인민(人民:국가나 사회를 구성하는 사람)의 마약이다'라는 말일 것이다. 그의 주장은 '종교는 사회제도에의 협조와 옹호를 정당화하며 제도 개혁을 위한 투쟁과 반항 의식을 약화시키기 때문에 아편과 같은 역할을 하는 것으로, 아편의 계속 사용은 인간을 파괴하고 인간 상실을 초래하듯이, 종교는 내세적 행복을 강조하면서 현세적 행복이나 가치를 평가절하해서 내세의 행복을 추구하게 된다.'라는 것이다. 다음으로 '무엇일까, 인간이 하나님의 큰 실수 중 하나일까? 하나님이 인간의 큰 실수 중 하나일까?' 니체의 말인데, 오늘날 혹자(或者:어떤 사람)가 말하는 '하나님이 인간을 창조했지만, 인간이 하나님을 창조했다'라는 말과 그 결(結:바탕이나 상태)이 비슷하다 하겠다. 마지막으로 프로이트는 '종교는 환상(幻想:현실에 없는 것을 있는 것 같이 느낌)이다.'와 '종교는 인간의 어리석음을 치켜세우고 인간이 지식을 쌓는 것을 가로막는다.'라는 말로 일갈(一喝:한번 큰 소리로 꾸짖음)했지만, 실상은 그는 무신론을 주장한 사람은 아니었고, 종교의 심리학적 이유와 이론을 찾아내고자 노력한 사람이라고 한다. 특히 '종교의 이름으로 행해지는 거짓 우상을 파괴하고, 인간을 유아적 단계로 발달시키기 위한 인류 가능성의 실현 과제를 천명(闡明:사실이나 입장을 드러내서 밝힘)한 사람'이라고 한다.

그런데 역사적으로 멀리 거슬러 올라갈 것도 없이 종교, 신을 부정(否定)하는 오늘날 현존하는 인물은 영국의 생물학자로 진화론을 주창(主唱:주의나 사상을 앞서서 주장)한 찰스 다윈의 진정한 후계자라고 불리는 영국의 진화 생물학자 동물행동학자 케냐 출신 영국 옥스퍼드대학 명예교수로 세계적 석학(碩學:학식이 많고 학문이 깊음) 중 한 사람인 리처드 도킨스이다. 그는 '신앙이란 증거가 없어도-심지어는 반대의 증거가 있음에도 불구하고, 맹목적으로 믿는 것을 의미한다.'라는 말을 했는데, 특히 그가 쓴 '신은 과연 인간을 창조했는가? 만들어진 신(The God Delusion)'에서 '신에 대한 부정은 도덕적 타락이 아니라 인간 본연(本然:본디 그대로의 모습)의 가치인 진정한 사랑을 찾는 것이다. 신이 없어도 인간은 충분히 열정적이고 영적일 수 있다! 인간을 주목하라. 신의 존재를 의심하라.'라는 말과 함께, 그의 책 서두(序頭:첫머리)의 글 속에는 '이 책이 내가 의도한 효과를 발휘한다면, 책을 펼칠 때 종교를 가졌던 독자들은 책을 덮을 때면 무신론자가 되어 있을 것이다.'라는 내용이 들어 있다. '누군가 망상에 시달리면 정신이상이라고 한다. 다수가 망상(妄想:delusion:이치에 어그러진 생각)에 시달리면 종교라고 한다.' 미국대학에서 철학을, 인도대학에서 동양철학을 공부한 철학자, 작가 로버트 피어시그의 말이다. 그

외에 선인(先人) 중 명사(名士)라고 일컬어지는 사람들이 말하는 종교에 관한 부정적인 말들이 다수가 있다.

그렇다면 종교에 대한 명사들의 긍정적인 말들은 무엇이 있는가? 명언(名言)은 '사리에 맞는 훌륭한 말', '널리 알려진 말'로 명언의 출처(出處:생긴 근거)는 명사(名士), 즉 세상에서 널리 알려진 사람[요즘 말로 셀럽(celebrity:인지도가 높은 유명 인사)], 명사들의 명언들은 안락함에서 벗어나 성장하도록 동기부여를 하기도 하며, 우리가 불행과 어려움을 겪는 것은 자연스러운 일이라는 것을 상기(想起:생각하여 냄)시켜, 우리 삶의 지혜와 영감을 주기도 하며, 이를 통해 지혜롭고 의미 있는 삶을 살아가며 진정한 행복과 내적인 만족을 찾을 수 있게 해주기도 한다. 부처님의 말씀 중 '인생은 고해(苦海)다.'라는 명언은 우리 인간이 불행과 어려움을 겪는 것은 자연스러운 일이라는 것을 상기(想起)시키며, 이를 극복하고 어려움을 통해 성장할 수 있음을 일깨워 주신 것으로, '인간이 물질적인 것에만 의존하여서는 결코 진정한 행복을 찾을 수 없다.'라는 지극히 평범한 말씀도 '진정한 행복은 내면에서 비롯된다.'라는 명언으로 '인간이 자아실현(自我實現)과 내면의 평화를 추구해야 한다.'라는 것을 상기시켜 주는 말씀이다. 기독교 신앙은 '정보와 지식이 넘쳐나는 오늘날의 시대에 지혜를 추구하는 것이 가장 중요한데 기독교 신앙, 신성한 진리의 궁극적인 근원인 성서는 풍부한 통찰력과 지혜에 대한 지침을 제공하여 삶의 복잡성을 탐색할 수 있게 해주는 강력한 도구'라고 한다. '성서는 매우 흥미진진하다. 고상한 시구(詩句)들도 있고 재기(才氣:재주가 있는 기질)넘치는 우화(寓話)도 있다. 피 묻은 역사와 훌륭한 교훈(敎訓)들도 있다.' '톰 소여의 모험'을 쓴 미국의 소설가 마크 트웨인의 말이고, '종교는 평민들에게는 진실로 여겨지고, 현자(賢者)들에게는 거짓으로 여겨지며, 통치자들에게는 유용(有用)한 것으로 여겨진다.' 고대 로마제국 철학자 세네카의 말이며, '종교를 알면 신, 우주, 세상, 인간을 알 수 있다.' 프랑스 황제 나폴레옹의 말이다.

범인(凡人:평범한 보통 사람)의 시각(視覺:사물을 관찰하고 파악하는 기본적인 자세)에서 종교에 대해 조명(照明)한 명언들을 보기로 하자. '사람은 자신이 믿는 것을 아름답게 만드는 것처럼 자신이 믿는 것을 성(聖)스럽게 만든다.' 프랑스 언어학자, 철학자, 종교사가 에르네스트 르낭의 말이고, '그리스도인은 훌륭한 크리스천이 되기 위해 노력해야 하고, 무슬림은 훌륭한 무슬림이 되기 위해 노력해야 한다.' 데레사 수녀님의 말씀이며, '강, 호수, 연못, 개울 이름은 달라도 모두 물을 담고 있듯, 종교마다 이름은 다르지만 모두 진리를 담고 있다.' 미국의 권투선수 무하마드 알리의 말이고, '좋은 일을 하면 기분이 좋고, 나쁜 일을 하면 기분이 나쁘다. 그게 내 종교다.' 미국 대통령 에이브러햄 링컨의 말이다. 그리고 미국의 전기(傳記) 작가 윌리엄 맨체스터가 쓴 '맥아더 평전(評傳)'에서 '맥아더 장군은 교회를 다니지 않았다. 하지만 그는 매일 성경을 읽었으며 자신을 그리스도교 세계를 방어하는 두 명의 위대한 인물 중 하나라고 생각했다(다른 한 명은 교황)'라고 썼다.

신이나 초자연적인 절대자 또는 힘에 대한 믿음을 통하여 인간 생활의 고뇌를 해결하고 삶의 궁극적인 의미를 추구하는 문화체계, 그 대상·교리·행사의 차이에 따라 여러 가지가 있는데 애니미즘(원시신앙)·토템(부족이나 씨족 집단의 상징물)이즘·물신(物神:물건) 숭배 따위의 초기적 신앙 형태를 비롯하여 샤머니즘(주술)이나 다신교·불교·기독교·이슬람교 등의 세계적 종교에 이르기까지 제도적인 것과 비제도적인 것들이 있는데, 이들 모두는 삶의 근원이자 원천적인 문제에서 출발한 것으로 각자의 이념과 철학적 사유와 관계없이 두터운 편견을 깨고 나와 세상을 바라보는 나와 함께 살아가는 사람들이 바라보는 관점이 다를 뿐, 그 믿음에서 출발하는 신앙과 종교는 강요가 아닌 각자의 선택과 자유가 주어져야 하는 것으로, 내 믿음, 신앙만이 진리이고 다른 사람들의 믿음, 신앙은 거짓이라는 것은 결코 올바른 생각이 아닌 것이다. 그리고 무엇보다도 경계해야 하는 것은 비도덕적, 비윤리적 행위나 금품 요구나 갈취(喝取), 또는 보통의 상식이나 그 지역 문화에 벗어나는 교리의 이단이나 사이비 종교이다. 신앙의 목적은 내가 죽고 난 후에 천국이나 낙원에 들어가고, 극락의 세계로 가기 위함이 아니라 신에게 의지하고 기도하며 마음의 위안을 찾아 얻고, 무엇보다도 '올바른 삶을 살아가면서 내 이웃들과 함께하며 사랑하고 행복한 삶의 열매를 맺도록 노력하는 과정이 곧 올바른 신앙의 길'이라고 결론을 맺는다.

어떤 종교에도 속해 있지 않으면서도 착하고 현명(賢明:어질고 사리에 밝음)하고, 지혜(智慧:사물의 이치를 깨닫고 사물을 정확하게 처리하는 정신적 능력)롭고, 인간이 지켜야 할 도리(道理)와 예(禮)

를 갖추고 살고 있다면, 그가 바로 진정(眞正:참되고 올바른)한 종교인이 아닐까? 이 글이 종교인이든, 아니든 자신의 가치관과 인생관 그리고 종교관에 대해 재정립(定立)해 보는 계기(契機)가 되고, 삶의 지침(指針:행동이나 방향)으로 삼아 주기를 바라는 바이다.

18. 품격(品格) · 품위(品位) 있는 삶(인생)

품격(品:물건 '품', 품질 格:바로 잡을 '격')이란 '사람 된 바탕과 타고난 성품(예, 품격 높은 정치)' 또는 '사물 따위에 느껴지는 품위(예, 품격 높은 상품)'의 의미로 유의어에 성품, 인격, 품위가 있는데, 그중에서 품위(品位)란 '사람이 갖추어야 할 위엄(威嚴:점잖고 엄숙함)이나 기품(氣品:고상하고 독특한 분위기)', 또는 '사물이 지닌 고상(高尚:nobleness:품위가 있고 수준이 높음)하고 격(格)이 높은 인상'을 의미한다. '품격, 품위란 삶의 하강기(下降期:내리막)가 찾아와도 퇴행(退行:이전 상태로 되돌아감)하지 않을 수 있는 능력이다. 고통에 직면하면서도 무뎌지지 않을 수 있는 능력, 극심한 고뇌를 겪으면서도 제자리에 남아 있을 수 있는 능력은 품위를 지킬 때 완성된다.' 미국의 작가, 사상가, 정신과의사, 베스트셀러 작가, 영적 안내자 M. 스캇 펙의 말이다.

우리가 가끔 쓰는 아우라(aura: 예, 전임 진행자의 아우라가 커서 약간은 긴장이 됩니다.)는 그리스 신화에 나오는 '산들바람의 여신'으로 이른 아침에 느낄 수 있는 '청명한 공기'로 나타나는 것으로, 그녀의 이름은 '미풍, 산들바람, 아침 공기'를 뜻하는 고대 그리스어와 라틴어에서 유래한 것으로 독일의 철학가 발터 벤야민의 예술이론에서 예술작품에 '흉내 낼 수 없는 고고한 분위기'를 뜻하는 것으로, 규범(規範:마땅히 따르고 지켜야 할 본보기) 표기는 '오라'이다.

'인생' 하면 누구나 다 알고 있는 말이지만, 이 기회에 좀 더 구체적으로 의미 파악을 해보면 '인생(human life)'이란, '인간의 삶, 인간이 생명으로서 생(生)을 받고 희비(喜悲:기쁨과 슬픔)의 과정을 거쳐 사(死)로 마무리되는 것'을 의미한다. 사자성어로는 생로병사(生老病死)라고도 하며, 대비(對比:서로 맞대어 비교함)어는 '축생(畜生:동물의 삶)'이 있으며, 인간이 아니어도 '한 생물의 삶을 지칭할 때' 관습적으로 '인생'이라고 한다. 보통 한 사람의 수태(受胎:아이를 뱀)에서 입묘(入墓:무덤에 들어감)까지의 일생을 12단계로 구분한 12포태법(胞胎法), 또는 장생법(長生法)에는 '포태양생(胞胎養生:잉태해 자라서 낳고) 욕대관왕(浴帶官王:목욕하고 관복을 입고 제왕이 되며) 쇠병사장(衰病死葬:늙고 병들어 죽어 장사 지내게 됨)'이 있다.

그런데 우리 인간에게서 인생(life)은 살아 있는 동안의 시간, 경험 등이다. 인생은 사람이 세상에서 사는 것이나, 살아있는 '시간, 경험, 삶, 생애, 일생' 등을 의미한다. 삶에 대한 견해(見解:의견이나 생각)나, 삶의 의미 이해 방식이 인생관(人生觀:인생의 의의, 가치, 목적 따위에 대한 관점이나 견해)으로 '개인이 가지고 있는 개념(槪念:일반적 지식)이나 철학(哲學:경험 등에서 얻은 기본적인 생각)을 바탕으로 세상을 마주하며 나아가는 갈림길(여러 갈래로 갈린 길, 어느 한쪽을 선택해야 할 상황) 중 하나이다.

중국속담에 '생선을 싼 종이에서는 비린내가 나고 향을 싼 종이에서는 향내가 난다.'라는 말이 있다. 악취를 풍길 것인지 향내를 풍길 것인지는 전적으로 '자신'에게 달린 것이다. 세상에 피어있는 꽃 중에서 아무리 향기가 좋다 해도 사람의 향기만은 못할 것이다. 그 향기는 바로 인격, 인품, 성품에서 나오는 것이다. 아무리 학벌이 좋고, 돈이 많고, 인물이 출중(出衆:여러 사람 가운데 두드러짐)하고, 지위가 높아도 인격, 인품이 없다면 그 사람 주변은 사람들이 다가오거나 몰려왔다가도 서서히 피하고 멀어져가게 될 것이다. 무엇보다도 기분이 언짢게 되고 피하고 싶은 충동, 뭔가는 모르겠지만 불쾌하고 기분이 나쁘다. 한마디로 품격 있는 인생을 살아가려 한다면 무엇보다도 인격을 닦고 길러야 하는 것이다. 더불어 사람은 평생 동안 살아가면서 끊임없는 '자기훈육(訓育:품성이나 도덕 따위를 가르쳐 기름)'이 필요하다.

품격 있는 인생으로 살아간다는 것은 멋지고, 은혜로운 일이다. 그리고 그 자체만으로도 가치가 있는 것이며, 자신에게는 최고의 선물이다. 그런데 품격 있는 인생은 자신만의 색깔과 향기가 나야 한다. 자신만의 삶의 향기를 품고 있어 사람들에게 그 향기를 줄 뿐만 아니라 인생의 빛이 되어 주변을 환하게 밝혀 주기도 하는 것이다. 특히 품격이라는 것은 돈으로는 살 수 없는 것이다. 품격은 자신의 굳건한 신념과 말 한마디, 몸짓 하나로 지켜온 자기다움, 그래서 남다름으로 보통 사람들에게 비치는 탁월함으로 스스로 빛이 나는 인격의 향기이다. 그러려면 지[智:사람의 도리(道理:사람이 행해야 할 바른길), 시비(是非:옳음과 그름), 선악(善惡:착함과 악함)을 잘 판단하고 처리하는 능력], 덕(德:도덕적 · 윤리적 이상을 실현해 나가는 인격적 능력과 남을 넓게 이해하고 받아들이는 마음이나 행동), 예[禮: 사람이 지켜야 할 도리나 예의로써 지켜야 할 규범(規範:마땅히 따르고 지켜야 할 본보기)]를 갖추어야 하는 것이다. 이 모든 것은 타고난 성품도 있지만, 부모의 가정교육, 무엇보다도 자기 수양의 노력과 열정이 필요한 것들이다. 이것들은 결과적으로 바른 인성, 높은 도덕성, 남을 배려하고, 용서하며, 베풀고 나누어주기를 즐겨하고, 작은 약속 하나라도 철저하게 지키려는 마음과 행동으로 세상을 살아가야 하는 것이다.

그렇다면 품격 있는 삶을 살아가기 위한 구체적인 것들에는 무엇이 있는가?

첫 번째는 순수함, 소박함과 열정 그리고 모든 일에 책임감(약속을 지키는 것 포함)과 사람 노릇 하는 삶을 살아야 한다. 두 번째는 성실하고 정직하며 매사를 지혜롭게 처리하고 한결같이 노력하는 삶을 살아야 한다. 설사 실패한다 해도 좌절하지 않고 다시 일어서는 오뚝이가 되어야 한다. '실패는 내가 그 일을 얼마나 간절하게 원하는 지를 테스트해 보는 것이다.' 미국의 카네기 멜론대학교 컴퓨터학과 랜디 포시 교수의 말이다. 세 번째는 누군가에 도움을 받으면 감사해하고 보답할 줄 알아야 하며, 비도덕적이나 비정상적인 유혹을 물리칠 줄 아는 삶을 살아야 한다. 특히 남자는 여자, 여자는 남자 그리고 검은돈, 정상적이지 않은 돈을 말하는 것이다. 네 번째는 내게 잘못이 있으면 인정(認定)할 줄 알고 수치심을 느끼기도 하고 반성할 줄 아는 삶을 살아야 한다. 다섯 번째는 건전한 사고방식과 올바른 행동, 그리고 언어의 품격, 말을 곱게 해야 하고, 천박(淺薄:상스러움)한 말과 행동을 하지 않는 삶을 살아야 한다. 여섯 번째는 수직이나 수평 관계의 예의범절(예의, 예절, 매너, 에티켓)을 분별력(分別力:종류에 따라 구별하여 가름) 있게 지킬 줄 아는 삶을 살아야 한다. 일곱 번째는 기도와 명상 그리고 독서를 통한 자기성찰과 수양으로 마음을 갈고 닦아야 하며, 항상 배우려는 자세인 향학열(向學熱)을 지닌 삶을 살아야 한다. 여덟 번째는 용서와 화해(화해는 안 되어도 용서만이라도), 배려와 나눔, 시기와 질투보다는 칭찬과 격려를, 매사를 냉소적(冷笑的:쌀쌀한 태도로 업신여겨 비웃는 것)이지 않고 긍정적으로 남과 비교하지 않으며, 크고 작은 일에 심각(深刻:깊이 새김)해하지 않을 뿐만 아니라 일희일비(一喜一悲:한편으로 기뻐하고 한편으로는 슬퍼함)하지 않는 삶을 살아야 한다. 아홉 번째는, 풍류를 즐길 줄 알고, 자신과 만나고, 기다림의 미학을 배우는 여행의 가치를 알고 행(行)하는 삶을 살아야 한다. 열 번째는 '술을 마셔보면 그 사람을 알 수 있다'라는 말이 있다. 잘못된 술버릇은 지금까지 쌓아놓은 나의 모든 명예나 위신(威信:위엄과 신망)을 실추(失墜:떨어뜨리거나 잃음)시키게 된다. 자신에 맞는 주량(酒量:견딜 수 있을 만큼의 술 양)의 한계를 지키는 삶을 살아야 한다. 열한 번째는 품격 있는 삶을 살아가는데 결코 간과(看過:대충 보아 넘김)해서는 안 되는 한 가지, 종교 문제이다. 내 믿음, 신앙만이 진리이고 다른 이의 믿음은 거짓이라고 생각해서는 안 된다. 상대의 믿음을 존중해야 내 믿음도 존중받을 수가 있는 것이다. 가족, 친척들과도 단지 종교가 다르다는 이유로 멀리하고 단절(斷絶:유대나 연관관계를 끊음)하고 살아서는 안 된다. 종교란 먼저 보통 사람들의 상식과 그 지역의 문화에 맞지 않으면 그것이 바로 이단이고 사이비이다. 전도(傳道)나 설득, 충고, 조언한다는 명분(名分:표면상의 이유)으로 상대의 종교를 비하(卑下:상대를 업신여겨 낮춤)하고 폄하(貶下:가치를 깎아내림)하지 않는 삶을 살아야 한다. 마지막으로 '웰빙(well-being:참살이)'의 종착역, '죽음을 인식하고 사는 삶'인 '웰다잉(well-dying:품위 있고 존엄하게 생을 마감하는 일)'에 대해 계획하고 철저하게 사전 대비하는 삶을 살아야 한다.

'100세 일기'를 쓰신 수필가 김형석 교수님은 품격 있는 인생을 연장하는 방법으로 '첫째는 정신적으로 지적 의욕을 갖는 것, 둘째는 일을 계속하는 것, 셋째는 인간관계를 풍부히 갖는 것, 넷째는 자기 인생을 자기답게 합리성(合理性:논리나 이치에 맞는 성질)을 갖고 이끌어 가는 것, 마지막으로 출발한 인생의 마라톤을 끝까지 사명감을 갖고 완주(完走:목표한 지점까지 모두 달림)하는 것' 그리고 덧붙여 '일, 여행, 사랑'이라는 3개의 키워드(key-word:핵심어)를 제시(提示)해 주셨다. 그렇다면 인생 후반(5~60대 이후)을 품위 있고 우아하게 살아가려면 어떻게 해야 하나? 일본 작가, 작사가 요시모토 유미가 쓴 '오십부터는 우아하게 살아야 한다.'에서 '말투, 태도, 마음에서 진정한 아름다움이 나타난다.'라고 말했다. 그리고 인생 후반부를 계획 · 실천 · 조율(調律:본래는 악기의 '표준음을 맞춤', 비유적으로 '문제를 어떤 대상에 알맞거나 마땅하도록 조절함')하는 것으로 삶의 질

(質)을 바꾸라는 것인데 '첫째는 자유롭고 유연(悠然:침착하고 여유가 있음)하게 하는 것, 둘째는 자신의 시간을 충분히 즐기며 사는 것, 셋째는 지금 '이때'를 후회 없이 사는 것, 넷째는 정신적으로나 육체적으로 무리하지 않는 편안한 삶을 사는 것, 마지막으로 변화를 기뻐하는 품위 있고 우아한 태도를 몸에 익히는 것'이라고 말한다.

끝으로 한 권의 책을 추천한다. 서울대학교 심리학과 최인철 교수가 쓴 '프레임'으로, 우리의 착각과 오류, 오만과 편견, 실수와 오해가 프레임(마음가짐:frame of mind)에 의해서 생겨남을 증명하고 그것에서 벗어나는 방법을 제시해 주어, 나와 타인을 이해하고, 더 나은 삶을 창조하는 지혜를 배우게 되어 품격 있는 삶을 영위(營爲:일을 꾸려 나감)하는 데 큰 도움이 될 것이다.

Ⅰ권, Ⅱ권에서 다 말하지 못한

생활 속 지혜 Ⅲ

초판인쇄 2024년 10월 11일
초판발행 2024년 10월 11일

지은이 문재익
펴낸이 채종준
펴낸곳 한국학술정보(주)
주 소 경기도 파주시 회동길 230(문발동)
전 화 031-908-3181(대표)
팩 스 031-908-3189
홈페이지 http://ebook.kstudy.com
E-mail 출판사업부 publish@kstudy.com
등 록 제일산-115호(2000. 6. 19)

ISBN   979-11-7217-558-0 03810